NEIL MACKAY

DES MENSCHEN FURCHT

Historischer Roman

Aus dem Englischen
von Irene Eisenhut

WILHELM HEYNE VERLAG
MÜNCHEN

Die Originalausgabe THE WOLF TRIAL erschien 2016
bei Freight Books, Glasgow

MIX
Papier aus verantwortungsvollen Quellen
FSC® C083411

Verlagsgruppe Random House FSC® N001967

Vollständige deutsche Erstausgabe 11/2016

Printed in Germany
Redaktion: Heiko Arntz
Umschlaggestaltung: © DAS ILLUSTRAT, München,
unter Verwendung eines Motivs von Cristian Baitg / iStockphoto
Satz: Uhl + Massopust, Aalen
Druck und Bindung: CPI books GmbH, Leck
ISBN: 978-3-453-43875-0

www.heyne.de

Für meine geliebten kleinen Werwölfe
Niamh und Caitie

Vorbemerkung

Die Prozesse um den Massenmörder Peter Stumpf sowie andere historisch verbriefte Ereignisse dienten dem Autor lediglich als Inspiration für seinen Roman. Nichts davon ist als buchstabengetreue Wiedergabe geschichtlicher Vorkommnisse zu verstehen. Insbesondere die abweichende Datierung der Werwolf-Prozesse steht im Dienste der Handlung und hat zusammen mit anderen Fiktionalisierungen den Zweck, diesen Roman zum Spiegel nicht nur der damaligen, sondern auch unserer heutigen Zeit zu machen; einer Zeit, in der religiöse Intoleranz und die Stellung der Frau noch immer brennende Themen sind. Sämtliche Figuren – selbst jene, die historische Vorbilder haben – sind frei erfunden.

Neil Mackay

Prolog

Das ehrliche und bekennende Zeugnis von William Loos, bekannt als der deutsche Lehrmeister von Glasgow

Meine Geschichte ist schon so alt, weil ich so alt bin. Und deshalb kommt es mir vor, als erinnerte ich mich an eine Figur, die irgendein anderer Schriftsteller vor langer Zeit in einer Erzählung erfunden hat und in der ich meine bescheidene Rolle gespielt habe. Ich bin nicht mehr der Mann, der ich damals in Bedburg war. Eigentlich war ich da noch ein Junge. Doch so wie Theseus' weit gereistes Schiff – dessen Mast ersetzt, dessen Ruder ausgetauscht, dessen Gallionsfigur ausgewechselt und dessen Planken erneuert wurden –, ist nichts mehr von mir übrig aus dieser damaligen Zeit. Aus dem Jungen ist ein alter Mann geworden, was traurig ist, denn ich war in meiner Jugend von schöner Gestalt. Doch ich spreche nicht nur von meinem Erscheinungsbild. Selbst der Boden, auf dem ich gehe, die Sprache, die ich spreche, und die Menschen, mit denen ich lebe, sind anders. Vielleicht existiert noch etwas vom dem damaligen Geist, denn Geschichte ändert sich eigentlich nicht – eine These, die meine Schüler nur schwer hätten nachvollziehen können, wäre ich noch jung genug, um zu lehren, oder würde ich in einem Zeitalter leben, in dem statt Schmeicheleien und Manieriertheiten die Lehre und das Wort noch etwas zählten. Doch auch ich kann mich nicht davon freisprechen, in jungen Jahren Törichtes getan zu haben, und liefere damit einmal mehr den Beweis, dass sich nichts ändert. Meine Lehrer hielten mich für oberflächlich und selbstgefällig, was ich – wie ich zu meiner Schande gestehen muss – wohl durchaus auch war.

Meine Heimat, oder eher gesagt, das Land, in dem ich seit nunmehr über sechzig Jahren lebe, ist das kalte, felsige Schottland. Es war damals der Ort, der so weit wie möglich von den Wurzeln meiner Jugend entfernt lag, wo ich hatte hinreisen können. Ich hätte genauso gut nach Moskowien oder in den Maghreb fliehen können, doch unter den Rus oder den Muselmännern zu leben, konnte ich mir nicht vorstellen. Die Briten sind ein raues Volk, aber gerade noch zu ertragen, und ich fand ihre Sprache angenehm, da sie meiner Muttersprache Deutsch so ähnlich war. Die Rus sprechen die Sprache des Waldes und der Steppe, die Araber die Sprache der Wüste. Englisch und Deutsch sind Sprachen der Felder, Wälder und der kleinen Städte Europas. In unseren Adern fließt seit Menschengedenken das gleiche Blut.

Was meine lieben, toten Eltern im Himmel denken, wenn sie hinab auf ihren einzigen, in Schottland lebenden Sohn blicken, daran mag ich gar nicht denken. Meine Mutter wird wohl lachen und meinem Vater erklären, wie falsch er doch mit seiner Vermutung gelegen hat. Der törichte alte Mann war nämlich in meiner Kindheit der felsenfesten Überzeugung gewesen, dass ich den Rest meines Lebens am Rockzipfel meiner Mutter hängen und nie hinaus in die Welt ziehen würde. Wenngleich er mich auch gern in seiner Nähe hatte. Er zeigte mir auf Landkarten im Hinterzimmer seiner Druckerei, wo Britannien und Irland lagen, und erklärte mir, dass die Inseln wie eine langbeinige Hexe aussahen, die einen Säugling wiegte. Dabei roch er nach Druckerschwärze und süßem Essig, der von neuem Papier stammte. Mittlerweile hat es mich in die Hutkrempe der Hexe verschlagen, nach Glasgow. Hier sitze ich nun in meinen Gemächern in der Auld Pedagogy. So nennen die Schotten ihre Hochschule, ein ebenso ungestümes wie liebenswertes Volk. Eine ausgezeichnete Einrichtung, auch wenn das Verständnis für moderne Fächer wie Staatsführung und politische Philosophie unter den Lehrenden nur gering ausgeprägt ist. Die Universität ist hervorragend in Rechtswissenschaften, Sprachen, Mathematik, Rhetorik und Geschichte, sodass ich für das Kollegium gut geeignet war, auch wenn die Mathematik nicht zu meinen Stärken zählt.

Ich darf auch im Ruhestand weiterhin in meinem alten Quartier wohnen. Mit fast achtzig Jahren unterrichte ich nur noch selten, wenn überhaupt. So hat sich der Radius meiner Welt erheblich verkleinert. Heute spaziere ich meistenteils nur noch die wenigen Hundert Meter von meiner Bleibe in der Rottenrow zur alten Dominican Hall auf der High Street in Blackfriars, um die Vorlesung eines berühmten Gastprofessors zu hören, was allerdings nicht mehr als einmal im Monat vorkommt. Außer Ruhe und Einsamkeit bietet diese Stadt nicht viel. Die restliche Zeit verbringe ich zu Hause. So überkommt mich inzwischen Langeweile, die bekanntlich am Anfang so manchen Lasters steht. Ich habe sämtliche Bücher gelesen, die man lesen sollte, habe alle Fächer studiert, die mich interessierten. Für Frauen oder Leibesertüchtigungen oder Trinkgelage ist mein Körper zu alt. Wenn ich nichts mehr tue, werde ich sterben. Um das zu verhindern, habe ich beschlossen zu schreiben. Und die einzige Geschichte, die ich niederschreiben kann, ist meine eigene, denn ich bin kein Mann mit großer Einbildungskraft. Doch mein Leben ist ein weiter Mantel, der sich aus allerlei Flicken zusammensetzt. Er besteht größtenteils aus robuster englischer Wolle mit gleichförmigen, braunen Karos und wirkt recht unscheinbar. Eine Stelle jedoch, direkt über meinem Herzen, sticht hervor. Da ist das Material durchwoben mit Seidenfäden in den prächtigsten Farben – rot, golden und blau – ein kunstvolles Muster, mit geübten Händen gefertigt von persischen Näherinnen. Das Muster erzählt die Geschichte meines Lebens aus der Zeit mit dem Advokaten Paulus Melchior. Es erzählt von den Ereignissen um den Werwolf-Prozess gegen Peter Stumpf in Bedburg, von dem ich hier wahrheitsgetreu und ehrlich Zeugnis ablegen werde.

Paulus nahm mich als junger Bursche von sechzehn Jahren mit nach Bedburg. Ich war seit vier Jahren sein Schüler und zeichnete mich durch meine guten Leistungen aus. Er kannte meine Tante, die Schwester meiner Mutter, seit sie beide Kinder waren. Meine Tante war zusammen mit Paulus' Familie in Münster gestorben, jedoch nicht Seite an Seite. Sie verloren ihr Leben in den letzten Tagen des Aufstands, als Menschen an jeder Ecke umgebracht wurden. Meine Tante starb auf dem Marktplatz, während Paulus seine Familie auf den Stufen der Druckerei seines Vaters verlor. Paulus nahm sich meiner an und nahm mich in seiner Schule auf, so wie er es mit vielen anderen Jungen gemacht hat. Doch er tat es nicht nur, weil er sich meiner Familie freundschaftlich verbunden fühlte – weil unsere

Väter das gleiche Gewerbe ausgeübt hatten –, sondern weil er erkannte, dass ich wohl einen klugen Verstand haben mochte, für die harte Arbeit, die mir durch mein Herkommen vorherbestimmt gewesen wäre, aber nicht geschaffen war. Paulus kümmerte sich auch um viele verwaiste Mädchen, besorgte ihnen Arbeit oder wenn möglich einen Ehemann am Hof. Im Gegensatz zu heute war es für die ärmere Bevölkerung damals noch leichter, Wohlstand und gesellschaftliches Ansehen zu erlangen. Als sich meine Tätigkeit an der Universität dem Ende neigte, hatte ich schon seit über zwanzig Jahren dort keinen Jungen aus armen Verhältnissen mehr gesehen. Geld und Standesdünkel haben jetzt das Sagen. Und so verkommt der Staat. Denn wo die Menschen nicht hinaufkönnen, da geht es bergab mit dem Staat. Aber ich bin zu alt, um diesen Missstand zu beheben.

Ich halte nichts von der Astrologie, die Glück und Charakter an einem Datum festmacht. Doch was auch immer sich im Universum unter dem Namen Schicksal bewegt, sorgte dafür, dass Paulus in mein Leben trat. Ich weiß, dass jene treibende Kraft weder unser christlicher Gott noch irgendeine andere Gottheit ist, sondern ein mechanischer Teil der Unendlichkeit. Der Beweis, dass mein Leben unweigerlich auf Paulus zusteuerte, liegt in Zahlen begründet, nicht im Aberglauben. Auch wenn ich mir nicht sicher bin, was diese Zahlen bedeuten, bergen sie eine Antwort, genau wie sich alles in der bekannten und unbekannten Welt durch Zahlen erklären lässt. Ich bin kein Mathematiker, und ganz gewiss bin ich kein Pythagoras, doch des Lesens bin ich mächtig. Und schon Augustinus von Hippo schrieb, dass die Zahlen der Gottheit eine

Universalsprache seien, um den Menschen die Wahrheit zu verkünden. Als Beweis soll folgendes Beispiel dienen: Meine Eltern heirateten am 24. Juni 1535, numerisch ausgedrückt, vierundzwanzig, sechs, fünfzehn und fünfunddreißig. Ihre Trauung fand am Tag des Untergangs von Münster statt, auch wenn sie eine Woche Fußmarsch davon entfernt lebten, in einem kleinen Ort namens Kirchborn in der Nähe vom Rhein. Ihre Hochzeit fand in aller Stille statt, während man Münster in Schutt und Asche legte. An jenem Tag schritt Paulus durch das Stadttor hinaus auf ein blutgetränktes Feld und hinein in ein neues Leben. Auch er wurde von fremden Menschen großgezogen, so wie ich später von ihm. Sein wacher Geist hatte sie auf ihn aufmerksam gemacht. Er erhielt eine gute Erziehung und konnte dadurch neue Wege beschreiten. Zahlen spielen hier ebenfalls eine wichtige Rolle: Er war zwölf, so wie ich damals, als er mich für seine Schule auswählte. Ich wurde am 24. Juni 1547 geboren, genau zwölf Jahre nach dem Untergang von Münster. Der 24. Juni wiederholt sich immer und immer wieder. Numerologisch betrachtet ergibt der 24. Juni eine zwei, eine vier und eine sechs – in Summe wieder die Zahl zwölf. Genau jene Zahl, von der behauptet wird, dass sie magisch sei. Man denke nur an die Anzahl der Stämme Israels und die Monate eines Jahres mit den dazugehörigen Sternbildern. Für das Volk der Hebräer, die sich maßgeblich mit dem Studium der Zahlen und ihrer übersinnlichen Bedeutung auseinandersetzten, stellt die Zahl zwölf Vollkommenheit, Führungskraft und göttliche Ordnung dar. Mein Leben und das von Paulus scheint durch ein Geflecht von Zahlen miteinander verbunden zu sein. Und das Spiel der Zahlen setzt sich fort: Paulus nahm mich am 26. April in seine Obhut – zwei, sechs, vier, die gleichen Zahlen, nur in einer anderen Reihenfolge.

Die Zahlenkombination trifft allerdings nicht für Bedburg zu, und das halte ich ebenfalls für wichtig. Ich kam im Alter von sechzehn Jahren nach Bedburg. Wir ritten am 8. Juli 1563 in die Stadt, um den Prozess gegen Peter Stumpf zu führen. Diese Zahlen verfügen weder durch Umstellen noch durch Addieren über ein Muster, das sonst noch einmal in meinem Leben wieder vorkommt. Acht, sieben, eins, fünf, fünfzehn, sechs, drei, dreiundsechzig – diese Zahlen sagen mir nichts. So erkenne ich, dass meine Tage in Bedburg eine Zeit der Verirrung und des Verderbens war – eine Zeit, in der mein Leben nicht den Mustern entsprach, die das Schicksal oder das Universum für mich vorgesehen hatten, eine Zeit, die mein Leben aus dem Gleichgewicht zu bringen versuchte. Doch es sollte ihr nicht gelingen.

Knapp ein Jahr später waren die Zahlen wieder da, und mit meinem Leben ging es voran: zwei, sechs und vier. Am 24. Juni des darauffolgenden Jahres hatte ich es nach London geschafft. Ich hatte überlebt. Genau ein Jahr später war ich in Schottland. Doch mittlerweile fürchte ich mich vor dem 24. Juni, denn ich bin der älteste Mensch in Glasgow, auf jeden Fall der älteste hier an der Universität, und ich glaube, dass der 24. Juni auch mein Todestag sein wird, wenngleich ich hoffe, dass ich das Jahr nie werde voraussagen können. Es gibt aber noch einen weiteren Aspekt dieser Zahlen, der mein Herz mit Angst erfüllt. Wenn ich jenes erste Schlüsseldatum berechne, den 24. Juni 1535, den Tag des Untergangs von Münster und den Hochzeitstag meiner Eltern, und das Datum numerologisch summiere, vierundzwanzig, sechs, fünfzehn und fünfunddreißig, dann erhalte ich die Zahl achtzig. So alt werde ich an meinem nächsten Geburtstag.

Doch meine Geschichte setzt sich nicht mit der Numerologie oder meiner Flucht von Bedburg oder Münster auseinander – wenngleich Münster die Welt veränderte –, sie handelt auch nicht von Paulus, obwohl mein Leben durch ihn eine wichtige Wendung nahm. Meine Geschichte handelt von Peter Stumpf, dem Werwolf von Bedburg, den Sie, geneigter Leser, sollten Sie so alt sein wie ich, vielleicht noch aus den Flugschriften der damaligen Zeit kennen. In einer davon werde ich sogar in einem Nebensatz erwähnt. Die Schrift stammt von einem französischen Drucker aus Paris und trägt den Titel »Der ausführliche Bericht über den deutschen Werwolf, Peter Stumpf, und das Blutbad von Bedburg«. Dort heißt es auf Seite achtundzwanzig: »Im Gefolge des Advokaten und Richters Paulus Melchior, oberstem Gesandten des Fürstbischofs, befanden sich auch der Wachhauptmann Luther Karfreitag, der Gesandte der Kirche Pater Carolus Fromme, seine rechte Hand, der Seminarist Aesop Jodel, sowie Wilhelm Lessinger, Student und Sekretär des Paulus Melchior.« Dieser deutsche Student, Wilhelm Lessinger, der nur in dieser einen Flugschrift auf dieser einen Seite in diesem einen Satz vorkommt, wurde noch nie in Verbindung gebracht mit dem deutschen Lehrmeister in Glasgow, William Loos, der hier an seinem Schreibtisch sitzt und sein armseliges Leben zu Papier bringt, um die wenige Zeit zu nutzen, die ihm noch bis zu seinem Tod bleibt.

Ich bin der einzige Mensch auf der Welt, der die wahre Geschichte des Werwolfs Stumpf kennt. Und so schildere ich die Ereignisse in Bedburg sowohl anhand der Vorfälle, die ich mit eigenen Augen gesehen habe, als auch anhand der durch meinen Lehrmeister Paulus zusammengetragenen Fakten. Als weitere Quellen dienen meine Gespräche mit den Menschen aus dieser Stadt, insbesondere mit Greet – einer jungen Frau, die seitdem einen Platz in meinem Herzen hat und mich jeden Tag begleitet, egal wohin ich gehe, mit Divara, der Tochter des Werwolfs, und mit ihrer Mutter, die mit dem Wolf verheiratet war. Schließlich noch mit der kleinen Rosa, die mir wie ein verirrter Nachtfalter erschien. Diese Geschichte handelt vornehmlich von Männern, doch ich widme sie den Frauen und Mädchen, die darin vorkommen. Wie man unschwer erkennen wird, schneiden sie besser ab. Männer sind laut und poltern herum, doch Frauen singen, und dann klingt es klar und rein. Das, was ich über diese Geschichte weiß, stammt jedoch hauptsächlich aus den Gesprächen, die ich mit Stumpf selbst geführt habe. Ich war nicht sein Wärter oder gar sein Freund, sondern beobachtete ihn nur in den Tagen vor dem Prozess, trotzdem lernte ich den Werwolf kennen beziehungsweise das sonderbare Wesen, das dort in jenem doppelt gesicherten Käfig saß und zu mir sprach.

Erstes Kapitel

Die Geschichte beginnt mit dem Advokaten Paulus, der den Prozess gegen den Werwolf Peter Stumpf leitete, was schließlich zum Blutbad von Bedburg führte

Schon lange bevor wir uns auf den Weg in die Stadt Bedburg machten, hatte ich von dem Werwolf gehört. Alle hatten von ihm gehört. Es war bereits vor sieben Jahren eine Truppe von Wachen nach Bedburg geschickt worden, um diese Kreatur zu fangen und zu töten. Doch nach zwei Wochen erfolgloser Suche zogen sie wieder ab.

Der Wolf jagte in den Wäldern in der Umgebung von Bedburg. Viele Menschen galten als vermisst, etwa zwölf waren auf den Wiesen und Feldern gefunden worden, angeblich halb verspeist und in Stücke gerissen. Persönlich kannte ich niemanden, der schon einmal dort gewesen war. Die Stadt war klein, sie galt als ruhig – bis vor sieben Jahren eine Kreatur dort ihr Unwesen zu treiben begann, Kinder stahl und Menschen im Mondschein fraß, wie laut den Legenden Werwölfe zu tun pflegen. In dem Land, in dem ich jetzt lebe, sind Werwölfe unbekannt. Hier gibt es auch Geschöpfe, die ihre Gestalt verändern, Fische, die sich in weibliche Wesen verwandeln. Doch nichts kommt einem Werwolf gleich, einem Menschen mit Wolfsblut in den Adern, der unter dem Fluch des Teufels steht und in der Nacht andere Menschen tötet und sie frisst. Angeblich sollen besondere Hilfsmittel nötig sein, um diese Kreaturen zu töten, Silber in einer Klinge oder Kugel, ein bestimmter Zauber, der vor diesen Wesen schützt, doch das sind Ammenmärchen. Wir hatten uns vor der Abreise kundig gemacht und Schriften der Rechts- und Glaubenslehre gelesen, wir wollten keinem Aberglauben aufsitzen, sondern uns auf Fakten stützen. Als Paulus und ich uns schließlich auf den Weg machten, wusste ich, dass ein Werwolf nur auf eine einzige Weise getötet werden konnte. Und die unterschied sich durch nichts, einen Mann, einen Stier, ein Pferd oder einen Leoparden zu töten: entweder durch einen gezielten Schuss ins Herz oder in den Kopf oder durch eine gut platzierte Stichwunde oder durch Anzünden, Ertrinken, Erhängen oder Enthaupten. All das würde einen Werwolf umbringen, so wie jedes andere Lebewesen auch, denn genau das ist ein Werwolf, ein Lebewesen – auch wenn er nicht so einfach zu fangen ist wie ein Mensch, ein Leopard, ein Stier oder ein Pferd. Was daran liegt, dass ein Werwolf nicht nur den Körper eines Wolfs mitsamt dessen Kraft, Stärke und Wildheit besitzt, sondern auch den Verstand und die Gerissenheit eines Menschen. Er vereint in sich sämtliche Eigenschaften des Teufels.

Als wir uns auf den Weg nach Bedburg machten, wussten wir lediglich, dass der Wolf gefangen und sich wieder in einen Menschen zurückverwandelt hatte. So hatte die Nachricht aus Bedburg gelautet, die sowohl den Hof als auch das Gericht hatten aufhorchen lassen. In Geschichten über Werwölfe sollen sich Erwachsene oder – selbst das soll vorkommen – Kinder nur nach Einbruch der Dunkelheit in

Wölfe verwandeln können, manche behaupten sogar nur bei Vollmond.

Als Paulus den Auftrag erhielt, nach Bedburg zu fahren und ein Gericht einzuberufen, um den Prozess gegen einen Werwolf zu führen, sagte er zu mir, dass ein solches Wesen nicht existiere und wir einen Menschen vor Gericht stellen würden.

»Wie wollen Sie das wissen, Herr?«, fragte ich.

»Weil es solche Kreaturen nicht gibt«, antwortete er.

»Wie können wir wissen, was es alles gibt?«

»Würden Werwölfe existieren, Wilhelm, hätte ich in meinem Leben längst einen gesehen.«

»Nun ja«, entgegnete ich, »England existiert auch, und Sie haben es noch nicht gesehen.« Ich durfte so unverblümt sein, denn Paulus ermutigte mich dazu, mich in der Kunst des Streitgesprächs zu üben. Er hätte mich ordentlich verspottet, wenn ich mich unterwürfig wie ein Diener aufgeführt hätte.

»Das habe ich schon«, stellte er klar. »Ich war einen Monat dort. Such dir ein besseres Beispiel!«

Ich errötete leicht. Alles, was ich in meinem Leben noch nicht erlebt hatte, war Paulus bereits zweimal widerfahren. Ihn in einem Gespräch mit Argumenten zu schlagen, war ein sinnloses Unterfangen – früher oder später musste man nachgeben. Es war, als würde ein Vater seinem Sohn das Ringen beibringen und ihn gehörig in die Zange nehmen, doch ohne ihm dabei das Genick zu brechen.

»Sie haben noch nicht…« Ich hielt inne und überlegte, wie ich ihm eine Falle stellen könnte. »Sie haben meinen besten Freund aus meiner Heimat noch nicht kennengelernt, Diederich.«

»Nein, aber es gibt ihn.«

»Aber Sie haben ihn noch nie gesehen. Woher wollen Sie dann wissen, dass es ihn gibt?«

»Weil du mir von ihm erzählt hast und ich dich für vertrauenswürdig halte. Außerdem erscheint es mir glaubwürdig, dass du einen Freund namens Diederich hast – auch wenn er durch seinen Namen einen ziemlich langweiligen Eindruck auf mich macht.«

»Ist er aber nicht. Abgesehen davon, könnte ich lügen.«

»Sollte dem so sein, dann gibt es ihn nicht.«

»Aha«, sagte ich leise triumphierend.

»Nichts da ›aha‹, Wilhelm. Du hast verloren. Muss ich dich etwa wieder zurück in den Unterricht schicken, damit du die Lehre der Logik begreifst?«

»Aber …«, wandte ich ein.

»Ein letzter Versuch.«

»Sie sind Gott noch nicht begegnet, aber er existiert.« Falle zugeschnappt, dachte ich. Dieses Beispiel hatte ich mir als letzte Waffe zurückbehalten.

»Ist er dir schon einmal begegnet?«, fragte Paulus.

»Nein.«

»Na dann, vielen Dank, Wilhelm. Ich denke, dass unser kleines Gespräch dadurch gerade zu seiner natürlichen Schlussfolgerung gelangt ist.«

»Herr, ich kann nicht glauben, dass Sie gerade gesagt haben, was ich glaube, dass Sie gesagt haben.« Und ich schüttelte den Kopf in vorgetäuschtem Entsetzen.

»Was ist das denn für ein wunderlicher Satz, Wilhelm? Du kannst glauben, was immer du möchtest, ich bin nicht dazu da, dir dahingehend Vorschriften zu machen.«

Er saß an seinem Schreibtisch und diktierte mir, was noch

alles zu erledigen war, welche Vorräte und Bücher wir benötigten und wohin sie geschickt werden sollten, bevor wir abreisen würden. Vom Hof der Universität drang Lärm zu uns herauf, sodass Paulus seine Stimme erheben musste. Es war heiß und die Luft zu stickig, um das Fenster zu schließen. Er bat mich, die Namen der übrigen Mitreisenden in einer Liste zu notieren, einen Priester und seinen Burschen, sowie eine kleine Gruppe von Wachen, die uns zugeteilt worden war. Ich musste einen Reiseplan erstellen und mich um die Vollmachten und Passierscheine kümmern. Schließlich erstellte er noch ein Verzeichnis mit Werkzeugen, Folter- und Hinrichtungsinstrumenten, die vom örtlichen Gefängnis zu besorgen waren. Paulus erklärte, dass wir einen zusätzlichen Wagen bräuchten, um die Gerätschaften, einschließlich der Waffen und der Munition, zu transportieren. Neben unseren eigenen Pferden würden sechs Packesel notwendig sein, um die Vorräte über die Berge zu schaffen, wenn die Karren und Wagen nicht mehr weiterkämen.

Als die Nacht hereinbrach, wurde der Lärm auf dem Gelände der Universität noch größer. Eine Schauspieltruppe war in der Stadt. Paulus mahnte mich zur Eile, da er ihren Auftritt nicht verpassen wollte. Ich versuchte noch immer, die Menge des Weins für unsere Reisegruppe zu berechnen.

Paulus hatte beim Erteilen der Anweisungen immer wieder an seinem Glas genippt und war bereits etwas beschwipst, aber nicht betrunken. Der Hof unter dem Fenster seines Zimmers begann sich mit Studenten zu füllen, während die Schauspieler die Bühne aufbauten.

Paulus spähte aus dem Fenster. »Ich wäre zu gern Schauspieler geworden«, sagte er.

Ich fragte ihn, wie er geworden war, was er heute war. Warum er nicht in jungen Jahren weggelaufen sei, um Schauspieler zu werden. Daraufhin erzählte er mir von seiner Kindheit in Münster. Dort herrschte damals Rebellion, es war die Zeit des Jan van Leiden und des Bernd Knipperdolling, der Entsagung von allem Weltlichen und der Gütergemeinschaft.

Er erzählte mir seine Geschichte in mehreren Abschnitten.

An jenem Abend machte er den Anfang, am nächsten Tag, als wir über das flache Land außerhalb der Stadt ritten, setzte er sie fort, wie auch in dem Lager, das wir in den Bergen aufschlugen, und schließlich während unserer Zeit in Bedburg und an unserem letzten Abend in unserer kleinen Gruppe.

Was er erzählte, hätte mir Angst machen müssen. Sie klang anfangs wie die Geschichte eines Ketzers, der nur so tat, als würde er sich zu Christus bekennen, der in Wirklichkeit aber seinem Ketzerglauben treu blieb. Doch so war es nicht. Es war die Geschichte eines Mannes, der sich zu gar nichts bekannte. Paulus Melchior konnte mit der Wahrheit anderer Menschen nichts anfangen, er begegnete jedem Glauben gleichermaßen skeptisch. Münster hatte ihn für sein Leben geprägt und sein Herz und vielleicht auch seine Seele verwundet. Mittlerweile weiß ich und kann beteuern, dass mein Freund Paulus eine Seele hatte. Sie blüht auf, während ich dies hier schreibe.

Eine Sache muss ich noch erwähnen, bevor ich fortfahre und von Bedburg erzähle: Stumpf leugnete bis zum Schluss, dass er ein Werwolf gewesen sei. Er sagte mir, dass

Werwölfe im Mondschein töten und er das nie gemacht habe, weil man dabei beobachtet werden könne. »Stattdessen bin ich allein durch meinen Wald gelaufen, tief hinein, bis in den finstersten Tann«, sagte er in seinem typischen sanften Singsang.

Er habe sich am großen Felsen neben dem Fluss in seinem Wald ausgezogen, die warme Arbeitskleidung dort liegen gelassen und einen Gürtel aus Fell und Haaren angelegt – dann sei er in der dunklen Nacht so lange barfuß und blindlings herumgelaufen, bis seine Beine ganz schwer geworden wären.

Schließlich sei er seinen Lieblingsbaum hinaufgeklettert – eine riesige Eiche, die aus der Mitte des Walds herausragte – bis ganz oben in die Krone. Dort habe er in den Ästen gekauert und zum Mond gestarrt. Die Blätter hätten sich bewegt, als er sein Gebet zu dem großen Mond mit seinem uralten, steinernen Antlitz hinaufschickte. Er verriet mir nicht die Worte seines Gebets. Er sagte mir nur, dass er den Mond um Kraft gebeten hätte. Er sagte, er hätte gespürt, dass der Mond zu seinem Herzen sprach, ihm Kraft gab, um das Leben unter den Menschen zu ertragen und um hinnehmen zu können, dass er nie auf der silbernen Oberfläche des Mondes würde wandeln können. Ich fragte ihn, ob er damit andeuten wolle, dass ihm als Sünder das Antlitz Gottes und seine Liebe für immer verwehrt sein würde. »Nein«, antwortete er. »Es ging mir nicht um Gott, es ging mir nur um den Mond, Wilhelm.«

Stumpf erzählte, dass er beim Beten hinab auf das im Schatten der Steipplinger Berge liegende Bedburg geblickt habe. Irgendwann habe er sich mit einem Arm am Stamm festgehalten und dann in einem langen, harten Strahl in

Richtung der Stadt gepisst. Das warme Wasser sei durch die nächtliche Luft geschossen und habe glitzernde Tropfen auf den Blättern hinterlassen.

Anschließend sei er hinuntergeklettert und zu dem großen Felsen am Fluss zurückgegangen, wo seine Kleider lagen. Auf dem Weg dorthin habe er immer wieder das weiche Haar seines Gürtels gestreichelt. Während der Mond unterging und der Himmel sich rot verfärbte, habe er sich angezogen und wäre zurück nach Hause gewandert. Zu seinem Bett, zu seiner Frau und zu seiner Familie. Zurück zu dem Leben und der Arbeit, die ihn am nächsten Morgen erwartete. Seinen Gürtel, der sicher in seinem Hemd steckte, habe er regelmäßig berührt, weil es ihm Glück brachte. Jetzt, wo ich darüber nachdenke, komme ich zu dem Schluss, dass der Werwolf nur an eins glaubte, was er selbst aber nicht erkennen konnte – an das Glück.

Zweites Kapitel

Eine Komödie und eine Tragödie werden aufgeführt, bevor man nach Bedburg aufbricht

Eine Geschichte wie diejenige, die ich jetzt erzählen werde, sollte eigentlich in einer verschneiten Landschaft beginnen, um die richtige Stimmung wiederzugeben, doch meine Geschichte fängt mitten im Sommer an, im Juli, in brütender Hitze.

Eine Truppe von Schauspielern hielt sich zum Ende des Semesters an der Universität auf und gab am Abend vor unserer Abreise nach Bedburg ihre letzte Vorstellung. Der Hof füllte sich mit Studenten, die ungeduldig herumstanden und warteten. Ich beobachtete sie durch das Fenster von Paulus' Arbeitszimmer, während ich zusammenpackte, was wir während der Reise brauchen würden – Bücher, Geld, Papier, Tinte, Waffen, Kleider, Essen und Getränke. Als ich alles in Kästen und Säcken verstaut hatte, brachte ich diese mit einer der Wachen zum Südtor und kehrte dann wieder zur Universität zurück. Inzwischen herrschte auf dem Hof dichtes Gedränge, da mehr als hundert Studenten gekommen waren, um sich die Vorstellung der Schauspieler anzusehen. Die Bühne bestand aus zwei schweren, miteinander verbundenen hohen Karren, die bereits seit zwei Wochen mitten auf dem Hof standen, sodass die Aufführung von allen Seiten zu sehen war.

Die Zuschauer standen wie gewöhnlich, nur die Professoren sowie die Schreiber und Sekretäre hatten Sitzplätze, die sich auf einem Podium vor der hinteren Mauer des Hofs befanden, das einen Tag vor Ankunft der Schauspieler errichtet worden war. So hatten sie freie Sicht auf die Bühne. Ich marschierte zum Podium und kletterte die wenigen Stufen hinauf zu den Bänken, die mit Sitzkissen belegt waren. Paulus saß in der Mitte der vordersten von drei Reihen. Er hatte sich vorgebeugt und sprach mit einem Studenten, der unten stand. Er lachte und scherzte mit ihm. Obwohl er nur noch zwei Vorlesungen im Semester hielt, strömten die Jungen noch immer scharenweise zu ihm, um sich seine Gunst zu erwerben. Ich bahnte mir einen Weg zu ihm und wartete, bis er mich bemerkte. Als er aufsah, sagte ich ihm, dass alles vorbereitet sei und wir nur noch bei Tagesanbruch aufstehen und uns mit dem Rest der Gruppe am Südtor treffen müssten. Er schlug mir auf die Schulter, sagte »guter Junge« und bat den Professor neben sich, ein Stück zu rücken – sein Name war Kluge, wenn ich mich recht erinnere, Professor der Mathematik. Bei der Vorstellung, einem kleinen, mit Tinte beschmierten Studenten Platz machen zu müssen, verzog Kluge angewidert das Gesicht.

Paulus klopfte mir aufs Bein und sagte noch einmal: »Guter Junge. Aber jetzt wollen wir uns die Aufführung ansehen.« Er nahm eine Flasche, die zwischen seinen Füßen gestanden hatte, und bot mir einen Schluck an. »Zum Wohl!«

Die Eröffnungsszene fand bereits im Dunkeln statt, und

man hatte wohlweislich Fackeln und Kerzen angezündet. Ein Schauspieler sprang auf die Bühne. Er machte einen Satz vom Boden auf den Karren und überwand fast eine Höhe von zwei Metern. Die Menge jubelte bereits, als er sich auf den Brettern abrollte, aufstand und sich verbeugte. Er trug das Kostüm eines Narren, das aus lauter bunten Flicken bestand, die an Ellenbogen und Knien zerrissen waren. Doch sein Hut war teuer und aufwändig verziert mit vielen Federn und Blumen. Die Kopfbedeckung erinnerte an die eines alten Landsknechts zur Zeit der Bauernkriege. Seine Stiefel reichten bis zu den Oberschenkeln und sahen sehr teuer aus. Ein einfacher Handwerker würde sehr lange dafür arbeiten müssen, um sie bezahlen zu können.

Der Schauspieler bedankte sich bei den Bürgern, dass sie seine Truppe aufgenommen hatten, und machte sich anschließend auf ihre Kosten lustig. Alle nahmen es mit Humor. Die Männer ließen es sich gefallen, dass sie als Pantoffelhelden, ihre Weiber aber als weithin bekannte Zechschwestern bezeichnet wurden. Paulus hatte sich für die Schauspieler eingesetzt, sowohl bei der Stadt als auch bei der Universität, was nicht hinderte, dass auch über ihn gespottet wurde. Paulus hatte nur darauf gewartet und grinste in froher Erwartung über das ganze Gesicht.

»Wir müssen natürlich auch unserem Gönner danken, Paulus Melchior«, sagte der Narr zum Publikum. »Dieser Mann ist ein Heiliger, aber doch noch immer ein Gelehrter, deshalb hat er wenig Zeit für Reliquien. Doch ich habe erfahren, dass er zwei besonders kostbare Reliquien mit sich führt. Er bewahrt sie in einem kleinen Sack zwischen seinen Beinen auf. All seine Studenten betteln darum, die heiligen Steine küssen zu dürfen, denn es sind genau jene Steine, die David in seiner Schleuder benutzt hat, um Goliath zu töten. Doch bisher hat es niemand geschafft, sie zu berühren. Wie wir alle wissen, macht sich Paulus lieber Gedanken um die Bildung des Weibervolks, denn er ist nun mal ein Mann der neuen Zeiten. Deshalb hat er seine Steine bisher auch nur den Lippen der jungen Damen dieser Stadt und ihren Mütter angeboten, in der Hoffnung, dass seine heiligen Relikte ihnen Segen bringen.« Der Narr tollte über die Bühne wie ein lüsterner Priapus. Paulus lachte, klatschte in die Hände und rief: »Mein Herr, Sie können sich glücklich schätzen, nicht die Steine meines Kalibers zu besitzen, denn in der Gesellschaft von Schauspielern, so wie Sie einer sind, hätten sie bestimmt schon längst den Weg in die Hände von anderen Männern gefunden. Wenngleich ich befürchte, dass Sie gegen solche Freiheiten nichts einzuwenden haben.«

In der Art gingen die Späße eine Weile weiter. Namhafte Professoren, Bedienstete der Universität und Studenten scherzten mit dem Schauspieler auf der Bühne, der ihnen schlagfertig Paroli bot. Die Menge lachte immer lauter, auch wenn die Witze weder klüger noch besser wurden. Sie liebten den Narren. Er konnte sagen, was er wollte. Auch dass ihre Mütter Huren und ihre Väter Söhne von Sodom seien, sie hätten nur noch mehr gelacht.

Schließlich rief der Narr die Menge zur Ordnung. Er dankte den Bürgern noch einmal und stellte das erste von zwei Stücken vor, das an diesem Abend aufgeführt werden würde. Es handelte sich um eine mit Streichen, Ohrfeigen und zu Boden stürzenden Akteuren gespickte Komödie mit dem Titel *Theseus im Labyrinth*. Die Handlung setzte ein, kurz nachdem Theseus dem Minotaurus den Kopf abgeschlagen hatte. Man sieht Theseus, wie er den Irrgarten verlässt. Er rutscht im Blut aus, stürzt und landet kopfüber eben in dem Kopf des Minotaurus. Dem Rest der Welt erscheint er daher wie der Stier – das Ungeheuer, vor dem sich alle fürchten. Theseus findet aus dem Labyrinth heraus. Ariadne ist entsetzt, als sie erkennt, welcher Kreatur, nämlich Minotaurus, sie geholfen hat zu entkommen, und fällt unter brüllendem Gelächter der Menge schreiend von der Bühne. Der befreite Theseus-Minotaurus versetzt den Palast in Angst und Schrecken, obwohl er das gar nicht will. Die Menge lachte am meisten, als die Palastwachen den stierköpfigen Theseus jagten, der nicht richtig sehen und sich dadurch nicht gegen Verfolger wehren konnte, und vor ihnen weglief. Dabei spricht er zu ihnen wie ein wahrer Prinz: »Verstehen Sie doch, meine Herren! Ich bin Theseus, Sohn des Aigeus. Ich bin gekommen, um euch von dem kretischen Stier zu befreien. Ich bin kein Ungeheuer!« Doch die Palastwachen verstanden seinen vornehmen athenischen Akzent nicht, wiedergegeben in einem gestelzten Hochdeutsch, zumal Theseus durch den Kopf des Minotaurus sprach. So glaubten sie, dass er ihnen die Worte »Ich bin ein Ungeheuer« in der Sprache der Stiere zurufen würde.

Das Stück endete eher schwach. Ariadne deckt die Geschehnisse schließlich auf und Theseus wird von dem Kopf des Stiers befreit, während die Gefangenen im Labyrinth die Wachen ablenken. Anschließend segeln die Prinzessin und Theseus zurück nach Athen, um ihre Hochzeit vorzubereiten.

»Ich frage mich, womit die Truppe uns als Nächstes unterhalten wird. Normalerweise folgt etwas Ernstes«, sagte Paulus.

»Vielleicht führen sie Theseus' Tragödie auf«, sagte ich.

»Das könnte interessant werden«, sagte Paulus und warf mir einen müden Blick zu.

»Ja«, fuhr ich fort. »Es wäre interessant zu sehen, wie die Schauspieler die Stimmung im Publikum umkehren und die Geschichte erzählen, wie Ariadne auf einer Insel ausgesetzt wird und Aigeus stirbt.«

»Ich kenne die Geschichte«, entgegnete mir Paulus leicht lallend. Der Wein zeigte seine Wirkung.

»Eine wahre Katharsis. Auf das Lachen folgt die Trauer.«

»Ich weiß auch, was Katharsis bedeutet, Wilhelm. Kehr dein Wissen nicht zu sehr heraus«, ermahnte er mich. Doch ein versöhnliches Lächeln umspielte seine Lippen, sodass ich mir nicht ganz so töricht vorkam. Er bot mir erneut von dem Wein an, und ich nahm einen Schluck.

Zwei von Paulus' jüngeren Studenten spazierten zum Podium, erkundigten sich nach seinem Befinden und fragten ihn nach seiner Meinung zu dem Stück.

»Der Schluss war mir zu apollinisch, ich mag es lieber dionysisch«, antwortete er. »Kann man das so sagen, Wilhelm?«

Ich nickte nur. Wenn ich verspottet wurde, wagte ich nicht zu sprechen.

»Aber war es Kunst, Herr?«, fragte der größere der beiden Jungen – ich glaube, sein Name war Gabriel.

»Es war Unterhaltung, du dummer Kerl«, antwortete Paulus, und er wandte sich zum Dekan der Fakultät, der links neben ihm saß, während ich den Platz rechts von ihm eingenommen hatte, soweit ich mich erinnere. »Oder würden Sie widersprechen, Euer Gnaden?«

Der Dekan, der auch Bischof war, lächelte sauertöpfisch,

als hätte er gerade einen Schluck Essig getrunken. Er war dem Wunsch der Schauspieler, auf dem Gelände der Universität spielen zu dürfen, nämlich erst nachgekommen, nachdem die Freunde, die Paulus am Hof hatte, ihm entsprechend Anweisungen erteilt hatten. Ich kann mich nicht mehr an seinen Namen erinnern, was nicht weiter bedauerlich ist.

Die beiden Studenten warteten. Es waren unterwürfige, ehrgeizige Jungen.

»Und was glaubst du?«, fragte Paulus den anderen Studenten, der etwas kleiner und dicker war, doch ein angenehmeres Auftreten besaß.

»Unterhaltung kann durchaus Kunst sein, oder, Herr?«

»Natürlich«, erwiderte Paulus. »Man kann selbst von einem Bärenkampf etwas über die Welt lernen.«

Paulus bot den Studenten von seinem Wein an.

»Darauf, dass ihr ein schönes Leben habt«, sagte er, tippte mit der Hand auf seinen Mund und erteilte ihnen so die Erlaubnis zu trinken. Sie nahmen einen Schluck und gaben ihm die Flasche wieder zurück. Auch Paulus gönnte sich noch etwas von dem Wein und hielt dann mir die Flasche hin. Ich wischte mir die Lippen ab und trank. Danach bot er dem Dekan den Wein an. »Mein Herr?«

Der Dekan wandte nur verächtlich den Kopf zur Bühne.

»Ich wünsche euch beiden noch einen schönen Abend«, verabschiedete sich Paulus von den Studenten. Plaudernd schlenderten die beiden zurück zur Mitte des Hofs. Sie wirkten wie zwei verliebte Mädchen, die gerade von ihrem Angebeteten, dem jungen adeligen Herrn der Stadt, einen Blumenstrauß geschenkt bekommen hatten. Ich schnitt eine Grimasse. Das nächste Stück handelte von Abraham und Isaak auf dem Berg. Es war sehr beeindruckend. Ich hatte noch nie zuvor etwas Vergleichbares gesehen. Es waren lediglich zwei Schauspieler auf der Bühne. Die Stimme Gottes, die allerdings nur Abraham und nicht sein Sohn hören konnte, erklang aus den Kulissen. Durch die kleine Besetzung wirkten die Worte noch grausamer und erschütternder auf mich. Ich bemerkte, dass auch Paulus ergriffen war.

»Das scheint alles sehr neu und frisch«, sagte er zu mir, als die Aufführung begann.

Welches Kind kennt nicht die Geschichte vom Stammvater Abraham und dem Bund, den er mit Gott geschlossen hat? Doch sie begann nicht mit Abraham und den Reichtümern, die Gott ihm schenkte, oder mit Sarah, die mit einem Kind gesegnet wurde durch drei von Gott gesandte Engel. Nein, die Geschichte setzte unmittelbar am Fuß des Bergs ein, auf dessen Gipfel Abraham seinen Sohn Isaak, den einzigen Erben, hinbringen soll, um ihn dort auf Geheiß Gottes zu opfern. Die beiden haben sich gerade von ihren Knechten verabschiedet, und Isaak schleppt das Holz für seinen Vater, womit sie den Scheiterhaufen oben auf dem Berg für die Opferung errichten wollen. Isaak fragt seinen Vater, der ein Messer in der Hand hält, was sie Gott opfern werden, da sie keine Ziege dabeihaben. Abraham erwidert, dass Gott schon für ein Brandopfer sorgen wird, und schickt seinen Sohn los, ein Ziegenkitz zu suchen. Auf der Bühne ist es still, nichts rührt sich. Dann spricht Gott mit donnernder Stimme zu Abraham, während Isaak am Berghang nach einem Tier sucht. Er schnalzt mit der Zunge und klatscht in die Hände, so wie ein Kind einen Welpen ruft, taub gegenüber der Stimme Gottes, die nur sein Vater hören kann.

Die dröhnende Stimme schien von unter der Bühne zu kommen. »Ich habe dir Nachkommen versprochen, Abraham, so zahlreich wie die Sterne am Himmel. Ich habe deinen Kindern das Land der Keniter, der Kenasiter, der Kadmoniter, der Hetiter, der Perisiter, der Rafaïter, der Amoriter, der Kanaaniter, der Girgaschiter und der Jebusiter versprochen. Ich habe deiner Frau ein Kind geschenkt, als sie unfruchtbar und weit über das Alter hinaus war, Kinder zu gebären. Jetzt gib mir deinen Sohn – deinen einzigen Erben.«

Der Schauspieler, der Abraham spielte, winselte wie ein Hund und weinte bitterlich.

»O mein Herr«, rief er. »Ich liebe dich, aber wenn ich dir meinen Sohn gebe, werde ich keine Nachkommen haben, um ihnen die Welt zu vererben, und mein Stamm stirbt aus.«

»Du wirst Nachkommen haben«, sagte die Stimme Gottes. »Überlass mir Isaaks Leben!«

Paulus stupste mich an und beugte sich flüsternd zu mir. »Klingt wie der Teufel in den Rachetragödien.«

Abraham flehte Gott an, seinen Sohn zu verschonen, doch Gott sprach: »Überlege gut und dann entscheide dich, Abraham!«

Stumm kniete Abraham auf der Bühne. Vor sich schien er eine unendliche Reihe von Nachkommen zu sehen, gleich einem Strom von Sklaven vor einem Pharao, und er, Abraham, wäre dieser Pharao – der König eines Stammes, der bis ans Ende der Welt bestünde, und für die Gründung dieses nie untergehenden Reichs würde sich der Tod eines einzelnen Menschen lohnen, auch wenn es der eigene Sohn war.

Abraham rief zu Gott, dass er ihm gehorchen werde.

Daraufhin sprach Gott genau jene Worte, die mir in dem Moment durch den Kopf gegangen waren. »Du würdest das Leben deines einzigen Sohns opfern für den Ruhm, Vater der Völker zu sein?« Mich durchfuhr ein Schauer. Paulus umfasste seine Knie.

Auch wenn Abraham am liebsten vor Scham gestorben wäre, nickte er. Er ging, das Messer in der Hand, zu seinem Sohn, der am hinteren Rand der Bühne stand und noch immer nach einem Opfertier Ausschau hielt. Dann marschierte Abraham zusammen mit Isaak das letzte Stück des Berghangs hinauf. Die Schauspieler bückten sich und krabbelten über die Bühne, als könnten sie ausrutschen und zu Tode stürzen. Sie lagen flach auf dem Boden, und halfen sich gegenseitig über scharfe Kanten und Felsspalten. Abraham sprach nicht zu Isaak, der noch immer fragte, wo sie so weit oben denn ein Opfertier finden würden. Er beteuerte seinem Vater immer wieder, wie sehr er ihn liebte, und wie stolz er sei, dass er an dieser Opferdarbringung, seiner ersten Opferdarbringung als Knabe überhaupt, teilnehmen dürfte.

Als sie den Gipfel erreichten, hatte Abraham noch immer nicht gesprochen. Stattdessen packte er seinen Sohn und fesselte seine Füße und Hände. »Vater, bist du von Sinnen? Ich bin es doch. Isaak, dein einziger Nachkomme. Ich bin kein Lamm«, schrie der Junge.

Abraham weinte und zerriss seine Kleider. Ich war mir sicher, dass er auf der Bühne vor Kummer sterben würde. Mittlerweile brüllten die Schauspieler mehr, als dass sie sprachen. Das Publikum war entsetzt, folgte jedoch wie gebannt dem Geschehen. Abraham legte Isaak auf den Boden. Abraham kämpfte, als würde er mit seinem eigenen Körper ringen. Schließlich hob er das Messer und hielt es über den Jungen. In dem Moment, als er zustoßen wollte, rief Gott: »Lege deine Hand nicht an den Knaben, Abraham. Denn jetzt weiß ich, dass du Gott, deinen Herrn fürchtest. Binde deinen Sohn los!«

Isaac lag kreischend auf der Bühne. Seine Schreie waren laut und anhaltend, denn er konnte Gott nicht hören. Er sah nur seinen Vater, der sich mit dem Messer in der Hand über ihn beugte und dabei dem Wind lauschte und nickte. Abraham bewegte sich, um Isaaks Fesseln durchzuschneiden. »Ich liebe dich, Vater. Bring mich nicht um! Ich bin kein Lamm«, flehte der Junge erneut.

Auch Abraham liefen die Tränen über die Wangen. Er befreite seinen Sohn, umarmte ihn, und sie weinten gemeinsam. »Warum, Vater, hast du das getan?« rief der Junge. Abraham blieb lange still. Dann blökte eine Ziege – ich denke, es war eine Schalmei, die von unter der Bühne erklang – und Abraham hob den Kopf von der Schulter seines Sohns.

»Ein Widder, mein Sohn!«, rief er. »Dort! Seine Hörner haben sich im Dickicht verfangen.«

Isaak drehte sich um. »Wo, Vater?«, fragte er.

Abraham erhob sich und nahm seinen Sohn an der Hand.

»Wo, Vater?«, fragte Isaak noch einmal.

Sie standen mittlerweile am Rand der Bühne, wo Abraham auf das Publikum deutete – auf mich, wie mir schien – und sagte: »Dort, mein Sohn.«

»Ja, Vater. Jetzt sehe ich ihn, Vater«, erwiderte Isaak.

Die Aufführung der beiden Stücke hatte nicht mehr als eine Stunde gedauert hatte, doch das Publikum johlte und applaudierte begeistert. Die beiden Schauspieler verbeugten sich, und auch der Mann, der die Stimme Gottes gesprochen hatte, erschien auf der Bühne, um sich zu verneigen und den Beifall in Empfang zu nehmen. Ich merkte, dass mir Tränen über die Wangen rannen, was mir allerdings häufig passiert, wenn ich ergreifende Lieder oder Geschichten höre. Doch auch Paulus' Augen waren feucht. Dem größten Teil des Publikums, das vor dem Podium stand, erging es genauso.

Die Schauspieler verließen die Bühne unter tosendem Beifall.

»Das ist Kunst, mein Freund«, sagte Paulus zu mir und deutete zur Bühne. Die Menge war im Begriff sich aufzulösen, einige verließen den Hof, andere standen noch herum und tranken etwas.

»Ich weiß noch nicht, was ich davon halten soll, Herr«, antwortete ich. »Ich bin noch zu erschüttert.«

»In der Tat«, bemerkte Paulus. »Sehr dionysisch.«

Seine Äußerung ärgerte mich, denn er war einfach zu gescheit und konnte schon wieder spötteln. Dabei müsste er doch noch genauso tief ergriffen sein wie ich. Also fragte ich ihn in leicht schnippischem Ton: »Was soll das nach einem Stück wie diesem heißen?«

»Dieses Stück ist keines, in dem die natürliche Ordnung wiederhergestellt wird. Im Gegenteil, es wird versucht, sie zu zerstören.«

»Wie bitte?«, fragte ich. Mich hatten der Kampf und der Wahnsinn in ihren Bann gezogen, und am Schluss war ich froh gewesen, dass kein Blut vergossen worden war. Wie konnte Paulus behaupten, die Ordnung sei nicht wiederhergestellt geworden?

Paulus beugte sich zu mir. »Gott war die Nemesis, der

Antagonist«, sagte er leise, sodass ihn niemand hören konnte.

»Das verstehe ich nicht«, sagte ich. »Ich war am Schluss erleichtert.«

»Weil Gott ein grausamer Folterer war und nur irgendwann aufhörte.«

Ich blickte mich um, da ich befürchtete, es könnte uns jemand hören.

»Gott war schlecht«, fuhr Paulus fort. Vielleicht war es der Alkohol, dachte ich. »Das Gute hat sich gefügt. Das Böse hatte gewonnen. Was soll das anderes sein, als die Zerstörung der Ordnung in einem kleinen Theaterstück, das auf den alten Aristotelischen Einheiten beruht, die ich offen gesagt für völlig überbewertet halte. Gott war der Böse.«

»Seien Sie still, Herr!«, sagte ich und versuchte, ihn mit einer Geste zum Schweigen zu bringen. Ich wollte nicht, dass ihm wegen seiner Äußerungen der Prozess gemacht wurde. Paulus konnte sehr anmaßend sein, wenn er sich anderen gegenüber intellektuell überlegen fühlte.

»Ich habe das Stück nicht geschrieben«, wandte er ein. »Ich trage nur meine Kritik vor. Es ist nicht meine Schuld, wenn der Verfasser und die Schauspieler Ketzer sind.«

»Auch das sollten Sie besser nicht sagen, Herr. Irgendjemand könnte es hören und ihnen schaden.«

»Das wird niemand tun«, entgegnete Paulus. »Ich werde diese hervorragenden Schauspieler in meine Gemächer einladen, wo sie so viel Wein zu trinken bekommen, wie sie wollen. Und du kommst mit, um mich morgen früh um fünf zu wecken, damit wir nach Bedburg aufbrechen. Mir wird es nach einem weinseligen Abend mit diesen Schauspielern bestimmt nicht besonders gutgehen.«

Er stand auf und stapfte vom Podium in Richtung der kleinen Zelte, die die Schauspieler hinter der Bühne aufgestellt hatten. Ich folgte ihm.

»Herr, ich glaube, wir sollten das besser sein lassen.«

»Still, du kleiner Hasenfuß«, entgegnete er. »Wir werden um fünf Uhr aufstehen, und ich werde einen vergnüglichen Abend haben, bevor ich mich zusammen mit einer Truppe engstirniger Priester, dummer Soldaten und dir kleinem Angsthasen in dieses Nest mit dem Werwolf begebe«, fuhr er fort und schubste mich.

»Aber, mein Herr«, rief ich entrüstet.

»Was ist?«, sagte er. »Ist doch nicht so gemeint. Komm schon, Hasenfuß!«

Er schubste mich erneut, ich trottete ihm hinterher. Oben in seinen Gemächern tranken, sangen und unterhielten sich die Schauspieler und Dichter. Paulus führte das große Wort vor all den Aufschneidern und Angebern. Jetzt, wo ich daran zurückdenke, erkenne ich, dass ich nie glücklicher war als an jenem Abend. Stimmengewirr erfüllte den Raum, überall wurde debattiert und gesungen. Noch mehr Stücke wurden aufgeführt, sowohl neue als auch alte, deren Zeilen wir alle kannten und wortwörtlich mitsprechen konnten. Ich trank Wein, bis mich irgendwann ein undurchsichtiger Schleier umfing. Als ich auf dem Boden aufwachte, lag ein Schauspieler neben mir, dessen Bart aussah wie der des Leibhaftigen. Paulus versetzte mir mit der Spitze seines Stiefels einen sanften Tritt in den Hintern. »Los, du Trunkenbold – Zeit, sich ans Ende der Welt zu begeben«, rief er.

Drittes Kapitel

Die Gruppe kehrt im Gasthof in Reissen ein, und das seltsame Anmuten der ersten Liebe wird erforscht

Wir verließen die Stadt in der Morgendämmerung. Ich ritt zumeist an Paulus' Seite, der mir wieder aus seinem Leben erzählte. Am Abend des ersten Tages schlugen wir unser Lager an einem Fluss auf. Paulus schaffte es, dass der gesamte Trupp einschließlich der Soldaten in kürzester Zeit betrunken war. Am Morgen bereitete ich zusammen mit dem Jungen, der den Priester begleitete, das Frühstück zu, während die Soldaten uns ihre nackten Ärsche zeigten. Sie waren zum Flussufer gegangen, um zu kacken und sich anschließend die Hintern zu waschen. Schließlich sattelten wir wieder auf. Paulus hatte sich Karfreitag angeschlossen, dem Hauptmann der Leibgarde. Sie führten die Truppe an, lachten miteinander und sprachen laut. Karfreitag war ein alter Landsknecht, der stolz seine bunte Schärpe trug, die von der Schulter schräg über seinen Oberkörper verlief bis hinunter zur Hüfte. Ich ritt zusammen mit Fromme, dem Priester, weiter hinten. Er war Professor an derselben Universität wie Paulus. Auch ihm übertrugen das Reich und die Gerichte immer wieder offizielle Aufgaben. Ich hatte ihn immer für einen uninteressanten Menschen gehalten. Ich war in seine Vorlesungen gegangen und hatte mich rechtschaffen gelangweilt. Auf der Straße jedoch war er eine weltliche Person wie wir, und er konnte viele Geschichten aus den Gemeinden erzählen, in denen er gedient hatte. Er wusste von allerlei Skandalen zu berichten, mit denen er sich als Beichtvater und Ratgeber hatte herumschlagen müssen. Das Thema Religion brachte er nur selten ins Spiel und machte überhaupt einen sehr aufgeschlossenen Eindruck auf mich. Er war überdies der Einzige in der bunt zusammengewürfelten Truppe, der aus vornehmem Hause stammte. Aber er ließ es uns nicht spüren, sondern lachte sogar gutmütig über die zuweilen recht derben Scherze der Soldaten.

Am frühen Abend des zweiten Tages erreichten wir das kleine Städtchen Reissen am Fuß der Steipplinger Berge. Dort mussten wir die Karren und Wagen stehen lassen und unsere Ausrüstung umladen. Ich hatte einen Reiter vorausgeschickt, um uns eine Unterkunft im örtlichen Gasthof zu besorgen, der außerdem bis zu unserer Rückkehr auf die Fuhrwerke aufpassen würde.

Ich hatte abends zuvor in unserem Lager im Wald dem Wein sehr zugesprochen. Als Paulus sagte, dass wir etwas trinken könnten, bevor wir auspacken und für den nächsten Tag umladen würden, spazierte ich als Erster der Gruppe in den Gasthof und bestellte mir ein Bier, denn der Ort war für sein gutes Bier weithin bekannt. Der Wirt hatte es in Flaschen abgefüllt, die in geflochtenen Körben in einem kalten Brunnen auf der Rückseite des Hauses aufbewahrt wurden. Man hatte das Gefühl, eiskaltes Quellwasser zu trinken. Es kitzelte angenehm den Gaumen und lag nicht schwer im Magen. Doch stieg es einem schnell in den Kopf. Mittlerweile hatten sich meine Reisegefährten zu mir gesellt und folgten meinem Beispiel, als ich ihnen von dem eiskalten Bier erzählte. Wir tranken jeder zwei Krüge, doch dann gebot Paulus uns Einhalt. »Zwei sind genug. Lasst uns zuerst die Arbeit erledigen, bevor wir uns in einer Stunde hier wiedertreffen, um unser drittes, viertes und fünftes Bier zu trinken – wenn ihr rechtzeitig fertig seid. Wer zu spät kommt, versäumt das nächste Getränk. Das ich zahlen werde.«

Daraufhin sprangen wir auf wie ein Stoßtrupp, der den Befehl zum Stürmen erhalten hatte. Ich überwachte das Abladen der Ausrüstung von den Karren und Wagen, sodass alles bereitstand, um am nächsten Morgen neu verladen zu werden. Karfreitag, der Hauptmann, beauftragte seine Männer, die Zelte im Hof des Gasthauses aufzubauen. Die Leibgarde würde draußen schlafen, da es nur Zimmer für Paulus, mich, Fromme und seinen jungen Burschen gab, an dessen Namen ich mich nicht erinnern konnte, weil er so still war. Offensichtlich war er das erste Mal von zu Hause fort und vermisste seine Mutter. Den Soldaten machte es nichts aus, im Freien zu schlafen, sie waren es nicht anders gewohnt. Frommes Bursche bereitete die Zimmer vor, während Paulus den Wirt im Voraus bezahlte. Er unterhielt sich mit ihm über Bedburg und erkundigte sich nach den Ereignissen dort. Der Mann konnte uns nicht viel Neues berichten. Fromme bot unterdessen dem Sohn des Wirts an, ihm mit der Versorgung der Pferde zu helfen, was dieser sehr zu schätzen wusste. Einen Priester, der sich die Hände schmutzig machte, hatte er gewiss noch nicht erlebt.

Wir erledigten unsere Aufgaben zügig und gewissenhaft, sodass wir bei Abenddämmerung wieder in der Schenke saßen. Wir bestellten unser drittes Bier und beschlossen, uns gemeinsam als Freunde zu betrinken. Ich saß an der Theke und dachte, dass ich ebenfalls mein Glück versuchen konnte, von dem Wirt etwas über Bedburg in Erfahrung zu bringen. Also richtete ich das Wort an ihn.

Langsam trudelten auch ein paar Ortsansässige herein – mehr als üblich, sagte der Besitzer. »Wahrscheinlich möchten sie die Werwolfjäger in Augenschein nehmen«, fügte er an.

»Wer ist dieser Stumpf überhaupt?«, fragte ich. »Was wissen Sie von ihm?«

»Stumpf? Von dem weiß ich gar nichts. Ich habe nur gehört, dass er der Werwolf ist.«

»Das ist uns auch zu Ohren gekommen. Sind Sie ihm schon einmal begegnet?«

»Nein« antwortete er. »Die Bedburger leben auf der anderen Seite des Bergs, jenseits des Waldes. Das Einzige, was ich weiß, ist, dass er Land besitzt.«

Ich bahnte mir einen Weg zwischen den Tischen zu Paulus, der mit Fromme am Kamin saß. Drei Männer aus dem Dorf hatten sich zusammengesetzt und stimmten ihre Instrumente – eine Trommel, eine Flöte und eine Fiedel. Frommes Bursche saß allein in der Ecke. Ich wollte ihn herbeirufen, doch da ich seinen Namen nicht wusste, ging ich zu ihm hinüber. »Komm und gesell dich zu uns!«, sagte ich. Er begleitete mich zurück zu den Musikanten und stand verlegen neben mir, während die Männer zu spielen begannen.

»Dieses Lied ist für euch, ihr guten Männer«, rief der Trommler.

Es erklang ein Lied, das sie »Die Ballade vom Werwolf«

nannten. Ich kann mich nicht mehr an den gesamten Wortlaut erinnern, doch es gab einen Kehrreim, der mir tagelang nicht aus dem Kopf gehen wollte:

Der Wolf geht um im Mondenschein
frisst Jungfraun zart mit Haar und Bein
Den Schlund hinab geht's mit Gezeter,
der Kopf zuerst, das Ärschgen später.

Es war ein alberner Gassenhauer und die Musikanten trugen ihn nicht einmal gut vor. Dennoch krümmten sich die Zuhörer vor Lachen. Ich trank noch mehr Bier. Es war jedoch so warm geworden in der Schenke, dass ich nach draußen gehen musste. Mit Frommes Burschen war auch nichts anzufangen gewesen. Auf der Stufe vor dem Schankraum atmete ich tief die Nachtluft ein, schlenderte hinüber zum Tor des Gasthofs und blickte die Straße auf und ab, die durch Reissen verlief.

Zwei junge Mädchen, ungefähr in meinem Alter, standen plaudernd vor dem Tor und lachten. Sie blickten auf, als ich ihr Dorf begutachtete.

»Guten Abend«, grüßte ich sie etwas überschwänglich, denn ich war betrunken, und die beiden waren sehr hübsch.

Sie grüßten zurück, und ich fragte sie, ob sie hereinkommen wollten.

»Wir feiern gerade«, erklärte ich. »Es ist sehr lustig.«

»Nun ja, wir haben niemanden, der uns begleiten kann, und zwei junge Mädchen können nicht allein in die Schenke gehen«, antwortete die Dunkelhaarige.

»Aber ich begleite euch ja«, sagte ich und öffnete auch

schon die Tür. Sie sahen sich an, kicherten, dann folgten sie mir.

Einer der Musikanten – der die Fiedel spielte – schaute auf und blinzelte das dunkelhaarige Mädchen an. Ich wusste sofort, dass er ihr Vater war.

»Freya«, rief er durch den lauten Gastraum. »Benimm dich anständig, oder du gehst nach Hause.«

Sie nickte nur mürrisch. Ich verbeugte mich vor ihm, um ihm zu zeigen, dass ich ein Ehrenmann war. Daraufhin lachte seine Tochter und stupste mich an. Der Fiedelspieler begann unterdessen ein neues Lied zu spielen. Es handelte von einem Steinmetz, einer Säule und zwei Kieselsteinen und was man alles damit machen konnte – die Ritze in einer Mauer füllen und dergleichen, wenn ich mich recht entsinne – und das Gasthaus tobte erneut vor Lachen.

Ich unterhielt mich den restlichen Abend mit dem dunkelhaarigen Mädchen, Freya. Ich kann mich nicht erinnern, was ihre Freundin währenddessen gemacht hat. Vielleicht musste sie die Stunden mit Frommes Burschen verbringen, dessen Name mir immer noch nicht einfallen wollte.

Alte Männer erzählen stets von ihrer ersten großen Liebe, die für gewöhnlich wild und leidenschaftlich war. Entweder wurde dieser Liebe durch den Vater ein Ende gesetzt, dem der Verehrer seiner Tochter nicht gut genug war, oder durch den eifersüchtigen jungen Mann, dem das Mädchen bereits versprochen war. Oder es mündete in einer Tragödie, weil die Angebetete starb. Ich glaube, dass eine Frau – ein junges Mädchen – an jenem Abend zum ersten Mal in meinem Leben eine starke Anziehungskraft auf mich ausübte. Ich klebte förmlich an ihren Lippen, dabei war sie ein Mädchen vom Land, das bestenfalls ein Jahr zur Schule gegangen war. Doch ihre Andersartigkeit und Fremdheit faszinierten mich. Außerdem war sie, wie bereits erwähnt, hübsch. Ihr Gesicht vereinte alles, wonach ich mich in den Gesichtern der Frauen sehnte, die ich danach in meinem Leben gewollt oder geliebt habe. Sie stellte mein Ideal dar. Sie hatte dunkles Haar, einem hellen Teint, und sie war schlagfertig und witzig. Ihr Gesicht von der Seite betrachtet zeigte eine herrlich spitze Nase. Glauben Sie mir, auch wenn es komisch klingen mag, ich verliebe mich immer zuerst in die Nase einer Frau, bevor ich mich in die Frau selbst verliebe. Ich verliebe mich in sie durch ihre Nase, diese ganz bestimmte Freya-Nase.

Trotzdem fällt mir ihr Familienname nicht mehr ein, obwohl sie ihn mir nannte. Wir verbrachten in dem Schankraum drei Stunden miteinander. Doch als ich ihr einen Gutenachtkuss gab – heimlich draußen im Dunkeln, als ihr Vater sie mit nach Hause nehmen wollte –, konnte ich mich nicht mehr an den Namen erinnern, und ich traute mich nicht, sie noch einmal danach zu fragen.

Das Einzige, was ich heute noch von unserer Unterhaltung weiß, ist, dass wir über unsere Eltern sprachen. Ich hatte ihr erzählt, dass ich meine Eltern vermisste. Daraufhin erwiderte Freya, dass sie sich gelegentlich nichts sehnlicher wünschte, als von zu Hause wegzulaufen und frei zu sein, denn ihr Vater schlug sie oft. Ich antwortete, dass ich in ein paar Tagen von Bedburg zurückzukehren würde, woraufhin sie mich erwartungsvoll anschaute, doch ich ging nicht weiter auf das Thema ein. Ich lächelte nur wie ein schüchterner, dummer Schuljunge.

»Du bist wunderbar«, sagte ich schließlich. »Ich kann es nicht erwarten, dich wiederzusehen.«

»Ich kann es ebenfalls nicht erwarten«, erwiderte sie.

Ich blieb noch eine Weile im Gastraum, nachdem sie gegangen war. Zu später Stunde scheuchte Paulus uns alle ins Bett. Er erhob die Stimme, als ein paar der Soldaten nur langsam aufstanden und sich zu ihren Zelten begaben. Die Dorfbewohner hatten die Schenke schon lange verlassen, nur unsere Gruppe saß noch bei Wein und Bier, die Gespräche waren längst verstummt.

Paulus und ich teilten uns ein Zimmer. Ich lag im Dunkeln in meinem Bett und starrte zur Decke.

»Gute Nacht, Wilhelm«, sagte Paulus von der anderen Seite des Raums.

»Was soll diese Nacht mir noch Gutes bringen? Das Beste liegt hinter mir.«

Paulus lachte. »Du meinst das Mädchen?«

»Ja, Herr« sagte ich.

»Weißt du was, Wilhelm?«

»Was, Herr?«

»Heirate das Mädchen, wenn du willst. Sie war sehr hübsch.«

»Nicht doch, Herr«, entgegnete ich leicht empört, denn er hatte mich in Verlegenheit gebracht. »Nehmen Sie mir meine Ausdrucksweise nicht übel, aber das ist töricht.«

»Nehme ich dir nicht«, versicherte mir Paulus, und ich hörte, wie er sich in seinem Bett umdrehte. »Mach einfach das, was du willst, verflucht noch mal. Mehr sage ich nicht.« Er hustete.

»Hauptsache, du sorgst dafür, dass wir morgen früh pünktlich aufstehen.«

Vor dem Einschlafen redete ich mir ein, dass ich von dem dunkelhaarigen Mädchen träumen würde, doch meine

Träume waren grau und nichtssagend. Dann dämmerte auch schon der Morgen, und wir machten uns wieder auf den Weg. Schon bald erreichten wir die Berge, und als die Sonne aufging, führten wir die Pferde und die Packesel über den Passweg.

Viertes Kapitel

Der erste Teil der Geschichte des Priesters Carolus Fromme und seiner Verwandlung vom Soldaten zum fürsorglichen Arzt

Es war Hochsommer und dementsprechend lang hell. Wir brauchten das Licht eines ganzen Tages, um die Steipplinger Berge zu passieren. So gegen zehn Uhr abends kamen wir auf der anderen Seite an. Wir erreichten die Ausläufer der Berge oberhalb des bewaldeten Tals, in dem Bedburg versteckt lag. Ich ritt zusammen mit Fromme und seinem Burschen Aesop Jodel – sein Name war mir endlich wieder eingefallen –, während Paulus entweder mit dem Hauptmann lachte und über Orte sprach, wo sie schon einmal gemeinsam gewesen waren, oder ihm erklärte, welche Aufgaben seine Männer zu erfüllen hätten, sobald wir in Bedburg angekommen sein würden.

Paulus hatte mir vor unserer Abreise viel über Fromme erzählt. Er sei ein klassischer Lebemann gewesen, erfuhr ich, der als vierter oder fünfter Sohn einer Familie des niederen Adels im Osten des Heiligen Römischen Reichs Deutscher Nation, in Mähren, geboren worden war. Seine Mutter starb, als er noch ein Kind war, und sein Vater hatte nie viel Zeit für die Familie, außer für den Erben, Frommes ältesten Bruder. Fromme hatte sich als junger Mann dem

Würfel- und Kartenspiel hingegeben, er hatte gehurt und gesoffen und war noch vor seinem achtzehnten Geburtstag aus dem Haus geworfen worden. Er trat ins kaiserliche Heer ein und kämpfte im gesamten Reich, darunter auch auf Feldzügen in Italien und gegen die Türken. Schon bald bekleidete er einen hohen Rang und war bekannt als erfolgreicher Stratege und Feldherr. Die Türken sollen damals ihren eigenen Kot auf die Spitzen von Pfeilen, Spießen und Schwertklingen und auf die Bleikugeln ihrer Hakenbüchsen aufgetragen haben – durch den Dreck infizierten sich die Wunden. Ein Schuss traf Fromme in die Hüfte, als er einen Spähtrupp in Dalmatien anführte. Er wurde über die Adria zurück nach Norditalien gebracht, in ein kleines Kloster an der norditalienischen Küste, wo der Kaiser die Mönche dafür bezahlte, dass sie verwundete Soldaten versorgten und die Toten begruben. Es dauerte vier Tage, bis Fromme in Sicherheit war. Mittlerweile hatte sich seine Wunde entzündet und eiterte. Sie war blau und grün, und es sah aus, als würde Fromme an einer Blutvergiftung sterben.

Er rang einen Monat lang mit dem Tod, während die Klosterbrüder sich um ihn kümmerten. Sie entfernten das verfaulte Fleisch und brannten die Wunde aus, badeten ihn und fütterten ihn. Sie flößten ihm Wasser ein, selbst wenn er bewusstlos war, was sehr viel Liebe und Geduld erforderte. Endlich ließ das Fieber nach. Dennoch lag er noch wochenlang auf dem Krankenlager, nur selten imstande, zu sprechen oder die Augen zu öffnen. Sein Körper erholte sich nur langsam. Die Mönche versorgten die Wunde, saßen bei ihm und lasen ihm aus der Bibel vor. Zwei Monate nach seiner Ankunft im Kloster konnte er sich zum ersten Mal von seinen Bett erheben und ein paar Schritte in den Klostergarten tun.

Fromme nahm von nun an seine Mahlzeiten an einem derben Holztisch am Fenster seines Zimmers ein und blickte über die mit Thymian-, Lorbeer- und Rosmarinsträucher bewachsenen Hügel, die zum Strand, der Bucht und dem Meer führten, bis hinüber zur Küste Dalmatiens. Einer der Brüder kam regelmäßig zu ihm, und dann sprachen sie über Gott und die Kirche.

An seinem neunzigsten Tag im klösterlichen Lazarett fühlte Carolus Fromme sich kräftig genug, um allein einen Spaziergang zu unternehmen. Den Brüdern erklärte er morgens, dass er mit ihnen gemeinsam im Refektorium zu Abend essen wolle, statt mit dem Mönch in seinem Zimmer zu speisen, der dafür eingeteilt war.

Im Refektorium hörte er der Predigt zu und sprach die Gebete vor dem Essen. Dann aß er still mit den Brüdern und wandte sich nur dann an sie, wenn er sie um Brot oder Wein bat. Ansonsten sprach er nur über das Mahl, lobte die sahnige Butter und die Brühe, die genau richtig war, während die Brüder mit ihm an dem langen gemeinschaftlichen Holztisch saßen.

Als das Abendessen beendet war, das Geschirr aber noch auf dem Tisch stand und die Mönche den Saal noch nicht verlassen hatten, um ihren abendlichen Pflichten und Studien nachzugehen und zu beten, stand Fromme auf und fragte, ob er das Wort an die Mitglieder des Ordens richten dürfte. Der Pater des Klosters erteilte ihm die Erlaubnis.

»Meine Brüder«, begann er. »Ich verdanke euch mein Leben. Aber nicht nur das, ich verdanke euch noch viel mehr. Ihr habt mir neben meinem weltlichen auch mein geistliches Leben zurückgegeben. Seit meiner Schulzeit habe ich nicht mehr in der Bibel gelesen. Ihr habt in mir eine Liebe zu Gott und seinen Lehren geweckt, die ich vorher nicht kannte. Durch eure Fürsorge habe ich Christus kennengelernt. Ich bin wahrlich von den Toten auferstanden. Ich frage mich, ob es nicht Gottes Wille war, dass ich, dessen Leben aus Sünde und Laster bestand, von jener Kugel getroffen wurde«, sagte er und legte eine Hand auf die noch immer empfindliche Wunde. »Denn das brachte mich zu euch, und mein Körper und meine Seele konnten von euch gereinigt werden. Nun stehe ich hier vor euch wie ein Kind, das an die Hand genommen und in ein neues Leben geführt werden möchte.« Er ging zwischen den Tischen zur Mitte des Refektoriums und kniete nieder. »Bitte, meine Brüder, nehmt mich als einen von euch auf, lasst mich hier leben und leitet mich, auf dass ich einer von euch werde. Ich bitte euch, dem Orden beitreten zu dürfen. Solltet ihr mich ablehnen, werde ich das willig akzeptieren, denn ein großer Sünder, wie ich es bin, hat in eurer Mitte eigentlich keinen Platz verdient. Dann werde ich das Kloster innerhalb von einer Woche verlassen und dafür Sorge tragen, dass mein gesamtes Vermögen und meine Wertgegenstände hier verbleiben als Entlohnung für eure Güte und Fürsorge.«

Die Mönche waren nach dieser Rede zu Tränen gerührt. Der Pater stand auf, trat zur Mitte, kniete sich neben Fromme und umfasste seine Schultern. »Mein Sohn, auch wenn die neunundneunzig Schafe in Sicherheit sein mögen, so wie es in der Bibel steht, so hat das verlorene Schaf doch noch zu uns gefunden.« Die Mönche versammelten sich um die beiden, beugten sich über Fromme und beteten für ihn. Er hörte, wie einige von ihnen sagten, zu ihm, zu ihren

Mitbrüdern, vielleicht auch zum Herrn selbst: »Wir wussten, dass dies geschehen würde. Er ist zu uns gekommen. Eine gerettete und dem Herrgott geweihte Seele.«

Der Pater half Fromme auf die Beine, und die Mönche führten ihn hinter das Kloster in den Wald zu dem kleinen, versteckt liegenden Garten und dem Teich, an dem sie oft zu beten pflegten. Dort streiften sie ihm die Kleider ab, wuschen ihn mit dem Wasser des Teichs und zogen ihm das Gewand eines Novizen an. Das Haar wurde ihm geschoren und die Regeln und Maßgaben des Ordens vorgelesen, die von nun an sein Leben bestimmen würden. Die Gebote waren: Armut, Reinheit von Geist und Körper, Keuschheit, Gehorsam, Gelehrsamkeit, Fleiß, Mut und Wohltätigkeit – vor allem aber Nächstenliebe, die die wahre Liebe ist von Gottes Geschöpfen, von Mann und Frau.

Fromme schickte mehrere Briefe an seine Offiziere, darunter ein Schreiben vom Pater, in dem dieser bestätigte, dass Fromme aufgrund seiner Wunden keinen Militärdienst mehr leisten könne und sich in das Kloster zurückgezogen habe, um die Priesterweihe zu empfangen. Keiner der Hauptleute hatte etwas dagegen einzuwenden, denn mit seinen sechsundzwanzig Jahren hatte er bereits seit mehr als acht Jahren gedient und sich in vielen Schlachten bewährt. Sie lobten seine Entscheidung und richteten ihm den persönlichen Dank des Kaisers für seine Dienste aus.

Frommes Leben bestand nun für einige Jahre vor allem aus dem Studium der Bibel. Er lebte schon lange als vollwertiger Bruder im klösterlichen Haushalt und war ein allseits beliebtes Mitglied, als die Kämpfe in Dalmatien wieder aufflammten. Erneut erreichten jeden Tag viele verletzte Soldaten das Kloster. Einige waren so schrecklich verwundet, dass die Mönche sie mit Medikamenten betäubten und solange im Dämmer schlafen ließen, bis sie starben. Täglich mussten Tote dutzendweise begraben werden.

Die kleine Stadt Devbergrad auf der anderen Seite des Meers war seit Alexander dem Großen durch viele Hände gegangen – so wie ein Spielball, mit dem sich Kinder vergnügten. Sie hatte bereits den Griechen, Türken, Serben, dem Heiligen Römischen Reich deutscher Nation und Venedig gehört. Die Stadt, die landseitig von einer Mauer umgeben war, lag auf einem schroffen Felsen. Das ermöglichte ihr einen Blick auf die nach Süden führende Straße und auf einen vierzig Meilen langen Küstenabschnitt. Damit stellte sie einen wichtigen militärischen Stützpunkt dar. Mittlerweile war Devbergrad wieder im Besitz des Kaisers, doch mussten die deutschen Truppen sich jetzt mit den Türken herumschlagen.

An Ostern brachte man einen ranghohen Feldherrn ins Kloster, der sich bei einem Sturz vom Pferd das rechte Bein gebrochen hatte. Keine lebensgefährliche Verletzung, er würde es überleben. Fromme hatte sich mittlerweile Fachwissen in der Medizin angeeignet und übernahm persönlich die Behandlung des Soldaten. Wäre Fromme noch beim Militär gewesen, hätten sie den gleichen Rang gehabt.

Er sah jeden Nachmittag nach der Schiene und sprach mit seinem Patienten über die Notwendigkeit eines Feldlazaretts, einer Versorgungstelle am Hafen und eines Lazarettschiffs.

»Die Einwohner aus Devbergrad sind alle geflüchtet, nur noch Soldaten sind dort. Auch zivile Ärzte gibt es keine mehr, lediglich ein Militärarzt kümmert sich um die Soldaten. Die Truppen, die auf dem Land kämpfen, brauchen eine kleine Mannschaft von Ärzten vor Ort in den hinteren Reihen. Ein verletzter Soldat könnte so auf dem Feld gerettet werden, bevor er nur noch tot die Stadt erreicht. Wenn die Verletzten verlegt werden, liegen sie mitunter Tage am Strand oder am Hafen. Mir selbst erging es nicht anders. Ich verbrachte zwei volle Tage am Kai, bevor ich mit dem Schiff nach Italien gebracht wurde. In dieser Zeit kann ein Mann leicht sterben, zumal es auf den Booten keine medizinische Versorgung gibt – es ist, als hätte man im Kampf keine Kanonen oder Wagen oder Spähtrupps. Auf meiner Überfahrt sind zwei Männer gestorben.«

Fromme wurde gestattet, einen Stab von Sanitätern und Krankenträgern zusammenzustellen. Dieser sollte aus Mönchen bestehen, die sich dafür freiwillig gemeldet hatten, sowie aus verwundeten, im Kloster untergebrachten Soldaten, die dazu stoßen würden, sobald sie wieder einsatzbereit waren. Insgesamt wählte Fromme zwanzig Soldaten aus und schulte sie. Die Soldaten dienten den Kranken als Pfleger und den Mönchen, die ihre Künste als Wundärzte anwandten, als Leibgarde. Alle waren mit ihren Aufgaben zufrieden.

Als sie Dalmatien erreichten, teilte Fromme die Männer auf. Mit einem der Brüder und fünf der Soldaten begab er sich zur Front, wo sie als Sanitätseinheit auf dem Feld fungierten. Bereits an seinem ersten Tag brachte er es zu Ruhm, da er Männer mitten auf dem Schlachtfeld zwischen Blut und Gewehrfeuer retten, sie auf Wagen zurück zur Stadt und weiter zum Strand bringen konnte, wo sie schließlich mit seinem Lazarettschiff über das Meer zum Kloster transportiert wurden.

Ich bat Fromme, mir eine Geschichte von diesem ersten

Tag auf dem Schlachtfeld zu erzählen, während wir gerade den zweiten Pass über die Steipplinger Berge hinter uns ließen. Aber Fromme wollte nicht. »Wir haben einfach nur getan, was wir tun mussten.« Das war alles, was er sagte. Genaueres erfuhr ich später von Paulus. Die beiden kannten sich gut und waren im gleichen Alter.

Das Militärwesen hat sich im Laufe meines Lebens sehr verändert. Trotzdem verblüfft es mich noch heute, dass es damals, als Fromme auf das Schlachtfeld zurückkehrte, was auf unserer Reise nach Bedburg nicht länger als zwanzig Jahre zurücklag, noch keine Ärzte an der Front gegeben hatte. Doch genau so war es. Dass die Geschichte von Fromme und seinen Ärzten vom Kloster die Reichsstände erreichte und bis hin zu Kurfürsten und auch dem Kaiser drang, verwundert also nicht. Genau jener zitierte Fromme herbei und befahl ihm, sich um alle medizinischen Angelegenheiten des kaiserlichen Heers und der Seestreitkräfte zu kümmern.

Danach war sein Leben von Logarithmen, Listen und Verzeichnissen bestimmt: die Anzahl von Männern dividiert durch die Anzahl von Sanitätern, dieses Ergebnis angepasst an die Gefahr, der der fragliche Schlachthaufen oder das Regiment ausgesetzt ist, dem gegenübergestellt die Stärke des Gegners, die Wetterbedingungen, der Proviant und das Wasser. Er saß in seinem Dienstzimmer am Hof und wurde dick. Als es schließlich einmal zu einer Zeit relativer Friedfertigkeit im Reich kam – wirklich Frieden herrschte nie, irgendwo wurde immer Blut vergossen –, wandte er sich an den Hofrat, der ihm stets ein Ohr schenkte, da Fromme gute Arbeit für das Reich leistete.

»Meine Herren«, begann er, »ich kann nicht länger am

Hof bleiben. Ich gehöre nicht an den Schreibtisch. Ich muss entweder in Stille und Frieden beten können oder draußen in der Welt das Werk Gottes verrichten, was heißt, dass ich meinen Mitmenschen das Leben rette. Ich bitte Sie deshalb, mich mit Aufgaben zu betrauen, die meinen Fähigkeiten entsprechen, sodass ich Ihnen besser dienen kann. Bitte schicken Sie mich, wohin Sie wollen, damit ich in dieser Welt tätig sein und Teil von ihr sein kann, oder lassen Sie mich zu meinen Brüdern ins Kloster zurückkehren, um der Welt ganz zu entsagen.«

Der versammelte Hofrat versicherte ihm, man werde eine passende Aufgabe für ihn finden, da man nicht die Absicht hatte, ihn nach Italien zurückzukehren zu lassen, um seine Tage zwischen Lorbeersträuchern zu verschwenden. Eine Woche später zitierte man Fromme herbei und erklärte ihm, dass er in den Norden fahren würde, in die Hansestädte an der Ostsee. Die Pest wütete dort, und es hatte Unruhen gegeben. Seine Aufgabe sei es, das Reich in den Bemühungen zu unterstützen, das Leiden der Kranken und Sterbenden zu lindern. Die starke Verbreitung der Krankheit hatte zu Unruhen in den Städten geführt und sie unregierbar werden lassen. Eine Gruppe von Hofbeamten würde ihn begleiten, um als Regierung in den Hansestädten zu fungieren und das Reich und Staat zu repräsentieren. Alle gesetzgebenden Kammern und örtlichen Räte müssten aufgelöst und sollten erst dann wieder eingesetzt werden, wenn die Krankheit ausgelöscht und Ruhe und Ordnung in den Städten zurückgekehrt sei. Danach würde Fromme mit den restlichen Staatsbeamten und dem militärischen Begleitzug zurückkehren.

Unsere Gruppe hatte mittlerweile den Scheitelpunkt der Steipplinger Berge passiert und war auf dem Weg nach unten durch eine kleine Schlucht. Aus Angst, die Pferde könnten ausrutschen, stiegen wir ab und gingen langsam und vorsichtig weiter. Wir führten die Pferde wie kleine Kinder, die ihre ersten Schritte auf dem Eis machten. Sie wieherten und stießen Dampf aus ihren schwarzen Nüstern aus.

Paulus hatte mich zu sich gerufen. Ich sah ihm an, dass die Soldaten ihn langweilten. Vielleicht war es Fromme mit mir nicht anders ergangen.

Er erteilte mir einige Instruktionen, verschiedene Aufgaben, die ich zu erledigen hatte, sobald wir in Bedburg angekommen sein würden. Das Wichtigste war, eine gute Unterkunft für uns beide zu besorgen, auch eine warme Mahlzeit und ein ordentliches Getränk.

»Wie war Fromme?«, fragte er und sah auf den Weg, der rechts neben ihm steil abfiel.

»Wir haben uns ein wenig unterhalten. Ich habe versucht, etwas von seiner Vergangenheit zu erfahren. Doch er hat kaum etwas erzählt. Ich finde seinen Burschen schrecklich langweilig. Spricht der nie?«

»Jodel stammt von einer angesehenen Familie und ist meines Wissens ziemlich gescheit.«

»Man könnte fast auf die Idee kommen, dass er sein Lustknabe ist.«

»Und ich könnte fast auf die Idee kommen, dass du keinen Verstand besitzt, wenn du glaubst, solche Gedanken laut äußern zu dürfen. So kannst du dir es leicht mit Pater Fromme verscherzen. Außerdem sind er und ich alte Freunde, überleg dir also gut, was du sagst. Du bist erst seit sechzehn Jahren auf dieser Welt, Fromme und ich bereits seit vierzig, und ich kenne ihn zehn davon.«

Ich blickte geradeaus und mir würde kalt. Ich spürte, dass ich zu weit gegangen war.

»Es tut mir leid«, sagte ich. »Ich habe Unsinn von mir gegeben. Ich bin müde, mein Herr. Verzeihen Sie mir!«

Wir wanderten weiter. Nach etwa dreihundert Schritten – ich zählte sie ängstlich mit – sagte er, ohne mich anzusehen: »Du kannst mitunter ein furchtbarer Dummkopf sein, Wilhelm. Spitz die Ohren, hör zu und denke nach! Vor allem – denke nach, Wilhelm!

»Es tut mir leid, Herr.«

»Schon gut«, erwiderte er.

Wir gingen eine Weile schweigend nebeneinander her. Schließlich erzählte er mir mit ruhiger Stimme, wie er Bruder Fromme kennengelernt hatte. Sie waren beide in den Norden geschickt worden, um die Pest in den Hansestädten zu bekämpfen und die Ordnung wiederherzustellen. »Fromme arbeitete als Sanitäter, und ich vertrat das Gesetz«, sagte Paulus.

Fünftes Kapitel

Der zweite Teil der Geschichte des Priesters Carolus Fromme, in der er zusammen mit dem Reichsbeamten Paulus Melchior die Pest und den Aufstand in den nördlichen Hansestädten bekämpfte, sich dann aber der Hexerei gegenübersah

»Das wunderschöne Lübeck mit seinen alten braunen Backsteinhäusern und den spitzen dunklen Türmen litt am meisten«, begann Paulus. »Es war die bedeutendste Hansestadt, und wir wurden zuerst dorthin geschickt«, erzählte er weiter. »Doch Fromme und ich reisten nicht gemeinsam in den Norden. Ich erreichte die Stadt zwei Tage nach ihm. Er hatte bereits mobile Krankenstationen eingerichtet, die in die kleineren Städte und Dörfer bei Lübeck geschickt wurden. Außerdem hatte er sich um Beerdigungstrupps gekümmert, die er zusammenstellte aus Menschen in der Bevölkerung. Er entsandte einige seiner Delegierten in die Hansestädte Bremen, Lüneburg und Hamburg, wo sie die Versorgung der Kranken übernehmen und seinem Beispiel folgen sollten. Ich fand seine Vorgehensweise vernünftig und übernahm deren System für meine Zwecke. Meine Aufgabe bestand darin, ein Militärgericht in Lübeck einzurichten und Justizbeamte, die unter meinem Befehl standen, in umliegende Ortschaften zu schicken. Fälle, die zu kompliziert waren, dass sie kurzerhand vor Ort geklärt werden konnten, sollten sie an mein Gericht zurückverweisen. Ich entsandte ebenfalls Beamte in alle großen Hansestädte, wo sie nach meinem Vorbild vorgehen sollten, was bedeutete, dass sie in der Stadt, die sie eingenommen hatten, als Richter und Schöffen fungierten, und Justizbeamte, begleitet vom Militär, ins Umland schickten, um Meinungsverschiedenheiten zu schlichten und Urteile zu sprechen.

Doch die Städte unter Quarantäne zu stellen, war eine Aufgabe, die uns beiden zufiel – Fromme im Hinblick auf die medizinischen und mir im Hinblick auf die juristischen Belange. Wir sperrten die Gebiete ab, wo die Ansteckungsrate in der Bevölkerung bei mehr als zehn Prozent lag. Ich schloss Bewohner in ihre Häuser ein und postierte Wachen davor. Die Sanitäter versorgten die Kranken auch drinnen so gut sie konnten. Manchmal entschieden sie sich, in die Häuser hineinzugehen, um die Infizierten so lange zu pflegen, bis sie entweder die Krankheit besiegt hatten oder die Patienten – oder sie selbst – gestorben waren. In Frommes medizinischem Stab gab es viele Männer Gottes. Ihre Selbstlosigkeit und Tapferkeit überraschte daher nicht. Sie hatten geschworen, sich trotz allem um die Kranken zu kümmern und ihnen beizustehen. Wohltätigkeit bis zum Tod.

Nach mehreren Wochen harter Arbeit sah es so aus, als hätten wir es geschafft, ein Verfahren zu etablieren, das die Pest in den Hansestädten besiegen würde. Nach unserer üblichen morgendlichen Besprechung wartete Fromme auf mich, um mir einen Vorschlag zu unterbreiten. Es handelte sich um eine maritime Angelegenheit. Da dem Handel innerhalb des Bündnisses eine hohe Bedeutung zukam, unterlag die Schifffahrt meinem Kommando. Ich schob einige Unterlagen und Karten beiseite und bat ihn, sich zu setzen. Obwohl ich der Statthalter war, schätzte ich Fromme sehr und wollte ihm gegenüber meine Achtung ausdrücken. Ich dachte, wir könnten Freunde werden und uns gegenseitig nützlich sein. Wir aßen zu Mittag, tranken Wein und plauderten miteinander über das Wetter und den Hof. Erstaunt stellten wir fest, dass wir uns noch nie dort begegnet waren. Fromme tat sich schwer mit dem bei Hof üblichen belanglosen Geplauder, sodass er schnell auf das Thema zu sprechen kam, das ihm am Herzen lag, als wir unsere Mahlzeit gegessen hatten. Beim Kuchen bat er mich daher, eines der Boote in ein Lazarettschiff umwandeln zu dürfen. Im Hafen schwammen Dutzende von Zwei- und Dreimastern, die weder anlegen noch auslaufen durften, da das Gebiet unter Quarantäne stand und von Kanonenbooten gesichert war. Auf diesen Geisterschiffen starben täglich Männer, die aus dem Baltikum und von weiter weg stammten. Skandinavier, Polen, Russen, Letten, Engländer, Franzosen, Iren, Schotten und Spanier. Man konnte vom Kai aus beobachten, dass sie die Toten in das grüne Wasser warfen. Die Flut schwemmte die von der Pest gezeichneten Leichen dann an die Ufermauer. Wir fischten sie heraus und begruben sie mit den übrigen Toten. Wachen wurden aufgestellt, um diejenigen zu erschießen, die versuchten, an Land zu schwimmen oder sonstwie an Land zu gelangen.

›Ich hätte gern ein Schiff und eine Mannschaft tüchtiger Matrosen, die mich zu den Geisterschiffen bringen, damit ich mich um die Kranken und Sterbenden kümmern kann‹, erklärte Fromme.

Ich willigte ein, denn gegen diesen Vorschlag gab es nichts einzuwenden. Wenn man die Schiffe von den Infizierten säubern und die Fracht bergen konnte, würden die Waren endlich weiter verfrachtet werden können. Dem

Handel wäre gedient, und ich könnte meiner Aufgabe besser gerecht werden. Fromme untersagte es den restlichen Mitgliedern seines medizinischen Stabs an der Mission teilzunehmen und die Kranken auf den Geisterschiffen zu behandeln. Am nächsten Morgen hatte ich Fromme ein Schiff besorgt und eine Mannschaft ausländischer Seemänner abkommandiert, die zu allem bereit waren, weil sie ohnehin nichts mehr zu verlieren hatten. Ich marschierte mit zwei Kutschern zu Frommes Unterkunft, die mitten in der Stadt lag, ein paar Straßen entfernt von meiner eigenen Herberge. Sie sollten die medizinischen Güter zusammen mit Essen und Wasser an Bord bringen, um Versorgungsengpässe zu beheben, zu denen es bestimmt gekommen war, denn die Schiffe lagen schon mehrere Wochen in der Trave vor Anker. Je nachdem wie der Wind stand, schienen Stimmen herüberzuklingen, die nach Brot und Wasser riefen. Auf jeden Fall winkten uns ständig Personen zu, und weiße Flaggen wehten von den Masten, die verzweifelt gehisst worden waren. Frommes Diener brachte mich zu dessen Gemächern. Er war gerade dabei sich anzukleiden. In der Mitte des Zimmers stand eine Ankleidepuppe. Fromme nahm den knöchellangen gewachsten Mantel herunter, zog ihn an und knöpfte ihn zu. Er erklärte mir, dass ein irischer Mediziner diesen Schutzanzug im letzten Jahrhundert entwickelt hatte, als er die Pest in Italien bekämpfte. Der Mediziner stammt aus Ulster, und deshalb nannte er auch den Schutzmantel so. Dann setzte Fromme seine Schutzmaske mit den gläsernen Augenlöchern auf, und ich half ihm, den ledernen Schnabel über das Gesicht zu stülpen. Er war mit Amber, Zitronenmelisse, Pfefferminzblättern, Kampfer, Nelke, Laudanum, Myrrhe, Rosenblättern und Storax gefüllt. Es roch penetrant wie die Vorratskammer eines Parfümeurs. Mir wurde ein wenig schwindelig, und ich fragte mich, wie er damit seine Arbeit als Arzt verrichten konnte. Seine Schuhe hatten hohe Sohlen und Absätze, um nicht mit Kot und anderem Unrat in Berührung zu kommen. Zusätzlich hatte er einen Stock dabei, mit der sich windenden Schlange des Äskulap, dem Symbol der Ärzte. Er setzte ihn während Untersuchungen wie einen Greifarm ein und verscheuchte Ratten damit. Er sah aus wie ein furchterregendes vogelähnliches Wesen, halb Teufel, halb Mensch, als er sich am Schluss einen breitkrempigen weißen Hut mit rotem Band aufsetzte.

›Daran erkennt man mich als Arzt‹, erklärte er, und seine Stimme klang tief und eigenartig hohl hinter der schnabelförmigen Maske.

Ich lachte. ›Zum Glück. Man hielte dich sonst wohl für einen Höllenvogel.‹

›Es ist so üblich‹, sagte er brummend, doch ich konnte hören, dass ein Lächeln auf seinen Lippen lag. ›Als wir diese Kluft das erste Mal trugen, hatte sie noch nie zuvor jemand gesehen. Damit die Menschen nicht aus Angst vor uns wegliefen, setzten wir die traditionellen weiß-roten Hüte aus dem Krankenhaus auf, sodass sie uns erkannten. Der Brauch ist geblieben.‹

Ich begleitete ihn zum Hafen. Die Leute wichen ihm auf der Straße aus, als würde der Leibhaftige persönlich über das Pflaster stapfen. Von der Hafenmauer aus beobachtete ich den ganzen Tag, wie sein kleines Schleppboot ein Geisterschiff nach dem anderen ansteuerte. Jedes Mal wurden Medikamente und Proviant abgeladen und Tote auf das Boot verfrachtet. Fromme blieb jeweils eine Stunde und länger bei den Kranken. Die Nacht war schon angebrochen, als ich endlich ins Bett ging. Fromme arbeitete noch immer. Am Morgen fand ich eine Nachricht von ihm vor, in der er mir mitteilte, dass sie ungefähr fünfundneunzig Tote von den im Hafen ankernden Geisterschiffen geholt hätten und zirka zweihundertfünf Männer noch am Leben seien. Einundfünfzig davon würden Anzeichen der Krankheit aufweisen. Fromme hatte beschlossen, eins der Geisterschiffe in ein Quarantäne-Lazarett umzuwandeln. Die gesunden Männer, die sich noch auf diesem Schiff befanden, verteilte er auf die umliegenden Boote und verfrachtete alle Erkrankten auf das Quarantäneschiff. Eine logistische Meisterleistung. Fromme ist ein wahres Organisationstalent. Innerhalb einer Woche waren alle Männer auf dem Quarantäneschiff tot und keiner der anderen Männer auf den Geisterbarken zeigten Anzeichen der Krankheit. Einen Tag später luden sie ihre Fracht ab. Tuche, Eisen, Delfter Keramiken, Wolle, Bernstein, Schießpulver und noch vieles mehr wurde zum Hafen gebracht. Schauermänner transportierten die Waren zum Stadttor, von wo aus sie über die Straßen und Handelsrouten, die das Reich durchzogen, zu ihren Bestimmungsorten gebracht wurden.

Die Seuche hatte mittlerweile ihren Höhepunkt erreicht. Selbst in der Straße, wo sich meine Unterkunft befand – in unmittelbarer der Nähe des Rathauses – stapelten sich die Toten im Graben und an den Ecken doppelt, in den ärmeren Stadtteilen sogar sechsfach. Ein Sechstel meines Stabs war inzwischen gestorben. Ich betrachtete jeden Tag als ein neues Glücksspiel. Uns war völlig schleierhaft, wo die Krankheit herkam. Die meisten behaupteten, sie würde in der Luft liegen. Andere meinten, sie würde über Tiere, Geschlechtsverkehr oder Körperkontakt übertragen werden. Eine dritte Gruppe glaubte, es wäre Gottes Wille. Alle atmeten die gleiche Luft ein, überall liefen Tiere herum, besonders jetzt, wo viele ihrer Besitzer tot waren. Noch eine Aufgabe, um die sich meine Wachen kümmern mussten. Die Menschen vögelten noch immer miteinander, mehr denn je, denn viele glaubten, dass sie bald sterben würden. Doch niemand verhielt sich so, als wäre die Endzeit angebrochen. Wir berührten uns noch immer, und auch Gott kannte uns noch alle. Vielleicht nahm er die Sünder zu sich. Wenn ja, dann hätte die Hälfte meiner Wachen sterben müssen, einschließlich meiner selbst, und nicht Neugeborene oder alte Weiber, die in ihrem Leben niemandem etwas zu Leide getan hatten. Der Zufall bestimmte über den Tod der Menschen. Ich habe mein ganzes Leben lang Glück gehabt. Fromme brauchte viele Totengräber, um die Erde auszuheben und die Toten zu bestatten. Ich schickte meine Wachen los, damit sie Truppen für ihn zusammenstellten. Dann begleitete ich ihn vor die Tore der Stadt zu den ausgehobenen Gräbern und dachte darüber nach, dass ich ein Flugblatt über meine Zeit in Lübeck verfassen sollte, um der Welt von diesen Ereignissen zu berichten. Also begab ich mich immer häufiger in die Gassen, um mir selbst ein Bild von der Lage zu machen. Natürlich hatte ich Angst, aber ich stülpte mir einfach eine Ledermaske über das Gesicht, die innen mit Kohle eingerieben war und nadelkopfgroße Löcher besaß, durch die ich atmen konnte. Ich trug stets Handschuhe und berührte nichts und niemanden. Frommes Schutzkleidung bestand noch immer aus dem Schnabel, den hohen Schuhen und dem gewachsten Mantel. Seinen Hut brauchte er nicht mehr als Erkennungszeichen, sondern nur noch als Schutz gegen den Regen. Mittlerweile kannte man in ganz Lübeck den Vogeldoktor.

Die Begräbnisse fanden in aller Eile statt. Die Messe wurde gehalten, während die Wagen mit den Toten zu den Seuchengräbern außerhalb von Lübeck fuhren. Waren die Trauerzüge zu schnell, mussten die Priester auf dem letzten Stück zügiger lesen, denn in Anbetracht der großen Anzahl von Leichen warteten die Totengräber nicht. Wer hätte es ihnen verdenken sollen?

Die Toten, manche bekleidet, manche nackt, wurden von den Wagen in die langen Gräben gekippt. Sie sackten mit baumelnden Armen, Beinen und Köpfen in die Tiefe. Die Totengräber begannen zu schaufeln. Als ich zum ersten Mal einem Massenbegräbnis beiwohnte – das Grab war bereits zur Hälfte bedeckt mit Erde –, bemerkte ich, dass sich ein Körper noch bewegte. Arme hoben sich, Schreie wurden ausgestoßen. Der Mund sah aus wie der eines Totenkopfs, und ich wusste nicht, ob es ein Mann oder eine Frau war.

›O Gott, da lebt noch jemand‹, rief Fromme und fiel auf die Knie. Einer der Totengräber beugte sich über die Grube und schlug mit seiner Schaufel in das schreiende Gesicht, woraufhin der Kopf tot zurück auf die Erde fiel.

Fromme erhob sich und stürzte sich auf den Totengräber. Der Mann brüllte, und die Wachen zogen Fromme weg, der weitertobte und verlangte, dass man den Totengräber auf der Stelle exekutierte.

›Befiehl seinen Tod, Paulus!‹, schrie er mich an. ›Befiehl seinen Tod!‹

Die Wachen und Totengräber stammelten, dass sie Vorfälle dieser Art immer so handhabten. Die Toten würden häufig im Grab zum Leben zurückkehren oder an der

Schwelle des Todes noch einmal einen letzten Atemhauch ausstoßen. Doch diese Menschen wären nicht mehr von dieser Welt und könnten nicht weiterleben, auch wenn man sie aus der Erde ziehen würde. Es wäre menschlicher, sie umzubringen.

Daraufhin versammelte Fromme die Priester um sich und befahl ihnen, erst dann die Trauermesse zu verlesen, wenn sämtliche Leichen mit Erde bedeckt und fünfzehn Minuten vergangen waren. So könnte man sicher sein, dass alle tot seien und keiner seine Sakramente und den Aufstieg in den Himmel versäumen würde. ›Wir begraben die Kranken lebendig‹, sagte er an uns alle gerichtet. ›Das ist unmenschlich. Sünde hat zu diesem Fluch geführt, und eure Sünde trägt dazu bei, dass dieser Fluch uns weiter verfolgt.‹

Mittlerweile war Fromme selbst krank. Zuerst glaubten wir, er hätte sich die Pest zugezogen, doch sein Fieber fiel nach einem Tag. Anschließend lag er ruhelos in seinem Bett. Er war zwar wach, aber schien gar nicht anwesend sein. Er wirkte wie betäubt, schrie nachts häufig auf und aß nichts.

Ich besuchte ihn jeden Tag und erzählte ihm von dem Bericht, den ich schrieb. Die Pest würde in der Stadt langsam abklingen, berichtete ich, wohingegen sie in den Dörfern und kleineren Städten noch andauere. Unsere Männer seien draußen und würden sich um die Kranken kümmern und die Ordnung aufrechterhalten.

Ein paar meiner Männer seien von kleinen abgelegenen Orten zurückgekehrt und hätten mir mitgeteilt, dass die Bevölkerung auf Mittel der Hexerei zurückgreifen würde, um sich vor der Pest zu schützen. In den Häusern hingen Strohpuppen, und in den Böden um ihre Feuerstellen wären Pentagramme eingeritzt. Sie hatten Tierknochen ausgelegt. Es war die Landbevölkerung, die sich des alten Zaubers des Walds bediente. Sie beteten zwar zu Gott, der sich offensichtlich von ihnen abgewandt hatte, verehrten aber zusätzlich ihre heidnischen Götzen und abergläubischen Talismane.

Fromme horchte auf und bat mich weiterzuerzählen. Ich griff nach meinen Unterlagen und den Notizen und las ihm sowohl die Zusammenfassung meiner Gespräche mit den Hauptleuten meiner Einheiten als auch einige Kapitel aus meinem Traktat vor. Das beflügelte offenbar seine Sinne. Der Hauptmann meiner Kompanie hatte eins dieser Dörfer im Hinterland besucht, fuhr ich fort. Die Menschen waren seiner Meinung nach harmlos. Einfache Leute, die sich vor der Pest fürchteten, aber im Grunde ihres Herzens gutmütig und anständig. Der Hauptmann war aus dem gleichen Holz geschnitzt wie Karfreitag. Ein Landsknecht, der gern prahlte und herumstolzierte wie ein Pfau. In seinem Schwert waren zwanzig Kerben eingeritzt, eine Kerbe pro toten Bauern. Frommes Stimmung war zwar noch immer düster, doch begann er sich langsam zu erholen. Wir konnten die Pest schließlich besiegen. Die Ärzte und Soldaten, die Quarantäne, die Einschränkungen und Exekutionen hatten dazu geführt, dass sie ausgelöscht wurde, so wie eine Flamme ausgelöscht wird, wenn man mit dem Fuß darauf tritt. Schon bald war Fromme wieder der alte. Sein Arbeitseifer kehrte zurück. Er schickte Briefe zu seinen Beamten in den Norden, Süden, Osten und Westen und versicherte dem Hofrat in einem Schreiben, dass die Pest in den Hansestädten besiegt sei. Ich bereitete mich darauf vor, Lübeck zu verlassen. Nachdem die Sorgen verschwunden waren, kehrte wieder Ruhe und Ordnung ein.

Meine Zeit als Statthalter war vorbei, und ich gab den Stadtoberen in einer bescheidenen Feier in ihrem Rathaus ihre Amtsvollmachten zurück. Am nächsten Tag wollte ich abreisen. Als ich nach der Zeremonie den mit Holz verkleideten Saal verließ, griff Fromme nach meinem Arm und zog mich hinüber zur anderen Straßenseite. Ich spürte, dass er erregt war.

Er begann aus einem Brief vorzulesen, doch die geschraubten amtlichen Formulierungen ließen ihn innehalten, und er drückte den Inhalt mit seinen eigenen Worten aus.

›Kurz gesagt, Paulus, ich habe neue Befehle. Diese Hexen auf dem Land, von denen deine Männer gesprochen haben … Ich soll ihrem Treiben ein Ende bereiten. Und du musst mich auf meiner ersten Reise dorthin begleiten, um dem Hof als dessen offizieller Vertreter Bericht zu erstatten. Ich werde natürlich die Kirche über die Ergebnisse informieren.‹

›Du bist hinter meinem Rücken zum Hof gefahren?‹, fragte ich ihn entgeistert.

›Keineswegs. Ich besaß Hinweise, die ich an die kirchlichen Behörden weitergeleitet habe. Sie trafen eine Entscheidung. Dann erteilten sie Befehle, gemeinsam mit Vertretern deines Hofs, die ich, und jetzt auch du, auszuführen haben. Ich möchte damit unverzüglich beginnen. Deine Tätigkeit hier in der Stadt ist abgeschlossen, und du hast neue Aufgaben, um die du dich zu kümmern hast.‹

Wir ritten gemeinsam mit einer Gruppe von zehn Soldaten und zwei seiner klösterlichen Ärzte in das kleine Dörfchen, das ich zuerst an seinem Krankenbett erwähnt hatte. Die beiden Mönche widmeten sich mittlerweile wieder ihren eigentlichen Aufgaben und sollten als Inquisitoren und Richter fungieren. Man hatte ihnen die Befugnisse erteilt, und daran gab es nichts zu rütteln.

Die Dorfbewohner hätten genauso gut Kannibalen der Westindischen Inseln sein können, denn sie begriffen überhaupt nicht, wie ihnen geschah. Erst als sie sich hinknieten, das Vaterunser sprachen sowie den dreiundzwanzigsten Psalm, begriffen sie, dass sie dem Tode geweiht waren, weil sie Gott zurückgewiesen und sich mit dem Teufel verbündet hatten.

Insgesamt lebten sieben oder acht Familien in diesem kleinen Dorf, das zwischen Wald und Feldern lag. Sie lebten sehr einfach und wussten nichts von der weiten Welt. Fromme benutzte die Hütte des Dorfältesten, um die Verhöre durchzuführen. Sie wurden nacheinander hereingeführt, und schon bald danach erklangen ihre Schreie.

Er kam oft heraus und erzählte mir, dass die Bewohner Spotthüte aus Getreidehalmen geflochten und spät in der Nacht den Teufel herbeigerufen hätten, verkleidet als geflügelte Ziege Baphomet. Daraufhin hätte ein Wirbelwind sie hinauf in die Lüfte getragen, wo sie durch den nächtlichen Himmel geritten und sich mit dem Satan vereinigt hätten. Auf ihrem nächtlichen Flug hätte er sie mit Gift versorgt, das sie über den Städten der Hanse und den Dörfern auf dem Land verteilt hätten, denn Luzifer wolle die gute Welt zerstören und sie seinen treuen Anhängern offerieren. ›Diesen Tölpeln da im Wald?‹, rief ich aus. Ich konnte nicht fassen, dass er ihre Worte ernst nahm. Diese Menschen waren halbe Wilde und hatten sich dem alten Aberglauben nur aus Angst zugewandt. ›Sie haben trotzdem noch immer deinen Gott angebetet«, sagte ich.

›Er ist auch dein Gott‹, erwiderte Fromme.

›Und das hier ist dein Dorf, Fromme. Du bist dafür verantwortlich. Meine Aufgabe besteht darin, die Geschehnisse zu protokollieren. Das werde ich tun und dem Hof Bericht erstatten. Du solltest weitermachen und mich nur als Zeuge und treuen Diener des Hofs betrachten.‹

Er verbrannte sie alle. Ohne Ausnahme. Männer, Kinder, Frauen, Großmütter, sogar ein Neugeborenes, weil es aus einer Vereinigung mit Satan entstanden war, wie die Mutter zugab.

Als ich zurück nach Lübeck ritt, um meine Habseligkeiten zu packen und zum Hof zurückzukehren, verfärbte sich der Himmel hinter mir rot und schwarz durch das Feuer. Der Geruch des niedergebrannten Dorfs stieg mir in die Nase. Fromme ritt mit seinen Priestern voraus, während die Wachen mich begleiteten.

Als ich wieder bei Hofe war, erfuhr ich von Freunden aus Lübeck, dass Fromme noch zahlreiche Hexenjagden veranstaltet hatte und das Hexenunwesen in weiten Teilen des Nordens ausgelöscht war. Später hörte ich, dass er in den Süden geschickt worden war und wieder in Italien arbeitete, stets als Inquisitor, nie mehr als Arzt. Anschließend war er auch in den Osten und Westen gereist. Er war überall, doch ich sah ihn nur noch sehr selten. Und wenn wir uns am Hof trafen, so wie vor Kurzem, waren wir wie alte Freunde. Denn wir sind wie Brüder, und ich mag ihn in der Tat sehr gern.«

Sechstes Kapitel

Die Gruppe nähert sich Bedburg und Paulus erzählt von seinen Aufgaben bei der Jagd von Vampiren in dem Flecken Keinweggstein, die unter den Einwohnern Angst und Schrecken auslösten

Die Weiden oberhalb von Bedburg zogen an uns vorbei, als wir die Hänge der Steipplinger Berge hinabritten. Es war mitten in der Nacht, bestimmt nach zwei Uhr.

Paulus rief Karfreitag zu, der hinter ihm war, dass er sich an die Spitze des Zugs setzen solle, sobald die Stadt in Sichtweite käme. Fünf Meilen von Bedburg entfernt solle er zusätzlich eine Leuchtfackel abschießen. Sobald wir die Stadt erreicht haben würden, wollte Paulus mit der Arbeit beginnen, und er musste die Einwohner wecken, um sie über unsere Ankunft in Kenntnis zu setzen.

Im Mondschein ritten wir durch Felder mit blühenden Kornblumen, die in der kühlen Nacht einen angenehmen, süßen Duft abgaben. Es war fast windstill, und nur wenige Wolken zogen langsam am Sternenhimmel vorüber.

Seit unserer Abreise hatte Paulus mir immer wieder eingebläut, dass wir einen Mann und keinen Werwolf vor Gericht stellen würden. Ein Ungeheuer wäre mir aber lieber gewesen.

»Wäre es nicht lustiger, den Vorsitz zu haben in einer Verhandlung gegen einen richtigen Werwolf?«, fragte ich.

»Ich habe mir gerade den Hintern wundgeritten«, erwiderte er. »Also verschone mich mit deinen dummen Fragen!«

Meinem Hinterteil erging es genauso, doch mir war langweilig von dem stapfenden Geräusch der Pferde und ihren scharrenden Hufen. Unsere Gruppe zockelte mit den Karren, Kisten und klappernden Waffen den Weg entlang, als würden Pfennige in einer Büchse rasseln. Ich wollte Paulus in ein Gespräch verwickeln, denn ich befürchtete sonst einzuschlafen und vom Pferd zu fallen.

»Herr, ich möchte nur wissen, wie Sie sich so sicher sein können – mehr nicht. Ich entschuldige mich, wenn meine Frage kindisch geklungen hat.«

Wir ritten eine Weile weiter, und sein Pferd schlich vor mir her.

»Komm zu mir!« rief er, und als ich mit ihm auf gleicher Höhe war, erzählte er mir, wieso er wusste, oder zumindest zu wissen glaubte, dass der Mann kein Werwolf war.

»Es gibt nichts Übernatürliches unter der Sonne, Wilhelm. Mein erster richtiger politischer Auftrag erfolgte auf die Bitte eines Adligen im Süden, genauer gesagt im Schwarzwald. Er verfügte über keinerlei Macht, doch seine Familie war mit dem Fürstbischof verwandt und hatte ihm Treue geschworen. So wurde ich also losgeschickt, um mich um die völlig heruntergekommene Verwaltung in seiner Region zu kümmern. Die Aufgabe von Menschen wie dir und mir ist es, die Ordnung wiederherzustellen.«

Er erzählte die Geschichte bruchstückhaft und sprang von einer Begebenheit in der Vergangenheit zu einer anderen in der Zukunft. Ich trage sie hier lieber in ihrer gehörigen Ordnung vor.

Dieser adlige Herr, also, war nur ein armer Landadliger.

Seine Frau verwaltete die wenigen Ländereien, die zum größten Teil aus Wald bestanden, dessen Baumbestand aufgrund fehlender Arbeitskräfte und mangelnden Gelds nicht zu Holz verarbeitet werden konnte. Der Herr war jung und von einfältigem Gemüt, sein Körper schwächlich und das Gesicht hohlwangig. Der Stammbaum der Familie reichte zurück bis zur Zeit des Heidentums. Sie hießen Keinwegg und der Flecken Keinweggstein, da der Ort in alten Zeiten um eine Steinsäule herum erbaut worden war, die den heidnischen Göttern geweiht war.

Der Ort lag in der tiefsten Provinz. Der Sitz der Adelsfamilie bestand aus einem Haus, das nicht größer war als ein gewöhnliches Bauernhaus. Die Bewohner lebten fern jeglicher Zivilisation. Niemand konnte lesen, es gab keinen Priester, und Vetter und Basen hatten miteinander Kinder. Sie bewirtschafteten das Land, aßen, schliefen, zeugten Nachkommen wie halbe Tiere.

Der einzige Lichtblick, was Wissen und Manieren betraf, war das dort angesiedelte schottische Kloster, in dem irische und schottische Mönche lebten. Die gälische Gemeinschaft hatte ihre Mission gegründet, als die irische Kirche noch mächtig war, angeblich zu Zeiten von Karl dem Großen. Rom tolerierte die Mönche, da sie nur Gutes taten und in einem Teil der Welt das Wort Gottes verbreiteten, wo es sonst nur wenige Priester gab.

Paulus sollte mit seiner Gruppe in dem Kloster übernachten, das ungefähr zwanzig Meilen von ihrem Ziel entfernt lag, um am nächsten Tag die letzte Etappe ihrer Reise in den Wald von Keinweggstein anzutreten. Die Mönche waren sehr gastfreundlich, sie führten sogar eine geistliche Komödie auf und musizierten für ihre Gäste. Das Essen und der Wein waren gut, genauso wie die Betten. Doch als man auf Keinweggstein zu sprechen kam, zuckten die Mönche nur mit den Achseln und sagten, dass die Bewohner verlorene Seelen seien. Sie könnten sie nicht retten, da sie wie die Tiere seien.

»Wie häufig sehen Sie die Bewohner von Keinweggstein?«, fragte Paulus den Prior des Klosters.

»So wenig wie möglich. Wir betreiben nur hin und wieder Handel mit ihnen«, antwortete er. »Sie sind keine guten Menschen. Im Gegensatz zu der Bevölkerung in den anderen Städten hier in der Gegend«, fügte er hinzu. Er machte ein besorgtes Gesicht. »Ich glaube, es liegt an der Hexerei, und damit wollen wir nichts zu tun haben.«

Und dann erzählte er von den schrecklichen Vorkommnissen rund um den Flecken. Menschen wollten gesehen haben, wie die Toten sich aus ihren Gräbern erhoben hatten. Es hieß, sie würden sich vom Blut der Lebenden ernähren. Sähe man einen der auferstandenen Toten, einen Vampir, würde man sich selbst in einen verwandeln, sobald man sich das nächste Mal schlafen legte. Die Toten würden in die Häuser einbrechen und die Kinder stehlen. Diese untoten Kinder trieben sich dann nachts auf den Straßen herum und würden ihre Eltern zu den Friedhöfen locken, um ihr Blut zu saugen. Die Menschen, die nicht aus dem Flecken Keinweggstein und den umliegenden Dörfern geflohen waren, versteckten sich in ihren Hütten und kamen nur heraus, um Essbares zu stehlen. Es hatte Morde und Vergewaltigungen gegeben. Steuern waren nicht erhoben worden, sodass auch der Fürstbischof für den von ihm gewährten Schutz keine Abgaben erhielt. So lag es nun an dem Fürstbischof, seinem Verwandten und Untertan in dieser schweren Zeit beizustehen, um die Ordnung wiederherzustellen, sodass die Zehntabgaben wieder bezahlt werden würden.

Paulus verbrachte eine angenehme Nacht im Kloster. Am nächsten Morgen machte er sich mit seiner Gruppe auf den Weg nach Keinweggstein. Sie kamen kurz vor Sonnenuntergang an. Der Flecken war fast menschenleer. Der ganze Ort bestand aus einer Straße mit einem Gasthaus, ein paar Hütten und dem Herrenhaus des adligen Gutsherrn, einem hohen schmalen Gebäude, das aber nur so viele Zimmer besaß, dass zehn Leute in Betten schlafen konnten und noch einmal zehn auf dem Boden. Es gab eine Kornkammer, Scheunen und einen Friedhof. Weitere Hütten lagen verstreut auf dem Land. Der Gutsherr herrschte so vielleicht über fünfhundert Menschen.

Während Paulus langsam in den Ort ritt, fragte er sich, warum der Fürstbischof überhaupt einen Gedanken an dieses elende Nest verschwendete, denn die Einkünfte, die er hier erwarten durfte, mussten verschwindend gering sein. Wahrscheinlich aus Prinzip, dachte Paulus. Es war sein erster großer Auftrag als offizieller Reichsverweser. Er musste sich also bewähren, ganz gleich, wie läppisch die ganze Angelegenheit sein mochte.

Paulus schickte seinen Burschen zum Haus des Gutsherrn, um sich vorzustellen, und wurde hereingebeten. Die Herrin des Hauses, sie hieß Irma, saß in einem Stuhl mit hoher Rückenlehne in der großen Halle an der hinteren Wand, umgeben von zehn bewaffneten Männern. Auch die Herrin war bewaffnet – eine Faustbüchse lag in ihrem Schoß und ein Schwert stand neben ihr.

Paulus näherte sich ihr, verbeugte sich und stellte sich vor.

»Ich weiß, wer Sie sind«, sagte sie. »Ich habe nach Ihnen geschickt.«

Paulus bat darum, den Herrn des Hauses zu sehen, da seine Unterschrift auf dem Gesuch gestanden hatte, das dem Fürstbischof zugeschickt worden war und das sich zusammen mit den übrigen Briefen und Vollmachten in Paulus' Tasche befand.

Irma erhob sich von ihrem Platz und führte Paulus durch einen schmalen hohen Flur zu den Gemächern ihres Mannes. Er saß auf dem Boden und spielte mit Puppengeschirr. Dabei tätschelte er einen kleinen Schoßhund neben sich. In dem Zimmer war es sehr warm – ein Feuer brannte im Kamin –, und auf einem Tisch an der Wand stand ein Teller mit Essen. Ein großes weiches Bett befand sich in der Mitte des Raums, auf dem zwei Kätzchen schliefen.

»Besuch«, sagte seine Frau zu ihm.

»Seid gegrüßt, Herr«, grüßte Paulus den Gutsherrn.

»Friedrich heiße ich«, antwortete er, stand auf und klopfte sich den Staub von den Kleidern, da weder Teppiche noch Matten auf dem Boden lagen.

»Friedrich, also, seid gegrüßt«, sagte Paulus und verbeugte sich.

»Sie sind also gekommen, um uns zu helfen?«, fragte Friedrich. Er war nicht völlig einfältig. Doch sein ganzes Gebaren war sonderbar. Er ging hinüber zum Bett und verscheuchte die beiden Kätzchen, die miauten und ihn zu kratzen versuchten. Dann setzte er sich im Schneidersitz hin, griff nach einem Kissen und legte es sich in den Schoß. »Bitte setzen Sie sich zu mir«, sagte er. Die Katzen sprangen wieder auf das Bett, doch er vertrieb sie erneut.

Paulus nahm sich einen Stuhl, der an der Wand stand,

und setzte sich ihm gegenüber. Irma blieb in der Tür stehen, beobachtete die beiden und hörte zu.

Der Gutsherr sprach in wohlgesetzten Worten und flüssig, wenngleich seine Stimme ausdruckslos und der Blick nervös war. Er berichtete, dass die Toten sich immer mehr des Lands bemächtigten. Vor knapp einem halben Jahr habe es den ersten Fall einer Leiche gegeben, die aus dem Grab zurückgekehrt sei, ein Bauer, der überraschend gestorben war. In der Nacht nach dem Begräbnis sei er schreiend vor seinem Haus gesehen worden. In der darauffolgenden Nacht drang er in das Haus ein und versuchte, mit seiner Frau zu sprechen. Seine Söhne schlugen ihn in die Flucht, doch er biss und kratzte sie. Am nächsten Morgen war der eine Sohn tot, der andere lag mit Fieber darnieder. Die Frau rief ihre Brüder und Vettern zusammen und ging mit ihnen zum Friedhof, wo sie die Leiche des Bauern ausgruben. Er lag bleich in seinem Sarg – die Haut rötlich, die Lippen eingefallen, die Zähne blutverschmiert.

Die Familie enthauptete ihn und füllte den Mund mit Kräutern. Anschließend brachten sie die Leiche zur Wegkreuzung, wo sie einen Pflock in sein Herz stießen. Einen Tag später behauptete eine andere Familie, einen der ihren, der jung gestorben war, einen Tag nach seiner Beerdigung gesehen zu haben. Auch sie wurden kurz darauf verfolgt und angegriffen. Sie verfuhren wie im ersten Fall, brachten die Leiche zu der Kreuzung und trieben ihr einen Pflock durch den Leib. Immer mehr Fälle wurden ruchbar. Den Tieren auf den Feldern wurde das Blut ausgesaugt, Säuglinge verschwanden in der Nacht und wurden morgens im Wald leblos und bleich gefunden.

Nachdem Paulus sich diesen Bericht angehört hatte, begab er sich mit seinen Männern zu der Wegkreuzung. Überall auf der Erde lagen Leichen ohne Köpfe und mit einem Pflock an den Boden geheftet. Einige der Leichen waren noch frisch, ihre Hautfarbe rosa, andere bestanden nur noch aus zerfledderten Kleidern und Knochen. Hunde und Katzen liefen herum, Vögel kreisten über der Stelle. Sie bellten, miauten und krächzten, und ihr Fell und Gefieder war rot vom Blut. Ratten und Mäuse huschten durch den Haufen.

Zurück im Haus des Lehnsherrn fragte Paulus, ob zurzeit eine Familie von ihren Toten heimgesucht werden würde, woraufhin Irma einen Trupp losschickte, um es in Erfahrung zu bringen.

Paulus erklärte dem Gutsherrn, dass das Exhumieren und Schänden von Toten auf kaiserlichen Befehl einzustellen sei. Irma erwiderte daraufhin, dass man dem nur Folge leisten könne, wenn ihr Vorgehen sich als nutzlos erwies. Paulus sagte ihr, dass er aus diesem Grund einige seiner Männer zu jenen Familien schicken würde, die berichtet hatten, dass ihre toten Verwandten wieder auferstanden seien. Man werde dann selbst geeignete Maßnahmen ergreifen.

Er hatte keine Ahnung, womit er es zu tun hatte, und glaubte anfangs tatsächlich, in einem Nest von Vampiren gelandet zu sein. Der junge Gutsherr jedoch meinte, dass die Menschen einfach nur wahnsinnig geworden seien.

»Wir hatten eine schlechte Ernte«, sagte er. »Die schlimmste seit Jahren. Ich halte alles schriftlich fest«, fügte er hinzu und deutete auf mehrere Bücher, in denen die Ernteerträge und Steuereinnahmen aufgeführt wurden. Auch die Todesfälle und Geburten in Keinweggstein und den umliegenden Gemeinden wurden vermerkt. Der Großteil der Bevölkerung heiratete nicht wie üblich in einer feierlichen Zeremonie, sondern sprang nur über den Besen.

»Sehen Sie her«, sagte der Gutsherr und zeigte Paulus, dass in Jahren mit schlechter Ernte die Zahl der Toten höher und die Geburtenrate niedriger gewesen war, wohingegen es sich in Jahren mit guter Ernte genau andersherum verhielt.

»Ich glaube, es liegt am Wetter«, fuhr er fort. »Das wirkt sich sowohl auf die Feldfrüchte als auch auf das Vieh aus. Und es beeinflusst die Gemütslage der Menschen.«

Friedrich war kein Dummkopf, wie Paulus berichtet worden war, doch sein Geist weilte offensichtlich die meiste Zeit in anderen Sphären. Die Menschen in seiner Umgebung schienen ihn zu langweilen und ihre Handlungsweisen zu verwirren, was ihn traurig und melancholisch werden ließ, mitunter auch wütend. Doch dann konnte man ihn ausschimpfen und zurechtweisen wie ein Kind, was seine Frau denn auch regelmäßig tat.

Paulus und zwei seiner Wachen verbrachten die Nacht im Haus eines Försters und seiner Familie, die ihnen erzählten, dass ihr Sohn an Fieber gestorben war, nachdem er seinen toten Vetter im Wald hatte spazieren gehen sehen. Die Menschen glaubten, dass der Fluch sich durch den Blick der Toten auf die Lebenden übertragen würde. Die Familie wehklagte und betete die ganze Nacht. Irgendwann trat die Frau des Försters zum Fenster und rief aufgeregt, dass sie den toten Jungen zwischen den Bäumen vor ihrem Haus sehen könne. Paulus sah nichts und schickte seine Männer auf die Suche. Das jüngste Kind, ein vierjähriges Mädchen, fiel zuckend auf den Boden in der Hütte,

Schaum vor dem Mund, das Gesicht bleich, die Augenlider flatternd. Schließlich erstarrte sie und lag da wie tot.

»Sie ist tot. Mein Kind ist tot«, schrie die Mutter weinend und hielt das Mädchen in den Armen.

»Wir müssen ihr den Kopf abtrennen«, sagte der Vater. »Wenn der Anblick ihres Bruders sie umgebracht hat, dann wird sie wieder auferstehen und so werden wie er, und dann müssen wir es so oder so tun, oder wir werden durch sie sterben.«

Die Familie begann zu jammern und zu klagen. Das Kind lag zwischen ihnen auf dem Boden. Paulus horchte an ihrer Brust und stellte einen Herzschlag fest.

»Sie lebt«, verkündete er. »Bringt das Mädchen in ihr Bett.«

Die Familie verstummte, und die Mutter hob das Kind hoch. »Wir müssen am Morgen tun, was nötig ist, damit unser Sohn seinen Frieden findet. Vielleicht wird unser Mädchen so überleben.«

Als die Wachen zurückkehrten, berichteten sie, dass sie keinen Jungen gesehen hätten, nur ein paar Räuber auf der anderen Seite des Walds, die einen alten Witwer überfallen und ausgeraubt hätten, woraufhin sie sie getötet hätten.

Paulus beaufsichtigte bei Tagesanbruch persönlich die Exhumierung der Leiche des Jungen – worum die Eltern ihn gebeten hatten. Die Erde wurde ausgehoben, und schon bald tauchten die Holzbretter des Sargs auf.

Paulus stieg in das Grab und brach die Kiste mit einer Hippe auf. Der Deckel ließ sich leicht öffnen, da kostbare Eisennägel nur sparsam verwendet wurden. Der Knabe lag in seinem Sarg, die Hände krallenförmig auf der Brust, der Mund weit geöffnet, die Zunge zu einem Stummel zerkaut. Sechs halbmondförmige Einkerbungen waren auf der Innenseite des Deckels zu sehen – Abdrücke der Fingernägel des Jungen.

»Dieser Anblick hat sich uns schon einmal geboten«, bemerkte die Gutsherrin, die gekommen war, um der Exhumierung beizuwohnen.

Die Menschen drängten zum Grab, schnappten nach Luft, bekreuzigten sich und riefen »Vampir«. Die Familie des toten Jungen stand neben dem Grab und bekreuzigte sich ebenfalls.

»Der Vampir lebte noch und starb in der Kiste, als er versuchte, sich zu befreien, um Menschen anzufallen«, fuhr die Gutsherrin fort.

»Nein«, entgegnete Paulus. »Der Junge hat noch gelebt, als er in den Sarg gelegt wurde. Ich kenne diesen Anblick. Ihr habt einen Scheintoten beerdigt. Er versuchte, sich kratzend einen Weg aus dem Sarg zu bahnen. Dabei biss er sich vor Angst die Zunge ab. Das hier ist ein toter Junge, kein Fabelwesen.«

»Aber sein Herz hat nicht mehr geschlagen. Er war tot, als wir ihn beerdigten«, wandte die Mutter des Jungen ein.

»Haben die Ärzte euch das gesagt?«, fragte Paulus und blickte vom Grab hoch.

»Das kann doch alles nicht wahr sein«, rief der Vater des Knaben.

»Die Toten werden ab jetzt nicht mehr aus ihren Gräbern geholt. Keine Pflöcke mehr, keine Enthauptungen mehr«, befahl Paulus mit lauter Stimme.

Einer der Dorfbewohner spuckte aus und nannte Paulus einen »Mörder«. Der Anführer der Wachen ergriff den

Mann und brach ihm auf Paulus' Geheiß mit einigen gezielten Faustschlägen den Kiefer.

Danach fragte Paulus, ob es weitere Personen gebe, die von toten Familienmitgliedern heimgesucht wurden, woraufhin drei Familienoberhäupter ihre Hand hoben. Paulus ließ die entsprechenden Gräber öffnen. Im ersten Grab lag die verweste Leiche einer alten Frau. Die Familie bekreuzigte sich, froh darüber, dass ihre Großmutter nicht auf Erden wandelte.

»Aber ihr habt mir erzählt, dass ihr sie vor Kurzem nachts gesehen habt, als sie versuchte, euch umzubringen«, wandte sich Paulus an den ältesten Mann, den Sohn der alten Frau.

»Das hat sie auch«, antwortete er. »Aber das war das erste Mal, dass sie uns heimsuchte. Sie ist schon zwei Jahre tot. Vorher haben wir sie noch nie gesehen, erst vor zwei Nächten.«

Paulus deutete auf das Grab. »Aber sie ist tot und verwest.«

Die Leiche im zweiten Grab lag mit dem Gesicht nach unten. Der Mann war knapp dreißigjährig gewesen, als er gestorben war. In seinem Rücken hatte sich Blut angesammelt, sodass er rostrot verfärbt war. Die Menge schrie auf. Vor ihnen lag eine schlafende, vollgefressene Kreatur, die nur darauf wartete aufzuwachen, um sich nachts aus ihrem Grab zu erheben und sie in Angst und Schrecken zu versetzen.

Paulus gebot ihnen wütend zu schweigen. Dann fuhr er sie an: »Ihr habt einen weiteren Menschen lebendig begraben. Der arme Mann hat sich auf den Bauch gerollt, um zu sterben. Seht nur«, sagte er und zeigte auf den Sargdeckel.

Wieder gab es halbmondförmige Einkerbungen, die von Fingernägeln stammten. »Er hat versucht, aus dem Sarg herauszukommen. Als er merkte, dass er das nicht schaffen würde, hat er sich umgedreht, um zu sterben.«

Die Witwe erklärte, dass ihr Mann gestorben sei, nachdem er seinem toten Vater im Feld begegnet war. In den letzten drei Nächten sei er zurückgekehrt, um über sie herzufallen.

»Er ist lebendig in der Kiste gestorben«, entgegnete ihr Paulus. »Er ist nicht auf der Erde gewandelt. Ihr habt ihn umgebracht.« Einige fragten, woher das Blut in seinem Rücken stammte.

»Er beginnt zu verwesen, das ist alles«, antwortete Paulus.

Im dritten Grab lag eine mumifizierte Leiche, fast ein Skelett, das aber noch mit einer ledrigen Hautschicht überzogen war. Das Kopfhaar war vollständig erhalten geblieben, die Hände und Füße zu Krallen geformt, die Nägel scharf. Das Leichentuch hatte sich in Staub aufgelöst.

Paulus sah sich zu der Familie um. »Diese Leiche liegt seit mindestens fünf Jahren in der Erde.«

Die Familie stand sprachlos da.

»Wann hat sie euch heimgesucht?«

»Vor zwei Nächten«, antwortete ein vierzehnjähriges Mädchen. Sie war die älteste Tochter der toten Frau in dem Sarg.

»Sie liegt schon seit Jahren in dem Grab, also lange bevor die Vampire angeblich eure Stadt befallen haben. Trotzdem beschließt sie am Dienstag, sich daraus zu erheben? Glaubt ihr das?«

»Schauen Sie doch nur«, bemerkte das Mädchen. »Das Haar und die Nägel sind gewachsen.«

»Jetzt hör mir mal gut zu!«, rief Paulus, packte sie am Kragen und zog sie an den Rand des Grabs. »Haare und Nägel verrotten nicht. Sie bleiben. Nur das Fleisch verwest. Ich sollte dich verbrennen, weil du Angst unter den Menschen schürst und mit deinen ketzerischen Äußerungen den Landesfrieden brichst.«

Paulus stieß das Mädchen weg, die daraufhin zu Boden fiel. Ihre Familie eilte zu ihr, um sie zu trösten. Irma, die Gutsherrin, berührte Paulus sanft am Arm und bat ihn, mit ihr zu kommen. »Schüttet diese Gräber wieder zu«, sagte sie und wandte sich an alle, die um sie herumstanden.

Paulus befreite sich von ihr.

»Sämtliche Familien, die behaupten, die Toten würden sie verfolgen, haben das meiner Wache zu berichten«, sagte er zu der Menge. »In den nächsten fünf Nächten werden wir Posten aufstellen. Sollten sich in dieser Zeit keine Beweise für eure Behauptungen ergeben, werdet ihr angeklagt wegen Aufwiegelung und Anstiftung zu Kapitalverbrechen und hingerichtet. Stellen sich eure Aussagen als wahr heraus, werdet ihr vom Kaiser entschädigt. In Gold.«

Nach fünf Tagen und mehreren Exekutionen war der Spuk vorbei. Die Menschen kehrten wieder auf die Felder zurück, Steuern wurden eingetrieben, und das Dorf lebte so weiter wie davor.

Mittlerweile hatten wir die Ausläufer der Steipplinger Berge hinter uns gelassen und befanden uns in dem Tal, das hinunter nach Bedburg führte. Paulus rief Karfreitag zu, dass er die Fackel jetzt abschießen solle. Er wollte, dass unsere Ankunft gebührend angekündigt wurde.

Die Geschichte von Keinweggstein hatte mir zu denken gegeben.

»Wieso hielten die Leute in der Gegend die Menschen eigentlich für tot? War das nur ein Zufall?«, fragte ich Paulus.

»Mir sind Geschichten zu Ohren gekommen, in denen Bier oder Brot durch einen Pilz vergiftet war, der den Zauberpilzen ähnelte, aber noch schlimmer in seiner Wirkung war. Nach dem Verzehr fielen die Leuten in einen totenähnlichen Zustand. Vielleicht gab es irgendetwas Ähnliches dort in der Gegend.«

Davon hatte ich auch schon gehört.

»Was auch immer es war«, erwiderte er, »Vampire gibt es jedenfalls nicht, auch wenn wir nicht alle damit in Verbindung gebrachten Phänomene erklären können.«

Ich nickte, doch ich konnte nicht mehr weiterdiskutieren. Es war schon spät, und ich war müde. Karfreitag feuerte in diesem Moment eine scharlachrote Leuchtfackel ab, die in den Himmel schoss wie ein pfeifender Teufel und sich dann auflöste und die kleine Stadt Bedburg, die vor uns lag, in ein rotes Licht tauchte. Dann ritten wir in die Stadt.

Siebtes Kapitel

Bedburg ist erreicht, die eigenartige Landschaft der Region wird betrachtet und die Gesandtschaft des Fürstbischofs von den örtlichen Amtsträgern empfangen

In Bedburg gab es keinen Gutsherrn oder Ritter mehr. Die Bewohner hatten sich während des Aufstands und Kriegs vor fast vierzig Jahren aller Herren entledigt und waren dem Beispiel vieler anderer Städte gefolgt und hatten sich für reichsunmittelbar erklärt. Die Bürger verwalteten sich fortan selbst. Gab es Streitigkeiten oder Probleme, mit denen die Stadt nicht allein fertig werden konnte, wandte der Stadtrat sich direkt an den Kaiser. So auch jetzt im Fall des gefangenen Werwolfs, der die Menschen seit mehr als zwanzig Jahren in Angst und Schrecken versetzt hatte.

Es war noch immer dunkle Nacht, doch die Luft war warm, als wir das Tal durchquerten. Wir lehnten uns in den Sätteln zurück und trabten schweigsam weiter, bis wir die staubige Straße nach Bedburg erreichten. Paulus wies mich an, mir die Landschaft genau einzuprägen, und sobald wir unsere Unterkunft in der Stadt bezogen haben würden, eine grobe Karte zu zeichnen, denn diese Gegend war bisland noch nie kartographiert worden. Der Weg nach Bedburg führte an einem Bach entlang, der in einen breiteren Fluss mündete, der schließlich westlich an Bedburg vorbeiführte. Schon bald tauchte vor uns eine dunkle Allee mit hohen Bäumen auf, die wie ein von der Natur erschaffener Eingang zur Stadt wirkte. Von den Sternen war nichts mehr zu erkennen, so dicht war das Geflecht der Zweige.

»Ein kleines Naturwunder, oder nicht?«, hörte ich Jodel hinter mir sagen. Ich sah mich verwundert zu ihm um, denn er hatte seit unserer Abreise nicht mehr als ein halbes Dutzend Worte gesagt.

»Die Bäume sind bestimmt gepflanzt worden, um diese Wirkung zu erzielen«, sagte Fromme. »Die Natur selbst ist nicht in der Lage, so etwas zu schaffen. Da bedarf es Menschenhand.«

Als wir den Tunnel aus Bäumen verließen, fiel der Weg sanft ab und folgte dem Fluss nach Bedburg, das rechts am östlichen Ufer lag. Die Stadt machte einen recht wohlhabenden Eindruck. Vor uns lag eine breite Hauptstraße, durch die an einer Wegkreuzung eine zweite Straße verlief, die vom Fluss heraufführte. Östlich von Bedburg, hinter mehreren Bauernhöfen, erstreckten sich die leicht abfallenden Felder. Viele Häuser säumten die Straßen entlang der Kreuzung. Ihre Bauweise ließ vermuten, dass sie ehrbaren Leuten wie Metzgern, Schustern und Schneidern gehörten. Wir mussten noch gut zwanzig Minuten bis zur Stadtmitte reiten, doch schon jetzt konnten wir die größeren Gebäude erkennen. Ich nahm an, dass es sich um den Gasthof und das Rathaus handelte. Vor einem weiteren Bergrücken, der sich im Norden der Stadt erhob, lag ein großer schwarzer Wehrturm oder Gefängnis. Der massive runde Ziegelbau hatte vielleicht vier Geschosse. Jenseits von dem Turm verlief der Fluss Richtung Norden durch einen hohen Felsenbogen, der das Gewässer dort wie eine natürliche Brücke überragte. Ein Weg schlängelte sich entlang dem Fluss unter dem Bogen und durch die Berge in den dahinter liegenden Wald. Die Berge hinter uns schlossen die Stadt südlich ein. Das Land mit den Feldern und Gehöften erstreckte sich zehn Meilen östlich bis zum bewaldeten Ausläufer der östlichen Berge.

Als wir die Allee verließen, erblickten wir eine Gruppe von vielleicht fünfzig armseligen Bretterbuden am Flussufer. Jede Hütte besaß einen kleinen Garten mit einem Gemüsebeet. Wir ritten daran vorbei, doch es rührte sich nichts, trotz unserer Leuchtrakete.

Paulus wies Karfreitag an, die Wachen als Garde zu formieren. Daraufhin schickte der Hauptmann vier seiner Männer zu den Seiten, während er an der Spitze ritt und ein Mann den Schluss bildete. Fromme, Jodel, Paulus und ich ritten dazwischen. Die Soldaten führten jeweils ein Packpferd. Ich wunderte mich über die Vorsichtsmaßnahmen und fragte Paulus, wovor er in aller Welt denn Angst habe.

»Ich habe keine Angst«, sagte er. »Ich inszeniere nur unsere Ankunft. Würden wir ungeordnet in die Stadt reiten, sähen wir wie ein Haufen von Dummköpfen aus. So wirken wir wie ein kaiserlicher Trupp mit dem Befehlshaber in der Mitte, der Macht demonstriert. Ich bin von geharnischten, bewaffneten Männern umgeben, die unter meinem Kommando stehen, und an unserer Spitze reitet ein furchterregender alter Landsknecht mit einer Schärpe über der Schulter. Dieser Anblick wird die Menschen einschüchtern. Wir werden unsere Aufgabe dadurch schneller erledigen können.«

Karfreitag setzte das Speerbanner des Fürstbischofs zusammen – einen Adler, der einen Schlüssel umklammert – und hielt es hoch. Der Mann sah aus wie ein grauer Bär. Er war bereits über sechzig Jahre alt, doch er hielt die Fahne empor, die so groß war wie drei Männer, als wäre es eine Wachskerze. Die Wache hinter uns schlug eine kleine Trommel, die sie hervorgeholt und auf den Sattel gelegt hatte. Die Hufe unserer Pferde nahmen den Rhythmus des Trommelschlags an.

Die dunklen Hütten lagen mittlerweile weit hinter uns, und die Straße gabelte sich wieder. Dort, wo die ersten größeren Häuser von Bedburg zu erkennen waren, tauchten Fackeln auf. Ich konnte in dem flackernden Licht insgesamt fünf Männer ausmachen.

Als wir sie erreicht hatten, hielten wir an, ohne ein Wort zu sagen, so, wie Paulus es uns aufgetragen hatte. Außer dem Schnauben der Pferde, dem klirrenden Geräusch der Rüstungen der Soldaten und den klappernden Waffen in ihren Sätteln war nichts zu hören. Ich blickte hinüber zu Paulus, der stocksteif auf seinem Ross saß.

»Sind Sie die Gesandtschaft des Fürstbischofs?«, fragte der Mann in der Mitte, ein dicker, nicht mehr junger Kerl, vielleicht sechzig, gut gekleidet, mit einer Amtskette um den Hals.

Paulus drückte die Fersen in den Bauch des Pferdes, sodass es sich nach vorn bewegte. Er lenkte es so, dass Karfreitags Pferd zur Seite ausweichen musste.

»Wer sollen wir sonst sein mit sechs Soldaten, einem Inquisitor, zwei Schreibern und einem Richter?« Paulus zog kräftig an den Zügeln, dass das Pferd ruckartig stehenblieb und die Männer anschnaufte. Die Stadtoberen machten einen Schritt zurück.

»Bleiben Sie stehen!«, sagte Paulus. »Wer sind Sie?«, fragte er und zeigte direkt auf den kleinen dicken Mann, der gesprochen hatte. Das Pferd wandte seinen Kopf und stieß den Mann an, der vor Schreck ins Straucheln geriet.

»Ich bin Joachim Kroll, Euer Exzellenz. Der Bürgermeister der Stadt Bedburg«, antwortete er und hob eine Hand, um sich das Pferd vom Leib zu halten.

»Sehe ich aus wie der Fürstbischof?«, sagte Paulus. »Glauben Sie etwa, Ihre Exzellenz würde über diese Berge zu Ihrem kleinen Nest reiten, weil Sie angeblich einen Werwolf gefunden haben?«

»Tut mir leid«, entschuldigte sich Kroll, der jetzt demütig zu Boden blickte.

»Sehen Sie mich an, Kroll!«, befahl ihm Paulus, und er zog an den Zügeln des Pferdes, sodass es den Kopf wegwandte. Kroll blickte auf. »Ich möchte Ihnen meine Mitreisenden vorstellen. Burkhard Karfreitag, Hauptmann der Garde und ein alter Freund von mir.« Paulus beugte sich über seinen Sattel, um Karfreitags Arm zu tätscheln. »Seine Männer unterstehen meinem Befehl«, fuhr Paulus fort und deutete auf die Soldaten. »Alles Veteranen.« Er drehte sich in seinem Sattel um und schaute nach hinten. »Unser Berater in religiösen Angelegenheiten, Bruder Fromme, und sein Schüler und Sekretär, Jodel. Mein Gehilfe und Gerichtsschreiber Lessinger.« Er zeigte nacheinander auf uns beide.

Die Männer grüßten murmelnd. »Sehr wohl, mein Herr, sehr wohl, mein Herr«, sagte Kroll und nickte, als sich Paulus zu ihm wandte.

»Und Ihre Begleiter, Kroll? Mit wem haben wir das Vergnügen?«

Paulus blickte von seinem Pferd hinab auf die Männer.

Kroll wies mit der Hand, um sie vorzustellen. »Nun, das sind die Stadtoberen, wenn ich Ihnen vorstellen darf ....«

Doch Paulus ließ ihn nicht ausreden. »Ich möchte umgehend Ihren Werwolf in Augenschein nehmen, noch bevor ich mich schlafen lege. Sagen Sie Ihren Freunden, dass sie in die Stadt vorausgehen sollen, um eine Unterkunft für unsere Gruppe zu besorgen. Wir sind zu zehnt. Eine gute Unterkunft. Außerdem sollen Essen und Wein bereitstehen. Wir haben eine lange Reise hinter uns.«

Der Bürgermeister scheuchte die vier Männer los, die sofort in die Stadt liefen. Paulus ritt langsam, während Kroll neben ihm ging und beim Sprechen zu ihm aufblickte. Wir folgten ihnen.

»Möchten Sie Näheres über den Werwolf erfahren?«, fragte Kroll.

»Nein«, antwortete Paulus. »Sagen Sie mir lieber, wer die Männer waren.«

»Natürlich, mein Herr ...«

Er stellte die Stadtoberen in wohlgesetzten Worten vor, und jetzt hörte Paulus sogar zu. Bei den Männern handelte es sich um einen gewissen Jens, Vogt und Schultheiß der Stadt, um Roderich, den stellvertretenden Ratsvorsitzenden, um Otil, den Besitzer des Gasthofs und Eigentümer der meisten großen Gebäude in der Stadt, der Flusswerft, der Häuser des Metzgers und Schneiders und viele der kleineren Gehöfte, die er an die ärmeren Bauern verpachtete, sowie um Pastor Bartholomäus. Bartholomäus war wie seine Gemeindemitglieder kein Anhänger Roms, sondern Luthers, doch er war ein sehr friedfertiger Mensch. Der Bevölkerung war durch den Augsburger Frieden Religionsfreiheit garantiert worden, solange sie den Verfügungen von Kaiser und Reich nicht zuwiderhandelten. Daran hielt sich Bartholomäus und stand den Anweisungen unseres heiligen katholischen Fürstbischofs stets wohlgesonnen gegenüber.

Ich habe gelernt, dass die Liebe der katholischen Geistlichen zu Rom abnimmt, je weiter man sich von der Stadt entfernt. Es ist wissenschaftlich bewiesen, dass Materie in der Mitte fest ist, während sie am Rand schwingt. Das erklärt vielleicht, warum die Engländer, Schotten, Dänen und Teile des deutschen Reichs sich von der Herrschaft des Papstes haben lösen können. In Frankreich hingegen, in Avignon, befand sich einmal der päpstliche Hof, deshalb ist der päpstliche Einfluss immer noch sehr groß. In Spanien sind die Menschen durch die Hitze zu müde, um auf dumme Gedanken zu kommen. Und die Russen, Serben und anderen slawischen Völker haben ihren eigenen Weg zu Gott gefunden. Das Wort aus Rom erreicht sie nicht.

Dieser Sachverhalt trifft auch auf die Lutheraner zu, nur umgekehrt. Je näher sie einem katholischen Herrscher kommen, umso eher gehen sie in die Knie und küssen den Saum seiner Robe. Es ist gleichermaßen wissenschaftlich bewiesen, dass große Gegenstände andere Gegenstände in ihre Umlaufbahn ziehen. So durfte Bartholomäus in seinem heimischen Bedburg zu seinem protestantischen Gott beten, doch wenn seine katholischen Herrscher ihn baten, für sie zu springen, fragte er nur zu gern: »Wie hoch, mein allergnädigster Herr?«

Unsere Gruppe hatte mittlerweile die Hauptstraße der Stadt erreicht. Der trockene, ordentlich gefegte Weg führte geradewegs zu dem schwarzen Wehrturm am Rande der Stadt, den ich schon von Weitem gesehen hatte. Direkt dahinter lagen die dunklen bewaldeten Hänge der Steipplinger Berge. Jetzt konnte ich auch den Felsbogen, der den Fluss überspannte, genauer erkennen. Ein holpriger, grasbedeckter Weg führte rechts am Flussufer entlang.

Jetzt erst fiel mir etwas auf, was ich vorher nicht bemerkt hatte – weil es fehlte. Bedburg roch nicht. Normalerweise rochen Städte nach Kot, Viehdung und den Abfällen in den Gossensteinen. Hier – nichts dergleichen. Bedburg war nicht groß, hatte aber genügend Platz, um den Unrat außerhalb der Stadt zu sammeln. Die Luft roch nur angenehm nach Kaminrauch und geschnittenem Gras, das erst Stunden zuvor gemäht worden sein musste. Dennoch war dies der Ort, an dem seit über zwanzig Jahren ein rätselhaftes Wesen eine Blutspur hinterlassen hatte. Ich blickte mich um und sah, dass wir gerade beim Metzger vorbeiritten. Die Haken hingen von den Dachsparren seines Geschäfts.

Als wir die Kreuzung in der Mitte von Bedburg erreichten und auf Höhe des Gasthofs waren, trat Otil zusammen mit Pastor Bartholomäus aus dem Schatten des Vordachs. Jens und Roderich standen hinter ihnen. Kroll ging hinüber zu ihnen – als suchte er bei ihnen Schutz.

»Mein Herr«, rief Otil Paulus zu. Wir hielten an. »Mein Herr, die Zimmer für Sie und Ihre Männer stehen bereit.« Seitlich vom Gasthof schlossen sich große Ställe an, auf die er deutete. »Mein Stallbursche kann sich um Ihre Pferde und das Gepäck kümmern.« Otil griff nach hinten in die Dunkelheit und zog einen schlaksigen jungen Mann hervor.

Paulus stieg ab, und wir folgten seinem Beispiel. Er zeigte auf den Wehrturm und wandte sich an Jens. »Sie sind der Vogt hier, oder? Ist der Gefangene dort untergebracht?«

»Ja, Herr«, antwortete Jens geflissentlich.

Daraufhin stieß Paulus einen Schwall von Befehlen aus. Gott sei Dank gehörte ich nicht zu den Adressaten. Selbst an der Universität, ausgeschlafen und nach einem ordentlichen Frühstück, war ich jedes Mal überfordert, wenn Paulus loslegte und seine Anweisungen erteilte, die stets mehrteilig gegliedert waren – auch mit Feder und Papier in der Hand. Doch jetzt, mitten in der Nacht, nach einem zehnstündigen Ritt, war ich nicht einmal in der Lage zu denken oder zu sprechen. Die Soldaten, außer Karfreitag, sollten sich, nachdem sie etwas gegessen hatten, sofort hinlegen. Der Stallbursche sollte die Pferde säubern und füttern. Paulus, Fromme und ich würden, von Karfreitag begleitet, zum Wehrturm gehen, um den Gefangenen umgehend zu verhören. Frommes Bursche würde beim Pastor übernachten, so wie auch Fromme selbst. Paulus und ich würden bei dem Vogt, Jens, Unterkunft beziehen, sobald wir mit dem Gefangenen gesprochen und erste Notizen gemacht hätten.

»Ich gehe davon aus, dass Sie Platz für mich und meinen Sekretär haben«, sagte Paulus an Jens gewandt.

»Natürlich, mein Herr. Es wäre mir eine Ehre, eine außerordentliche Ehre«, antwortete er. »Auch wenn mein Haus klein ist, habe ich genügend Platz für Sie beide«, versicherte der Vogt. »Außerdem wird meine Frau Ihnen ein Frühstück zubereiten, das in Bedburg seinesgleichen nicht hat. Unser Schinken ist vorzüglich. Wir haben erst vor zwei Tagen geschlachtet, um die Gefangennahme des Werwolfs zu feiern. Das Fleisch ist ausgezeichnet. Süß und zart.«

»Und den Weizen für eurer Brot haben sicherlich Engel gemahlen«, spöttelte Paulus. »Vielen Dank für Ihre Gastfreundschaft.«

Jens hustete und verstummte.

Paulus stand vor den Männern, die Hände in die Seiten gestemmt. »Worauf warten Sie?«

Otil machte dem Stallburschen energische Zeichen, und der Junge begann, die Pferde zu den Ställen zu führen. Dann machte Otil einen Schritt auf die Soldaten zu und begrüßte sie mit Handschlag. »Ihre Betten sind gewärmt und warten auf Sie. Ich werde Ihnen Brot, Fleisch, Käse, Gurken und Bier auf die Zimmer bringen.« Die Soldaten gingen mit klappernden Rüstungen hintereinander in den dunklen Gasthof. Otil folgte ihnen nach drinnen, wandte sich im Gehen noch einmal um und wünschte den anderen auf der Straße eine gute Nacht.

»Meine Herren, Sie dürfen sich nach Hause zurückziehen«, sagte Paulus an Kroll, Roderich und den Pastor gewandt. »Du mein Junge, gehst mit dem Pastor mit«, sagte er zu Jodel, Frommes Burschen, der wieder in seine übliche Stummheit verfallen war, »und kehrst anschließend zurück zum Gasthof. Dort wartest du auf Bruder Fromme, damit du ihn zu eurer Unterkunft bringen kannst, wenn er mit dem Verhör in dem Wehrturm fertig ist.«

Kroll und Roderich verabschiedeten sich, der Pastor verbeugte sich wortlos, und sie nahmen den östlichen Weg der Kreuzung zu den prächtigen Äckern von Bedburg und dem dichten, dunklen Wald, der sich an den Ausläufern der Steipplinger Berge entlang zog. Jodel eilte hinter ihnen her.

Damit blieben wir fünf zurück, Karfreitag, Jens, Fromme, Paulus und ich. Wir standen allein auf der Straße. Paulus legte den Arm um Jens. »Dann bringen Sie uns mal zu Ihrem Ungeheuer«, sagte er zu dem Vogt.« Er versetzte dem Mann einen leichten Stups, der daraufhin lostrottete und uns mit einer Geste zu verstehen gab, ihm zum Wehrturm zu folgen.

»Ob Sie's nun glauben oder nicht, aber die eingesperrte Kreatur ist ein wohlhabender Mann, mein Herr«, erklärte der Vogt an Paulus gewandt. »Einer der reichsten Männer in der Gegend.«

Er sah von einem zum andern, doch als keiner etwas erwiderte, ging er schweigend weiter.

Wir stapften hinterher. Der Turm lag fünfhundert Schritte entfernt. Paulus legte einen Arm um mich, und ich befürchtete schon, dass er mich verspotten würde wie zuvor Jens. Diese Geste bedeutete selten etwas Gutes, zumeist folgte eine herablassende Bemerkung. Doch nicht so dieses Mal.

»Wilhelm, im Leben geht es um Führung und Macht«, sagte er laut und vernehmlich, sodass es jeder hören konnte. »Das bedeutet, dass man Aufgaben delegiert. Ich möchte, dass du lernst, den Menschen zu sagen, was sie zu tun haben. Das ist genauso wichtig wie Latein, Jura und Rhetorik.«

Ich nickte und ließ seinen Arm auf meiner Schulter ruhen, obwohl ich es hasste, wenn man mich als Stütze benutzte. Ich blickte zu ihm auf, denn er war einen halben Kopf größer als ich. Aber ich war ja noch jung. Vielleicht würde ich ihn in einem Jahr eingeholt haben. Er sah meinen fragenden Blick, denn ich war mir nicht sicher, ob er nicht vielleicht Angst hatte. Paulus verzog den Mund zu einem schiefen Lächeln, das ich noch nie zuvor an ihm gesehen hatte. Es war das Lächeln eines Kinds, das dabei erwischt worden war, wie es Unfug anstellte, beschämt, besorgt und unsicher.

»Alles in bester Ordnung«, versicherte er mir, doch die

Worte kamen seltsam aus seinem Mund, als würde die Lüge ihm das Sprechen erschweren. Schließlich nahm er den Arm von meiner Schulter und schob mich vor sich durch die Tür des Wehrturms, die Jens uns aufhielt.

Achtes Kapitel

Es wird von dem großen Aufstand und der Belagerung von Münster gesprochen, und das Verhör des Gefangenen und angeblichen Werwolfs Peter Stumpf beginnt im Wehrturm von Bedburg

Nach und nach lernte ich Paulus' Denkweise kennen. Als wir mit Bedburg fertig waren und Bedburg mit uns, waren Paulus und ich nicht mehr länger Lehrmeister und Schüler. Unser Verhältnis war eher das von Freunden und Brüdern. Ich kannte seine Vergangenheit und seine Seele.

Heute, am Ende meines Lebens, bin ich ein angesehener Historiker – und heutzutage bestimmt nun einmal der Beruf eines Menschen, ob er Ansehen genießt und ob er in Erinnerung bleibt – doch bereits als Grünschnabel zeigte sich schon meine Vorliebe für Geschichten. Nicht für erfundene Märchen, sondern für wahre Geschichten. Geschichten von lebenden Menschen, durch die man die Vergangenheit verstehen lernt.

Natürlich hatte ich schon von Münster gehört, bevor ich nach Bedburg kam. Wie ich Ihnen bereits erzählt habe, war ich ein gescheiter junger Kerl und hätte es nicht geschafft, Paulus' Schreiber zu werden, wenn ich kein Verständnis für die Geschichte unserer Zeit gehabt hätte. Paulus aber brachte mir während unseres Aufenthalts in Bedburg die Geschichte seiner Heimatstadt auf lebendige Weise nahe.

Und nicht nur das, er erzählte mir auch von sich. Von Dingen, die seinen Geist beschäftigten und sein Herz bewegten.

Er verriet mir zum Bespiel etwas später – wohl an unserem dritten Tag in Bedburg –, dass er immer wieder die Worte »Dieser Mann kann kein Werwolf sein« zu sich selbst gesagt hatte, als wir an jenem ersten Abend durch die Tür des Wehrturms traten.

Paulus war davon überzeugt. »Ich werde auf einen Menschen treffen, nicht auf einen Werwolf«, sagte er zu sich selbst. Sollte dieser Mann aber entgegen aller ihm bekannten Gesetze der Vernunft doch ein Werwolf sein und aus seiner Zelle ausbrechen und ihn angreifen – denn dazu wäre eine solche Kreatur bestimmt in der Lage, da Satan sie geschaffen hatte –, dann würde er seine Seele Gott anempfehlen und ihn um einen raschen Tod bitten. Wenn dies auch völlig sinnlos wäre, denn Gott habe noch nie ein Bitte erhört. Er sei nämlich taub, sagte Paulus zu mir, woraufhin ich mich bekreuzigte und erwiderte, dass er auf seine Worte achten solle. Er schüttelte den Kopf, als wäre ich ein armes, dummes Kind.

»Mir wurde heiß, als wir in den Wehrturm hineingingen«, sagte Paulus zu mir, als wir wenige Tage später darüber sprachen. »Obwohl es dort drinnen kühler war als draußen. Ich verspürte tatsächlich ein wenig Angst und schämte mich dafür, weil die Angst unsinnig war und weil ich befürchtete, die anderen könnten sie bemerken …«

Ich folgte dicht hinter ihm, als wir den Hauptgang des Wehrturms passierten, und sah, wie Paulus sich durchs Haar fuhr – in der Tat, als sei ihm heiß.

Paulus war zwölf, als er im Hof des Hauses seiner Familie in der großen grauen Stadt Münster gekniet und Gott weinend gebeten hatte, ihn sterben zu lassen. Er, sein Vater, seine Großeltern und seine Geschwister hatten mit ansehen müssen, wie seine Mutter genau in jenem Hof vor der Druckerei der Familie von mehreren Männern – Soldaten – vergewaltigt und schließlich von einem der Kerle, der noch auf ihr drauf gelegen hatte, erstochen worden war. Dann enthaupteten sie seinen Vater sowie beide Großmütter und Großväter. Vorher hatten sie Wetten abgeschlossen, wie viele Schläge sie benötigten, um ihre Köpfe abzuschlagen. Schließlich vergewaltigten sie seine Schwestern, erstachen sie und befahlen Paulus und seinen drei Brüdern, gegeneinander zu kämpfen. Die Jungen weinten und umarmten sich. Sie sagten ihnen, dass derjenige weiterleben dürfte, der am Schluss noch stehen würde, aber nur wenn er die anderen vorher umgebracht hätte. Paulus war der größte und älteste der Brüder und wusste, dass er gewinnen würde. Er hob ein Schwert vom Boden auf, das einer der Soldaten ihm vor die Füße geworfen hatte. Doch dann wurde dem grausamen Spuk ein Ende gesetzt. Offiziere und Priester tauchten auf und befahlen den Soldaten sich zu verziehen oder sie würden schwere Strafen riskieren. »Das Morden ist vorbei«, sagte einer der Offiziere. »Hört damit auf, oder ihr werdet bestraft, im Namen Gottes.«

Paulus, gerade mal zwölf, fiel auf die Knie und flehte Gott an, ihn auf der Stelle zu töten. Die Offiziere und Priester glaubten, dass der Junge die Bitte an sie richten würde, doch sie krümmten ihm kein Haar, und Gott verschwendete keinen Gedanken an Paulus und seine Wünsche. Ein Offizier wickelte ihn in einen Mantel und führte ihn durch das Stadttor hinaus auf die Felder jenseits der Stadtmauern. Dort wimmelte es nur so von Flaggen, Kanonen, Männern, Pferden und Belagerungsgeräten. Paulus erzählte mir häufig, dass er noch immer versuche, diese alten Erinnerungen zu vertreiben. Als wir in jener Nacht durch diesen langen dunklen Gang im Wehrturm gingen, sah ich, wie er seinen Kopf schüttelte und weitermarschierte. Und ich folgte ihm.

An der Zellentür angekommen, drehte Jens sich nach hinten und sah, wie Paulus langsam und mittlerweile leicht gebeugt, auf den zugesperrten Raum zustapfte. Ich erkannte in Jens' Blick so etwas wie Mitleid. Paulus richtete sich auf, straffte die Schultern und fuhr sich erneut mit der Hand durchs Haar.

»Was starren Sie so? Öffnen Sie die verdammte Tür!«, fuhr er Jens an.

»Sich vor dem Teufel zu fürchten, ist keine Schande«, sagte der Vogt. Es war freundlich gemeint, doch aus seinen Worten sprach eine gewisse Genugtuung, dass der Mann, der ihn eben noch so herablassend behandelt hatte, auf einmal recht kleinlaut wirkte.

»Gehen Sie mir aus dem Weg, Mann«, befahl ihm Paulus und marschierte durch die schwere Holztür in die Zelle von Peter Stumpf.

Wir folgten ihm, zuerst ich, dann Fromme und Karfreitag. Es war schwül in der Zelle und ich schnappte unwillkürlich nach Luft, als sei ich am Ersticken. Dann erst sah ich ihn.

Gekleidet in einen zerrissenen Kartoffelsack saß Stumpf auf einem eisernen Stuhl in einem doppelten Käfig – der innere aus Holz, der äußere aus Stahl. Sein Körper war blutig und wies neben Blutergüssen zahlreiche Brand- und Schnittwunden auf. Sein linkes Auge war zugeschwollen.

In einer Feuerstelle loderten hohe Flammen. Als wir eintraten, warf Stumpf den Kopf zurück, und man sah die Schweißperlen, die ihm auf der Stirn standen. Sie glitzerten im rötlichen Feuerschein. Stumpf wischte sich die Brauen an der Schulter ab, denn seine Hände steckten zwischen den Schenkeln in grauen stählernen Handschellen. Er war durch eine Kette um den Bauch an dem eisernen Stuhl festgebunden.

Als sich die Zellentür knarrend hinter uns schloss, drang ein Schwall kühler Luft in den Raum. Stumpf atmete hörbar ein. Er seufzte und blickte uns an. Mit seinen sanften, fast träumerischen Augen musterte er uns, schließlich blieb sein Blick auf Jens liegen.

»Stumpf, das sind die kaiserlichen Inquisitoren«, sagte Jens schließlich.

Der Gefangene lächelte matt. Dann sagte er mit tonloser Stimme: »Pass auf, dass sie nicht *dich* holen.«

Jens funkelte den Gefangenen wütend an und ballte die Fäuste, als wäre er am liebsten auf ihn losgegangen.

Paulus trat zu ihm und schob ihn beiseite, bevor er sich an Stumpf wandte. »Mein Name ist Paulus Melchior. Ich vertrete hier das Recht, sowohl in der Stadt als auch in Ihrem Fall. Ich habe einige Fragen an Sie und erwarte, dass Sie mir klipp und klar antworten«, sagte Paulus. Er sah Jens an und bedeutete ihm mit einem Kopfnicken, dass er sie allein lassen solle. Als der Vogt gegangen war, wandte er sich wieder dem Gefangenen zu. »Ihr Name?«

»Peter Stumpf.«

»Sie sind also ein Mensch mit einem Namen.«

»Ja, ich bin ein Mensch.«

»Kein Wolf?«

»Nein, kein Wolf.«

»Auch kein Werwolf?«

»Nein.«

Paulus winkte mir zu, und ich zog eine Bank vor den Käfig. Er setzte sich, und ich nahm neben ihm Platz. Fromme blieb hinter uns stehen. Der Gefangene hob seine Ketten, als wollte er sagen: Wäre ich ein Werwolf, hätte ich mich von denen schon längst befreit und hinge an Ihrer Kehle. Ein schrecklicher Gestank drang von ihm herüber, sodass ich schützend die Hand zur Nase führte. Weder Paulus noch Fromme zeigten eine Reaktion.

»Entschuldigen Sie meinen Zustand«, sagte er und beugte den Kopf.

»Man hat uns erzählt, dass Sie zugegeben haben, ein Werwolf zu sein«, fuhr Paulus fort.

»Ich bin kein Werwolf. Sie haben mich gefoltert und so das Geständnis erzwungen.«

»Aber Sie sind ein Mörder.«

Stumpf wartete einen Augenblick. Er dachte offensichtlich nicht über seine Antwort nach, sondern er machte eine Kunstpause wie ein geübter Schauspieler.

»Ja«, antwortete er dann. Er stieß es verächtlich hervor.

»Wie viele Menschen haben Sie umgebracht?«, fragte Paulus.

»Sehr viele.« Stumpf runzelte die Stirn und schüttelte den Kopf. Dann lächelte er. Die spitzen Eckzähne, die er entblößte, ließen mich unweigerlich an ein gebleckte Wolfsmaul denken.

»Sehr gut«, sagte Paulus und nickte. Er wandte sich zu

mir und tippte auf die Tasche, die ungeöffnet in meinem Schoß lag. Ich nahm Feder, Tintenfass, Schreibsandbüchse und mein Notizbuch heraus, das ich aufklappte und auf meinen Knien balancierte, während ich zu schreiben begann. Paulus' Angst war verflogen, das spürte ich. Wir hatten es mit einem Mann zu tun, nicht mit einem Wolf, selbst ein Junge wie ich konnte das erkennen. Paulus zog sein grünes Wams aus, faltete es und legte es auf den Boden neben seine Füße. Das grüne Hemd darunter war durchgeschwitzt.

»Fahren Sie fort«, sagte Paulus. »Ihr Geständnis ist herzerfrischend, weil es so schnell aus Ihrem Mund gekommen ist.«

»Ich habe viele Menschen umgebracht, über viele Jahre, und jetzt wurde ich gefasst.«

Paulus räusperte sich. »In der Anklage heißt es, dass Sie einen magischen Gürtel trugen und gerade dabei waren, ein Kind zu töten, als man sie entdeckte. Sie hätten die Gestalt eines Wolfs gehabt, als Sie verfolgt wurden. Auf Ihrer Flucht hätten sie den Gürtel abgeworfen und sich anschließend wieder in einen Menschen verwandelt.«

»Das ist mir bekannt, mein Herr. Aber wenn Sie ein Werwolf wären, der von Soldaten verfolgt wird, würden Sie dann Ihren Gürtel abwerfen und sich wieder in einen Menschen verwandeln, um gefasst zu werden und hier zu enden?«

»Vielleicht verfolgt der Teufel mit Ihrer Gefangenschaft einen größeren Plan«, wandte Fromme von hinten ein.

»Nein, das ist nicht der Fall«, entgegnete Stumpf und blickte über meine Schulter hinweg zu dem Geistlichen. »Ich habe gestanden, aber ich werde keine Geschichten für diese Stadt erfinden. Wenn ich ein Werwolf wäre, würde ich dann so aussehen?« Er hielt sein Gesicht in den Schein des Feuers und versuchte, seine gefesselten Arme und Beine zu bewegen, die Ketten rasselten, sodass wir die Verbrennungen und Schnitte, die Striemen und Blutergüsse, die ausgeschlagenen Zähne, den schwarzen Blutpfropfen an seiner Nase und das zugeschwollene Auge erkennen konnten.

»Sie wurden geschlagen. Mehr nicht. Was, wenn ich Sie foltern würde?«, warf Paulus ein.

»Dann werde ich das sagen, was ich bereits gesagte habe, als ich geschlagen wurde. Nämlich dass ich ein Werwolf bin, was aber nicht der Wahrheit entspricht. Wurden Sie schon mal gefoltert, mein Herr?«

»Ich stelle hier die Fragen. Ich bin zwar nicht der Inquisitor – für die heilige Inquisition steht mein Freund dort hinter mir –, aber als Reichsverweser und kaiserlicher Gesandter liegt es in meiner Machtbefugnis, die Folter anzuwenden, wenn ich eine solche Maßnahme für angebracht halte. Und ich hege keinerlei Skrupel, die mir gewährten Vollmachten zu nutzen.«

»Ich möchte nicht mehr gefoltert werden, und deshalb erzähle ich Ihnen gern die volle Wahrheit«, sagte Stumpf. Seine Stimme klang aufrichtig, aber er war nicht eingeschüchtert.

»Ich glaube, es gibt ungefähr achtundsechzig Todesfälle in der Gegend um Bedburg, die auf Sie zurückgeführt werden«, fuhr Paulus fort und schnippte mit den Fingern in meine Richtung. Meine Hände wanderten in die Tasche, und ich zog mehrere Papierrollen, Mappen und Bücher heraus. Ich fand die Anklageschrift und Notizen, die ich zu dem Fall aufgeschrieben hatte, bevor wir nach Bedburg abgereist waren. Paulus blätterte die Seiten durch und las eine Weile schweigend darin.

»Ja, ganz recht«, bestätigte er schließlich. »Achtundsechzig. Mindestens. Hier steht's. Einschließlich des Kindes, das Sie vor drei Tagen umgebracht haben. Sie haben alle Morde zugegeben.«

»Ja, mein Herr. Das stimmt.«

»Dann sollte ich Sie der Kirche übergeben«, sagte Paulus und deutete mit seinem Daumen über die Schulter zu Fromme. »Ich fürchte, Ihre Verbrechen liegen außerhalb meines Aufgabenbereichs.«

»Aber wieso, mein Herr?«, fragte Stumpf. Nun bekam er es doch mit der Angst zu tun, denn es war allemal besser als Mörder, Vergewaltiger oder Dieb vor Gericht gestellt zu werden, als von der Kirche beschuldigt zu werden, ein Schwarzkünstler oder ein Werwolf zu sein.

»Wie kann es angehen, dass Sie *nicht* mit dem Teufel im Bunde stehen. Welcher Mensch tut so etwas? Bringt fast siebzig Seelen um, darunter kleine Kinder«, sagte Paulus und sah wieder in die vor ihm liegenden Seiten.

»Mit dem Teufel im Bunde?«, fragte Stumpf. In seiner Stimme lag wieder ein spöttischer Unterton. »Glauben Sie, es hat noch nie jemand so viele Menschen umgebracht, ohne mit dem Teufel im Bunde zu sein?«

Paulus lehnte sich auf der Bank zurück und betrachtete Stumpf. Ich konnte sehen, dass Stumpf den Sanftmütigen mimte und sich von dem Blick nicht erweichen ließ. Er konnte es ertragen, für eine Weile die zur Schau gestellte gefangene Bestie zu sein.

»Wie ich höre, besitzen Sie das Bürgerrecht«, sagte Paulus.

»Mir gehört eine Sägemühle. Ich handle mit Holz.«

»Sehr gut«, sagte Paulus und begann wieder in seinen Unterlagen zu lesen.

»Darf ich Sie etwas fragen?«, sagte Stumpf.

»Was?«

»Wird das hier eine lange Nacht werden?«

»Ich denke schon. Ich bin es gewohnt, nachts zu arbeiten.«

»Dürfte ich dann um etwas Bier oder Wein und eine Kleinigkeit zu essen bitten. Ich habe seit gestern Abend nichts gegessen und getrunken.«

Paulus runzelte die Stirn. »Aber natürlich«, sagte er nach einem kurzen Moment des Zögerns. »Das ist eine gute Idee. Wir sind auch hungrig.« Er rief nach Jens.

Karfreitag öffnete die Tür und wies den Vogt an, etwas zu essen und zu trinken zu bringen. Nach einer Weile kehrte der Vogt verächtlich schnaubend mit Tellern, Krügen und Bechern zurück. Dann wurde er wieder weggeschickt. Paulus warf Stumpf durch die Stäbe des Käfigs Hühnchen, Gurken, etwas Schwarzbrot zu. Wir aßen alle, während Paulus wieder in die Unterlagen sah.

»Also, weshalb ist Ihnen das wichtig?«, fragte Paulus, ohne von seinen Unterlagen aufzublicken. Er nippte an seinem Bier.

»Was wichtig?«, fragte Stumpf.

»Ob Sie als Mann oder als Wolf sterben. Sterben werden Sie so oder so.«

»Das kann ich Ihnen beantworten«, sagte Stumpf, während er manierlich und ordentlich aß. »Wenn Sie ein Mensch sind, würden Sie gern als Werwolf sterben, obwohl Sie wissen, dass Sie es nicht sind?«

»Aber angenommen, ich würde Sie foltern, um Sie dazu zu bringen zu behaupten, dass Sie ein Werwolf sind – warum dann nicht direkt lügen und einen einfacheren Tod sterben?«

»Man hat mir versichert, dass mein Fall vor einem ordentliches Gericht verhandelt wird, dass man mir zuhört und dass ein gerechtes Urteil gesprochen wird. Deshalb habe ich die Wahrheit gesagt«, erklärte Stumpf.

»Haben Sie das tatsächlich? Warum sollte ein Mörder wie Sie je die Wahrheit sagen? Lügen und Verbrechen liegen doch in Ihrer Natur. Egal, ob Sie mit dem Teufel im Bunde stehen oder nicht. Ihre Seele ist für die Hölle bestimmt, da Sie sich auf Erden wie ein Wesen verhalten haben, das nichts Menschliches hat.«

Stumpf ließ die Schultern sinken. »Ich sage Ihnen die Wahrheit, mein Herr. Ich werde nicht zulassen, dass die Bewohner dieser Stadt behaupten, Wolfsblut würde durch meine Adern oder die Adern meiner Kinder fließen.«

»Sie haben Familie?«, fragte Paulus. Er blätterte in seinen Unterlagen. »Davon steht hier nichts.«

»Ja, habe ich. Eine Frau, zwei Töchter und zwei Söhne. Meine beiden Söhne sind aber schon verheiratet und leben nicht mehr in Bedburg. Gott sein Dank!«

»Sind Sie vermögend?«

»Ja.«

»Wie vermögend?«

»Ich habe mehr Geld als jeder andere Bürger der Stadt, sehr viel mehr. Und das gefällt ihnen nicht. Sie beneiden mich um mein Land.«

»Das tut hier nichts zur Sache«, bemerkte Paulus und stellte seinen Teller ab. Er trank einen Schluck Bier.

»Sie sind also ein reicher Mann und ein Werwolf«, ergriff Fromme das Wort.

»Kein Werwolf, Hochwürden. Ich habe gesündigt, aber nur als Mensch.« Stumpf beugte sich vor, um den Becher hochzuheben, den Paulus vor ihn hingestellt hatte. Da seine Hände eng mit der Kette um seinen Bauch verbunden waren, musste er seinen Kopf tief senken, um einen Schluck zu nehmen.

»Vielleicht liegt es an Ihrem Reichtum, dass Sie lügen«, sagte Fromme und wischte sich das Fett von seinem glattrasierten Kinn. »Wenn Sie als Mörder hingerichtet werden, bleibt Ihre Frau doch immer noch im Besitz Ihres Vermögens. Doch die Besitztümer einer Kreatur, die mit dem Teufel im Bunde steht, fallen unweigerlich der Kirche zu. Und Ihre Frau würde derselben Verdammung anheimfallen – eine Hure, die es mit einem Wolf getrieben. Und Ihre Kinder – Bastarde, halb Mensch, halb Wolf. Geschöpfe des Teufels …«

Bei den Worten zuckte ich zusammen. So hatte ich die Sache noch nicht gesehen.

Paulus klatschte in die Hände. »Ja, da ist was dran. Na gut, wir werden Ihrer Frau und Ihren Kindern zuliebe ein Spiel spielen, Stumpf«, sagte er dann. Er stand auf, griff nach Frommes Arm und führte ihn zur hinteren Wand, außer Hörweite.

Ich betrachtete Stumpf. Ich konnte sehen, dass sein Puls raste, er atmete schnell und flach. Vielleicht unterhielten sich Paulus und Fromme gerade darüber, welche Folterinstrumente hereingebracht werden sollten, um sie einzusetzen, falls er nicht gestehen würde. Ich wusste nicht, was sie besprachen. Stumpf wartete, mehr blieb ihm nicht übrig.

Dann bemerkte ich plötzlich, wie sein Blick starr wurde und ins Leere ging. Ich glaube, in diesem Moment muss ihn eine schreckliche Ahnung befallen haben, die Ahnung, dass sein Leben nur noch aus ängstlichem Warten bestand – und danach Finsternis. Und wenn nicht Finsternis, dann ewige Verdammnis.

Als ich mich umsah, griff Paulus gerade nach etwas in Frommes Hand und kam dann zügigen Schritts zurück zu dem Käfig. »Setzen Sie sich gerade hin!«, rief er und besprengte ihn mit einer Flüssigkeit. Stump musste befürchtet haben, es sei Vitriol, denn er wich instinktiv zurück so weit er konnte, doch durch die Ketten konnte er sein Gesicht nicht bedecken.

»Weihwasser verätzt ihn nicht«, sagte Paulus leise zu mir. »Notier das!«

Paulus steckte seine Hand ganz hinein in den Käfig und bot Stumpf eine Hostie an.

»Iss!«, forderte Paulus ihn auf.

Stumpf griff vorsichtig danach, ohne Paulus zu berühren. Er führte die Hostie zu seinem Mund. Er kaute und hatte offensichtlich Mühe, die Oblate hinunterzubekommen. Doch schließlich schluckte er. Er öffnete den Mund, um zu zeigen, dass sie weg war.

»Und jetzt sprechen Sie das Vaterunser!«, sagte Paulus.

Stumpf zögerte einen Moment, als müsste er sich besinnen. Schließlich begann er zu sprechen. Er senkte nicht den Kopf und schloss auch nicht die Augen. Stattdessen war sein Blick auf Paulus gerichtet.

»Vater unser, der du bist im Himmel …«

Paulus klatschte einmal in die Hände, als Stumpf bei »dein Wille geschehe« angekommen war. Er stach mit dem

Zeigefinger in meine Richtung. »Schreib auf, dass er zu Jesus betet!«

»Küssen Sie das!« Paulus hielt ein Kruzifix in den Käfig. Stumpf beugte sich vor und küsste es.

Paulus strich sich das Haar zurück und nahm wieder auf der Bank neben mir Platz.

»Ich werde Sie als Mensch vor Gericht stellen«, erklärte er. »Aber Sie werden einen grausamen Tod sterben.«

»Ich bin ein Mensch«, bekräftigte Stumpf. »Und ich werde Ihr Urteil annehmen.«

Fromme hatte sich wieder hinter uns gestellt. Man sah ihm an, dass er nicht zufrieden war. Aber er ließ Paulus machen.

Der wandte sich wieder an mich.

»Los, Wilhelm, schreib mit! Verwende Kurzschrift! Ich will eine wortwörtliche Wiedergabe.«

Seine wilde Entschlossenheit duldete keinen Verzug. Im nächsten Moment lag das schwarze, ledergebundene Notizbuch mit der goldenen Schnalle auf meinen Knien. Das entkorkte kleine elfenbeinfarbene Tintenfass, das nicht größer war als ein kleiner Finger, stand neben mir auf der Bank. Ich tauchte die Feder hinein. Der Schreibsand, mit dem ich das Blatt beim Umdrehen bestäuben würde, damit die Tinte schneller trocknete, befand sich in der kleinen Büchse, die zwischen meinen Füßen auf dem Boden stand. Ich beugte mich über das Notizbuch, die Feder schwebte erwartungsvoll in der Luft.

Paulus lehnte sich so weit vor, dass sein Gesicht fast die Käfiggitter berührte. »Also Stumpf, erzählen Sie mir von Ihrem ersten Opfer«, sagte er.

Neuntes Kapitel

Eine Geschichte über das Brauchtum von Puppen in Bedburg sowie ein vollständiger Bericht über die ersten Morde von Peter Stumpf, angeklagt als Werwolf von Bedburg

»Wir haben sie Puppen genannt«, sagte Stumpf. »Haben Sie von diesem Brauchtum schon gehört? Damals, als es zum Aufstand kam und der Krieg ausbrach, zogen viele Arme durch das Land. Sind Sie alt genug, um sich noch daran erinnern zu können? Ich muss fast zehn Jahre älter sein als Sie, Herr Melchior. Wie auch immer, in meiner Kindheit gab es von diesen Menschen noch viel mehr als heute. Gott sei Dank. Auf der Suche nach Arbeit oder Almosen erreichten ein paar dieser mittellosen Menschen sogar Bedburg. Unsere Stadt liegt sehr abgelegen und ist nicht leicht zu erreichen. Nichts als Wald, ein See, ein Fluss und Berge ringsherum. Ein paar dieser bemitleidenswerten Seelen sind aber doch hierhergelangt. Einige entschieden sich, eine Weile im Wald zu leben, andere hatten sich auf der Suche nach einem anderen Ort schlicht verlaufen und waren bei uns gelandet. Es hatte sie alle zufällig nach Bedburg verschlagen. Wir hatten keine Arbeit, die wir ihnen hätten geben können. Unsere Stadt war klein, und wir schufteten alle schwer. Niemand hatte etwas übrig, wir erledigten unsere Aufgaben selbst. Um die Almosen zu rechtfertigen, die wir ihnen gaben – denn natürlich mussten wir diesen Menschen Schutz gewähren und ihnen etwas zu essen geben, wenn wir sie nicht tot auf unseren Straßen vorfinden wollten –, ließen wir sie geringe Arbeiten erledigen, die Vögel von unseren Feldern fernzuhalten zum Beispiel. Vogelscheuchen bringen nichts, weil die Raben und Krähen schnell erkennen, dass es keine Menschen sind. Doch ein lebender Mensch, kann hin- und herlaufen und sie verscheuchen. Außerdem sahen die Leute sowieso schon aus wie Vogelscheuchen. Bald gab es so viele Arme, dass auf sämtlichen Feldern solche menschlichen Puppen standen, selbst auf denen von Kleinbauern wie meinem Vater. In meiner Jugend war meine Familie arm. Wir hatten nur ein Feld, und so besaßen wir auch nur eine Puppe. Eine Frau namens Berta. Sie hatte ein Kind, eine Tochter.

Ich war vierzehn und schlich mich nachts mit ein paar anderen Jungen, darunter Jens – er ist so alt wie ich –, zu den Puppen, um unsere Spielchen mit ihnen zu treiben. Selbst mit denen, die Männer dabeihatten. Die meisten aber waren allein oder mit ihren Kindern. Und waren doch Männer da, war es auch egal, denn was konnten sie schon ausrichten? Ihnen blieb nur die Wahl zwischen den Feldern und der Straße. Wenn sie tatsächlich mal gegen uns kämpften, waren wir ihnen zahlenmäßig weit überlegen. Auf einen von ihnen kamen sechs von uns. Manchmal waren unsere Väter schon vor uns da. Dann beobachteten wir sie aus der Ferne. Sie trieben genauso wilde Spielchen mit ihnen wie wir. Und ehrlich gesagt – denn darum geht es ja hier, um Ehrlichkeit und Wahrheit –, wussten sie es auch von uns. Doch darüber wurde nie gesprochen. Ich vermute, dass die Frauen ebenfalls Bescheid wussten. Die Mütter und Ehefrauen. Obwohl ich mir da nicht ganz sicher bin. Ich denke, dass sie genauso den Mund hielten wie wir. Sie sollten sie fragen. Sie müssten in meinem Alter sein oder älter.

Berta, die Puppe meiner Familie, stammte aus Münster beziehungsweise aus irgendeinem Dorf in der Nähe. Das war aber noch vor der Zeit der Belagerung. Zumindest hat sie mir das erzählt. Ich hörte ihr aber immer nur dann zu, wenn ich es für wichtig hielt. Sie war während des Kriegs mit ihrem Kind geflohen, als das Land im Chaos versank. Von einem Ehemann wusste ich nichts, genauso wenig wie von dem Grund, warum sie hierhergekommen war, ob sie zufällig hier gelandet war oder es geplant hatte.

Berta war noch jung, wahrscheinlich höchstens fünfundzwanzig, ihre Tochter acht oder neun. An dem Tag, als dieser jüngste Trupp von Bettlern, Bertas Trupp, den Kleinbauern zugewiesen wurde, begleitete ich meinen Vater zum Rathaus. Sie standen als Letzte in der Reihe. Die Verteilung der Menschen hatte für ziemliche Aufregung unter der hart arbeitenden Bevölkerung gesorgt. ›Heißt es nicht, die Ersten werden die Letzten sein?‹, fragten sie. Und in den ersten Tagen von Krieg und Aufstand – damals hatten wir noch einen Gutsherrn –, war zugesagt worden, dass wenn noch mehr Bettler kämen, sie den Kleinbauern zugeteilt werden würden. Der Tag, an dem mein Vater und ich zum Rathaus gingen, war der Tag, an dem die Bauern diese Zusage einlösten.

Auf dem Weg zurück zu unserem Bauernhof bedankte sich Berta überschwänglich und weinte. Es war kein Bauernhof im üblichen Sinn, denn wir bauten Getreide an, um uns selbst zu versorgen. Wir verkauften lediglich ein Zehntel unserer Ernte in einem guten Jahr. Doch Berta hüpfte vor Freude und herzte ihr Kind.

Meine Mutter erschien in der Tür unseres Bauernhauses, ein Wirbelwind mit einem Besen und wirrem Haar. Sie rief uns zu, im Hof stehen zu bleiben. Dann eilte sie zu Berta und hielt ihr den Besen wie eine Pike vor die Brust. »Du musst hart arbeiten, dafür dass du hierbleiben darfst. Wir sind zu sechst – ich, mein Mann, unsere drei Söhne und unsere Tochter. Ihr seid zu zweit. Ernte und Ertrag müssen sich also um dreißig Prozent steigern, sonst zahlt sich unsere Wohltätigkeit nicht aus. Alles hat seinen Preis, und ich bin nicht schuld an deinen Lebensumständen.«

Berta lächelte, ein wirklich ehrliches Lächeln, knickste ordentlich und bedankte sich aufrichtig. »Gott wird Ihnen Ihre Güte mit seiner Liebe danken, gnädige Frau«, sagte sie. Mit diesen Worten kniete sie vor meiner Mutter nieder und küsste ihr die Hand. Ihre Tochter kniete sich ebenfalls hin, nachdem Berta sie dazu aufgefordert hatte. Mein Vater, meine Brüder, meine Schwester und ich stellten uns nacheinander vor sie hin, damit sie auch unsere Hände küsste.

Berta sah wunderschön aus, wie sie so mit gesenkten Augen vor mir kniete und meine Hand küsste. Ich ließ einen meiner Finger über ihre Lippen wandern und öffnete ihren Mund, als ich wegging und meiner Schwester Platz machte.

Es war zur gleichen Jahreszeit wie jetzt, Mitte Juli. Hochsaison, um Frösche zu fangen. Haben Sie den Kindern dabei einmal zugeschaut? Machen Sie das, bevor Sie wieder abreisen. Ich entschied mich, an dem Tag keine Frösche zu fangen, obwohl ich der Meisterfroschfänger von Bedburg war. So bezeichneten mich meine Freunde, wenn ich das hinzufügen darf. Stattdessen blieb ich bei meinem Vater, um Berta den Schuppen zu zeigen, in dem sie und ihre Tochter schlafen würden, denn wir hatten keine Scheune.

Wir mussten uns mit den anderen Kleinbauern die sechs Scheunen der Gemeinde teilen. Danach brachte ich Berta zu dem Feld, auf das sie aufpassen sollte.

Berta war in unserem Schuppen sicher, er lag direkt neben dem Bauernhaus. Keiner konnte sie belästigen, ohne dass meine Mutter oder jemand anders es gehört hätte. Die Frauen, die als Puppen auf den Feldern der großen Höfe arbeiteten, mussten am meisten befürchten, dass Spielchen mit ihnen getrieben wurden. Sie schliefen in Nebengebäuden und Scheunen auf den Höfen, in denen man sich entweder leise mit ihnen vergnügen oder von wo aus man sie leicht in den Wald verschleppen konnte.

Ich beschloss, mich mit Berta anzufreunden. Sie arbeitete hart auf unserem Hof. Bei Tagesanbruch empfing ich sie mit Milch und Brot, und mittags brachte ich ihr und dem Kind Haferbrei und Buttermilch aufs Feld. Ich sprach nicht viel, doch wenn die Zeit es zuließ, setzte ich mich zu Berta hin, während ihr Kind sie im Feld vertrat und die Vögel durch Händeklatschen oder Schreie verscheuchte.

Schon bald übernahmen die Puppen auf vielen Höfen tagsüber auch andere Aufgaben als nur das Vertreiben von Krähen. Sie gruben Latrinen aus, halfen bei Maurerarbeiten, schleiften, webten und entfernten Steine aus der Erde, damit das Land bestellt werden konnte. Die meisten Bauern und ihre Frauen fanden, dass die Puppen neben ihrer Arbeit als Vogelscheuche noch viel mehr Aufgaben übernehmen konnten, sodass sie die Möglichkeit hatten, sich auszuruhen, die Füße hochzuheben, eine Pfeife zu rauchen, ein gutes Mahl vorzubereiten oder einfach zu tun, wonach ihnen gerade der Sinn stand. Unser Hof war jedoch so klein, dass es neben dem Waschen und Flicken unserer Kleidung, dem Füttern und Ausmisten der Schweine nicht viel zu tun gab. Bertas Hauptaufgabe bestand darin, als Puppe zu fungieren. Meine Mutter ließ sie nicht an den Herd, und so verbrachte sie ihre Zeit größtenteils auf dem Feld. Trotzdem war meine Mutter diejenige, die Berta am häufigsten für ihre Zwecke einsetzte, wenn sie nicht als Vogelscheuche arbeitete. Mein Vater mochte seine Aufgaben und wollte keine Hilfe bei seinen typischen Männerarbeiten. Er hielt sich von Berta fern.

Berta erzürnte niemanden. Sie war bescheiden und höflich und wurde daher, im Gegensatz zu anderen Puppen, nie geschlagen. Sie schien intelligent zu sein – nicht so dumm wie der Rest. Meines Wissens soll sie aus besserem Haus gestammt haben. Die Menschen, die in ihren Wagen über das Land zogen, waren von unterschiedlicher Herkunft. Einige waren früher wohlhabend gewesen, doch waren sie von den Heerscharen von Bettlern und Vagabunden, die begonnen hatten, das Land von der Kirche und den Reichen zurückzufordern, längst um ihr Hab und Gut gebracht worden. Die meisten dieser Menschen aber waren Bauern ohne Land, die auf der Flucht vor den Landsknechten waren, die alle Vagabunden umbrachten, weil sie glaubten, sie wären alles Rebellen. Berta erzählte mir nichts von ihrer Vergangenheit, und eine Weile war ich einfach glücklich, nur neben ihr zu sitzen. Doch gewöhnt man sich zu sehr an jemanden, wird er so alltäglich wie der Waldboden. Meine Liebe wechselte von heiß zu kalt, denn Berta machte keinerlei Andeutung, dass sie für mich etwas Ähnliches empfand wie ich für sie.

So verging ein gutes Jahr. Dann wurde bekanntgegeben, dass noch ein Trupp von ungefähr zwanzig Bettlern einen

Tagesmarsch von Bedburg entfernt sei. Die Bauern und ihre Frauen wollten sie natürlich aufnehmen, das meinten sie ehrlich. Doch sie hatten nachgerechnet, und es gab weder Platz in Scheunen, Hütten und Nebengebäuden noch genügend Essen, das man hätte erübrigen können, obwohl man durch sie noch mehr Stunden im Bett oder beim Wein und Bier hätte verbringen können. Wir beschlossen, keine Puppen mehr zu beschäftigen, denn sonst hätten wir nichts mehr anderes zu tun gehabt, als zu essen und zu schlafen, und ehrliche Menschen sollen wenigstens gelegentlich hart arbeiten, heißt es doch.

An jenem Nachmittag brachte ich Berta und ihrem Kind wie immer Haferbrei und Buttermilch. Sie betrachtete mich mittlerweile als eine Art beruhigende Regelmäßigkeit in ihrem Leben, so wie ein Hahn, der täglich schreit, oder wie die Sterne, die abends aufgehen, oder der Schlaf, der einen übermannt. Ich nahm Berta zur Seite und erzählte ihr, dass meine Mutter und meine Schwester unsere Tante besuchen würden, die im Sterben lag. Ich weiß nicht mehr genau, was ich ihr erzählt habe, doch ich erklärte ihr, dass mein Vater vorhätte, mit ihr und ihrer Tochter an diesem Abend seine Spielchen zu treiben, denn die Puppen unterhielten sich miteinander, wenn es möglich war, und wussten, was vor sich ging.

›Ich habe das Pferd meiner Familie in den Wald gebracht und angebunden‹, sagte ich zu Berta. Wenn sie jetzt mit mir käme – sie und ihr kleines Mädchen –, könnten sie reiten, wohin immer sie wollte. Sie willigte ein und dankte mir weinend. Sie fragte nicht, welchen Ärger ich dadurch haben könnte, dass ich ihr half und das Pferd der Familie stahl. Genauso wenig bat sie mich, mitzukommen.

Ich ging mit den beiden ganz tief in den Wald, wo ich das Pferd angebunden hatte. Dann zog ich ein Messer heraus, fesselte das Kind an einen Baum und erwürgte es. Auf dem Waldboden trieb ich alle möglichen Spielchen mit der Puppe Berta. Ich aß sogar von ihr, wenn ich ehrlich sein soll, und ehrlich will ich ja jetzt sein. Berta schmeckte süß und nach Wildfleisch, und das Blut auf meiner Zunge schmeckte nach Eisen.

Als ich fertig war, machte ich das Gleiche mit dem Mädchen. Es schmeckte besser. So ist es immer mit jungem Fleisch – ob Lamm, Kalb oder Ferkel. Dieses Mal aber – mit dem Mädchen – ließ ich mir mehr Zeit. Ich hatte mit Berta schnell gelernt, dass es nicht gut war, sich zu beeilen.

Als Andenken behielt ich jeweils eine Haarlocke der beiden und vergrub sie anschließend dort, wo ich sie umgebracht hatte. Ich kann Sie an die Stelle führen. Niemand weiß etwas davon, und ich hätte es Ihnen gegenüber ja auch nicht zugeben müssen, außer um Ihnen zu beweisen, dass ich die Wahrheit sage.

Ich nahm das Pferd wieder mit nach Hause. Meine Familie vermutete, dass die Puppe einfach mit ihrer Tochter weggelaufen war – das machten sie oft. Es war egal. Am nächsten Tag kam die Gruppe neuer Bettler an, und meine Eltern nahmen das älteste Mädchen einer vierköpfigen Familie auf. Sie war zwölf, ich war mittlerweile fünfzehn. Ich kann mich nicht erinnern, was mit der restlichen Familie passiert ist. Wahrscheinlich zogen sie weiter, da keiner in Bedburg mehr Puppen brauchte.

Ich lernte dieses Mädchen nicht kennen, denn ich trat der Armee bei und verließ Bedburg.«

Der Himmel verfärbte sich bereits rot, als wir den Wehrturm verließen. Die Sterne verblassten, und das Lächeln des Monds schwand zusammen mit der Nacht.

Jens tappte hinter uns her wie ein folgsamer Hund. Paulus wies Karfreitag an, zum Gasthof zu gehen, um den besten Mann seiner Truppe zu wecken und mit ihm zum Haus der Stumpfs zu reiten.

»Mein Herr, ich habe dort bereits zwei Männer postiert«, warf Jens ein.

Paulus ignorierte den Vogt. »Behandle die Familie anständig«, sagte er zu dem Hauptmann. »Sie wird keines Verbrechens beschuldigt. Sag Ihnen, dass ich sie aufsuchen werde, sobald ich geschlafen habe.«

Karfreitag machte sich zusammen mit Fromme auf den Weg zum Gasthof. Der Priester wollte seinen Burschen abholen und anschließend sein Quartier im Haus von Pastor Bartholomäus beziehen.

»Ich muss jetzt schlafen«, wandte sich Paulus an Jens. »Bringen Sie uns nach Hause.«

»Ich habe nachgedacht, mein Herr«, erwiderte Jens. »Ich hätte gern, dass Sie und Ihr junger Schüler die Kammern von mir und meiner Frau beziehen. Es wäre uns eine Ehre.«

»Das möchte ich nicht, Jens. Richten Sie uns irgendwo ein Gemach her, wo wir in Ruhe schlafen können. Selbst ein Bett auf dem Boden wäre recht.«

»Das kann ich nicht zulassen. Bei meiner Ehre«, entgegnete dieser.

»Jens«, rief Paulus, »mir steht nicht der Sinn danach, Ihre Frau zetern zu hören, wenn Sie sie aus dem Schlaf reißen. Ein Bett ist alles, was ich brauche, um ein paar Stunden zu ruhen. Und Sie haben noch einige Aufträge für mich zu erledigen, bevor Sie sich hinlegen können. Kümmern Sie sich also lieber um wichtige Dinge.«

Wir marschierten zur Kreuzung und folgten der Straße in Richtung Osten, die an Feldern, kleinen und großen Gehöften vorbei bis hin zum Fuß des breiten Bergkamms führte. Die schwindende Nacht ließ die Steipplinger Berge noch finsterer wirken. Die bewaldeten Hänge bildeten einen fast vollständigen Kreis um die Stadt und schlossen sie tatsächlich in gewisser Weise von der Außenwelt ab.

»Auftrag Nummer eins, Herr Vogt«, sagte Paulus, »Stumpf hat zugegeben, vor fünfunddreißig Jahren seine ersten beiden Morde begangen zu haben, an einer Frau und ihrer Tochter. Das Mädchen war damals ungefähr acht oder neun. Vielleicht hat er in seiner Jugendzeit noch mehr Menschen umgebracht. Er hat sie im Wald vergraben. Gehen Sie zu ihm. Lassen Sie sich genau erklären, wo er sie verscharrt hat. Dann schicken Sie ein paar Ihrer Männer dorthin, damit sie nach den Knochen suchen. Und zwar sofort. Zweitens …«

»Diese Bestie lügt doch wie gedruckt«, unterbrach ihn der Vogt. »Sie verschwenden nur Ihre Zeit. Damals gab es hier in der Stadt keinen Werwolf.«

»Genau darum geht es. Ich muss wissen, ob es diese Opfer gibt. Also machen Sie, was ich Ihnen aufgetragen habe!«

»Sehr wohl, Herr. Sollten wir tatsächlich Knochen finden, woher wollen Sie dann wissen, dass es sich um eine Frau und ein kleines Mädchen handelt, so wie er behauptet«, fragte er. »Das geht doch über unser Wissen hinaus. Könnten es nicht ein Mann und ein Junge sein oder eine Frau und ein Zwerg?«

»Ich kann von einem Skelett das Geschlecht und ungefähre Alter bestimmen.«

»Aber wie ist das möglich, Sie können doch nicht …«

»Also schön, ich verrate Ihnen was – ein weibliches Skelett hat ein anderes Becken als ein männliches Skelett, denn Frauen gebären Kinder.«

Der Vogt sah Paulus mit großen Augen an. Aber so schnell wollte er nicht klein beigeben. »Und wie können Sie ein Kind von einem Zwerg unterscheiden?«

»Jens! Egal ob männlich, weiblich, Kind oder Zwerg – es wären immer noch zwei Leichen, die sich in Ihrem Revier befinden, von denen Stumpf zugegeben hat, sie umgebracht zu haben. Sie wissen hoffentlich von der Pflicht, einen Fall vor Gericht zu bringen auch aufgrund von bloßen Indizien?«

»Mein Herr …«, begann Jens.

»Und um unsere Lehrstunde zu beenden, Form und Aufbau der Gelenke und Knochen von Kindern und Erwachsenen, egal ob ausgewachsen oder der Größe eines Zwergs unterscheiden sich im Hinblick auf Dichte und Abnutzung. Verdammt noch mal, Jens, lesen Sie? Können Sie lesen?«

»Selbstverständlich, mein Herr. Ich lese in der Kirche der Gemeinde oft aus der Bibel vor.«

»Nun, dann lesen Sie gefälligst nicht nur die Bibel! Gott hat Ihnen ein Hirn gegeben, um es zu benutzen.«

Jens senkte den Blick, und Paulus holte Luft. »Also – zweitens möchte ich mit der Familie des Angeklagten sprechen. Nicht im Wehrturm, sondern im Haus der Stumpfs. Sie bringen mich dorthin, sobald ich ausgeschlafen habe. Und erzählen niemandem von dem geplanten Besuch. Drittens, wecken Sie mich unbedingt vor Mittag! Wie spät ist es jetzt?«

»Nach vier würde ich sagen, Herr.«

»Herr im Himmel, bin ich müde. Viertens, sobald Stumpf Ihnen gesagt hat, wo die Leichen liegen, will ich, dass Sie ihm die Ketten abnehmen, zumindest die um seinen Bauch, und ihn von dem Stuhl befreien, sodass er liegend schlafen kann. Und geben Sie ihm eine Decke und Wasser, wenn er will.«

Jens blickte Paulus fassunglos an. »Wie bitte, Herr? Er sollte an seinen Zehennägeln aufgehängt und lebendig gehäutet werden – und nicht bequem schlafen dürfen wie ein frommer Christ.«

»Machen Sie einfach das, was ich Ihnen sage, Jens. So bringen wir alles schneller hinter uns und müssen nicht so viel Zeit miteinander verbringen. Außerdem wird keiner von uns an Altersschwäche sterben, bevor die Aufgaben erledigt sind. Ich will, dass Stumpf in körperlich guter Verfassung ist, wenn ich ihn verhöre. Es sieht so aus, als wolle er gestehen. Der Fürstbischof wird jedes noch so kleine Detail erfahren wollen. Ich möchte nicht der Mann sein, der ihn enttäuscht, Jens.«

»Wie Sie meinen, Herr«, sagte Jens, der kaum mit dem schnell ausschreitenden Paulus mithalten konnte.

»Fünftens und letztens, rufen Sie den Stadtrat zusammen, sobald es dunkel wird, nach meinem Besuch bei der Familie Stumpf.«

Mittlerweile hatten wir das Haus erreicht. Die Sonne wollte gerade über den Bergkämmen im Osten aufgehen, der Himmel erstrahlte hellblau. Das Haus der Familie Jens war groß und aus hellem Holz. Die Fensterläden waren rot und gelb gestrichen, und Blumenkästen standen auf den Simsen. Grüne Gartenmöbel standen vor dem Gemüsegarten. Es wirkte geradezu idyllisch.

»Dürfte ich fragen, was der Werwolf im Einzelnen gesagt hat?«, sagte Jens, als er uns die Tür öffnete. »Die Umstände dieser beiden neuen Morde?«

»Es war eine junge Bettlerin, eine Bedienstete«, sagte Paulus leise, um niemanden im Haus zu wecken.

»Wie bitte?«, fragte Jens.

»Eine junge Bettlerin, die für die Familie arbeitete, und ihr Kind«, wiederholte Paulus. »Er nannte sie Puppen. Das sind die beiden Opfer, von denen er mir erzählt hat und die er damals verscharrte.«

Jens stellte keine weiteren Fragen. Er brachte uns zu dem leeren Zimmer hinten im Haus und wünschte uns beiden eine gute Nacht.

Paulus legte sich, wie er war, aufs Bett und drehte sich zur Wand. »Schlaf gut«, sagte er, und im nächsten Moment schon hörte ich ihn leise schnarchen. Ich konnte nicht sofort einschlafen. Das Bild von dem schrecklichen Mord an Mutter und Tochter ging mir nicht aus dem Kopf, und ich befürchtete, ich würde im Schlaf von ihnen heimgesucht werden. Aber dann musste ich irgendwann doch eingeschlafen sein, und der Schlaf war nur ein erholsames schwarzes Vergessen.

Zehntes Kapitel

Das Haus des Werwolfs Stumpf wird angegriffen, während die Gesandtschaft des Fürstbischofs die Nacht durchschläft

Im Haus befanden sich Divara und ihre Mutter, Stumpfs Frau. Die kleine Maus Rosa steckte in der Vertäfelung. Als es zu dem Angriff kam, hatten wir uns noch nicht kennengelernt. Das sollte erst in ein paar Stunden geschehen. Doch hätte ich geahnt, was passieren sollte, hätte ich mich nicht hingelegt, sondern mir ein Schwert und eine Pistole geschnappt und wäre noch in der Morgendämmerung zu ihrem Haus gelaufen. Doch ich schlief. Später erzählten mir Divara und Karfreitag, der wie befohlen bei ihnen eingetroffen war, um sie zu bewachen, von den Ereignissen in der Nacht unserer Ankunft.

Als Paulus das erste seiner Verhöre von Stumpf beendet hatte, saßen seine Frau und seine Töchter verängstigt in ihrem Haus, das nordwestlich von Bedburg in einem Wald lag, der der Familie gehörte. Ihre Hunde jaulten in den Zwingern hinter dem Gebäude. Ein Schlägertrupp, der darauf aus war, ihnen etwas anzutun, musste lediglich eine Stunde stramm marschieren, um zu ihrem Haus zu gelangen. Der Weg dorthin führte von der Kreuzung rechts in Richtung Norden über einen schmutzigen Pfad, der durch

Felder verlief, bis hin zu einem sich schlängelnden Waldweg. Das Haus der Stumpfs war umgeben von Bäumen. Die Familie Stumpf war Besitzer des seit Langem verlassenen Jagdschlosses des früheren Gutsherrn. Das ehemalige Vergnügungsschloss war größer und herrschaftlicher als so manches Herrenhaus. Das eigentliche Herrenhaus des Vorbesitzers, das ein paar Meilen westlich lag, war während des Kriegs niedergebrannt worden. Das Land gehörte heute der Gemeinde. Die nach dem Aufstand übriggebliebenen Besitztümer des Gutsherrn, wie zum Beispiel das Jagdschloss, hatten im Laufe der Jahrzehnte immer mal wieder den Besitzer unter den wohlhabenderen Bürgern gewechselt. Stumpf hatte das Haus vor fast zwanzig Jahren erworben, als er wusste, dass er nie wieder arm sein würde, und sich das Anwesen eines reichen Mannes leisten konnte. Seine Söhne konnten damals schon laufen. Divara wurde innerhalb eines Jahres geboren, nachdem die Stumpfs das Haus bezogen hatten. Bis zu Rosas Geburt sollte es noch lange dauern.

Während ich mit einer Decke auf dem Boden vor dem Bett von Paulus schlief, hielt sich Divara im Schlafzimmer ihrer Mutter auf. Zusammen kauerten Mutter und Tochter am Bettende, eingehüllt in schwere, grüne Bettdecken und weiße Laken. Sie hielten sich an der Hand. Ein dumpfer Knall war zu hören. Dann noch einer, als würde ein Fuß gegen eine Tür treten. Ein dünner Schrei erklang aus der holzvertäfelten Wand. Die Hausherrin lief daraufhin zu der Stelle, wo der Schrei hergekommen war. »Sei still, mein Schatz!«, sagte sie mit heiserer Stimme.

Dann ertönte ein weiterer Schlag gegen die große, weiße

Tür, die in ihr sauberes, wohlhabendes Heim führte. Die Hunde in den Zwingern bellten und jaulten wie von Sinnen.

Frau Stumpf keuchte und berührte das Gesicht ihrer Tochter, die die Hand ihrer Mutter umklammert hielt. Dann drang ein weiterer Schrei aus der Wand.

Nun stand Divara auf. Sie drückte gegen das Holz, woraufhin ein Paneel von der Größe eines Mannes aufklappte. Dahinter tat sich ein Versteck auf, in dem das kleine Mädchen Rosa zusammengekauert hockte, die Hände an die Ohren gepresst.

»Du musst still sein«, ermahnte sie das Mädchen, während sie sich hinkniete. »Hier drinnen bist du sicher, aber nur wenn du keinen Laut von dir gibst, hörst du?«

»Ja«, erwiderte das Kind, umfasste Divaras Schultern und zog ihre Schwester zu sich.

»Reiß dich gefälligst zusammen«, sagte Rosas Mutter, die hinter Divara aufgetaucht war. »Keinen Mucks mehr.«

Divara küsste Rosa und schloss das Wandpaneel. Das Kind sah die beiden an, sagte aber nichts, während sie wieder in die Dunkelheit verbannt wurde. Ihr Mutter trat zur Wand. »Ich liebe dich, Rosa. Sei still, dann wird alles gut! Wenn du schreist, werden sie uns töten.«

In diesem Moment hörten sie Jens' Wachen. Sie brüllten etwas. Bevor das Haus für die Nacht zugesperrt worden war, hatten Mutter und Tochter sich bei den Männern bedankt, die sie bewachten, was diese jedoch nur mit einem Achselzucken und Kopfnicken quittiert hatten. Die Stimmen anderer Männer erklangen. Es mussten mindestens vier sein, die Wachen waren nur zu zweit.

»Lass uns die Kerzen ausblasen«, sagte Divara, denn das

Licht flackerte im Fenster. »Es dauert nicht mehr lange, bis es hell wird.«

Die Frauen standen auf und liefen zu den Kerzen. Anschließend kehrten sie an das Bettende zurück und setzten sich wieder auf den Boden. Abwechselnd blickten sie zur Wand. Das Feuer, das im Kamin brannte, warf roten Flammenschein zur Decke. Es war sicherlich von außen zu sehen. Die Frauen starrten auf die Schatten und das tänzelnde Licht. Divara zog ihr Leinennachthemd straff über die Knie, legte den Kopf darauf und umfasste ihre Füße. Ihre Mutter neben ihr spitzte die Ohren, die Augen weit aufgerissen.

Ein weiterer Tritt gegen die Haustür ertönte. Die Hunde bellten ununterbrochen. In der Wand war es still.

»Wenn die Wachen uns im Stich lassen, sind wir tot«, sagte Divara.

»Glaubst du, dass sie weg sind?«, flüsterte ihre Mutter gepresst.

»Ich weiß es nicht. Ich gehe nach draußen und lasse die Hunde aus den Zwingern.«

»Nein«, widersprach ihre Mutter. »Die Männer können auch hinter dem Haus sein.«

»Wir haben Gewehre«, erwiderte Divara.

»Ja, die haben wir«, sagte ihre Mutter. »Hol sie! Die brauchen wir jetzt!«

Divara kroch über den Boden zu der Truhe, die an der hinteren Wand stand, und öffnete sie.

»Sie sind bereits geladen«, sagte ihre Mutter. »Du musst nur die Lunte zünden!«

Divara zog zwei mit Intarsien eingelegte schwere, silberne Pistolen mit großen Läufen heraus. Sie hielt eine

Wachskerze an die Glut der Feuerstelle, um mit ihr im rechten Moment die Lunten der Pistolen zu zünden.

Von unten waren jetzt einzelne Worte zu hören: »Huren ... Hexen ... Mörder ... Menschenfresser ...«

Dann trat Stille ein. Auch die Hunde hatten aufgehört zu bellen. Schließlich wurde wieder geredet. Lange. Ein leises, unablässiges Gemurmel. Ruhig. Dröhnend. Die Worte waren nicht zu verstehen. Die Frauen saßen nebeneinander und hielten wieder ihre Hände umklammert. Hinter der Wand war es still. Die Dunkelheit wich dem ersten Morgendämmern. Als die Frauen gerade hofften, die Männer wären abgezogen, setzten die Rufe wieder ein. Die Familie sollte nach draußen gebracht werden, hieß es, damit sie auf den Scheiterhaufen gebracht werden könne, da sie einen Wolf beherbergt habe.

Divara und ihre Mutter sahen sich entsetzt an. Die Pistolen lagen auf ihren Röcken.

»Wir werden die Huren umbringen«, rief jetzt eine Stimme.

Dann erklang ein donnernder Schuss. Die Frauen hörten, wie Rosa zu wimmern begann. Divara und ihre Mutter krabbelten über den Boden. »Psst, psst«, sagten sie und knieten auf dem dicken türkischen Teppich vor der Tür, die Pistolen vor sich.

»Verschwindet sofort von der Tür. Der nächste Schuss gilt euch«, schrie Jens' Wache.

Ein weiterer Schuss ertönte, von weiter weg. Irgendwo vom Weg, der zum Haus führte.

»Himmel hilf, es kommen noch mehr Bewaffnete«, sagte die Mutter.

Die Frauen krochen zum Fenster und riskierten einen

Blick hinaus. Unten standen sechs maskierte Männer. Sie bewegten sich langsam rückwärts, weg vom Haus. Die beiden Wachen von Jens trieben sie mit ihren erhobenen Waffen vor sich her.

In diesem Moment erschienen zwei weitere Männer zu Pferd auf dem Weg. Auch sie hatten Waffen in Händen. Neben ihnen lief eine Meute Hunde.

»Das sind Soldaten«, stellte die alte Stumpf fest.

»Was bedeutet das?«, fragte ihre Tochter.

Ihre Mutter erwiderte nichts.

Die beiden Reiter trugen Brustharnische, stählerne Panzerhandschuhe, Beinschienen und Helme. Einer von ihnen, anscheinend der Hauptmann, da er im Gegensatz zu dem jüngeren Mann die farbige Schärpe eines Landknechts über der Brust trug, stieg vom Pferd und trat auf den Bürger zu, der unmittelbar in seiner Nähe stand. Der alte Soldat hob den Kolben seines Gewehrs und schlug ihm ins Gesicht. Der Mann ging zu Boden wie ein gefällter Baum. Dann hielt der Soldat das Gewehr an den Kopf eines weiteren Mannes, der neben ihm stand. Der andere, jüngere Soldat richtete die Waffe abwechselnd auf die restlichen maskierten Männer. Rauch stieg von der Lunte im Gewehrkolben auf. Die Stadtbewohner legten ihre Waffen nieder. Es waren nur Messer, Hacken, Schaufeln und Sensen, keine Feuerwaffen. Dann entfernten sie sich von den Soldaten und Jens' Wachen und liefen zu dem Weg, der in die Stadt führte. Den blutigen, halbtoten Körper ihres Freunds schleiften sie mit. Die Soldaten lachten und taten so, als würden sie nach ihnen treten. Die Hunde bellten. Während die Männer losrannten, zogen sie die Masken von den Gesichtern. Einer drehte sich um und blickte zum Fenster, wo die beiden Frauen standen und die Szene beobachteten. Die alte Stumpf erkannte das Gesicht, da die Sonne darauf schien, die mittlerweile aufgegangen war. Es war Otil. Er strich hasserfüllten Blicks mit dem Finger über seine Kehle und lief dann zu dem im Schatten liegenden Weg zur Stadt. Die beiden Soldaten begrüßten händeschüttelnd Jens' Wachen und schlugen ihnen anerkennend auf die Schultern. Dann deuteten sie zur Straße, die nach Bedburg führte, wo Jens' Wachen Stellung bezogen hatten, wie zwei Schachfiguren. Karfreitag befahl seinem jüngeren Soldaten, die Pferde anzubinden. Danach postierten sich die beiden vor dem Haus und standen Wache – bis wir, Paulus und ich, viel später als erwartet, ankamen. Wir lösten die Männer ab und befahlen ihnen sich auszuruhen, nachdem sie uns vollständigen Bericht erstattet hatten über die nächtlichen Ereignisse.

Die kleine Rosa wurde aus ihrem Versteck befreit. Die besondere Art der Holzvertäfelung war eine Idee des Gutsherrn gewesen und stammte aus der Zeit, als er das Haus als Jagdhütte benutzte. Tatsächlich hatte sie ihm als Liebesnest gedient, um sich mit seinen Dirnen zu vergnügen. Rosa schrie, als ihre Mutter und ihre Schwester das Holzpaneel öffneten, und wollte vor lauter Angst gar nicht herauskommen. Ihre Mutter ermahnte sie, gefälligst zu gehorchen. Ihre Schwester zog sie heraus. Sie ging sanft mit dem kleinen Mädchen um, küsste und streichelte sie. Rosa lächelte, doch ihr Lächeln war ausdruckslos.

Tage später, als das Band zwischen Divara und mir enger geworden war als das Band von Blutsverwandten, erzählte sie mir, dass ihre Mutter eigentlich nach draußen hatte gehen wollen, um Karfreitag und seinem Gefolgsmann zu danken. Sie habe sich aber nicht getraut, weil sie befürchtete, dass auch sie nur gekommen seien, um sie und ihre Töchter zu töten oder sie vor Gericht zu bringen, was am Ende auf das Gleiche hinauslief.

Dennoch zog die Hausherrin die Lunten aus den beiden Pistolen heraus, entlud die Waffen, legte sie zurück in die Truhe und sackte anschließend in sich zusammen.

»Wir sind verloren«, sagte sie.

»Ins Bett mit dir«, sagte Divara zu Rosa und brachte sie in ihr Zimmer. »Ich will bei euch bleiben«, protestierte das Mädchen weinend.

Doch Divara griff nach Rosas Hand und führte sie den Flur hinunter. Sie küsste ihre Schwester und legte einen Finger warnend auf den Mund. Auch Divara musste weinen. Sie zeigte auf Rosas Bett. Das Kind schlüpfte unter die Decke, wandte sich von ihrer Schwester ab und blickte zur Wand.

Divara kehrte zum Schlafzimmer ihrer Mutter zurück. Die saß noch immer vor der Truhe mit den Waffen, den Kopf auf dem Deckel.

»Wir haben nichts Böses getan«, sagte Divara.

»Wer wird uns schon glauben?«

»Wer wird von dem hier überhaupt etwas glauben? Das ist alles Unsinn.«

»Ist es nicht. Die Leute haben recht mit dem, was sie über deinen Vater sagen.«

»Sie setzen nur Verleumdungen in die Welt.«

»Achtundsechzig Morde soll er gestanden haben.« Die Stimme ihrer Mutter wurde lauter. »Achtundsechzig. Er wurde bei einem Kind gefunden. Herr im Himmel, Divara!«

Die alte Stumpf schlug die Hand vor den Mund. »Ein Kind, Divara«, murmelte sie.

»Er bringt Mord und Schande, Untergang und Tod über uns. Wir sind verloren, Divara. Das ist unser Ende.«

»Mutter«, rief Divara. »Wir sind in Sicherheit. Vor dem Haus stehen Wachen, die auf uns aufpassen. Wären sie hier, wenn wir sterben sollten?«

»Vielleicht halten sie uns ja nur gefangen …«

»Aber was sollen wir denn verbrochen haben, dass man uns gefangen nimmt?«

»Wir haben mit ihm zusammengelebt«, antwortete ihre Mutter.

Divara hockte sich wieder zu ihrer Mutter.

»Es gibt etwas, das ich dir zeigen muss«, sagte ihre Mutter nach einer Weile.

Die alte Stumpf erhob sich, trat zu der Kiste und holte einen dunklen, länglichen Holzkasten daraus hervor. Sie kehrte damit zu Divara zurück, setzte sich neben sie und öffnete den Deckel. Die Kiste war mit grünem Filz ausgeschlagen. Divara sah Haar – Dutzende von Haarlocken. Wie Andenken an eine geliebte Person, oder Erinnerungsstücke, die Mütter von ihren Kindern aufbewahrten. Die Haarlocken waren mit schwarzen Samtschleifen zusammengebunden und mit goldenen Nadeln an den Filzboden geheftet.

»Was ist das?«, fragte Divara.

»Ich weiß es nicht«, antwortete ihre Mutter. »Ich habe es im Zimmer deines Vaters gefunden.«

Divara strich mit den Fingern über die Haarlocken. Einige Locken waren so weich wie das Haar von Neugeborenen. Daneben gab es krauses, drahtiges Haar. Graues, braunes, blondes, schwarzes und rotes Haar. Haar, das von Frauen zu stammen schien und auch von Männern.

Das Haar der Kinder war leicht zu erkennen, es war noch immer seidig, obwohl es vor langer Zeit abgeschnitten worden war.

»Hast du sie gezählt?«, fragte Divara.

»Siebenundsechzig.«

»Nicht achtundsechzig?«

»Man hat ihn bei dem Kind gefunden, bevor er ihm eine Locke abschneiden konnte.«

Divara zuckte verächtlich mit den Achseln. Sie wollte nicht glauben, was sie sah. »Was heißt das schon, das sind nur Haarlocken, nicht mehr.«

»Nur Haarlocken?« Die Mutter sah die Tochter fassungslos an. Sie stand auf. »Du redet wie ein törichtes Kind«, rief sie. Damit wandte sie sich um und ging zu dem Kamin.

»Was hast du vor?«, fragte Divara.

»Ich werde das hier verbrennen, bevor es sonst jemand findet«, antwortete ihre Mutter.

Divara stand ebenfalls auf und trat zu ihrer Mutter.

Gemeinsam griffen sie in die Schatulle und warfen die Locken in die Flammen. Die rote, die blonde, die schwarze, die braune, die alte, fremdländisch aussehende Haarlocke und die des Kleinkindes. Das Haar loderte auf, versengte in den Holzscheiten, schrumpfte dahin und löste sich in Rauch auf. Beißender Gestank erfüllte das Zimmer.

Schließlich schloss die alte Stumpf die Schatulle, stapfte zu ihrem Bett und setzte sich erschöpft hin.

»Geh, Divara!«, sagte sie. »Und bring das Kästchen zurück in das Zimmer deines Vaters. Schaff es mir aus den Augen!«

Ihre Mutter ließ sich aufs Bett sinken und schloss die Augen.

Divara nahm das Kästchen und ging auf den Flur, der von Sonnenstrahlen erfüllt war. Sie öffnete die Tür zum Zimmer ihrer Schwester. Das Mädchen lag zur Tür gewandt auf der Seite und blickte sie an.

Divara lächelte, und Rosa erwiderte das Lächeln. Dann schloss sie die Tür und ging die große Treppe hinunter in das Arbeitszimmer ihres Vaters.

Während das Haus der Stumpfs von Mordbrennern belagert wurde und Paulus und ich sorglos im Zimmer der Dienstboten im Haus von Jens schliefen, versuchte Peter Stumpf, eingerollt auf dem Boden in seiner Zelle, Schlaf zu finden. Er war wie immer mit dem Fuß an den eisernen Stuhl gekettet, der mit dem Ziegelboden vernietet war. Das Feuer war inzwischen erloschen, und es war kalt in der Zelle. Jens hatte Stumpf eine alte Pferdedecke gegeben, als er wie befohlen zu ihm zurückgekehrt war, um die Wegbeschreibung zu den Leichen im Wald zu erfahren. Er wollte nicht Gefahr laufen, Paulus' Ärger auf sich zu ziehen, weil der Gefangene krank geworden war. Stumpf schlang die stinkende Decke um sich. Er zitterte, doch er versuchte, die Kälte zu ignorieren, indem er an schöne Dinge dachte. An Geschichten von Entdeckern einsamer Eilande, auf denen nur wenige Menschen lebten, wo niemand arbeiten musste, wo es keinen Krieg und kein Leid gab …

Er spürte, wie er sich in seinen Gedanken verlor. Vor ihm tauchte der Garten Eden auf. Eine Gemeinschaft von nackten Männern und Frauen, die in einer Lichtung lebten und sich liebten. Die Früchte fielen von den Bäumen. Sie mussten keine Kleider tragen, da die Sonne immer schien und es nie regnete. Der Körper stellte keinen Quell von Unreinheit dar. Unter diesen Menschen und ihrem Gott wurde nie Blut vergossen.

Stumpf lebte nicht zusammen mit diesen Menschen oder ihrem Gott. Er hielt sich in den Bäumen der Lichtung auf. Von dort aus beobachtete er sie. Die wenige Tiere, die die Menschen hielten, hatten Hufe. Sie dienten lediglich dazu, Milch zu geben, und wurden nicht geschlachtet. Die restlichen Tiere konnten sich frei und ungestört bewegen, so wie die Männer und Frauen.

Eines Tages beschloss Stumpf, ein Tier zu fangen und sein Fleisch zu essen, womit er der Welt den Tod brachte. Dann bemerkte er von seinem Beobachtungsposten aus – er saß in einem hohen Baum –, dass die Männer begannen, sich Ehefrauen zu nehmen, Land zu beanspruchen und andere Menschen zu unterwerfen. Doch Gott schritt nicht ein. Der Herr wandelte nicht im Garten. Er spielte nicht das Versteckspiel des Todes mit den Männern und Frauen, um sie zu züchtigen, so wie es erzählt wird. Er rief nicht nach ihnen, sondern tat so, als könnte er sie nicht sehen. Es erklang kein »Adam, wo bist du? Eva, wo bist du?«. Er war nicht da.

Die Lichtung verwandelte sich in ein Dorf und anschließend in eine Stadt, die sich auf der ganzen Welt ausbreitete. Es war ein Ort des Verfalls mit Bettlern, Huren, mit Heerführern und Königen. Rauch erfüllte die Welt, Übel aller Art und Verzweiflung. Doch Stumpf versteckte sich weiter in seinem Baum, dachte über diese von Gott erschaffene Welt nach und beobachtete sie unbemerkt. Nach Jahren des Zuschauens zog sich Stumpf zurück in den Wald, weit weg von den Städten und Dörfern der Welt, dorthin, wo die Männer und Frauen nur noch hinkamen, um sich zu vergnügen, wenn sie Krieg und Arbeit, Hunger und Tod hinter sich ließen. Angezogen von dem, was sie einmal besaßen, aber inzwischen vergessen hatten. Er beobachtete sie in dem Wald, wo sie plötzlich ganz sanft und schwach waren. Es war jener Ort, der einst ihr Paradies gewesen war, das sie aber vor langer Zeit für die Dörfer und Städte aufgegeben hatten.

Schließlich verließ Stumpf seinen Beobachtungsposten und traf auf eine Familie dieser gewalttätigen, grausamen, hässlichen, verdorbenen Kreaturen und tötete sie. Er stach auf sie ein und knüppelte sie nieder, trampelte auf ihren Gesichtern herum, brach ihnen die Knochen, öffnete sie, drang in ihre Eingeweide und aß sie. Er aß sie, dann zog er sich wieder in die Wälder zurück, um ihr Fleisch wieder auszustoßen, verdaut und vernichtet.

Und Stumpf träumte, dass er sich von seinem Versteck im Wald majestätisch über ihr Land erhob.

Elftes Kapitel

Schon am Morgen des ersten Tages in Bedburg werden Bruder Carolus und Pastor Bartholomäus Vertraute trotz ihrer Unterschiede

Um acht Uhr weckte Pastor Bartholomäus' Haushälterin einen verschlafenen Carolus Fromme. Die beiden Männer hatten sich in der Nacht zuvor lediglich kurz begrüßt, nachdem Jodel, Frommes Bursche, ihn zum Pfarrhaus auf dem Hintersberg geführt hatte, das an der Südstraße, in der Nähe des Dunklen Grundes lag – so nannten die Bewohner der Stadt die hochaufragenden Buchen, die eine Art natürlichen Tunnel bildeten, der nach Bedburg führte. Fromme hatte Bartholomäus versprochen, ihm am nächsten Morgen alles Erzählenswerte zu berichten. Er hatte ihm für seine Gastfreundschaft gedankt, von Gottesmann zu Gottesmann, selbst wenn sie sich zu unterschiedlichen Konfessionen bekannten, denn sie betrachteten sich beide als fortschrittliche Männer ihrer Zeit. Dann war man schlafen gegangen. Jetzt machte sich Fromme auf den Weg zum Esszimmer. Hüstelnd kündigte er sein Eintreffen an.

Das Esszimmer war geschmückt mit bemalten, blauweißen Kacheln. Sie zeigten biblische Szenen von Hiob und Jona, dem Sündenfall und der Auferstehung Christi.

Hunderte dieser Bilder säumten die Wände. Bartholomäus erhob sich beim Eintreten seines Gastes und wies auf das gegenüberliegende Ende des Tisches. Fromme dankte nickend und setzte sich.

Die Haushälterin brachte Haferbrei mit Honig und warmen Gewürzwein. Die Männer aßen und sprachen leise miteinander. Fromme erklärte einem nickenden Bartholomäus die rechtliche Lage, die offiziellen Aufgaben des Gerichts in dem bevorstehenden Prozess und die Rolle, die der Klerus einnehmen würde, um die kaiserlichen Gesandten zu unterstützen.

»Sagt, wie wirkt sich das auf meine Position in der Stadt aus?«, fragte Bartholomäus.

»Cuius regio, eius religio«, antwortete Fromme. »Es ist Ihre Stadt und Ihre Religion. Solange Sie den Bischof als Reichsfürsten respektieren, ist es unerheblich, welcher Religion Sie, ich oder der Fürstbischof angehören. Er erkennt Ihre Rechte an, und Sie erkennen seine Rechte an. Sie wissen schon – gebt dem Kaiser, was des Kaisers ist.«

Bartholomäus nickte und blickte auf seinen Teller, um den letzten Löffel Haferbrei zu essen.

»Der Reichs- und Religionsfriede von Augsburg ist in der Tat für jeden geschlossen worden, nicht nur für den Kaiser, die Kirche von Rom und Leute wie mich, sondern auch für euch Lutheraner. Sie können Gott ehren, wie Sie wollen, so wie ich. Ihr Weg zu Gott ist ein anderer als meiner, aber wir verehren doch alle unser Herrn Jesus Christus. Ich muss dennoch nicht Ihrer Meinung sein, genauso wenig wie Sie meiner, so steht es in dem Vertrag. Zu viel Leid ist aufgrund konfessioneller Streitigkeiten entstanden. Statt uns gegenseitig zu zerfleischen, müssen wir Christenmenschen gegen den Teufel eine Einheit bilden im universellen Kampf gegen das Böse.«

»Es hat lange gedauert, bis die Oberen zu dieser Einigung gekommen sind«, sagte Bartholomäus und faltete die Hände wie zum Gebet. »Dennoch kommen die Anhänger Roms schneller zu Macht und Geld als diejenigen, die Martin Luther nachfolgen.«

»Als Zeichen einer ökumenischen Zukunft und Beweis meiner Wertschätzung Ihnen gegenüber möchte ich Sie gern fragen, ob Sie während meines Aufenthalts hier in Bedburg als meine rechte Hand und als mein Berater in allen Angelegenheiten, einschließlich der religiösen, fungieren wollen? Ich hoffe, dass Sie meinen Vorschlag nicht als anmaßend oder gar herablassend empfinden.«

Bartholomäus war geschmeichelt und erleichtert, dass dieser katholische Inquisitor ihm, einem protestantischen Prediger aus einem Provinznest, dieses Angebot machte.

»Nein, das empfinde ich keineswegs als anmaßend, mein Herr. Ich fühle mich geehrt, dass Sie glauben, dass ich Ihnen in irgendeiner Weise dienlich sein kann«, antwortete Bartholomäus und nickte. »Ich bezweifle zwar, dass ich Ihnen in Angelegenheiten helfen kann, die das Reich oder das Gesetz betreffen. Doch ich kenne die Menschen dieser Stadt, denn ich bin mit ihnen aufgewachsen, als Krieg und Revolution herrschte, und lebe nun friedlich hier mit ihnen zusammen.«

»Kenntnisse über den Ort und seine Gepflogenheiten sind überaus wertvoll«, erklärte Fromme. »Für jede Art von Untersuchung.« Er nahm einen Geldbeutel aus der Tasche seines braunen Mantels und öffnete ihn. Wenn Fromme nicht im Dienst war, ob nun im Verhörraum, am Gericht oder bei Hof, trug er die Kleider eines einfachen Kaufmanns und nicht die eines Mönchs. Bartholomäus hingegen war gekleidet, als würde er gleich vor seine Gemeinde treten. Fromme zählte das Geld in dem Beutel. Es waren zwanzig Goldmünzen. Er steckte sie wieder in den Beutel zurück. »Bitte, nehmen Sie das hier. Alles. Ich wünschte, ich hätte mehr. Es ist für Kost und Unterkunft.«

»Das ist überaus freundlich, mein Herr«, sagte Bartholomäus, erhob sich von seinem Stuhl und ging hinüber zu Fromme, um das Geld zu nehmen. »Ich werde es für wohltätige Zwecke verwenden.«

»Ganz wie Sie meinen, mein Herr«, erwiderte Fromme, und er schob seinen leeren Teller von sich. »Könnten wir kurz über ein paar dienstliche Angelegenheiten sprechen, jetzt, da das Frühstück beendet ist?«

»Selbstverständlich. Ich stehe zu Ihren Diensten.« Bartholomäus zog einen Stuhl heran, setzte sich rechts neben Fromme und lächelte breit.

Religiöse Unterschiede konnten so einfach gelöst werden, wenn zwei Gläubige in dem einzig wahren Geist von Christus an einem Tisch zusammensaßen und als gewöhnliche Männer miteinander sprachen, aßen und tranken. Eine gefüllte Geldbörse tat selbstverständlich ein Übriges.

»Dieser Stumpf«, begann Fromme. »Was ist das für ein Mensch?«

»Es besteht für mich kein Zweifel, mein Herr, dass Stumpf mit dem Teufel im Bunde steht. Ich lebe schon mein ganzes Leben hier, also vierzig Jahre, und solange kenne ich Stumpf. Er ist ein gottloser Mensch, der überall, wo er hingeht, Gottlosigkeit verbreitet. Seit Stumpf aus dem Krieg zurückgekehrt ist, hat ein Werwolf diese Stadt in Angst und

Schrecken versetzt. Anfangs kämpfte er für die Protestanten, gegen den katholischen Fürsten, doch später kämpfte er gegen die Aufständischen in Münster, als Ihr katholischer Fürst, mein Herr, und wir Lutheraner uns zusammenschlossen, um diese Ketzer, diese sogenannten Wiedertäufer von der Erde zu fegen. Gelobt sei der Herr!«

»Gelobt sei der Herr!«, bekräftigte Fromme. »Ein gesegneter Zusammenschluss, der zum Frieden von Augsburg führte. Aber warum ein Werwolf? Woher wissen wir das? Wurde er während seiner Zeit im protestantischen Heer zu einem Werwolf?«

»Ich weiß es nicht, aber die Leichen, die gefunden wurden, waren in Stücke zerrissen und teilweise aufgefressen. Ich habe im Laufe der Jahre einige diesen Leichen gesehen. Kein Mensch könnte mit bloßen Händen, auch nicht mit einem Messer oder einer Axt diese Wunden herbeiführen, die ich an den Opfern des Werwolfs gesehen habe.«

»Wie kann denn aus einem Menschen ein Wolf werden?«, fragte Fromme.

Bartholomäus hatte keine Universität besucht, jedoch die Biografien gelehrter Männer und ihre Erinnerungen an die Studienzeit gelesen. Er hatte das Gefühl, als würde ein Professor der Philosophie ihn in Logik prüfen. Diese Herausforderung gefiel ihm. Sie beflügelte seinen Geist, denn er wusste, dass er die Antworten und auch den nötigen Scharfsinn besaß.

»Die Büttel des Vogts, die ihn vor ein paar Tagen entdeckten, als er von dem Jungen aß, behaupteten zuerst, dass sie einen mächtigen Wolf gesehen hätten, der sich an dem Kind weidete«, antwortete Bartholomäus. »Als sie sich ihm näherten und auf ihn schossem, floh er. Er lief davon und schien einen grünen Riemen oder Gürtel von der Hüfte zu ziehen und verwandelte sich daraufhin in einen Menschen. In Stumpf. Die Büttel sahen die Verwandlung mit eigenen Augen, was sie mutiger werden ließ, da sie nun wussten, dass der Gejagte nur ein Mensch und kein Wolf war. Sie hefteten sich an seine Fersen, bis sie ihn schließlich umzingelten. Dann schlugen sie ihn mit Knüppeln und Keulen. Der Gürtel liegt irgendwo Wald.«

»Ich habe die Berichte gelesen. Ist das alles, was wir haben?«

»Das sind die Berichte von Augenzeugen, mein Herr, und es sind Christen. Ich habe mich im Laufe der Jahre intensiv mit der Dämonologie und der Hexerei befasst. Würde es sich hier um einen Fall handeln, wo sich ein Dämon eines Menschen bemächtigt hat, wäre es schon schlimm genug. Aber ein Werwolf, mein Herr, ein Werwolf zeugt weitere Werwölfe. Das ist bekannt, darüber gibt es Bücher. Und ich habe sie«, erklärte Bartholomäus und stand auf, um ein Buch von einer in der Nähe stehenden Anrichte zu holen.

»Ich habe andere Berichte über Werwölfe gelesen«, sagte er und blätterte in dem Buch, bis er die Seite fand, nach der er suchte. Er zeigte sie Fromme. Dort war ein Werwolf abgebildet, der gerade den Kopf eines Kindes fraß, und einige Männer, die aus der Entfernung auf ihn schossen. »Sehen Sie«, sagte Bartholomäus. »Auch dort trägt er einen Gürtel, den der Teufel ihm gegeben hat, damit er sich verwandeln kann.« Fromme nickte. »Und in diesem Kapitel hier wird erwähnt, dass auch die Familien dieser Kreaturen befleckt und damit gleichermaßen verflucht sind«, fuhr Bartholomäus fort und fuhr mit dem Finger über die Zeilen. »Sie werden sich eines Tages ebenfalls in Wölfe verwandeln und das Wolfsblut durch Paarung weitergeben. Die Frau eines Wolfs ist durch den Koitus verunreinigt. Die Kinder aber trifft es am schlimmsten, denn sie sind nicht menschlich, sondern durch einen Wolf wie verhext. Wann der Fluch begonnen hat, ist schwer zu sagen, doch einige behaupten, dass er nach dem Sündenfall durch Kain weitergegeben wurde. Andere meinen, dass es der Preis ist, den der Teufel verlangt, wenn man einen Pakt mit ihm schließt, dass man in der Nacht die Gestalt eines Wolfs annehmen und für den Teufel fromme Christen umbringen muss. Und der Gürtel ist ein Geschenk des Teufels. Natürlich ist das nicht der Preis jeden Pakts, aber von einigen. Und bedenken Sie noch etwas. Stumpf hat diese Stadt einst als mittelloser Bursche verlassen und kehrte nach seiner Zeit als Söldner als wohlhabender Mann zurück. Doch blieb er nicht nur wohlhabend, sondern wurde innerhalb von Jahren der reichste Mann der Stadt. Ihm gehört halb Bedburg – selbst der größte Teil der Ländereien. Er reibt den Menschen seinen Reichtum förmlich unter die Nase.«

»Ich habe die gleichen Bücher gelesen wie Sie«, sagte Fromme. »Ich bin ganz Ihrer Meinung, was die Möglichkeit eines Teufelspakts angeht. Aber wir müssen uns noch genauer mit den Argumenten beschäftigen, um zu erreichen, dass der Fall nach den Gesetzen der Kirche verhandelt wird. Wir müssen dafür sorgen, dass man Stumpf seine Taten als Werwolf zur Last legt und nicht mit den Gesetzen des Staats als Mensch.«

»Meine Bibliothek, das heißt, was davon übrig ist, steht Ihnen zur Verfügung, mein Herr«, sagte Bartholomäus.

»Danke«, erwiderte Fromme. Er warf einen Blick auf die Handvoll schäbiger, alter Bücher auf der Anrichte unter dem Esszimmerfenster und erhob sich vom Tisch. »Doch das muss warten. Denn jetzt muss ich gehen. Die Pflicht ruft.«

»Ist meine Begleitung vonnöten?«, fragte Bartholomäus beflissen.

»Im Moment nicht, mein Herr. Aber wir werden zukünftig eng zusammenarbeiten, seien Sie gewiss.«

»Es ist mir eine Ehre, Ihnen helfen zu dürfen, den Werwolf Stumpf und seine Familie zu vernichten.«

Zwölftes Kapitel

Paulus muss zu Fuß nach Bedburg laufen, wo der Werwolf ohne seine Erlaubnis vernommen wird, und wir erfahren, was Paulus als Junge während des Aufstands der Auserwählten sah

Ich schlug die Augen auf und wusste im ersten Moment nicht, wo ich war. Ich befand mich in einem unbekannten Raum. Eingerollt auf dem Boden. Es gab ein Fenster. Mit Vorhängen. Zugezogen. Von draußen schien Licht herein. Offensichtlich war heller Tag. Eine Anrichte. Ein Stuhl. Eine Tür. Ein Bett neben mir. Ein schlafender Paulus darin. Ich war im Haus des Vogtes Jens. Irgendwo sang eine Frau. Der Geruch von Brot. Jetzt rührte sich auch Paulus, setzte sich im Bett auf und rieb sich das Gesicht. Es kam mir vor, als wäre es schon spät am Tag, doch das konnte nicht sein. Jens hätte uns längst geweckt.

Paulus stand ohne ein Wort auf, schob die Vorhänge beiseite und öffnete das Fenster. Während ich mich anzog, bespritzte er sein Gesicht mit Wasser aus der Waschschüssel, die auf der Anrichte stand, und spülte sich den Mund aus. Es war ein warmer Tag, der Himmel blau. Kinder spielten draußen auf den Feldern und lachten. Paulus zog sich an, während ich mich wusch. Er schlüpfte in seine grünen Jagdkleider und die braunen Stiefel. Seinen schwarzen Mantel und die Handschuhe ließ er auf dem Bett zurück.

Er mahnte mich zur Eile und spazierte mit seinem schwarzen, breitkrempigen Hut vor mir aus dem Zimmer. Ich verspürte mittlerweile etwas Hunger. Ich folgte Paulus in Richtung der singenden Stimme.

»Sind Sie das, Herr Melchior?«, rief eine Stimme, als wir die Tür zur Küche öffneten.

Paulus betrat die Küche. Ich folgte ihm. Er verbeugte sich vor einer Bauersfrau in einem derben, aber reinlichen Kleid, vor das sie eine weiße Kittelschürze gebunden hatte. »Gott zum Gruß, gute Frau«, sagte er. »Es freut mich, Sie kennenzulernen. Vielen Dank für Ihre Gastfreundlichkeit.«

»Es ist uns eine Ehre. Mein Mann ist bereits unterwegs«, sagte sie. Sie stand neben der Pfanne und backte Pfannkuchen. »Er kümmert sich um den Auftrag, den Sie ihm erteilt haben, mein Herr. Die Leichen«, flüsterte sie und beugte den Kopf zu uns.

»Ihr Mann ist ein vorbildlicher Vogt«, sagte Paulus. Sie lächelte. Paulus deutete auf einen Küchentisch, der voll war mit Gemüse und kleinen Fleischwürfeln von Schwein und Rind für den Eintopf, den es abends geben sollte.

»Dürfen wir uns setzen?«

»Natürlich, mein Herr. Setzen Sie sich! Ich bringe Ihnen die Pfannkuchen. Hätten Sie gern Bier oder Weinschorle?«

»Milch, bitte!«, sagte er.

»Für mich bitte auch, gnädige Frau«, sagte ich und schob Kohl und Zwiebel beiseite. Die Stühle, auf denen wir Platz nahmen, waren hübsch bemalt und mit Schnitzereien verziert.

»Das sind sehr schöne Stühle, die Sie da haben«, sagte ich.

»Sie stammen von der Sägemühle der Familie Stumpf

und wurden von ihren Schreinern gefertigt«, antwortete sie und schüttelte den Kopf, wohl in Gedanken an das Schicksal des Sägemühlenbesitzers.

Zwei Pfannkuchen lagen auf einem kleinen Teller, zu denen noch zwei hinzukamen, die die Frau des Vogts zuvor in der Pfanne gewendet hatte. Sie stellte uns den Teller hin, goss Milch aus einem Tonkrug in zwei Becher und gab sie Paulus und mir mit einem netten Lächeln und der Andeutung eines Knickses.

Paulus bestrich einen der Pfannkuchen mit Butter, biss hinein und mampfte genüsslich. Nachdem wir eine Weile schweigend gegessen hatten, sah er auf. »Gute Frau, dürfte ich Sie nach der Uhrzeit fragen? Wann ist Mittag?«

»Mittag? O mein Herr, Sie haben bis weit nach zwei Uhr geschlafen. Sie erschienen mir so müde, dass ich Sie nicht wecken wollte.«

Paulus sprang auf, sah sich hektisch um. »Zwei Uhr? Hat Ihnen Ihr Mann nicht gesagt, dass wir spätestens um zwölf Uhr geweckt werden wollten?«

»Nein, mein Herr.«

»Wilhelm, nimm die Pfannkuchen in die Hand!«, sagte er zu mir. Ich stopfte sie in die Tasche meines Wamses und lief zurück zu unserem Zimmer, um meine Tasche zu holen. Als ich zurückkehrte, stand er bei der hinteren Küchentür, die zum Hof und den Ställen führte. »Gute Frau, können wir uns ein Pferd oder einen Wagen ausleihen? Unsere Pferde sind noch in den Ställen in der Stadt.«

»Ich würde Ihnen gern ein Pferd leihen, mein Herr, aber mein Mann und seine Diener haben die Pferde genommen, um in den Wald zu reiten.« Sie beugte sich wieder vor. »Sie wissen schon, wegen der Leichen, mein Herr«, flüsterte sie.

»Verflucht und zugenäht, der Teufel soll sie holen!«, fluchte Paulus. Die Frau des Vogts schnappte nach Luft.

»Aber, mein Herr«, sagte sie.

»Entschuldigen Sie, gnädige Frau, entschuldigen Sie«, sagte ich. Paulus tastete seine Taschen ab, um sich zu vergewissern, dass er hatte, was er brauchte – für gewöhnlich eine Lupe und ein Messer und noch so manch andere Utensilien. Er griff nach seinem Gürtel.

»Wilhelm, hast du Geld dabei?« Ich klopfte gegen meine Wamstaschen. Man hörte das Klimpern von Gold. »Etwas. Genug«, erwiderte ich.

»Dann auf Wiedersehen, gute Frau«, sagte Paulus. »Und verzeihen Sie meinen Wutausbruch.«

Paulus lief aus dem Tor zur Kreuzung, die nach Bedburg führte. Ich folgte ihm dicht auf den Fersen. Bis zur Stadt waren es mindestens fünf Meilen. Ich war damals noch jung und schlank. Auch wenn ich mich nicht durch große Körperkraft auszeichnete, war ich doch in guter Form. Paulus hingegen hatte nach seiner Zeit bei den Soldaten nicht viel anderes gemacht als getrunken, gelesen und Streitgespräche geführt. Er musste bereits um die vierzig sein. Manchmal schwindelte er mit seinem Alter. Er war zwar groß, breitschultrig, doch seine Konstitution ähnelte der eines Brauereipferds.

»Laufen ist eine widerwärtige Angelegenheit«, sagte er zu mir, während er mürrisch vor sich hinstapfte.

»Es ist nicht nur widerwärtig, man trocknet auch dadurch aus«, fügte er hinzu. »Laufen ist dumm und öde. Es bringt den Geist zum Stillstand, der Geist wird abgetötet. Es vernichtet das Denken. Laufen besteht aus Langeweile. Und Langeweile bedeutet Tod. Laufen ist nichts als Langeweile,

Keuchen, Schweiß, eine Brust die sich hebt und senkt und ein pochendes Herz.»

»Es fällt nicht so schwer, wenn Sie beim Gehen nicht sprechen, mein Herr«, sagte ich und hielt das scharfe Tempo bei, um ihn anzuspornen. »Versuchen Sie an etwas anderes zu denken.«

»Ich kann überhaupt nicht denken, wenn ich laufen muss«, sagte er. »Ich kann mich auf nichts besinnen, was sonst meine ganze Person einnimmt. Theologie, Jura, Rhetorik, Medizin, Astrologie, Poetik – alles weg. Nur das klatschende Geräusch meiner Füße durchdringt meinen Kopf, die auf dem harten, trockenen Lehmboden dieser abscheulich langen Straße aufprallen.«

Er hielt an, die Hände in die Seiten gestemmt, und japste wie ein defekter Blasebalg.

Laufen. Laufen. Paulus hatte mir erzählt, dass er in seiner Kindheit in Münster stets gelaufen war. Alles hatte dort im Laufschritt stattgefunden. Er war zum Stadttor gelaufen, um seinen Vater abzuholen, der von den Städten und Dörfern in der Umgebung zurückkehrte, wenn er seine Druckwerke ausgeliefert hatte. Er war hinter seinem Vater hergelaufen und hatte die Rettung der Stadt bejubelt, nachdem sie eingenommen worden war. Münster sollte zur Stadt Gottes und seine Bewohner zu Kindern des Auserwählten werden, frei und gleich, ohne adlige Herren und Priester. In den ersten Tagen des Täuferreichs lief er zur Stadtmauer, um den Männern Essen, Wasser, Schießpulver zu bringen. Unter den Kämpfenden befand sich auch sein Vater. Sie kämpften gegen die Soldaten des katholischen Fürsten und ihren protestantischen Verbündeten. Sie konnten jene erst in der großen Schlacht gewinnen, in der Gottes Hand ihre Pistolen, Hakenbüchsen, Schwerter und Kanonen führte. Später lief Paulus, um mitzuerleben, wie sein Vater zu einem der Auserwählten gekrönt wurde, denn das Ende der Zeiten nahte. Seine Füße stapften durch die Straßen von Münster, als er zur Kirche auf den Prinzipalmarkt lief, wo ein Podest für die täglichen Versammlungen errichtet worden war und wo an jenem Tag das große Ereignis für seinen Vater stattfinden sollte. In seiner Erinnerung erschien ihm ganz Münster als ein Ort ewiger Hast und Atemlosigkeit.

»Dein Vater soll gekrönt werden«, hatte ihm ein Nachbar zugerufen, als er und seine Brüder einen Wagen mit Flugblättern, Zeitungen und Plakaten beluden. Die Nachricht hatte sich wie ein Lauffeuer verbreitet. Paulus und seine Brüder ließen alles stehen und liegen und rannten los zum Marktplatz. Mit klopfendem Herzen eilten sie davon, froh die Arme und Beine schwingen zu dürfen. Sie hüpften auf den Straßen, bis sie keuchend und glücklich den Platz mit der großen Kirche und der Bühne erreichten.

Sie stürmten nach vorne, als ihr Vater die Holzstufen hinaufkletterte. Jan van Leiden höchstpersönlich stand auf dem Podium, gekleidet wie ein wahrer König der letzten Tage, und begrüßte Bernhard Melchior mit offenen Armen, als wäre Paulus' Vater ein verloren geglaubtes Kind von ihm, obwohl van Leiden halb so alt war wie Bernhard Melchior. Eine Schar von fünfhundert Menschen oder noch mehr jubelte. Ihre Inbrunst und christliche Liebe ließ die Luft erzittern. Bernd Knipperdolling, der Statthalter, brachte die Menge zum Schweigen. »Hört, ihr Heiligen von Münster! Wir haben heute einen weiteren Menschen aus euren Reihen zu einem Auserwählten gemacht. Hier und jetzt erkoren, so, wie der Herr es seinem Propheten Jan verkündet hat. Bernhard Melchior – seines Zeichens Drucker und Streiter des Kreuzes in der Legion der Büßer – wird durch König Johann den Ersten, Propheten und Gesandten Gottes, zum Auserwählten erhoben. Seine Aufgabe ist es, euch zum Himmel zu führen und diese Stadt zum Neuen Jerusalem zu machen, um in der unterdrückten, abgefeimten, christlichen Welt ein Leuchtfeuer und für die Sünder und Lügner, für die Antichristen Roms und die Lutheraner vor unseren Toren eine brennende Fackel und ein flammendes Schwert zu sein.«

Knipperdolling ging ein paar Schritte zurück, um van Leiden Platz zu machen, der nach vorne trat und die Bühne einnahm wie eine Galeone, die mit dem Wind in den Segeln das vor ihr liegende Meer erobert.

Jan van Leiden, der sich Johann der Erste nannte, hielt mehrere Papiere vor der Brust. »Bruder Melchior – Gott hat mir verkündet, dass du einer der Auserwählten bist.« Die Menge jubelte. »Du hast es durch deine guten Taten bewiesen. Dieses von dir verfasste Flugblatt habe ich vor einer Stunde gelesen.« Er hielt das Papier hoch. »Du verrichtest Gottes Werk, ehrst die Sakramente und verdammst die Ketzer. An der Stadtmauer von Münster hast du ebenfalls gekämpft als ein wahrer Soldat Christi.« Die Menschen schrien wieder vor Begeisterung. »Und so hat Gott mir offenbart, dass du ein Auserwählter bist«, fuhr van Leiden fort, »dass du für den Himmel bestimmt bist sowie deine Familie, die dir dorthin folgen wird. Bernhard Melchior, wenn du bereit bist, zusammen mit mir und den übrigen Auserwählten, für unseren Sieg zu streiten, so sprich: Ich bin bereit, mit Gottes Hilfe.«

Paulus und seine Brüder standen mit offenen Mündern vor der Bühne, die Köpfe in den Nacken gelegt. Ihr Vater bemerkte sie nicht, so gebannt starrte er auf seinen König. »Ich bin bereit, mit Gottes Hilfe«, erwiderte Melchior, fiel auf die Knie und weinte. Ihr Vater hatte noch nie zuvor geweint.

»Erhebe dich, Bruder, denn auf Erden kniest du nur vor Gott und vor sonst niemanden. Du sollst zu einem der Auserwählten getauft werden.«

»Bringt einen von den Verrätern und Ketzern her!«, rief Knipperdolling.

Zwei Wachen, die wie gewöhnliche Bürger gekleidet waren, aber die rote Binde der Rebellen trugen, zerrten ein altes Weib von vielleicht sechzig Jahren über die Holztreppe auf das Podest.

»Jemand hat zufällig gehört, wie sie sagte, dass die Stadt nicht länger gehalten werden könne und dass es uns besser gehen würde, wenn wir Priester hätten, die für uns beteten. Sie äußerte die Hoffnung, dass der Fürstbischof seine Truppen in die Stadt schickt«, rief Knipperdolling und spie die Worte förmlich aus. »Das hat sie gesagt und noch viel Schlimmeres, was ich hier nicht wiederholen werde.«

Die Menge rang nach Luft, schrie die Frau an und bezeichnete sie als Verräterin, Hexe und Hure. Die alte Frau versuchte sich aus dem Griff der Wachen zu winden, aber vergeblich. »Eure Majestät, ich habe nichts dergleichen gesagt!«, rief sie. »Ich schwöre bei Christus und allen Heiligen.«

»Gibt es Zeugen?«, fragte van Leiden.

»Ihre Schwiegertöchter. Sie sind alle mit Mitgliedern des Kreises der Auserwählten verheiratet«, antwortete Knipperdolling.

»Ihre Söhne gehören zu den Auserwählten? Wer sind sie?«

»Nein, Eure Majestät. Ihre Söhne sind geflohen, und ihre Schwiegertöchter wurden Ehefrauen von Mitgliedern des Kreises der Auserwählten, nachdem sie verlassen worden waren. Eine ist mit meinem geistlichen Bruder verheiratet.«

»Töte sie!«, sagte van Leiden zu Bernhard Melchior, zog sein Schwert aus der Scheide und hielt es ihm hin.

Paulus wandte sich zu seinen jüngeren Brüdern. Die beiden senkten den Blick zu Boden. Paulus sah hinauf zu seinem Vater auf dem Podest. Der Kirchturm von Lamberti warf seinen drohenden Schatten auf das Geschehen.

Die Wachen zwangen die Frau in die Knie. Der eine drückte ihr einen Stiefel ins Kreuz, griff nach ihren Armen und zerrte sie auf den Rücken. Der andere stellte sich vor sie, packte ihr Haar und hielt den Kopf nach unten. Wortlos nahm Melchior das Schwert, das er im nächsten Augenblick durch die Luft schwang. Die Klinge traf die Frau zwischen den Schulterblättern, wo sie eine schreckliche Wunde riss. Die Frau schrie auf, sie heulte wie von Sinnen. »Pass auf mit dem Schwert, Bruder«, sagte der Mann, der die Haare der Alten hielt. »Ich habe Finger.«

Melchior holte noch einmal aus, und die Klinge landete auf dem Hinterkopf der Frau. Ein tiefer Riss klaffte, und sie stürzte röchelnd nach vorne. Die Wachen ließen sie los. »Vollbringe dein Werk!«, sagte Knipperdolling zu Bernhard Melchior. Er drückte seinen Fuß auf den Rücken der Frau, denn sie wand sich auf dem Boden wie ein Wurm. Nach drei weiteren Hieben war der Kopf endlich vom Körper abgetrennt. Er rollte von dem Podest hinunter vor die Füße von Paulus und seinen Brüdern. Ein Schwall von Blut ergoss sich aus dem Hals der Frau. Die Menge jubelte erneut.

»Gib mir den Kopf, mein Junge! Schnell!«, sagte van Leiden vom Rand des Podests.

Melchior blickte nach unten und grinste breit. »Meine Söhne, meine Söhne, ihr seid gekommen, um meinen Ruhm mitzuerleben«, rief er. Er verbeugte sich vor ihnen, stolz, dass seine Jungen Zeugen dieses bedeutsamen Moments geworden waren. Paulus hob den Kopf mit beiden Händen auf, fasste ihn an den Ohren und hielt ihn van Leiden hin, während ihm das Blut auf die Brust tropfte. Der König von Münster nahm den Kopf entgegen und hielt ihn an den Haaren. Paulus wischte sich die klebrigen roten Hände an den Oberschenkeln ab. Er musste würgen. Sein Mund füllte sich mit Wasser. Er erbrach sich. Unterdessen legte van Leiden einen Arm um Melchior, zog ihn zu sich, hob den Kopf in die Höhe und richtete das Wort an die Menge.

»Ihr seid alle mit Weihwasser getauft worden«, sagte er. »Aber nicht nur einmal, als unwissendes Kind. Ich habe euch ein zweites Mal mit meinen Händen getauft. Ihr bekennt euch zu Jesus Christus und zu dem durch unsere Märtyrer und Propheten begonnenen Kampf. Ihr wärt nicht hier in der Stadt Gottes ohne diese zweite Taufe. Aber diejenigen unter euch, die zu den Auserwählten zählen und bereits in diesem Leben im Himmel willkommen geheißen und aufgenommen werden, erhalten noch eine dritte Taufe. Sie zeichnet einen Soldaten Christi aus und wird mit dem Blut von Sündern und Ketzern vollzogen. Denn das Fleisch eines Heiligen kann jedwedes Blut von Makel befreien. Und das ist es, was wir im Namen Gottes und Jesu Christi für immer und in alle Ewigkeit tun. Amen.«

Die Menge sprach murmelnd die Worte nach: »Im Namen Gottes und Jesu Christi für immer und in alle Ewigkeit. Amen.«

Van Leiden hielt den Kopf der Frau über Melchior. Da er aber schon fast ausgeblutet war, fielen nur noch ein paar Tropfen und kleine Klumpen Blut auf Paulus' Vater. Van Leiden schüttelte den abgeschlagenen Kopf, um mit den letzten Spritzern den neuen Statthalter zu taufen, der zum Kreis der Auserwählten zählte. Ein kleiner roter Klecks landete schließlich auf Melchiors Gesicht. Van Leiden rieb den Hals über Melchiors Stirn und formte ein blutiges Kreuz auf seiner Augenbraue. Dann warf er den Kopf der Frau in die Menge. »Auserwählt! Er ist auserwählt!«, rief er.

Melchior lächelte breit und wie trunken. Zitternd warf er den Kopf zurück, hielt die Hände zum Himmel, lobpreiste Gott, den ewigen Jesus und den heiligen Erlöser, König Johannes den Ersten, Beschützer des Volkes.

Paulus sah, wie andere Jungen auf dem Markplatz mit dem Kopf spielten. Sie traten ihn mit den Füßen hin und her und liefen jauchzend und brüllend eine Seitenstraße hinunter. Van Leiden, Knipperdolling und eine Gruppe von Wachen nahmen seinen Vater mit zum Rathaus, das mittlerweile als Königspalast diente. Van Leidens Ehefrauen, angeführt von seiner Königin, standen an der großen Eingangstür und begrüßten alle.

Voller Entsetzen wandte Paulus sich ab. Seine Brüder spielten noch immer auf dem Platz, während er zitternd und schwitzend nach Hause lief. Zu der Ruhe des Hinterzimmers der Druckerei. Dort hockte er sich in die hinterste Ecke und vergrub den Kopf zwischen den Armen. Er wollte, dass sein Vater nie wieder zurückkehrte.

Endlich hatten wir die Kreuzung in Bedburg erreicht. Zwei von Jens' Bütteln standen vor dem Gasthof auf der Straße. Sie plauderten und scherzten, lachten und schubsten sich gegenseitig.

Keuchend rief Paulus sie an: »He, ihr da!« Er ging auf sie zu. »Wo sind der Vogt und Pater Carolus?«, fragte er. Sein Atem beruhigte sich langsam.

»Der Vogt ist mit einer Gruppe von Männern aus der Stadt in den Wald geritten, wie ihr es befohlen habt«, sagte der größere und scheinbar intelligentere der beiden.

»Ja, ja, schon gut. Und der Pater?«

»Er ist bei dem Werwolf, Herr.«

»Was sagst du da?«, rief Paulus. Die Männer blickten sich an. Paulus wandte sich zu mir um. »Lauf voraus, Wilhelm, ich komme so schnell wie möglich nach!«

Es waren dreihundert Schritte vom Gasthof bis zum Wehrturm. Ich rannte los. Vor dem Wehrturm hielten nur zwei unserer Soldaten Wache. Sie winkten mich durch die dunkle zweiflügelige Tür hinein, und ich ging den Flur entlang zu der Zelle des Gefangenen. Ich trat ein, ohne zu klopfen. Durch das Feuer, das erneut angezündet worden war, und die Fackeln und Kerzen an den Wänden, auf dem Boden und dem Tisch, war der Raum hell erleuchtet. Ein süßlicher, moschusartiger Geruch lag in der Luft. Fromme stand neben einem großen Holzbrett in der Mitte des Raums, das zu zittern, zu beben und zu vibrieren schien. Zwei unserer Soldaten hielten das senkrecht stehende Brett fest. Alle drei wandten sich um, als ich eintrat.

»Dreht ihn um!«, sagte Fromme.

Das Holzbrett wurde auf ein Drehgelenk gesetzt, wie eine Wippe, und die Männer drückten gegen die obere

Kante. Daraufhin schwang das Brett um hundertachtzig Grad. Während es sich drehte, erschien seine Rückseite. Stumpf tauchte auf, tropfend, keuchend und zappelnd. Er war an den Holzbohlen festgeschnallt. Als das Brett wieder senkrecht stand, blickte der Gefangene mich an. Auf dem unebenen, nassen Boden hinter dem Brett stand ein Eimer Wasser, um den sich mehrere Lachen gebildet hatten.

»Was tun Sie da, Hochwürden?«, fragte ich.

»Die Kreatur spricht. Geh und berichte Paulus davon! Sie verkraftet den Tauchstuhl nicht und scheint sich besonders vor Wasser zu fürchten. Sieh!« Er winkte einen der Soldaten herbei. »Nimm diesen Schürhaken!«

Er nahm ihn aus dem Feuer, einen rotglühenden Speer, und hielt ihn Stumpf vors Gesicht. Sein Kopf wich zurück, doch er gab keinen Laut von sich.

»Jetzt, schau!«, sagte Fromme. »Tauch ihn ein!«, wies er den anderen Soldaten an.

Stumpf schrie, als er wieder umgedreht wurde. »Nein! Nein! Ich werde Ihnen alles erzählen, bitte …« Sein Schreien verwandelte sich in ein Gurgeln und Blubbern, als sein Kopf unter Wasser tauchte. Sein Körper wand und schüttelte sich, und das Brett begann zu beben und zu wanken.

»Dreht ihn um!« Paulus stand im Eingang der Zelle. Er trat in den Raum, marschierte zu dem Brett und drückte gegen das obere Ende, sodass Stumpf aus dem Wasser auftauchte.

»Nein, nein!«, rief Stumpf, als er wieder in die Gerade gebracht wurde. »Ich bin ein Werwolf. Ich kann den grünen Gürtel finden.«

»Warum handelst du eigenmächtig, ohne mich zu benachrichtigen?«, fragte Paulus.

»Mein lieber Freund, ich bin mir sicher, dass diese Kreatur ein Werwolf ist und dich täuscht. Da du nicht da warst, konnte ich mich mit dir nicht beraten. Ich wusste nicht, wo du warst. Aber ich war der Meinung, handeln zu müssen, um die Ruhe und die Ordnung in der Stadt aufrechtzuerhalten. Ich befürchte, dass der Teufel hier am Werk ist, und ich muss ihn mit allen Mitteln bekämpfen, die mir zur Verfügung stehen.«

»Ich führe hier das Verhör, und ich leite die Untersuchungen! Ich dachte, das sei dir klar«, sagte Paulus.

Fromme stand da und nickte, die Hände hinter dem Rücken. Er hielt den Kopf gesenkt. Paulus wies die beiden Soldaten an, Stumpfs Fesseln zu lösen und ihn zurück in den Käfig zu bringen. Vorher legten sie ihm jedoch ein Halseisen an, an dem ein Hundestock befestigt war, womit man sich üblicherweise wütende Hunde vom Leib hielt. Dann schnitten sie Stumpf los, der daraufhin zusammenbrach. Die Soldaten zerrten ihn zum Käfig und bugsierten ihn mit Tritten hinein.

»Hört damit auf!«, befahl ihnen Paulus. »Dieses Verhör ist vorbei.«

Die Soldaten schlossen den Käfig und sahen sich fragend um, in Erwartung neuer Befehle.

»Bringt ihm etwas zu trinken und zu essen«, sagte Paulus. »Ich brauche den Gefangenen lebend und in gutem Gesundheitszustand, wann begreift ihr das endlich?«

Paulus griff nach Frommes Arm und führte ihn aus dem Raum.

»Der Prozess findet unter meinem Vorsitz statt«, zischte er dem Geistlichen zu. »Du solltest deine Stellung als religiöser Berater in meinem Gericht nicht in Gefahr bringen, genauso wenig wie unsere Freundschaft. Dieser Mann wird nicht gefoltert. Wie bekommen die Wahrheit auch so heraus.«

»Wie du meinst, Paulus«, erwiderte Fromme. »Ich denke, wir werden bald herausfinden, ob er ehrlich ist.«

»Ich freue mich für dich, wenn du ihn auf Zeichen überprüfen kannst, dass er mit dem Teufel im Bunde steht – so wie es das Gesetz vorsieht. Aber nicht jetzt! Ich fürchte, dass der Mann, den wir hier vor uns sehen, weder ein Teufel noch ein Wolf noch ein Magier ist. Das macht ihn zu einer Angelegenheit der Reichsgerichte und nicht der Kirche.«

»Warum fürchtest du es?«

»Weil ein Mensch, der auf diese Art und Weise tötet, schrecklicher ist als jede Kreatur der Hölle.«

Dreizehntes Kapitel

Wir gewinnen ein besseres Verständnis über den Brauch des Fröschefangens in Bedburg und treffen Mutter und Tochter Stumpf, die uns herzlich empfangen

Das Haus der Familie lag zwar tief im Wald von Bedburg, doch war es nicht schwer zu erreichen. Stumpf hatte durch seine Tagelöhner eine zwei Meilen lange Schneise ziehen lassen. Sie verband das Haus mit dem mittleren Teil der Weststraße, die aus der Stadt führte. Das war vor fast zwanzig Jahren gewesen, und die Männer hielten die Straße instand, indem sie sie zweimal im Jahr walzten und die Sträucher und Bäume zurückschnitten. Viel benutzt wurde die Straße indes nicht. Wer etwas Geschäftliches mit Stumpf zu regeln hatte, musste nur bis ans Ende der Südstraße gehen, bis kurz vor dem Dunklen Grund. Dort befanden sich seine Sägemühle und der Holzhof. Er war oft dort. Öfter als zu Hause. Stumpf trennte gern Geschäftliches von Privatem. Daher gab es zwischen Haus und Mühle viele Bäume und wild wachsendes Gestrüpp.

Paulus und ich bogen an der Weststraße ab auf den Stubbe-Weg, wie die Bedburger ihn nannten. Paulus hatte den intelligenteren der beiden Büttel mitgenommen, die vor dem Gasthof herumgelungert hatten. Er sollte uns den Weg zeigen und uns der Familie Stumpf vorstellen. Richard war ein netter junger Mann. Er trug ordentliche Kleider und wirkte wie ein Student im ersten Jahr – wenn auch einer mit stark ländlichem Akzent.

»Kannst du lesen und schreiben?«, fragte Paulus, als wir den Weg entlanggingen, der gesäumt war von Bäumen und dichten Sträuchern.

»Ja, Herr.«

»Gut! Was liest du?«

»Natürlich lese ich die Bibel, Herr, aber ich mag die Flugblätter und Zeitungen, die uns manchmal aus den großen Städten erreichen. Mich interessieren die Geschichten aus der Welt. Besonders eine Geschichte lese ich immer wieder. Darin wird von den Wilden in der Neuen Welt berichtet. Sie sollen nackt herumlaufen, auf Bäumen und in Flüssen leben, Menschenfleisch essen und Hunderte von Göttern haben. Ich würde zu gern diese Orte einmal besuchen.«

»Ich auch. Was noch?«

»Also, da gibt es eine regelmäßig erscheinende Zeitung eines Kölner Kaufmanns. Ich glaube, er handelt mit walisischer Wolle. Er ist sehr reich und aufgrund seiner Geschäfte jetzt nach London gezogen. Er schreibt über den Hof dort, die Sitten, alles Mögliche. Er schickt seinem Bruder immer wieder Briefe nach Hause, der sie dann in der Zeitung veröffentlicht.«

»Die habe ich auch gelesen. Was ist deine Meinung zu den Ketzereien dort, für die einige sie halten?«

»Wir sind seit dem Krieg und dem Augsburger Religionsfrieden eine anerkannt freie Stadt. Dem Fürstbischof, der im Namen des Kaisers über das Land herrscht, sind wir treu ergeben, aber nicht der Kirche, egal welcher der beiden wir angehören. Obwohl sie hier in der Stadt noch immer Rom ergeben sind. Nun, sollen sie.«

»Ich habe dich nach deiner Meinung zum englischen Hof gefragt, mein Sohn.«

Richard blickte beschämt.

»Die Engländer können trotzdem kaum auf die gleiche Stufe gestellt werden wie Luther, oder?«, sprang ich Richard bei. »Ihr alter König schien mit jeder neuen Frau seinen Glauben zu wechseln. Jetzt ist er tot, und sein Land wird von einer Frau regiert. Seither wissen die Engländer nicht mehr, was sie glauben sollen. Ob sie katholisch und protestantisch sein wollen. Ein Freund des Heiligen Römischen Reichs oder des spanischen Hofs. Das Land ist schwach, aber voller Verachtung gegenüber allen anderen Völkern. Das kommt wohl, weil es ganz von Wasser umgeben ist. So fühlen sie sich sicher.«

Der junge Gerichtsdiener lächelte und nickte.

»Wir unterhalten uns nur zum Zeitvertreib, mein Sohn«, erklärte Paulus. »Sprich, wie dir der Sinn steht.«

»Tja«, sagte Richard, »einen Streit vom Zaun zu brechen wegen Ämterkauf, Korruption und Hoffart, all das mag angehen. Und jeder sollte frei entscheiden dürfen, wie er zu Jesus betet. Doch wenn ich die Flugblätter richtig verstanden habe und ihr Inhalt korrekt ist, ist es aus theologischer Sicht nicht vertretbar, einen Krieg anzuzetteln, aus dem alleinigen Grund, weil die Gespielin im Bett es so wünscht. Das scheint kein heiliger Beweggrund zu sein. Deshalb kann ich es als Lutheraner nicht gutheißen, was in England vor sich geht.«

»Wie alt bist du, Richard?«, fragte Paulus.

»Neunzehn, mein Herr.«

»Du bist gescheit. Was macht dein Vater?«

»Er besitzt ein Stück Wald und einen ansehnlichen Hof.«

»Dann hat deine Familie geschäftlich mit Stumpf zu tun, oder?«, fragte Paulus.

»Ja«, erwiderte Richard. »Mein Vater verkauft sein Holz fast nur an Stumpf. Im Laufe der Jahre mussten wir Teile unseres Besitzes der Familie Stumpf überlassen, da die Schulden zu hoch waren. Zwei meiner älteren Brüder arbeiten auf dem übriggebliebenen Land. Mein Vater hat mir dieses Amt als Gerichtsdiener beschafft, da ich mir mein Brot größtenteils selbst verdienen werden muss. Ein anderer Bruder ist dem Heer beigetreten, und meinem ältesten Bruder wurde eine Stellung als Verwalter in einem herrschaftlichen Haus in Köln besorgt. Zwei Schwestern sind verheiratet, doch es gibt noch eine sehr hässliche Schwester, die wahrscheinlich nie einen Mann finden wird. Deshalb steht ihr ein Teil des Gewinns zu, den wir mit unserem Land erzielen.«

»Hast du schon einmal über eine schulische Ausbildung nachgedacht?«

»Die könnte sich meine Familie nicht leisten. Außerdem, was sollte ich damit anschließend anfangen? Wohin würde mich eine Ausbildung bringen?«

»Vielleicht nach Amerika, wo du die Wilden selbst beobachten und danach Bücher über sie schreiben könntest, statt immer nur Zeitungen von Männern zu lesen, die selbst nie dort gewesen sind, aber von Kannibalen und Ungeheuern erzählen.«

Richard lachte. Er gab nicht viel auf diese Worte, doch ich ahnte, dass Paulus noch vor seiner Abreise mit dem Vater des jungen Mannes sprechen würde. Die Universität verfügte über viel Geld aus Hinterlassenschaften, das beiseite gelegt worden war für Stipendien von Jungen aus ärmeren Familien. Paulus hatte bereits mehreren jungen Männern eine akademische Ausbildung ermöglicht, die aus armen Verhältnissen stammten. Ich war einer von ihnen.

Nach der Hälfte des Wegs wurde der Wald lichter und das Gelände hügeliger. Der Stubbe-Weg machte eine Rechtsbiegung und stieg leicht bergan. Links war eine Schneise zu sehen, an deren Ende sich ein schwarzer Felsen mit einem Wasserfall erhob. Lautes Geschrei war zu hören, selbst über das rauschende Wasser hinweg.

»Was ist das, Richard?«, fragte Paulus.

»Ich denke, das sind Kinder beim Fröschefangen«, antwortete Richard.

»Aha, davon habe ich schon gehört. Das schaue ich mir mal an.«

Paulus sprang kurzentschlossen vom Weg herunter ins Gras. Dann kletterte er auf einen rutschigen Kamm und blickte hinab in eine kleine Schlucht, an deren Ende sich der Wasserfall befand sowie ein Bach mit weißen Schaumkronen, der sich im Dunkel des Waldes verlor. Das leicht abfallende Ufer war dicht bewachsen mit dunkelbraunem Schilf und goldenen Rohrkolben. Dort, wo die Strömung langsamer war, war der umliegende Grund sumpfig. Vier Kinder spielten dort. Zwei Jungen von vielleicht zehn Jahren und zwei etwas ältere Mädchen. Die Kinder sahen uns nicht, als wir hinter ihnen auf dem Hügel auftauchten. Sie hatten drei Flechtkörbe dabei, die mit Deckeln verschlossen waren. Die Jungen stöberten in dem Schilf, während die beiden Mädchen immer wieder in die Körbe griffen.

»Sie haben Messer«, bemerkte Paulus.

»Scheren, Herr«, korrigierte ihn Richard. »Für die Frösche«, erklärte Richard.

Paulus und ich blickten weiter gespannt zu, um das weitere Geschehen dieses Schauspiels zu verfolgen. Die Jungen fingen die Frösche im Schilf mithilfe von Netzen und Stöcken, wie wir jetzt erkannten. Hatten sie einen Forsch gefangen, kam er in den Korb. Die beiden Mädchen zogen nach Belieben Tiere aus dem Korb und schnitten ihnen mit der Schere unerschrocken die Beine ab. Diese legten sie in den zweiten Korb und die verstümmelten Froschleiber in den dritten Korb. Die Kinder lachten, schrien und tauschten nach fünf, sechs Fröschen ihre Aufgaben. Sie wechselten die Plätze, sodass der Fänger zum Schlächter wurde und der Schlächter zum Fänger. Sie machten solange weiter, bis der Korb mit Froschleibern von der großen Anzahl zu zittern begann. Schließlich öffneten sie den letzten Korb, sortierten die toten Frösche aus und warfen sie zurück in den Bach. Die restlichen, noch lebenden, gliederlosen Frösche nahmen sie heraus, um mit ihnen Wettrennen zu veranstalten. Der Frosch, der es am weitesten schaffte, wurde zum Sieger erklärt. Das größere der beiden Mädchen – sie hatte rotes Haar – gewann das Rennen.

Nachdem alle Frösche tot waren, wandten sich die Kinder dem Korb mit den Froschbeinen zu. Sie verteilten sie gleichmäßig auf die Flechtkörbe, um sie zu ihren Eltern nach Hause zu bringen, wo sie eine leckere Mahlzeit ergaben.

»Die Beine sind ein leckeres Sommeressen – mit Zwiebeln, Pilzen, ein paar Kräutern und Sahne zubereitet«, sagte Richard.

Die Kinder nahmen die Körbe und gingen am Ufer des

Bachs entlang durch die Schlucht. Als sie sich noch einmal zu dem Orte des blutigen Gemetzels umblickten, sahen sie sie oben auf dem Kamm stehen.

»Oh, seht nur, die Gesandten vom Kaiser!«, rief der kleinere der beiden Jungen. Alle sahen nun zu uns her, und der Kleine lief sogar auf uns zu.

»Sind Sie wegen dem Werwolf hier?«, fragte der Junge. Sein kleiner Körper war kräftig gebaut, und in seinen Augen funkelte die Unternehmungslust.

»Gibt es denn einen Werwolf?«, fragte Paulus den kessen Dreikäsehoch.

»Natürlich gibt's einen«, erwiderte der.

»Der alte Stumpf ist der Werwolf«, sagte der größere Junge, der jetzt ebenfalls hinzugetreten war. Die Mädchen hielten sich im Hintergrund.

»Und wer bist du?«, fragte Paulus den Kleinen, der sie entdeckt hatte.

»Ich bin Wilhelm Jens. Mein Vater hat mir heute Morgen von Ihnen erzählt.«

»Sehr erfreut, junger Mann.«

»Und das ist meine Schwester«, sagte er und deutete auf das große blonde Mädchen, hinter sich. »Hanna. Sie ist die beste Froschfängerin von Bedburg. Sind Sie gerade auf dem Weg zum Haus vom Werwolf?«

»Hanna Jens. Aha. Und wer ist dein Freund da?«, fragte Paulus und zeigte auf den anderen Jungen.

»Ich bin Johannes Roderich«, antwortete der Junge. »Und das ist meine Schwester, Flora.« Das Mädchen senkte den Blick. Sie war dunkelhaarig und blass.

»Euren Vater habe ich schon kennengelernt«, sagte Paulus.

»So, jetzt macht, dass ihr fortkommt!«, sagte Richard. »Lasst den Herrn in Ruhe und macht euch auf den Weg nach Hause!«

»Wir müssen noch nicht nach Hause gehen«, sagte Hanna.

»Jetzt wo der Werwolf gefangen ist«, fügte Johannes hinzu.

»Das Haus vom Werwolf ist umzingelt. Das haben wir gesehen«, rief Flora.

»Geht nach Hause! Das ist ein Befehl vom Fürstbischof«, sagte Paulus.

Die Kinder verstummten, rückten zusammen, blickten sich sich an, griffen nach den Körben und marschierten schließlich los. Als sie ein paar Meter von Paulus entfernt waren, rannten sie den Stubbe-Weg hinunter in Richtung der Weststraße.

»Auf Wiedersehen, mein Herr«, rief der kleine Wilhelm über die Schulter hinweg.

Wir kehrten zum Pfad zurück und gingen weiter zum Haus der Stumpfs, das nur noch ein paar hundert Schritte entfernt lag.

»Was für ein schrecklicher Brauch!«, sagte Paulus. »Hast du das auch gemacht, als du klein warst?«

»Nein«, antwortete Richard. »Na ja, ich habe es ein- oder zweimal ausprobiert, aber es hat mir nicht gefallen. Doch gegen einen leckeren Frosch habe ich nichts einzuwenden.«

Wir gelangten zu einem kleinen Hügel, auf dem ein glänzender, weiß gekalkter Prachtbau stand, der von einer ebenso weißen Mauer umgeben war. Irgendwo bellten Hunde, viele Hunde. Zwei Gendarmen bewachten den Weg am unteren Ende. Zwei unserer Männer, Karfreitag, die Schärpe ordentlich über der Brust, und sein Bursche, standen links und rechts von der Eingangstür.

Greet erzählte mir später, dass sie zusammen mit den Frauen im Wohnzimmer gesessen hatte, als Karfreitag einmal kräftig gegen die Tür pochte, nachdem er uns erblickt hatte. Mutter Stumpf und ihre beiden Töchter seien zusammengezuckt wie geschlagene Hunde, sagte sie. Als sie, Greet, die Tür öffnete, sei ihr als erstes der stattliche ältere Herr aufgefallen, der in seiner grünen Jagdkleidung und dem schwarzen Hut eine stolze Erscheinung war. Mich hatte sie zunächst gar nicht wahrgenommen, wie sie mir gestand, was mich, wie ich zugeben muss, durchaus kränkte.

»Greet, wir sind hier, um der Familie einen Besuch abzustatten«, sagte Richard zu dem Dienstmädchen, als weder Pualus noch ich etwas sagte. »Sag Mutter Stumpf, dass Herr Paulus Melchior, Leiter der kaiserlichen Gesandtschaft des Fürstbischofs sie sprechen will.«

Das Mädchen begleitete Paulus, Richard und mich zum Wohnzimmer, wo eine Frau von vielleicht fünfzig Jahren aufstand und knickste, als Paulus ihr vorgestellt wurde. Ich staunte nicht schlecht, und ich glaube, auch Paulus war überrascht. Frau Stumpf war hochgewachsen und trotz ihres Alters noch immer eine schöne Frau. Das graue Haar war nach hinten gekämmt, ihre Augen, die Nase und das Kinn wirkten slawisch. Auch wenn sie müde und vielleicht verängstigt war, schien sie gefasst, und ihre ganze Haltung hatte etwas eindeutig Aristokratisches. Zwei Mädchen, dem Aussehen nach ihre Töchter, erhoben sich ebenfalls. Die ältere mochte etwa zwanzig Jahren alt gewesen sein. Eine kühle Schönheit, groß, dunkelhaarig, blass –

ihr Gesicht hatte etwas Katzenhaftes. Die jüngere Tochter war höchstens zehn Jahre alt, noch ganz Kind, durchaus hübsch, wie eine dunkelhaarige Puppe. Sie versteckte sich schüchtern hinter ihrer Mutter.

»Greet, bring Rosa auf ihr Zimmer«, sagte die Mutter und schob das Kind nach vorne.

Das kleine Mädchen schlurfte zu dem Dienstmädchen und nahm ihre Hand. Greet verließ mit ihr den Raum. Ich sah mich um. Das Wohnzimmer war mit tiefen, bequemen Stühlen aus hellem Holz und rosa Kissen ausgestattet, und ein dicker, zartgelber Teppich lag auf den geschliffenen, weiß gestrichenen Dielen. Der Boden war neu, denn er roch noch nach frischem Kiefernholz. Die Vorhänge waren zurückgezogen und grelles Sonnenlicht schien herein.

»Mein Gehilfe, Wilhelm Lessinger«, sagte Paulus und deutete auf mich.

»Das ist Divara. Unsere älteste Tochter«, erklärte Madame Stumpf und wandte ihr den Kopf zu.

Wir deuteten eine Verbeugung an.

»Nehmen Sie Platz, Herr Melchior«, sagte Frau Stumpf und wies auf einen Stuhl mit einer hohen Rückenlehne.

»Mein Herr«, sagte sie zu mir und wies auf ein niedriges Sofa, das an der weißgetünchten Wand stand.

Richard erhielt keine Einladung und blieb wie ein guter Diener neben der Tür stehen. Als Paulus sich gesetzt hatte, wandte er den Kopf zu Richard. »Mein Sohn, geh los und such den Vogt, damit du mich zu ihm hinbringen kannst, sobald ich mein Gespräch mit den Damen beendet habe. Wenn du ihn gefunden hast, kehre hierher zurück«, sagte er.

»Jawohl, Herr«, erwiderte Richard. Etwas unbeholfen

machte er eine Kehrtwendung und ging aus dem Zimmer.

Frau Stumpf wandte sich unterdessen an Paulus. »Ich bin froh, dass Sie gekommen sind. Ich mache mir große Sorgen um Leib und Leben meiner Familie. Besonders um das meiner Tochter Divara«, begann sie unumwunden das Gespräch.

»Divara«, sagte Paulus sinnierend. »So heißen heutzutage nur noch wenige Frauen. Ich habe den Namen schon seit langer Zeit nicht mehr gehört.«

»Mein Mann hat in den protestantischen Heeren gekämpft, die sich dem Fürstbischof und dem Kaiser anschlossen, um die Aufständischen in Münster niederzuschlagen. Das sollten Sie wissen, denn er ist ein loyaler Mensch. Der Name der Ehefrau von Jan van Leiden kam ihm zu Ohren. Er gefiel ihm, und so brachte er ihn mit nach Hause. Ich hatte meine Bedenken, aber bisher hat er ihr keinen Kummer bereitet.«

»Sie und Ihre Kinder haben nichts zu befürchten«, versicherte ihr Paulus. »Sollten Sie meine Fragen zufriedenstellend beantworten, betrifft diese Angelegenheit nur Ihren Mann. Sein Schicksal ist unabwendbar, wie Sie bestimmt wissen.«

»Wünschen Sie etwas zu trinken, mein Herr? Wein? Branntwein?«, ergriff die Tochter das Wort.

Paulus lächelte sie an und sagte, dass er gegen ein Glas Wein nichts einzuwenden habe. Divara erhob sich und füllte aus einer Karaffe, die auf einer dunklen Anrichte an der Wand stand, zwei Gläser mit süßem Wein, die sie Paulus und mir gab. Der Wein stamme von einem Gut, das ihrem Vater gehöre und etwa sechzig Meilen von hier entfernt liege, sagte Divara zu Paulus.

»Vielen Dank, meine Damen«, sagte Paulus und nahm einen kleinen Schluck. Er nickte anerkennend, bevor er fortfuhr. »Verzeihen Sie, wenn ich nun ohne Umschweife auf den Punkt komme, aber die Zeit drängt. Ich muss Sie beide bitten, mir alles zu erzählen, was Sie über die Taten Ihres Gatten beziehungsweise Vaters wissen.«

»Wir wissen nichts«, antwortete die Mutter, ohne zu zögern.

»Gar nichts«, bekräftigte Divara.

»Meine Damen, es handelt sich hier nicht um einen Verdacht. Ihr Mann hat die Taten gestanden. Er hat fast siebzig Morde gestanden, genau gesagt achtundsechzig, die bis in seine Jugend zurückreichen.«

»Die Leute sagen, mein Mann sei ein Werwolf. Das ist absurd. Mehr habe ich dazu nicht zu sagen.«

Paulus lächelte hintergründig. »Ich bin ganz Ihrer Meinung. Ihr Mann ist kein Werwolf. Nein, ist ein Mörder. Ein Lustmörder. Er ist ein Mann, der Frauen, Männer, Kinder jeden Alters umgebracht hat. In einem Fall sogar ein Neugeborenes. Nicht wahr, Wilhelm?«

»Ja«, antwortete ich und nickte ernst.

»Wilhelm, erzähl Ihnen, was wir von dem Neugeborenen wissen!«, sagte Paulus.

»Warum? Wozu soll das gut sein«, fragte Frau Stumpf mit lauter, schriller Stimme. Sie knetete ihre Hände im Schoß. Ihre Tochter saß mit versteinerter Miene da.

»Nun, wir versuchen herauszubekommen, was genau geschehen ist«, antwortete Paulus. »Deshalb bin ich hier, um mit Ihnen zu sprechen. Ich möchte Sie dringend bitten, mit uns zusammenzuarbeiten. Nur so kann ich auch für Ihre Sicherheit garantieren.«

»Werden wir nicht beschuldigt?«, fragte die Mutter.

»Nein«, erwiderte Paulus.

Die beiden Frauen warfen sich einen kurzen Blick zu. Die Hunde draußen in den Zwingern bellten ununterbrochen. Es war kaum auszuhalten.

»Ich muss diese Hunde loswerden«, murmelte die Hausherrin in diesem Moment, als habe sie meine Gedanken gelesen.

»Besteht die Familie Stumpf nur aus Ihnen dreien und Ihrem Mann?«, fragte Paulus.

Die Hausherrin schüttelte den Kopf. »Nein. Unsere beiden Söhne sind auf dem Weg hierher. Meine Tochter ist gestern angekommen. Meine Söhne haben einen weiten Weg. Mein jüngstes Kind haben Sie kennengelernt. Sie lebt noch bei uns, bei mir. Ich mache mir Sorgen um unsere Sicherheit.«

»Es wäre vielleicht das Beste gewesen, wenn Sie Ihre Familie von der Stadt ferngehalten hätten«, sagte Paulus. Die Frauen sahen ihn besorgt an. »Ich möchte Sie nicht ängstigen, aber ein Fall wie dieser kann die Gemüter der Menschen erhitzen. Deshalb habe ich die Männer vor Ihrem Haus postiert.«

»Gestern Abend waren Leute hier. Sie blieben bis zur Morgendämmerung und schrien herum«, bemerkte Divara. Sie lächelte Paulus zaghaft an. »Deshalb brauchen wir die Hunde.«

»Meine Damen, ich bin derjenige, der Ihren Mann beziehungsweise Vater vor Gericht stellen wird. Ich möchte Sie daher bitten, mir seine Gemächer zu zeigen. Ich möchte einen Blick in seine Geschäftsbücher, Notizbücher und dergleichen werfen. Des Weiteren würde ich empfehlen, dass

Sie jemanden losschicken, um Ihren Söhnen entgegenzureiten und sie zum Umkehren zu bewegen.«

»Sie sollen nicht kommen?«, fragte Divara.

»Ganz recht. Und sollten Sie wünschen, dass auch Ihre Tochter die Stadt verlässt, würde ich ihr einen Geleitschutz zur Verfügung stellen.«

»Die Entscheidung überlasse ich dir, Divara«, erwiderte die alte Stumpf.

Divara straffte die Schultern und richtete sich auf. Sie saß da wie ein Offizier. Stolz sprach aus ihrer Haltung. »Ich werde bleiben, Mutter.«

Das Bellen der Hunde hörte kurz auf, um dann erneut einzusetzen.

»Dann bring Herrn Melchior und seinen Gehilfen zu den Gemächern, die er inspizieren möchte. Ich werde unterdessen einen Brief schreiben und einen Boten losschicken, damit deine Brüder noch vor Erreichen der Stadtgrenze wieder umkehren.«

»Das wird das Beste sein«, sagte Paulus. »Je weniger Männer, umso besser.

Frau Stumpf erhob sich und ging zu der Anrichte an der Wand und nahm Feder und Tinte zur Hand. Sie stand, während sie schrieb, und lehnte sich auf die Platte der Anrichte. Divara hatte sich ebenfalls erhoben. »Hier entlang, meine Herren«, sagte sie.

Sie führte uns zu einem Arbeitszimmer und einer Bibliothek auf der anderen Seite der Diele. Die Wände waren mit dunkelbraunem Holz vertäfelt, womit auch der Boden ausgelegt war. Die Räume waren mit dunklen Möbeln und Regalen ausgestattet, und vor den Fenstern hingen schwere, dunkelgrüne Vorhänge, die fast völlig zugezogen waren.

Eine dunkle Höhle in einem ansonsten weiß getünchten Haus.

»Sollte es irgendetwas Wichtiges von meinem Vater zu finden geben, wird es hier sein«, sagte Divara und zog die Vorhänge auf, sodass Licht hereinfiel.

Paulus blickte sich in dem Zimmer um und betrachtete die Bücher in den Regalen. Der Werwolf schien ein belesener Mann zu sein. Neben mehreren Folianten zur Geschichte und Völkerkunde gab es Bände, die sich mit Geografie und mit den modernen Naturwissenschaften befassten, aber auch zahlreiche Werke, die dem Handel oder der Politik gewidmet waren. In allen Ecken stapelten sich auf dem Boden Flugblätter und Zeitungen, die zumeist vom Staatswesen und von Kriegen handelten.

»Wann haben sich Ihre Eltern kennengelernt?«, fragte Paulus, als er einen Text durchblätterte, der sich mit der Führung von Arbeitern und dem Steigern von Gewinn in einem modernen landwirtschaftlichen Betrieb beschäftigte.

Divara setzte sich auf einen Tisch unter dem großen Fenster. Das Sonnenlicht ließ sie noch blasser erscheinen. »Nach dem Fall von Münster«, antwortete sie. Das Bellen der Hunde wurde noch lauter.

»Mein Vater war als Kind arm und verließ Bedburg, um sich als Soldat zu verdingen. Das war vielleicht ein Jahr vor Ende des Bauernkriegs. Er blieb mindestens zehn Jahre beim Heer, bis Mitte Zwanzig, um Städte zu befrieden. So lautete die offizielle Bezeichnung, als später wieder Aufstände ausbrachen beziehungsweise Gegenaufstände. Eine Zeit lang war er sogar auf Feldzügen in Italien, hat er mir erzählt. Er war Feldhauptmann, Befehlshaber eines Fähnleins, und als solcher beteiligt an der Kriegsbeute. Auf dem Weg zurück nach Bedburg hielt er in den Städten und Dörfern zwischen Münster die Augen offen nach einer Frau, die er womöglich heiraten könnte. Er sagte stets, dass er sich nichts sehnlicher gewünscht hätte als eine Familie. Einige Jahre verbrachte er mit Reisen und Handel. In dieser Zeit sammelte er seine Erfahrungen und wurde zu einem geschickten Geschäftsmann. Er habe aber immer nach einer Frau gesucht, erzählte er. Nach einer Ehefrau, die er lieben würde.

Meine Mutter war Witwe und lebte in Ratingen bei Düsseldorf. Ihr Vater war der örtliche Steuereintreiber und besaß mehrere Häuser der Stadt. Ihr Mann, ein Lehrer an der Lateinschule, war im Krieg getötet worden. Er hatte ebenfalls als Protestant im Heer der Katholiken gekämpft. Doch er war zu einem frühen Zeitpunkt der Belagerung gestorben, als die Kinderarmee ausritt, um den Fürstbischof zu treffen. Ein Lehrer, getötet von Kindern. Ein wahrlich denkwürdiger Tag.

Sie war ein paar Jahre älter als mein Vater, hatte aber keine Kinder aus der ersten Ehe. Seit ihr Mann die Stadt verlassen hatte, um zu kämpfen, hatte sie an der Lateinschule unterrichtet, da es sonst niemanden gab. Ihr Mann war schon viele Jahre weg und mittlerweile seit Langem tot. Mein Vater sagte, dass er meine Mutter vom ersten Augenblick an geliebt habe. Er bat ihren Vater sogleich um Erlaubnis, sie zu heiraten. Mein Vater wollte keine Mitgift – er ist in vielerlei Hinsicht ein moderner Mensch –, und versprach, sie zu einer reichen Frau zu machen. Er offenbarte ihrem Vater seine Pläne, eine Sägemühle zu erwerben, und zeigte ihm das Gold und den Schmuck, alles, was er im Krieg verdient beziehungsweise erbeutet hatte. Er gab meinem Großvater genügend Geld, um einen neuen Lehrer einzustellen, denn die Schule war die beste weit und breit in der Gegend. Er versprach ihm außerdem, das Gehalt des Lehrers zukünftig zu zahlen, sodass die Schule nicht schließen und weiterhin erfolgreich sein würde. Die einzige Gegenleistung, um die mein Vater bat, war ein Zehntel des Gewinns. Ein guter und gerechter Handel. Meine Mutter sagte, dass sie die ruhige Art meines Vaters gemocht habe. Er habe gut ausgesehen. Sie war überzeugt, dass ein Leben mit ihm sie zu Ansehen bringen werde.

Sie heirateten und zogen nach Bedburg. Mein Vater kaufte ein Stück Wald in der Nähe des Hofs seiner Familie, der nur aus einem einzigen Feld bestanden hatte. Seine Eltern und Geschwister waren gestorben, sodass ihm das Land mittlerweile gehörte. Er lieh Bauern und Landbesitzern Geld, die in finanzielle Schwierigkeiten geraten waren und ihre Rechnungen nicht bezahlen konnten. Wenn Sie mit den Rückzahlungen in Verzug gerieten, glichen sie ihre Schulden aus, indem sie uns Land übertrugen. Der Gutsherr, dem all dies früher hier gehört hatte, war dank des Kriegs schon lange verschwunden, sodass mein Vater auch Teile seines prächtigen Besitzes kaufen konnte, wie dieses Haus hier. Mein Vater übernahm bald das Zepter in der Stadt. Land und Besitz führten zu noch mehr Land und Besitz. Bald waren wir die größten Landbesitzer. Auf jeden Fall schon zu der Zeit, als ich geboren wurde. Mein Vater brachte die Menschen in Lohn und Brot, ganz im Gegensatz zum früheren Gutsherrn, der nur auf seinem Land gesessen und nichts getan hatte, außer mit seinen königlichen Freunden zu jagen und Geld zu verprassen. Durch unser Geschäft blühten andere Geschäfte auf. Eine Sägemühle braucht einen Kutscher, ein Kutscher braucht einen Stellmacher, ein Stellmacher braucht Essen und Unterkunft, und so weiter. All diese Dinge hat mir meine Mutter beigebracht, auch wenn sie die Geschäfte der Kutscher und Stellmacher nach Möglichkeit kaufte, sodass wir den Teil des Gewinns ebenfalls einstreichen konnten. Wenn die Kutscher und Stellmacher in Schulden gerieten, stellten wir sie jedoch ein, und sie übernahmen ihre früheren Arbeiten. Alles ging gerecht zu. Die meisten meinten sogar, dass sie es unter Peter Stumpf zu mehr Wohlstand gebracht hätten als in der Zeit ihrer Selbständigkeit. Reichtum führt zu noch mehr Reichtum. Wenn es also einen Gutsherrn in dieser Stadt gibt, dann ist es mein Vater. Da wir in diesem Land heutzutage aber gern hohe Herren umbringen, möchte ich Sie bitten, Herr Melchior, diesen Fall genau zu untersuchen.

Mein Vater hat Tag und Nacht gearbeitet, also kann die Behauptung nicht stimmen, dass er Land an sich gerissen habe, wie behauptet wurde. Geschäfte scheitern, und er kaufte sie auf, um die erfolglosen Besitzer vor dem Hungertod zu bewahren. Wir schafften es, dass unsere Geschäfte florierten. Unsere Mühle liefert Holz bis nach Böhmen und Flandern und in sämtliche Städte, die dazwischen liegen. Meine Mutter hat ebenfalls gearbeitet, sogar noch mehr als mein Vater. Sie ist die wahre Händlerin in der Familie. Papiere, Zahlungen, Urkunden, Verträge, Löhne, all das fällt in ihren Bereich. Mein Vater kümmert sich um die Arbeiter und die Mühle. Er überwacht die Arbeiten und Lieferungen, hält die Maschinen instand und bildet unsere Lehrlinge aus. Doch meine Eltern mögen Bedburg nicht, obwohl sie die Hälfte der Stadt am Leben erhalten. Meine

Mutter hasst diese rückständigen Leute. Sie war diejenige, die entschied, dass alle ihre Kinder, sowohl die Jungen als auch die Mädchen, mit zehn Jahren die Stadt verließen, um die Schule unseres Großvaters in Ratingen zu besuchen. Ich selbst habe gerade begonnen, die jüngeren Kinder dort zu unterrichten, und bis jetzt, bis zu diesen Geschehnissen – von denen ich nicht glauben kann, dass sie wahr sind –, habe ich bei meinen Großeltern gelebt. Meine Brüder sind älter, der eine ist beim Heer im Rang eines Feldweibels, der andere schreibt gerade seine Doktorarbeit an der Universität. Beide sind verlobt und werden bald heiraten. Ich habe mir noch keinen Mann ausgesucht, und meine Eltern sind auch nicht der Auffassung, dass Ehen ohne die Zustimmung der Töchter in die Wege geleitet werden sollten. Sie vertreten moderne Ansichten und haben mir klargemacht, dass ich heiraten soll, wann ich möchte.

Wir Kinder haben unseren Vater nicht gut kennengelernt, da wir viele Jahre nur Sommer, Ostern und Weihnachten hier verbrachten, wenn wir von der Schule in Ratingen zurückkehrten. Er arbeitete stets, so wie meine Mutter.

Seinen Charakter zu beschreiben, ist daher eine schwierige Aufgabe. Er gehört nicht zu denjenigen, die ihre Liebe überschwänglich zeigen, würde ich sagen, wenngleich er nicht grausam war, außer zu den Hunden. Er ist ein ruhiger Mensch. Ja, das ist mein Vater. Nur manchmal verliert er einfach die Beherrschung, und das aus heiterem Himmel. Dann packt ihn eine brennende, hitzige Wut, und er steht auf, ganz schnell, als wünschte er sich, von meiner Mutter oder uns Kindern wegzukommen. Und dann eilt er zu den Zwingern und prügelt einen Hund zu Tode. Ja, das machte er. Ich möchte nichts vor Ihnen verheimlichen. Doch diese Hunde können jeden zur Weißglut treiben. Sie kläfften so entsetzlich, die ganze Zeit, dass ihr Bellen zu unserem Einschlaflied wurde. Er kaufte sie von Kesselflickern, Zigeunern, Vagabunden, wann immer er welche bekommen konnte. Er hielt immer mindestens zwanzig Hunde in den Zwingern, um die besten zur Jagd auszusuchen. Die übrigen Hunde, die nutzlos waren, mussten gehen. So oder so. Einige waren also dazu bestimmt, seinen Zorn über sich ergehen zu lassen, was aber nicht ständig vorkam, das möchte ich noch einmal betonen. Alle Menschen, Männer wie Frauen, müssen manchmal ihre Wut herauslassen. Ich habe kein einziges Mal erlebt, dass er einer menschlichen Seele etwas angetan hat. Genauso wenig hat er je meine Mutter, mich, meine Brüder oder meine Schwester geschlagen. Er ist kein gewalttätiger Mensch. Im Gegenteil, er war zumeist sanft. Einige der Hunde, die zur Jagd nicht geeignet waren, erlitten ein bedauernswertes Schicksal, das stimmt. Doch die Hunde, die er behielt, um die kümmerte er sich, als ob es seine Kinder wären. Er liebte sie, küsste sie und verwöhnte sie. Den Stock dort am Kamin mit dem schweren Knauf, den benutzte er für die Hunde, die gehen mussten. Er ist mittlerweile auf einer Seite ganz flach. Doch er war ein liebender Vater und ein aufrichtiger Ehemann. Von den Taten, die Sie erwähnen, weiß ich nichts.«

Ich saß an Stumpfs Schreibtisch, die Feder in der Hand, lauschte aufmerksam und schrieb. Das hier war ein Verhör in einem Gerichtssaal, das Paulus jedoch als höfliche Unterhaltung an einem Sommernachmittag getarnt hatte. Und dessen war sich das junge Frauenzimmer bewusst, glaube ich. Ich streute etwas Schreibsand auf meine Notate, blies den Sand wieder herunter und steckte die Feder in die Emaillehülle, denn das Verhör schien zu Ende zu sein.

»Vielen Dank, wertes Fräulein«, sagte Paulus.

Divara nickte, und das Sonnenlicht, das durch das Fenster schien, tänzelte über ihr Haar.

Ich legte Feder, Tintenfass und Schreibsandbüchschen wieder in meine kleine schwarzlederne Reisefedermappe, die Paulus mir zu meiner Immatrikulation geschenkt hatte, schloss die Schnalle und legte alles zusammen mit dem Notizheft in die Schultasche. Dann klopfte ich gegen die Seitentasche, die Pistole befand sich sicher in der Lasche, neben dem Pulver, den Lunten und Gewehrkugeln.

»Unschätzbare Erkenntnisse, junges Fräulein«, sagte Paulus. »Unschätzbar.«

»Nun, Sie baten mich um unsere Familiengeschichte.« Die Hunde waren mittlerweile still. Sie wurden wohl gerade gefüttert.

Paulus nahm ein Kassenbuch von einem Stapel Flugblätter. Auf der Titelseite des ersten Flugblatts prangte ein Holzschnitt, der den Kopf eines Adligen zeigte. Ein strenge, eherne Nase, ein grausamer voller Mund, dunkle Augenbrauen, eine slawische Krone. Innen befanden sich noch mehr Holzschnitte, die den Fürsten zeigten, wie er seine Geliebten umbringt, seine Berater aus den Fenstern des Palasts wirft und einem türkischen Abgesandten den Turban in den Kopf nagelt. Neugeborene kochten in Kesseln. Haufenweise tote Bojaren. »Der vollständige und ausführliche Bericht der schrecklichen Herrschaft und …«

»Lesen Sie auch so etwas?«, fragte Paulus und zeigte ihr das Flugblatt, bevor ich den Titel ganz lesen konnte. Er nahm die Schrift zur Hand, die darunter lag. Eine Chronik der Wolfsprozesse in Frankreich. Paulus schob Divara beide Flugblätter zu.

»Manchmal«, antwortete sie. »Flugblätter wie diese gibt es überall.«

Ein drittes Flugblatt berichtete über die Hexenprozesse von den britischen Inseln über die Niederlande bis hin zur russischen Steppe. Ein viertes Flugblatt über eine Folge wiederkehrender Fälle in Böhmen und Mähren, in denen die Toten auferstanden waren und tschechische, deutsche und slowakische Städte terrorisierten.

»Darf ich mir ein paar davon ausleihen? Ich habe außer juristischen Fachbüchern nichts zu lesen dabei«, sagte er und lächelte.

»Ja«, sagte Divara. »Natürlich. Nehmen Sie mit, was Sie möchten.«

Der Holzschnitt einer Kreatur, die ich noch nie zuvor gesehen hatte, zierte das letzte Flugblatt. Ein Mann aus Stein, so schien es. Er hatte kein Gesicht, nur sieben Löcher für Ohren, Augen, Nase und Mund. Auf seiner Stirn stand etwas Hebräisches geschrieben. Die hebräische Schrift zu entziffern, hat mich schon immer Mühe gekostet. Daher dauerte es etwas, bis ich die Buchstaben auf der Stirn der Kreatur entziffert hatte. Sie ergaben das Wort »Leben«. Der Titel des Flugblatts stand oberhalb des steinernen Ungeheuers geschrieben. »Eine wahre und außergewöhnliche Erzählung der Legende des jüdischen Golems und seines Meisters, einem Rabbi«. Dieses Flugblatt war älter als die anderen, das erkannte ich an dem Papier.

»Das muss vor mindestens zwanzig Jahren gedruckt worden sein«, erklärte Paulus. Er konnte noch immer anhand des Geruchs und der Beschaffenheit des Papiers, der

Tinte und der Färbung bestimmen, wann ein Papier aus der Presse gezogen worden war. Er führte das Flugblatt zur Nase und sog seinen Geruch ein. Essig. Dieser Duft guten Papiers verflog auch nach Jahren nicht. Paulus durchblätterte schnell die Seiten auf der Suche nach einem Datum oder einem Hinweis. Auf dem Titelbild unter der Präambel stand geschrieben: »Gedruckt im Jahre des Herrn 1545, obzwar die hier geschilderten Ereignisse vor vielen Jahren stattfanden.«

»Nicht schlecht«, sagte Paulus. »Ich lag nur ein paar Jahre daneben.« Paulus verzog die Lippen zu einem Lächeln. Er war zufrieden mit sich und freute sich, seine in der Jugend erworbenen Kenntnisse zu Büchern und ihrer Herstellung nicht verlernt zu haben.

»Juden«, sagte er und zeigte Divara das Flugblatt. »Ich habe sie nie verstanden, wenngleich ich ein paar von ihnen kennengelernt habe.«

»Ja«, sagte sie.

»Ich nehme dieses Flugblatt ebenfalls mit Ihrer Erlaubnis.«

Sie nickte.

Paulus steckte es in sein Wams und ging hinüber zu der Anrichte. »Was ist das hier?«, fragte er. Er zeigte auf eine Holzschatulle so groß wie die Bibeln in einer Kathedrale.

»Ich weiß es nicht«, antwortete Divara.

Paulus öffnete den Kasten. Kleine goldene Nadeln steckten auf einem grünen Polster.

»Eigenartig«, sagte Paulus und beugte sich über die Schachtel, um sie zu begutachten.

Divara stand auf und trat zu ihm. Sie beugte sich über seine Schulter, sodass ihr schweres, blau-gelbes Kleid raschelte. Ihre Hand lag dicht neben seiner auf der Anrichte. Paulus lächelte sie an. Sie betrachtete ihn lange und sprach dann.

»Vielleicht hat er darin Fliegen zum Angeln aufbewahrt? Mein Vater angelte gern«, bemerkte sie.

»Das glaube ich nicht, wertes Fräulein«, entgegnete Paulus.

Er schnippte mit den Fingern. »Meine Lupe, Wilhelm«, sagte er.

»Sie befindet sich in Ihrer Tasche«, antwortete ich.

Er stöberte in den Taschen seines Wamses und fand das kleine schwarze Behältnis aus Ebenholz, das wie ein Fässchen geformt war, schraubte es auf und nahm eine kleine Juwelierlupe heraus.

»Das Messer, Wilhelm«, sagte er.

Ich durchwühlte meine Tasche und gab ihm das kleine Messer, das er selbst geschmiedet hatte. Mit der Lupe vor dem Auge beugte er sich über den Kasten und zeigte mit der Spitze des Messers auf etwas.

»Sehen Sie hier!«, sagte er und reichte ihr die Lupe.

Sie nahm sie zögerlich vors Auge und beugte sich vor. Paulus deutete mit der Spitze des Messers auf die drittletzte Nadel. »Schauen Sie«, sagte er, »hier direkt über der Nadel!«

In dem farbigen Sommerkleid war ihr Rücken glatt und schlank, ein gleichschenkliges Dreieck von den Schultern bis hinunter zur Hüfte. Ihr schwarzes Haar fiel auf das grüne Polster, und ihre Arme waren schlank und fest.

»Und was sehe ich da?«, fragte sie.

»Blut«, antwortete er und zeigte auf einen rostigen Fleck oberhalb der goldenen Nadel.

»Das soll Blut sein?«

»Es ist Blut, wertes Fräulein. Ich habe vielen Vivisektionen beigewohnt und erkenne Blut wohl unter allen Umständen. Dieses hier ist oxidiert. Denn Blut enthält Eisen. Wir verwandeln uns sozusagen in Rost, wenn wir bluten.«

Er kratzte mit dem kleinen Messer an dem rostigen Fleck, fügte die feinen Späne vom Messer auf die Innenfläche seiner Hand und legte das Messer weg. Dann befeuchtete er den linken Zeigefinger, nickte Divara zu, als wolle er sich für eine Unanständigkeit entschuldigen, und verrieb den Rost mit seinem Speichel. Er nahm einen rötlichen Farbton an.

»Blut«, stellte er fest.

»Ich verstehe«, sagte Divara. »Vielleicht das Blut eines Fisches?«

»Schauen Sie auch hier«, sagte er zu ihr und wies auf die erste Reihe der kleinen goldenen Nadeln. »Und hier«, sagte er und deutete auf die zweite Reihe. »Und hier«. Die Spitze der Messers fuhr zur Mitte der dritten und letzten Reihe. »Haare. Einzelne Haare. Ich kenne keine Fische mit Haaren.«

»Mein Herr, ich weiß nicht, was ich Ihrer Meinung nach sehen soll«, sagte Divara.

»Dort sind siebenundsechzig Nadeln.«

»Und …?«

»Und Ihr Vater hat achtundsechzig Morde gestanden.«

»Dann sollten es achtundsechzig Nadeln sein, oder?«

»Wenn Sie das Kind mit einrechnen, das er gerade aß, als er im Wald geschnappt wurde.« Er blickte sie eindringlich an, und ihr helles, hübsches Gesicht wurde gespenstig weiß.

»Das ist nicht meine Schatulle«, entgegnete sie.

»Natürlich«, sagte Paulus. »Das weiß ich.«

Divara lehnte sich gegen die Anrichte. Ihre Finger berührten den Holzkasten mit den Haaren, doch dann zuckte sie zurück, als hätte sie glühende Kohlen berührt. Sie warf den Kopf herum, sah Paulus mit einem verzweifelten Blick in die Augen.

»Meine Familie ist verloren. Wollen Sie mich töten?«

»Wertes Fräulein, bitte haben Sie keine Angst!«, beschwichtigte er sie, und seine Hand berührte sanft ihren Arm. Doch er schien seine Geste sogleich zu bereuen, denn er trat von ihr weg und verschränkte die Arme auf dem Rücken. Doch Divara sah ihn jetzt milder an.

»Vielen Dank«, sagte sie.

»Solange Sie mit mir zusammenarbeiten, haben Sie nichts zu befürchten«, sagte Paulus. »Ihr Vater wird vor Gericht gestellt und er wird zum Tode verurteilt werden. Er wird sterben. So sieht es das Recht nun einmal vor. Und das Recht muss gewahrt werden. Ihr Vater hat großes Unrecht begangen. Doch ich verspreche Ihnen, dass Sie und Ihre Mutter sicher sein werden. Ich vertrete das Gesetz.«

»Ich werde gehorsam sein«, sagte Divara. Sie senkte den Kopf.

»Sie müssen nicht gehorsam sein. Helfen Sie mir nur bei der Suche nach der Wahrheit, und machen Sie das Richtige.«

»Natürlich.«

»Antworten sie mir aufrichtig und ehrlich – haben Sie oder Ihre Mutter sich etwas zuschulden kommen lassen?«

»Nein.«

»Das ist gut so. Verlassen Sie sich auf mein Wort. Es sei denn, Sie lügen mich an.«

»Ihnen wurden keine Lügen erzählt«, versicherte sie.

Divara führte Paulus aus dem Arbeitszimmer ihres Vaters in die Diele, wo die alte Stumpf wartend stand und knickste. Dann führte sie uns zurück zum Wohnzimmer.

»Ich möchte etwas wissen«, sagte Frau Stumpf auf der Türschwelle. »Warum hat man den Jungen in den Wald gehen lassen?«

»Ich verstehe nicht, was meinen Sie?«, antwortete Paulus.

»Der arme, kleine Kerl«, erklärte Frau Stumpf. Ihre Stimme brach, Tränen füllten ihre Augen. Paulus sah sie eindringlich an. Ihr Entsetzen schien aufrichtig.

»Was ist passiert, Madame? Ich verstehe nicht, was Sie meinen.«

»Erst wurde dieser kleine Junge gerettet, und dann fand man ihn abends tot im Wald. Umgebracht. Wer hat ihn gehen lassen? Warum ist er in den Wald zurückgegangen?«

Paulus wandte sich zu mir. »Wilhelm, was steht in der Anklageschrift zum Verlauf der Geschichte?«

»Dass ein Werwolf gefangen wurde, der einen Mann, eine Frau und ihr Kind umgebracht hat, einen Knaben von ungefähr zehn oder elf Jahren.«

»Der Junge ist nicht zusammen mit seinen Eltern umgebracht worden«, warf Divara ein.

»Nein?«, fragte Paulus.

»Nein. Er wurde an einem Freitag gerettet«, antwortete Frau Stumpf. »Unser Dienstmädchen war unter den Frauen, die ihn in Sicherheit brachten. Seine Eltern wurden an jenem Tag umgebracht. Er wurde zusammen mit Peter abends im Wald gefunden.«

Mittlerweile weinte Frau Stumpf bitterlich. Paulus blickte Divara an, die daraufhin zu ihrer Mutter eilte und sie in die Arme schloss.

»Darüber habe ich keine Kenntnis«, sagte Paulus. Damit wandte er sich ab und verließ das Wohnzimmer, blieb einen Augenblick in der Diele stehen, marschierte dann zur Eingangstür, öffnete sie und rief nach Richard. Ich folgte ihm und hörte die Stimme des Büttels.

»Er ist noch nicht zurück, Herr«, sagte Karfreitag. »Immer noch auf der Suche nach Jens, wie Sie es ihm befohlen haben.«

Greet, das Dienstmädchen, steckte den Kopf aus einer Tür, vielleicht der Spülküche oder einer Vorratskammer, hinter der großen Treppe und starrte mit offenem Mund den Mann an, der im Haus der Stumpfs herumlief, als gehörte es ihm. Dann warf sie mir einen verärgerten Blick zu und kehrte zu ihrer Arbeit zurück.

»Geh los und entbinde sämtliche Amtsdiener und Gerichtsbüttel der Stadt von ihren Aufgaben«, wandte sich Paulus an Karfreitag. »Sag ihnen, dass ich es im Namen des Fürstbischofs und des Kaisers befehle. Du, mein alter Kamerad, und der Rest deiner Truppe, ihr seid ab jetzt die einzigen rechtmäßigen Stadtobersten und steht unter meinem direkten Befehl.«

Paulus schloss die Tür. Er sah blass aus. Ich sah ihm an, dass er unter jener Kraftlosigkeit litt, die akuter Hunger in ihm auslöste. Als er sich umdrehte, um zurück zum Wohnzimmer zu kehren, schwankte er. Ich eilte zu ihm und griff nach seinem Arm. Greets Kopf lugte wieder hinter einer Ecke hervor.

»Du da«, rief ich.

»Ich?«, fragte Greet.

»Ja, du. Bring meinem Herrn eine Kleinigkeit zu essen, hörst du?«

Sie sah mich verächtlich an. Offensichtlich gefiel es ihr nicht, von mir Befehle entgegenzunehmen. Aber sie zwang sich zu einem Lächeln. »Ja, mein Herr«, antwortete sie. Sie verschwand wieder hinter der Tür unter der Treppe, die sie laut vernehmlich schloss.

Paulus wankte ins Wohnzimmer. Die Frauen hatten sich aus ihrer Umarmung gelöst, hielten sich aber noch immer bei der Hand. Er verbeugte sich zögerlich. »Meine Damen, wenn sie nichts dagegen haben, würde ich gern einen kleinen Imbiss zu mir nehmen.«

»Herr Melchior leidet bei mangelnder Kost nämlich unter Schwäche.«

»Schweig, Wilhelm«, wies er mich zurecht und straffte die Schultern, obwohl er aschfahl war und schwitzte.

»Natürlich«, erklärte Frau Stumpf. »Greet«, rief sie in Richtung der Diele.

»Bitte bemühen Sie sich nicht«, sagte ich. »Wir werden uns in Ihre Küche begeben und Sie und Ihre Tochter nicht behelligen.«

Die beiden Frauen nickten, und wir wandten uns ab und begaben uns zu der Tür, hinter der Greet verschwunden war.

Das Dienstmädchen hatte bereits kaltes Huhn, Brot, Käse und saure Gurken auf ein großes Holztablett gelegt und verrührte gerade in einem Becher warmes Bier mit Milch und Muskatnuss. Paulus ließ sich auf einen Stuhl fallen und blickte auf den Küchentisch. Er griff nach dem Brot, führte es zum Mund und biss herzhaft zu. Die Hunde bellten erneut. Ich aß ebenfalls, denn auch ich war hungrig.

Ich beobachtete Greet, die die Küche saubermachte, während wir aßen. Sie drehte sich nur einmal um und sah mich an. Unsere Blicke ruhten einen langen Moment auf einander, doch dann schien sie sich darauf zu besinnen, dass sie wütend auf mich war, und ihr Kopf schnellte wieder herum.

Vierzehntes Kapitel

Die wahre und falsche Geschichte des Rabbi Lev Solomon, dem Erschaffer des Golems von Tennstedt

Paulus schob seinen Teller beiseite, er fühlte sich wieder besser. Greet brachte ihm ein großes Stück Honigkuchen mit Sahne und einen Becher warme Buttermilch. Er aß weiter und nahm das alte Flugblatt über den Golem heraus, um es zu lesen. Ich saß daneben und las mit. Im ersten Abschnitt erklärte der Autor, dass dies die Geschichte des Rabbis Lev Solomon sei, dem Erschaffer des Golems von Tennstedt.

Sie begann vor mehreren Jahrhunderten mit dem Sohn des Rabbis. Dieser Junge, Solomon Solomon, hatte sich in eine Christin verliebt. Seine Angebetete war die Tochter des Goldschmieds, und sie erwiderte seine Liebe. Hinter dem Rücken ihrer Väter trafen sie sich nachts auf den Feldern vor den Toren Tennstedts und schworen sich, zu heiraten und eine Familie zu gründen trotz ihrer unterschiedlichen Religionen. Es war beiden egal, welchem Glauben sie anhingen, solange sie sich hatten. Der anonyme Verfasser des Flugblatts betrachtete es als Todsünde – nur was das Mädchen anging. Ein Jude, so der Autor, könne nämlich seinen Glauben aufgeben und Christ werden und einen sicheren

Platz vor der Hölle im Himmel finden. Für einen Christen jedoch würde es die Verdammnis bedeuten. Derjenige müsste die schlimmsten Strafen durch den Teufel befürchten, da er sich in den Mörder von Christus verwandelt hat. Mangelhaftes theologisches Wissen seitens des Verfassers, ging es mir durch den Kopf. Denn als Urheber der Bestrafung sollte wohl Gott und nicht der Teufel genannt werden. Einem Inquisitor könnte es leicht gelingen, die Worte des Verfassers so zu drehen, dass er selbst als Ketzer entlarvt und verbrannt wird. Er hatte nämlich, ohne es zu wissen, auf diese Weise zugegeben, dass er den Teufel für mächtiger hielt als Gott.

Die Liebschaft zwischen dem Juden und dem Mädchen wurde jedenfalls entdeckt. Dass es so kommen würde, war mir klar gewesen. So gingen diese Geschichten immer. Die Brüder des Mädchens brachten Solomon Solomon um. Sie erwischten die beiden in den Feldern, den Jungen schlugen und erhängten sie. Die Tochter floh und lief zur Synagoge des Vaters ihres Liebsten, zu dem alten Juden, Rabbi Lev Solomon, denn sie wusste sich nicht zu helfen und hatte keine Freunde. Sie erzählte ihm, was geschehen war, und dass ihre Brüder seinen Sohn umgebracht hatten. Vor dem alten Mann kniend fügte sie hinzu, dass sie seinen Enkel unter ihrem Herzen trage. Der Mann hob sie auf und brachte sie in sein Arbeitszimmer, wo er ihr ein Glas starken Weins gab. Das Mädchen fiel daraufhin betäubt zu Boden und starb. Der Rabbi schnitt ihr den Fötus aus dem Leib, der vielleicht zwölf Wochen alt war. Als er das Mädchen in vierzehn Einzelteile zerlegt hatte, in Füße, Unterschenkel, Oberschenkel, Hände, Unterarme, Oberarme, Rumpf und Kopf, verbrannte er sie im Ofen der Synagoge.

Der Rabbi schaute nach seinen hebräischen Zaubersprüchen. Welche das im Einzelnen waren, verriet uns der Flugblattschreiber nicht. Ich hätte mir etwas mehr Fantasie von ihm gewünscht. Der Rabbi las die Beschwörungen laut vor, während er den Fötus zu Hackfleisch verarbeitete. Er holte Erde vom jüdischen Friedhof, pflückte irgendwelche bitteren Kräuter, die Juden in ihren Zeremonien verwenden, verkleidete sich als Christ, die Schläfenlocken versteckt unter einem Hut, und stahl Weihwasser aus dem Taufbecken der Kirche von Tennstedt.

Dann vermischte er alles miteinander, das Kind, die Erde, die Kräuter und das Weihwasser, und kochte es auf dem Ofen in seiner Synagoge. Anschließend nahm er die lehmartige Masse herunter, füllte sie in eine Flasche ab und stellte sie auf ein Regal in seinem Arbeitszimmer mit einer Kerze davor. Er betete sie von der Abenddämmerung bis zum Morgengrauen an. Die fremden, alten, leisen Gesänge der Juden waren wie Schlaflieder. Der lehmartigen Masse wurde die Thora präsentiert. Nach jedem gesungenen Gebet bat er den Lehmklumpen, zum Leben zu erwachen. Seine Bitte wurde schließlich erhört. In der Flasche regte es sich, und die Masse nahm die Form eines schwimmenden Etwas an, das fast einem Menschen ähnelte. Er war jedoch ziegelartig geformt, als wäre ein irdischer Mensch nicht in der Lage, einem Wesen Leben einzuhauchen.

Der Rabbi zerbrach schließlich die Flasche auf dem Boden, woraufhin sich das Etwas wand und sein Gesicht streckte ohne zu atmen, denn es atmete nicht. Es regte sich, doch es war nicht lebendig. Durch Zaubersprüche erweckt, besaß es keine Seele. Lev Solomon legte es in eine Krippe neben dem Ofen. Er fütterte den Golem mit Blut, das von geschächteten Kühen und Hühnern stammte. Danach stach sich der Rabbi mit einer Nadel in den Finger und ließ einen Tropfen seines eigenen Bluts in den Mund des Golems fallen. Das versetzte den Golem in Schlaf. Tag und Nacht sang er zu ihm, erzählte ihm Geschichten von den Leiden der Juden, vom Auszug aus Ägypten über die Gefangenschaft in Babylon bis hin zum heutigen Tag, und er erzählte ihm von seinem einzigen Sohn, der umgebracht wurde wegen einer christlichen Hure. Doch du kleines Etwas, du kleiner Golem, sang er, bist aus seinem Blut, meinem Blut und dem unseres Volks, dem Volke Davids, Moses und Abrahams.

Der Golem wuchs schnell. Innerhalb einer Woche war er so groß wie ein fünfjähriges Kind. Nach einem Monat hatte er die Statur eines Dreizehnjährigen. Als er diese Größe erreicht hatte, die Größe eines Jungen auf der Schwelle zum Mann, nahm der Rabbi ein heiliges Messer, das Messer, das er für das Ritual der Beschneidung benutzte. Er erhitzte es über einer Flamme und ritzte das hebräische Wort »Leben« in die flache, braune Stirn des Golems. Die Buchstaben waren genauso schwer und steinern wie der Körper des Golems. Als das Messer ihn berührte oder eher gesagt, in ihn eindrang, stieß er einen Schrei aus, den ersten und letzten Schrei in seinem Leben. Nun war der Golem das Geschöpf des Rabbis für alle Ewigkeit. Er hatte ihn erschaffen, ihn aufgezogen und ihm seinen Namen gegeben, der ein unvergängliches Band zwischen ihnen darstellte. Jetzt würde der Golem alles tun, was er von ihm verlangte, bis er ihn in tausend Einzelteile zerbrechen oder ihn verbrennen würde. Als der Golem ausgewachsen und doppelt so groß war wie ein Mensch, schickte der Rabbi sein Geschöpf nachts los, um frisch getaufte Christenkinder zu entführen. In seiner Synagoge schlitzte er ihnen dann die Kehlen durch und vermischte das Blut mit Mehl, um daraus Brot für das Purim- oder Passahfest zu machen.

Das Flugblatt schilderte die Entführungen des Golems ausführlich, die sich auf ungefähr zehn beliefen. Sie liefen alle nach demselben Schema ab, nur eine Entführung bildete eine Ausnahme, wo der Golem versehentlich ein jüdisches Kind gestohlen hatte. Der Rabbi peitschte ihn daraufhin aus, doch der Golem spürte nichts auf seinem tönernen Rücken und stand regungslos da. Es schien fast, als würde er seinen Meister auslachen, während der Rabbi seine Wut an ihm ausließ. Paulus blätterte um, obwohl ich gern langsamer gelesen hätte.

Der Verfasser stellte die Vermutung auf, dass Satan bestimmten Rabbinern das Wissen verleihen würde, Golems aufzuziehen, um sie zu zerstören und so der christlichen Welt zu zeigen, dass die Juden das schlimmste Übel der Christenheit sind. Aus theologischer Sicht betrachtet, empfand ich das abermals für eine gefährliche Überschätzung der Macht des Teufels, denn Gott ist es, der die Geschicke der Welt lenkt, und nur die Schwachheit der Menschen verleiht dem Teufel ein gewisses Maß an Macht. So oder so ähnlich hätte es wohl auch Paulus in einem Disput ausgedrückt, und ich hätte ihm beigepflichtet, denn er war ein guter Lehrer. Eines Nachts dann wird der Golem von einer Gruppe von Handwerkern entdeckt, darunter Drucker und Goldschmiede, und durch die Straßen von Tennstedt verfolgt. Endlich, dachte ich, denn ich war neugierig, wie der Autor seiner erfundenen Geschichte doch noch ein passendes Ende bereiten könnte. Der Golem tötete viele dieser Männer, die wie durch ein Wunder blind gewesen waren in diesen Monaten von Entführung und Mord, bis sie plötzlich eines Abends dieses Ungeheuer in ihrer Mitte entdecken. Das Ungeheuer sieht sich der Überzahl von Menschen gegenüber. Knüppel schlagen auf ihn ein, Spieße durchbohren ihn. Seine Finger werden abgeschlagen, die Beine zersplittern wie Feuerstein. Auch wenn ein Golem keine Seele hat, so kann er doch Angst verspüren, so wie ein Hund oder eine Katze, die gleichermaßen nicht den Atem Gottes in sich tragen. Verängstigt macht er sich auf den Weg nach Hause ins jüdische Viertel, wo laut dem Flugblatt die ranghöheren Juden jedoch mittlerweile die Mauer haben höher ziehen und die Zugänge abriegeln lassen, um die Christen fernzuhalten. Es gibt nur zwei Tore. Durch das eine gelangt man hinein, durch das andere hinaus. Der Golem steht vor der Mauer des Judenviertels. Er ist in der Falle. Der alte, vertraute Weg ist versperrt. Eine Hundertschaft von Männern ist ihm auf den Fersen, sodass er in Panik die Mauer des Judenviertels einreißt und zu seinem Vater, dem Rabbi, und dessen Synagoge flieht. Die tapferen Christen, schreibt der Verfasser, eilen dem Golem hinterher durch die Öffnung in der Mauer und schlagen sämtliche Juden tot, die ihnen in die Quere kommen, gleich ob Mann, Weib oder Kind.

Sie sehen, wie der Golem in der blauweißen, von einer goldenen Kuppel gekrönten Synagoge verschwindet. In dem Moment beschließen sie, das Viertel niederzubrennen. Sie beginnen mit der Synagoge. Der Golem wird zerstört, und mit ihm der Rabbi. Die Juden, die die Stadt nicht sofort verlassen wollen, werden von den Bürgern mit Hämmern, Hacken, Tischbeinen und Messern an Ort und Stelle umgebracht. Andere werden bei dem Versuch getötet, aus der Stadt zu fliehen. Am nächsten Morgen stehen nur noch wenige Steine von der Mauer, die das Viertel umgibt. Am Nachmittag sind sie alle verschwunden und auf die Gartenmauern der Häuser der Handwerker in Tennstedt verteilt.

Das Flugblatt endet mit einer Warnung an die Juden, nicht nach Tennstedt zurückzukehren, so wie sie es vor vielen Jahren gemacht hatten. Auf der letzten Seite unten steht geschrieben: »Gedruckt von Pieter Morgan und Söhnen. Drucker, Tennstedt.«

Wir verließen das Haus der Stumpfs, nachdem Paulus' Hunger gestillt war und wir uns verabschiedet hatten. Richard war zurückgekehrt. Er hatte Jens aufgetrieben. Der Vogt seinerseits war mit seiner Suche ebenfalls erfolgreich gewesen. Paulus wies die Wachen an, uns zum Fundort zu begleiten.

»Ich habe Pieter Morgan gekannt«, sagte er zu mir, während Karfreitag und der Rest der uniformierten Truppe voranschritt.

»Wen?«, fragte ich.

»Den Drucker dieses Flugblatts«, antwortete er.

Er erzählte mir, dass es ihm einen wahren Schrecken versetzt hätte, als er den Namen des angeblichen Rabbis gelesen hätte – Lev Solomon. Paulus war kein abergläubischer Mensch, doch Zufälle und sich wiederholende Zahlen und Zeichen jagten ihm Angst ein. Er betrachtete sie als Omen.

Der Prozess um Lev Solomon von Tennstedt war der erste Fall, an dem Paulus beteiligt gewesen war, nachdem er sein Studium der Rechtswissenschaften abgeschlossen hatte. Paulus war fast achtzehn und, wie wir wissen, der beste Absolvent seines Jahrgangs. Der Prozess gegen Lev Solomon hatte nur wenige Jahre vor Veröffentlichung dieses Flugblatts stattgefunden, wo laut dem Autor ein Golem großgezogen worden war, der Schrecken über die Stadt gebracht hatte.

Lev Solomon war in Wahrheit ein Arzt, kein Rabbi. In dem Prozess war er angeklagt worden, einen Abortus vorgenommen zu haben. Paulus erklärte mir, dass er innerhalb des jüdischen Viertels dafür bekannt war, Frauen zu behandeln, die ungewollt schwanger geworden waren und sich ihrer Leibesfrucht entledigen wollten. Außerhalb des Viertels hatten sich zwei Christen dieser Praxis verschrieben, eine Hebamme und ein Schlosser. Der Jude Solomon hatte die Aufmerksamkeit der Behörden erst erregt, als die Tochter eines christlichen Goldschmieds sich an ihn gewandt hatte und bei dem Eingriff aufgrund des hohen Blutverlusts gestorben war. Wie sich herausstellte, hatte es nicht an seinen mangelnden Fähigkeiten gelegen, sondern an der schwachen Konstitution der jungen Frau. Der Verfasser hatte eine wahre Begebenheit genommen und sie in ein Schauermärchen verwandelt.

Paulus erzählte mir, wie die Geschichte verlaufen war. Der Richter Frengle war dafür bekannt, in seinen Fällen überaus genau vorzugehen. Eine Angewohnheit, die auch Paulus' Arbeit kennzeichnen sollte. Nachdem Dr. Solomon wegen des Verdachts der Kindstötung verhaftet worden war, begleitete Paulus Richter Frengle zum jüdischen Viertel, um das Haus und die Praxis des Arztes zu untersuchen. Ein Trupp von ungefähr zehn Soldaten war ihnen zugeteilt worden. Ihre Aufgabe war es eher, die Stadtbewohner davon abzuhalten, das Judenviertel anzugreifen, als dafür zu sorgen, dass die Juden nichts Unrechtes taten. Im Arbeitszimmer des alten Arztes fanden sie eine Anzahl von Föten, die in einem Gemisch aus Lake und Essig aufbewahrt wurden.

Einer der Soldaten, der Hauptmann des Trupps, ein dicker Kerl, nahm ein Gefäß in die Hand. »Ist das ein Homunkulus, Euer Ehren?«, fragte er Frengle.

Der Soldat schüttelte das Glas, und der Fötus begann in seinem Konservierungsmittel zu treiben. Das Gewebe wirkte tönern und wie aus Einzelteilen zusammengesetzt. Die Gliedmaßen und Gesichtszüge waren nur ansatzweise ausgeformt. Der Fötus ähnelte eher einer Kröte als einem menschlichen Wesen.

»Das ist ein Menschenkind in *statu nascendi*«, antwortete der Richter. Der Hauptmann stellte das Gefäß mit dem Fötus vorsichtig wieder zurück. Dann machte er einen Schritt nach hinten.

Die Soldaten beobachteten Paulus und Frengle, wie sie Notizbücher und Unterlagen durchblätterten. Ein Soldat, ungefähr so alt wie Paulus, fragte, ob das Zauberbücher seien, als Frengle einen hebräischen Text zur Geometrie aufschlug. Die Schrift war gedrungen und eigenartig. Gleichungen und komplizierte Grafiken waren zu erkennen, Kreise, Sterne, Dreiecke und geometrische Figuren mit mehreren Flächen.

»Das ist Mathematik, mein Junge«, erklärte Frengle.

Es hatte Gerede gegeben, dass der Arzt das Blut der von ihm abgetriebenen christlichen Föten benutzt hätte, um für die rituellen Handlungen in der Synagoge Passahbrot herzustellen. Wie immer, wenn es um Juden ging. Obwohl Frengle derlei nicht glaubte, fühlte er sich verpflichtet, die

Räume des Arztes zu durchsuchen, um die Mitglieder des Stadtrats zufriedenzustellen, die bestimmt Fragen stellen und einen ausführlichen Bericht verlangen würden.

Während des Prozesses, in dem Paulus als Schreiber und Beisitzer Frengles fungierte, wurden Dr. Lev Solomon die Folterinstrumente präsentiert. Doch er legte ein vollständiges Geständnis ab, ohne dass sie zum Einsatz kamen. Er bot dem Goldschmied und der Familie des christlichen Mädchens eine hohe Summe an und akzeptierte die Konvertierung zum Christentum. Frengle behandelte ihn gerecht und erlaubte der Familie, nach Zahlung des Blutgelds ihr übriges Vermögen und ihre Besitztümer behalten zu dürfen. Er ordnete an, dass der alte Mann zu enthaupten sei.

Während des Prozesses freundete sich Paulus mit einem jungen Drucker an, Pieter Morgan. Paulus fühlte sich einsam in der fremden Stadt, in die er geschickt worden war. Pieter Morgan lud ihn nach getaner Arbeit auf einen Krug Bier ein und lieh ihm Bücher, die aus Münster und anderen großen Städten geschickt worden waren. Pieter kannte alle verrufenen Gassen von Tennstedt, einer damals schon großen Stadt mit rund zwanzigtausend Einwohnern. Am letzten Tag des Prozesses, bevor das Urteil und die Strafe verkündet werden sollte, nahm er Paulus mit zum Roten Haus, wo die Huren wie Zigeunerinnen tanzten. Der Preis stand an der Tür. Er war zwar hoch, doch beinhaltete er alle Getränke, außerdem durfte man sich mit einer der Huren vergnügen. Am nächsten Morgen nahm Pieter Paulus mit zu sich nach Hause. Die Familie hieß ihn willkommen und freute sich zu hören, dass Paulus ebenfalls aus einer Druckerfamilie stammte, mittlerweile aber ein angehender Advokat war, der gerade den Juden Lev Solomon aufs Schafott gebracht hatte.

Als Dank für die Freude, die Pieters Familie ihm bereitete, erzählte er ihnen die Geschichte des jüdischen Arztes und der Föten, die er in den Gefäßen gesehen hatte.

»Die Juden sollten alle umgebracht werden«, sagte Pieters Vater, als sie das Frühstück beendeten, das aus Brot, Eiern mit Schinken und gewürzter Honigmilch bestanden hatte.

»Alle wollen, dass sie aus der Stadt verschwinden«, sagte Pieter.

»Seit Jahrhunderten schlägt man sie tot, doch sie kehren immer wieder zurück. Sie sind wie Ratten«, erklärte die Mutter. Sie hatte rotes Haar, das ihr unordentlich über die Schultern fiel. Sie wirkte etwas ungepflegt. »Und durch ihre Mauer sind sie geschützt. Man hat ihnen ihr eigenes Viertel und besondere Handelsrechte gegeben. Als ob sie etwas Besseres wären.«

Paulus nickte und lächelte sogar. Er störte sich nicht an ihren grausamen Worten. Ja, ihm gefiel sogar ihre unverblümte Art. So empfanden die Menschen nun einmal. Was die Juden betraf, so waren sie ihm herzlich gleichgültig. Sie verwirrten ihn nur. Er konnte nicht verstehen, warum sie so lebten, wie sie lebten, Fremde in einer fremden Welt. Doch sie konnten tun, was immer sie wollten, solange sie, wie alle anderen, das Gesetz befolgten. Sie bedeuteten ihm nichts. Aber das Gesetz erlaubte es nicht, dass Menschen andere Menschen einfach töteten. So etwas konnte nicht geduldet werden. Das sagte Paulus allerdings nicht, als das Gespräch am Tisch um das Thema kreiste. In dieser leidenschaftlichen Unterhaltung ließ die Druckerfamilie nur ihre Wut heraus, so wie es viele andere machten.

Schließlich wechselten sie das Thema und sprachen über Bücher. In einem wurde zum Beispiel den Theorien der gängigen Astrologie widersprochen. Paulus empfand das als revolutionär. Das war der Beginn einer neuen Zeit, wie er der Familie gegenüber betonte. Sie nickten, denn er war ein angehender Gelehrter. Der Verfasser des Buchs stellte sich die Frage, wie Tausende von Menschen, also auch Kannibalen und Könige, die am selben Tag geboren waren, den gleichen Charakter haben sollten. Er sagte, die Sterne sollten nicht gedeutet werden, sondern ihre Bewegungen sollten zunächst einmal gemessen werden. Das Wort »Astrologie« solle deswegen endgültig durch das Wort »Astronomie« ersetzt werden.

Nach dem Frühstück brachte Pieter seinen neuen Freund Paulus zurück zum Rathaus. Um drei Uhr sollte die letzte Verhandlung im Fall des jüdischen Arztes stattfinden. Paulus Anwesenheit war erforderlich, um Frengle zu assistieren. Pieter wollte der Verhandlung ebenfalls beiwohnen. »Ich habe den gesamten Prozess erlebt, und jetzt möchte ich wissen, wie er ausgeht«, erklärte er. »Sobald der Kopf des Juden ab ist, wird das Spektakel für mich vorbei und die Geschichte zu Ende sein.«

Als sie die Straße entlanggingen, die vom Haus und der Druckerei der Familie zur Stadt führte, rief Pieter den Nachbarn zu, dass er neben Meister Melchior gehen würde, einem der jüngsten Anwälte des Reichs. Er habe geholfen, den Juden Solomon zu verurteilen. Die Leute lächelten und winkten, oder sie kamen herbeigelaufen, um ihm auf die Schulter zu klopfen und die Hand zu schütteln. Alle erklärten unumwunden, dass die Juden aus der Stadt vertrieben oder in ihrem Viertel verbrannt werden sollten, wenn sie nicht von selbst verschwinden würden. Paulus hatte schon lange nicht mehr so unbarmherzige Worte gegen die Juden gehört. Paulus langweilte dieses Gerede mittlerweile. Er hatte noch nie irgendwelche Juden getroffen, die der Welt Schaden zugefügt hätten, auch wenn das Leben mit ihnen stets ein wenig kompliziert war.

»Der alte Jude hat uns die Ausrede geliefert, um heute Nacht in ihr Viertel einzudringen und das gesamte Pack umzubringen«, sagte einer der Leute, die sie umringten. Die Menge jubelte. Paulus setzte hastig seinen Weg fort. Pieter eilte hinter ihm her.

Vor der Versammlung berichtete Paulus Frengle von dem Gerede über die Juden, das durch den alten Arzt und seine Praktiken neu geschürt worden war.

»Ich weiß davon«, sagte Frengle. »Ich werde es den Stadträten und Amtmännern gegenüber erwähnen.«

Am Ende der Sitzung wurde auf Empfehlung des Richters Frengle eine Abstimmung durchgeführt, um die Juden von Tennstedt beim Ausbau der Mauern ihres Viertels finanziell zu unterstützen und sie so vor möglichen Anfeindungen seitens der Bevölkerung zu schützen. Vier der Tore des Stadtviertels sollten zugemauert werden, sodass es nur noch zwei Ein- und Ausgänge geben würde, die leichter zu bewachen waren. Jüdische und christliche Arbeiter, deren Stundenlohn plötzlich fünfmal so hoch war wie üblich, verstärkten und erhöhten die Mauer in erstaunlich kurzer Zeit. Eine Woche später verließ Paulus die Stadt. Seine Zeit bei Frengle war vorbei. Paulus kehrte auf Anweisung des fürstbischöflichen Beraters für juristische Angelegenheiten an seine Universität zurück, um dort weiterzustudieren. Er erhielt ein offizielles Schreiben, in dem es hieß, dass seine akademische wie auch militärische Ausbildung noch nicht beendet sei. Er schulde seiner Eminenz, dem Fürstbischof, großen Dank, der nur durch hohen Einsatz wiedergutgemacht werden könne, den man von den qualifiziertesten Beratern erwarten würde. Der Hof sei jedoch erfreut über die Fortschritte, die er auf dem Gebiet der Rechtswissenschaften bisher gemacht habe. Auf seiner Rückreise beschloss Paulus, sein Studium der Philosophie auf eigene Kosten fortzusetzen. Sprachen fand er interessant und die Dichtkunst, doch Rhetorik, auf die an der Universität so großen Wert gelegt wurde, hielt er für so unnötig wie Anatomie – in beiden Fächern wurde nur an toten Gliedern herumseziert. Wie auch immer, solange er studierte, musste er sich nicht dem Heer anschließen, und dies sollte noch früh genug der Fall sein.

Fünfzehntes Kapitel

Die Exhumierung der Leichen von der Puppe und ihrer Tochter, und die Ankunft der Söhne der Familie Stumpf in Bedburg

Als wir die kleine Schlucht in dem Wald herunterkamen, sahen wir Jens und seine Männer bei einer mächtigen Eiche, die alle anderen Bäume im weiten Umkreis überragte. Vor dem Baum hatten die Männer ein Kuhle ausgehoben. Einer der Männer stand bis zur Brust im Erdreich.

Als wir hinzutraten, zerrte der Mann gerade an einem Lumpen und kurz darauf erschien ein Schädelknochen. Erde rieselte über den Schädel, durchsetzt mit Lehm und Kiesel.

Jens schreckte auf, als wir plötzlich hinter ihm standen. Dann erkannte er Paulus, und er nickte erleichtert. Der Mann in der Grube blickte ebenfalls auf. Paulus näherte sich ihm.

In der Grube lagen zwei Skelette. Neben dem Skelett eines Kindes, das eindeutig zu erkennen war, gab es noch das Skelett eines Erwachsenen. Einer Frau. Das breite Becken war von der Erde befreit. Die Erde hatte sie aber noch nicht völlig freigegeben. Die Wirbelsäulen befanden sich noch immer im Boden. Ein Knie hier, ein Ellenbogen da, eingegraben im Dreck. Die Schädel waren der Erde zugewandt, als würden sie ihren kalten, feuchten Unterschlupf vermissen und der Welt mit ihrer Sonne, den Bäumen und Männern nicht ins Auge blicken können.

»Das ist dann wohl der Beweis«, sagte Paulus. Er wies die Männer an, die Knochen herauszuholen und dabei mit dem nötigen Respekt vorzugehen. Anschließend sollten sie ihre Überreste dem Pastor geben. Der sollte sie christlich bestatten, sobald die gerichtlichen Untersuchungen abgeschlossen seien.

Paulus nickte dem Vogt zu, dann gingen wir zurück zu den Bäumen, wo vier schwarze Stuten angebunden waren. Wir hatten die Pferde vom Haus der Stumpfs mitgebracht. Richard stand bei ihnen und hielt ihre Zügel. Er tätschelte ihre Köpfe und sprach beruhigend auf sie ein. Vielleicht beruhigte er auch nur sich selber angesichts der ausgegrabenen Toten.

Als wir mit den vier schwarzen Stuten an der Kreuzung von Bedburg die Richtung zum Markplatz einschlugen, waren alle Augen auf uns gerichtet. Viele folgten uns erwartungsvoll, denn es hatte sich herumgesprochen, dass Gesandte in der Stadt waren. Am Marktplatz angekommen stiegen Paulus und Karfreitag ab. Der Hauptmann blickte Paulus an, der daraufhin nickte. Karfreitag nahm eine der Radschlosspistolen aus dem Gurt über seiner Brust. Er spannte den Hahn und schoss in die Luft. Die Menschen zuckten zusammen, doch die Aufmerksamkeit der Menschen war Paulus jetzt gewiss.

»Bürger von Bedburg«, rief Paulus mit lauter Stimme. »Hört, was ich – Paulus Melchior, fürstbischöflicher und kaiserlicher Gesandter – zu verkünden habe.«

Leuten strömten vom Gasthaus heraus. Otil folgte seinen Gästen und dem Personal. Familien steckten die Köpfe aus nahegelegenen Häusern. Männer und Frauen tauchten aus der Versammlungshalle auf, dem Rathaus. Schneider, Bäcker, Metzger und Gerber. Einige Kinder traten nach vorne. Schließlich begann er mit seiner Rede.

Nachbarn erzählten flüsternd denjenigen, die zu spät gekommen waren, was bereits gesagt worden war. So bekamen sie natürlich nicht mehr mit, was Paulus gerade verkündete. Er sprach allerdings so gewählt und geschraubt, dass sowieso nur die wenigsten daraus schlau wurden. Fromme und sein Bursche Jodel kamen als Letzte aus dem Gasthaus, bahnten sich ihren Weg durch die Menge zu Paulus und stellten sich hinter ihn. Kroll schob sich durch die Menschenansammlung nach vorne, da sein Amt als Bürgermeister ihn dazu berechtigte.

»Im Rahmen der mir übertragenen Befugnisse deutet nach Zusammentragung der Beweise und Abwägung sämtlicher Wahrscheinlichkeiten nichts darauf hin, dass der Angeklagte unter die Zuständigkeit der Inquisition fällt«, rief Paulus und machte eine theatralische Pause. »Weder substanzielle Beweise noch Zeichen lassen auf Dämonismus oder Werwolf-Aberglauben schließen. Die logische Schlussfolgerung kann deshalb nur lauten, dass der Beschuldigte ein Mensch ist, sowohl physisch als auch seelisch, der unter keinem anderen Einfluss steht als unter seinem eigenen menschlichen Willen. Also gewiss nicht unter dem Einfluss von Mächten, die jenseits der natürlichen Ordnung liegen – namentlich Satan oder sonst einem Höllenwesen. Deshalb werde ich einen Zivilprozess gemäß den Reichsgesetzen gegen ihn anstrengen. Aufgrund der ungewöhnlichen Umstände und des einzigartigen Interesses werde ich den Kirchenvertretern in ihrer Funktion als kirchenrechtliche Obrigkeit erlauben, dem Prozess beizuwohnen und als offizielle Beobachter zu fungieren. Die Verhandlung wird in zwei Tagen stattfinden. Das ist hiermit öffentlich verkündet und amtlich. Nur das Wort des Fürstbischofs kann meine Entscheidung aufheben.«

Kroll erhob die Stimme. »Darf ich eine Frage stellen?«

»Nein«, antwortete Paulus barsch. »In dieser Stadt muss Recht und Ordnung wiederhergestellt werden, und ich sorge dafür. Vorderhand muss ich aber noch weitere Untersuchungen durchführen, in deren Zusammenhang ich auch mit Ihnen sprechen werde.« Er zeigte auf Kroll. »Und …« Paulus blickte sich in der Menge um. »Mit Ihnen«, sagte er und deutete auf Otil. »Mit allen Stadtoberen. Einschließlich dem Vogt. Gibt es dazu noch Fragen?«

Otil schüttelte den Kopf. Kroll stand da, beschämt, angesichts dieser brüsken Zurechtweisung.

Unser Hauptmann wedelte mit seiner Waffe in Richtung Menge. »Und jetzt zerstreut euch!«, rief er. Die Leute zuckten zusammen und zogen in kleinen Gruppen davon. Tuschelnd blickten sie zurück zu Paulus und zu uns, seinem Gefolge. Otil nahm Kroll am Arm und führte ihn weg, sein Gesicht war noch immer starr.

Fromme ging zum Tor des Gasthofs, das einige Schritte entfernt lag, und blieb stehen. »Darüber ist das letzte Wort noch nicht gesprochen, mein alter Freund«, sagte er laut, und ich hörte zum ersten Mal den herrschaftlichen Ton der Aristokratie in seiner Stimme.

»Mach dich nicht lächerlich!«, entgegnete Paulus. »Stumpf ist ein Mensch.«

»Die Kirche hat hier ein Wort mitzureden«, sagte Fromme. »Wir sind Freunde.«

»Ja, wir sind Freunde«, sagte Paulus. »Deshalb hör mir zu! Weißt du, dass das Kind, das letzte Opfer, wieder im Wald ausgesetzt wurde, nachdem es gerettet worden war?«

Fromme zuckte mit den Achseln. »Das musst du mir erklären.«

»Das Kind wurde gerettet. Es ist nicht zusammen mit den Eltern umgebracht worden.«

»Und?«

»Das Kind wurde gerettet. Das weiß ich von dem Mädchen, das es gerettet hat. Der Junge wurde zum Wehrturm gebracht. Als Nächstes wird er tot im Wald aufgefunden. Umgebracht von Stumpf.«

»Handelt es sich bei der Zeugin um das Dienstmädchen der Stumpfs?«

In diesem Moment war ein Geräusch wie von Pferdehufen zu hören. Es kam aus der Richtung des Dunklen Grundes, der weit hinter der Kreuzung lag. Paulus drehte den Kopf in die Richtung.

Ja«, antwortete er. »Ein sehr beliebtes Mädchen in der Gemeinde. Sie hat den Knaben gerettet. Dann wurde er von Stumpf im Wald umgebracht.«

»Na und?«, sagte Fromme.

»Welches Kind läuft zurück in den Wald und zu dem Ungeheuer, vor dem es kurz zuvor erst gerettet wurde?«

»Ich weiß es nicht. Vielleicht dieses Kind.«

»Herrgott nochmal!«, entfuhr es Paulus.

Das Hufgeklapper wurde lauter, aber die Reiter waren noch immer nicht zu sehen.

»Der Junge war ein Köder«, erklärte Paulus, wandte

sich Fromme zu und stach ihm den Zeigefinger gegen die Brust. »Ein Köder! Sie ließen ihn gehen. Brachten ihn zum Wald. Die ehrbaren Stadtoberen. Sie ließen zu, dass er umgebracht wurde.«

Jetzt sah man auf der Südstraße die herannahenden Reiter. Es waren Apfelschimmel, vier an der Zahl. Sie schwitzten, die Mäuler standen weit offen. Es waren zwei Gerichtsdiener von Bedburg, sie galoppierten vorneweg, die zwei anderen Pferde ohne Reiter im Schlepptau. Sie riefen ihnen bereits etwas zu, was bis hierher aber nicht zu verstehen war. Jetzt hatten auch andere Leute sie bemerkt. Die Menschen blieben stehen und blickten den Reitern entgegen. Karfreitag ging ihnen entgegen. Als die Ritter schließlich den Marktplatz erreichten, zogen sie die Zügel und blieben vor dem Hauptmann stehen. Jetzt war zu sehen, dass die beiden Pferde hinten durchaus nicht ohne Reiter waren. Zwei Leichen waren auf ihren Rücken gebunden, mit Lederriemen an den Sätteln festgeschnürt.

»Was ist passiert?«, rief Paulus und trat näher.

Im Rücken der Leichen steckten kurze, gefiederte Armbrustbolzen. Drei in der einen, vier in der anderen.

Der jüngere Gerichtsdiener stieg von seinem Pferd ab. »Die Söhne der Familie Stumpf, Herr.« Er deutete auf die Stuten hinter sich. »Wir sind, wie befohlen, zur Straße geritten, um sie dort abzufangen und zurückzuschicken. Das haben wir vorgefunden.«

Sechzehntes Kapitel

Der öffentliche Untersuchungsausschuss wird eingerichtet, und ich beginne meine Gespräche mit dem Werwolf, in denen ich von seinen nächtlichen Praktiken im Wald erfahre

Noch auf dem staubigen Marktplatz setzte Paulus einen offiziellen Untersuchungsausschuss ein. Er griff nach meiner Hand und zerrte mich beiseite. Dann rief er nach Karfreitag. Der Hauptmann lief zu uns.

»Du«, sagte Paulus und wies auf mich, »du holst mir Roderich. »Er ist einer der Stadträte, und ich habe ihn noch nicht verhört. Nimm Richard mit. Geh zu seinem Haus und bring ihn her!«

Paulus sagte, dass er jeden wegen Mordes anklagen würde, von dem er erfuhr, dass er von der Freilassung des Kinds gewusst habe. Und auch im Fall des Mordes an den Söhnen der Familie Stumpf müsse ermittelt werden. Paulus erklärte mich zu seinem Stellvertreter mit den damit verbundenen Befugnissen und verdeutlichte mir, im Bedarfsfall davon Gebrauch zu machen. Mir war unwohl zumute, denn ich war unerfahren im Verhören von Verdächtigen, wenngleich ich Paulus schon bei der Arbeit zugesehen hatte. Ich stand etwas verlegen da, als ich ihm zuhörte.

Paulus gab mir einen Stoß. »Na los, geh jetzt!«, rief er. Ich lief zu Richard und hörte, wie er zu Karfreitag sagte:

»Bring mir Jens! Auf der Stelle! Und sag deinen Soldaten, dass sie in der Nähe von Kroll und Otil bleiben sollen. Ich will nicht, dass sie miteinander reden, ohne dass wir davon etwas mitbekommen.«

Der Stadtrat Roderich lebte weit draußen in der Nähe des Walds. Das Haus stand auf einer Lichtung. Ein großer, dreigeschossiger Fachwerkbau, der rundherum von Kollonaden umgeben war. Ein sehr kunstvolles Gebäude. Eine kleine Holzbank stand an der Seite, dicht umrankt von Büschen gelber und roter Rosen.

Am Ende des Wegs zu Roderichs Haus sagte Richard zu mir, dass er es für das Beste hielte, wenn er in einigem Abstand vom Haus warten würde und nicht bis zur Tür käme. »Es würde ihn verärgern und das würde die Sache nur noch schwieriger machen«, sagte er. Ich stimmte ihm zu und spazierte zum Haus.

»Hallo«, rief ich, denn das Haus wirkte verlassen und kalt. »Ist irgendjemand zu Hause?«

Ich hörte Lachen hinterm Haus, aber niemand öffnete. Also ging ich um das Haus herum. Ein kurzes Bellen ertönte, das Kläffen eines kleinen Hunds. Es wurde wieder gelacht, hell und glucksend. Das Lachen eines Kinds.

Ein Gemüsegarten mit einer Rasenfläche befand sich hinter dem Haus, eingerahmt von Hecken. Ein Junge von vielleicht zehn Jahren saß auf einer Tonne an der Rückwand des Hauses und beobachtete ein kleines Mädchen. Es konnte nicht viel älter als sechs Jahre sein. Es kniete auf allen vieren im Gras. Und dann sah ich den Hund, einen Dachshund. Er hatte die Vorderpfoten auf den Rücken des Mädchens gelegt. Das Kleid des Mädchens war bis zu den Hüften hochgerutscht, und sie war nackt darunter. Das Mädchen lachte, während der Hund wieder freudig kläffte und sein Becken auf abscheuliche Weise hin und her bewegte. Der Junge bemerkte mich nicht, er hatte nur Augen für das Schauspiel.

Ich war fassungslos.

»Hört sofort auf damit!«, rief ich und sprang auf das Mädchen und den Hund zu. Ich versetzte dem abscheulichen Biest einen gehörigen Tritt, und das Tier flog jaulend davon und blieb dann zuckend im Gras liegen.

Die Kinder schrien auf, und eine Frau kam gemeinsam mit einem Mädchen aus einer Hintertür des Hauses gelaufen, die zur Küche führte. Es war das ältere Mädchen, das ich ebenfalls im Wald gesehen hatte. »Martin«, kreischte die Frau.

Jetzt tauchte auch ein Mann auf, es war Roderich. Er hielt ein kurzes Schwert in der Hand.

»Mein Herr«, sagte ich und hob abwehrend meine Hände.

Er erkannte mich und blickte dann zu seinen Kindern und dem Hund, der reglos dalag. »Was haben Sie getan?«, fragte er und sah mich herausfordernd an.

»Der Hund, mein Herr …«, sagte ich, »der Hund … er hat ihre Tochter … auf eine Weise belästigt, die mich zum Eingreifen zwang.«

Das kleine Mädchen hing am Rockzipfel ihrer Mutter und weinte hemmungslos. »Bert hat mit mir gespielt. Du hast ihm wehgetan. Du bist böse.«

Roderich blickte seinen Sohn an. »Johannes?«

»Wir haben gespielt, als der Herr auftauchte und plötzlich losgeschrien hat.«

»Der Hund war dabei, deiner Schwester wehzutun«, versuchte ich es erneut.

Ich wandte mich den Eltern zu. »Bitte, es tut mir leid, wenn ich Ihre Familie in Aufruhr versetzt habe, doch Ihre Kinder scheinen nicht zu verstehen, was da gerade vor sich ging.«

Die Mutter hatte sich unterdessen zu dem Hund niedergekniet. »Er ist tot«, sagte sie mit ausdrucksloser Stimme.

»Es tut mir leid«, sagte ich.

Das kleine Mädchen lief ebenfalls zu dem Hund und warf sich über ihn. »Bert, Bert«, rief sie.

»Es tut mir leid«, sagte ich.

Der Junge begann jetzt ebenfalls zu weinen und lief zu seiner Mutter. Sie hielt ihn im Arm. Das Mädchen warf mir einen tränenüberströmten, finsteren Blick zu.

»Lieschen, dein Kleid ist ganz verdreckt«, sagte jetzt ihr Vater. »Zieh es aus und geh zur Pumpe, um dich zu waschen.«

Das Kind sah zu seinem Vater auf, dann zog es sich splitterfasernackt aus, ohne mir noch die geringste Beachtung zu schenken. Es streifte sein Kleid ab wie eine sich häutende Schlange.

»Aber das Wasser ist kalt«, sagte das Mädchen. Es legte sein Bein um das ihres Vaters und umklammerte seinen Oberschenkel. So wie Efeu, der sich um einen Baum rankt.

Roderich kniete sich hin und küsste die Kleine auf den Mund. »Wenn du den schlimmsten Schmutz von dir entfernt hast, mache ich dir ein heißes Bad in der Küche und wasche dich. Ist das ein Angebot?«

»Ja, Vater«, antwortete sie und lief hinüber zu der Pumpe, die in der Nähe des toten Hunds stand. Auch den Hund würdigte sie keines Blickes mehr, als sie über ihn trat, um nach dem Griff der Pumpe zu fassen und ihren Kopf unter den Wasserschwall zu halten. Sie kreischte, lachte und strampelte, als das kalte Wasser sich über sie ergoss.

Roderich warf sein Schwert in den Boden, das vibrierend im Gras steckenblieb. »Was ist der Grund Ihres Besuchs, junger Mann?«, fragte er. »Oder sind Sie nur gekommen, um den Hund meiner Tochter umzubringen?«

»Bert war auch mein Hund«, stellte Johannes fest.

»Mach, dass du ins Haus kommst!«, fuhr ihn Roderich mit wütendem Gesicht an. Er packte den Jungen am Genick und riss ihn von seiner Mutter weg, um die er seine Arme geschlungen hatte.

»Du hast versagt. Du solltest deine Schwester beschützen«, fuhr er den Knaben an und warf ihn durch die Küchentür in den dunklen Flur des Hauses. »Geh mir aus den Augen!«

Seine Frau raffte ihre Röcke und eilte ihrem Sohn hinterher.

»Bring uns bitte Wein«, rief er seiner Frau hinterher. »Es ist so ein schöner Tag. Ich werde mit dem jungen Herrn hier draußen sprechen.«

Seine Frau nickte.

»Vor dem Haus ist eine Bank. Sie können mir dort erzählen, was Ihr Herr von mir will. Ich nehme doch mal an, dass er Sie hierher geschickt hat.«

»Ja, mein Herr«, antwortete ich. »Ich bin als sein offizieller Stellvertreter hier, was heißt, dass ich über kaiserliche und fürstbischöfliche Befugnisse verfüge. Für mich übrigens keinen Wein, danke.«

Er wandte sich mir zu und sah mich mit starrer Miene an.

»Die Bank, von der Sie sprachen«, sagte ich und machte

eine Handbewegung nach vorne, »sollen wird dort hingehen?«

Schweigsam ging er um das Haus herum. Ich folgte ihm und sah an seiner ganzen Haltung, dass er Angst hatte. Nachdem wir miteinander gesprochen hatten – er trank ebenfalls nicht von dem Wein –, forderte ich ihn auf, mit mir in die Stadt zu kommen. Richard und ich begleiteten ihn zur Stadt.

Als wir zurückkehrten, stand Paulus auf der Treppe zum Versammlungshaus. Er hatte das lange, niedrige, dunkle Gebäude für die Untersuchung beschlagnahmt und wies Frommes Burschen gerade an, eine Liste von Zeugen zu erstellen, um die erste Runde von Befragungen unter den Bürgern durchzuführen. Sie würden nach einer bestimmten Reihenfolge aufgerufen werden, um vor dem Gericht zum Fall des Jungen auszusagen, der aus dem Wehrturm verschwunden war.

»Ich hätte das erledigen können, mein Herr«, sagte ich.

»Nein«, widersprach Paulus, packte mich am Kragen und zerrte mich hinter sich her auf die Straße. »Ich brauche dich.«

»Büttel!«, rief er über seine Schulter hinweg zu Richard. »Du passt auf den Stadtrat Roderich auf!«

»Soll ich hierbleiben?«, rief Richard zurück.

»Ja«, antwortete Paulus und zog mich weiter hinter sich her wie eine Marionette.

Ich hatte es satt, derart grob behandelt zu werden, und wand mich aus seinem Griff. »Lassen Sie mich los, Herr. Verflucht!«, rief ich. »Ich bin kein Hund!«

Er blieb stehen. Wut breitete sich auf seinem Gesicht aus,

doch sie verschwand, als hätte ein Wind sie hinweggefegt. Dann verbeugte er sich, was mich überraschte. »Natürlich«, sagte er. »Ich habe so viel zu tun, und alles ist so dringend. Ich brauche dich und war gedankenlos. Verzeihung!«

»Gewiss, Herr«, erwiderte ich und verbeugte mich ebenfalls. Doch er hatte seinen Weg schon wieder fortgesetzt und meine freundliche Geste nicht mitbekommen. Ich lief ihm hinterher. Er marschierte in Richtung Wehrturm.

»Beeil dich!«, rief er.

»Erzähl Stumpf nichts von dem Tod seiner Söhne«, sagte er zu mir, als wir an der schwarzen, eisenbeschlagenen Holztür ankamen.

Der Wehrturm war ein fensterloses Gebäude und vier Stockwerke hoch. Im Keller befanden sich die Zellen und die Waffenkammer. Zwei Räume waren für Gefangene vorgesehen. Einer davon verfügte über so viel Platz, dass nicht nur ein einzelner Gefangener dort untergebracht, sondern auch ein Verhör durchgeführt werden konnte. Außerdem bewahrte man die Folterinstrumente dort auf. In dieser Zelle war Stumpf untergebracht. Der zweite Raum war etwas kleiner, mit einer Zelle für mehrere Gefangene. Zwischen den Zellen und der Waffenkammer befanden sich mehrere Durchgänge, an die sich rechts und links zugemauerte oder leere Räume anschlossen. Das hielt ich für eine sündhafte Platzverschwendung. Die Kammern hätten meines Erachtens als Vorratsräume dienen können. Die Waffenkammer war klein. Die Wände säumten Waffen, und im hinteren Teil standen aufeinandergestapelte Fässer mit Schießpulver und Zündstoffen in einem verriegelten Käfig, der vom Boden bis zur Decke reichte. In den Boden vor der Waffenkammer war eine Falltür mit einem schweren

Riegel eingelassen. Sie führte zu einem Weg, der etwa drei Meter unter dem Gemäuer des Wehrturms lag. Der Tunnel endete oberirdisch hinter dem Wehrturm. Er diente zur Flucht, sollte es dem Feind gelingen, die eisenbeschlagene Tür zu durchbrechen. Im Erdgeschoss befanden sich der Versammlungsraum, die Waschräume, die Amtsstube des Vogts und des Quartiermeisters und eine Gesindestube. Im ersten Stock waren die Unterkünfte untergebracht. Im zweiten Stock wurden die Vorräte aufbewahrt. Wein, Bier, Trockenobst, eingelegtes Gemüse, Mehl, gepökeltes Fleisch. Im dritten Stock war das offene Dach mit einer schulterhohen Brustwehr und gemauerten Zinnen. Der Weg dorthin führte über eine Stiege und eine Falltür. Man erzählte uns, dass die Männer dort oben häufig für den Kampf übten, an der frischen Luft. Mir gefiel diese Vorstellung. Es verlieh einem sonst ganz schmucklosen, städtischen Gebäude einen Hauch von Theater, trotz seines düsteren und finsteren Erscheinungsbilds.

Paulus und ich gingen durch die schwere, eisenbeschlagene Holztür. Sie war so dick wie der Leib eines Menschen und hatte die Breite von vier und die Höhe von zwei Männern. Wir schritten im Schein der Fackeln nach unten zu den Zellen.

Dort angekommen erfuhren wir von Stumpf, dass er von dem Knaben nichts wusste, bis er ihn nachts im Wald gefunden hatte. Er wusste anscheinend nicht einmal, dass er der Sohn von dem Mann und der Frau gewesen war, die er nachmittags umgebracht hatte. Er hatte mitbekommen, dass ein Kind geflohen war, sein Gesicht aber war ihm unbekannt gewesen.

Paulus befragte Stumpf, der aber antwortete lediglich

mit Ja oder Nein. Er war respektvoll, doch er mochte Paulus offensichtlich nicht.

»Wilhelm«, sagte Paulus zu mir und seufzte.

»Ja, Herr?«

»Ich glaube, Herr Stumpf möchte nicht mit mir reden.«

»Ich übernehme gern, Herr«, sagte ich und spürte, wie mich eine gewisse Aufregung ergriff. Es war keine Angst, eher ein Jagdfieber. »Ziehen Sie sich ruhig zurück, wenn Sie sich ausruhen wollen«, fügte ich an.

Stumpf war schrecklich zugerichtet, der Körper verbrannt und blutig, doch jetzt spielte ein selbstzufriedenes Lächeln um seine Lippen. Paulus erhob sich. Er war kein Mann, der nach der Peitsche griff, wenn ein Verhör nicht so lief, wie erhofft. Er wollte Stumpfs Geschichte, und es war ihm egal, wie er sie bekam. Also verließ er die Zelle.

Als ich mit Stumpf allein war, goss ich Bier aus einem Tonkrug in zwei Becher und reichte Stumpf einen durch die Gitterstäbe. Dann prostete ich ihm zu. Wir tranken, und ich wartete eine Weile.

»Wie war es, diesen Jungen zu töten?«, fragte ich.

»Einfach«, erwiderte er.

»Ich würde gern mehr darüber erfahren«, sagte ich.

»Warum?«, fragte Stumpf.

»Weil es mich fasziniert«, antwortete ich.

Stumpf kicherte in sich hinein. Es war ein unheimliches Geräusch, kehlig und unmenschlich.

»Natürlich habe ich den Jungen gekannt, der abends im Wald war. Ich hatte ihn nachmittags mit seinen Eltern gesehen«, begann er. »Er rannte weg, als ich mit seinem Vater beschäftigt war, deshalb konnte ich ihm nicht hinterherlaufen. Seine Mutter lebte da noch. Später dann, als ich fertig war, suchte ich ihn. Ich sah ihn aus einiger Entfernung zwischen den Bäumen. Doch er war mit den Frauen zusammen, die gerade Wäsche wuschen. Greet war eine davon. Verdammt. Unsere Greet. Nachts bin ich dann in den Wald gegangen. Und da war er. Ich habe ihn gegessen.

Ihn und all die anderen die ich umgebracht habe. Mehr als sechzig. Da trug ich keine Uniform. Doch eins solltest du wissen. Ich habe noch viel mehr umgebracht, als ich die Uniform trug.

Hast du schon mal deine Hand ins Feuer gehalten, weil das Verlangen danach so groß war, dass du es nicht mehr ausgehalten hast? Oder wolltest du je von einer Klippe springen? Oder irgendwas stehlen, das du nicht brauchtest? Ich kann dir von all diesen Morden erzählen, wenn du willst. Dann würde dein Notizheft vor lauter Einzelheiten schier platzen. Die Morde waren alle gleich und doch immer anders.

Einmal habe ich einen Mann gehäutet. Damals, als ich noch Uniform trug. Es geschah auf Befehl meines Hauptmanns. Aber das zählt in den Augen deiner Vorgesetzten ja nicht als Verbrechen. Ich glaube, es war ein Jahr vor der Belagerung von Münster. Ich entfernte ihm die rosa Haut von den Händen, schabte sie ihm von den Ärmeln und pellte sie ihm von Beinen, Rücken und Bauch, als würde ich einem Herrn den Mantel abstreifen. Er war ganz rot und zitterte. Nackt lag er da. Ich schälte ihm die Haut vom Gesicht. Schlitzte ihn auf vom Haaransatz über den Kiefer zu den Augen, der Nase bis hin zum Mund. Wenn man dann die Haut wegzieht, gleitet das Gesicht weg. Ich habe ihn auch entmannt. Meine Fertigkeiten im Häuten waren nicht ausgefeilt genug, dass ich seinen Schwanz hätte bearbeiten können, während er ihm zwischen den Schenkeln baumelte, intakt, aber roh.

Ein nackter Mann. Wie sich herausstellte, der falsche. Wir wollten seinen Bruder. Den haben wir allerdings nie gefasst. Ich wurde ausgezeichnet für meinen guten Einsatz.

Die in meiner Jagdmontur begangenen Morde, die für dich als Verbrechen gelten, kann ich dir gern alle erzählen, wenn du willst. Obwohl ich es für besser halte, wenn ich dir nur von meinen großartigsten Taten berichte.

Ich strebte bei allen Verbrechen immer etwas ganz Bestimmtes an. Momente, Gefühle, Reaktionen. Rollen, die ich spielen konnte, und die meine Opfer spielen konnten. Ich liebte schon immer Theaterstücke, Dramen. Insbesondere die alten Mysterienspiele. Moderne Stücke über Fürsten, die uns regieren, oder Historiendramen mit Cäsar und Alexander interessieren mich nicht. Von berühmten Herrschern oder Ereignissen kann ich in Büchern lesen, die muss ich nicht auf der Bühne sehen. Ich mag die Illusion, den schönen Schein. Allerdings ist es schon lange her, dass ich eine Aufführung gesehen habe. Na gut, dann erzähle ich dir jetzt von meinem großartigsten Verbrechen.

In den meisten Fällen durchstreifte ich die Straßen um Bedburg auf der Suche nach Reisenden. Alles hat seinen Rhythmus. Alleinreisende sind stets Männer. Wenn ein Reisender allein war und ich abschätzen konnte, dass er die Stadt nicht vor Anbruch der Dunkelheit erreichen konnte, verfolgte ich ihn im Wald. Schlug er sein Lager später auf, weit vor dem Dunklen Grund, wartete ich, bis er schlief, um zuzuschlagen. Eine gute Gelegenheit war ein Paar oder eine Familie auf der Durchreise, die den Wehrturm passierten und unter dem Steipplinger Bogen weiter in den Wald fuhren. Sie hielten normalerweise am Gasthof, um die Pferde zu tränken, den Wagen zu prüfen, etwas zu essen, zu trinken und sich zu waschen. Also konnte ich sie überholen und im Wald auf sie warten. Vortrefflich war es, wenn eine Gruppe von Besuchern mittags ankam. Sie verbrachten üblicherweise den Nachmittag in der Stadt und brachen kurz vor Abenddämmerung wieder auf. Der Mann fuhr, während die Familie schlief. Ich band dann mein Pferd gewöhnlich im Wald an und wartete auf sie. Mein Vorsprung betrug drei Stunden. Es war also Nacht, wenn wir aufeinandertrafen.

Ich finde es amüsant, dass ich prompt geschnappt wurde, als ich einmal mein Muster durchbrach und anders vorging. Ich entdeckte die Familie letzten Freitag. Es war Tag und die Abfolge nicht so, wie sie hätte sein sollen. Der Rhythmus war falsch, doch sie waren wie besagtes Feuer oder die Klippe von der man springt, oder der unnötige Gegenstand, den man stiehlt. Ich dachte, dass ich es nach langer Zeit mal wieder auf eine neue Art und Weise schaffen könnte. Tagsüber. Doch ich irrte mich. Der Junge lief weg, was zur Folge hatte, dass ich schließlich hier gelandet bin. Als dein Gast und Gesprächspartner. Ist das die richtige Bezeichnung?

Doch um auf das großartigste Mal zurückzukommen, auf das perfekte Verbrechen, Wilhelm. Das war ein Elternpaar mit einem kleinen Kind. Ich hatte eine Methode, nach der ich vorging, die du bestimmt kennenlernen möchtest. Tja, Wölfe reden nicht, aber ich. Üblicherweise stellte ich mich an den Straßenrand, immer an eine andere Stelle. Nur in der Hoffnung, dass der Ort mir Glück bringt, aus keinem anderen Grund. Wenn sie näherkamen, winkte ich ihnen freundlich zu, die Hände hoch über dem Kopf. Ich trug meine beste Bauerntracht, weder auffällig noch armselig. Die Kleider eines hart arbeitenden, ehrlichen Mannes. ›Könnten Sie mich ein Stück mitnehmen, bis zu meinem Haus?‹

Die Familie sagte ja, wie fast jede Familie, die mit einem Wagen vorbeikam, denn alles andere wäre unfreundlich und verdächtig gewesen.

Während wir fuhren, begann ich ein Gespräch und plauderte eine ganze Zeit lang. Erkundigte mich nach ihrer Gesundheit, ihrem Ziel, ihrer Familie und dem Grund ihrer Reise. Die meisten Leute lieben es, über sich selbst zu reden. Doch nach einer Weile, wenn sie all ihre kleinen Geschichten erzählt haben und bemerken, dass du aufmerksam lauschst – denn das macht sie glücklich, weißt du –, fühlen sie sich verpflichtet, dir ebenfalls Fragen zu stellen. Ihr eigener Gesprächsstoff ist nämlich erschöpft. Dann sprach ich normalerweise von meiner Frau und den Kindern, der harten Arbeit, dem bescheidenen Hof und meinem privaten Glück.

Wir fuhren weiter. Zufrieden, sicher und mit einer gewissen Vertrautheit, die mittlerweile entstanden war. Es trat dann häufig etwas Stille ein, und wir dachten an die Worte, die gewechselt worden waren. Solche Momente konnten sehr innig sein.

Üblicherweise erzählte ich danach meine Geschichte. Das machte ich immer, und es funktionierte stets. ›Mein Herr‹, sagte ich zu dem Mann. ›Auch wenn es sich für Sie wie ein Ammenmärchen anhören mag, muss ich Ihnen etwas erzählen.‹ Der Mann drehte sich gewöhnlich nach hinten um, wo ich auf ihrem Gepäck und den Säcken auf dem Boden des Wagens saß, und sagte: ›So, so.‹

Ich fuhr fort. ›Vor vielen Jahren, an meinem neunzehnten Geburtstag, war ich hier in diesem Wald. Eine Fee, bitte hören Sie mir zu und glauben Sie mir, eine Fee sprach zu mir und sagte, dass ich hier mein Glück finden würde. Ich sei ein guter Waldarbeiter und ein anständiger Junge, der sein ganzes Leben lang Gott gedient habe. Deshalb würde ich mit einem Schatz belohnt werden. Er liege hier irgendwo zwischen den Bäumen versteckt.‹

Für gewöhnlich drehte sich nun auch die Frau um. ›Wirklich? Ist das die Wahrheit oder halten Sie uns zum Narren?‹

Ich schwor bei Gott, dass ich die Wahrheit sagte. ›Die Fee meinte, dass wenn ich auf einen durch und durch frommen Christen stoßen würde, ich den Schatz fände. Nur einen einzigen ehrlichen Menschen, der Gott liebte und nichts Unrechtes getan hatte. Wenn ich diese reine Seele ausfindig machen könnte und sie einwilligen würde, mit mir zu suchen, wäre mir dieser Schatz sicher. Außerdem würden Anstand und Moral mich dazu verpflichten, das Entdeckte mit demjenigen zu teilen. Doch mittlerweile befahre ich diese Wegstrecke schon Jahre und habe mit Hunderten von Leuten Hunderte Male nach dem Schatz gesucht und ihn immer noch nicht gefunden, weil mir eine ehrliche Seele bisher nie begegnet ist.‹

Die Antwort der Familie lautete so wie die der meisten. ›Dann lassen Sie uns suchen. Wir sind gottesfürchtige Menschen.‹

Woraufhin ich stets sagte: ›Das erkenne ich. Also denn.‹

Dann erklärte ich ihnen, dass der Schatz laut der Fee einhundert Schritte entfernt von der Straße liegen soll. Und wir bogen in Richtung Wald ab. Die Männer wandten dann oft ein, dass wir eine Schaufel brauchen würden, um den

Schatz auszugraben. Doch ich widersprach ihm und sagte, dass das nicht nötig sei, weil der Schatz nicht versteckt unter der Erde liege, sondern auf dem Boden und nur darauf wartete, mitgenommen zu werden. Vielleicht eine Kiste voller Diamanten oder ein Sack voll Gold.

Wenn wir die hundert Schritte in den Wald gegangen waren, liefen die Ereignisse für gewöhnlich etwas aus dem Ruder, was ich aber mochte. Das Laufen, Jagen und Kämpfen zwischen den Bäumen, das Unvorhergesehene. Doch diese Tat, diese schönste Tat, von der ich hier spreche, war wie ein Tanz, der im Laufe der Jahre vervollkommnet wurde. Formvollendet in jeglicher Hinsicht.

Wir nahmen eine Fackel mit, die der Ehemann, der Vater, trug. Das kleine Kind war neben der Mutter, und wir spazierten die hundert Schritte in den Wald. An einem großen Baum blieb ich stehen. ›Geben Sie mir das Licht!‹, sagte ich. Ich erklärte ihnen, dass ich zwischen den Farnen und Brombeersträuchern etwas gesehen hätte. Dann fiel ich auf die Knie. ›Herr im Himmel, es ist wahr. Sehen Sie nur! Sie müssen wahrlich gute Christen sein‹.

Ich stand auf und hielt die Fackel knapp über den Boden. Der Mann beugte sich vor, um nachzusehen. Da packte ich ihn am Haar, stieß ihm die Fackel ins Gesicht. Das Haar begann zu brennen. Er stürzte hin und versuchte die Flammen mit den Händen auszuschlagen, woraufhin die Ärmel seines Wamses ebenfalls Feuer fingen. Ich zog mein Messer heraus und wandte mich zu der Frau, die das Kind hielt. Sie schrie und lief tiefer in den Wald hinein, nicht zur Straße. Die Leute liefen nie zur Straße. Sie glaubten immer, dass sie sich hinter den Bäumen verstecken könnten. Auf der Straße ist man sofort sichtbar.

Der Mann hatte inzwischen die Flammen gelöscht. Ich trat ihn ins Gesicht, und er verlor das Bewusstsein. Doch um sicher zu sein, trat ich ihm in die Rippen, die wie trockene Zweige brachen. Ich zog ihm die Schuhe aus und schnitt ihm die Sehnen durch. Er wurde wieder wach, schrie vor Schmerzen, und so schmetterte ich seinen Kopf gegen einen großen Baum, bis er wieder still war. Anschließend band ich ihm die Hände auf dem Rücken zusammen. Einen Strick trug ich immer bei mir, und er schnitt in seine Handgelenke.

Ich wandte mich zum Wald. ›So, und jetzt komme ich, um dich und dein Kind zu holen.‹ Wenn man aus Angst fortläuft – und das weißt du so gut wie ich –, hört man nichts, außer dem eigenen Atem, die eigenen Fußschritte, das Herz und das Blut. Man glaubt, dass der Verfolger einen schlucken hören kann. Angst lässt einen schwerfällig und ungeschickt werden. Ich konnte die Frau hören. Sie war eher noch ein Mädchen, wohl erst achtzehn, denke ich. Sie stolperte durch den Wald, vielleicht hundert Schritte vor mir.

Ich griff nach der Fackel und verfolgte sie. Die Flamme hielt ich vor mir, sodass sie sehen konnte, dass ich ihr auf den Fersen war. Plötzlich trat Stille ein. Sie war stehen geblieben und versteckte sich. Ich ging weiter. ›Ich kann dich riechen‹, rief ich, ließ etwas Zeit verstreichen und wiederholte meinen Satz. Ich konnte ihren Weg nachvollziehen. Sie hatte Fußabdrücke im Boden hinterlassen und dünne Zweige und Sträucher abgebrochen. Dann hörte ich ihr Kind weinen. Anschließend trat wieder Stille ein. Mir war klar, dass sie dem Kind den Mund zuhielt. Ich lauschte angestrengt und konnte ein leises Wimmern hören. Ein Winseln hinter einer Hand. Ich folgte dem Geräusch. Es führte mich zu einem Gebüsch. Sie hatte sich darin versteckt und regte sich nicht. Ihr weißes Kleid schimmerte durch das schwarzgrüne Laub hindurch. Sie lag auf der Seite, ganz hinten. Das Kind hielt sie vorm Bauch. Das Weinen des kleinen Kindes war mittlerweile so zart, dass es kaum noch hörbar war.

Ich stand da und keuchte schwer. ›Wo ist die Hure?‹, sagte ich. ›Ich werde sie finden.‹ Das Kind schluchzte erneut. Dann wurde das Geräusch unterdrückt. Ich wartete neben dem Gebüsch, kratzte mich, brummte. Das unterdrückte Weinen wurde zunehmend schwächer und leiser und endete schließlich in den zartesten Seufzern, die je ein Mensch gehört hat. Dann begann der Busch plötzlich zu zittern, bis er schließlich wackelte, als würde er zu Leben erwachen. »Mein Kind, mein Kind«, drang es aus den Sträuchern hervor.

Ich trat zu dem Busch, packte die Mutter an den Haaren und zerrte sie heraus. Das erstickte Kind lag tot in ihren Armen, die Haut blau. Ich griff nach einem der kleinen Beine und riss ihr das Kind weg. Anschließend schleifte ich die Frau zurück zu ihrem Mann. In meiner anderen Hand baumelte das Kind. Der Mann lag im Sterben. Ich setzte die Frau vor ihn. ›Wenn du ihn liebst, kannst du ihn töten.‹ Sie sah mich an. Aus ihren Augen sprach der Wahnsinn. ›Oder du kannst mir zusehen, wie ich ihn umbringe›, sagte ich. Danach führte ich das Kind zu meinem Mund, um davon zu probieren. Ich schlug meine Zähne in das süße junge Fleisch seines speckigen Rückens. Die Mutter schrie auf, und ich ließ das Kind durch die Luft wirbeln, sodass es ein zischendes Geräusch von sich gab und einen weißen

Kreis in der Dunkelheit beschrieb. ›Sei still!« befahl ich ihr. ›Oder ich werde dein Kind in die tiefe Finsternis werfen.‹ Daraufhin verstummte sie, und ich gab es ihr zurück. Sie wiegte es.

Soll ich weitererzählen? Ich habe Angst, dass meine Erinnerungen zu viel für dich sind. Aber wenn du willst, fahre ich fort.«

Stumpf wartete. Ich nickte. Er nickte ebenfalls.

»Ihr Mann nickte auch, so wie wir. Er nickte mir zu und bat seine Frau, ihn umzubringen. Ich setzte mich hin, um zuzusehen. Sie hielt noch immer das Kind und summte, während ihr Mann sie küsste und berührte, obwohl er sehr schwach war. Sie blickte mich nicht an, doch sie sagte, dass sie ihn umbringen würde und streichelte sein Gesicht.

›Gut‹, sagte ich. ›Wenn das dein Wunsch ist, dann vergnügt euch noch ein letztes Mal miteinander.‹

Zuerst verstand keiner, was ich wollte, doch sie folgten meiner Anweisung, als ich das Messer zückte und ihr befahl, sich und ihren Mann auszuziehen. Sie tat, wie ihr befohlen, auf dem Waldboden. Da ein sterbender Mann aber offensichtlich keinen Akt mehr vollziehen kann, setzte ich das Kind zwischen sie. ›Dann seid wenigstens eine Familie‹, meinte ich.«

Wieder sah Stumpf mich fragend an.

»Soll ich fortfahren? Ich richte mich ganz nach dir.«

»Fahren Sie fort, Stumpf«, antwortete ich und mein Blick haftete auf ihm, denn er wollte, dass ich einbrach und wegsah, oder ihn bat, aufzuhören.

»Ich beobachtete sie, ließ sie eine Weile in Ruhe. ›Alles wird gut‹, sagte die Frau zu ihrem Mann.

›Das hättest du nicht sagen sollen‹, rief ich. ›Bring ihn

um! Jetzt!‹ Doch sie hielt ihr Wort nicht und wollte ihn nicht mehr umbringen. Als ich den beiden aber das Kind wegnahm und es im Schein der Fackel immer wieder hochwarf, stimmten sie zu. Sie brauchte zehn Minuten oder noch länger, um ihm das Leben zu nehmen. Ich hatte sie nämlich aufgefordert, ihn zu erwürgen, ihm dabei in die Augen zu sehen und ihn zu küssen, wenn er sich von ihr verabschiedete.

Danach war sie kein Mensch mehr. Also spielte ich Tierspielchen mit ihr. Sie musste ein schnüffelndes Schwein darstellen, ein Maultier zum Reiten, eine Zuchtstute, ein gackerndes Huhn und noch einmal eine Zuchtstute. Ich stand da und zwang sie, mich überall zu küssen, wo es mir gefiel. Anschließend pisste ich sie an und erklärte ihr, sie als gute Christin noch einmal getauft zu haben, jetzt da sie den Schatz gefunden hatte. Ich hätte mit ihr die ganze Nacht meine Spielchen treiben können. Sie sang und tanzte für mich. Lieder, die sie für ihr Kind in der Krippe gesungen hatte, das jetzt auf dem Waldboden lag neben ihrem toten Mann, den sie in den Armen hielt.

Später fragte ich sie nach ihrem Namen. Sie konnte ihn mir nicht sagen. Stattdessen bat sie mich, sterben zu dürfen. Fragte mich, ob ich sie umbringen könnte. Ich antwortete, dass sie sich selbst erhängen könnte, wenn sie das wolle. Ich müsse nämlich zurück zu meiner Frau und den Kindern. Sie hob ihr zerrissenes Kleid vom Boden und knotete eine Schlinge. Anschließend kletterte sie auf den ersten Zweig von einem der großen, alten Bäume. Sie stieg viel höher als ein Mann. Dann band sie ein Ende des Kleids um den Ast, legte die Schlinge um den Hals und glitt vom Baum herunter wie Seide, die von einem Ballen abrollt.

Ich sah ihr zu, und sie verwandelte sich wieder in einen Menschen. Es dauerte etwas, bis sie starb. Sie tat mir leid.

Begreifst du, was geschehen ist? Ich habe niemanden umgebracht. Sie hat alle umgebracht. Ihr Kind, ihren Mann, und am Schluss sich selbst. Das war das Beste daran, Wilhelm.«

Stumpf lächelte.

»Willst du, dass ich weitererzähle?«

»Nein«, antwortete ich. »Will ich nicht. Ich weiß genug. Sie werden sterben. Und dabei werde ich helfen.«

Stumpf gab ein Geräusch von sich. Ein Lachen, ein Seufzen, ein Stöhnen. »Ja«, sagte er dann.

Paulus war in die Zelle zurückgekehrt. Er hatte schon seit einer Weile still im Schatten gestanden. Jetzt hüstelte er, um auf sich aufmerksam zu machen. Das Band, das zwischen mir und Stumpf entstanden war, schien zu zerspringen wie der Seidenfaden einer Spinne in der Luft.

»Darf ich Ihnen eine Frage stellen?«, ließ Paulus sich laut vernehmen und trat ins Licht.

Stumpf sah ihn erwartungsvoll an.

»Betrachten Sie Ihre Opfer als Menschen?«

»Was ist das? Was sind Menschen?«, fragte Stumpf.

»Ich bin ein Mensch. Aber was sind Sie, Stumpf, wenn Sie, wie Sie behaupten, kein Werwolf sind?«

»Ich bin einer von euch«, sagte er.

Ich hätte Stumpf in diesem Moment in seinem Käfig umgebracht, hätte ich nicht an das Gesetz geglaubt und daran, dass das Recht ohne Ansehen der Person über mir steht. Dieses Recht sollte besser sein als irgendein Mensch.

Siebzehntes Kapitel

Der Untersuchungsausschuss hört die Aussage der Zeugin Greet Werren im Zusammenhang mit der Rettung des Kindes, das als der rote, zerrissene Junge bekannt ist, und die eine Reihe von Ereignissen in Gang setzte, die zur Gefangennahme des Werwolfs Stumpf führte

Paulus rief als Erstes Greet auf, das Dienstmädchen der Familie Stumpf, um vor dem öffentlichen Untersuchungsausschuss auszusagen, den er eingerichtet hatte. Sie hieß mit Familiennamen Werren. Ich fungierte als sein Sekretär und Schriftführer. Weitere Offizielle gab es nicht. Fromme bekleidete keine Funktion, er war lediglich kirchlicher Beobachter.

Die Untersuchung fand im Saal des Versammlungshauses statt. Die Öffentlichkeit durfte an der Sitzung teilnehmen, ausgenommen diejenigen Bewohner, die als Zeugen geladen waren. Greet trat herein, blondes Haar, gerader Rücken, kräftig gebaut, und nahm Platz vor dem Tisch, an dem ich mit Paulus saß. Sie hatte eine gewisse Ähnlichkeit mit Freya, dem Mädchen im Gasthof von Reissen. Doch ihr Gesicht wirkte klarer und der Blick gescheiter. Paulus und ich hatten unsere schwarzen Roben und Barette angezogen. Er erkundigte sich nach Frau Stumpf.

»Sie und ihre Töchter trauern sehr um die beiden Jungen«, antwortete Greet. »Sie haben mir ein Schreiben mitgegeben, in dem sie Sie bittet, dass die Mörder ihre gerechte Strafe bekommen«, fuhr sie fort und zeigte einen versiegelten Brief.

»Du kannst der Familie versichern, dass sie uns darum nicht erst bitten muss. Wer immer die beiden Burschen umgebracht hat, wird bestraft werden, so wie Stumpf. Mord ist Mord.«

Er sah sich um auf der Suche nach einem Gesicht, das ihm widersprach. Doch keiner der Anwesenden hatte den Kopf gehoben, alle schauten zu Boden. Denn viele mochten Greet, das war mir an der Art ihrer Blicke aufgefallen, als sie den Raum betreten hatte.

Ich nahm Greet den Eid ab, und sie begann mit ihrer Zeugenaussage im Zusammenhang mit der Rettung des Jungen.

Wenn ich mich heute als alter Mann an diesen Nachmittag erinnere, begreife ich, dass Bedburg schon da nicht mehr das gleiche Bedburg war wie vor unserer Ankunft und den Ereignissen, die damit ins Rollen kamen. Orte verändern sich genauso wie das sagenhafte Schiff von Theseus.

Greet begann zu erzählen. Es war an einem Freitag – und Freitag war Waschtag. Egal, ob die Pest wütete, ob Krieg oder Frieden herrschte, am Freitag wurde gewaschen, das war schon immer so gewesen. Der Tag, an dem die Frauen den Jungen retteten, hatte sich von keinem anderen Freitag unterschieden. Es war ein warmer Sommertag gewesen.

»Wir waren unten am Fluss und lachten miteinander, als es passierte«, erzählte Greet.

Röcke und Hemden wurden in das plätschernde, schäumende Wasser getaucht und wieder herausgezogen. Es hatte einen Schauer gegeben. Der Himmel war grau und violett verfärbt, als die Sonne sich durch die letzten großen Wolken kämpfte. Die Frauen schimpften über ihre versoffenen Männer, schubsten sich spaßeshalber gegenseitig und rülpsten der Reihe nach wie auf einer Tonleiter. Eine der Frauen zog eine schmutzige, fleckige Unterhose aus dem Fluss. »Muss wohl die vom Papst sein. Nach einer Nacht mit den Nonnen.« Der Rest brüllte vor Lachen und wedelte sich gegenseitig die nassen Kleider ins Gesicht.

»Wir amüsierten uns so sehr, dass wir diesen blutverschmierten, zerrissenen Jungen nicht wahrnahmen, der den Hügel hinter uns herunterkam.

So spazierte das rote, zerrissene Kind unbemerkt von den Frauen in kleinen Schritten einfach den verstaubten Trampelpfad hinunter zur Waschstelle am Fluss weit hinter dem Dunklen Grund. Seine in Strümpfen steckenden Füße hinterließen eine scharlachrote Spur auf dem Sand und den Steinen. Blut tropfte von den weißen Fingern. Der kleine Kerl bog ab und überquerte ein nasses, dünnes Grasfeld auf dem Weg zu den lachenden Frauen, die zu laut waren, um das Kind mit den erloschenen Augen zu hören, das sich ihnen von hinten näherte.

Die Frauen wuschen und scherzten weiter. Spitzzüngig zogen sie über Nachbarinnen her, über Priester, unfähige Ratsherren, betrügerische Händler und raffgierige Wirte, undankbare Kinder und noch einmal über ihre versoffenen Ehemänner. Der Junge stand still und unbemerkt hinter ihnen. Eine Schar Gänse flatterte herab von dem violett verfärbten Himmel und landete gleitend auf dem Fluss. Die

Frauen hielten inne vom Waschen, Tratschen und Scherzen und betrachteten die anmutigen Vögel.

»Ach, wie schön«, sagte die älteste von ihnen, Ida, Greets Schwester.

Die anderen Frauen stimmten zu.

»Abendessen«, rief Greet, die jüngste und letzte in der Reihe der Waschfrauen, deren Rang durch das Alter und die Anzahl der Jahre am Fluss bestimmt wurde. Sie zog eine kleine Schleuder aus der Tasche ihrer Schürze.

Da sprach der rote, zerrissene Junge. »Helfen Sie mir!«, sagte er mit matter Stimme. Die Frauen zuckten zusammen und drehten sich um. Der Anblick des höchstens acht Jahre alten Buben raubte ihnen den Atem. »Wo bin ich hier?«, fragte er. »Bin ich tot?«

Die Frauen sahen ihn fassungslos an. Die Kleider des Kindes waren zerfetzt, als hätten Vogelklauen daran gerissen. Ida, Greets Schwester, ging zu dem Jungen, um ihn zu berühren und zu beruhigen, zögerte aber, aus Angst davor, ihm noch mehr wehzutun. Schließlich strich sie ihm übers Haar. Das Kind schien keine Wunden zu haben, außer den oberflächlichen Kratzern im Gesicht und auf den Armen.

Ida hob seine blutigen Hände und zeigte auf seine roten Füße. »Hast du geblutet, mein Kleiner?«

Der Junge betrachtete seine Hände und Füße. »Nein, das ist das Blut meiner Eltern.«

»O Gott, der Wolf. Der Wolf«, jammerte Frieda. Greet, die neben ihr stand, wandte sich zu ihr und gab ihr eine schallende Ohrfeige, die Frieda verstummen ließ.

»Kann sein, dass es der verdammte Wolf ist«, rief Greet. »Deshalb lasst uns das Kind nehmen und von hier verschwinden. »Aber hör auf zu schreien! Wer weiß, wer uns hört.«

Die Frauen begannen zu jammern und zu weinen. Drei von ihnen wollten in Richtung Stadt losrennen.

»Wartet!«, schrie Greet. »Lasst uns zusammenbleiben! Geht nicht allein in die Stadt!«

Die drei Frauen blieben wie angewurzelt stehen und sahen sich um. Die Stadt war eine Meile entfernt, und es lagen zwei Hügel dazwischen. Die Straße vor ihnen war schrecklich duster, da die Bäume hier einen natürlichen Tunnel bildeten.

»Wir Bedburger nennen diesen Teil der Straße den Dunklen Grund«, sagte Greet jetzt an Paulus gewandt. »Es gibt niemanden, der kein ungutes Gefühl hat auf diesem Weg. Zumindest nicht, wenn er etwas gesunden Menschenverstand besitzt. Aber dort entlangzulaufen, wenn ein Werwolf in der Gegend herumschleicht? Nicht die drei. Und bestimmt nicht allein. Sie machten auf dem Absatz kehrt und schlossen sich uns wieder an.«

Die Frauen besprachen, was sie am Besten machen sollten. Greet lauschte ihren Worten. Dann trat sie vor. »Ida, du und ich, wir nehmen das Kind«, bestimmte sie. »Ihr anderen tragt die Wäsche.« Sie wandte sich zu Ida. »In Ordnung?«

»In Ordnung«, antwortete Ida. Auch wenn sie die ältere Schwester war, überließ sie der energischen Greet gern das Kommando. »Wir passen auf das Kind auf, während ihr unsere Wäsche einsammelt. Los, beeilt euch!«

Die Frauen wrangen die Kleider aus, warfen die noch seifige Wäsche in Körbe und sammelten die Bierflaschen, das Essen und die Decken ein.

»Und du bist auch sicher nicht verletzt?«, erkundigte sich Greet noch einmal bei dem Jungen.

Der Junge schüttelte nur den Kopf.

»Was ist mit deinen Kleidern passiert?«

»Ich habe sie mir an den Sträuchern zerrissen, als ich mich versteckt habe.«

»Schnell, schnell!« Ida trieb die Frauen an und raffte ihre Siebensachen zusammen. »Vielleicht ist der Teufel hinter uns her. Frag den Jungen, was passiert ist!«, sagte sie zu ihrer Schwester.

»Wo sind deine Eltern?«, fragte Greet den Knaben.

»Tot«, erwiderte der Junge und zeigte auf den Weg, den er gekommen war. »Sie sind dort drüben hinter dem Hügel. Ungefähr eine Meile entfernt.«

»Eine Meile?«, sagte Ida.

»Das ist nah«, rief Frieda vom Flussufer.

»Beeilt euch!«, ermahnte Greet die Frauen. »Wir gehen jetzt los. Lasst das, was ihr noch nicht eingesammelt habt, hier!«

Der Wald gab ein säuselndes Geräusch von sich. Im Eiltempo marschierten die Frauen los. Sie stapften über den weißen Steinweg zur Stadt. Ida und Greet liefen voraus, der Junge an ihrer Hand in der Mitte.

Frieda lief zu ihren beiden Basen. Unter ihrem Arm trug sie einen Waschkorb. »Es tut mir leid«, sagte sie. »Ich hatte Angst.«

»Schon in Ordnung. Lass uns einfach weitergehen. Bald haben wir es geschafft«, meinte Greet.

»Was ist dir zugestoßen, mein Junge?«, fragte Frieda, während sie weitergingen.

»Das will keiner von uns wissen«, schaltete sich Ida ein.

»Der Vogt und der Bürgermeister werden es herausfinden, wenn wir zu Hause sind«, erklärte Greet.

»Doch, ich will es wissen«, entgegnete Frieda. Sie wiederholte dem Jungen gegenüber noch einmal ihre Frage.

»Ein Mann tauchte zwischen den Bäumen auf und sagte, dass er ein Wolf ist«, antwortete der Junge. In dem Moment erreichten sie den Dunklen Grund mit seinem finsteren Dach. Der rote, zerrissene Junge blieb wie angewurzelt stehen und begann zu schreien. Er hob die Hände, schlug sie sich vor Gesicht und schrie ohne Unterlass.

Greet nahm ihn auf den Arm, denn er war so klein und so leicht wie ein Sack Wolle. Sie hielt ihm eine Hand über den Mund. »Still!«, ermahnte sie ihn. Der Knabe erstarrte vor Schreck, doch er schrie weiter hinter der Hand, die auf seine Lippen gepresst war. Daraufhin begann Greet zu laufen. »Los, kommt!«, rief sie über die Schulter hinweg zu den Frauen. Sie stürmten durch den Dunklen Grund, der Wind folgte ihnen rauschend. Sie hörten Geräusche. Knackende Zweige, tappende Füße. Stöhnen, Hilferufe, Jaulen und Lachen. Dann ertönte ein Bellen, doch es klang wie ein Mann, der so tat, als wäre er ein Hund. Die Frauen jagten pfeilschnell zur Stadt.

Die erste der Betrachtungen des Werwolfs

Ein Gespräch über das Wesen der Abartigkeit und Gott

Greets Zeugenaussage nahm den größten Teil des Vormittags in Anspruch, da wir mehrfach nachhaken mussten, um die Einzelheiten ihrer Geschichte in Erfahrung zu bringen. In der Mittagspause schickte mich Paulus wieder zu Stumpf in den Wehrturm, um mit ihm zu essen, ohne dass ich darum gebeten hätte.

»Er mag dich«, sagte Paulus. »Oder irgendwas an dir. Eigentlich mögen solche Menschen niemanden. Doch du musst ihm irgendwas geben oder er durch dich bekommen. Deshalb rede mit ihm! Iss mit ihm! Finde heraus, was du kannst, aber horche auch in dich, um zu erkennen, was er in dir sieht!«

Also marschierte ich zum Wehrturm, winkte den Wachen zu und ging zielstrebig zu Stumpfs Zelle, wo ich mir einen Stuhl nahm und mich vor den Käfig setzte. Dann ließ ich uns Essen bringen, und wir sprachen miteinander, während wir aßen. Ich erzählte ihm vom Tod seiner Söhne, woraufhin er den Teller abstellte und zu weinen begann. Er krümmte und wand sich dabei so sehr, dass ich für einen

Moment glaubte, es würde eine schreckliche Veränderung mit seinem Körper vor sich gehen, ja, als würde er vor meinen Augen seine Gestalt verwandeln. Ich beobachtete ihn entsetzt. Sein bitterliches Weinen dauerte mindestens fünf Minuten. Dann hörte es mit einem Mal auf, er trocknete die Tränen am Ärmel ab und atmete tief durch. Er straffte sich, und Stumpf verwandelte sich wieder in einen Mann.

»Paulus wird die Mörder finden. Sie werden ihrer gerechten Strafe nicht entgehen.«

Er nickte und griff nach seinem Teller.

»Möchten Sie gern über Ihre Söhne sprechen?«, fragte ich.

»Nein«, antwortete er, schnitt etwas Fleisch ab und steckte es sich mit seinen gefesselten Händen in den Mund.

Ich fragte ihn, ob er Christ sei. Er kaute, betrachtete mich und lächelte.

»Ich bin kein gebildeter Mann«, sagte er. »Wenngleich ich im Laufe der Jahre viel gelesen habe. Meine Antwort auf die große Frage im Leben lautet jedoch: Gott ist kein guter Gott. Denn ich muss mir die Frage stellen: Warum hat Gott Peter Stumpf erschaffen?

Gott mag allmächtig, allwissend und allgegenwärtig sein. Doch er ist nicht allliebend. Mit dieser Behauptung setzt man sich sicherlich über die grundsätzlichen Lehren der Philosophie hinweg, die du als gebildeter Mensch kennst. Oder wenn Gott doch allliebend ist, dann ist er offensichtlich nicht allmächtig. Denn welcher gute Gott würde Krankheit, Elend und Leid zulassen? Führe jetzt bitte nicht den freien Willen des Menschen an. Die Übel der Welt haben nämlich nichts zu tun mit meinem freien Willen. Alles Übel, so wie der Mensch eines ist, wurde von

Gott erschaffen. Komm mir auch nicht mit dem Sündenfall! Denn ein allliebender Gott würde den Biss in einen Apfel verzeihen. Also ist Gott böse oder schwach, und wir ehren ihn nicht so, wie wir es sollten.«

»Sollen wir Sie auch als Ketzer verbrennen?«, fragte ich.

»Es ist egal, was ich sage oder nicht sage. Also sage ich das, was ich für die Wahrheit halte. Zünde das Feuer an und verbrenne mich sofort, wenn du mich nicht so sprechen hören willst.«

Er aß weiter, und ich sagte, dass wir unseren Schöpfer nach bestem Wissen ehren, innerhalb unserer bescheidenen Möglichkeiten. Stumpf beendete seine Mahlzeit und wischte sich die Hände an der Leinenkutte ab, in die man ihn gesteckt hatte. Er blickte mich an und verzog das Gesicht, aber nicht wegen meiner Frage, sondern weil er sich die Hände an den Kleidern hatte abwischen müssen. Als würde es ihn beschämen.

»Mir ist einmal auf der Straße nach Bremen ein Wanderzirkus mit Missgeburten begegnet«, sagte Stumpf. »Das war vor vielen Jahren, kurz nach meiner Entlassung aus dem Heer. Die Weihnachtszeit stand bevor. Noch ehe ich auf sie stieß, sah ich ihre Wagenspur im Schnee. Ich ritt weiter über das flache, weiße Land. Die Sonne schien kräftig, die Erde roch nach Rauch, und die Luft war klirrend kalt, sodass sie in der Nase stach, was ich an der Winterzeit so gern mag. In der Stadt Achim holte ich sie ein. Man hatte ihnen erlaubt, ihre Zelte auf dem Gelände der St.-Laurentius-Kirche aufzuschlagen. Es war ein Feld für neue Gräber, die noch ausgehoben werden sollten. Die Kirche hatte ein rotes Dach und eine rote Turmspitze, doch die Mauern hatten unterschiedliche Ziegel. Rote, weiße und schwarze.

Die Tür war das auffälligste an der Kirche, denn sie stach durch ihren blauen Anstrich hervor und wirkt daher nicht wie ein Teil dieses soliden, robusten Gebäudes.

An diesem Abend sollten die Missgeburten für die Bewohner der Stadt auftreten. Ich war beruflich nach Bremen unterwegs. Es ging um ein Geschäft, bei dem Waren über die Weser verschickt werden sollten. Doch ich war nicht in Eile und konnte die Nacht in Achim bleiben und mir die Aufführung der Gruppe ansehen.

Ich aß in dem besten Gasthof der Stadt, brachte mein Pferd in den Stall und spazierte zu ihrem Lager auf dem neuen Friedhof der St.-Laurentius-Kirche. Unter den Reisenden des Wanderzirkus war niemand, der einen gewöhnlich geformten Körper besaß. Die Männer und Frauen hatten keinen Herrn, dem sie dienten. Sie schienen selbständig zu sein und sich selbst um ihre Geschäfte und Angelegenheiten zu kümmern.

Wie in allen Wanderzirkussen gab es auch hier die üblichen Kreaturen. Zwerge und Riesen, fettleibige Männer, Frauen mit Bärten und so weiter. Sie unterhielten die Menschen mit ihren gängigen Nummern. Jonglierten, schluckten Feuer oder saßen nur da und ließen sich von der Menge begaffen. Doch dieser Wanderzirkus besaß noch ein paar andere Attraktionen. Ich sprach mit den beiden Leutchen, die die Zuschauer herumführten, das Geld einsammelten, die Nummern ansagten und die seltenen Kreaturen in den verschiedenen, gestreiften Zelten vorstellten. Der eine war natürlich ein Zwerg. Die Leute können ungezwungener mit Zwergen umgehen, da sie häufiger vorkommen und uns ähneln. Das andere Geschöpf war ein Mädchen von vielleicht fünfzehn Jahren, das aussah wie ein Skelett.

Sie erzählte mir, dass sie als ›Hungerkünstlerin‹ bekannt sei und seit mehr als einem Monat nichts mehr zu sich genommen habe. Sie würde an Weihnachten wieder essen dann erst wieder an Ostern Fleisch oder Brot berühren. Ich glaube, sie hätte hübsch sein können, hätten die Augen nicht so tief in den Höhlen gelegen und das Gesicht nicht gewirkt, als wäre ein Stück nasses Leder über einen Totenschädel gezogen worden. Ihre Gliedmaßen waren so dünn wie Zweige, und ihr ganzer Körper hatte den Umfang meines rechten Oberschenkels.

Das Paar erklärte mir, dass keine wohlgeformten, gesunden, ausgewachsenen Menschen mit ihnen arbeiten oder reisen dürften, da diese Leute sie wie Viehzeug oder Sklaven behandelten.

Das leuchtete mir ein. Ich bat sie, mir die noch geplagteren Kreaturen zu zeigen. Nicht die Zwerge und solche, die mit verkümmerten Beinen geboren worden waren.

›Der Preis für unsere besonderen Freunde ist höher‹, erklärte die Hungerkünstlerin.

›Geld habe ich reichlich‹, antwortete ich.

Die Kinder mit den runden Gesichtern und schlitzartigen Augen kümmerten sich um die Missgeburten, die sich nicht selbst versorgen konnten, und führten die zahlenden Besucher zu den gestreiften Zelten. Danach standen sie an den Eingängen und plauderten miteinander.

Im ersten Zelt befand sich eine Frau, die einzig und allein aus Fett zu bestehen schien. Sie schien keine Knochen zu besitzen. Ihre Arme und Beine sahen aus wie Fischflossen. Doch wenn man sie berührte, fühlten sie sich an wie gefüllte Weinschläuche. Sie machte nichts, aber ich durfte sie berühren.

»Sie ist nicht schwachsinnig«, sagte der Zwerg. »Doch wurde sie schon so häufig berührt und angestarrt, dass die Menschen für sie nur noch Luft sind.«

Ich bat darum, das zweite Zelt zu sehen. Mit jedem weiteren Zelt wurde der Eintritt teurer. Die Zwerge, Riesen und Fettleibigen liefen vor den gestreiften Zelten herum und unterhielten die Menge. Man musste eine Extragebühr zahlen, um die geplagten Seelen zu sehen und mit ihnen zu sprechen.

Im zweiten Zelt gab es zwei Wesen, die ich nicht ergründen konnte. Du wirst mir nicht glauben, wenn ich dir davon erzähle. Bei dem ersten Wesen handelte es sich um einen Franzosen, der bis zur Hüfte nackt war. Ein weiterer Mann war ihm dort an der Hüfte angewachsen, sein Bruder. Doch dieser Zwilling war verschrumpelt und sah erbärmlich aus. Er war nicht größer als ein Säugling mit einem offenstehenden Mund, aus dem er keuchte und sabberte. Seine Arme und Beine baumelten von ihm herab, denn sein Gesäß war in den Bauch seines Bruders gewachsen. Man konnte ihn füttern. Dann quengelte er, verdrehte die Augen und bewegte den Mund.

Der Franzose zeigte mir, wie er seinen Zwillingsbruder wusch, sich um ihn kümmerte und mit ihm sprach. Während unseres Gesprächs betrachtete ich seinen Bauch an der Stelle, wo sein Bruder aus ihm herauswuchs. Ich sah kein Verbindungstück. Es war kein Trick.

Neben dem Franzosen saß ein weiteres zwillingsartiges Geschöpf. Ein Engländer, aus dessen Kopfdecke ein kleinerer Kopf herauswuchs. Nur ein Gesicht mit Augen, Nase, Mund, Ohren und sogar einem Kinn, doch das war abgeflacht, als würde ein Gewicht dagegen gepresst werden.

Keine Arme oder Beine, kein Leib. Dieser Kopf ragte aus dem Haar des Engländers hervor und besaß ebenfalls Haare. Das Gesicht und der Mund waren allerdings auch beharrt, so wie ein kleiner Affe. Seine Zähne waren wie winzige Dolche, und sein Atem roch modrig wie eine Gruft.

Der Engländer erzählte mir, dass er aus einer adligen Familie stammen würde, aber weggesperrt worden sei. Um ein eigenes Leben zu führen, sei er geflohen und mit vielen Wanderzirkussen herumgezogen und habe die halbe Welt bereist, bis er auf diese Truppe gestoßen sei.

›Sie sind die besten Menschen in der Welt‹, sagte er. ›Wir sind ein Heer der Ausgestoßenen.‹

Das Gesicht, das aus seinem Kopf herauswuchs, bewegte sich nicht, noch sprach es. Ich bat darum, es berühren zu dürfen. Der Engländer erteilte mir die Erlaubnis, und ich strich mit meinen Handrücken über die Wange. Es seufzte.

›Hören Sie‹, sagte der Engländer.

Das Gesicht begann zu murmeln. Es schien, als würde es im Schlaf sprechen, denn es war nicht wach, das konnte ich sehen.

›Was sagt es?‹, fragte ich.

›Ich weiß es nicht‹, antwortete der Engländer. ›Doch manchmal spricht es ohne Unterlass, und das mag ich nicht. Es könnte mich verzaubern. Ich glaube oft, dass es das tut.‹

Er hob die Hand und verpasste dem Gesicht eine Ohrfeige. Das öffnete daraufhin den Mund wie ein wütendes Wickelkind und verstummte.

Die elfenartigen, normal aussehenden, ausgewachsenen Kinder, die mich von einem Krüppel zum nächsten führten, erzählten mir in ihrem Gebrabbel, dass ich in das nächste

Zelt nicht gehen könne. Das Zelt war klein, grün gestreift, und auf seinem Dach flatterte ein scharlachroter Wimpel. Die Kreatur – was für eine auch immer – war noch nicht bereit, sich zu zeigen. Also führten sie mich zu ihrer Hauptattraktion. Vor diesem letzten Zelt, dem vierten, sagte eins der normalen Kinder zu mir, ein Mädchen, das gescheiter war als die übrigen und normal sprechen konnte, dass ich dort ›den Erstaunlichen Mann‹ sehen würde.

Der Zwerg und seine skelettartige Frau, die mir mittlerweile erzählt hatten, dass sie verheiratet waren, erklärten mir, dass es nicht leicht sei, den Anblick des ›Erstaunlichen Mannes‹ zu ertragen. Aber ich bezahlte den saftigen Eintritt und ging hinein.

Drinnen lag eine unförmige Masse auf einem langen, niedrigen Bett, die wie ein großer, weißer Sack mit Gliedmaßen wirkte. Diese Kreatur lag, denn sie hätte nie sitzen oder stehen können. Der Körper erschien wie geschmolzenes Fleisch. Aus seinen Schultern ragte ein Stumpf heraus, über den eine Art Kapuze gezogen war. Das Gesicht hingegen war hübsch, geradezu edel. Es lächelte. Die Arme waren dick und lang und mündeten in blumenkohlförmigen Händen. Die Beine waren wiederum wohlgeformt.

›Ich bin ein Mann‹, sagte die Kreatur. Ich fiel auf die Knie. Seine Stimme war tief und gebieterisch, doch er sprach mit schwerer Zunge, als hätte er getrunken.

›Steh auf!‹, sagte er. ›Ich bin dein Freund.‹

Die normal Aussehenden halfen mir auf die Füße, klopften mir den Staub von den Kleidern ab und schoben mich nach vorne.

›Sprechen Sie mit Ihrem Freund!‹, sagte das skelettartige Mädchen.

Ihr Mann, der Zwerg, stellte einen Stuhl hinter mich, und ich setzte mich vor die Kreatur.

›Danke, dass du mich sehen willst‹, sagte die Kreatur.

Ich beugte mich vor und berührte den Arm an der Stelle, wo normalerweise eine Hand gewesen wäre.

›Du bist tapfer‹, sagte ich.

›Du kennst mich bereits‹, sagte die Kreatur.

»Bist du menschlich?‹, fragte ich und drehte mich zu dem Zwerg und dem Skelett um, die aber nur nach vorne starrten, auf ihren Freund.

›Das bin ich‹, sagte der Erstaunliche Mann.

›Wie kannst du dein Leben ertragen?‹, fragte ich.

›Das kann ich nicht‹, antwortete er.

›Warum machst du deinem Leben kein Ende?‹, fragte ich. Die normal Aussehenden begannen zu fauchen und mich zu schubsen, doch die Kreatur begann sich wie auf Befehl zu bewegen und bog ihren Rücken. Daraufhin beruhigten sich die elfenhaft aussehenden Kinder und ließen mich in Ruhe.

›Ich wäre gern tot‹, sagte er. ›Aber mich selbst umzubringen, ist Sünde. Ich bin ein Mensch. Wenn ich das tun würde, käme ich nicht in den Himmel, und dahin möchte ich sehr gern. Ich habe Gott schon viele Male gebeten, mein Leben zu beenden. Doch er kommt meiner Bitte nicht nach. Also muss es wohl einen Grund geben, warum ich hier auf Erden bin, mit diesem Aussehen. Daher spreche ich mit guten Leuten wie dir.‹

Ich spürte, wie mein Herz überquoll vor Wehmut für diese Kreatur. Noch nie hatte mir meine Seele einen solchen Streich gespielt, dass ich das Leid eines anderen Lebewesens spüren konnte. Ich weinte um dieses Geschöpf. Doch der Zwerg, der im Eingang des Zelts stand, rief von hinten: ›Für Ihr Eintrittsgeld spricht er sogar mit Ihnen, mein Herr. So ist der Lauf der Welt, ob Leid oder nicht. Durch Ihr Geld aber leidet er weniger.‹

Die normal Aussehenden begannen plattfüßig zu tanzen, woraufhin die Kreatur lächelte. Das skelettartige Mädchen kam zu mir und erklärte, dass ich nun alles gesehen hätte. Doch als Gast, der so viel bezahlt hätte, könnte ich mich später zu ihnen gesellen und etwas mit ihnen trinken. Bis dahin dürfte ich gern kostenlos in den Zelten herumschlendern und mir die Nummern ansehen. Sie müssten sich noch ein paar Stunden um die anderen zahlenden Besucher kümmern, aber ich sei ein äußerst willkommener Gast.

Ich verließ das Zelt, doch das gescheite Mädchen der normal Aussehenden packte mich am Arm und winkte der Kreatur mit meiner Hand zu. Ihre Zunge hing heraus, als sie mich anlächelte.

›Verabschiede dich von dem Erstaunlichen Mann!‹, sagte sie.

Ich verabschiedete mich, und er wünschte mir eine gute Reise.

Das gescheite Mädchen hielt weiter meine Hand und spazierte mit mir an den Zelten und den Leuten aus der Stadt vorbei, die gekommen waren, um die Kreaturen zu bestaunen. Sie zeigten auf die unterschiedlichen Attraktionen, starrten sie an und lachten. Nach einer Weile blieb ich stehen, deutete auf die Bewohner der Stadt, starrte sie an und lachte.

Das gescheite Mädchen betrachtete mich verwirrt. ›Warum lachst du die Besucher aus?‹, fragte sie.

›Weil sie diejenigen sind, die verrückt und missgebildet

sind‹, antwortete ich. ›Schau dir doch die Welt an, in der sie leben. Doch stattdessen denken sie, dass du und deine Freunde eigenartig und bedauernswert seid.‹

Als die letzten Besucher gegangen waren, setzte ich mich an das Lagerfeuer, das die Missgeburten gemacht hatten, und trank mit ihnen Wein.

›Möchten Sie wissen, was in dem grün gestreiften Zelt mit dem scharlachroten Wimpel ist? Sind Sie deshalb geblieben?‹, fragte der Zwerg.

Ich hatte vergessen, dass ich dieses Zelt noch nicht gesehen hatte.

›Nein‹, antwortete ich.

›Man hat Ihnen noch nicht erzählt, wer darin ist?‹, fragte der Zwerg.

›Nein‹, erwiderte ich.

›Na, dann kommen Sie!‹, sagte er, und er brachte mich mit seiner skelettartigen Frau zu dem grün gestreiften Zelt mit dem scharlachroten Wimpel.

Drinnen war es schummrig. In einer Kohlenpfanne brannte ein Feuer. Der Boden des Zelts war mit Teppichen ausgelegt. Ein großes Bett stand in der Mitte, das mit einem gesprenkelten Fell drapiert war. Darauf saß das schönste Mädchen, das ich je gesehen hatte. Sie hatte das Gesicht einer Göttin und war nackt. Ihre Brüste waren rund und prall, ihr langes, dichtes, dunkles Haar fiel bis zur Taille und bedeckte ihren Schoß. Doch sie hatte weder Arme noch Beine. Sie saß aufrecht, gestützt von Kissen, und lächelte mich an, als wir eintraten.

›Das ist die Erstaunliche Frau‹, sagte das Skelett zu mir.

›Setz dich zu mir aufs Bett!‹, sprach das gliederlose Mädchen zu mir.

Ich setzte mich zu ihr. ›Wenn Sie mit ihr allein sein möchten, müssen Sie das Doppelte zahlen. Wir gehen dann‹, ließ der Zwerg mich wissen.

›Du darfst mich berühren, wenn du zahlst‹, meinte das gliederlose Mädchen.

Ich zahlte den doppelten Preis, sagte dem Zwerg und seinem Skelett aber, dass sie bleiben sollten.

Ich küsste das gliederlose Mädchen auf den Mund und erklärte ihr, dass sie wunderschön sei. Dann stand ich auf und verließ das Zelt.

Der Zwerg und das Skelett folgten mir. ›Was ist los? Sie können bei ihr bleiben. Das ist ihre Entscheidung, nicht unsere. Sonst hätte sie es Ihnen nicht angeboten.‹

›Hat sie aber‹, antwortete ich. ›Ich will für eine so schöne Frau nicht zahlen. Sie ist eine Göttin.‹

Ich blieb bis spät in die Nacht bei dem Wanderzirkus und sprach mit den Gestalten am Feuer, die herbeikamen, um zu trinken und sich miteinander zu unterhalten, nachdem die Vorführung beendet und die Leute aus der Stadt gegangen waren. Ich habe selten mit Fremden zusammengesessen und Geschichten erzählt, aber mit diesen Missgeburten kamen mir die Worte leicht über die Lippen.

›Sie sind ein guter Mann‹, sagte das Skelett zu mir, das neben mir vor dem Feuer auf einer Bank saß und Wasser aus einem Holzbecher trank. ›Wie schade, dass Sie keine Missgeburt sind.‹

Schließlich stand ich auf, um zu gehen. Ich hätte mir gewünscht, bei ihnen bleiben und mit ihnen weiterreisen zu können. Doch das konnte ich nicht. Noch viel weniger konnte ich ihnen begreiflich machen, warum ich dies bedauerte. Denn die Menschen in den Dörfern und Städten des Reichs waren diejenigen, die mir eigenartig und fremd vorkamen. Ich empfand, dass mein Platz unter den Krüppeln war, und ich ein Zuhause bei ihnen finden konnte.

›Die Menschen dort sind diejenigen, die eine Maske tragen‹, sagte ich zu den Missgeburten und deutete mit dem Daumen über meine Schulter, wo sich in der Ferne die Stadt befand. ›Würde man ihnen die Haut abziehen und könnte man sehen, was sich hinter den Gesichtern verbirgt, würde man nur auf Hässlichkeit, Krankheit und Missbildung stoßen.‹

Die Krüppel lächelten, nickten und wünschten mir eine gute Reise.

›Ich wünschte wirklich, Sie wären eine Missgeburt‹, sagte das Skelett noch einmal, als ich ging.

Später ging ich vom Friedhof der St.-Laurentius-Kirche zurück zu meinem Gasthof. In meinem Zimmer lag ich im Bett und weinte um die verlorene Güte und Herzlichkeit, die mir durch mein Leben unter den wohlgeformten Menschen dieser Welt ausgetrieben worden war. Jenen Menschen, die nichts anderes als Verzweiflung und Hass in ihrem Herzen tragen und deren Gedanken bestimmt waren von einem Gott, der Blut, Angst, Schmerz und Tod sät.«

Achtzehntes Kapitel

Der von den vielen vergessenen Menschen Bedburgs erbrachte Beweis hinsichtlich des roten, zerrissenen Jungen offenbart sich vor dem Untersuchungsausschuss

Der öffentliche Untersuchungsausschuss kam am späten Nachmittag erneut zusammen. Die Sitzung dauerte bis in die Nacht, da an diesem Tag alle übrigen Zeugen gehört wurden. Paulus war gründlich. Alle, die den roten, zerrissenen Jungen auf dem Weg in die Stadt gesehen hatten, nachdem er von den Wäscherinnen und Greet gefunden worden war, wurden vor den Ausschuss gerufen, egal ob Mann oder Frau, Alt oder Jung.

Einige Historiker besitzen die Gabe, ein Ereignis aus den unterschiedlichsten Blickwinkeln zu beschreiben und zu einem Bild zusammenzufügen. Wenn also zum Beispiel die Geschichte der Belagerung von Münster erzählt wird, berichten sie vielleicht in einem Kapitel von Jan van Leiden, im nächsten vom Fürstbischof, danach von Knipperdolling und Hofmann, anschließend von den Bauernkriegen, da der Aufstand sonst nie stattgefunden hätte, und schließlich von der Hinrichtung der Rebellen und der Wiederherstellung von Recht und Ordnung in der Stadt unter kaiserlicher Herrschaft. Paulus wollte die zeitliche Abfolge der Geschehnisse nach der Rettung des Knaben so ausführlich und genau wie möglich rekonstruieren, sodass ich nach einer Weile im Gericht befürchtete, verrückt zu werden, da ich immer und immer wieder den gleichen Hergang aus unterschiedlichen Mündern mitschrieb. Als die Sitzung vorbei war, sah ich die Ereignisse vor meinem inneren Auge, als wäre ich selbst dabei gewesen.

Ich lernte Bedburg durch die Zeugenaussagen bis ins kleinste Detail kennen. Einschließlich der Versorgung der Stadt, was normalerweise ein Fachgebiet war, das mich zu Tode langweilte. Doch Bedburg war getrieben von Angst und dem Bedürfnis nach Schutz, sodass ich den Vätern der Stadt fasziniert zuhörte, wenn sie von den Maßnahmen berichteten, die sie getroffen hatten, um ihre Familien vor dem Werwolf zu schützen, der die Stadt heimsuchte.

Bedburg war mit einer Warnvorrichtung ausgestattet, die aus insgesamt zweiundfünfzig Einzeltönen bestand. Genauer gesagt waren es Glocken. Befestigt an Pfählen, standen sie im Abstand von vierhundert Metern und deckten ein Gebiet aus grünen Feldern, Straßen und Bauernhöfen ab. Sie läuteten nur bei einem Ereignis. Nicht bei der Ankunft eines Fürsten oder Bischofs oder an Himmelfahrt oder dem Heiligen Christfest, sondern nur für einen getöteten Wolf. Wie ich erfuhr, waren die Glocken seit zwanzig Jahren in Betrieb. Doch zum letzten Mal schlugen sie für das Leben des Jungen an jenem Tag. Diesem kleinen zerrissenen, blutigen Kerl, den die Frauen von Bedburg retteten und mit dem später der Wolf gefangen und die Glocken zum Verstummen gebracht werden sollten.

Die Männer auf dem Marktplatz in Bedburg hörten die erste Glocke läuten. Frieda zog daran, als die Frauen mit dem Kind zur Stadt liefen. Das Gebimmel schien von dort zu kommen, wo der Dunkle Grund endete, der Wald sich lichtete und die Besiedlung begann. Jeder, der nun in der Nähe einer Glocke stand, zog einmal daran zog, sodass sich das bimmelnde Geräusch wie ein Lauffeuer verbreitete. Vom oberen Ende der Stadt zog es über die Höfe und größeren Häuser der reicheren Leute hin zu den abgelegenen Feldern, auf denen die Bauern gerade arbeiteten. Der Alarm drang weiter zu den ärmeren Behausungen am Rand der Stadt, wo viele Wäscherinnen wohnten, um dann zu dem schwarzen, steinernen Wehrturm weiterzuziehen und der Waffenkammer am Fuß der Steipplinger Berge, bis er schließlich gegen die Bergkette prallte, die mit ihren schwarzen Gipfeln die Stadt umschloss.

Die Hauptstraße war gefüllt mit Männern, denn es war Freitag, kurz nach zwölf. Die Frauen wuschen entweder gerade Wäsche oder kochten, und die Kinder spielten, sodass die Männer frei hatten und miteinander trinken und reden konnten. Als das Geläut verhallte, zuckten ihre Augen, so wie Männer es taten, wenn Gefahr drohte. Dann strömten sie bereits aus dem Gasthof. Ein Trupp von vier Bütteln und Jens, dem Vogt, rannte aus dem Wehrturm heraus. Die einfachen Männer griffen nach allem, was sie gerade zur Hand hatten. Messer, Schaufeln, auch ein Bierkrug oder Schemel. Sehr vieles kann als Waffe dienen. Die Büttel und der Vogt hatten Pistolen sowie Knüppel und Schwerter.

»Was ist los?«, rief Jens.

»Der Herr ist auferstanden. Ja, Jens, er kommt zum zweiten Mal zu uns Sündern«, sagte Otil, der Gastwirt, der auf der Straße stand.

»Scherze nicht! Deine dummen Witze kannst du dir sparen«, fuhr Jens ihn an.

»Vielleicht haben die Puppen vergessen, die Krähen zu verscheuchen«, sagte Otil. Seine Kumpane und Speichellecker lachten. Diejenigen, die Otil nicht mochten – wie zum Beispiel Roderich, ein junger, aufstrebender Bauer und erst seit geraumer Zeit Stadtrat –, schüttelten jedoch den Kopf und sahen den Vogt an. Auch wenn sie abends mit ihm um Geld spielten und tranken, ihre Geschäfte mit ihm machten und sich ein wenig vor ihm fürchteten, weil er gemein, gerissen und schlau war.

»Die erste Glocke wurde im Süden geläutet«, sagte Roderich.

Der Vogt nickte seinen Dienern zu, und sie machten sich auf den Weg zum Dunklen Grund. Roderich tappte ihnen hinterher. Der Rest der Männer blieb zurück. Otil wippte auf den Füßen. Kroll, der Bürgermeister, stand regungslos da und schwieg.

Der Trupp war ungefähr hundert Meter gegangen, als die Frauen über den kleinen Hügel in Sicht kamen, der nach Bedburg führte. Angst und Schrecken standen ihnen ins Gesicht geschrieben. Die Männer liefen ihnen entgegen. Als sie fast bei den Frauen waren, erblickten sie das Kind. Greet hielt es in den Armen und wiegte es wie ein Neugeborenes. Noch dort auf der Straße erzählte sie den Männern die Geschichte des Jungen, den sie beim Waschen gefunden hatten, und berichtete von dem Wolf, der sie verfolgt hatte. Gelegentlich flocht ihre Schwester Ida Einzelheiten ein.

»Ihr wurdet verfolgt?«, sagte Jens. »Also ist der Wolf hier?«

»Hinter uns«, antwortete Greet. »Genau da. Wir konnten ihn in den Bäumen hören.« Sie zeigte zum Dunklen Grund. Die Männer bauten sich breitbeinig auf, als ginge es an Ort und Stelle in den Kampf. Doch dann beschloss man, zunächst die Frauen in Sicherheit zu bringen.

Greet stellte den Jungen auf den Boden. Er schwankte. Das Kind war weiß wie die Wand, konnte aber laufen.

»Lass uns zurück zur Stadt gehen«, sagte Jens.

Die Büttel umfassten die Schwerter auf ihren Hüften und marschierten voraus.

Greet und Jens gingen zusammen, das Kind in ihrer Mitte. »Was ist passiert, mein Junge?«, fragte Jens.

Greet antwortete für den Jungen. »Er sagt, dass es der Wolf gewesen ist.«

»Stimmt das, mein Junge?«, fragte Jens.

Das Kind sah stumm vor sich hin, als betrachtete es die Häuser von Bedburg, den runden schwarzen Wehrturm, den Fluss, das Rathaus, den Metzger, das Gasthaus. Schließlich wandte es den Kopf, betrachtete die schnüffelnden Hunde am Straßenrand. Anschließend blickte das Kind zu dem violett verfärbten Himmel und der Sonne, die sich durch die Wolken kämpfte – dann brach es plötzlich zusammen.

Jens hob den Jungen auf. Greet ging neben den beiden, und sie setzten ihren Weg in die Stadt fort, wo die Bürger von Bedford schon bald zusammenkommen würden, um wichtige Entscheidungen zu treffen.

Paulus schloss die Befragung der Zeugen ab – der Augenzeugen sowie der Zeugen vom Hörensagen. Dann rief er die Männer auf, die sich mit dem Jungen nach dessen Rettung im Wehrturm aufgehalten hatten. Das waren zwei Gerichtsdiener, Kroll, Roderich, Otil und Jens.

Kroll befahl er als Ersten herein. Seine ganze Erscheinung erinnerte an einen Maulwurf. Er war klein, dunkelhaarig, dick und hatte einen verkniffenen Zug um den Mund. Selbst sein zerschlissenes braunes Wams hatte etwas von einem Fell.

Kroll erzählte, dass man den Jungen in eine Zelle gebracht und ihm einen beruhigenden Trunk verabreicht hatte. Die Ratsherren hatten unterdessen beschlossen, eine Gruppe zusammenzustellen, um den Wolf zu jagen.

»Wo befand sich die Zelle?«, fragte Paulus.

»Im Wehrturm, mein Herr«, antwortete Kroll.

»Wo im Wehrturm?«

»Im Keller. Dort, wo die Zellen sind«, erwiderte Kroll.

»Und der Trunk?«

»Das haben wir ihm gegeben.«

»Woher war das? Woher hatten Sie das?«

»Medizin befindet sich im Wehrturm.«

»Was war das für Medizin?«

»Ich weiß nicht. Ein Beruhigungsmittel.«

»Und hat er geschlafen?«

»Ja.«

»Als die Gruppe dann loszog, um Stumpf zu jagen – oder den Wolf zu jagen, wie Sie es ausdrückten –, wer blieb da bei dem Jungen?«

»Niemand.«

Paulus stieß einen verächtlichen Laut aus. »Sie können gehen«, sagte er schließlich.

Kroll erhob sich. Doch Paulus ergriff noch einmal das Wort.

»Ein Moment. Ich habe etwas vergessen.«

Kroll verharrte über seinem Sitz.

»Haben Sie mit dem Jungen gesprochen?«

»Mit ihm gesprochen?«

»Ja. Haben Sie sich mit ihm unterhalten? Ihm Fragen gestellt?«

»Ja.«

»Was hat er Ihnen erzählt?«

»Dass er angegriffen worden ist.«

»Und?«

»Und dass es ein Wolf war.«

»Der Junge hat Wolf gesagt?«

»Ja.«

»Danke. Sie können gehen.«

Kroll verließ den Saal, und Otil wurde aufgerufen. Er stolzierte zum Zeugentisch, sah sich wichtigtuerisch um. Dann zog er den Stuhl zu sich und setzte sich in aller Ruhe.

»Warum waren Sie im Wehrturm?«, fragte Paulus.

»Wie meinen Sie das?«, fragte Otil zurück.

»Warum waren Sie da? Welchen Grund gab es, dass ein Gastwirt bei einem solch wichtigen Ereignis anwesend war?«

Otil drückte die Brust heraus. »Ich besitze hier in der Stadt das Bürgerrecht, mein Herr.«

»Wieso sollte das in einer solchen Angelegenheit zum Tragen kommen?«

»Wie bitte?«

»Warum sollte Ihr Bürgerrecht von Belang sein, wenn, wie Sie glauben, ein Kind von einem Werwolf angegriffen wurde und medizinische Hilfe braucht?«

»Das hat niemand angenommen!«

»Also, warum waren Sie dann da?«

»Um aufzupassen, denke ich.«

»Warum haben Sie dann Ihr Bürgerrecht angeführt?«

»Ich weiß es nicht«, antwortete Otil.

»Wer pflanzt hier in der Stadt Rüben an?«

»Wie bitte?«, fragte Otil.

»Wer pflanzt hier Rüben an?«

»Eine Familie namens Westren.«

»Warum war Herr Westren nicht im Wehrturm?«

»Ich weiß es nicht, mein Herr.«

»Warum war der Sargmacher nicht da? Oder der Priester? Wäre es nicht sinnvoller gewesen, den Priester dort zu haben? Jeden anderen, außer Ihnen, den Gastwirt?«

»Ich weiß nicht, warum der Priester nicht da war«, antwortete Otil.

»Und ich weiß nicht, warum Sie da waren. Der Gastwirt der Stadt«, entgegnete Paulus. »Ich wüsste es aber gern.«

»Wie gesagt, mein Herr, ich war nur da, um nachzusehen. Ich bin mit den anderen befreundet. Mit dem Bürgermeister und dem Vogt.«

»Und Ihr Stadtratskollege … dieser Bauer … Roderich … Warum war der da?«

»Ich vermute, aus dem gleichen Grund. Wir waren neugierig«, sagte Otil. Er wandte sich zu den Zuschauern im Saal und lachte.

Paulus schlug mit der Hand auf die Richterbank und brüllte Otil an. »Verschwinden Sie! Los, verlassen Sie den Raum!«

Otil saß regungslos da und starrte Paulus an. Paulus brüllte ihn noch einmal an. »Stehen Sie auf und gehen Sie mir aus den Augen!«

Otil sprang auf.

»Warten Sie«, schrie Paulus. Seine Stimme war inzwischen heiser.

Ich sah, wie Otil zu einer Statue erstarrte.

»Wer hat sich um den Jungen gekümmert?«, fragte Paulus, und sein Ton war nicht mehr bedrohlich.

»Wir alle, mein Herr«, erwiderte Otil.

»Inwiefern?«

»Wir haben ihn gebadet, die Wunden versorgt und ihm zu essen und zu trinken gegeben, obwohl er nicht essen wollte.«

»War das alles?«

»Ja.«

»Wo haben Sie ihn im Wehrturm versorgt?«

»In der Eingangshalle. Dort hatten wir ihn hingebracht.«

»Blieb er dort?«

»Ja, mein Herr.«

»Sehr gut. Gehen Sie!«

Otil huschte aus dem Raum wie eine Maus, hinter der die Katze her ist.

Roderich kam als Nächster herein. Hoch aufgeschossen wie ein Reiher stakste er in den Saal. Paulus schrieb etwas in sein Notizheft, das vor ihm lag, und blätterte ein paar Unterlagen durch. Er beugte sich zu mir und flüsterte mir ins Ohr. »Ich lasse ihn etwas schmoren. Nick mir zu!«

Er lehnte sich zurück, und ich nickte ihm zu. Dann betrachtete ich Roderich, anschließend blickte ich wieder zu Paulus und griff nach meiner Feder. Ich begann in mein Notizheft zu schreiben, kritzelte meinen Namen, noch einmal und noch einmal. Schließlich zeichnete ich ein lachendes Gesicht.

Die Zeit arbeitete gegen Roderich. Mittlerweile schwitzte er und lächelte nervös. Er strich sich mit der Hand durch das feuchte Haar und über die Augenbrauen. Schweißtropfen perlten von seinem Nacken auf den Kragen.

»Worüber haben Sie im Wehrturm abgestimmt?«, fragte Paulus schließlich.

Roderich zuckte auf seinem Stuhl wie ein Pferd, das man an die Kandare nimmt.

»Wir haben darüber abgestimmt, wie wir den Wolf jagen wollen, mein Herr«, erwiderte Roderich.

»Sonst nichts?«

»Nein, mein Herr.«

»Und wie war das Ergebnis der Abstimmung?«

»Wir schickten zwei der Büttel los, um eine Gruppe zusammenzustellen, die das Land südlich der Stadt durchkämmen sollten, während wir eine Gruppe anführten, die die Wälder durchsuchte.«

»Wer ist wir? Wer war in Ihrer Gruppe?«

»Jens, Kroll, Otil und ich. Wir nahmen noch die beiden Söhne von Otil mit, die ebenfalls Gerichtsdiener sind.«

»Wie viele waren in der anderen Gruppe? Die die südliche Gegend durchforstete?«

»Zehn oder fünfzehn.«

»Und Sie waren zu sechst?«

»Ja.«

»Warum?«

»Der Wolf war zuletzt im Süden gesehen worden, beim Dunklen Grund.«

Paulus legte den Kopf schief, sodass seine Wange fast die Schulter berührte. Er musterte Roderich.

»Und wie konnte der Junge aus dem Wehrturm herauskommen?«

Ich habe keine Ahnung, mein Herr.«

»Dann lassen Sie Ihre Fantasie spielen«, meinte Paulus.

»Das kann ich nicht«, erklärte Roderich.

»Haben Sie keine Fantasie?«

»Nein, mein Herr.«

»Dann können Sie kein guter Stadtrat sein.«

»Es tut mir leid.«

»Versuchen Sie's!«, forderte Paulus ihn auf.

Roderich öffnete den Mund und sah sich um.

»Versuchen Sie's, vorher werden Sie diesen Raum hier nicht verlassen«, sagte Paulus.

Die Zuschauer im Saal rückten nervös auf ihren Sitzen.

»Ich kann nicht, mein Herr.«

»Ich kann warten. Und wenn Sie mir nicht geantwortet haben, bevor ich den Ausschuss heute Abend beende, werden wir morgen erneut zusammentreffen. Die Nacht bis dahin werden Sie allerdings im Wehrturm verbringen wegen Missachtung des Untersuchungsausschusses.«

Paulus lehnte sich in seinem Stuhl zurück und berührte mich am Arm. »Wilhelm, schreib diese Order nieder!«, sagte er zu mir. Ich kritzelte sie in meiner Kurzschrift in das Heft. »Einlieferung von Roderich ins Gefängnis, sollte er keine Antwort auf die Frage geben, wie das Kind den Wehrturm verlassen konnte.«

Das löste ihm die Zunge. Er richtete sich auf, wischte sich die feuchte Stirn. »Wenn ich es mir vorzustellen hätte, würde ich davon ausgehen, dass er sich irgendwie aus dem Wehrturm befreit hat, als wir gegangen waren«, sagte er.

»Wie sollte er das geschafft haben?«

»Die Schlüssel zum Wehrturm werden im Hauptraum aufbewahrt, wo wir den Jungen untergebracht hatten. Er könnte sie gefunden haben und geflohen sein.«

»Wurden die Schlüssel vermisst?«

»Es gibt mehrere Schlüsselbünde.«

»Wurden Sie gezählt?«

»Ich glaube nicht. Ich weiß es nicht.«

»War der Junge wach und bei Kräften? Wäre er körperlich in der Lage gewesen, zu fliehen?«

»Ja, mein Herr.«

»Sehen Sie, Roderich. Sie haben doch Fantasie«, sagte Paulus. »Deshalb sind Sie auch zum Stadtrat geeignet.«

Roderich glaubte daraufhin fälschlicherweise, dass Paulus ihn nun entlassen würde.

»Es könnte also nicht gewesen sein, dass jemand im Wehrturm war, der den Knaben freiließ und ihn in den Wald brachte?«

»Nein, mein Herr.«

»Sind Sie sich sicher?«, fragte Paulus.

Paulus beugte sich zu mir und flüsterte mir wieder ins Ohr. »Sie haben es gemacht«, murmelte er. Während er sich wieder zurücklehnte, sagte er das Wort »Köder«.

Ich hätte mir eine Reaktion von Roderich gewünscht, doch er sagte nichts. Er saß da wie ein begossener Pudel.

»Sie können gehen«, erklärte Paulus schließlich. Roderich stand auf und schlich zur Tür.

Paulus forderte mich auf, Jens hereinzurufen. Wenn ein junger Schnösel wie ich den Vogt vor den Ausschuss zitierte, wäre ihm wohl gleich klar, dass er vor ihm, Paulus, keine Privilegien genoss.

»Erzählen Sie mir, in welchem Zustand befand sich der Junge, als Sie ihn zum letzten Mal gesehen haben?« Paulus hatte seine Frage gestellt, noch bevor Jens mit seinem Hintern auf den Stuhl Platz genommen hatte.

»Wir ließen ihn schlafend im Wehrturm zurück, mein Herr«, antwortete er mit gesenktem Blick.

Gemurmel setzte unter den Zuschauern ein, woraufhin Paulus nur die Hand heben musste, um sie wieder zum Schweigen zu bringen.

»Wo im Wehrturm?«

»Im Hauptraum.«

»Was ist davor passiert? Bevor Sie ihn verließen?«

»Nichts.«

»Davor ist nichts passiert? Sie brachten den Jungen zum Wehrturm und gingen dann wieder? Ist das Ihre Antwort?«

»Nein, mein Herr. Entschuldigen Sie«, sagte Jens. »Wir haben den Buben ins Bett gelegt.«

»Ist das alles?«

»Ja.«

»Sie haben ihn nicht gewaschen oder ihm etwas zu essen gegeben? Ihm keine Medizin verabreicht oder ihm Fragen gestellt?«

»Er war zu schwach, um zu sprechen. Wir haben ihn gesäubert, ihm Wasser gegeben und ihn schlafen lassen.«

»Hat er gut geschlafen?«

»Der arme kleine Kerl schlief fast augenblicklich ein, als wir ihn hinlegten.«

»Und das war wo?«

»Ich glaube, es war unten in den Zellen neben der Waffenkammer.«

»Haben Sie nicht gerade gesagt, dass er im Hauptraum war?«

Jens wurde bleich.

»Entschuldigen Sie, mein Herr. Ich habe mich vertan. Es war im Hauptraum.«

»Und dann?«

»Dann gingen wir, um den Wolf zu fangen.«

Paulus zog Jens jede Einzelheit aus der Nase über die Jagd nach dem Wolf.

»Der Abend dämmerte langsam, als wir den Wehrturm verließen«, erzählte der Vogt. »Wir durchforsteten stundenlang den Wald im Norden und im Osten. Die Suche verlief langsam, wir rückten im Schneckentempo vor, ganz still und leise. Die meisten meiner Männer haben zumindest eine Zeit lang im Militär gedient, sodass sie im Ausspähen und Überwachen ausgebildet sind. Die andere Gruppe durchkämmte den Süden, überquerte anschließend den Fluss in Richtung Westen, um den Bergkamm zu umgehen. Als wir den äußersten Punkt des Tales erreicht hatten, machten wir kehrt in Richtung Stadt. Doch auch auf unserem Rückweg über Land hielten wir Ausschau.

Keine zwei Meilen von Bedburg entfernt, hörten wir klagende Laute. Sie klangen wie die eines Lamms, wenn seine Kehle durchschnitten wird. Daraufhin rannten wir los. Fünfhundert Schritte weiter entdeckten wir in der Nähe der Lagerhütte des Försters mitten im Wald einen riesigen, schwarzen Wolf, der sich gerade über einen Jungen hermachte. Irgendwas an seiner Größe und Haltung erinnerte uns aber an einen Menschen. Das Kind war tot. Der Wolf hatte uns nicht gesehen. Er saß auf dem Jungen und riss an dessen Kleidern und Körper. Ich ließ die Männer in der Lichtung ausschwärmen. Dann zündete ich meine Lunte an, füllte mein Gewehr mit Schießpulver, zielte und schoss. Ich streifte seine Schulter, die Wunde ist noch immer an Stumpf zu erkennen. Er bäumte sich auf, brüllte und rannte los.

Der Wolf durchbrach galoppierend unseren Ring. Mir schien es, als würde er sich eher wie ein Pferd als wie ein

Wolf fortbewegen. Wir waren ihm dicht auf den Fersen, obwohl er schnell war. Er riss an seinem Körper, glaube ich, als wir ihn im Wald verfolgten. Die jungen Kerle waren uns alten Herren, Kroll und mir, weit voraus. Otil war schnell und konnte mit seinen Söhnen und Roderich mithalten. Der Wolf zog etwas von seinem Körper, eine Art Gürtel oder Schärpe, und ein grüner Blitz durchzuckte den Wald. Als wir wieder sehen konnten, erkannten wir einen Mann, der nackt vor uns durch die Bäume lief. Mittlerweile waren wir dicht hinter ihm. Sein Tempo hatte sich verlangsamt, ich nehme an aufgrund der Schusswunde, die ich ihm an der Schulter zugefügt hatte. Er rannte und wich den Bäumen aus, doch Otil schien ihm zu folgen wie ein wohlgezielter Pfeil seinem Ziel.

Otil holte den flüchtenden Mann ein und verpasste ihm mit dem Knüppel, den er in der Hand hielt, einen Schlag auf den Kopf. Der Mann ging zu Boden, als hätte man ihm die Füße weggerissen. Als Kroll und ich die anderen einholten, hatten die Männer den Körper herumgedreht. Es war Stumpf. Er hatte seinen Wolfsgürtel während der Verfolgungsjagd abgestreift, um wieder Menschengestalt anzunehmen. Doch wir hatten seinen Zauber gesehen. Und das ist die reine Wahrheit, ich schwöre es.«

Paulus entließ Jens und rief nacheinander noch einmal Kroll, Otil und Roderich auf. Er bat sie um einen Bericht von der Verfolgung und der Gefangennahme des Wolfs. Die Geschichte, die sie abgaben, entsprach in allen Einzelheiten derjenigen, die Jens zu Protokoll gegeben hatte. Sie hatten sie schon viele Male zuvor ihren Freunden im Gasthaus und ihren Frauen im Bett erzählt.

»Warum ist keiner bei dem Jungen im Wehrturm geblieben, als sie auf die Jagd nach dem Wolf gingen?«, fragte er sie alle, bevor sie das Gericht verließen.

Alle antworteten, dass sie es nicht für notwendig gehalten hätten.

»Bedauern Sie Ihren Fehler?«, fragte Paulus sie dann.

»Ja, mein Herr«, lautete ihre einstimmige Antwort. Mit einer herrischen Handbewegung entließ Paulus sie.

Als Nächste rief er die beiden Büttel auf, Otils Söhne. Ich erkannte sie. Sie hatten die Söhne von Stumpf gefunden und ihre Leichen auf den Rücken der Pferde in die Stadt gebracht. Paulus hätte sie eigentlich durch die Mangel nehmen müssen, doch sie waren solche Schwachköpfe, dass sie unmöglich befragt werden konnten. Mitunter kann auch der größte Geist gegen die Dummheit nicht ankommen. Das habe ich im Laufe meines langen Lebens gelernt. Die beiden Jungs von Otil starrten auf den Boden, nickten, sagten »ja« oder »nein« oder blickten Paulus verständnislos an. Ihre Körperhaltung machte Paulus wütend, und er fuhr sie an, sich anständig hinzusetzen und sich nicht so herumzufläzen.

Schließlich begann er, sie zu befragen. Beide sagten aus, dass sie den Eingang des Wehrturms bewacht hätten, während die Stadtoberen mit dem roten, zerrissenen Jungen zusammen gewesen seien. Sie hätten nichts von den Geschehnissen drinnen mitbekommen, bis man ihnen erklärte, dass sie an der Verfolgung des Wolfs teilnehmen sollten.

»Warum ist nicht einer von Ihnen bei dem Jungen geblieben?«

Beide antworteten, dass man ihnen das nicht befohlen hätte.

»Waren die Söhne von Stumpf tot, als Sie sie gefunden haben?«, fragte Paulus und schlug eine andere Richtung ein.

»Ja, Herr.«

»Waren Sie bewaffnet?«

»Ja, Herr.«

»Womit?«

»Mit einem Schwert, Herr.«

»Keine Armbrust?«

»Nein, Herr.«

»Wer hat die Söhne von Stumpf umgebracht?«

»Ich weiß es nicht, Herr.«

»Besitzen Sie eine Armbrust?«

»Ja, Herr.«

»Haben Sie sie im Dienst dabei?«

»Ja, Herr.«

»Aber heute nicht, oder?«

»Nein, Herr.«

»Warum nicht?«

»Vergessen, Herr.«

»Obwohl Sie den Befehl erhalten haben, sich mit zwei jungen Männern zu treffen, die womöglich in Gefahr waren?«

»Keiner hat uns das gesagt, Herr.«

»Was hat man Ihnen denn gesagt?«

Selbst die Zuschauer verloren die Geduld mit ihnen. Sie buhten, als sie ihre sinnlosen Antworten nuschelten.

Paulus beendete die Befragung kurzerhand. »Raus!«, rief er. »Geht mir aus den Augen! Und wascht euch gefälligst, ihr stinkt wie ein ganzer Rinderstall!«

Dann hob er die Sitzung auf, und ich nahm mein Abendessen mit dem Werwolf ein, so, wie Paulus es vorgeschlagen hatte.

»Manchmal bringen die Mühlen der Justiz nichts weiter als Unsinn hervor«, sagte er, als ich ging. »Und Lügen.«

Die zweite der Betrachtungen des Werwolfs

Ein Gespräch über Krieg und Münster

»Mein Krieg in Münster war eigenartig«, erzählte mir Peter Wolf. Ich hatte ihm diesen Namen gegeben, und offensichtlich mochte er den Scherz ebenso wie ich. »Als die Rebellen die Stadt einnahmen, fielen ihnen auch Kanonen und Mörser in die Hände, die so gut waren wie unsere. Also konnten wir uns nicht nah genug an den Stadtmauern formieren, um sie einzureißen. Ich war ein guter Späher und Artillerist. Deshalb wurde ich mit einem Trupp von vier Mann losgeschickt, angeführt von einem Hauptmann, um die Umgebung von Münster zu erkunden und eine höhere Stellung innerhalb der nötigen Reichweite ausfindig zu machen, auf der wir unsere Kanonen und Mörser platzieren und auf die Stadtmauern schießen könnten. Einige Stellen waren perfekt zur Positionierung der Kanonen, doch war es unmöglich, die Geschosse dorthin zu transportieren. Bei anderen Stellen verhielt es sich umgekehrt. Sie waren zwar für den Transport der Kanonen geeignet, lagen aber entweder so, dass die Rebellen uns hätten beschießen oder wir die Stadtmauern nicht hätten treffen können. Unser Hauptmann war ein Mann der Zahlen und berechnete die Entfernungen, Geschwindigkeiten und Parabeln der Flugbahnen mithilfe seines Gleichungs- und Instrumentenbuchs. Ich und zwei weitere Soldaten erkundeten die Umgebung nach Orten, um Geschütze aufzustellen.

Auf diesen Erkundungsgängen oberhalb der Stadt aß ich meine Rationen häufig allein. Ich hatte mich mit den beiden anderen Spähern zur Auskundschaftung des Lands und Beobachtung der Lage aufgeteilt. Ich konnte die Menschen innerhalb der Stadtmauern erkennen. Sie waren von meinem Standort aus klein und wirkten harmlos. Die Truppen und Zelte der Armee außerhalb der Stadt erschienen wie Bilder auf einer Landkarte. Der Fluss, die Kanäle und die Wasserstraßen um Münster glitzerten, und Tupfen von Rauch, die von Lagerfeuern außerhalb der Stadtmauern und von den Schornsteinen innerhalb der Stadtmauern stammten, durchzogen die Luft wie Schlieren ein Glas. Von mir aus hätten alle sterben und mich auf diesem Hügel in Ruhe lassen können.

Während einer meiner ersten Erkundungen fand der Angriff der Kinder und Alten statt. Ich hörte die Fanfaren der Trompeten und Trommeln innerhalb von Münster und sah, wie die Tore sich öffneten. Hunderte von Kindern – keines älter als zehn – strömten auf das Feld vor der Stadt, um die Armee zu erstürmen. Die Soldaten hoben ihre Federbüsche, als die Trompeten ertönten. Eine Reihe von Kavalleristen zog auf, hinter die sich Truppen von Pikenieren, Musketieren, Grenadieren und einfachen Infanteristen positionierten.

Die Kinder, bewaffnet mit Schwertern und Äxten, liefen schreiend und wütend auf unsere Linien zu. Viele sangen Kirchenlieder – mehrere durcheinander, sodass man keines von ihnen erkannte. Hinter den Kindern tauchten alte Männer und Weiber auf, die ebenfalls schrien und Kirchenlieder sangen. Keiner von ihnen trug eine Rüstung.

Der Angriff der Kavallerie begann nur langsam. Als sie auf die Kinder zuritten, hatten diese schon fast unsere Linien erreicht und schwärmten aus. Auch wenn sie viele der Reiter von den Pferden zerrten und sie niedermetzelten, mähten die Landsknechte die Kinder wie mit einer riesigen Sense um. Die Kavallerie setzte ihren Weg fort zu den Greisen, während die Infanterie vorrückte, um die restlichen Kinder zu erledigen. Von der Stadtmauer schossen Rebellen auf die Kavallerie. Sie töteten noch mehr Reiter und Infanteristen, die mittlerweile ebenfalls die Alten erreicht hatten. Unsere Musketiere schossen zurück und hielten die Schützen auf der Mauer in Schach, während die Kinder und Greise auf dem Feld vor Münster niedergemacht wurden.

Das Gefecht war vorbei, als ich meine Essensration aus Trockenfleisch, Brot und einem Apfel verzehrt und den Wein getrunken hatte. Ich sah von meiner Position aus, wie sich die Stadtmauer mit Rebellen füllte, die jetzt niederknieten und die Hände gen Himmel hoben.

Als die Kavallerie und Infanterie sich zurückzogen und alle Gefallenen tot zurückließen, jubelten die Menschen auf der Stadtmauer und ein Lied ertönte, das weithin schallte. Es war ein Choral, den ich noch nie zuvor gehört hatte. Später erfuhr ich, dass er »Crucifigat Omnes« hieß und aus einer Liedersammlung namens »Carmina Burana« stammte. »Dies soll unser aller Kreuzigung sein«, sangen die Menschen von Münster. Sie waren glücklich. Ihre Kinder als auch ihre Väter und Mütter waren im Heiligen Krieg gestorben und würden in den Himmel kommen. Sobald die Rebellen Münster in das neue Jerusalem verwandelt haben würden, stünden sie wieder auf von den Toten und Christus kehrte zurück, um mit ihnen auf der Erde zu wandeln und über die sündige Menschheit Gericht zu halten.

Der Gesang ärgerte den jungen Fürstbischof, und er befahl seinen Trommlern und Pfeifern, so lange und so laut zu spielen, wie sie nur konnten. Die Rebellen in der Stadt bemerkten dies, und einige von ihnen tanzten Arm in Arm auf der Stadtmauer.

Wenn ich die Umgebung nicht nach möglichen Stellungen absuchte, wurde ich mit meiner Schwadron losgeschickt, um Spione sowie Schmuggler aufzustöbern, die versuchten, Proviant nach Münster zu schmuggeln. Unser Trupp von Jägern bildete einen Ring um die Stadt. Sie waren eingeteilt in Gruppen von zwei Männern, denen man jeweils ein Gebiet zugeordnet hatte, das auf der Landkarte eingezeichnet war. Dieses Stück Land hatten sie zu bewachen und von Spionen und Schmugglern freizuhalten. Der zu kontrollierende Abschnitt der Mannschaften war ziemlich weitläufig, so groß wie ein mittleres Dorf. Das konnte durchzogen sein mit Wäldern, Bächen, Gräben. Man musste ständig lange Märsche absolvieren. Die erste, achtstündige Schicht übernahm ein Mann von Tagesanbruch bis Mittag. Anschließend übernahm der zweite Mann, während der erste sich ausruhte. In der Nacht patrouillierten sie gemeinsam, da die Dunkelheit für die Spione und Schmuggler von Vorteil war und ihnen besseren Schutz bot. Am nächsten Morgen ruhte sich derjenige aus, der tags zuvor die Frühschicht übernommen hatte, während sein Kamerad die ersten Runden durchs Gelände zog. So vergingen Monate. Es war anstrengend und monoton.

Ich nahm mit meinen Mannschaftskameraden in den ersten drei Monaten der Belagerung nicht mehr als ein halbes Dutzend Spione gefangen. Die meisten versuchten von Münster zu anderen Dörfern und Städten zu gelangen, um dort zu predigen und den Aufstand auszudehnen. Das Stück Land, das ich und mein Kamerad bewachten, war fürs Schmuggeln nicht geeignet. Es gab nur wenige Bäche und Wälder in unserem Revier. Schmuggler nutzten die Flüsse, Bäche und Kanäle, um die Stadt zu erreichen. Wir hatten den Auftrag, die Gefangenen lebend zu ergreifen, doch sie liefen weg oder kämpften mit uns. Ich hielt es daher für sinnvoller, sie an Ort und Stelle umzubringen. Außerdem konnten wir sie so durchsuchen, denn Spione hatten normalerweise immer Gold dabei. Mein Kamerad war der gleichen Meinung, und so vergruben wir jeden, den wir schnappten, in einem Waldstück in der Nähe unseres Reviers.

Krieg ist ein ermüdendes Geschäft, wie wohl jede Form von Arbeit, die der Mensch erdacht hat. Wenn einem aber Krieg egal ist, so wie die Seite, auf der man kämpft, oder der Grund, weshalb man sterben soll, kann der Krieg einen sehr reich machen. Die Ausrüstung kümmert keinen im Heer. Sie gehört niemandem, weder dem einfachen Soldaten noch dem ranghöchsten Hauptmann. Wenn also etwas verschwindet, Töpfe, Pfannen, Kessel, Brennholz, Eisenbarren, Pferde, Wagen, Schwerter, Waffen, Essen, Wein, Decken, Zelte, regt sich niemand sonderlich auf. Es wird vielleicht etwas gemotzt, mehr aber nicht. Die Marketender, die mit einem Lager mitziehen, also die Huren und kleine

Händler, sind gute Kunden. Sie zahlen für das, was man ihnen gibt, und verkaufen es dann weiter. Alle profitieren davon und werden auf diese Weise reich. Das Heer wird aber dadurch auch nicht arm, da die Reichsstände und der Kaiser weiterhin kaufen, zahlen und geben. Denn wenn sie das nicht tun, werden sie den Krieg nicht gewinnen. So bringt der Krieg die Dummköpfe um, die an ihn glauben, und macht die Menschen reich, die sich einen Teufel darum scheren, wer gewinnt oder verliert.

Ich war jahrelang Soldat. Zwischen den Einsätzen lernte ich mit der Bank Geschäfte zu machen, denn ich konnte nicht mit einer verschlossenen Kiste voller Tauschwaren, gestohlenen Gütern und Münzen durch das Land reisen. Auch Bankgeschäfte verhelfen einem Mann zu Reichtum, so wie ein zu Reichtum gekommener Mann seine Bank reich macht. Daher wissen die Banken, dass es vorteilhaft ist, einen Krieg zu finanzieren, und so gehören die beiden zusammen wie der Tod und das Mädchen.

Als Münster angegriffen wurde und fiel, war ich nicht dabei. Mein Trupp diente als Reserveeinheit, sollte die erste Bestürmung für uns nachteilig verlaufen. Mir war es einerlei. Ich wollte genauso wenig mehr Rebellen töten wie meine eigenen Hauptleute oder den Fürstbischof oder die faulste Lagerhure. Wenngleich ich allen gern die Kehle durchgeschnitten hätte.

Nach dem Fall der Stadt musste ich die Gefangenen zählen, unter denen es viele Junge gab. Knaben und Mädchen zwischen zehn und sechzehn Jahren. Die jüngeren Kinder waren alle bei dem Angriff beteiligt gewesen und gestorben, weil man sie für die unschuldigsten Seelen gehalten hatte, die am ehesten in den Himmel aufsteigen würden.

Die meisten Greise waren im letzten Gefecht um die Stadt getötet worden oder in der Säuberungsaktion, nachdem Münster erobert worden war. Unser Gefangenenlager wirkte daher wie eine Schule auf Reisen. Vielleicht war auch Paulus darunter, wer weiß.

Dann spaltete sich das große, vereinigte Heer auf, deren Soldaten sich aus Anhängern Roms und Anhängern Luthers zusammensetzte. Die katholischen Truppen folgten dem Fürstbischof in die Stadt, um Recht und Ordnung wiederherzustellen. Wir, die protestantischen Truppen, kehrten zu unserer ursprünglichen Aufgabe zurück. Das heißt, in den protestantischen Städten und Dörfern als Soldaten zu fungieren und darauf zu warten, dass der Fürstbischof uns ins Visier nahm, falls dieser Tag je kommen sollte. Auch wenn die protestantischen Städte in der Tat frei waren von Rom, waren sie dennoch nicht frei. Der protestantische Adel, der in diesen Gegenden herrschte, war hocherfreut über die Bedrohung, die von ihren katholischen Vettern ausging. So konnten sie uns hin- und herschieben wie die Zinnsoldaten, die wir in ihren Städten und Dörfern waren, und die Bevölkerung kam nicht auf die Idee, weiter über Freiheit nachzudenken, als bis zur Kanzel in der Kirche und den Knien, auf die sie abends fielen, wenn sie beteten.

Ich hätte ebenso gut auch im katholischen Heer dienen können. Mir ist es egal, welchen Rang ich bekleide oder unter welcher Flagge ich marschiere, wenn man versucht, mich zu töten. Damals, als junger Mann in Bedburg, war es nun einmal so, dass das einzige Heer, dem ich beitreten konnte, das protestantische war. Lass es mich so ausdrücken. Ich entschied mich so sehr für oder gegen Luther wie ich mich für oder gegen Rom entschieden hätte. Die

Erwachsenen hatten über mich bestimmt, als ich noch klein war. Von mir aus hätten sie auch beschließen können, die Sonne anzubeten. Obwohl ich denke, dass der Mond ein besseres Anbetungsobjekt wäre. Wenn schon ein Gott verehrt werden soll, dann würde der alte, graue Mond eine schöne Gottheit abgeben, denn er ist still und lässt niemanden leiden. Eine Schönheit ohne Leidenschaft.«

Neunzehntes Kapitel

Bericht über die Geschichte des Heiligen Römischen Reichs Deutscher Nation mit engem Bezug zum Bauernkrieg, dem Aufstand der Täufer und der anschließenden Belagerung

Paulus und ich bezogen an diesem Abend erneut unser Quartier im Gasthof. Unser Zimmer erfüllte seinen Zweck. Es war sauber, warm, hatte zwei Betten, zwei Stühle und einen Tisch. Bei einem Glas Schnaps unterhielten wir uns. Wir waren müde, doch es war jene Art von Müdigkeit, die einen nicht schlafen lässt, weil sich noch immer alles dreht im Kopf und er nicht aufhören will, zu arbeiten. Wie ein Uhrwerk, das nicht richtig im Takt war. So tranken und redeten wir also. Ich erzählte ihm von den Erlebnissen des Werwolfs in Münster, und er griff den Faden auf.

Münster war das wirbelnde Zentrum der Welt gewesen, sagte Paulus. Dort hatte der Wahnsinn Europas ein Gesicht erhalten, als die Menschen und das Land sich dem Irrsinn zuwandten. Luther hatte die Länder wachgerüttelt. Er war ein Held, der sich seinen Weg trinkfreudig ins Bewusstsein der Menschen gebahnt hatte und ihnen erlaubte, direkt im Licht Gottes zu stehen, ohne dass ein Priester dazwischen war. Mit diesem freien Weg zu Gott glaubten einige, darunter die Armen, die Schwachen und die Heiligen, dass der irdische Weg des Lebens ebenfalls befreit werden müsste und zwar von den adligen Herren und Königen. Selbst von Armut und Gesetzen. So führten die Armen Krieg gegen die Reichen. Ein gerechter und rechtschaffener Krieg, wenn man den Lehren des heiligen Franziskus folgt, so wie ich.

»Während des ersten Aufstands, als die Bauernarmeen in die Städte und auf die Felder zogen, hätte mein Vater schweigen, seine Waren weiterverkaufen und unser Geschäft behalten können«, begann Paulus, trank und füllte noch einmal unsere Gläser. »Er stammte aus keiner Familie von Rebellen. Doch er entschied sich, für die Bauern zu kämpfen, obwohl er Handwerker, Drucker, war. Sein Stand erlaubte ihm, den Krieg abzuwarten, ohne für eine Seite Partei zu ergreifen, wenn er wollte. Doch er setzte sich darüber hinweg und schloss sich den Reihen der Armen und Bedrängten an.«

Sein Vater war noch sehr jung und hatte gerade erst geheiratet, als Luther sich gegen Rom auflehnte. Seine Worte kamen aus dem Verborgenen und verbreiteten sich über ganz Europa. Priester griffen entweder seine Lehren auf und brachen mit Rom oder stemmten sich heftig gegen den Strom, der Luthers Namen trug, so wie auch die Fürsten. Das Land befand sich in einem Zustand der Teilung und des glorreichen Umbruchs. Melchiors Familie war eine von Millionen, die früher still und bescheiden gelebt hatte und jetzt ihre neue Religion auf die Politik und das tägliche Leben übertrugen. Warum sollte jetzt, wo sie direkt mit Gott sprechen konnten und Priester nicht mehr göttliche Fürsprecher waren, ein Adliger, ein Herzog oder ein König Macht über sie haben hier auf Erden? Ebenbürtige Gemeinschaft mit Gott wurde gepredigt, also musste es auf

Grundlage der Lehren Christus auch ebenbürtige Gemeinschaft zwischen den Menschen geben. Die Kirche hatte gesündigt, da sie Gottes Wort nicht befolgt hatte, und somit auch die Könige, Fürsten und Lehnsherren. Jesus predigte Armut und Zusammengehörigkeit, nicht Reichtum und Kontrolle. Könige, Fürsten, Grafen und Herren hatten sich gegenüber Gott falsch verhalten, so wie die Priester. Deshalb mussten auch die hohen Herren sterben, damit das neue Jerusalem aus dem Werk der Armen und Gläubigen entstehen konnte, die in gleichberechtigter Gemeinschaft mit Gott lebten. Priester konnten ihr Mäntelchen nach dem Wind hängen, sich von Rom abwenden und Pfarrer werden, doch Reiche würden immer reich bleiben, außer man brachte sie um und entzog ihnen Land und Geld, um es den Armen zu geben.

Doch so hatte sich der große Luther den Weckruf nicht vorgestellt. Ihm war egal, dass die Armen arm waren oder die Herren die Bauern wie Vieh behandelten. Seine Revolution sollte in der Kirche stattfinden, nicht auf der Straße und den Feldern.

»Wenn Männer wie mein Vater die Möglichkeit gehabt hätten, Luthers Geist als Geschichtsstudenten rückblickend zu betrachten, hätten sie ihn als Sünder verurteilt und ebenfalls umgebracht. Denn er war nicht aus der Mitte der Armen gekommen oder hatte sich für sie stark gemacht. Nein, stattdessen trugen Narren seinen Namen als Fahne vor sich her«, sagte Paulus.

Sein Vater schloss sich einem Haufen von Bauern an und zog über das Land entlang des Rheins. Er brannte Herrenhäuser und Klöster nieder. Solche Truppen tauchten plötzlich auf, wie Scharlachflecken auf dem Körper. Überraschend, ohne Absprache und Planung. Sie schlossen sich zusammen in einer Stadt im Norden, dann in einer im Süden und schließlich im Osten und im Westen, innerhalb weniger Tage. Die Bauern kannten sich nicht, doch verbündeten sie sich und bildeten Schlachthaufen. Der Rest von ihnen blieb in kleinen Gruppen, nahm Schwert und Wimpel des adligen Herrn und kämpfte nicht weiter als bis zum nächsten Tal oder der nächsten Stadt. Sie waren wie ungebändigte Kinder hinter dem Rücken ihrer Eltern. Die Fürsten und Bischöfe begannen schnell, ihre eigenen Heere aufzustellen, die aber nicht so groß waren wie die Truppen der Bauern. Diese zogen mittlerweile zu Hunderttausenden über die Straßen, um der Macht ein neues Gesicht zu verleihen. Im Gegensatz zu den Bauern waren die Heere der Reichen jedoch organisiert und bestanden aus erfahrenen Landsknechten, die bewaffnet waren wie die Truppen Pharaos. Es schien keine Rolle mehr zu spielen, ob ein Fürst oder ein Bischof der alten oder neuen Kirche angehörte. Ihre religiösen Streitigkeiten konnten vor Gericht, an Universitäten und durch Verträge beigelegt werden. Die Mächtigen, egal ob für Rom oder dagegen, verbündeten sich gegen die Armen, gegen das ungebildete, besitzlose Volk, und kämpften Seite an Seite in ihren Rüstungen. Protestanten und Katholiken. Der alte Melchior erklärte seinem Sohn, dass der Teufel mit dem Krieg, den die Heere der Reichen gegen die Bauern führten, Seelen ernten würde auf der Erde. So bearbeiteten die Bauern zuerst das Feld mit der Sichel und legten sich dann zu Tausenden vor die Ritter und vor ihre Geschütze. In einigen Schlachten brachten sie weniger als zehn Soldaten um, während ganze Felder mit ihren Leichen überzogen waren. Dann wurde der Flegel auf dem Dreschboden eingesetzt. Diejenigen, die vom Feld geflüchtet waren oder nur Hilfe oder ein Versteck angeboten hatten, wurden niedergeknüppelt. Man warf ihre Knochen und Leichen in von ihnen zuvor ausgehobene Gräben, um sie als Dünger zu verwenden für die Erde, die sie früher bestellt hatten. Als der Krieg vorbei war, lag nur noch Samenstaub und Spreu in der Luft. Doch die Machtverhältnisse hatten sich nicht verändert. Nur in einigen Kirchen nannte sich ein Priester jetzt Pfarrer, und er nahm weder die Beichte ab noch erteilte er ein Abendmahl. Die Armen waren noch immer bloße Tiere, nur waren es jetzt geschlagene Tiere, die eine noch viel härtere Behandlung verdienten. Doch einzelne der Samen schwebten zur Ernte. Sie schwebten über die Täler und Flussufer und fanden ihren Weg zu Gehöften und Dörfern. Manche überlebten und keimten, wenngleich es zehn Jahre dauerte, bis sie stark genug waren, um sich wieder mit dem Land zu verbinden und zu wachsen. Einer dieser Samen landete in Münster, wo er auf fruchtbaren Boden fiel, getränkt vom Blut der Märtyrer. Münster hatte im Herzen des Landes gelegen, in dem die Bauern geerntet und gedroschen hatten. Das Land hatte lange ausgedörrt dagelegen, was aber bedeutete, dass die Erde Zeit gehabt hatte, sich zu erneuern und wieder fruchtbar zu werden. Als der Samen auf Münster herabfiel, war der Boden so reichhaltig, dass sich das Korn innerhalb eines Tages in eine Pflanze und die Pflanze innerhalb einer Woche in einen Baum verwandelte. Binnen eines Monats ragten die Äste hinauf bis zum Himmel und berührten Petrus' Pforten.

»Münster war zur Stadt der Rebellen geworden mit Jan van Leiden, Knipperdolling und Hofmann an der Spitze«, sagte Paulus, mittlerweile betrunken. Doch er sprach noch immer zusammenhängend und leidenschaftlich, wenngleich eher zu sich selbst als zu mir. Er goss mir auch noch ein Glas ein, und ich ergriff es bereitwillig, damit er weitertrank und mir seine Geschichte zu Ende erzählte. »Münster war der Ort, an dem Geschichte geschrieben wurde, und die Geschichte verlangte nach der Apokalypse. Heute wissen wir durch die Geschichte, dass die Apokalypse sich noch vor uns befindet, doch van Leiden, Knipperdolling und Hofmann brachten die Apokalypse in die Geschichte. Die Menschen in der Stadt erklärten sich zu Gotteskriegern. Diejenigen, die sich ihnen nicht anschlossen, also die Geistlichen, viele reiche Münsteraner und der Stadtrat, wurden der Stadt verwiesen. Wenn sie sie nicht schnell genug verließen, wurden sie umgebracht. Ihr Blut reicherte das Land an, auf dem Münster lag, und die Herrschaft des Neuen Jerusalem begann.«

Denn so wurde Münster jetzt genannt, fuhr Paulus fort. Die Menschen der Stadt waren dazu da, um Gottes Gebote auszuführen wie zu Zeiten der Propheten. Alle Güter gehörten der Gemeinschaft, persönlicher Besitz war verboten. Das beinhaltete auch die Vielweiberei, denn hatten die Propheten nicht auch mehrere Ehefrauen gehabt? Ketzerei wurde mit dem Tod bestraft. Wenn ein Mann zum Auserwählten erklärt wurde, war er über alles Irdische erhaben und gerettet durch Gottes unfehlbaren Willen. Als Auserwählter konnte er nach Lust und Laune morden, ohne dass sein leuchtender Pfad zu Gottes goldenem Thron befleckt wurde. Die Auserwählten standen jenseits von Richtig und Falsch, von Gut und Böse. Ihr Wille war Gottes Wille. Das Kennzeichen der heiligen Gemeinschaft von Münster war die zweite Taufe. Wie sollte ein neugeborenes Kind sich zu Gott bekennen? Nur Erwachsene in vollem Bewusstsein ihres Handelns konnten das von Johannes dem Täufer angebotene Wasser annehmen. Die restliche Welt erachtete das als Ketzerei, denn es verstieß gegen das Recht, dass die Kirche einen Erwachsenen als treu ergebenen Christ gegenüber Gott bezeichnete und dieses Recht nur Erwachsenen einräumte. Doch die Auserwählten von Münster wollten die Welt auf den Kopf stellen, und das sollte ihnen gelingen.

Van Leiden krönte sich zum König von Münster. Er ließ Münzen prägen mit seinem Konterfei auf der einen Seite und dem Konterfei des Täufers auf der anderen Seite. Den Menschen von Münster erklärte er, dass die Welt jenseits der Stadtmauern zu Asche verbrennen werde. Münster würde sich mitsamt seinen Bewohnern leuchtend zum Himmel erheben, während das Heer sich darum kümmern würde, die verdorbenen Seelen auf der Erde zu ernten. Die Stadt würde den Kreisen des Himmels als weiterer Kreis hinzugefügt werden. Das war van Leidens Vision. Das Ende würde kommen, und die Auserwählten würden für immer an der Seite Gottes leben, und seinem Sohn, unserem Heiland.

Doch sämtliche Städte und Gemeinden gaben der Macht nach, und Münster wurde zum Spielball der Geschichte, sagte Paulus, der mittlerweile erschöpft aussah. Van Leiden regierte wie ein Tyrann. Er erließ fast täglich Gesetze und Erlasse. Ein heiliger Erlass besagte, dass sich jeder Bürger mindestens einmal am Tag zu waschen hatte, obwohl Wasser knapp war. Der Fürstbischof hatte nämlich auf seinem Weg nach Münster Flüsse und Bäche gestaut oder umleiten lassen, um die Stadt von der Wasserversorgung abzuschneiden. Doch van Leiden kannte keine Gnade. Diejenigen, die sich nicht wuschen, wurden umgebracht. Van Leiden widerrief seinen Erlass erst, als es in den Badehäusern zu Tumulten kam. In einem Gesetz hieß es, dass die Kinder Gott am nächsten stehen und deshalb als Wächter unter den Menschen wandeln würden. Wenn die Kinder glaubten, dass ein Erwachsener gegen den Willen Gottes verstieß, sollten sie den Auserwählten und Wachen davon berichten. Dabei konnte es sich um einen belanglosen Fluch handeln, wenn einer in eine Pfütze getreten war, oder eine Ohrfeige, die ein Kind bekommen hatte, weil es trotzig gewesen war.

Schließlich wurden die Stadttore geschlossen, und die Belagerung begann. Die Menschen von Münster waren abgeschnitten von der Außenwelt. Wie schon im Bauernkrieg legten die Fürsten und Bischofe ihren Streit über Gott beiseite und verbündeten sich gegen die Armen und Frommen, um dem Reich das Krebsgeschwür herauszuschneiden – denn dafür hielten sie die Rebellen von Münster, für eine verderbliche Geschwulst. Luther selbst riet den Fürsten und Landesherren, die seinen Lehren folgten, ihre Männer für die Dauer der Belagerung unter die Obhut der katholischen Mächte und des Fürstbischofs zu stellen, um die Vernichtung der Rebellen zu gewährleisten. Die Stadt hielt eine lange Zeit durch. Eineinhalb Jahre. Sie hätte noch viel länger durchgehalten, wären die Güter wirklich gemeinschaftlich geteilt worden. Denn während van Leiden, Knipperdolling und die Auserwählten sich von Fleisch und frisch gebackenem Brot ernährten, musste der Rest der Bevölkerung Mäuse, Ratten und Hunde fressen. Jene Menschen, die noch nicht aufgestiegen waren. Frauen, die den Auserwählten als Konkubinen dienten. Männer, deren direkter Weg zu Gott noch nicht gesichert war, weil sie noch nicht zum Kreis der Auserwählten gehörten. Schon bald kostete ein Hund so viel wie eine Frau. Paulus vermutete, dass unter der Bevölkerung einer von zehn auserwählt war. So starben viele. Diejenigen, die den Glauben verloren hatten und auf der Flucht gefangen genommen wurden, richtete man ohne Verhandlung hin, denn die Richter waren Auserwählte. Welche Entscheidungen sie auch trafen, sie konnten nie falsch liegen, da sie den Willen Gottes verkörperten. Auch Kinder wurden zu Auserwählten erkoren, Kinder, die ihre Eltern als Ketzer denunziert hatten. Und Eltern brachten ihre Kinder um, weil sie sie für Ketzer hielten. Viele Familien brachten sich gemeinschaftlich um. Die kaiserlichen Heere zogen den Ring um die Stadt enger und warteten ab. Es war nicht nötig, Soldaten vor einer Mauer sterben zu lassen, wenn die Menschen hinter den Mauern das schon selbst erledigten. Der Hunger griff immer mehr um sich. Eine Handvoll Männer, die es geschafft hatten, aus der Stadt zu fliehen, erzählte dem Fürstbischof von der Hungersnot in Münster. Diese Männer – fast ausschließlich Wachen, die während ihres Diensts geflüchtet waren – sprachen davon, dass Menschen mittlerweile Menschen aßen. Man grub bereits die Toten wieder aus.

Da befahl der Fürstbischof ein Sperrfeuer, um die Waffen der Stadt auf die Probe zu stellen und ihre Reichweite herauszufinden. Hofmann, in der Stadt, verkündete daraufhin, dass der Moment gekommen sei, wo die himmlischen Heerscharen ihn als Auserwählten riefen, um hinauszuschreiten in das Feuer aus Blei und Rauch. So ritt Hofmann aus der

Stadt, lediglich in Begleitung von drei Reitern der Auserwählten, deren schäbige Rüstungen aus Backblechen hergestellt worden waren. Hofmann trug eine Fahne mit dem Kreuz und dem Konterfei von Jan van Leiden. Zu viert ritten sie durchs Tor. Das Heer des Fürstbischofs feuerte nicht, sondern beobachtete, wie die Gesandten über das offene Feld zwischen der Stadt und ihren Reihen ritten. »Verbeugt euch vor Gott und seinen Auserwählten!«, rief Hofmann. Ein Soldat erteilte den Befehl zum Schießen, und eine Salve von Schüssen durchbohrte die Vier. Im nächsten Moment tränkte ihr die Blut die Erde. Van Leiden erklärte Hofmann zum Märtyrer und sagte den Menschen von Münster, dass es seine Aufgabe gewesen war, die Stärke der teuflischen Mächte zu prüfen.

»Die Reichen sind schwach«, sagte van Leiden. »Vier Auserwählte hielten sie in ihrem Bann und versetzten sie in einen Zustand der Starre, sodass sie sich vor unserem Heer der Armen und Bedrängten hinknieten, die das Feld für Jesus Christus unseren Herrn einnehmen wollten. Doch Satan weckte schließlich wieder ihre Sinne.«

Das Ende von Münster stand bevor. Die Träume der Armen in Europa wurden durch die eingerissenen Tore in einer Flut von Blut hinweggespült. Die Menschen starben unter den Füßen der Soldaten und den Hufen der Pferde der fürstlichen und bischöflichen Heere, die die Stadt in die Knie gezwungen hatten, und ihr Geschrei und Wehklagen erfüllte den Himmel mit dem Geist der zu Gott aufgestiegenen Auserwählten und ihren Anhängern.

Münster war eine brennende Stadt, auf die Tausende von Waisen blickten. Sie waren die gefangenen Kinder der Stadt, da niemand überlebt hatte, der älter als sechzehn war. Paulus war eins dieser Kinder. Er sprach häufig davon, denn es war für ihn ein Weg, sich selbst zu verstehen. Er glaubte, dass das Erlebte laut ausgesprochen werden musste, damit es einen nicht von innen zerfraß.

»Ich habe die Apokalypse gesehen«, sagte Paulus. »Doch es war nicht das Werk Gottes, sondern das Werk eines Menschen, der Traum eines Menschen, der Wahnsinn eines Menschen. Es ist nicht Gottes Wille, uns zu zerstören. Er hat uns erschaffen und uns einen eigenen Willen gegeben. Es ist der menschliche Wille, der versucht, sich selbst zu zerstören, was dazu geführt hat, dass wir Gott in uns und auf der Erde ausgelöscht haben. Wir werden Gott erst im Jenseits sehen, und auch dann wird er keine Macht sein, vor der wir uns beugen und zu Kreuze kriechen müssen, denn er ist das Licht der Liebe.«

Münster. Ich finde es eigenartig, dass ich so viel darüber weiß, obwohl ich nie einen Fuß in diese Stadt gesetzt habe. Ich kenne sie nur von Bildern, die aus einer Zeit stammen vor dem Aufstand. Doch es ist unmöglich, sie zu betrachten, ohne an die Rebellion zu denken. Jene Rebellion, die sich wie ein Gifthauch ihren Weg durch die winzigen Seitengassen zum Kanal bahnte, der Münster umgibt, anschließend die auf den Karten eingezeichneten kleinen, roten Brücken überquerte, um schließlich kühn und stolz durch das Stadttor zu schreiten. Das Umland von Münster war durchzogen von Straßen und Wasserwegen und hatte der Stadt den Handel gebracht. Doch die Straßen, Flüsse und Kanäle brachten ihnen auch die Rebellion der Täufer. In den Jahren vor der Belagerung war die Welt nach Münster geströmt und mit ihnen Waren und Güter – Getreide, Textilien, Farben, Silber und Schmuck. Auf die Waren folgten Bücher, Flugblätter, Wanderprediger, Schauspieler, Diebe und Huren.

Je größer eine Stadt wird, desto mehr wunderliche Menschen leben in ihr – Heilige wie Narren. Doch in keiner Stadt versammelten sich so viele heilige Narren wie in Münster, jene tausend Auserwählten, die in den letzten Tagen der Rebellion ihre Kleider auf dem Domplatz ablegten. So wollten sie sich auf die Ankunft des Heilands vorbereiten, nackt und rein wie Adam und Eva am Morgen ihrer Schöpfung. Kurz darauf waren sie tot oder gefangen genommen. Und ihre Anführer, van Leiden und Knipperdolling, hingen hoch oben in eisernen Körben an der Lambertikirche, mit herausgeschnittener Zunge – zwei elendige Kreaturen. Sie sollten dort, dem Wetter ausgeliefert, vor Hunger und Durst sterben – ihre geschundenen Leichen eine ewige Mahnung an die Menschen.

»Ihre Überreste hängen noch immer dort«, sagte Paulus. »Bis zum heutigen Tag. Die Stadt ist verstummt, genau wie das Land. Die aufrührerischen Ideen wurden im Keim erstickt, das Volk arbeitet wieder. Und wenn es nicht arbeitet, dann schläft es. Die Welt ist wieder so, wie die Obrigkeit es will.«

Zwanzigstes Kapitel

Ein Loblied auf Greet, meine Eva, die Herrin von Stumpfs Wolfshöhle

Am nächsten Morgen – nachdem wir ein kleines Frühstück zu uns genommen hatten – berief Paulus den Untersuchungsausschuss wieder ein. Es war eine jener Sitzungen, in der es länger dauert, dass das Gericht zusammenkommt, als dass das Urteil verlesen wird.

Paulus fasste sich kurz und erklärte, dass die Zeugenaussagen hinsichtlich der letzten Stunden des im Wald umgebrachten Kinds voneinander abwichen. Der Name des Knaben wurde nie bekannt, weshalb man dazu übergegangen war, ihn als den roten, zerrissenen Jungen zu bezeichnen. Eine Untersuchung würde an einem noch anzuberaumenden Tag stattfinden, um zu prüfen, ob es im Zusammenhang mit dem Tod des Kinds zu einem Komplott gekommen war. Gleichzeitig würde eine Untersuchung durchgeführt werden zum Tod der Söhne Stumpfs wegen des Verdachts auf Mord. Man würde nunmehr einen strafrechtlichen Prozess gegen den Sträfling Peter Stumpf durchführen, ohne weitere Einbindung von Kirchenvertretern. Fromme würde allerdings den Status eines offiziellen Beobachters erhalten, um den kirchlichen Behörden Bericht erstatten zu können. Paulus beendete seine

Rede, und ich entließ den Ausschuss sowie die Öffentlichkeit.

Jens, Roderich, Kroll und Otil standen auf, um den Saal zu verlassen. Fünf oder sechs Bürger der Stadt klopften ihnen beim Hinausgehen auf den Rücken. Paulus winkte Karfreitag herbei und erteilte ihm den Auftrag, ihre Namen herauszufinden. Er zog eine kleine Geldbörse aus der Tasche und überreichte sie mir.

»Gib das dem Mädchen Greet«, sagte er. »Ein Dank des Fürstbischofs für ihre guten Dienste.«

Ich nickte.

»Sprich auch mit der Frau und der Tochter von Stumpf und vergewissere dich, dass es ihnen gutgeht. Erfülle ihre Wünsche, sollten sie etwas brauchen. Ansonsten steht dir der Tag zur freien Verfügung.«

»Brauchen Sie mich nicht mehr?«

»Nein, ich habe vor zu schlafen«, antwortete er.

»Den Rest des Tages?«

»Ja. Oder zumindest so lange, bis ich vor Hunger wieder aufwache. Von mir aus kannst du bis morgen früh deiner Wege gehen.«

Der Rathaussaal hatte sich mittlerweile geleert. Lediglich Fromme und sein Bursche Jodel standen an der Tür und sahen zu uns herüber.

»Hast du etwas mit mir zu besprechen, mein Freund?«, rief Paulus.

Fromme schob seinen Burschen weg, der mit einem Blatt Papier in der Hand aus der Tür eilte, und ging zu Paulus.

Paulus beugte sich zu mir. »Entschuldige bitte, dass ich mich jetzt so rüpelhaft dir gegenüber verhalten werde«, flüsterte er mir zu.

Dann schob er mich weg, viel fester als Fromme es mit Jodel getan hatte, sodass ich taumelte und fast den Halt unter den Füßen verlor.

»Los, geh!«, schrie er mich an. »Ich habe Arbeit zu erledigen.«

Ich blickte ihn finster an, was jedoch nur gespielt war, und eilte an Fromme vorbei durch die Tür aus dem Saal.

Es war ein schöner, warmer Tag. Mir kam es wie eine Befreiung vor, Gesetz, Rathaus und Wehrturm eine Zeit lang hinter mir zu lassen. Ich hätte auf meinem Weg zum Haus der Stumpfs ruhig trödeln können, doch ich bemerkte, dass ich schneller lief als nötig.

Ich ging zum Eingang der Küche auf der Rückseite des Hauses und klopfte an die Tür. Niemand machte auf. Ich drückte die Klinke herunter, doch die Tür war verschlossen. Daraufhin setzte ich mich auf die Stufen, lehnte mich gegen das Holz, schloss die Augen und ließ mir die Sonne auf das Gesicht scheinen. Der leichte Wind strich durch mein Haar.

Ich musste eingeschlafen sein, jedenfalls als ich die Augen wieder öffnete, beugte sich Greet über mich. »He, Sie! Herr Lessinger! Wachen Sie auf!«

Ich zuckte zusammen und fiel fast von der Treppe. Sicherlich war ich etwas rot geworden. Greet lachte. Sie stand da, breitbeinig, die Hände in die Seiten gestemmt. Ich blickte zu ihr auf. Die Sonne leuchtete in ihrem Haar. Schließlich reichte sie mir die Hand, die ich ergriff, um aufzustehen.

»Fräulein Werren«, sagte ich. »Ich bin gekommen, um mit Ihnen zu sprechen.

»Sie müssen mich nicht so nennen«, erwiderte Sie. »Sagen Sie Greet zu mir, wie alle es tun!«

Ich verbeugte mich. »Dann nenn mich aber auch nicht Herr Lessinger. Sondern Wilhelm, wie alle es tun.«

Sie lachte, und ich freute mich, dass ich ihr offensichtlich nicht ganz gleichgültig war.

Ich gab Greet das Geld und erklärte ihr, dass es eine Belohnung des Fürstbischofs war. Sie öffnete den Beutel, zählte die Münzen, setzte sich auf die Stufe und fächerte sich Luft ins Gesicht.

»Stimmt das?«, fragte sie mich.

»Ja, Greet«, antwortete ich. »Paulus ist dir sehr dankbar.«

Sie hielt das Geld unschlüssig in der Hand, als wüsste sie nicht, ob sie es annehmen dürfe. Schließlich steckte sie es mit einem dankbaren Nicken in die Tasche ihrer Schürze.

Jetzt bot ich ihr meine Hand an, um aufzustehen. Sie griff danach, doch ich zog so fest, dass sie gegen mich prallte. Verlegen machte sie sich los, und ich lächelte sie an. »Könnte ich Frau Stumpf und ihre Tochter wohl sprechen?«

Sie verneinte. Die beiden Frauen würden schlafen, sie hätten die ganze Nacht kaum ein Auge zugetan. Die Leichen der Söhne befanden sich im Kühlhaus – neben den Schweinehälften und einem geschlachteten Rind.

»Die alte Stumpf ist verzweifelt«, meinte Greet zu mir. »Doch Divara ist stark.«

Wir waren während unseres Gesprächs auf die kleine Lichtung gegangen in der Nähe des Hauses. Ehe ich mich versah, erzählte ich Greet von Paulus' Plänen für die Stadt. Dass er vorhabe, Jens, Otil, Kroll und Roderich vor Gericht zu stellen aufgrund des Verdachts eines Komplotts, der zum Mord des Jungen führte.

»Er glaubt, dass sie ihn in den Wald mitgenommen und

dort als Köder für Stumpf zurückgelassen haben«, erzählte ich ihr.

»Die Männer dieser Stadt sind keine guten Menschen«, erklärte Greet. »Das gilt auch für einige Frauen.«

»Außerdem wird er den Söhnen von Otil den Prozess machen, er hält sie für die Mörder der Söhne von Stumpf. Aber erst einmal wird er mit ihnen ein wenig spielen. Solange die Untersuchungen zum Fall Stumpf noch andauern, wird es zu keinen Anklagen und Verhaftungen kommen. Wenn Paulus jemanden nicht mag, kann er ziemlich grausam sein. Er will die Bürger dieser Stadt ein bisschen leiden sehen, sie zappeln lassen.«

»Verdient hätten sie es gewiss«, bemerkte Greet.

»Und Stumpf wird er am Ende aufs Schafott bringen«, sagte ich.

Greet nickte nur stumm.

»Ich muss dir etwas erzählen«, sagte sie nach einer Weile. »Stumpf ist ein eigenartiger und Furcht einflößender Mensch. Doch er kann auch nett sein, wenn ihm danach ist. Er hat mir nie etwas angetan, wenngleich seine Anwesenheit mir Angst machte. Er verströmt oft Wut und Hass. In der Nähe seiner Söhne hielt ich mich genauso ungern auf, obwohl sie mich nie angefasst haben oder mir gegenüber grausam gewesen sind. Den Tod habe ich diesen Jungen trotzdem nicht gewünscht. Frau Stumpf ist eine gute Herrin. Ihre Tochter ist fast wie eine Freundin für mich, obwohl sie verwöhnt ist und recht hochnäsig. Doch das spürt sie selbst gar nicht. Ich mag sie dennoch. Das Kind, die kleine Rosa, ist noch immer ein unschuldiges Püppchen.«

Mittlerweile hielten wir uns an den Händen, auch wenn

ich nicht mehr weiß, wer den ersten Schritt gemacht hatte. Ich hoffe, dass es Greet war.

»Ihnen stehen noch schlimme Tag bevor«, sagte ich bei dem Gedanken an den Prozess. »Doch besser, Stumpf wird von Paulus verurteilt als von der Kirche.«

Greet nickte erneut und ich sah sie nur voller Bewunderung an. Sie war jung und klug, witzig und stark, sie war in jeder Hinsicht ungewöhnlich.

Wenn ich mich verliebe, was in meinem Leben häufig vorgekommen ist, geschieht es immer sofort, von einer Sekunde auf die andere. Ich lasse mich ins Meer der Gefühle fallen, tauche ab bis zum Grund und wünsche mir, in der Frau zu ertrinken, mit der ich zusammen bin. Nur noch sie ist von Bedeutung, sonst nichts. Keine Freunde, kein Essen, kein Wein, kein Schlaf, nicht einmal mehr Bücher. Frauen haben mich dazu gebracht, Gedichte zu schreiben. Über sie, über ihre Körper, über ihre Gedanken, über das Zusammensein. Zwei untrennbare Seelen. Doch dann lese ich das Werk wahrer Dichter und schäme mich meiner erbärmlichen Versuche.

Anders als die meisten Männer, die ich kenne, mag ich das Gespräch mit Frauen. Männer sind größtenteils Narren, Frauen nicht. Wenn ich mit einer Frau zusammen bin, sprudeln Ideen und Gedanken aus mir heraus, deren Existenz mir vorher noch nicht einmal bewusst war.

Greet und ich sprachen also miteinander, während wir über die Lichtung spazierten, und irgendwann küssten wir uns. Kurz darauf lagen wir im weichen Gras. Die Sonne stand bereits tief, doch es war noch immer sehr warm. Und so nahmen die Dinge ihren Lauf, und der Himmel sei gepriesen für jene Momente des Glücks, die wir auf dieser Erde, unserem Zuhause, verbringen dürfen.

Greet war nicht schön wie eine vornehme Dame, sondern sie war schön wie ein wahres Naturkind. Als wir uns auszogen, umfing ich ihre üppigen Brüste, weich und warm, die Haut hell und die Spitzen rosa. Ihre Hände glitten über meinen Körper, sie bedeckte mich mit Küssen, und ich versank in ihren Armen und zwischen ihren Schenkeln, und ich wusste, dass ich mit meinen sechzehn Jahren nun endgültig kein Junge mehr war, sondern ein Mann.

Später lagen wir im warmen Gras und sahen in den Abendhimmel. Greet fragte, ob Paulus auf mich wartete. Ich verneinte.

»Gut«, sagte sie. »Ich möchte dir einen Ort zeigen. Dort können wir essen und trinken. Es gibt Wein, und wir können allein sein, wenn du willst.«

»Ja«, sagte ich. »Wo ist dieser Ort?«

»Wirst du schon sehen«, antwortete sie und drohte mir mit dem Finger. Ich machte einen Schritt nach vorne, um hineinzubeißen, doch sie zog ihn weg.

Greet erzählte mir, dass sie ebenfalls einen freien Abend hatte. Sie musste sich nicht um die Herrschaften kümmern.

Wir spazierten tiefer in den Wald hinein in Richtung Stadt. Während wir gingen, sagte ich ihr, dass ich sie liebe. Damals war ich noch ein unbeholfener Bauerntölpel, was die Liebe und die Frauen betraf. Ich war mit ihr zusammen und so sollte es für den Rest meines Lebens bleiben. Das also war die Liebe, dachte ich. Sie ging mir voraus. Ich redete, und sie hörte sich mein verwirrtes Gerede an, aus dem die Liebe sprach.

»Das ist schön«, sagte sie nach einer kurzen Weile, ohne sich umzudrehen. »Vielleicht liebe ich dich ja auch.«

Die Erde hob sich unter mir und katapultierte mich in die

Luft, sodass ich irgendwo oberhalb von Bedburg und den Steipplinger Bergen landete. Wie ein goldener Apollon, der zu den kleinen Menschen unterhalb sprach: »Seht, ich habe jetzt ein Weib.« Und meine Göttin schritt voraus und führte mich an der Hand.

»Hör mir zu«, sagte Greet schließlich. Sie schob Farne und Zweige weg, die mir anschließend ins Gesicht und in die Augen schnellten, sodass ich empört aufschrie. Sie lachte. »Vor vielen Jahren, ich war noch ein kleines Mädchen und nicht älter als acht, arbeitete meine Mutter, Gott hab sie selig, als Kindermädchen für die Familie Stumpf. Mein Vater, Gott hab auch ihn selig, war bei ihnen als Waldarbeiter angestellt. Die Stumpfs waren gut zu meiner Familie, und meine Familie war ihnen treu ergeben. Stumpf schenkte mir an meinem Geburtstag einen Hund, den er gefunden und den Namen Bruno gegeben hatte. Ich nahm ihn jeden Tag mit in das Haus der Stumpfs, wenn ich meine Mutter begleitete. Stumpf liebte den Hund. Wir alle liebten ihn. Er schenkte ihn mir mit den Worten, dass jedes Mädchen einen Hund bräuchte, der es beschützte – im Wald, in der Nacht. Vor dem Werwolf. Ja, das waren seine Worte. Bruno war riesig und laut Stumpf ein halber Wolf. Eines Tages – meine Mutter und ich spazierten mit Divara durch den Wald unten am Fluss, wo die Kinder Frösche fingen –, bewarf uns eine Gruppe von Kindern aus dem Gebüsch mit Steinen. Bruno sprang in die Büsche und kehrte mit zwei kleinen Fingern im Maul zurück. Aus dem Gebüsch ertönte lautes Geschrei. Es war Otils Tochter, die da wehklagte. Sie ist mittlerweile tot. An Scharlach gestorben. Vor fünf Jahren oder so. Mittlerweile wünsche ich mir, dass ich auf ihrem Grab getanzt hätte.

Otil wollte, dass meine Mutter und ich vor Gericht gestellt werden wegen der Verletzung, die seine Tochter erlitten hatte. Doch Kroll, die anderen Stadträte, mein Vater und Stumpf weigerten sich, da meine Familie sehr beliebt war. Dann wurde ein Kompromiss ausgehandelt, den mein Vater und Stumpf nicht ablehnen konnten. Statt uns sollte dem Hund der Prozess gemacht werden.«

Greet lachte düster und blickte durch die Bäume zurück zu mir.

»Du bist hier im Land der Narren«, erklärte sie. »Dessen bin ich mir sicher. Das sagt mir mein Herz«, und sie berührte ihre Brust. »Meine Eltern mussten ihnen den Hund aushändigen. Der Prozess sollte an einem Samstag stattfinden. Daran erinnere ich mich noch, denn Divara hatte keinen Unterricht. Ihr Vater nahm uns mit in den Wald, um uns abzulenken, denn ich liebte Bruno, so wie auch Stumpf ihn liebte. Ich hatte ihn als Welpen bekommen und großgezogen. Divara mochte den Hund bestimmt auch gern, da bin ich mir sicher. Doch sie zeigt ihre Gefühle nicht. Sie hatte Mitleid mit mir und wollte, dass ich mich besser fühlte. Sie hielt meine Hand, während wir durch das kleine, bewaldete Tal liefen und Blumen pflückten. Stumpf erklärte uns die verschiedenen Bäume, doch der Lärm aus der Stadt nahm zu, als die Menschen sich auf dem Platz versammelten, um meinen Hund vor Gericht zu stellen. Unsere Ruhe im Wald war gestört.

Stumpf hat nie vor mir oder meiner Mutter geflucht. Nicht, weil wir Dienstboten waren, sondern weil er es für ungehobelt und ordinär hielt. Er erhob sich auch nicht über Dienstboten. Doch in dem Moment sagte er ›Mistkerle‹ und nahm mich und Divara an der Hand. Wir marschierten durch den Wald zur Stadt. Wir gingen genau diesen Weg hier entlang, Wilhelm, und kamen in der Nähe der Hügel auf der Rückseite des Wehrturms heraus. Keiner hatte uns kommen sehen, da der Weg überwuchert ist und im Dunkeln liegt. Stumpf kniete sich neben mich und Divara und deutete auf den bewaldeten Steilhang am Fuß des Bergs, der hinter dem Wehrturm aufragt. Er führte uns zwischen den Bäumen hindurch, bis wir auf einen Felsen stießen. Stumpf blieb stehen und hob Divara hoch, die auf einen Felsvorsprung kraxelte. Anschließend hob er mich in die Luft. Ich streckte die Hände aus und Divara beugte sich vor um mich hochzuziehen. Ihr Vater erklomm danach den Felsen. Der Wald war noch immer so dicht, dass es fast unmöglich war, ihn ohne einen Kratzer zu durchschreiten. Doch wir setzten unseren Marsch fort, der uns am Rand des Felsens entlangführte. Der Weg war gerade breit genug für eine Person. Links erhob sich die kantige, hohe Felswand, und rechts stürzte die Welt ab. Doch der kleine Pfad war für das unter uns liegende Bedburg nicht einsehbar, da die Bäume so weit aufragten. Wir kletterten immer weiter am Felsvorsprung entlang. Mittlerweile hatten wir die niedrigen Hügel hinter uns gelassen und befanden uns oben auf dem Berg.

›Das hier ist wie ein geheimer Durchgang zu einem lebendigen Wald‹, sagte Stumpf, denn er wusste, dass Divara Geschichten über Burgen, Ritter und Geheimtüren mochte.

Dann machte Stumpf einen Schritt zwischen die Bäume, als würde er von dem Felsen ins Nichts treten. Er verschwand zwischen den Zweigen.

›Habt keine Angst!‹, hörten wir ihn sagen. Seine Hand tauchte wieder auf und winkte uns zu. Divara folgte als

Erste. Dann erschien seine Hand erneut. Ich griff danach, und er zog mich durch die Bäume. Für einen Augenblick hatte ich das Gefühl zu fallen, doch stattdessen landete ich einfach nur wenige Zentimeter weiter unten auf einem neuen felsigen Pfad, verdeckt durch den Wald. Die Bäume standen so eng beieinander, dass sie einen Felsen verbargen, der sich um einen schroffen Abhang wand. Divara und ich folgten Stumpf.

Wir gingen den versteckten Pfad hinauf zu einer weiteren Anhöhe, die durch Bäume und hohe Felsvorsprünge zu drei Seiten hin geschützt war. Zu unseren Füßen lag Bedburg.

›Seid vorsichtig!‹, warnte uns Stumpf. ›Das ist die einzige Stelle, an der man gesehen werden kann. Also duckt euch, und lauft zu der Höhle dort!‹ Er zeigte zu einer schwarzen Öffnung in der Felswand. Wir stürmten los und rutschten in den Eingang hinein. Er folgte uns und setzte sich neben uns. Ich betrachtete Divara, aber sie blickte hinaus durch den Höhleneingang. Unsichtbar für die Welt saßen wir im Eingang, zu unseren Füßen die Stadt. Wir konnten den Platz, den Wehrturm, das Rathaus, die Versammlungshalle und die Häuser mit den Gemüsegärten erkennen. Ich konnte sogar das Haus meiner eigenen Familie ausmachen und weit hinten im Süden den Dunklen Grund. Der Wehrturm lag direkt unter uns. Wenn wir lauschten, konnten wir hören, wie die Menschen redeten und schrien, auch wenn es so gut wie unmöglich war, die Worte zu verstehen. Stumpf wies uns an, dazubleiben und die Stadt weiter zu beobachten, während er sich in den Bauch der Höhle begab. Mittlerweile hatten sich viele Menschen auf dem Marktplatz versammelt. Ein Podest war errichtet worden. Bruno stand seitlich darauf, angebunden an einer Stange. Ein Galgen mit einer Schlinge ohne eine Fallvorrichtung war in der Mitte platziert worden. Bei diesem Galgen legt der Henker dem Delinquenten die Schlinge um den Hals und zieht ihn an dem Galgen hoch, bis er erdrosselt ist. Kroll las gerade etwas laut vor. Otil stand vorne in der Menge mit seiner dreifingrigen Tochter. Man amüsierte sich, es wurde getanzt, gesungen und getrunken.

Stumpf kehrte schließlich zurück. Er hielt uns eine Flasche Wein hin und sagte, dass wir trinken sollten. Divara probierte zuerst, anschließend ich. Stumpf hatte auch Dörrfleisch mitgebracht, doch ich hatte keinen Hunger. Divara nahm ein Stück. Während wir im Eingang der Höhle saßen, lag Stumpf zwischen uns auf dem Bauch. Er hatte eine Waffe dabei – es war eine Armbrust. Divara legte ihre Hand auf den Rücken ihres Vaters und ließ sie dort liegen. Dann legte Stumpf einen Bolzen ein und brachte sich in Position. Er blickte über den Schaft hinweg auf die Stadt und den Marktplatz.

›Erzählt niemandem hiervon!‹, sagte er. ›Dieser Ort ist unser Geheimnis, hört ihr?‹

Ich blickte Divara an, und sie nickte mir zu. ›Ja‹, sagte ich und nickte zurück.«

Greet unterbrach ihre Geschichte, drehte sich um und blinzelte mich an.

»Ich habe Wort gehalten, all die Jahre. Bis jetzt«, sagte sie schließlich. »Ich schulde Stumpf keinen Gefallen mehr.«

Sie wandte sich wieder um und eilte weiter durch die Bäume und den Farn. Ich folgte ihr. Greet fuhr fort mit ihrer Erzählung.

»Unten auf dem Marktplatz beendete Kroll seine Ansprache. Dann verließ er die Bühne, und Otil nahm seinen Platz ein. Sie hatten Bruno einen Maulkorb angelegt.

Stumpf wandte sich zu mir. ›Ich will keinen Laut hören‹, ermahnte er mich.

Ich schüttelte den Kopf. Divara schaute ruhig zu, als habe sie so etwas schon häufiger gesehen.

Otil band den Hund los, führte ihn in die Mitte der Bühne und legte die Schlinge über Brunos Kopf. Er war friedlich wie ein Lamm. Otil nahm das Ende des Seils und zog langsam daran. Bruno stellte sich auf die Hinterpfoten, begann zu hüpfen. Ich musste still sein, doch es fiel mir schwer, nicht zu schreien.

›Hängt ihn, hängt ihn!‹, konnte man jetzt die Menge hören.

Otil hob eine Hand in die Richtung der Zuschauer und bereitete sich darauf vor, den Hund ganz in die Höhe zu ziehen. Stumpf atmete tief und gleichmäßig, als würde er schlafen. Divara beobachtete ihn. Dann wandte sie ihr Gesicht der Menge unten auf dem Marktplatz zu. Ihre Hand lag noch immer auf dem Rücken ihres Vaters. Otil zog an dem Seil, und Bruno schwebte in der Luft. Stumpf atmete tief aus, und ein leises klickendes Geräusch erklang, als er den Abzug betätigte. Der Bolzen schnellte los und schoss durch die Luft. Genau in dem Moment, als Bruno vom Boden gehoben wurde, fand das Geschoss sein Ziel und traf den Hund mitten in die Brust. Im selben Moment ließ Otil das Seil fallen und duckte sich verängstigt. Die Menschen schnatterten aufgeregt und blickten hoch zu den Dächern der Häuser.

›Es war besser, dass wir den Hund umgebracht haben, als ihnen das Vergnügen zu lassen und ihn leiden zu sehen‹, sagte Stumpf.

Ich nickte, denn er hatte recht, und ich war ihm dankbar. Divara saß still da und beobachtete die Menschen, die unten in der Stadt herumliefen wie aufgeschreckte Hühner. Sie klopfte ihrem Vater leicht auf den Rücken und zog dann die Hand weg. Kurze Zeit später kletterten wir von unserem unsichtbaren Versteck wieder herunter.«

Während Greet und ich auf der Rückseite des Wehrturms aus dem Wald hervorkamen, versteckt vor den Augen der Stadt, die hochragenden Steipplinger Berge hinter uns, meinte sie, dass die Menschen die Stumpfs nach diesem Vorfall gehasst hätten.

»Sie glaubten zu wissen, wer dahintersteckte. Stumpf oder einer seiner Jungen. Doch sie hatten keinen Beweis dafür. Frau Stumpf war wütend, als ihr das Gerede zu Ohren kam. Sie hielt es für eine infame Lüge. Sie rächte sich an den Menschen dafür. Wann und wie immer sie konnte. Erhöhte hier eine Pacht, kürzte dort einen Lohn, erzwang den Verkauf von Land. Kurz – sie versuchte, die Stadt kleinzukriegen.«

Greet führte mich zu dem versteckten Pfad. Es war ein langer, ermüdender Aufstieg, doch ich wusste, dass er mich näher zu Greet führen würde.

Viele Stunden später saßen wir am Rand der Höhle und schauten auf das langsam in der Nacht verschwindende Bedburg. Die Fackeln wurden angezündet und erschienen wie Irrlichter, die uns vom Berg herunterriefen. Stumpf hatte in seinem Versteck einen Vorrat angelegt. Es gab Wein, getrocknetes Fleisch, Äpfel, Nüsse, Honig. Greet erklärte mir, dass die Höhle tief in den Berg hineingehe. Doch ich hatte keine Lust, sie zu erforschen, ich wollte lieber in Greets Arm verweilen. Die Luft war kühl und roch nach Kiefern und Tannen. Wir waren nackt. Trotzdem war uns warm. Ich fühlte mich ermattet. Auch war ich etwas betrunken, obwohl Greet mehr von dem Wein getrunken hatte als ich.

»Greet«, sagte ich zu ihr. »Verlass die Stadt mit mir, wenn das hier vorbei ist.«

Sie lachte, und ich spürte, wie mir ihre Reaktion einen Stich versetzte.

»Wie stellst du dir das vor?«, sagte sie und lehnte sich zurück, als hätte meine Frage die Küsse auf ihren Lippen ausgelöscht. Ihr Stimmungswandel ängstigte mich etwas, als würde ich ihr etwas Schlechtes antun, dabei meinte ich es doch nur gut.

»Deine Familie wird gewiss nichts dagegen haben. Meine beruflichen Aussichten sind gut. Ich kann für uns sorgen, verlass dich drauf.«

»Ich habe keine Familie mehr. Es gibt nur noch mich und meine Schwester. Ich werde mich um mich selbst kümmern, so gut es geht.«

»Das tut mir leid«, sagte ich, denn ich wusste, wie schwer das Leben für ein Kind ohne Eltern war.

»Das muss es nicht. Ich habe weder Vater noch Brüder, die mir vorschreiben, was ich machen soll.«

Sie lachte wieder, doch diesmal klang es bitter. »Würde denn deine Familie eine Heirat erlauben? Herr Lessinger?«

»Ich behaupte mich in dieser Welt allein. Wenn ich also ein Mädchen zur Frau nehmen möchte, dann mache ich das. Abgesehen davon würde mein Vater es mir erlauben.«

»Du bist erst sechzehn«, wandte sie ein. »Ich siebzehn.

Außerdem habe ich nicht gesagt, dass ich dich heiraten möchte.«

Wieder versetzte mir ihre Antwort einen Stich.

»Du würdest mich also nicht heiraten wollen?«, fragte ich.

Ich drehte mich zu ihr und legte meine Hand auf ihren nackten Bauch. Sie strich mir über den Arm. Ich küsste ihre Schulter. Sie beugte den Kopf zu mir und küsste meine Schläfe.

»Selbst wenn ich es wollte, könnte diese Heirat nicht stattfinden.«

»Doch, könnte sie. Paulus ist wie ein Vater für mich, und er würde es möglich machen. Er würde mich nicht mit gebrochenem Herzen sehen wollen. Er würde mit allen sprechen, mit denen gesprochen werden muss. Er kann eine besondere Heiratserlaubnis besorgen. Sobald wir Bedburg verlassen haben, könnten wir durch den erstbesten Priester oder Pfarrer, den Paulus zu fassen bekommt, getraut werden.«

»Tja, du hast ziemlich genaue Pläne, mein lieber Ehemann«, sagte sie in ihrem spöttischen Ton, der mir nicht gefiel. »Sag mir: Was würde ich als Ehefrau eines Advokats zu tun haben? Die Welt besteht nicht nur aus dir.«

Ich wurde nicht schlau aus ihr. Hatte ich sie enttäuscht, weil ich kein armer Handwerker oder Bauer war? Als wäre es für sie vielleicht leichter gewesen, mich zu lieben, wenn ich nicht studieren würde, wenn ich nicht versuchen würde, aus meinem Leben etwas zu machen. Ansehen und Reichtum bedeuteten mir nichts, Gold und Macht verabscheute ich – aber begriff sie denn nicht, dass es noch mehr gab als das?

Doch anstatt das zu sagen, erklärte ich ihr, dass ich vielleicht kein Advokat werden würde. »Vielleicht unterrichte ich auch an einer Universität oder biete dem Hof meine Dienste an. Ich bin begabt, was Sprachen angeht. Paulus wird wahrscheinlich Botschafter werden. Er liebäugelt mit Paris, aber vielleicht ist dieses Ziel zu hoch gesteckt. Trotzdem, mir stehen alle Türen offen.«

»Und ich? Was würde ich tun, als die Frau eines jungen Advokaten, dem alle Türen offen stehen, Wilhelm?«

»Unsere Kinder aufziehen. Von mir geliebt werden.«

»Dann würde ich eine Magd bleiben«, entgegnete sie. »Eine Dienstbotin.«

»Nein«, widersprach ich ihr. »Du sollst keine Magd bleiben. Du könntest tun, was immer du möchtest, solange wir uns nur lieben.«

Sie schüttelte den Kopf, setzte sich auf und trank noch einen Schluck Wein aus der Flasche, die wir unter Stumpfs Vorräten gefunden hatten. Ich setzte mich ebenfalls auf, betrachtete ihr Profil.

»Ich liebe dich«, sagte ich. »Heirate mich!«

»Würde ich frei sein?«, fragte sie.

»Frei?«

»Ja, frei. Was für einen Ehemann würdest du abgeben? Ich würde keine Grausamkeiten oder Einschränkungen dulden, was meine Art zu denken, zu fühlen oder zu sprechen betrifft.«

»Greet, genau deshalb liebe ich dich. Ich will eine Frau, keine Sklavin.«

»Wie kannst du mich lieben? Du kennst mich doch noch gar nicht.«

»Spürt man so etwas nicht vom ersten Moment an?«, wandte ich ein.

»Du begehrst mich, und ich begehre dich«, entgegnete sie. »Aber woher willst du wissen, dass es Liebe ist?«

Die nächsten Worte legte ich mir sehr sorgfältig zurecht.

»Ich habe mich in dich verliebt, Greet. Das weiß ich. Und ich begehre dich. Das weiß ich auch. Und dieses Gefühl wird erst vergehen, wenn ich sterbe. Aber ich liebe dich mehr, als dass ich dich begehre. Das Einzige, was ich dich fragen möchte, ist, ob du dich auch in mich verliebt hast. Denn wenn ja, kennen wir die Antwort auf all unsere Fragen. Und dann sollten wir heiraten.«

»Du bist verrückt«, sagte sie und lachte. Es war ein lautes, fast beängstigendes Lachen. Sie schlang ihre Arme um mich und wir ließen uns wieder auf den Rücken sinken.

»Bist du glücklich oder wütend?«, fragte ich.

»Glücklich«, antwortete sie und küsste mich. Ich griff nach ihrer Hüfte und zog sie zu mir, sodass sie auf mir lag. Sie küsste mich, dann biss sie mir in die Lippe. Daraufhin gab ich ihr einen Klaps auf den Oberschenkel. Ihr Gesichtsausdruck änderte sich, Angst und Wut huschte über ihr Gesicht.

»Wie soll ich dir glauben?«, fragte sie und glitt von mir herunter. Damals war ich zu dumm, um ihren Stimmungswandel zu verstehen. »Männer sagen, dass sie eine Frau lieben, und dann behandeln sie sie wie einen Hund. Sie ziehen los und huren herum. Woher weiß ich, dass du nicht auch so bist. Vielleicht willst du auch nur das?«, sagte sie, griff nach meiner Hand und steckte sie mit einem energischen Ruck zwischen ihre Beine.

Ich ließ die Hand, wo sie war.

»Ja«, sagte ich, »das will ich. Aber nicht nur das. Ich will bei dir sein. Ich will gut zu dir sein.«

»Dann beweis es!«, sagte sie. »Ich werde jedenfalls nicht so ohne Weiteres mein sicheres Leben hier aufgeben.«

»Dann sag mir, wie ich es dir beweisen soll!«

Sie stand auf und stellte sich mit ihrem nackten, weißen Körper vor mich hin. Das Stroh vom Boden der Höhle klebte an ihren Schenkeln. »Wenn du mich liebst und mich zu deiner Frau haben willst, dann zeig mir, dass du mich für etwas Besonderes hältst. Zeig mir, dass du bereit bist, dich für mich aufzuopfern. Daß du bereit bist, dich für mich zu erniedrigen.«

»Kein Problem«, antwortete ich. »Sehr gern.« Ihr Körper ragte über mir. Ihre Beine, ihr Bauch, ihre Brüste, ihr Gesicht, ihr Haar. Ich setzte mich auf und ließ meine Hand über ihr Bein gleiten. »Sag mir, wie!«

Sie schlüpfte wortlos in ihre Unterwäsche, das Kleid, die Strümpfe und die Schuhe. Ich lehnte mich zurück auf den Boden der Höhle, der von unseren Körpern warm war, und schaute ihr zu.

»Knie dich hin!«, forderte sie mich schließlich auf.

Ich sah sie an.

»Knie dich vor mich hin!«, sagte sie. »Küss mir die Füße und sag mir, dass du mein bist.«

Ich zögerte keinen Augenblick, ihrer Bitte nachzukommen. Heute entsetzt mich mein damaliges Verhalten, aber ich liebte sie, und wenn ich ihr so beweisen konnte, worum sie mich gebeten hatte, dann wollte ich ihr den Wunsch gern erfüllen. Außerdem hatte der Wein mich wohl ein wenig leichtsinnig gemacht, also kniete ich mich hin.

Der Boden roch nach feuchter Erde, als ich ihr die Füße küsste. Ich genoss es, nackt vor ihr zu sein, denn ich konnte spüren, wie ihre Augen über jene Stellen meines Körpers wanderten, die sie erst Minuten zuvor mit ihren Händen berührt hatte.

»Ich bin dein Diener, Greet. Und du bist meine Herzdame, für immer.« Als ich die Worte sagte, hätte ich am liebsten laut losgeprustet, denn sie klangen wie von einem Schauspieler. Auch wenn in ihnen Wahrheit lag, denn ich meinte es ehrlich.

Greet kniete sich ebenfalls hin, griff mir ins Haar, sodass mein Kopf im Nacken lag und wir uns anblickten. Mein Schwanz war hart und steif, als hätten wir uns nicht gerade erst geliebt. Keine Frau sollte mich je wieder so erregen, wie sie es tat. Jetzt füllten sich ihre Augen mit Tränen, und ich hatte das Gefühl, als hätte ich etwas falsch gemacht, und entschuldigte mich.

»Ich kann dich zum Mann nehmen«, sagte sie und legte die Arme um mich. Einen Moment umklammerten wir uns wie zwei Ertrinkende ein Floß. Dann setzten wir uns wieder im Schneidersitz. So habe ich uns bis heute in Erinnerung. Zusammengekauert, zwei nackte Wilde in ihrer Höhle, Greet eingehakt in meinem Arm, den Kopf an mich gelehnt. Während wir uns streichelten, sagte sie, dass ich mit Paulus sprechen solle.

»Natürlich«, antwortete ich. Anschließend fragte sie, ob ich glaubte, dass sie meiner würdig sei. Ich sagte ihr, dass sie still sein sollte. Wir tranken einen letzten Schluck Wein, legten uns hin und schliefen so lange, bis die Sonne aufging und uns weckte. Erneut liebkosten wir uns, eingehüllt von der frischen Morgenluft. Nach einer Weile, als unsere Münder trocken waren und die Körper keuchten, zogen wir uns an, stapften aus der Höhle und ließen Berg und Wald hinter uns.

Einundzwanzigstes Kapitel

Der Prozess von Peter Stumpf, in der Geschichte bekannt als der Werwolf von Bedburg, hier aber verurteilt als gewöhnlicher Sterblicher und Lustmörder

»Ich will dir zeigen, wie man sich auf den Vorsitz eines Gerichts vorbereitet«, sagte Paulus.

Außer uns befand sich niemand in dem Versammlungshaus. Paulus war bester Dinge, er lachte und feixte. Das war typisch für ihn, wenn seine Laune ihn zu sehr beflügelte, und er über allem zu schweben schien.

Nachdem ich von Greet zurückgekehrt war und ihm in dem Versammlungshaus einen guten Morgen gewünscht hatte, hatte er mich an der Schulter gepackt und mir eine lustig gemeinte Kopfnuss verpasst, die nichtsdestoweniger schmerzte. Ich hasse es, wenn man mit mir Schabernack treibt und mich grob behandelt.

»Du riechst, als hättest du gevögelt«, sagte er, zerrte mich am Genick und schubste mich. »Uns steht ein ziemlich anstrengender Prozess bevor, Wilhelm. Richtiger gesagt, mehrere Prozesse. Bedburg wird der Grundstein deiner Karriere. Vergiss die Weiber!«

Ich wollte protestieren. »Wie reden Sie, Herr? Ich …«

»Schweig! Kennst du dich im Schauspielern aus, Wilhelm?«

»Nein«, antwortete ich.

»Dann lern es!« Er ging zum Podium am Ende des Saals, wo die Bank des Richters stand. »Die Menschen betrachten die Schauspielerei als ausschließliche Arbeit des wandernden Volks«, sagte er, während er um das Podest herumging. »Ein Irrtum! Jeder ist ein Schauspieler, oder kann es sein. Schauspieler beherrschen den Raum, und damit beherrschen Schauspieler die Menschen. Eine simple Logik. Mein Gerichtssaal, der Innenhof eines Palasts oder die Volksversammlung sind nichts anderes als Räume, in denen ein Schauspiel aufgeführt wird. Komm und setz dich auf meinen Platz, Wilhelm!«

Er zeigte auf einen Stuhl aus Krolls Haus, der in den Saal geschleppt und auf dem Podium am Ende des Saals hinter den langen Eichentisch platziert wurde.

»Komm hoch!«, sagte er. »Setz dich!«

Ich wusste nicht, was er wollte, aber ich gehorchte. Ich nahm auf Paulus' Stuhl Platz. Paulus sprang vom Podium und setzte sich auf eine der Bänke.

»Bring das Gericht zur Ruhe!«, sagte er.

Ich lachte. »Aber es ist niemand da, Herr.«

»Das hier ist ein Gericht, mein Junge. Ich bin das Publikum. Bring es zur Ruhe!«

»Aber es ist still«, wandte ich ein.

Paulus stand auf, beugte sich vor, legte die Hände auf die Knie und brüllte. »Bring dein Gericht zur Ruhe, Junge!«

Ich zögerte. Dann schlug ich mit der Hand auf den Tisch und brüllte ihn an. »Setzen Sie sich, mein Herr! Das hier ist ein ordentlicher Gerichtshof. Benehmen Sie sich entsprechend!«

Paulus lachte. »Ich bleibe aber stehen, wenn ich das will.«

Ich saß da wie eine von den Puppen auf den Feldern, von denen wir gehört hatten.

»Bring dein Gericht zur Ruhe!«, schrie er mich wieder an, und seine Augen wirkten hasserfüllt.

»Setzen Sie sich, oder ich werde Sie aus dem Saal entfernen lassen«, donnerte ich zurück.

»Dann mach das, entferne mich aus deinem Gerichtssaal!«

»Ruhe jetzt!«, schrie ich.

»Nein.«

»Setzen Sie sich hin, oder ich werde Sie in den Kerker schmeißen. Wachen!«, rief ich.

Paulus setzte sich und klatschte in die Hände. »Junger Herr«, begann Paulus. »Wilhelm«, meinte er. »Du kannst eine Nervensäge wie mich nicht einfach hinrichten lassen. Du könntest mich auspeitschen lassen, wenn du mich für Missachtung des Gerichts bestrafen möchtest, aber nicht hinrichten. Du musst die Verhältnismäßigkeit wahren. Trotzdem, deine Stimme war gut und am Schluss hast du ihr Nachdruck verliehen. Du kannst schauspielern.

Er marschierte zur Richterbank und setzte sich neben mich. »Du wirst hier sitzen, zu meiner Rechten, und den Prozess protokollieren. Das habe ich in deinem Alter auch gemacht.«

Ich hatte meine eigene Kurzschrift entwickelt, da die herkömmliche Methode viel zu umständlich war, doch auch meine Kurzschrift war nicht schnell genug, um jedes Wort mitzuschreiben, das gesprochen wurde. Paulus meinte, dass eine fünfzigprozentige Genauigkeit genügen würde, wenn die restlichen Aufzeichnungen den Sinn der Aussagen wiedergeben. Er bat mich, ebenfalls den Tonfall der Zeugen, ihre körperliche Reaktion auf Fragen und den Blick in ihren Augen am Rand zu vermerken.

»Die Leute lügen, wenn sie beim Reden zur Decke starren«, erklärte er. »Ihre Augen wandern quasi in ihren Kopf, um so eine Geschichte zu erfinden. Das ist entscheidend.«

Ich fragte ihn, ob wir die Reihenfolge der Zeugen durchgehen sollten und ob er meine Hilfe bei der Suche nach Präzedenzfällen bräuchte, um eventuell auftretende Fragen zu klären.

»Übertreib's nicht, Wilhelm! Der Fall hängt einzig und allein von der Frage ab, ob Stumpf ein Mensch ist oder nicht. Die Morde müssen nicht mehr bewiesen werden, da er sie bereits zugegeben hat. Wenn er ein Mensch ist, dann ist das hier ein Prozess, in dem das einfache Recht Anwendung findet. Das heißt, die Anzahl der Morde legt die Strafe fest. Wenn er kein Mensch ist, dann verlassen wir die Richterbank und übergeben an unsere Freunde von der Kirche. Doch Stumpf ist ein Mensch. Stimmst du mir zu?«

»Da hege ich keinerlei Zweifel, Herr. Er ist ein Mensch, und das macht es für mich nur umso schlimmer ...«

»Genau, er ist ein Mensch. Und ich will in meinem Gericht keine religiösen Streitgespräche darüber führen, was ein Menschen ist und was nicht. Ich werde starke, schlüssige Beweise liefern, die belegen, dass Stumpf nichts weiter ist als ein Verbrecher und Mörder. Diese Beweise werde ich schnell darlegen, damit wir uns den Verbrechen und einem angemessenen Urteil widmen können. Das ist unsere Aufgabe.«

So wie die Auserwählten von Münster hatte Paulus eine Entscheidung getroffen. Er würde sein Urteil nach diesem vorgefassten Entschluss treffen, egal wie die Beweislage aussehen sollte. Er glaubte an seine Entscheidung, weshalb sie für ihn richtig im Gerichtssaal stattgefunden hatte.

Ich war damals noch ein unerfahrener Bursche und empfand Paulus dreiste Vorwegnahme eines Urteils, noch bevor der Prozess überhaupt geführt war, als einen Angriff auf alles, was mir beigebracht worden war – nicht zuletzt von ihm selbst. Heute begreife ich meinen Irrtum. Doch damals glaubte ich ihm Vorhaltungen machen zu müssen.

»Sollten wir nicht zuerst die Aussagen von allen Zeugen hören, bevor wir zu einem Urteil kommen?«, fragte ich.

»Wir werden hören, was gehört werden muss«, antwortete er. »Doch wenn ein Mensch die Sonne dafür belangen will, dass sie nachts nicht scheint, würde dich seine Argumentation sehr interessieren?«

»Wie beweisen wir den Leuten, die ein Wesen für einen Wolf halten, dass dieser tatsächlich ein Mensch ist?«, fragte ich.

»Indem wir diese Dummköpfe dazu bringen, zur Einsicht zu kommen. Ich war gerade dreiundzwanzig, Wilhelm, da wurde ich vorsitzender Richter, als einer der jüngsten Advokaten im Reich. Also wenn du in meine Fußstapfen trittst, wonach es sehr aussieht, dann wirst du in nur sieben Jahren über Leben und Tod anderer entscheiden. Sieben Jahre, Wilhelm. Wirst du bereit sein, über das Leben eines Menschen zu richten?«

Ich zuckte mit den Achseln.

»Antworte mir, wenn ich dich etwas frage. Sag, was du fühlst, Wilhelm! Ich hatte entsetzliche Angst, als ich bei meinem ersten Fall ein Urteil fällen musste.«

Er erzählte mir davon. Es war in einem Dorf namens Halternheim, einem kleinen Nest irgendwo im Wald. Ein unheimliches Wesen war in der Umgebung gefunden worden. Es hatte Kleider und Essen gestohlen, ein paar Hühner umgebracht und die Bevölkerung in Angst und Schrecken versetzt.

»Ich wurde zusammen mit einem geistlichen Kollegen in das Dorf geschickt, so wie jetzt«, sagte Paulus. »Doch wir hatten nur eine Wache dabei. Keinen Trupp, der uns hätte helfen können, wieder die Ordnung herzustellen unter der Bevölkerung. Die Menschen glaubten, dass sie einen Kobold oder einen Waldgeist in ihrem Gewahrsam hatten. Der Ort ähnelte dem hier, von Inzucht behaftet mit dementsprechend dummen Menschen. Rate mal, was ich vorfand, Wilhelm?«

»Einen Bettler?«

»Nein, keinen Bettler, denn diese Kreatur war etwas, das die Dorfbewohner noch nie zuvor gesehen hatten. Bettler hatten sie schon oft vertrieben.«

Weiterzuraten war sinnlos, denn Paulus wollte, dass ich aufgab, und so gab ich auf.

»Hast du je einen Schwarzen gesehen?«, fragte er.

»Einen Schwarzen?«

»Einen Mann oder eine Frau mit schwarzer Haut.«

»Nein«, antwortete ich.

»Na ja, es war ein Schwarzer.«

»Wussten Sie das, als Sie ihn sahen?«

»Natürlich.«

»Hatten Sie vorher schon mal einen Schwarzen gesehen?«

»Nein, aber ich muss nicht erst nach Afrika reisen, um zu wissen, dass es Schwarze gibt. Ich vermute mal, du hast von Afrika schon gehört, Wilhelm?«

»Selbstverständlich, Herr. Auch von Schwarzen.«

»Aber du hast noch keinen gesehen und warst auch noch nie in Afrika?«

»Nein, trotzdem würde ich einen Schwarzen erkennen, wenn mir einer begegnete. Sie sehen aus wie wir, nur sind sie schwarz.«

»Genau. Doch anders als du, Wilhelm, hatten die Dorfbewohner noch nie etwas von Afrika gehört. Für sie war ein Schwarzer ein verkohlter Teufel. Die Tatsache, dass er unsere Sprache auf eine eigenartig gebrochene Weise sprach, war für sie nur noch eine weitere Bestätigung, dass er aus der Hölle kam.

»Wessen wurde er beschuldigt?«

»Ein Geschöpf der Hölle zu sein, das auf den Scheiterhaufen gehört. Komischerweise meinen die Leute in Fällen wie diesen, dass ein Dämon oder ein anderes Wesen aus der Hölle ganz brav in ihrer Zelle im Wehrturm, Gefängnis oder Kerker warten würde, bis ein Richter in ihrem Ort aufkreuzt, um diese Kreaturen dann anzuklagen. Als ich das Gericht einberief, war meine erste Amtshandlung, sie zu fragen, ob unser schwarzer Freund nicht eher ihr Dorf in Schutt und Asche gelegt und sie alle umgebracht hätte, statt sich einfach fangen zu lassen, wenn er ein Dämon wäre. So fromm erschienen diese Menschen mir nämlich nicht, dass Gott eingreifen oder dem Teufel Einhalt gebieten würde, wenn dieser die Hand gegenüber den Dorfbewohnern erheben würde. Es handelte sich um einen Fall von Diebstahl. Ein paar Kleider, Eier und ein Huhn waren entwendet worden. Weißt du, warum ich dich all die Bücher mitschleppen lasse?«

»Um Autorität zu vermitteln?« Er hatte mir im Laufe der

Jahre eingebläut, dass, wenn ich eine Debatte gewinnen wollte, ich zum rechten Zeitpunkt einen großen Namen zitieren müsse.

»Genau«, antwortete er. »Mit anderen Worten gesagt – um die Leute mundtot zu machen. Zeig auf ein Buch, und sie halten die Klappe. Selbst wenn nur Humbug drinsteht, was häufig der Fall ist. Doch damals schleppte ich keine Bibliothek mit mir herum wie heute. Ich hatte auch nicht so viele Soldaten dabei, die auf mich aufpassten. Ich hatte nur meine Gesetzbücher, meine Bücher zur Naturwissenschaft, zur Geschichte, zur Geografie, zu Brauchtümern und Glaubensvorstellungen. Ich hatte noch nicht einmal einen Assistenten wie dich.«

Er knuffte mich scherzhaft in den Arm, während wir in dem leeren Versammlungsraum nebeneinander saßen.

»Als ich das Gericht einberief, ließ ich sämtliche Bürger zu meiner Richterbank kommen. Ich hatte einen Atlas dabei mit Anmerkungen zu jedem Erdteil und zeigte ihnen Afrika und die Darstellungen schwarzer Menschen. Ich tippte auf das Bild am Rand und zeigte auf unseren Freund, das Geschöpf aus der Hölle. Er saß seit fast einer Woche still in seinem Käfig und wartete auf seine Hinrichtung, ohne dass er sich an seinen Vater, den Satan, gewandt hätte mit der Bitte, Halternheim dem Erdboden gleich zu machen. Sie betrachteten das Bild, nickten mit den Köpfen wie Hühner, die Körner pickten, und fragten mich, was das bedeutete.

Ich erklärte ihnen, dass ihr Teufel ein Afrikaner sei, der sich verirrt habe. Er hatte Essen und Kleider gestohlen, um nicht zu verhungern und nicht zu frieren. In Afrika sei es warm, erläuterte ich. Unser Land ist kalt, der Teufel muss die Hitze der Hölle vermissen.

Daraufhin stellte ich die Dorfbewohner unter Anklage, wie ich es gern mache mit Menschen, die einen Prozess herbeiführen und mir egal sind. ›Sie haben einen Vertreter des Fürstbischofs durch das halbe Land gejagt, um einen Hühnerdieb als Teufel vor Gericht zu stellen. Ihre Dummheit hat mehr Kosten verursacht, als dieses Dorf in einem Jahr verdient. Hier ist mein Urteil: Wer ist im Dorf der reichste Mann?‹

Der Besitzer einer Mühle hob die Hand, nachdem seine Freunde und Nachbarn ihn geschoben und gestupst hatten, sodass ich ihn sehen konnte. ›Dann erteile ich dem Dorf hiermit eine Geldstrafe in Höhe des jährlichen Einkommens dieses Mannes. Sie werden den Betrag gemeinsam bezahlen und eine angemessene Verteilung der Kosten untereinander festlegen. Das Geld ist mir morgen zu übergeben, andernfalls werde ich damit beginnen, nach meinem Ermessen Besitz zu beschlagnahmen. Ich werde im Namen des Kaisers dem Afrikaner ein Zwanzigstel der Summe aushändigen. Sie soll ihm als Entschädigung für seine Zeit als Gefangener dienen und Ihnen eine Mahnung sein, dass Wohltätigkeit im Christentum an erster Stelle steht und Unkenntnis über die Welt eine schwere Sünde darstellt. Vom Anteil des Afrikaners werde ich die Kosten für das Huhn, die Eier, die Kleider und andere Gegenstände, die er gestohlen hat, abziehen, und das Geld den Geschädigten zurückerstatten. Ich werde auch ihm eine Geldstrafe auferlegen, die er an die Hofkammer zu zahlen hat, und die dem Wert der Güter entspricht, die er entwendet hat. Doch er wird, so denke ich, noch immer genügend Geld übrig haben, um sicher und bequem in seine Heimat zurückreisen zu können.‹«

Paulus hielt inne und rieb sich den Bart, der gestutzt werden musste. Er hatte es nicht mehr geschafft, den Termin beim Barbier wahrzunehmen, den ich einen Tag vor unserer Abreise für ihn ausgemacht hatte. Ihm waren die Theateraufführungen im Hof der Universität wichtiger gewesen.

»Ich habe nie ganz verstanden, wie der Afrikaner nach Europa gekommen war«, fuhr er fort. »Soweit ich es herausfinden konnte, was dank einiger Zeichnungen möglich war, die er für mich anfertigte, hatte er viele Länder mit einem Schiff bereist. Dann hat man ihn wohl aus Versehen in einem Hafen zurückgelassen, und er war herumgewandert. Er hatte sich im Reich verirrt. Ich glaube, dass er schon seit sechs Monaten unterwegs war. So habe ich ihn zumindest verstanden. Mein Fehler war, dass ich nach der Urteilsverkündung sofort meine Heimreise antrat. Ein guter Richter bleibt so lange, bis sein Urteil vollstreckt ist. So werden wir es hier in Bedburg handhaben. Obwohl diese Vorgehensweise nicht immer einfach zu bewerkstelligen ist. Häufig warten schon die nächsten Fälle, die unsere volle Aufmerksamkeit erfordern.

Das Geld wurde also unter den Dorfbewohnern eingesammelt und entsprechend verteilt. Ich vergewisserte mich, dass sie den Afrikaner nicht übervorteilten, als er Essen kaufte, um sich auf seine Heimreise zu machen. Dann verließ ich Halternheim. Meine Mitreisenden und ich hatten Pferde dabei, und wir ritten im Schritt mehrere Stunden, der Afrikaner an unserer Seite. Ich wollte mehr über sein Land und die Brauchtümer erfahren, doch die Sprachbarrieren waren zu groß, als dass wir uns hätten unterhalten können. Damals kam mir zum ersten Mal die Idee, Berichte oder Abhandlungen über meine Fälle zu schreiben. Ich vermutete, dass der Afrikaner mit Engländern, Franzosen oder Spaniern in Kontakt gekommen war. Seine Sprache war ein eigenartiges Gemisch. Wir erreichten den Hügel, den ich und meine Reisegruppe überqueren mussten, um nach Hause zu gelangen. Ich verabschiedete mich von dem Afrikaner, deutete nach Süden und erklärte ihm, dass seine Heimat in dieser Richtung liegen würde, er aber vorher noch ein Meer überqueren müsse. Er nickte wie ein vornehmer Herr und sagte ›danke‹ in unserer Sprache. Wir ritten weiter. Doch er folgte uns und bog nicht nach Süden ab. Schließlich galoppierten wir los, da wir keine Zeit mehr hatten zu trödeln. Ich winkte dem Schwarzen entschuldigend zu, und wir verloren ihn aus den Augen. Da es in der Umgebung keine Ortschaften gab, die wir zu Pferd hätten erreichen können, schlugen wir ein Lager auf, als es wenige Stunden später dunkel wurde. Nach dem Essen versammelten wir uns um das Feuer und tranken. Es war eine kalte Herbstnacht, in der weder der Mond noch die Sterne am Himmel zu sehen waren. Ich hatte gerade meine Flasche ausgetrunken, als zwei Hügel weiter ein Feuerschein zu sehen war. Wir machten uns zu zweit auf den Weg und ritten vielleicht eine halbe Stunde. Wir fanden den Afrikaner an einen Baumstamm gefesselt vor. Man hatte ihn festgebunden und angezündet wie eine Fackel. Am nächsten Morgen ritten wir zurück nach Halternheim. Ich befahl das gesamte Dorf zusammenzukommen und erklärte ihnen, dass ich ihren Bürgermeister erhängen würde, wenn wir die Mörder nicht ermitteln könnten. Vergiss nicht, ich war jung, und wir waren nur zu dritt. Ein Soldat, ein Priester und ich. Niemand ergriff das Wort. Also erhängte ich den Bürgermeister persönlich am Türsturz des Gasthofs, ohne dass einer einschritt. Ich wusste, dass ich den falschen Mann umgebracht hatte, aber was hätte ich tun sollen? Als Vergeltungsmaßnahme das Dorf niederbrennen und gar keine Gerechtigkeit schaffen? Er war ihr Anführer und musste die Mörder gekannt haben.«

»Ich hätte das Gleiche getan«, warf ich ein.

»Freut mich zu hören, junger Mann.«

»Wenn Sie aber den Bedburgern beweisen werden, dass Stumpf ein Mensch ist, dann müssen Sie ihnen auch erklären, warum er getötet hat. Sonst kommen ihnen die Verbrechen so ungeheuerlich und so unglaublich vor, dass sie nie von ihrem Werwolf-Aberglauben abrücken werden«, sagte ich zu Paulus.

»Inwiefern sind seine Verbrechen ungeheuerlich? Schau dir die Menschen doch nur einmal an. Wenn Lehnsherr A oder B eine Stadt niedermetzelt, ist das etwa nicht ungeheuerlich? Oder was ist, wenn die kaiserlichen Truppen tun, was wir von ihnen erwarten, wenn sie Menschen töten, und es stellt sich bei näherer Betrachtung heraus, dass dabei auch Unschuldige getötet wurden? Ist das nicht ungeheuerlich? Und wenn der Herrgott in seiner unergründlich Weisheit beschließt, zwei Städte in Schutt und Asche zu legen, weil es ihn stört, wie sich die Menschen in ihnen lieben, weil sie essen und trinken und vögeln? Ich würde das ungeheuerlich nennen. Und wenn der Herr ein Ungeheuer sein kann, dann kann auch ein Mensch ein Ungeheuer sein. Immerhin sind wir sein Ebenbild. Damit ist Stumpf ein Mensch. Fall abgeschlossen.«

Ich tadelte ihn nicht in meinem Innern für seine blasphemische Sprache.

Wer weiß schon, warum ein Mensch tötet? Eine Gerichtsverhandlung ist nicht dazu da, zu erklären, warum einer mordet, sondern nur, um zu beweisen, dass er gemordet hat. Ich glaube, dass ich den Grund kenne, warum Stumpf gemordet hat, wenngleich ich nie wirklich sicher sein kann. Unsere gegenwärtige Zeit ist geprägt von Entwurzelung, von Religionszweifel, von schwindender Macht der Könige, von großen Veränderungen in unseren Städten, Dörfern und Landschaften. Universitäten ersetzen die Kirche, neue Erfindungen stellen die Welt auf den Kopf. Die Welt wird gleichzeitig größer und kleiner. Sich in dieser neuen Welt zurechtzufinden und seinen Platz zu behaupten, fällt vielen Menschen schwer. Ich glaube, dass Stumpf nicht von dieser Welt war. Was ihn jedoch nicht zu einem Teufel oder zu einem gespenstischen Gestaltenwandler werden lässt. Und es bedeutet auch nicht, dass er vom Satan besessen war oder in dessen Diensten stand. Seine Seele oder was immer es war, das er besaß, war nicht nur einsam auf der Erde, sondern empfand diese Welt auch noch als abstoßend. Manche behaupten, dass es Lebewesen auf dem Mond gibt. Sie sehen aus wie spinnenhafte Menschen, mit langen, dünnen Armen und Beinen. Stumpf hätte bestimmt sehr viel mehr Trost unter ihnen gefunden als unter dem Volk hier auf der Erde. Das, was man nicht werden kann, kann man nicht lieben. Und wenn man nicht lieben kann, nehmen stattdessen nur Hass und Verachtung den Platz im Herzen ein. Deshalb tötete Stumpf.

Nichts davon spielte aber für den Prozess eine Rolle, der wenige Tage nach unserer Ankunft in Bedburg begann. Der Versammlungsraum war schon am frühen Morgen brechend voll. Die Tür war offen gelassen worden, damit die

Leute draußen auf dem Gang ebenfalls zuhören konnten. Selbst auf der Straße drängten sich noch neugierige Bürger.

Paulus und ich hatten unsere schwarzen Roben angelegt, die weißen Halskrausen umgebunden und die Barette aufgesetzt. Punkt neun Uhr richtete Paulus das Wort an die Menge. Er erklärte dem Volk von Bedburg, dass Stumpf laut Staatsrecht des mehrfachen Mordes aus niederen Beweggründen angeklagt sei. Lustmord. Dann fuhr er fort, dass es für eine Verbindung zu teuflischen oder sonstwie übermenschlichen Mächten keinen glaubwürdigen Hinweis gab. Vielmehr sei dieser Prozess auch ein Prozess gegen den heidnischen Aberglauben, in der die angeborene Boshaftigkeit der Menschheit unter Anklage stehe, die keines Teufels und keiner Hexerei bedarf, um geweckt zu werden.

»Stumpf ist ein gewöhnlicher Mörder«, sagte Paulus. Er war aufgestanden und schritt auf dem Podium vor der Richterbank auf und ab. »Mord ist kein ungewöhnliches Verbrechen. Ungewöhnlich in diesem Falle ist jedoch die Eifrigkeit des Mörders, die Anzahl seiner Verbrechen. Genauso ungewöhnlich sind seine Fähigkeit, über so viele Jahre unentdeckt zu bleiben, und seine Unverfrorenheit, genau dort zu leben, wo er Männer, Frauen und Kinder umgebracht hat. Doch dem Bürger Peter Stumpf wird als Mensch der Prozess gemacht, und er wird, nachdem seine Schuld zweifelsfrei bewiesen sein wird, als ein Mensch hingerichtet werden. Als ein Mensch, der niederträchtige Taten begangen hat.«

Paulus hielt inne und stand ruhig da. Er nickte mir zu und wandte sich anschließend an Karfreitag. »Herr Hauptmann, bringen Sie den Gefangenen herein!« Karfreitag machte sich auf den Weg zum Wehrturm, während Paulus die Schultern straffte und einen Ehrfurcht gebietenden Blick durch den Saal schweifen ließ.

»Wir sind hier, um die Wahrheit ans Licht zu bringen. Wir sind nicht hier, um uns mit Spekulationen zu befassen, Mutmaßungen in die Welt zu setzen oder wilde Theorien aufzustellen. Hier zählt nur die Wahrheit und nichts als die Wahrheit. Wenn der Gefangene hereinkommt…«

Im Publikum setzte aufgeregtes Gemurmel ein.

»Ruhe!«, rief ich. Meine Stimme klang heiser und kümmerlich. Das Murmeln hörte nicht auf. Ich räusperte mich. »Ruhe!« Dieses Mal schrie ich fast. Die Leute sahen mich an. Niemand hatte erwartet, dass ein Junge von sechzehn Jahren derart bedrohlich klingen konnte. Stille trat ein.

»Wenn der Gefangene hereinkommt, wird ihm die Anklage verlesen, und er darf, wenn er will, ein öffentliches Geständnis ablegen«, fuhr Paulus fort. »Sollte er ein umfassendes Geständnis ablegen und seine Schuld zugeben, werde ich ihn entsprechend verurteilen und den Fall schließen. Ich weiß, dass die Stadt über viele Jahre hinweg von diesen Verbrechen heimgesucht wurde, doch wenn alles gutgeht, kann die Sache in zwei Tagen erledigt sein. Wir werden den Prozess heute Abend beenden, und Sie werden ein Geständnis des Beschuldigten gehört haben. Morgen wird er verurteilt. Die sich anschließende Nacht bleibt ihm, um Buße zu tun und seine Seele dem Herrn anzuempfehlen. Am nächsten Tag wird der Fall mit der Hinrichtung abgeschossen und Bedburg kann wieder zu seinem früheren friedlichen Leben zurückkehren.«

Er hielt inne. »Die Ergebnisse zu den anderen Untersuchungen im Hinblick auf das Verschwinden des Jungen und den Morden an den Söhnen von Stumpf stehen natürlich noch aus.« Wieder setzte Gemurmel ein, doch Paulus fuhr ungerührt fort. »Stumpf hat mir und meinem Assistenten gegenüber bereits ein umfassendes Geständnis abgelegt.« Paulus deutete in meine Richtung. »Ich habe keinerlei Zweifel, dass er seinen Bericht vor seinen Mitbürgern und vor Gott hier wiederholen wird.«

Draußen hörte man jetzt erregte Stimmen. Im nächsten Moment brachten die Wachen Stumpf in das Versammlungshaus. Sie hatten ihm Ketten, Handschellen und ein Lederhalsband angelegt, woran Hundefangstöcke befestigt waren, mit denen sie ihn hereinführten. Es erinnerte an die Zurschaustellung eines wilden Tiers auf dem Markt. Sie bugsierten Stumpf durch den Eingang in den Raum, und alle Köpfe fuhren zu ihm herum. Die Leute hielten den Atem an. Stumpf selbst wirkte weder ängstlich noch eingeschüchtert. Er wirkte gleichgültig. Als ob sein Leben bereits vorüber wäre. Als ob er seinen Körper bereits verlassen hätte, und sein Geist würde sich irgendwo anders befinden, während sich seine leibliche Hülle noch weiterbewegte, ohne ihn, wie ein italienischer Automat.

»Binden Sie den Gefangenen los!«, rief Paulus.

Die Zuschauer wurden sichtlich unruhig. Sie wichen so weit wie möglich zurück, stießen sich dabei an wie Rinder in einem zu engen Stall. Einige Männer, die in der Nähe der Tür standen, drängten nach draußen, ihre Ehefrauen im Schlepptau. Andere nutzten die Gelegenheit, um hereinzukommen.

»Ruhe! Wenn nicht sofort Ruhe einkehrt, wird die Verhandlung unterbrochen«, rief ich, ohne auf ein Zeichen von Paulus zu warten.

Als wieder Ruhe eingekehrt war, ergriff Paulus das Wort.

»Vor uns steht ein Mann. Zählen Sie die Wachen und Büttel hier im Saal. Wir könnten ihn innerhalb weniger Augenblicke überwältigen. Außerdem habe ich das hier …«, sagte er und hob den Saum seiner schwarzen Robe über der Hüfte und zeigte eine Pistole. Ich wusste, dass sie nicht geladen war.

Ich zog ein Kurzschwert aus meiner Robe und legte es auf die Richterbank, so wie Paulus es mir aufgetragen hatte.

Die Wachen nahmen Stumpf die Ketten und Handschellen ab und entfernten die Hundefangstöcke von seinem Halsband. Karfreitag stand mit gespannter Pistole hinter Stumpf.

»Der Angeklagte soll sich hinsetzen.«

Stumpf nahm auf einem Schemel vor der Richterbank Platz. Karfreitag hielt die Pistole unverwandt auf Stumpfs Kopf gerichtet. Ich rückte meinen Stuhl dicht an die Richterbank und überprüfte meine Schreibutensilien. Feder, Papier, Tinte und Schreibsand. Im Saal hatten die Menschen wieder ihre früheren Plätze eingenommen. Die Verhandlung konnte beginnen. Sie begann wie alle Verhandlungen mit der Verlesung der Anklage, die in diesem Fall auf »Mehrfachmord« lautete.

Peter Stumpf hörte sie mit unbewegter Miene an. Dann nickte er und blickte zur Decke, als Paulus ihn bat, vor Gott und den Menschen und diesem Gericht sein Geständnis abzulegen.

Paulus und ich hatten die Anklageschrift gemeinsam verfasst, beziehungsweise er hatte sie diktiert, und ich hatte sie niedergeschrieben. Ihr Wortlaut sollte einfach sein, damit jeder Stallknecht im Dorf sie verstehen konnte.

»Der Landbesitzer Peter Stumpf aus der Stadt Bedburg wird nach geltendem Recht des Mehrfachmordes angeklagt, verübt an unschuldigen Männern, Frauen und Kindern in den Jahren 1524 oder 1525 bis 1563 in der Stadt Bedburg und in deren Umgebung. Er wird dieser Verbrechen als alleiniger Täter beschuldigt, der ohne Hilfe oder äußere physische oder sonstige Einflussnahme agiert hat. Bei einem umfassenden und aufrichtigen Geständnis wird das Urteil auf Hinrichtung lauten, deren Art vom Gericht entschieden und den fraglichen Verbrechen angemessen sein wird. Verlust von Besitz, Gütern, Land sieht das Urteil nicht vor, da die Erben und Begünstigten des Angeklagten in keiner Weise für die Verbrechen verantwortlich zu machen sind, die dem Gefangenen Stumpf zur Last gelegt werden. Den Familien der Opfer ist es jedoch gestattet, einen Antrag zu stellen, ihren Anspruch auf Blutgeld bei den Erben des Angeklagten geltend zu machen und sie auf Entschädigung zu verklagen, sollten sie gefunden, identifiziert oder selbst gegenüber dem Staat vorstellig werden mit dem Nachweis eines verwandtschaftlichen Verhältnisses. Das Gericht unter dem vorsitzenden Richter Paulus Melchior gilt als letzte Instanz, das Recht auf Berufung besteht nicht.«

Ich verlas die Schrift. Als ich geendigt hatte, begann Paulus mit der Befragung.

»Peter Stumpf«, sagte er. »Sie haben zugegeben, ein Mörder zu sein. Ist das richtig?«

»Ja, mein Herr.« Er sah Paulus an, als er ihm die Fragen stellte, doch bei den Antworten war sein Blick auf mich gerichtet.

»Haben Sie die Taten allein begangen?«

»Ja.«

»Ohne die Hilfe Dritter?«

»Ohne die Hilfe Dritter.«

»Und Sie erhielten auch sonst keine Hilfe?«

»Von wem hätte die kommen sollen?«

»Vom Teufel?«

»Nein, mein Herr.«

Paulus wandte sich dem Publikum zu. »Bewohner von Bedburg! Vor Ihnen sitzt ein Mörder. Seine Taten sind nicht das Werk des Teufels. Ich habe schon früher Straftaten von Menschen gesehen, und Menschen können sich wie Teufel benehmen, auch wenn der Teufel sie nie berührt hat. Manche besitzen einen solchen Hass und Willen, Böses zu verüben, sei es aufgrund eines fehlgeleiteten Geistes oder eines schlimmen Erlebnisses, dass wir es oft mit der Hand Satans verwechseln. Doch es ist nicht die Hand Satans. Es ist ein Makel, der dem menschlichen Wesen eingeschrieben ist, der sich bei Stumpf überdeutlich zeigt, der sich aber in uns allen verbirgt, wie wir aus der Bibel wissen – denn unsere gemeinsame Sünde ist, dass wir die Fähigkeit besitzen, Böses tun zu können.«

Ein Raunen ging durch den Raum. Die Menschen tauschten beunruhigte Blicke. Fromme saß auf einer der seitlichen Bänke und starrte Paulus an, als wäre nicht Stumpf der Angeklagte, sondern der vorsitzende Richter.

»Wir sind alle sündige Kreaturen«, sagte Paulus zur Menge gewandt. »Das wissen wir aus der zweiten Schöpfungsgeschichte Gottes. Gott schuf die Erde, und der Mensch zerstörte sie durch sein lasterhaftes, sündiges Treiben. Wir sind alle Kinder Adams, der die Erbsünde in die Welt gebracht hat. Was für uns gilt, gilt natürlich ebenso sehr für Peter Stumpf. Vorgestern Abend habe ich gesehen, wie Peter

Stumpf die Hostie empfangen, den Wein getrunken und die Bibel berührt und dabei unseren Herrn Jesus Christus lobgepriesen hat. War es so, Stumpf?«

Paulus schrie seine Frage fast heraus, und Stumpf nickte. Wieder ging ein Raunen durch den Raum.

»Und auch der Vertreter der Kirche war anwesend.«

Paulus deutete mit der Hand auf Fromme, der nickte.

»Und so akzeptieren wir, dass dieser Mann ein Mörder ist und sonst nichts.« Paulus hielt inne.

Im Saal herrschte gebannte Stille.

»Dann werde ich den Gefangenen jetzt bitten, uns einen vollständigen Bericht seiner Verbrechen abzugeben. Peter Stumpf, sind Sie dazu bereit, hier vor dem Gericht und den Menschen von Bedburg ein umfassendes Geständnis abzulegen?«

»Das bin ich, mein Herr«, sagte Stumpf, und die Menge reckte die Hälse, um ihn besser zu sehen, als wäre er die neuste Kuriosität eines Wanderzirkus und nicht der Mann, der zeit seines Lebens mit ihnen in Bedburg wohnte und ihnen so vertraut war wie ein Sandkorn. »Soll ich mit dem ersten Mord beginnen?«

»Ich bitte darum«, sagte Paulus. Er war wieder zu mir hinter den Tisch getreten und setzte sich. Er lehnte sich in seinem Stuhl zurück, legte die Fingerspitzen aneinander.

»Im Hinblick auf die Verbrechen, die ich zugeben werde, kann ich aber, so wie Sie es sagen, doch nur für diejenigen belangt werden, die ich in Bedburg und der Umgebung begangen habe, oder?«

Ich hielt inne beim Schreiben. Auch Paulus stutzte.

»Korrekt«, sagte Paulus. »Ich bitte das im Protokoll zu vermerken«, sagte er an mich gewandt. »Der Prozess hier in Bedburg kann nur die Straftaten verhandeln, die im fürstbischöflichen Gebiet begangen wurden.« Er lächelte Stumpf an. »Das ist eine verwaltungstechnische Besonderheit.«

Ich notierte den Wortlaut.

»Fahren Sie fort!«, sagte Paulus schließlich zu Stumpf und legte wieder seine Fingerspitzen aneinander.

»Der erste Mord, den ich begangen habe, war an dem Dienstmädchen und ihrem Kind, die sie im Bedburger Wald gefunden haben«, begann Stumpf mit klarer, deutlicher Stimme. »Ich war fünfzehn oder sechzehn. Der nächste Mord fand auf der Straße statt. Ich hatte Bedburg verlassen und war auf dem Weg, um mich den Landsknechten anzuschließen, als mir ein Bettler begegnete, der mich belästigte. Er wollte sich auf schändliche Weise an mir vergreifen. Ich brachte ihn um, schob aber in diesem Fall Notwehr vor. Im Krieg habe ich viele Menschen getötet. Erwachsene, Kinder, Menschen jeden Alters. Doch so ist nun mal der Krieg. Während meiner Zeit als Soldat brachte ich allerdings auch viele Huren und Bettler um, wenn ich keinen Dienst leisten musste. Ich habe eine Strichliste im Kopf, und bei Ende meiner Dienstzeit belief sie sich auf vierundzwanzig.

Als ich die Armee verließ, brachte ich eine dreiköpfige Familie auf der Straße um, die zu der Stadt führte, wo ich meine Frau kennenlernte. Eine Mutter, ein Vater und ihr Kind. Es war ein Mädchen von drei Jahren. Während ich in der Heimatstadt meiner Frau darauf wartete, sie zu heiraten, brachte ich ein weiteres Kind im nahegelegenen Wald um …«

Ich schrieb in meiner Kurzschrift in einem wilden Tempo. Das Notizbuch besitze ich noch heute, ja, in diesem

Moment liegt es auf meinem Schreibtisch und dient mir als Vorlage für meinen Bericht.

Paulus hatte die ganze Zeit versonnen zur Decke gesehen, doch jetzt hob er gebieterisch eine Hand. Alle Aufmerksamkeit war sofort auf ihn gerichtet.

»Wie haben Sie diese Menschen umgebracht, und was haben Sie mit ihnen danach gemacht?«, fragte Paulus.

Stumpf sah auf.

»Ich habe sie ganz unterschiedlich umgebracht. Mal mit bloßen Händen, dann mit einem Knüppel, hin und wieder mit einem Messer oder einem Seil. Einige habe ich ertränkt, andere verbrannt. Die meisten habe ich verbrannt. Manche habe ich gegessen.«

Die Menschen im Saal stöhnten laut, vereinzelt wurden entsetzte Schreie ausgestoßen. Stumpf sprach unterdessen weiter.

»Diejenigen, die mir besonders gefielen, machte ich mir gefügig, wenn Sie verstehen, was ich meine.«

»Waren das alle Morde in der Heimatstadt Ihrer Frau?«

»Ja, mein Herr.«

»Fahren Sie fort!«

»Zurück in Bedburg kamen noch viele Menschen hinzu, die ich getötet habe. Darunter war aber niemand aus der Stadt, wie jeder hier weiß. Ich habe nur die Menschen auf der Durchreise umgebracht oder diejenigen, die mir auf den Straßen begegneten. Während der Nacht. Es ist einsam auf dem Land. Soll ich Ihnen von allen erzählen?«

»Auf jeden Fall.«

»Die ersten Opfer waren ein Vater und seine Tochter. Ich habe sie verbrannt. Danach kamen mehrere Einzelreisende. Ein Mann, noch ein Mann, dann eine Frau und anschließend wieder ein Mann. Sie waren alle Bettler. Danach tötete ich eine fünfköpfige Familie, einen Mann mit seiner Frau und eine dreiköpfige Familie. Das nächste Opfer war eine alte Frau in ihrer Hütte. Es folgten wieder Alleinreisende. Vier, glaube ich. Wenn in der Anklage fünf steht, werde ich keinen Einspruch erheben. Dann noch ein Paar. Anschließend eine dreiköpfige und eine zehnköpfige Familie mit beiden Großelternpaaren, Mutter, Kind, einer Tante mit drei Kindern, und ich glaube einer Base.«

Als Stumpf die zehnköpfige Familie erwähnte, legte Paulus den Kopf schief und schnippte mit den Fingern, wie ein Schüler, der eine Frage stellen will.

»Zehn?«, fragte Paulus.

»Sobald man ein Kind in seiner Gewalt hat, als Geisel, kann man auch leicht eine größere Gruppe in Schach halten«, antwortete Stumpf, als würde er Paulus erklären, wie man einen Fisch fängt oder einen Falken dressiert. Paulus nickte.

Stumpf fuhr fort. »Danach habe ich einen Vater mit seinem Sohn umgebracht, was immer eine gefährlichere und schmerzhafte Angelegenheit ist. Im Anschluss tötete ich über einen längeren Zeitraum nur noch Alleinreisende.« Er schaute sich im Saal um, die Menge wich seinem Blick aus. »Vor ungefähr fünf Jahren, wenn die Leute sich noch erinnern können, habe ich darüber gejammert, dass mich ein Wildschwein beim Jagen aufgespießt hat. Es war das Messer des Vaters. Gehen wir mal von zehn Menschen in diesem Zeitraum aus, alles Alleinreisende. Als ich wieder gesund war und das Gefühl hatte, wieder eine richtige Aufgabe in Angriff nehmen zu können, tötete ich eine dreiköpfige Familie. Anschließend ein Paar, einen Krüppel und wieder eine dreiköpfige Familie, wobei die Frau schwanger war. Danach eine Bettlerin, ein Paar, eine vierköpfige Familie und schließlich die Familie von letzter Woche. Die Mutter und den Vater draußen beim Dunklen Grund. Später dann den Jungen, als man ihn aus dem Wehrturm freiließ und ich ihn allein im Wald fand.«

»Wer hat den Jungen freigelassen?«, fragte Paulus.

Stumpf sah auf. »Ich weiß es nicht«, antwortete er. »Als ich auf den Jungen stieß, weinte er und sagte, dass die Männer ihn zum Wald gebracht hätten und weitergezogen wären, um den Wolf zu suchen. Ich denke, dass er mit dem Wolf mich meinte.«

»Danke, Stumpf«, sagte Paulus. Dann wandte er sich mir zu. »Wie viele Opfer ergibt das insgesamt?«

Ich rechnete. Dann rechnete ich noch einmal, da mich die Zahl beunruhigte. Sie schien mir ein schlechtes Omen zu sein.

»Neunundneunzig«, sagte ich zu Paulus und fügte »Euer Ehren« hinzu, um der Form Genüge zu tun.

»Neunundneunzig«, sagte Paulus zu Stumpf. Seine Miene wirkte fast anerkennend. »Sind Sie sich sicher, dass Sie niemanden vergessen haben, Herr Stumpf?«

Stumpf lächelte zurück. »Ich glaube nicht, mein Herr. Aber Zahlen bedeuten mir nichts.«

»Gerichtsschreiber, wie setzen sich die Zahlen im Einzelnen zusammen?«, fragte er mich.

Ich betrachtete meine Aufzeichnungen und fasste mit Kreuzen, Strichen und Punkten die einzelnen Taten in Gruppen zusammen. Schließlich hatte ich eine Übersicht. »Den Anfang der Mordserie bilden die beiden sogenannten Puppen in Bedburg«, begann ich, »dann beging der

Angeklagte neunundzwanzig Morde irgendwo in deutschen Landen, außerhalb der Gerichtsbarkeit des Fürstbischofs, und schließlich achtundsechzig Morde in Bedburg und im Umland. Somit ergibt sich eine Gesamtzahl von neunundneunzig Verbrechen, von denen siebenundsiebzig Morde unter die Zuständigkeit dieses Gerichts fallen.«

»Siebzig. Ja, dieser Zahl kann ich zustimmen«, sagte Stumpf.

Paulus legte die Hände auf die Richterbank. »Sie übernehmen die Schuld für siebzig Morde innerhalb dieser Gerichtsbarkeit?«, fragte er.

»Ja, euer Ehren«, antwortete Stumpf.

»Also denn«, sagte Paulus. »Damit befindet Sie das Gericht für schuldig aufgrund Ihres Geständnisses von siebzig Morden, von denen jeder einzelne Mord den Tod verdient. Angesichts der Vielzahl der Taten verurteile ich sie zum Tode bei völliger Vernichtung Ihres Leibes.«

Die Menge begann aufgeregt zu tuscheln, einige applaudierten sogar, als sie das Urteil hörten. Ich legte meine Feder hin, um das Publikum zur Ordnung zu rufen, doch Paulus stieß gegen mein Bein und schüttelte verneinend den Kopf. Während die Unruhe zunahm, wandte er sich an Stumpf. Ohne dass die Leute ihn hören konnten, fragte er: »Sie haben das Haar der Puppen nicht in Ihrer Schatulle aufbewahrt, oder, Stumpf?«

»Nein«, erwiderte der. »Ich schnitt ihnen eine Locke ab, doch ich verlor sie auf meinen Reisen. Das hat mich traurig gemacht. Ich begann mit der Sammlung erst nach meiner Rückkehr aus dem Krieg.«

Darauf nickte Paulus mir zu. »Jetzt bring sie zum Schweigen«, forderte er mich auf.

Ich schlug mit der Hand auf den Tisch. »Ruhe im Gerichtssaal! Ruhe!«

Es dauerte eine Weile, bis die erregten Gespräche verstummten.

Paulus wartete geduldig. Schließlich erhob er sich und trat noch einmal vor die Richterbank.

»Ich habe noch eine letzte Frage an den Angeklagten«, fuhr er fort. Er trat vor Stumpf und sah fast bedauernd auf ihn hinab. »Sagen Sie uns, Herr Stumpf, warum haben Sie diese Verbrechen begangen, die Sie so bereitwillig zugegeben haben?«

Stumpfs Blick wurde unruhig. Er presste die Lippen aufeinander. Ein Zucken erschien in seinem Gesicht. Er warf den Kopf herum und für einen Moment fürchtete ich erneut, wie schon einmal, dass der Mann sich vor meinen Augen verwandeln könnte. Sein Gesicht schien immer mehr aus den Fugen zu geraten.

»Stumpf?«, sagte Paulus. »Wollen Sie meine Frage beantworten?«

»Ich … ich wünschte, ich könnte es, Euer Ehren«, erwiderte Stumpf mit heiserer Stimme, und sein Gesicht nahm wieder die übliche Form an. »Aber … ich habe keine Antwort. Hätte ich eine, würde ich wohl nicht vor Ihnen sitzen. Wahrscheinlich liegt es daran … dass ich die Menschheit hasse.«

Wieder stöhnte die Menge auf. Paulus hob gebieterisch die Hand, bevor er fortfuhr.

»Aber Sie lieben doch Ihre Frau und Ihre Kinder?«

Stumpf senkte den Kopf. Ich glaubte schon, er würde zu weinen beginnen. Was für ein passendes Ende – ein weinender Mörder in einer Gerichtsverhandlung. Doch er weinte nicht. »Ich habe gesagt, dass ich die Menschheit hasse«, antwortete Stumpf mit sanfter Stimme. »Nicht die Menschen, die ich kenne und liebe.«

Paulus nickte. Dann begab er sich wieder hinter die Richterbank, um die Verhandlung zu schließen. Er wollte gerade die Stimme erheben, als sich Stumpf noch mal zu Wort meldete.

»Darf ich sprechen?«, fragte er.

»Natürlich«, erwiderte Paulus und machte eine auffordernde Handbewegung.

»Die Menschen dieser Stadt kenne ich zwar gut, trotzdem hasse ich sie. Und ich hasse mich, weil ich ihnen letztlich einen Gefallen getan habe, denn sie wollten schon immer an mein Land und mein Geld heran. Doch dazu waren sie nicht in der Lage. Nun aber werden Sie nach meinem Besitz und meinem Erbe greifen. Deshalb bitte ich Sie, Eurer Ehren, mir zu schwören, dass meine Güter unangetastet bleiben, denn ich habe in keinerlei Hinsicht von den Verbrechen profitiert. Im Gegenteil, sie haben mich Zeit und Geld gekostet, weil ich sie vorbereiten und verschleiern musste. Selbstverständlich bin ich damit einverstanden, dass meine Erben den Hinterbliebenen ein angemessenes Blutgeld zahlen, sollte sich jemand an sie wenden. Doch keine der Familien aus diesem Drecksnest hier soll es wagen, sich an meinem Geld zu vergreifen, denn ich habe niemanden von ihnen umgebracht. Es wäre mir zuwider gewesen ihren Geschmack in meinem Mund oder ihre Exkremente in meinem Bauch zu haben.«

Er lehnte sich zurück und blickte in die Menge, die so dicht bei ihm stand, dass die Leute ihn hätten berühren können. Sie blickten ihn mit aufgerissenen Augen an und sagten kein Wort. Ich hatte das Gefühl, als husche Scham über ihre Gesichter. Sie hätten protestieren und ihn der Lüge bezichtigen können, wenn das, was er gesagt hatte, nicht stimmte. Ich hätte es getan, wenn ein Verbrecher in Ketten so zu mir gesprochen hätte.

»Es wurde bereits vermerkt, dass Ihre Familie keine Mitschuld trifft«, sagte Paulus mit ruhiger Stimme. »Das Vermögen Ihrer Angehörigen ist sicher. Wie bereits zu Protokoll genommen, stehen allerdings noch etwaige Ausgleichszahlungen offen.«

»Dann bin ich fertig«, sagte Stumpf.

»Ich werde mit meinen Beratern über Nacht entscheiden, wie eine angemessene Todesart in Ihrem Fall aussehen soll, Stumpf«, erklärte Paulus. »Ihre Hinrichtung wird der Besonderheit Ihrer Verbrechen Rechnung tragen, wenngleich ich Ihr umfassendes Geständnis in Betracht ziehen werde. Haben Sie sonst noch etwas zu sagen?«

»Nein, mein Herr.«

»Keine Reue, kein Einspruch? Möchten Sie nicht die Menschen und Gott um Vergebung bitten?«

»Nein, mein Herr, das möchte ich nicht.«

»Na schön«, sagte Paulus und schien ein bisschen stolz darauf zu sein, wie gut sich sein Gefangener heute aufgeführt hatte. Das nahende Ende der Gerichtsverhandlung sorgte bereits wieder für Unruhe im Saal. Die Menschen warteten darauf, entlassen zu werden, nach draußen stürmen und von ihrer Rolle in der großartigen Geschichte erzählen zu können, die sich ihnen im Rathaus offenbart hatte.

Jetzt traten Wachen nach vorne, in den Händen die Hundefangstöcke, um sie an Stumpfs Halsband zu befestigen und ihn zurück zum Wehrturm zu bringen.

»Nein!«, rief Paulus. »Lassen Sie den Gefangenen noch einen Augenblick da.«

Die Wachen blieben hinter Stumpf in Habachtstellung stehen, der den Kopf nach hinten drehte und in ihre Gesichter blickte. Er lächelte Karfreitag an.

»Es gibt da noch eine Sache, mit der ich mich an die hier anwesenden Bürger wenden möchte.« Es wurde ruhig im Saal. »Wir haben zahlreiche Anschuldigungen gehört, dass das von Greet Werren und den anderen Waschfrauen gerettete Kind durch Menschen ausgesetzt wurde, die in dieser Stadt Amtsträger sind. Ich sage Ihnen hier und jetzt, dass, sobald das Urteil an dem Gefangenen vollstreckt wurde, das Gericht noch einmal zusammenkommen wird, um diese Tat zu verhandeln. Dieser Verhandlung wird ein Prozess folgen, der sich mit den Morden an den beiden Söhnen Stumpfs befassen wird.«

Stumpf sah sich zu den Stadträten um, die auf einer der Bänke saßen – Jens, Roderich, Kroll und Otil.

Paulus nickte mir zu.

»Stehen Sie auf!«, rief ich. »Die Sitzung ist geschlossen!

Ein Poltern und Lärmen erhob sich, als die Menschen zum Saal hinausdrängten.

Es war kurz nach drei Uhr, als das Gericht auseinandertrat. Paulus bat mich, ihn zu unserem Zimmer über der Schenke zu begleiten. Wir ließen uns Essen heraufbringen, da wir seit dem Frühstück nichts mehr zu uns genommen hatten. Paulus begann zu zittern und zu schwitzen und sprach von seiner durch mangelnde Nahrungsaufnahme bedingten Schwäche. Das Dienstmädchen kam herein und ging wieder. Paulus lächelte sie an.

Wir aßen und tranken. Nachdem er seinen Hunger gestillt hatte und wieder er selbst war, fragte er mich, welches Urteil er fällen solle.

»Welche Möglichkeiten stehen Ihnen zu Gebote?«, fragte ich.

»Alle. Ich kann mit ihm machen, was ich will«, antwortete Paulus.

Ich zupfte das Fleisch eines Hühnerbeins ab und aß es zusammen mit einer sauren Gurke und einem Stück Brot, das noch warm war. »Ich habe keinerlei Erfahrung in solchen Dingen«, gab ich zu bedenken. Paulus stellte mich auf die Probe wie mein Lehrer im Philosophieunterricht. »Was halten Sie für angemessen?«

»Wenn ich könnte, würde ich ihn morgen früh enthaupten und dann die Stadt verlassen. Doch ich glaube nicht, dass das möglich ist. Ich habe das Gefühl, dass die Situation etwas Dramatischeres verlangt.«

»Seine Verbrechen lassen eine Strafe zu, die an Grausamkeit nicht zu überbieten ist.«

»Glaubst du, dass dieser Stadt noch mehr Gewalt und Blut guttun würde?«

»Ich weiß es nicht, Herr.«

»Ich werde ihn auf dem Rad brechen, ihn enthaupten und den Körper verbrennen. Das reicht.«

»Das sollte die Menschen zufriedenstellen.«

»Das bezweifle ich.« Er saß stumm da und trank ein Glas Wein. Dann goss er sich noch eins ein und trank weiter. »Ich will, dass Stumpfs Familie noch vor der Dunkelheit mit einer Leibwache von sechs Mann aus der Stadt gebracht wird. Reite mit Ihnen zur Universität!«

»Ich kann nicht von hier weg, Herr.«

»Doch, kannst du.«

Ich erwiderte nichts, denn ich wusste, dass dies ein Befehl war. Meine Feier über das Ende des Prozesses war vorbei, noch bevor sie begonnen hatte.

Wir aßen schweigend weiter.

»Was hältst du von dem Urteil, Wilhelm?«, fragte er.

Ich dachte einen Augenblick nach. »Ich glaube, dass es für die Bedburger den Willen Gottes widerspiegelt. Auch wenn einige bestimmt meinen, dass ein härteres Urteil angebrachter sei.«

Paulus lachte mich aus, wenn auch nicht auf grausame Weise. Trotzdem kam ich mir vor wie ein dummer Junge, denn meine Antwort hatte wie die eines unterwürfigen Schülers geklungen.

»O ja, ich könnte ihm die Eingeweide herausreißen. Ihn entmannen oder bei lebendigem Leib verbrennen. Ihm die Haut abziehen. Ihn verbrühen. Ihn in eine Eiserne Jungfrau stecken und durch Tausend Stiche sterben lassen. Aber ich sag dir was, Wilhelm, ich bin nicht Stumpf, und ich bin ganz sicher kein Bürger dieser Stadt.«

Er wandte sich wieder seinem Teller zu, und wir saßen eine Weile schweigend zusammen. Die Sonne wollte langsam untergehen. Der Himmel verfärbte sich bereits violett. Ich ging zum Fenster und sah hinaus auf die Straße unter uns. Bedburg lebte und führte seine Geschäfte weiter, als hätte es den Wolf nie gegeben.

»Sobald die Frauen an der Universität in Sicherheit sind, werde ich zurückkehren, Herr«, sagte ich. »Ich habe ein Versprechen gegeben und muss deshalb wiederkommen.«

»Aha«, sagte Paulus nur. »Ich erwarte dich in spätestens

vier Tagen wieder zurück, sonst steckst du in Schwierigkeiten.«

»Ja, Herr«, sagte ich.

»Nun, vielleicht könnte das Mädchen aber auch mitkommen, und du könntest bis zur Universität reisen und mit ihr dort bleiben.«

»Da Sie mir die Abreise befohlen haben, möchte ich den Werwolf ein letztes Mal sehen«, sagte ich. »Ich werde seine Hinrichtung verpassen. Deshalb möchte ich meinen Frieden mit ihm schließen, soweit das möglich ist. Ich hoffe nämlich, dass ich ein guter Christ bin.«

Mit diesen Worten stand ich auf und verließ grußlos den Raum. Ich konnte keine Minute länger seine Anwesenheit und seine Befehle ertragen.

»Bleib nicht so lange weg, du Christ!«, rief er mir hinterher. Ich konnte am Klang seiner Stimme erkennen, dass sich seine Lippe verächtlich kräuselte. »Du musst dich bald mit den Frauen auf den Weg machen.«

Doch Peter Wolfs Karten waren in meiner Tasche. Paulus wusste nichts davon, was mich freute, denn so war ich ihm in seiner Gerissenheit einen Schritt voraus.

Die dritte und letzte der Betrachtungen des Werwolfs

Ein Gespräch über das Wahrsagen

Der Wolf hatte mich gebeten, seine Karten mitzubringen. Wir hatten tags zuvor über das Wahrsagen gesprochen, und ich hatte eine Wache zu seinem Haus geschickt, um das Kartenspiel zu holen. Er sagte, dass er die Karten lesen könne. Ich gab sie ihm. Er mischte das trockene, alte Kartenspiel mit gefesselten Händen, während er mit mir über das Wahrsagen sprach.

»Wilhelm, du hast mir erzählt, dass du dir nicht sicher bist, ob die Astrologie wahr ist«, sagte er. »Ich stimme dir zu. Ich weiß es auch nicht. Ich bin Wassermann. Das ist das Zeichen des Friedens und der Bildung, aber ich bin weder friedlich noch gebildet. Wenn das Sternzeichen mit dem Schicksal im Leben übereinstimmen sollte, müsste ich eigentlich Stier sein. Bin ich aber nicht, und auch dieses Tierkreiszeichen wäre das falsche gewesen. Ich neige nämlich nicht nur zum Kampf. An und für sich hätte ich Zwilling sein müssen, denn in mir schlummern zwei Seelen. Meine öffentliche, die ich auf der Straße zeige, und meine geheime, die sich im Wald offenbart. Trotzdem bin ich Wassermann, was beweist, dass die Astrologie eine Lüge ist.

Meine Mutter brachte mir das Kartenlesen bei. Ich glaube durchaus an die Karten, wenn auch nicht daran, dass sie mir die Zukunft weisen. Aber sie stellen den Schlüssel zur eigenen Seele dar. Sie erlauben mir Einblick in die Seele desjenigen, der vor mir sitzt. Ich lese nicht die Karten, sondern ich lese den Menschen durch die Karten.«

Er hielt mir den Stoß hin.

»Nimm dieses Kartenspiel!« sagte er. »Misch es, heb ab und zieh drei Karten aus dem Stapel heraus. Sie stehen für die Vergangenheit, Gegenwart und Zukunft.«

Ich zog den Zauberer, den Stern und die Liebenden. Ich legte sie zwischen uns auf den Zellenboden, die Bildseite nach oben.

»Das ist ein vollendetes Blatt, Wilhelm. Die Wahrscheinlichkeit, derart glückbringende Karten aufs Geratewohl zu ziehen, ist verschwindend gering«, sagte er lächelnd. Er lächelte, und es wirkte fast gütig. »Zieh noch einmal!«

Ich zog das Gericht, den Teufel und den Turm.

»Deren Anblick mag ich überhaupt nicht, Peter Wolf«, sagte ich.

Daraufhin lachte er, denn er mochte den Spitznamen, den ich ihm gegeben hatte. Nur wir beide wussten davon, sonst niemand. Das gefiel ihm.

»Diese Karten sind schlimmer als das schlimmste Unglück. Das ist das grässlichste Blatt, das ich je gesehen habe«, erklärte Stumpf. »Es könnte nicht unheilvoller sein, selbst wenn du dreizehnmal hintereinander den Tod ziehen würdest. Versuch's noch einmal. Aller guten Dinge sind drei«, sagte er. »In deinem Kopf schwirren nur Gedanken herum, die sich mit deinem Leben und der Frage nach Erfolg oder Misserfolg beschäftigen. Du bist jung, und das ist das Einzige, woran du denken kannst. Befrei dich davon und versuche dieses Mal, nicht den Himmel oder die Hölle zu ziehen, sondern etwas ganz Gegenwärtiges.«

Ich zog das Rad, den Wagen und den Eremiten.

»Du ziehst klassische Blätter, mein lieber Wilhelm«, sagte er. »Diese drei Karten bilden eine Lebensgeschichte. Du bist irgendwann zufällig in irgendeiner Familie geboren worden. Das ist der Ausgangspunkt. Von dort aus wirst du in die Welt geworfen und begegnest all dem, was die Welt für dich bereithält. Kinder, Sterbende, Bücher, das Leben als solches. Die Zeit verfliegt und irgendwann, in vielen Jahren, lebst du zurückgezogen in deiner eigenen, kleinen Welt, umringt von den Mauern, die du selbst errichtet hast. Du schenkst dem, was draußen vor sich geht, keinerlei Beachtung mehr, so wie auch die Welt draußen keinerlei Notiz von dir nimmt.«

Stumpf schob eine Hand durch die Käfigstäbe und winkte mit den Fingern nach den Karten. Ich sammelte sie ein und gab sie ihm in die Hand. Er betrachtete die kunstvollen, verzierten, beängstigenden Bilder auf den dicken, alten, gelben Karten, die von Hand bemalt und beschrieben worden waren.

»Es sollte kein anderer mit ihnen spielen«, erklärte er. »Nur der Fragesteller sollte sie in der Hand halten. Ansonsten legt sich dein Wesen, dein Mana, dein Miasma auf die Karten, und meine Persönlichkeit und meine Aura werden verdrängt. Doch sie müssen von mir durchdrungen sein, damit sie wirken.«

Er mischte die Karten, hob sie ab und mischte sie erneut.

Dann fächerte er sie auf, zog drei Karten heraus und warf sie mit der Bildseite nach oben auf den Zellenboden.

»Das hier spiegelt mich vollkommen wider«, sagte er. Kaiser, Hierophant, Narr. »Du siehst also, ich kenne die Karten und verbinde mit ihnen gute Gedanken.«

Stumpf blätterte das Kartenspiel durch und betrachtete die Bilder auf jeder Karte. Wir hatten nicht über den Prozess oder das Urteil gesprochen. Er wollte einfach nur reden.

»Vor vielen Jahren, ich war noch nicht verheiratet, reiste ich durch das Land«, fuhr er fort und spielte mit den Karten. »Man erzählte mir von einer Frau, die einsam an einer Landstraße wohnte und Wahrsagerin sei. Ich ging zu ihr hin. Das Haus sah anständig aus, nicht wie die Hütte einer Hexe. Es hatte einen Garten und ein Gemüsebeet. Ein paar Schweine und Gänse liefen herum. Die Frau hatte weder Mann noch Kinder und verdiente sich ihr Geld als Wahrsagerin, sagte aber nur Gutes voraus. Sie segnete Schwangerschaften und Ernten, sagte Heiraten voraus und wünschte den Menschen Glück. Ab und zu warnte sie aber auch die Nachbarn aufgrund der Karten und ermahnte sie, sich zu bessern, mit dem Trinken aufzuhören, ihre Frauen treu zu lieben und mehr Geld in den Opferstock der Gemeinde zu tun. Das Land war katholisch, und die Priester waren ihre Freunde.

Während einer meiner Reisen kam ich an ihrem Haus vorbei und klopfte an der Tür. Sie betrachtete mich von der Seite.

Ich bat um Einlass, und sie fragte nach dem Grund. ›Weil ich gehört habe, dass Sie Wahrsagerin sind, die nur Gutes voraussagt, würde ich gern meine Zukunft vorausgesagt bekommen.‹

›Ich sage nicht mehr voraus‹, antwortete sie. Sie war jünger als ich dachte, und hübsch, wenn auch dick.

›Ich kann Sie bezahlen‹, entgegnete ich. Ich hatte sehr viel Geld dabei und bot ihr ein Mehrfaches von ihrem üblichen Stundensatz an fürs Kartenlesen. Daraufhin ließ sie mich herein, warf mir aber Blicke zu, die mir nicht gefielen, sie schien mir nicht zu trauen.

Sie bot mir weder etwas zu trinken noch zu essen an. Stattdessen führte sich mich zu einem Tisch, gab mir ihr Kartenspiel und forderte mich auf, drei Karten zu ziehen.

Ich zog zuerst den Narren, was gut war, denn ich habe Achtung vor dieser Karte, und finde mich darin wieder. Dann zog ich den Teufel und den Gehängten.

Ihr Gesicht war ausdruckslos. Die Sonne schien warm und hell durchs Fenster herein, und ich konnte erkennen, dass sie sich in ihrem Kopf Lügen zurechtlegte, weil sie mir nicht die Wahrheit sagen wollte, was die Karten bedeuteten. Doch ich konnte sie selbst gut lesen, und ihre Botschaft lautete: Ich komme aus dem Nichts, ich bringe Schmerz, und ich werde geopfert werden, so wie Christus.

›Die Karten besagen, dass Sie ein unschuldiger und guter Mensch sind. Dafür steht der Narr‹, sagte sie. ›Auf Ihrem Weg liegen allerdings Versuchungen, die Ihre unschuldige Seele verderben und Ihnen Schaden zufügen wollen. Darauf deutet die Karte des Teufels hin. Der Gehängte bedeutet, dass Sie sich von den Versuchungen dieser Welt fernhalten sollen. Dass Sie sich von diesem Leben abwenden und vielleicht in ein Kloster eintreten sollen, um ein ruhiges Leben zu führen. Das ist die Aussage dieser Karte.‹

›Das ist der Eremit‹, entgegnete ich.

›Wie bitte?«, fragte sie.

›Die Karte des Eremiten würde besagen, dass ich mich von diesem Leben zurückziehen soll, um Versuchungen zu vermeiden. Der Gehängte bedeutet, dass ich eine verlorene Seele bin und für die von mir begangenen Verbrechen geopfert werde, obwohl es gar keine Verbrechen sind. Die Karte des Gehängten stellt nämlich die Unschuld dar und ähnelt der Geschichte von Jesus Christus, der versuchte, die Welt zu verstehen, in der er gezwungen war zu leben, und sie in Ordnung zu bringen. Doch seine Bemühungen lösten nur Unverständnis aus, weshalb man ihn ermordete.‹

›Sie haben mir eine Falle gestellt‹, sagte sie. ›Sie können die Karten genauso gut lesen wie ich.‹

›Ich bin einfach nur neugierig, wie andere ihre Gabe einsetzen‹, sagte ich zu ihr.

›Nun, Ihre Neugierde haben Sie jetzt gestillt. Sie können also gehen. Ihr Geld dürfen Sie behalten‹, sagte sie und händigte mir die Summe wieder aus, die ich ihr gegeben hatte.

Ich legte das Geld auf den Tisch. ›Aber Sie lügen, wenn Sie die Karten lesen. Ich sage die Wahrheit‹, entgegnete ich.

Sie stand auf, doch ich packte sie am Arm und zerrte sie wieder auf den Stuhl mir gegenüber.

›Jetzt sind Sie an der Reihe, dass ich Ihnen die Zukunft voraussage. Ziehen Sie drei Karten!‹

Sie weinte mittlerweile, da sie erkannte, was ihr bevorstand. So etwas deutet sich immer irgendwann an, und diejenigen, die in die Zukunft sehen können, wollen es häufig nicht wahrhaben, dass ich dabei sein werde, wenn ihr Leben endet.

›Ziehen Sie die Karten!‹, befahl ich ihr.

Sie zitterte. ›Der Tod wird nicht dabei sein‹, versicherte ich ihr. ›Ich kann zwar nicht hellsehen, aber das weiß ich.‹

Genau so war es. Die Karten, die schließlich auf dem Tisch lagen, waren Mäßigung, Stärke und Gericht.

›Gütiger Gott‹, rief ich. ›Das sind wahrlich die drei dümmsten Karten im Spiel. Unser Adel erklärt uns, wie wir uns zu benehmen haben. Eine Karte ist schon schlimm genug, aber alle drei … Sie müssen eine böse Frau sein, dass Sie so viele Mahnungen in den drei Lebensphasen erhalten haben. Offenbar waren Sie in der Jugend ein böses, maßloses Mädchen. Jetzt sind Sie eine stolze Tyrannin. Doch schon bald wird Sie das Jüngste Gericht für diese Verfehlungen zur Rechenschaft ziehen, weil sie über andere urteilen.‹

›Das ist nicht die Botschaft dieser Karten‹, entgegnete sie wütend und tapfer zugleich, wofür ich sie bewunderte. ›Wenn Sie sie lesen können, dann wissen Sie, dass ich als Mädchen bettelarm und zurückhaltend war. Nachdem meine Eltern gestorben waren, habe ich mir jedoch dieses Heim schaffen können, und jetzt stehe ich als gute und anständige Christin vor Gott.‹

›Trotzdem sind Sie eine Lügnerin‹, wandte ich ein. ›Sie haben mich belogen, was meine Karten betraf. Deshalb muss über Sie gerichtet werden.‹

›Ihre Karten bedeuteten, dass Sie ein Teufel sind ohne Seele, der für seine Verbrechen hingerichtet wird. Diese Worte konnte ich nicht sagen. Das ist nicht erlaubt.‹

›Das hätten Sie aber besser getan‹, erklärte ich. ›Denn dann hätte ich Ihnen vielleicht vertraut.‹

›Sie sollten mich gehen lassen‹, sagte sie.

›Sie wissen, weshalb Sie den Tod nicht gezogen haben‹ sagte ich. ›Weil der Tod nämlich bedeutet, dass es einen Neuanfang gibt. Als Wahrsagerin wissen Sie das.‹

Daraufhin brachte ich sie nach draußen. In ihrem Garten stand ein Balkengerüst – zum Aufhängen der Wäsche oder zum Schlachten von Schweinen. Ich fesselte ihre Hände auf dem Rücken und band den rechten Fuß über das linke Knie, sodass sie aussah wie der Gehängte auf der Karte. Dann legte ich ein Seil um den linken Fuß, zog sie daran hoch und band das Seil um den Balken, sodass sie kopfüber hing. Anschließend schlitzte ich ihr die Kehle durch. Das Blut ergoss sich auf den Boden des Gartens und lief in einem Rinnsal zum Schweinepferch, wo die Tiere vergnügt quiekten, als sie es schmeckten.

Ich ging zurück zu ihrem Haus, wo ich etwas aß und trank. Das Geld, das ich ihr bezahlt hatte, ließ ich auf dem Tisch liegen. Dann kehrte ich zu der Straße zurück, um nach … O Wilhelm, ich weiß nicht mehr, wo ich danach hinreiste. Das Gedächtnis von Peter Wolf lässt nach.«

Zweiundzwanzigstes Kapitel

Wir sehen das sich heranschleichende Gesicht gemeiner Heimtücke und schmutzigen Verrats

Ich kehrte zum Gasthof zurück und erwartete, dass sich Paulus mit den Soldaten betrunken hatte. Doch meine Vermutung bestätigte sich nicht. Stattdessen saß er in unserem Zimmer und schrieb.

»Ich habe schon mit meinem Bericht begonnen«, erklärte er, als ich hereinkam. »Diese Stadt ist eine Jauchegrube, und als solche werde ich sie auch bezeichnen.«

Ich goss mir etwas zu trinken ein und setzte mich.

»Du wirst dich in Kürze mit den Frauen auf den Weg machen. Ich will, dass ihr bei Morgengrauen auf der anderen Seite des Berges seid«, sagte er.

»Kann ich meine Abreise nicht bis morgen früh verschieben?« Ich war müde und wollte Greet sehen. Wir wollten uns treffen, sobald der Mond aufgegangen und Paulus eingeschlafen war.

»Nein. Als ich vorhin in der Schenke saß und einen Becher Wein trank, habe ich Geschichten über Otil, Roderich und Kroll gehört. Sie haben sich wohl anfangs diebisch über den Werwolf-Prozess gefreut und geglaubt, dass sie Nutzen aus ihm ziehen könnten, als die Kirche Stumpfs

Ländereien einforderte und erklärte, sie unter der Stadt zu verteilen. Diese Leute sind so dumm. Sie sind sich der Tragweite ihres eigenen, nutzlosen Geredes nicht bewusst. Der Mund des Metzgers und seiner Freunde wollte nicht mehr stillstehen, als ich sie auf einen Becher Wein einlud. Genauer gesagt auf drei Flaschen. Die allesamt von Stumpfs Weinberg stammten, was mich amüsierte. Der Prozess hat Otil dermaßen wütend gemacht, dass er jetzt betrunken im Bett liegt und schläft. Mit einem gebrochenen Kiefer, hoffe ich. Er hat nämlich seine Frau vor dem Gasthof geschlagen. Deshalb bin ich überhaupt erst nach unten gegangen. Ich ließ ihn nämlich daraufhin verprügeln. Weshalb sonst würde ich unter einer Gruppe von Aussätzigen wie den Leuten hier in Bedburg sitzen?«

In seinen Mundwinkeln hatte sich vor Aufregung Speichel gesammelt, was wie ein blubbernder Schleim wirkte. Seine hitzige Rede ließ ihn breit lächeln.

»Sie haben Otil verprügeln lassen?«, fragte ich ungläubig und lachte.

»Kurz nachdem du gegangen warst, hörte ich einen Streit, der selbst den Allmächtigen aufgeweckt hätte. Unten angekommen sah ich, wie Otil vor dem Gasthof seine auf dem Boden liegende Frau trat. Zwei Wachen saßen in der Schenke. Ich wies sie an, aufzustehen. Die beiden erhoben sich, und ich befahl ihnen, Otil Einhalt zu gebieten. O Wilhelm, das hättest du sehen müssen. Sie haben ihm eine Tracht Prügel verpasst, die sich gewaschen hatte. Das Bild werde ich nie vergessen. Doch dann hob Otils blutbeschmierte, dämliche Ehefrau ihn von dem staubigen Boden auf und brachte ihn ins Bett. Sie weinte und streichelte ihn, beschimpfte unsere Jungs als Tiere, während beiden der rote Rotz aus der Nase lief. Der Metzger kam zu mir und sagte:›O je‹ und lachte, als er Otils zerschundenes Gesicht sah. ›O je, Sie haben seine Träume zerstört, mein Herr. Deshalb war er so wütend.‹ Ich fragte ihn – einen kleinen, haarigen Gesellen mit rotem Gesicht, der wie ein Pavian aus der Berberei aussah –, was das heißen würde. Dann begleitete ich ihn zurück zu seinem Tisch, wo seine Freunde saßen, und füllte sie mit Wein ab. Sie erzählten mir alles, was ich über diese Stadt wissen musste. Bedburg würde sich in einem Meer von Jauche suhlen für Geld. Es würde seine eigene Mutter vögeln. Sein eigenes Kind umbringen. Deshalb möchte ich, dass du sobald wie möglich mit diesen Frauen die Stadt verlässt.«

»Ja, Herr«, antwortete ich, trank meinen Becher aus und stand auf, um meine Reiseutensilien zusammenzusuchen. »Ich werde nur das Nötigste einpacken und mich sofort auf den Weg machen. Jetzt verstehe ich die Lage.« Das genügte uns beiden als Entschuldigung.

Nachdem ich fertig gepackt hatte, griff ich nach einer Pistole und einem Schwert, um sie in meinen Gürtel zu stecken. Ich spürte, wie ich leicht zitterte, weil ich Paulus etwas sagen wollte, ihm etwas sagen musste, bevor ich ging. Andernfalls würde ich mich auf meiner Reise selbst verrückt machen.

Ich holte tief Luft und ging zum Fenster. Die Sonne schickte letzte feuerrote Strahlen über die Bergkuppen. Ich starrte hinaus, da ich zu verlegen war, Paulus anzusehen, und befürchtete, dass mein Gesicht sich verzerrte und meine Stimme zu zittern begann.

»Herr, ich muss Ihnen etwas sagen«, erklärte ich. Meine Zunge war wie die eines Wildpferds, das keine Zügel kennt.

»Da ich diese Stadt jetzt verlassen werde, muss ich Sie um Hilfe und um Erlaubnis bitten, ein Gelöbnis zu erfüllen, das ich gestern Greet Werren gemacht habe. Es betrifft unsere Heirat. Wir wollen heiraten, denn wir können nicht mehr ohne einander leben. Deshalb bitte ich Sie, mit unseren Angehörigen zu sprechen. Allerdings leben ihre Eltern nicht mehr, deshalb müsste es einfach sein. Mit meinen Eltern könnte es schwieriger werden«, sagte ich und stieß mitten in meiner Rede ein nervöses Lachen aus. »Bitte helfen Sie uns, schnell heiraten zu können«, sagte ich noch einmal und fuhr fort. »Sie wissen, das ich Ihnen ein treuer und ergebener Diener bin, und jeden Gefallen, den Sie mir jetzt erweisen, werde ich Ihnen in meinem Leben, zehnfach, nein zwanzigfach, nein hundertfach, nein tausendfach zurückzahlen.«

»Ich helfe gern.« Seine Stimme klang warm und begütigend.

Viele Burschen wären anschließend bestimmt durchs Zimmer gehüpft, hätten Paulus' Schuhe geküsst und ihre Liebe durch das Fenster hinaus in die Welt geschrien. Doch ich gehöre nicht zu der Sorte Mensch, die mit ihren Gefühlen herausplatzen, wenngleich Paulus einen solchen Auftritt sicherlich amüsant gefunden hätte. Ich versuche die Menschen, die mir Gutes tun, durch meinen großen inneren Edelmut zu beindrucken. Zumindest hielt ich meinen Stolz und meine Überheblichkeit dafür, als ich jung war.

»Ich danke Ihnen, Herr«, sagte ich. Trotzdem konnte ich mich noch immer nicht umdrehen. Genauso wenig, wie ich es mir verkneifen konnte, noch einmal mit heiserer Stimme nachzufragen: »Ist das auch ihr Ernst?«

»Ja, mein Freund«, antwortete er hinter mir, und ich ließ den Kopf auf das Fensterbrett fallen.

»Gut«, sagte ich. »Gut. Vielen Dank.« Ich hob den Kopf und atmete die duftende Abendluft ein. Ich hatte mein Gleichgewicht wiedergefunden. Obwohl Paulus Bedburg hasste, wirkte es in dem Zwielicht ruhig und hübsch auf mich. Ich war glücklich, mein Kopf erfüllt von Fröhlichkeit, und der Anblick der Stadt ließ Freude in mir aufkommen, da ich hier Freude gefunden hatte. Als ob ein schöner Engel mich berührt hätte. So waren meine Gefühle damals, und ich schäme mich nicht meiner Liebe und der naiven Empfindungen, die mich durchströmten. Unten auf der Straße waren nur wenige Menschen. In den Häusern brannten Öllampen, und die Luft war klar und frisch. Die Sterne tauchten am Himmel auf, wo jetzt auch der Mond seine nächtliche Reise begann.

Ich erblickte Fromme, der auf unseren Gasthof zukam, hinter ihm zwei Soldaten, die ich zuvor noch nie gesehen hatte. Bartholomäus, der Geistliche der Stadt, hastete neben ihm her.

»Herr«, sagte ich, ohne mich umzudrehen. »Fromme ist auf dem Weg hierher, zusammen mit zwei Soldaten. Er scheint es eilig zu haben.«

»Was zum Teufel bedeutet das?«, sagte er und schaute mich an. Ich zuckte mit den Achseln, und schon erklang das stapfende Geräusch von Stiefeln auf der Treppe.

Paulus blickte sich im Zimmer um und ging zu dem Tisch neben seinem Bett, wo er zwei Pistolen und ein Kurzschwert bereitgelegt hatte.

»Mach die Tür auf!«, sagte er.

Ich hatte die Tür gerade erreicht und griff nach der Klinke, als sie auch schon aufschwang. Fromme trat ins Zimmer.

Er schob sich an mir vorbei, die beiden Wachen und Bartholomäus stellten sich drohend vor uns auf, während Fromme zu Paulus trat. Er hielt einen Brief in der Hand. Ich konnte das Siegel des Fürstbischofs erkennen.

»Gehen Sie mir aus dem Weg!«, rief ich, stieß die Wachen und den Priester beiseite, um mich neben Paulus zu stellen.

»Fromme, was zum Teufel geht hier vor?«, fragte er.

»Das hier ist dein Entlassungsschreiben«, antwortete Fromme. »Du bist von deinem Amt als vorsitzender Richter enthoben. Mit diesem Brief beauftragt mich Seine Gnaden, die rechtlichen Angelegenheiten der Stadt sowie den Vorsitz der Verhandlung gegen Stumpf als Werwolf, Ketzer und als Diener des Satans zu übernehmen.«

»Fromme«, sagte Paulus und lachte, »du machst Witze.«

»Mir war nie ernster zumute, mein Freund«, erwiderte Fromme.

»Spiel keine Spielchen!«, sagte Paulus. »Was hast du gemacht? Was soll das? Die Sache hier kann friedlich enden, wenn du mich meine Arbeit machen lässt.« Paulus trat zu seinem Freund und klopfte ihm auf die Schulter. Fromme wich zurück.

»Ich wundere mich über dich, Paulus«, entgegnete der Geistliche. »Du hast dich weit von der Kirche, Gott und der Bibel entfernt. In dir fließt selbst das Blut eines Ketzers.«

»Hüte deine Zunge!«, fuhr Paulus ihn an, schwang eine Faust und schlug Fromme zu Boden, noch bevor die Wachen sich hatten rühren können. Der Geistliche lag mit blutigem Mund benommen auf dem Boden.

Die Hände der Wachen schnellten zu ihren Schwertern. Paulus hob die Hand. »Bleibt stehen! Ich kenne euch beide und habe euren Familien schon mehrfach einen Gefallen erwiesen. Tretet zurück! Ich werde mit meinem Schüler dieses Zimmer und diese Stadt verlassen, um zum Hof zurückzukehren und mit dem Fürstbischof zu sprechen. Ihr werdet uns nicht behelligen. In dieser Angelegenheit wird nichts weiter unternommen, bis ich den Fürstbischof über die Geschehnisse in dieser Stadt vollständig unterrichtet habe.«

Die Wachen blickten zu Fromme, der sich aufrappelte und das Blut vom Kinn wischte.

Paulus wandte sich zum Gehen. Er blickte den Geistlichen der Stadt an, der ihm im Weg stand und schubste ihn. »Wer oder was sind Sie?«, bellte er ihn an. »Gehen Sie mir aus dem Weg, verdammt noch mal!«

»Du musst nicht mit dem Fürstbischof sprechen. Bartholomäus hat ihm meine Nachricht überbracht«, erklärte Fromme mit brüchiger Stimme. »Als Mann Gottes konnte er trotz seiner Beziehungen erkennen, was unter deinem Befehl hier in der Stadt vor sich ging. Er kehrte mit den Anweisungen und diesen beiden Wachen zurück, deren Familien du angeblich kennst.«

»Sie bewegen sich schnell auf Ihren Beinen für jemanden, der ein Leben auf den Knien gewöhnt ist«, sagte Paulus höhnisch zu Bartholomäus.

»Ich habe mich Ihres Dieners bedient, im Gasthof in Reissen«, erwiderte Bartholomäus ziemlich frech für eine kleine Krähe. »Er nahm sein Pferd und kam mit dieser Antwort und Bruder Frommes neuen Soldaten vom Hof zurückgeritten.«

»Dann stecken also alle Schlangen und Lügner unter einer Decke«, sagte Paulus. Er trat dichter an Bartholomäus heran, bis seine Brust die schwarze Robe des Pastors berührte. »Man wird Sie töten, Sie kleiner protestantischer

Wurm«, sagte er. »Doch mir geht gerade durch den Kopf, dass es meinem katholischen Herrn, dem Fürstbischof, sehr zupasskommen wird, eine lutherische Stadt wie Ihre vor der Haustür zu haben, die bekanntermaßen eine Jauchegrube der Hexerei ist. Gut gemacht, Pastor Bartholomäus, Sie haben gerade Ihren Krieg gegen Rom verloren.«

Paulus schlug dem Pfarrer so heftig vor die Brust, dass dieser stolperte.

»Du Blender!«, stieß Fromme hervor. »Du bist ein Blender und mit deinem Gerede eine Gefahr für das Reich, Paulus. Hüte dich! Sei gewarnt!«

Paulus griff nach meinem Arm. »Hol deine Sachen!«, sagte er zu mir.

»Nicht nötig«, wandte Fromme ein. »Ihr geht nirgendwohin.«

»*Du* drohst mir nicht, Fromme!«, warnte ihn Paulus. »Wir sehen uns am Hof wieder. Der Fürstbischof wird all das hier erfahren.«

»Ich drohe nicht« stellte Fromme fest. »Dein Bursche kann die Stadt verlassen, da wir ihn nicht brauchen. Du aber hast Arbeit hier zu erledigen. Stumpf mag unter deiner Zuständigkeit seine Schuld auf sich genommen haben, aber er wird sie nicht als Werwolf und praktizierender Hexer zugeben, und darauf wird meine Anklage gegen ihn lauten. Also braucht er einen Verteidiger. Der Fürstbischof hat dir diese Aufgabe übertragen. Das erscheint mir passend. Du hast dich ja immerhin schon tapfer für den Werwolf eingesetzt. Es wird keine weiteren Ablenkungen oder Verhandlungen geben im Hinblick auf den im Wald verschwundenen Jungen oder die Söhne des Werwolfs. Das sind Angelegenheiten, die uns nichts angehen. Wir haben uns lediglich mit einer einzigen Sache zu befassen, und das ist das Wirken des Teufels und seiner Verbündeten. Lies diesen Brief, Paulus, denn ich werde mir jedes weitere Wort dir gegenüber ersparen.«

Paulus stand da wie ein Dummkopf. Fromme drückte ihm den Brief in die Hand, wandte sich abrupt ab und nickte dem Pastor und den Wachen zu. Dann ging er aus dem Raum, seine Gefolgschaft dicht hinter ihm. Bevor er die Treppe hinunterstieg, die zur Schenke führte, wandte er sich noch einmal um. »Wir sehen uns morgen früh im Gericht, Bruder Paulus«, rief er. »Ich wünsche dir und deinem Burschen eine gute Nacht. Ich werde mich jetzt zum Wehrturm begeben, um mit dem Gefangenen zu sprechen. Anschließend statte ich der Familie einen Besuch ab. Ich habe einiges mit ihnen zu besprechen, wie du dir bestimmt denken kannst.«

Dann waren die Männer die verschwunden.

Paulus saß auf der Bettkante und sah mich an.

»Ich habe Angst, Wilhelm«, sagte er.

Ich war entsetzt und wusste nicht, was ich darauf sagen sollte. »Nun wird es schlimm für Stumpf ausgehen«, entgegnete ich schließlich.

»Nein, Wilhelm. Wenn Gott ins Spiel kommt, dann geht es schlimm für die ganze Welt aus. Die Menschheit wurde erniedrigt, was bedeutet, dass diese Leute für alle Antworten nun ihr Buch heranziehen und nicht die Gesetze des Reichs. Und ihr Buch ist falsch und voller Lügen und Grausamkeit. Dieses Buch ist böse, Wilhelm. Es ist verflucht. Es bringt Zerstörung.«

Wir wechselten einen Blick. Seine Augen waren fragend, prüfend, ich antwortete mit Schweigen. Ich dachte an den

137. Psalm, der mich mein ganzes Leben nicht in Ruhe gelassen hatte, seit ich ihn als Junge zum ersten Mal las. Jetzt ließ er mein Blut gefrieren. »Wohl dem, der deine jungen Kinder nimmt und zerschmettert sie an dem Stein.« So lautet der heilige Psalm.

»Ich bin auch um die Frau und die Töchter von Stumpf besorgt«, sagte ich.

In dem Moment vollzog sich ein Wandel in Paulus, als hätte ich eine Lunte unter ihm angezündet und ihm bliebe nur noch wenig Zeit aufzustehen, etwas zu unternehmen und sein Leben zu retten, bevor das Feuer das Pulver erreichen würde.

»Wir gehen zu ihnen nach Hause«, verkündete er, stand auf und marschierte zum Tisch, wo seine Pistolen lagen. Er betrachtete einen Augenblick die Waffen und zog dann seine Jacke aus. Anschließend drehte er sich um, ging zu seiner Kiste, kramte darin herum und zog einen langen, braunen Lederriemen heraus, der sich als ein Doppelholster herausstellte. Er zog ihn über sein Hemd, ein Holster unter jedem Arm. Dann steckte er die Pistolen hinein, deren Läufe auf seinen Rippen ruhten.

»Nur für alle Fälle«, erklärte er. »Ich habe keine bösen Absichten, ich will mich nur schützen.« Er zog seine Jacke wieder an und schnallte den Dolch an seinen Gürtel.

»Was machen wir, wenn wir bei ihnen sind?«, fragte ich wie ratlos.

»Mit ihnen reden und ihnen raten wegzulaufen.«

Wir verließen das Zimmer und gingen die Treppe hinunter und hinaus auf die Straße. Die Leute starrten uns an. Der Auftritt von Fromme und Bartholomäus war nicht unbemerkt geblieben. Karfreitag stand am Tor zum Gasthof.

»Sie kehren am besten wieder um, Herr«, sagte er zu Paulus und zog an seiner farbigen Schärpe über der Brust, sodass sein Schwert klirrte.

»Warum das?«, fragte Paulus.

»Weil die Stadt nicht sicher ist. Viele wütende Leute. Ich bin angewiesen worden, auf Sie aufzupassen.«

»Ich bin durchaus in der Lage, auf mich selbst aufzupassen«, entgegnete Paulus.

»Da wär ich nicht so sicher, Herr«, wagte Karfreitag ihm zu widersprechen. »Ich bin ... ähäm ... angewiesen worden, Sie anzuweisen, meinen Anweisungen Folge zu leisten. In Ihrem eigenen Interesse, mein Herr.«

Paulus wandte sich von ihm ab. »Na schön, dann gute Nacht«, sagte er und ging zurück zum Gasthof. In ihm brodelte es. Eine grässliche Wut stieg in ihm auf, und ich befürchtete das Schlimmste. Ich befürchtete, dass er schon bald alle Warnungen in den Wind schlagen würde. Denn wozu führt Wut? Zu Krieg. Zu Totenfeuern an fremden Gestaden. Zu einer in Schutt und Asche liegenden, zerstörten Stadt. Wenn wir auf die alten Dichter und die Geschichten von Troja hören, dann glaube ich ist das wahre Geschenk der Wut, dass die Götter für immer verschwunden sind.

Dreiundzwanzigstes Kapitel

In dem ich mich frage, wie solche Dinge in der Welt passieren können, wenn doch ein Gott herrscht, der gut ist

Es war später Nachmittag, die Sonne schien. Vom Fenster des Gasthofs aus beobachtete ich, wie sich eine immer größer werdende Menge vor der Tür des Wehrturms versammelte. Fromme hatte befohlen, die Tür offen stehen zu lassen, sodass Stumpfs Schreie gehört werden konnten. Sie drangen von den Zellen im Keller über die sich schlängelnden Korridore hinaus in die Sommerluft und auf den Bedburger Marktplatz. Paulus trank Bier. Er trank für gewöhnlich viel, doch war er selten betrunken. Jetzt aber fehlte nicht mehr viel dazu.

»Dreckspack«, stieß er aus. Ich sah ihn an. »Es sind Primitivlinge. Die Welt ist voll davon. Nur ein Prozent von uns entwickelt sich weiter, der Rest sind Barbaren.«

»Sollen wir beginnen, über Stumpfs Verteidigung nachzudenken?«, fragte ich.

Er lachte verächtlich. »Werd erwachsen, Wilhelm! Es ist schon alles entschieden. Ich bin nur hier, um erniedrigt zu werden. Ob du im Gerichtssaal mit dabei bist oder nicht, ist völlig egal. Wenngleich meine Erniedrigung mit dir im Schlepptau vielleicht noch größer sein wird.«

»Wenn die Familie angeklagt wird, müssen wir sie verteidigen«, wandte ich ein. »Bitte!«

Er saß auf der Stuhlkante und sog die Wangen ein, als wolle er sich gleich übergeben oder ausspucken. Von Stumpf war eine Weile lang nichts zu hören gewesen. Dann erklang erneut ein kurzer, schriller Schrei aus dem Wehrturm.

»Sie sind so gut wie tot«, sagte Paulus, stand vom Stuhl auf und ging zum Fenster, um sich hinauszulehnen.

Er räusperte sich. Bevor ich mir aus den ungewöhnlichen Vorgängen einen Reim machen konnte, hatte er zu singen begonnen. Ich hatte ihn noch nie singen hören. Sein Gesang hörte sich an wie Regen, der nach oben fällt. Er schmetterte die Worte in die Sommerluft hinaus.

Ich bin ein Bauer voll Grimm und Wut
und hasse die Herren und ihre Brut.
Ich schlag sie tot, den ganzen Bettel,
und mein Weib dazu, die alte Vettel.

Die Köpfe auf der Straße drehten sich zu dem sonderbaren Sänger um. Doch niemand erwiderte etwas. Vermutlich hatten sie die Worte auch nicht verstanden.

Paulus drehte sich zu mir um. »Das ist ein altes Rebellenlied, Wilhelm«, sagte er so laut, dass ich befürchtete, es könnte unten gehört werden. »Um den Feind wütend zu machen und ihn Gottesfurcht zu lehren.«

Er ging zum Bett und legte sich hin, die Hand schützend vor den Augen gegen das grelle Sonnenlicht, das ins Zimmer schien. Ich öffnete unsere Gesetzesbücher und begann zu lesen, um nach einer Richtung zu suchen, die Paulus einschlagen könnte für die Verteidigung der Familie. Einige Stunden später wachte er auf. Meine Suche hatte nichts gebracht, außer Verwirrung und Enttäuschung in mir hervorzurufen.

»Mach dich auf den Weg zu deiner Greet!«, sagte er zu mir. »Finde heraus, wie es der Frau und den Töchtern von Stumpf geht.«

Sie befanden sich noch immer im Haus der Familie und standen unter Bewachung. Man hatte uns nicht darüber in Kenntnis gesetzt, was mit ihnen passieren sollte, doch eine Verhaftung und ein Prozess schienen sicher.

»Werde ich sie besuchen dürfen?«, fragte ich.

»Ich schlage vor, dass du das herausfindest«, antwortete er. »Wie sollen sie dich davon abhalten, zu dem Mädchen zu gehen, mit dem du schläfst? Wenn sie dir den Weg versperren, sag ihnen, dass du sie vögelst. Dann lassen sie dich rein.«

»Es ist nicht nötig, dass Sie in solch einem Ton sprechen«, wies ich ihn zurecht. »Mir hat man in meiner Kindheit beigebracht, nicht so zu sprechen.«

»Wir sind eben unterschiedlich«, wandte er ein. Er nahm mir die Bücher aus der Hand. »Du musst dich mit deiner Rückkehr nicht beeilen. Ich werde an einer Verteidigung arbeiten. Es besteht eine Chance für die Frau und die Töchter. Ich glaube nämlich nicht, dass Fromme auf ihren Tod wirklich versessen ist. Doch er wird die Angelegenheit vor Gericht bringen, da bin ich mir sicher. Es wäre eine fatale Sache, wenn eine gerichtliche Entscheidung besagen würde, dass der Fluch des Teufels von einer Generation auf die nächste übertragen werden kann. Dann wäre niemand mehr sicher.

Ich hatte gerade den Gasthof verlassen und zwei Schritte auf der Straße gemacht, als mich Karfreitag einholte.

»Wo gehen Sie hin, junger Mann?«, fragte er.

»Soll ich lügen oder die Wahrheit sagen, Karfreitag?«, antwortete ich

»Sagen Sie die Wahrheit.«

»Ich bin auf dem Weg zu Greet, dem Dienstmädchen der Stumpfs.«

»Warum?«

»Was glauben Sie, Karfreitag?«, fragte ich.

»Sie können das Haus nicht betreten. Die Frau und ihre Töchter stehen unter Bewachung. Sagen Sie einem der Burschen, dass er das Mädchen für Sie holen soll. Das ist die einzige Möglichkeit.«

»Was passiert hier, Karfreitag?«, fragte ich.

»Sie kennen mich, mein Herr. Ich führe lediglich die Befehle aus, die man mir erteilt. Und die besagen, dass die Frauen so lange im Haus bleiben sollen, bis ich andere Order erhalte. Das ist alles, was ich weiß.«

»Danke, dass Sie mich gehen lassen«, sagte ich.

»Sollte Sie jemand aufhalten, sagen Sie, dass Sie meine Erlaubnis haben.«

Ich verbeugte mich zum Dank und lief weiter. Ich erreichte das Haus, als die Sonne untergegangen war und brachte mein Begehr vor, wie Karfreitag mir aufgetragen hatte. Man schickte nach Greet und im nächsten Moment erschien sie auf der Straße.

Die Sonne war bereits hinter den Hügeln verschwunden und ein voller Mond erschien am Himmel. Greet und ich liefen in den Wald. Es war eine schwülwarme Nacht. Ich warf meinen Mantel auf den Boden. Wir setzten uns und sprachen miteinander. Sie erklärte mir, dass es für die Frau und die Töchter keine Möglichkeit gebe, aus dem Haus zu fliehen. Zu viele Wachen. Die kleine Rosa war krank und hütete das Bett. Frau Stumpf und Divara waren vor Angst vor dem, was sie erwartete, wie gelähmt. Die Pferde waren beschlagnahmt worden. Es war die Rede davon, dass sie im Laufe des kommenden Tages verhaftet und zum Wehrturm gebracht werden sollten.

»Sprich mit ihnen!«, sagte ich und küsste sie. Ihr Mund war warm, rot und feucht. »Sag ihnen, dass sie alles erwägen sollen, was ihre Unschuld beweisen kann.« Dann schoben wir unsere Gedanken an Stumpf, seine Familie, Paulus, Fromme, Bedburg und die Toten beiseite und legten uns zurück, um zusammen zu sein.

Später, die Nacht war schon weit fortgeschritten, lösten sich unsere Körper voneinander, um sich kurze Zeit später wieder zu umschlingen. So ging es über viele Stunden.

Verträumt lagen wir auf meinem Mantel, die warme Nachtluft wehte über uns hinweg und kühlte den Schweiß auf unserer Haut. Wieder beschwor ich Greet, dass sie mit mir mitkommen, mich heiraten müsse, damit ich mich um sie als meine Frau kümmern könnte.

»Ich habe nachgedacht«, sagte ich.

»Ach ja?«, lachte sie. »Alle Achtung.«

»Nach unserem Gespräch, als du unsicher warst, ob wir heiraten sollten, kam mir ein Gedanke. Und ich begreife gar nicht, warum er mir nicht gleich gekommen ist. Vielleicht liegt es an meinem Stolz und meiner Selbstachtung.«

»Aha. Und worum handelt es sich bei diesem Gedanken, Wilhelm?«

»Genau genommen ist meine Familie gar nicht anders

als deine. Mein Vater besitzt eine kleine Druckerei. Denken wir uns jetzt Paulus einfach mal weg und stellen wir uns vor, dass wir uns gerade getroffen und ineinander verliebt hätten. Dann wäre ich als Sohn eines Druckers doch eine gute Partie für dich gewesen. Und meine Eltern hätten sich vor Freude überschlagen, dass ich mich in ein Mädchen wie dich verliebt habe. Unser Herkommen ist das gleiche, es gibt keinen Unterschied, und damit hat sich die Frage ein und für allemal erledigt. Wir müssen nur noch so schnell wie möglich diese Stadt verlassen und heiraten. Ja, Greet?«, sagte ich, küsste ihren nackten Bauch und wäre am liebsten in ihr verschwunden.

»Meine Familie, das heißt der klägliche Rest davon, ist anders als die anderen Familien hier«, sagte sie. »Wir können unseren Stammbaum bis zur Zeit vor der großen Pest zurückverfolgen.«

Sie hielt inne.

»Wann war das?«, fragte sie mich. »Ich bin nicht so gebildet wie du.«

»Vor fast zweihundert Jahren«, antwortete ich. Der Stammbaum meiner Familie reichte bestenfalls vier Generationen zurück, was sich auf nicht mehr als siebzig Jahre beläuft. Ich kannte niemanden, außer adlige Herren, die auf eine Ahnenliste blicken konnten, die bis zu der Zeit vor der Pest reichte.

»Die Vorfahren meines Vaters können zwölf Generationen zurückverfolgt werden. Sie kamen in diese Stadt, kurz nachdem die Pest vorbei war«, fuhr sie fort, während wir den Mond betrachteten. »Laut den Erzählungen stammten sie aus dem Osten des Reichs, aus Böhmen und Mähren. Bedburg bestand nur aus wenigen Bauernhöfen, doch es gab einen Gutsherrn. Er lebte noch in dem Herrenhaus. Das ist schon Jahrhunderte her. Als der Krieg ausbrach, mein Vater war da noch ein Junge, wurde das Haus niedergebrannt und Stumpf machte das alte Jagdschloss des Gutsherrn zu seinem Haus.

Meine Vorfahren zogen in die kleinste Hütte, die sie finden konnten. Die Armensiedlung und auch fast alle Häuser der andern Bewohner standen leer, doch sie suchten sich die kümmerlichste Hütte aus, da sie das Gefühl hatten, sie würden einen Diebstahl begehen, doch sie brauchten ein Dach über dem Kopf, um zu überleben. Laut unserer Familiengeschichte lebten vor der Pest vielleicht einhundertfünfzig Menschen in Bedburg. Danach, so glaubt man, etwa zwanzig.

Als der Gutsherr das nächste Mal über Land ritt und auf meine Vorfahren stieß, stellte er die kleine Familie – sie war zu dritt – vor die Wahl, entweder zu gehen – was für sie den sicheren Tod bedeutet hätte – oder für ihn zu arbeiten. Denn das Haus, in dem sie wohnten, gehörte ihm. Wenn sie also bleiben wollten, sollten sie sich um die Felder kümmern und für ihn die Ernte einfahren. Meine Vorfahren waren aber keine Bauern und wussten nichts vom Landleben und der Arbeit, die damit einherging. Der Mann und die Frau konnten lesen. Sie soll angeblich eine vornehme Dame gewesen sein und er ein Schauspieler, Possenreißer oder Sänger. In unserer Familie werden noch immer viele Lieder gesungen, die nur wir kennen. So wie auch Geschichten erzählt werden, die nur aus unserer Familie bekannt sind. In unserer Familie konnten schon immer alle lesen und schreiben, da die Eltern es über Generationen hinweg ihren Kindern beigebracht haben, wenngleich es keiner von uns weitergebracht hat als ich, ein Dienstmädchen.

Der Lehnsherr verlangte eine so hohe Summe für die Wochen, in denen sie in der Hütte gewohnt hatten, dass sie sie in ihrem ganzen Leben nicht hätten zurückzahlen können. Selbst wenn sie so alt wie Methusalem geworden wären. Also waren sie an dieses Land und die Arbeit gebunden. Die Menschen damals hier in Bedburg waren aber gut, und die Nachbarn brachten ihnen bei, wie man das Feld bestellt. Doch die Schulden übertrugen sich auf den Sohn. Als er älter wurde und mit seiner eigenen Familie auf den Feldern arbeitete, war die Schuld beim Lehnsherrn noch immer nicht getilgt, und so übertrug sie sich von Generation zu Generation. Wir haben keine Ahnung, wann sie schließlich bezahlt war, und wir bezweifeln, dass wenn es vor langer Zeit gewesen sein sollte, unsere Familie überhaupt davon gewusst hatte. Wer hätte es ihnen denn schon sagen sollen? Der Ur-ur-urenkel des Gutsherrn? Hätte er denn von dieser Schuld überhaupt gewusst? So war meine Familie bis zum Krieg an dieses Land gebunden. Mein Vater war einer der ersten jungen Männer, der ein Messer und eine Fackel in die Hand nahm und zum Herrenhaus marschierte, obwohl der Gutsherr schon lange weg war. Wie wir erfuhren, wurde er glücklicherweise in einem der Kämpfe umgebracht, die ein paar Wochen später ausbrachen. Sie brannten das Herrenhaus nieder. Da mein Großvater ein geachteter Mann war, der im Gegensatz zu vielen anderen Bauern lesen und schreiben konnte, was dem Gutsherrn missfiel und worunter unsere Familie zu leiden hatte – denn wer von den hohen Herren mag schon gern einen klugen Bauern –, wurde ihm die Aufgabe übertragen, das Land des Gutsherrn und alles, was aus den Trümmern gerettet werden konnte, unter den Bewohnern der Stadt zu verteilen. Damals spielte die Stadt mit dem Gedanken, so zu leben wie die Menschen in Münster, sämtliche Güter miteinander zu teilen und in heiliger Armut sein Leben zu fristen. Diesen Pfad der Demut verfolgte man allerdings nicht lange. Schon bald lebte man wieder sein altes Leben, trieb Handel und betrog. Die einzige Ausnahme bestand darin, dass es für eine kurze Zeit keinen Gutsherrn gab, der einen knechtete. In der kurzen Zeit, in der ein guter Geist in Bedburg herrschte, erwählten die Menschen meine Familie zu ihren Anführern, das heißt, meinen Großvater und seinen Sohn – meinen Vater. Doch diese Führungsrolle brachte meiner Familie letzten Endes nichts. Es verbesserte nicht unseren Stand, noch konnten wir dadurch Reichtümer anhäufen. Ein paar Tage nachdem das Herrenhaus niedergebrannt und das Feuer erloschen war, begab sich mein Großvater zusammen mit meinem Vater dorthin. Auf der Suche nach Überresten, die sie unter ihren Nachbarn verteilen konnten, bahnten sie sich ihren Weg durch verkohlte Holzbalken und verbrannte Ziegelmauern. Ein Raum hatte den Brand etwas besser überstanden als die übrigen. Er befand sich auf der Rückseite des Hauses, wo das Feuer erst am Schluss gewütet hatte. Ein verkohlter Schreibtisch stand in der Mitte des Zimmers. Mein Großvater schlug mit der Faust darauf, woraufhin er zusammenbrach. Die Wände des Zimmers waren niedergebrannt, doch der Kamin mitsamt Sims stand noch da, er war aus solidem Stein gebaut, der hier aus den Bergen stammte. In der Mitte des Kaminsims hatte es so heftig gebrannt, dass Ziegelsteine sich gelöst hatten. Dahinter befand sich ein kleiner Hohlraum. Mein Großvater schlug die losen Ziegel ab, um hineinzusehen. Eine Urne mit Deckel stand darin. Er zog sie heraus. Das Feuer hatte sie nicht erfasst. Er hob den Deckel ab und schaute hinein. Ein Stoffbündel schien darin zu stecken. Mein Großvater drehte die Urne um, schüttelte sie, und zum Vorschein kam ein winziges, verschrumpeltes Kindlein – aber keines, das geboren worden war und auch keins, das missgebildet war, denn sein Kopf war groß und die Hände sahen aus wie die Kiemen eines Fischs. Zwischen den Zehen hatte es Schwimmhäute, und die Augen erinnerten an die eines Froschs. Es sah so alt aus wie Pergamentpapier und zerfiel auf dem Boden. Mein Großvater versuchte es aufzuheben und wieder in die Urne zu stecken. Doch es wurde zu Staub in seiner Hand, wehte fort und vermischte sich mit der Asche des verbrannten Raums, die in der Luft schwebte.

Diese Urne musste einem Magier gehört haben. Keinem Teufelsanbeter, sondern einem Magier, wie es sie in diesen Wäldern gab, lange bevor Christus auftauchte. Mein Vater erzählte mir die Geschichte viele Jahre nach dem Tod meines Großvaters. Er glaubte, dass der damalige Gutsherr das Kindlein versteckt hätte, um sich so vor der Pest zu schützen.

Ich fragte meinen Vater, wo der Gutsherr das Kind gefunden hatte. Er erwiderte, dass ihm gerade wieder eine Geschichte einfiel, die er zwischenzeitlich vergessen hatte. Eine Geschichte aus seiner Kindheit. Wäre er nicht in diesem verbrannten Raum gewesen, wo er mit seinem Vater die Urne des Kindes gefunden hatte, hätte er sich wohl nie mehr an sie erinnern. Die Geschichte besagt, dass während der Zeit der Pest, als die Krankheit erstmals in der Stadt wütete, also Monate, bevor meine Familie von wo auch immer hierherkam, die Bauern von Bedburg den Verwalter des Gutsherrn baten, ihnen im Herrenhaus Schutz zu gewähren, denn dort war es warm, und es gab zu essen und zu trinken. Sie glaubten, Schutz verdient zu haben, da sie schon seit Menschengedenken für die Herrschaft arbeiteten. Der Herr schickte einen Boten, der ihnen erklärte, dass diejenigen Familien, die einen bestimmten Geldbetrag aufbringen könnten, ein Kind oder eine schwangere Frau zum Herrenhaus schicken dürften.«

Greet strich sich über den nackten Bauch, als sie sprach. Allmählich wurde es frisch, und so zogen wir unsere Kleider an. Dann rückten wir nahe zusammen, sodass sich unsere Gesichter fast berührten.

»Es ist bekannt, dass aus der Familie des Gutsherrn niemand starb«, fuhr sie fort. »Doch von den zehn Kindern und den vier schwangeren Frauen, denen Schutz gewährt wurde, überlebte keiner. Vielleicht glaubte mein Vater, dass dieses Kindlein zu den Verstorbenen gehörte. Die Frauen und Kinder wurden nach Ende der Pest noch neun Monate in dem Herrenhaus gefangen gehalten. Mein Vater meinte, dass in der Zeit alles Mögliche passiert sein könnte. Mitunter spielt mir mein Verstand fürchterliche Streiche, und dann frage ich mich, was diesen Kindern und Frauen mit ihren ungeborenen Kindern womöglich angetan wurde.«

Greet und ich blieben auf meinem Mantel liegen, bis die Morgendämmerung hereinbrach und uns gemahnte, dass unser nächtliches Stelldichein endgültig vorbei sei und wir gefälligst wieder zu unserem gewohnten Leben zurückkehren sollten.

»Ich hasse dich, Sonne!«, sagte ich und hob scherzhaft meine Faust zum Himmel.

»Ich liebe die Sonne«, entgegnete Greet und rekelte sich auf dem Mantel.

»Du bist ein Faun, eine lachende Waldnymphe«, sagte ich reichlich närrisch, denn ich versuchte gerade, mich an die Strophe eines Gedichts zu erinnern, um sie damit zu bezaubern, doch sie fiel mir nicht ein. In meinem Kopf schwirrten nur Bilder griechischer Nymphen aus Büchern herum, die ich gelesen, aber vergessen hatte.

»Eine lachende Baumnymphe, das soll ich jetzt sein?«, sagte sie.

Schließlich standen wir auf, und ich begleitete sie ein Stück Wegs zum Haus der Stumpfs.

»Wirst du keinen Ärger bekommen, weil du über Nacht weg gewesen bist?«, fragte ich.

»Ich bin mein eigener Herr«, antwortete sie. »Mir hat in dieser Stadt niemand etwas zu sagen.«

»Gut«, sagte ich.

»Ich denke aber, dass Paulus auf dich böse sein wird«, entgegnete sie.

»Das glaube ich nicht. Er musste arbeiten. Ich hätte ihn nur gestört. Er will, dass ich ein Mann werde.«

»Dann hilf Frau Stumpf und ihren Töchtern, wenn du kannst. Ehrlich gesagt, habe ich sie irgendwie lieb gewonnen«, meinte sie und lachte. »Sie sind alles, was ich habe. Gut, da ist noch meine Schwester, aber sie ist mit einem Dummkopf verheiratet. Außerdem noch meine Base, aber die ist von schlichtem Gemüt. Und mich. Also – es gibt nicht viel, was mich hier hält.«

Wir spazierten Hand in Hand. Es entstand ein Schweigen

zwischen uns, das weder Greet noch mich beschämte oder verlegen machte. Auf dem leicht ansteigenden Weg durch den Wald zum Haus drang mit einem Mal lautes Geschrei zu uns. Greet machte sich los und begann zu laufen. Ich rief ihr zu, stehen zu bleiben.

»Greet, warte! Lass uns erst einmal sehen, was los ist.«

Wir gingen durch den kleinen Obstgarten, der auf der Südseite des Hauses lag. Das Geschrei wurde lauter. Wir blieben stehen. Karfreitag war gerade dabei, Frau Stumpf an den Haaren zu einem Wagen zu zerren, wo Divara auf der Ladefläche kniete und von den Wachen niedergedrückt wurde. Sie hielt ihre kleine Schwester in den Armen. Frau Stumpf kämpfte wie eine Löwin. Karfreitag zog ihr die Füße weg und schlug sie mit einem Kinnhaken bewusstlos. Anschließend hob er sie vom Boden auf und legte sie in den Wagen zu ihren beiden Töchter. Die Augen des kleinen Mädchens waren weit aufgerissen, doch ihr Blick war leer und ausdruckslos.

Ich griff nach Greets Hand, die mit mir hinter einem Apfelbaum stand, doch sie entwand sich meinem Griff und rannte los.

»Greet«, rief ich ihr hinterher. Ein lautes Flüstern, das niemand hörte. Ein sinnloser Laut.

»Lassen Sie sie!«, hörte ich Greet schreien. »Lassen Sie sofort diese Frauen frei!«

Ihre Röcke wehten zwischen den Bäumen. Ich sah, dass Karfreitag sich vor dem Wagen umdrehte und nach der Stimme Ausschau hielt. Neben ihm stand Richard. Ich zählte die Wachen. Sechs insgesamt. Sie waren mit schweren Hakenbüchsen bewaffnet.

»Halt!«, schrie Greet.

Richard zeigte zu den Bäumen. »Da, Herr!«, rief er und wies auf die junge Frau, die wie eine Furie auf sie zugestürmt kam.

Ich rannte ihr hinterher. »Greet, komm zurück!«, rief ich.

Gut zwanzig Meter vor mir tauchte sie aus der vorderen Baumreihe hervor.

Die Wachen richteten ihre Waffen auf sie.

»Nein! Karfreitag!«, schrie ich. »Ich bin es!«

In diesem Moment krachten die Schüsse. Die Kugeln fuhren in die Bäume und pfiffen mir um die Ohren. Ich stürzte zu Boden, doch wie durch ein Wunder blieb ich unverletzt. Als ich wieder aufblickte, sah ich sie. Greet lag blutüberströmt wenige Schritte vor mir. Die Wachen sahen verunsichert ihren Hauptmann an. Der hatte die Hände in die Hüften gestemmt und schüttelte nur den Kopf.

Ich kann mich heute nicht mehr an alle Einzelheiten erinnern. Nur noch daran, dass ich im Gras hockte mit Greet in den Armen, das weiß ich noch. Sie lebte, doch ihr wunderschönes Gesicht war eine einzige blutige Masse. Ich drückte sie an mich. Ich küsste sie, schmeckte ihr Blut. Sie streichelte meine Hand. Ich flüsterte ihr ins Ohr, dass ich sie liebe, und mit letzter Anstrengung hauchte sie: »Ich liebe dich auch.« Dann starb sie.

Ich blickte zu den Wachen. Karfreitag hob entschuldigend die Hände. »Mein Junge, bleiben Sie ruhig. Wir wussten nicht, dass sie es war. Wir wussten nicht, wer es war.«

Sein Gesicht war grau und traurig. Richard hatte sich mittlerweile auf den Boden gesetzt und stützte den Kopf in die Hände. »Herrgott, was haben wir nur getan! Es war ein Versehen«, sagte er. »Es tut mir leid. Ich habe geglaubt, es wäre … Ich weiß nicht, was ich geglaubt habe. Ein Wolf.

Der Teufel. Wir haben nur ein Wesen gesehen, das schreiend auf uns zulief.«

Richard stand auf und trat zu uns. Er griff nach meiner Schulter. In dem Moment hörte ich Divaras Schreie. Sie hatte Greet in ihrem Blute auf dem Boden liegen sehen. Richards Hand schwebte noch in der Luft vor mir. Sie war geschwärzt vom Schießpulver. Der Geruch von Rauch lag mir noch in der Nase. Ich konnte den Salpeter riechen. Dann schnellte ich herum und verpasste ihm einen Schlag ins Gesicht. Er ging wie gefällt zu Boden.

Dann riss man mich von den Füßen. Jemand hatte mich am Kragen gepackt und in den Schwitzkasten genommen. Ich konnte Karfreitags Stiefel erkennen, als ich nach unten gedrückt wurde. Ich bekam keine Luft mehr. Strampelte mit den Beinen. Dann verlor ich das Bewusstsein.

Als ich erwachte, lag ich auf der Ladefläche des Wagens. Neben mir saßen Frau Stumpf und ihre Töchter. Mein Kopf lag auf Divaras Schoß gebettet. Ich wusste nicht, ob ich auf dem Weg zu meiner Hinrichtung war. Ich lag nur still da. Der einzige Gedanke, der mir beschämenderweise durch den Kopf ging, war: »Greet ist tot. Ich bin noch jung. Ich will nicht jung sterben.«

Meine Liebe war nicht so mutig, wie sie feurig gewesen war. Meine Liebe war beschaffen gewesen wie Quecksilber nicht wie Eisen. Teilnahmslos lag ich da, während der Wagen weiterrumpelte. Rosa, das kleine Mädchen, lag in den Armen ihrer Mutter. Frau Stumpf war wieder zu Bewusstsein gekommen, doch aus ihrer Nase sickerte Blut. Sie schien es nicht zu bemerken.

Ich wollte nicht sterben. Doch wenn kein Weg daran vorbeiführen sollte, dann würde ich nicht als Feigling sterben und Angst zeigen. Wenngleich der Tod eines Feiglings immer noch ein Tod ist. Man soll so lange kämpfen, wie man kann, sich dann aber fügen und nicht klagen. Für diesen Grundsatz habe ich mich entschieden und versucht, danach zu leben.

Ich sah zu Frau Stumpf auf, und unsere Blicke trafen sich.

»Ich werde Ihnen helfen. Das schwöre ich«, murmelte ich. »Ich werde für Sie kämpfen.«

Ihr Kiefer war geschwollen, und ihre Worte waren undeutlich, als sie antwortete. »Helfen Sie uns nicht, junger Mann. Sie bringen sich nur selbst in Gefahr.«

»Vertrauen Sie Herrn Melchior und mir.«

»Beschaffen Sie uns Gift, wenn Sie uns helfen wollen«, warf Divara ein. »Oder einen Dolch.«

Das Kind begann zu jammern. Divaras Gesichtszüge verzogen sich zu einer schmerzlichen Grimasse. Eine der Wachen blickte sich zu uns um.

»Schweigen Sie. Keine Gespräche!«, rief die Wache uns zu.

»Wir werden Ihnen helfen«, flüsterte ich noch einmal.

Der Wagen erreichte die Kreuzung zur Stadt. Karfreitag saß auf seinem Pferd. »Wir sind gleich da, Wilhelm. Also, seien Sie ein braver Junge und springen Sie jetzt von dem Wagen. Gehen Sie zurück zum Gasthof. Und vor allem – verhalten Sie sich friedlich. Was geschehen ist geschehen. Es war ein Unfall.«

Selbst jetzt als alter Mann kann ich sagen, dass dieser Weg zurück zum Gasthof der anstrengendste war, den ich je zurücklegen musste. Wie ich das Zimmer überhaupt erreichte – ich weiß es nicht. Ich weiß nur, dass ich danach für mehr als einen Tag schlief. Als ich am nächsten Tag gegen Mittag erwachte, hatte Paulus seine Unterlagen für den Prozess ausgearbeitet. Freudig verkündete er, dass wir unsere Mandanten besuchen dürften. »Mandant« – das war das Wort, das er gebrauchte.

Paulus meinte, dass er mir einen Becher warmen Würzwein und eine Schüssel mit Haferbrei holen würde. Ich solle im Bett bleiben. Ich setzte zur Antwort an. »Bitte, mein Herr, Sie müssen nicht…«, doch nach nur wenigen Worten hatte ich das Gefühl, dass ich in Tränen ausbrechen würde, wenn ich weitersprähe, und so ließ ich mich wieder in mein Bett zurückfallen.

Das Essen wurde gebracht. »Karfreitag ist kein guter Mensch. Vergiss ihn!«, sagte Paulus.

»Wie kommen Sie auf die Idee, dass ich Karfreitag für einen guten Menschen halte?«, fragte ich.

»Du hast die ganze Nacht von ihm gesprochen. Du hast mir erzählt, was passiert ist. Erinnerst du dich nicht?«

»Nein«, erwiderte ich.

»Karfreitag ist das Gift dieser Welt«, sagte Paulus. »Denk nicht, dass er bedauert, was er getan. Ich kenne ihn zu gut.«

Karfreitag war ein Landsknecht und hatte sich sein Leben lang als Söldner verdingt. Er war mit den Schlachthaufen hingezogen, wo immer es Schlachten zu schlagen gab. Bereitwillig trug er den Wappenrock des Landesherrn, dem er gerade diente, und heute, als alter Mann weiß ich, dass ein Mann, der einen Wappenrock oder eine Rüstung anlegt, aufhört ein wahrer Mensch zu sein.

»Die Welt wäre besser ohne Landknechte«, fuhr Paulus fort. »Söldner. Gekaufte Hunde. Die Huren des Kriegs. Es ist ihnen gleichgültig für welche Seite sie kämpfen. Für sie zählt nur das Geld. Sie sind Männer ihrer Zeit.«

Ich war noch immer ziemlich erschöpft. Paulus hatte stundenlang gearbeitet und brannte offensichtlich darauf zu reden. Also hörte ich ihm zu, wenngleich mir die Geschichte, die er mir erzählte, nicht gefiel, denn sie machte mir Angst, und ich fühlte mich noch einsamer, als ich es ohnehin schon war. Doch das Zuhören lenkte mich immerhin ein wenig von meiner Trauer ab.

Paulus erzählte, er habe Karfreitag zum ersten Mal noch vor dem Augsburger Frieden an einem Ort namens Alderbrecht getroffen. Die Städte wechselten schneller die Seiten als Geld die Hände. Ein Dorf konnte an einem Tag noch katholisch sein und zum Reich gehören und über Nacht lutherisch werden. Die Menschen behaupteten zwar, dass sie dem Kaiser gegenüber treu waren, doch wie konnte das sein, wenn sie seinen Glauben ablehnten? Die Welt hatte sich verkehrt, so wie eine Schrift, wenn man sie in einem Spiegel sieht. Man nahm das Dorf wieder ein, und es bekannte sich zu Rom. Das geschah gelegentlich unter Zwang, doch normalerweise war keine Gewalt nötig. Das Einzige, worum sich die meisten Menschen nämlich mittlerweile sorgten, war, dass sie Brot zu essen hatten und ihr Herr anständig war. Wie er zu seinem Gott im Himmel betete, war ihnen gleichgültig. Die im Krieg kämpfenden Bauern waren besiegt und Münster gestürmt worden. Das gewöhnliche Volk hatte nichts mehr übrig für die Revolution, und so sollte es über viele Jahre hinweg bleiben. Die Glut der Rebellion musste nur ausgetreten werden, so wie ein Lagerfeuer in der Morgendämmerung. Das war für die Fürsten, Ritter und Herren ein Leichtes, auch wenn sie noch immer von »unruhigen Zeiten« sprachen. Das letzte Mal, dass die Armen versucht hatten, sich aufzulehnen, war, als die Engländer Jack Straw und Wat Tyler es mit dem König aufnahmen, und das lag knapp zweihundert Jahre zurück. Die Lektion, die den Engländern erteilt worden war, nahmen sich auch die Menschen im restlichen Europa zu Herzen – bis die Armen Anno 1520 schließlich begannen, dennoch aufzubegehren. Vielleicht wird es noch einmal solange dauern, bevor sich das Volk auf diesem Erdteil erneut gegen die Reichen zur Wehr setzt. Bis dahin werden sie das Leid und den Schmerz vergessen haben, den unsere Bauern auf sich nahmen, und sie werden erneut den Mut aufbringen zu kämpfen.

Die Menschen von Alderbrecht wechselten so oft die Konfessionen wie andere die Hemden, was daher rührte, dass der Ort auf der Linie zwischen den Gebieten des Fürstbischofs und seinen katholischen Herren und denen seiner Gegner lag, dem lutherischen Adel. Der Ort war ein Spielball der Politik, und daran hat sich bis heute nichts geändert.

Paulus diente den Feldherren als Rechtsberater und Gesandter bei Hof. Seine Aufgabe war es, die Hauptleute darüber in Kenntnis zu setzen, wenn das Gebiet, das sie in ihrer Hand hatten, wieder unter die Führung des Fürstbischofs oder die der lutherischen Seite gefallen war. Häufig beinhaltete dieses Hin und Her keine militärischen Manöver, sondern wurde nur durch Kuriere ausgeführt. Ein lutherischer Herr verschickte einen Brief an den Fürstbischof und informierte ihn darüber, dass die Bauern im Dorf X oder der Stadt Y nunmehr von Rom befreit waren. Genauso verlief es umgekehrt, und der Fürstbischof teilte den Lutheranern mit, dass die Stadt Y sich von dem ketzerischen Mönch losgesagt hatte und wieder in den Schoß der katholischen Kirche zurückgekehrt sei. Die Menschen in diesen kleineren Orten wussten oft nicht, unter welcher Herrschaft sie gerade standen, bis ein Trupp von Soldaten der einen oder anderen Seite in ihr Dorf geritten kam, um die Steuern einzutreiben oder nach Nahrung oder einer Unterkunft verlangten. Diese Nachrichten konnten sehr verwirrend sein. Eine Stadt konnte nämlich zum Fürstbischof zurückkehren, bevor die Soldaten im Feld davon wussten, weil die Kuriere, die die Briefe brachten, mit ihren Pferden schneller waren als Menschen.

Paulus behielt die politischen Veränderungen im Auge und stellte sicher, dass sie die Schlachtfelder erreichten. Manchmal musste er losreiten, um kleine Trupps von Soldaten zu suchen, die losgeschickt worden waren, um Ortschaften zurückzuerobern, die bereits wieder unter der Herrschaft des Fürstbischofs standen.

So erging es auch Alderbrecht. Einer Einheit, die unter dem Befehl von Karfreitag stand, war aufgetragen worden, das Dorf von den lutherischen Herren zurückzuerobern. Einen Tag später wurde es jedoch im Austausch gegen ein anderes Gebiet dem Fürstbischof wieder zugesprochen. Darüber besaßen Karfreitag und seine Soldaten allerdings keine Kenntnis, und so verließ Paulus das Feldquartier, um sie zu suchen und ihre Befehle aufzuheben. Normalerweise stellte eine solche Verwirrung keinen Grund zur Sorge dar. Die Soldaten zogen einfach mit einer Garnison in die Stadt ein, die sie zurückerobern sollten, und lebten von den Bauern, ohne groß Gewalt anzuwenden. Wie alle altgedienten Landsknechte, die im Bauernkrieg gekämpft hatten, verfolgte Karfreitag jedoch eine härtere Gangart bei der Ausführung seiner Pflichten. Die Zurückeroberung eines Dorfes war für ihn kein Spazierritt. Man plünderte das Dorf und nahm sich, was man wollte: Gold, Vieh, Weiber.

Paulus ritt mit einem kleinen Trupp von Wachen zu dem Dorf. Überall in den Bäumen hingen Leichen – Männer, junge und alte. Die Frauen des Dorfs standen nackt auf dem Marktplatz. Karfreitag und eine Handvoll seiner Männer waren gerade dabei, sich die jüngsten und hübschesten Mädchen vorzunehmen. Die Männer, die nicht erhängt worden waren, hatte man in die Versammlungshalle getrieben. Paulus preschte auf seinem Pferd heran. »Diese Stadt ist frei und das schon seit Tagen! Lassen Sie die Menschen laufen!«, rief er.

Karfreitag ließ widerwillig von dem Mädchen ab, das unter ihm lag, richtete seine Kleidung und rückte die Schärpe zurecht, sodass sie korrekt über seiner Brust und der Hüfte lag. Die anderen Hauptleute ließen sich aber von ihrem Spiel nicht abbringen. Karfreitag versetzte ihnen einen Fußtritt und befahl ihnen aufzustehen.

»Lasst diese braven Frauen los!«, sagte er. Die Männer murrten, standen aber auf und richteten ebenfalls ihre Kleider. Karfreitag half den Mädchen auf die Beine. »Meine Damen, verzeihen Sie uns! Wir werden Sie selbstverständlich nach Hause begleiten.«

Die Mädchen erhoben sich taumelnd und blickten sich völlig verstört um. Ein Wehklagen hob an. Todesangst hatte sie bislang verstummen lassen, doch jetzt ließen sie ihrem Entsetzen freien Lauf, weinten und schrien.

»Sie hätten eher kommen müssen, mein Herr«, sagte Karfreitag zu Paulus. »Das hier hätte nicht passieren dürfen.«

Hätte Karfreitag den Befehl erhalten, das Kind einer Mutter vor ihren Augen zu töten, und anschließend die Mutter mit seinem Leben zu beschützen, so hätte er es getan. Für Skrupel und Gewissensbisse war in seiner Seele kein Platz.

»Das war vor mehr als zehn Jahren«, sagte Paulus jetzt zu mir. »Karfreitag war vielleicht vierzig. Er trug noch immer die geckenhafte Tracht der Landsknechte. Diesen Hut mit der breiten Krempe und den verschiedenfarbigen Federn, das rote Wams mit den Schlitzen, durch die das blauweiße Hemd zu sehen war, die roten kniehohen Stiefel mit den hohen Absätzen und die schwarze, enge Kniehose. Hinter der violetten Schärpe steckte sein blankes Schwert, denn Landsknechte finden, dass eine Scheide nur etwas für Schwächlinge ist.«

Mittlerweile hatte Karfreitag seine bunte Tracht abgelegt, so wie alle Landsknechte. Die Zeiten hatten sich geändert. Die alte Landsknecht-Herrlichkeit war vorbei. Jetzt regierte die Politik. Doch alte Hasen wie Karfreitag, die schon bei der Plünderung von Rom dabei gewesen waren, verzichteten doch nicht auf ihre Schärpe, und niemand verwehrte es ihnen.

»Menschen, die wie Hunde von Befehlen leben, sind diejenigen, die in dieser Stadt den Teufel vertreten«, sagte Paulus. »Diese Menschen haben nichts in ihren Köpfen, nur die Worte anderer Menschen. Es ist eine Pest. Man sollte das Nicht-Denken bei Todesstrafe verbieten, Wilhelm.«

»Dann wäre das Land bald menschenleer«, sagte ich und stand vom Bett auf. Mein Körper war schwach und mein Geist müde, aber meine Trauer war durch eine Wut ersetzt worden, die ich noch nie zuvor in mir verspürt hatte. Und sie brennt noch immer in mir.

Der Tisch war übersät mit Papieren. Ich ging hin und blätterte die Seiten mit Paulus Notizen und Argumenten durch.

»Sind das die Aufzeichnungen zu Ihrer Verteidigung?«, fragte ich und setzte mich an den Tisch.

»Ja«, antwortete er.

»Wir müssen diese Menschen retten«, sagte ich.

»Greet wird beerdigt. Du solltest gehen.«

Mir wurde flau im Magen.

»Ich muss mich auf den Weg machen zu Frau Stumpf und ihren Töchtern im Wehrturm«, meinte er.

»Richten Sie Ihnen aus, dass Sie auf mich zählen können.«

Paulus lächelte, kam zu mir und legte mir eine Hand auf die Schulter.

»Du bist aus einem guten Holz geschnitzt, Wilhelm«, sagte er.

»Das habe ich Ihnen zu verdanken«, erwiderte ich.

»Finde heraus, was die Leute von der Entwicklung halten. Ich bezweifle, dass sie aufbegehren werden, aber ich würde es gern wissen. Greets Tod kann ihnen nicht gleichgültig sein. Genauso wenig wie die Angelegenheit mit dem Jungen im Wald. Das kann keinen anständigen Bewohner der Stadt ungerührt lassen.«

»Da bin ich mir nicht mehr so sicher«, entgegnete ich. »Richard hat Greet erschossen. Wenn Richard schon kein guter Mensch ist, wer soll es dann sein?«

»Ich weiß es nicht, Wilhelm«, antwortete er. Wir machten uns beide fertig. Er, um zum Wehrturm zu gehen. Ich, um Greet zu beerdigen.

»Der Prozess beginnt morgen«, sagte er. Wir schlossen die Tür zu unserem Zimmer und gingen die Treppe hinunter.

Ich nickte.

Vierundzwanzigstes Kapitel

Die Zeit für Paulus und mich verläuft auf zwei unterschiedlichen Bahnen – Paulus arbeitet an Stumpfs Verdammnis, während ich auf der Beerdigung von Greet Werren lerne, was es heißt, ein Mann zu sein

Als ich klein war, glaubte ich, dass meine Eltern und Geschwister aufhörten zu existieren, sobald sie nicht mit mir in einem Raum waren. Ein solches Denken deutet bei einem Kind auf einen regen Geist hin, denn er beschäftigt sich bereits mit Fragen der Philosophie, Fragen nach der Erscheinung und dem Wesen der Dinge. Denkt ein Erwachsener so, wird man ihn einen einfältigen Tropf heißen. Es scheint, als wäre ich als Kind meinem Alter voraus gewesen. Doch als Erwachsener scheine ich mich zurückentwickelt zu haben. Es bereitet mir noch immer Schwierigkeiten, mir die anderen Menschen auszumalen, wenn sie nicht in meiner Nähe sind. Das passiert mir häufig, wenn ich mit einer Frau zusammen bin: Sie verlässt mein Bett, zieht sich an und geht in die Küche. Doch wenn sie die Tür zum Schlafzimmer hinter sich schließt, kann ich mir nicht vorstellen, dass sie sich das Haar kämmt, das Gesicht wäscht, ihr Kleid anzieht, Eier brät, Brot schneidet, den Tisch deckt. Bis sie wieder ins Zimmer zurückkehrt. Ich kann nicht nachvollziehen, was für ein Leben ein anderer Mensch führt, solange ich nicht bei ihm bin und es mit ihm teile. Ich habe mittlerweile herausgefunden, dass dies ein Rezept für Einsamkeit ist.

Deshalb konnte ich mir auch nicht vorstellen, was Paulus in dem Wehrturm machte und zu Stumpfs Frau und den Töchtern sagte. Trotzdem ließ mich der Gedanke nicht los, als ich auf Greets Beerdigung war. Ich wollte es unbedingt wissen. So sehr ich mir Greet zurückwünschte, wünschte ich mir doch fast genauso sehr, dass Frau Stumpf und ihre Töchter nicht in dieser Stadt wären, sondern weit weg an einem sicheren Ort. Ich konnte die Frage nach dem, was Paulus gerade machte, um ihnen zu helfen, oder ob er ihnen überhaupt helfen konnte, nicht aus dem Kopf bekommen. Dass ich mir um Greets Herrschaft Gedanken machte, während sie selbst tot war, fühlte sich wie ein Verrat an ihr an. Doch Frau Stumpf, Divara und Rosa waren im Gegensatz zu Greet noch nicht verloren – noch bestand Hoffnung für sie. Ich wünschte mir, dass ich im Wehrturm sein könnte, um ihnen beizustehen.

Greet wurde auf dem Friedhof oben auf dem Hintersberg beerdigt, wo die kleine Kirche von Bartholomäus stand, umgeben von Äckern und Weiden. Der Gottesdienst war kurz und wenig feierlich. Bartholomäus schwarze Robe flatterte, als er auf seiner Holzkanzel stand und aus der Bibel las. Es waren nur einige wenige arme Bedburger in der Kirche. Ich setzte mich in eine der hinteren Bänke. Niemand bemerkte mich, bis der Gottesdienst vorbei war und Greets schlichter Sarg, dessen Deckel nicht einmal anständig zugenagelt war, von vier Friedhofswärtern hochgehoben und zum Grab am Fuß des Hügels getragen wurde. Die Gräber der Reichen waren oben auf dem Hügel, gleich neben der Kirche.

Es war ein heißer Sommertag. Greets kleine Familie war erschienen: ihre Schwester Ida und ihre Base Frieda mit ihren frisch angetrauten Ehemännern. Es waren zwei lebhafte junge Männer, die ich bei anderer Gelegenheit wohl als meinesgleichen angesehen hätte. Sie mochten Anfang zwanzig sein. Sie stellten sich mir vor. Erwin war mit Frieda verheiratet, Roland mit Ida.

»Unsere Frauen würden gern mit dir sprechen«, sagte Roland.

»Du warst dabei, als sie starb. Sie hoffen, dass du ihnen erzählen kannst, was genau vorgefallen ist«, erklärte Erwin.

»Natürlich«, erwiderte ich.

»Dann komm mit uns nach Hause«, sagte Roland. »Wir werden ein Glas auf die Verblichene trinken, und du bist herzlich dazu eingeladen.«

Ich war ihnen aufrichtig dankbar. Ich würde die Möglichkeit haben, mit jemandem zu sprechen, der Greet geliebt hatte. Ich lächelte, doch meine Augen waren tränenblind.

Paulus erzählte mir später, dass Frau Stumpf in ihrer Zelle im Wehrturm von nichts anderem sprechen wollte. Paulus versuchte, das Gespräch auf den anstehenden Prozess zu lenken, und bat sie, ihm zu helfen, ihre Verteidigungsschrift zu formulieren, doch sie sprach nur von ihrer Dienstmagd und ihrer Trauer und davon, dass sie schuld sei an ihrem Tod. Paulus hatte der kleinen Rosa eine Tafel und Kreide zum Zeichnen mitgebracht, damit sie beschäftigt war, während er mit ihrer Mutter und Divara sprach. Das Kind malte einen Stern nach dem anderen. Es waren Drudenfüße. Ihr Blick war dabei aber auf die Erwachsenen gerichtet. Sie bewegte die Hand, und die Zunge steckte zwischen ihren Lippen.

»Ich werde mir ewig Vorwürfe machen«, sagte Frau Stumpf.

»Ich habe sie geliebt wie eine Schwester «, fügte Divara an.

»Soll ich also gehen? Wollen Sie, dass Fromme Sie alle auf den Scheiterhaufen bringt?«, fragte Paulus. »Denn das wird geschehen. Er wird selbst vor ihrem kleinen Mädchen keinen Halt machen«, fügte er hinzu und zeigte auf Rosa.

Rosa warf Tafel und Kreide hin und kauerte sich zwischen ihre Mutter und Schwester.

»Sind Sie gekommen, um uns zu quälen, so wie die anderen?«

»Sprechen Sie nicht so vor einem Kind!«, sagte Divara.

»Böser Mann«, rief Rosa, die Hände vor dem Gesicht.

»Ich bin nicht böse, und ich will Sie nicht quälen. Aber wenn Sie mit mir nicht über das sprechen wollen, worüber wir sprechen müssen, dann kann ich Ihnen nicht helfen, und Sie werden alle sterben.«

Die Frauen und das Kind schwiegen.

»Also, soll ich gehen?«, fragte Paulus.

»Nein. Bitte gehen Sie nicht«, erwiderte Divara.

»Es tut mir leid«, entschuldigte sich Frau Stumpf mit ernstem Gesicht.

»Wird er uns verbrennen?«, fragte das Kind weinend.

Die Frauen trösteten die kleine Rosa, besänftigten und beruhigten sie, bis sie still war und sich auf die Pritsche legte.

»Beweisen Sie mir, dass Ihr Mann ein verderbter Mensch war!«, sagte Paulus.

»Mein Mann war nicht schlecht zu uns«, erklärte Frau

Stumpf. »Er war stets ein guter Ehemann und Vater. Freundlich. Nie grausam.«

»Das haben wir Ihnen doch schon erzählt«, warf Divara ein. Sie trat zu der Pritsche, wo ihre Schwester lag, setzte sich zu ihr und legte eine Hand auf Rosas Rücken. Das Gesicht des kleinen Mädchens blieb weiter zur Wand gerichtet, doch sie hörte auf zu weinen.

»Keine Frau hält ihren Mann ausschließlich für gut«, wandte Paulus ein. »Wenn Sie in diesen Gerichtsaal gehen und lediglich erzählen, was für ein guter Mann er war, dann verbürgen Sie sich für jemanden, der mit dem Teufel im Bund steht, und Sie werden als eine Komplizin des Teufels verurteilt.«

»Also glauben Sie inzwischen auch, dass er ein Wolf ist?«, fragte Divara mit Entsetzen in der Stimme.

»Natürlich nicht, aber der Mann, der in dieser Gerichtsverhandlung den Vorsitz haben wird. Ich bin nicht hier, um Stumpf zu retten. Er hat seine Verbrechen zugegeben und wird sterben. Aber Sie kann ich vielleicht vor dem Tod bewahren.«

Divara stöhnte und wiegte sich vor und zurück. »Sagen Sie nicht ›vielleicht‹«, flüsterte sie. »Wenn wir sterben sollen«, und sie zischte das Wort leise, während sie ihre Schwester betrachtete und ihr den Rücken streichelte, »dann lieber jetzt durch meine eigene Hand, als dieses Martyrium zu ertragen.«

»Was war schlecht an ihm?«, fragte Paulus. »Sagen Sie's mir!

»Ich habe Ihnen doch bereits erzählt, dass er die Hunde tötete. Ist das nicht ein Zeichen seiner dunklen Seite? Er hat die Hunde nur aus Vergnügen totgeschlagen.«

»Im Gerichtssaal werden zuhauf Männer sitzen, die so etwas schon gemacht haben. Denken Sie nach über diesen Mann, den Sie lieben, und erzählen Sie mir von seinen Fehlern.«

Frau Stumpf blickte zu Rosa. Dann wandte sie sich zu Divara und warf ihr ein aufgesetztes, blasses, dünnes Lächeln zu. »Es gab da ein paar Bücher«, sagte sie zu Paulus.

»Die habe ich gesehen«, antwortete er. »Sie sind nicht ungewöhnlich.«

»Nein, ich meine andere Bücher«, entgegnete sie. »Die haben Sie nicht gesehen.«

»Was für Bücher?«

»Bücher, über die es mir unangenehm ist, zu sprechen«, erwiderte sie.

»Sprechen Sie dennoch!«

Sie sah wieder zu ihren Töchtern, senkte den Kopf und senkte die Stimme.

»Es waren Bücher mit Bildern, die Menschen beim Koitus zeigen. Männer und Frauen. Männer mit Männern. Frauen mit Frauen. Menschen mit Tieren. Die Menschen auf den Abbildungen genossen es, sich gegenseitig wehzutun. Sie waren gefesselt. Auf den Bildern waren Orte wie der hier zu sehen. Zellen. Es gab aber auch Szenen im Wald, wo maskierte Männer Frauen überfielen und sie vergewaltigten. Oder sie trieben es in einem Aborterker, genauer gesagt in einer Latrine von Soldaten. Widerwärtige Bilder.«

Divara betrachtete ihre Mutter ungerührt. Sie hatte den Kopf zur Seite geneigt, als lausche sie einem Vortrag über seltene Tiere, von denen sie noch nie zuvor gehört hatte. Es war wie die Entdeckung eines neues Erdteils.

»Hat Ihr Mann solche Dinge mit Ihnen gemacht?«, wollte Paulus wissen.

»Gott bewahre, nein!«, rief sie aus. »Er hat sich stets vorbildlich verhalten.«

Divara ergriff das Wort, obwohl Paulus sie nicht dazu aufgefordert hatte. »Mein Vater war für mich der Inbegriff eines guten Vaters«, sagte sie.

»Mein Mann hat in diese Bildbände hineingezeichnet«, fuhr Frau Stumpf fort. »Die Bilder selbst waren detailliert und mit Kunstverstand gefertigt. Die Darstellungen wirkten sehr real, als betrachte man die Welt durch ein Glas. Doch sie waren auch brutal und grob. Manchmal gab es auch eine Zeichnung am Rand, die er sich selbst ausgedacht hatte. Ich erinnere mich an eine. Eine Frau sitzt nackt an einen Baum gelehnt. Ihr Füße und Hände sind gefesselt, ihr Kopf liegt abgeschlagen auf dem Boden, und überall ist Blut, als würde es aus ihrem Hals spritzen.«

»Glauben Sie, dass Ihr Mann abartig veranlagt war?«

»Mittlerweile, ja.«

»Mittlerweile«, sagte Divara. »Aber vorher nicht. Wir wussten nichts davon.«

»Sind solche Bücher ein Beweis für Abartigkeit?« Frau Stumpf sah sinnend zu Boden. »Ich weiß es nicht. Vielleicht. Haben andere Männer solche Bücher? Wenn ja, warum hätte ich ihn für abartig halten sollen. Wenn nein, dann war ich eine Närrin. Ich bin eine Närrin. Das weiß ich nun.«

»Aber uns war nicht klar, was vor sich ging«, sagte Divara.

»Ich habe von solchen Büchern gehört«, erklärte Paulus. »Sie sind selten, das kann ich ihnen versichern. Und teuer. Viele Menschen würden diese Werke für abartig halten. Sie sollten davon in der Verhandlung sprechen und die Bücher verurteilen.»

»Dann ist mein Mann tatsächlich ein Abartiger«, sagte Frau Stumpf.

»Gut. Hat Ihnen das Buch Angst eingejagt?«, fragte Paulus.

»Nein. Ich wusste nicht, was ich davon halten sollte. Mein Mann interessiert sich für alle nur erdenklichen Wissensgebiete. Damals wusste ich nicht, dass er krank war, wenn es das ist, was Sie mich glauben machen wollen. Hätte ich von seiner abartigen Veranlagung gewusst, hätte ich mich gefürchtet. Aber da ich davon nicht wusste, hatte ich keine Angst vor ihm.«

»Hat er Freunde?«

Frau Stumpf lachte auf. Ihre Lippen waren noch rau und aufgeplatzt, und sie fasste sich an ihr Gesicht, da das Lachen ihr wehtat. Divara hatte aufgehört, den Rücken ihrer Schwester zu streicheln. Ihre Hand lag auf Rosas Schultern.

»Nein, mein Herr«, antwortete Divara. »Keine Freunde. Mein Vater mochte keine Menschen.«

»Das ist nicht normal«, wandte Paulus ein. »Fanden Sie das nicht eigenartig?«

»Es ist nicht normal, seine Mitmenschen abzulehnen?«, fragte Divara. »Sagen Sie, mein Herr, wen in dieser Stadt mögen Sie?«

»Es verträgt sich nicht mit den Zehn Geboten, seinen Nächsten zu hassen«, erwiderte Paulus.

Paulus würde nie und nimmer einem Zeugen oder Angeklagten helfen, eine Aussage zu erfinden, damit sie vor Gericht besser dastanden. Doch er wünschte sich, die Frauen würden langsam begreifen, worauf seine Fragen hinzielten, und selbst den Kopf aus der Schlinge ziehen, ohne dass er nach Rosas Tafel und Kreide greifen müsste, um ihnen wie ein Lehrer ihre Aussagen aufzuzeichnen: Stumpf war nicht nur ein Monster im Wald, sondern auch zu Hause.

»Er war kein Christ«, sagte Frau Stumpf.

»Jetzt kommen wir der Sache näher«, sagte Paulus, und er seufzte vor Erleichterung. »Hat er das Ihnen gegenüber zugegeben?«

»Ja«, antwortete Frau Stumpf. »Er sagte zu mir, dass er keinen Glauben hätte.«

»Haben Sie versucht, ihn dazu zu bewegen, zur Kirche zu gehen, damit er zum Glauben fand?«

»Natürlich.«

»Und?«

»Er bat mich, ihn nicht zu drängen. Genau das waren seine Worte. Er würde mich auch nicht drängen, irgendetwas zu glauben, das ich nicht glaubte, oder mich in einer Weise zu verhalten, die ich für falsch hielt.«

»Hat Sie das beunruhigt?«

»Natürlich. Ich war um seine unsterbliche Seele besorgt.«

»Haben Sie und Ihre Kinder die Kirche besucht?«

»Selbstverständlich. Wir glauben an Gott, und Jesus ist unser Erlöser.«

»Wir beten jeden Abend«, fügte Divara hinzu. »Wir haben ihn gebeten, uns zu helfen, da wir keine Sünder sind und nichts Unrechtes getan haben.«

»Wir beten jeden Abend«, erklang es von dem kleinen Mädchen, deren Gesicht noch immer zur Wand gerichtet war, und in der Zelle war es für einen Moment still.

Paulus nickte. »Das ist gut«, sagte er schließlich. Divara begann Rosa wieder zu streicheln. »Werden Sie vor Gericht aussagen, dass Stumpf gewalttätig war? Dass er die Hunde zu Tode geprügelt hat? Dass er abartige Bücher besaß, die Sie verstörend fanden? Dass er keinen Wert auf Gesellschaft gelegt, Jesus Christus, die Kirche und sogar Gott abgelehnt hat? Und dass Sie versucht haben, seine Seele zu retten?«

»Die Worte, die Sie da sagen, sind zwar wahr, doch hören sie sich nicht richtig an«, stellte Frau Stumpf fest.

»Ich fordere Sie nicht auf zu lügen, Frau«, entgegnete Paulus. »Ich bitte Sie lediglich, zu versuchen, Ihr Leben auf kluge Weise zu retten«, fügte er hinzu.

Divara ergriff das Wort. »Die Worte entsprechen der Wahrheit und können so vor Gericht geäußert werden.«

Es war mittlerweile Nachmittag, und Paulus bat die vor der Zelle stehende Wache, ihnen etwas zu essen und Wein zu bringen, was er bezahlen würde.

Paulus aß mit Divara und Frau Stumpf in der Zelle und versicherte ihnen, dass er für sie kämpfen werde. Er sprach von dem Leben, das er helfen würde, ihnen in einer neuen Stadt ihrer Wahl aufzubauen.

»Eröffnen Sie einen Gasthof!«, schlug er vor. »Sie haben Geld. Sie wissen, wie man ein Geschäft führt. Ich werde mich um ein Anwesen kümmern und mit den Leuten sprechen, damit sie Ihnen in der Anfangszeit unter die Arme greifen. Das, was ich brauchen werde, um Ihnen zu helfen, werde ich mit den Einnahmen der Schrift verrechnen, die ich über Ihren Fall publizieren werde. Sie wird sicherlich eine Leserschaft finden. Sollten darüber hinaus Beträge offen bleiben, können Sie mir sie zurückzahlen, sobald Sie mit dem Gasthof Geld verdienen.

»Wir werden also nicht sterben?«, fragte Divara.

»Das werde ich nicht zulassen«, antwortete Paulus. Sein Blick blieb auf den Teller gerichtet, der vor ihm stand.

Die beiden Frauen begannen zu weinen, die Tränen fielen auf die Teller mit Rindfleisch und Brot, die sie auf ihren Knien balancierten. Rosa drehte sich zu ihnen um. »Warum weinst du, Mutter?«, rief sie. »Hat dir jemand wehgetan?«

»Nein, mein Liebes! Sei still, meine Kleine! Uns wird nichts passieren«, sagte ihre Mutter, doch ihre Worte klangen wenig überzeugend.

Während Paulus in die mit Kerzen beleuchtete Zelle Essen bringen ließ, wanderte ich durch die sonnigen Felder. Meine Gedanken waren bei ihm und Frau Stumpf und ihren Töchtern. Ich war mit Greets kleiner Familie auf dem Weg zu ihren Häusern, jenen kleinen Hütten beim Dunklen Grund, wo sie mit den anderen Armen zusammenlebten. Die Hütten der Schwester und der Base von Greet lagen nebeneinander, Wand an Wand. Sie teilten sich einen Gemüsegarten, einen Schweinestall und einen Schuppen.

In den Hütten wohnten insgesamt vielleicht fünfzig Familien. Die Hütten besaßen ein Fenster mit Fensterladen und ein Strohdach. Sie waren nicht höher als ein großer Mann. Die engen, kleinen Gassen zwischen ihnen waren wie ein Irrgarten, der flirrend im Sonnenlicht lag, umgeben von graubraunen Mauern. An jeder zweiten Ecke lag ein Misthaufen. Dampf stieg von ihnen auf. Die beiden nebeneinander liegenden Hütten, in denen Ida und Frieda mit ihren Ehemännern wohnten, lagen mitten in der Siedlung.

Ungefähr zehn Bewohner hatten sich vor den Hütten von Frieda und Ida eingefunden. Sie saßen auf Schemeln, die sie mitgebracht hatten, oder hockten auf dem Boden. Sofort wurden Getränke hingestellt, selbstgebrautes Bier und glasklarer Schnaps. Auf den Bänken lagen mehrere Laibe Rosinenbrot.

Frieda und Ida saßen neben mir, und ich erzählte ihnen, dass ich Greet geliebt habe und wir darüber gesprochen hätten zu heiraten.

Ida schüttelte den Kopf. »Davon hat sie uns nichts erzählt.«

»Warum ist sie gestorben?«, fragte Frieda.

»Einer der Gerichtsbüttel hat sie erschossen. Es war ein Unfall.«

»Wie konnte es dazu kommen?«

»Sie haben sie für jemand anderes gehalten.«

»Für wen?«, fragte Frieda.

»Ich weiß es nicht. Sie konnten es nicht erklären. Haben sie das euch nicht erzählt?«

»Sie haben uns nichts erzählt«, erwiderte Ida. »Nur dass sie erschossen wurde, als man die Frau und Töchter von Stumpf verhaftete.«

»Das stimmt«, erklärte ich.

»Hat sie versucht, die Frauen zu retten?«

»Ich weiß nicht, was sie vorhatte. Wir gingen gerade durch den Obstgarten, als sie sah, wie Rosa, Divara und ihre Mutter einen Wagen bestiegen. Sie rannte los und rief nach ihnen. Vielleicht wollte sie ihnen helfen. Vielleicht wollte sie die Soldaten bitten, die Frauen in Ruhe zu lassen. Vielleicht wollte sie sie trösten. Ich weiß es nicht.«

»Hast du versucht, sie zu retten?«, fragte Ida.

»Ich lief los, um sie einzuholen und zurückzuhalten. Ich wusste, dass die Situation gefährlich war. Ich rief nach ihr.

Sie blieb nicht stehen. Ich verachte mich dafür, sie nicht eingeholt und vor dem bewahrt zu haben, was passiert ist. Bitte, glaubt mir, dass ich sie über alles geliebt habe. Es ist schmerzhaft für mich, über sie zu sprechen, jetzt, wo sie tot ist.«

»So wie für uns«, sagte Frieda.

Wir tranken von dem Bier und dem Schnaps, und ihre Männer gesellten sich zu unserem Platz unter dem Fenster.

»Du hast dich aber wie ein Ehrenmann ihr gegenüber verhalten, oder?«, fragte Roland.

»Ja«, antwortete ich.

»Warum warst du dann mit ihr im Wald?«, fragte Erwin.

»Wir sind spazieren gegangen.«

Die beiden Männer tranken, während die Frauen mich betrachteten.

»Bist du ein Kamerad der Männer, die sie erschossen haben?«, fragte Frieda nach einer Weile.

»Wir sind zusammen hierher gereist, aber wir sind keine Freunde.«

»Bist du den Kaiserlichen gegenüber nicht verpflichtet?«, fragte Frieda.

»Früher war ich es, ja. Das ist vorbei. Sie haben Greet umgebracht. Und sie wollen der Frau und den Töchtern von Stumpf Schaden zufügen.«

»Gut«, sagte Ida.

»Warum wollt ihr sie verteidigen?«, fragte Roland.

»Und den Wolf vor der Kirche retten?«, fügte Erwin hinzu.

»Ich will sie leiden sehen, die verfluchten Weiber«, sagte Frieda.

Die Männer sahen sie an, sagten aber nichts und tranken

weiter. Vor der Hütte saßen mittlerweile ungefähr zwanzig Menschen. Ich schwitzte. Der Schnaps war mir zu Kopf gestiegen.

»Die Frauen und das Kind sind unschuldig«, bemerkte ich. »Sie haben nichts getan, man soll sie in Frieden lassen. Stumpfs Taten haben ihr Leben zerstört, und die beiden Jungen haben sie auch verloren. Ich habe Mitleid mit ihnen.«

»Mitleid?«, rief Ida entgeistert aus. »Dein Mitleid kannst du dir sparen. Du bemitleidest die Falschen.«

»Du bemitleidest Mörder und Ungeheuer«, warf Frieda ein. »Bist du kein Christ?«

»Natürlich bin ich ein Christ«, antwortete ich beleidigt.

Wäre ich damals in der Siedlung der alte Mann gewesen, der ich heute bin, und hätte über das Wissen verfügt, das ich heute habe, hätte ich erkannt, was die Frauen mit ihrem Reden verfolgten.

»Nein, bist du nicht«, entgegnete Ida. »Du bist kein Christ.« Dann grinste sie mich höhnisch an und sah zu ihrem Mann, Roland. »Du bist ein mieser, dreckiger Verräter. Du hast meine Schwester sterben lassen. Und du lügst, wenn du sagst, dass du sie geliebt hast.«

»Du fällst deinen eigenen Kameraden in den Rücken und bemitleidest eine miese Hure und ihre beiden Drecksbälger, die wahrscheinlich entstanden sind, als sie es mit einem Teufel oder Wolf getrieben hat, den du auch noch verteidigen willst.«

Ida stand auf und stieß mit der Hand gegen meine Brust. »Man sollte dir deine verdammte Kehle durchschneiden.«

Damit stand ich im Mittelpunkt. Ich, der sich für einen stillen, in sich gekehrten jungen Mann hielt.

Frieda stand nun ebenfalls auf und legte die Hände auf die Schultern der beiden Ehemänner. »Du kannst froh sein, wenn wir dich nicht erhängen.«

In solch einem Moment schießen einem plötzlich Tausend Gedanken durch den Kopf. Soll ich aufstehen und sie beschimpfen, weglaufen, mich rechtfertigen oder den Tisch umwerfen? Hat Roland sich bewegt? Ist Erwin bewaffnet? Greift Ida vielleicht nach der Flasche? Wird Frieda einfach weiterreden? Kann ich mich an jemanden in der Nähe wenden? Wie weit ist die Stadt entfernt? Was könnte ich als Waffe benutzen? Könnte ich gegen beide Männer kämpfen und mein Leben retten? Ich kann nicht gegen alle Männer hier kämpfen. Nein, das könnte ich nicht. Also hob ich entschuldigend meine Hände. »Es tut mir leid, wenn ich euch beleidigt habe«, wandte ich mich zu Ida und Frieda. »Ich sollte vielleicht besser gehen.«

»Roland, lässt du zu, dass er so zu mir spricht?«, sagte Ida zu ihrem Mann, ohne den Blick von mir abzuwenden.

»Ich wollte nur höflich sein, gnädige Frau«, versuchte ich sie zu besänftigen.

»Gnädige Frau? Was zum Teufel denkst du, wer du bist?«, stieß Frieda hervor, legte die Hand auf den Kopf ihres Mannes Erwin und streichelte sein Haar.

»Untersteh dich, in einem solchen Ton mit unseren Frauen zu sprechen«, sagte Erwin.

Roland hatte sich mittlerweile erhoben und baute sich vor mir auf. Ich war vom Tisch aufgesprungen und rannte durch den Garten, dann durch das Gewirr aus Gassen, lief blindlings im Zickzack weg von den Hütten in Richtung Stadt. Innerhalb weniger Augenblicke hatte ich mich jedoch verlaufen und blieb stehen, um mich umzusehen.

Schon hatten die Männer mich eingeholt und umringt. Ich weiß nicht, wie viele es waren. Sechs, sieben, vielleicht acht.

Im nächsten Moment lag ich auf dem Boden. Einer zog mich am Haar, schlug meinen Kopf auf die Erde und schmetterte ihn anschließend gegen die Mauer eines Hauses. Ich konnte mich befreien, weiß der Henker, wie. Mir lief Blut über das Gesicht. Ich raste los und dachte schon, dass ich es geschafft hätte und in Sicherheit war, als ich hinfiel, vielleicht weil mir ein Bein gestellt wurde. Sie umringten mich erneut und traten auf mich ein wie auf einen Sack mit Katzen, die zu Tode getrampelt werden. Die Fußtritte dauerten an, bis mir schier die Sinne schwanden.

»Bringt ihn nicht um! Ihr dürft ihn nicht umbringen!«, sagte eine Frauenstimme. »Lasst von ihm ab!«

»Er hat bekommen, was er verdient«, erklang eine weitere Frau. »Es ist genug. Hört auf!«

Die Meute rückte von mir ab. Hinter den Männern tauchte die Sonne auf und schien auf mein Gesicht, das blutüberströmt war. Die Augen waren zugeschwollen, ich konnte kaum etwas sehen. Ich versuchte mich aufzusetzen, aber es gelang mir nicht, meine Arme versagten ihren Dienst. Die Menge zog sich zurück. Nur zwanzig Schritte entfernt befand sich die Straße zur Stadt. Ich musste versuchen, dorthin zu gelangen. Ich rollte auf die Seite und kam so auf die Knie. Dann aber holte noch einmal jemand zu einem Tritt aus. Der Fuß traf mich an der Brust. Ich landete wieder im Straßenkot und rang verzweifelt nach Luft.

»Ich entscheide hier, wann genug ist. Und jetzt ist genug«, sagte eine männliche Stimme.

»Lass uns gehen!«, sagte ein anderer.

Mein Atem setzte wieder ein, ich sog gierig die Luft ein. Ich musste das Bewusstsein verloren haben, denn im nächsten Moment schüttete mir jemand Wasser ins Gesicht und zerrte mich auf die Füße. Mann, Frau, Kind, ich habe keine Ahnung. Ich wurde durch die Gasse geschoben, weg von den Häusern der Armen, zur Straße. Ich stolperte, geblendet vom grellen Sonnenlicht, in einem Nebel von Schmerz und Angst zur Stadt, den Dunklen Grund im Rücken.

Paulus hatte darum gebeten, dass man dem Kind einen Schlaftrunk brachte. Nachdem Rosa das Mittel getrunken hatte, war sie ins Land der Träume entschwunden.

»Könnten Sie uns auch einen Schlaftrunk besorgen?«, fragte Divara. Sie und ihre Mutter saßen dicht nebeneinander auf dem Boden vor den Gitterstäben ihrer Zelle. Paulus hockte auf der anderen Seite auf einem Schemel.

»Ja, das mache ich gern«, antwortete Paulus.

»Bringen Sie mir zermahlenes Glas oder Gift«, sagte Frau Stumpf. »Oder ein Messer. Oder dosieren Sie den Schlaftrunk entsprechend.«

»Sprich nicht so, Mutter«, sagte Divara.

»Er muss meiner Bitte ja nicht nachkommen«, sagte ihre Mutter verärgert. »Ich habe ja noch meine Kleider. Die kann ich zerreißen und mich damit erhängen, wenn er mir nicht helfen möchte.«

»Wenn ich muss, werde ich Ihnen etwas bringen«, erwiderte Paulus.

»Und was?«, fragte Divara.

»Gift oder ein Messer«, antwortete Paulus.

»Bringen Sie es uns jetzt, vor dem Prozess«, bat ihn Frau Stumpf.

In dem Flur vor der Zelle erklang ein Lachen. Dann wurde die Tür zu der Zelle aufgerissen.

Schwitzend und grinsend stolperten einer der Wachen und ein Büttel herein. Sie waren betrunken.

»Meine Damen«, rief der Büttel. »Wir kommen, um Sie abzuholen.«

Paulus stand auf, ergriff den Hocker, trat einen Schritt nach vorne und schlug dem Büttel damit ins Gesicht; der taumelte und ging dann zu Boden.

»Oh, mein Herr«, sagte die Wache. »Wir wussten nicht, dass Sie hier sind.«

Paulus packte die Wache. Es war ein junger Bursche, vielleicht achtzehn. Ich kann mich nicht an seinen Namen erinnern. Er riss an seinem Haar und schlug ihm den Kopf gegen die Wand. Der Junge stöhnte auf und sackte in sich zusammen, doch Paulus hielt ihn weiter fest.

Er zerrte ihn in den Flur und rief nach dem Hauptmann. Der Junge lag auf den Knien, Blut tropfte von seinem Gesicht auf den Boden.

»Karfreitag!«, schrie Paulus und sah dann den Jungen an. »Ich werde dich verdammt noch mal hängen lassen«, sagte er zu ihm. »Glaub ja nicht, dass ich es nicht tun werde. Sollte diesen Frauen ein Haar gekrümmt werden, wird der Mann, der dahintersteckt, sterben. Ich werde veranlassen, dass der Fürstbischof seine Familie verbannt und ihr Vermögen beschlagnahmt. Sie werden für seine Hinrichtung zahlen müssen. Das wird sie für den Rest ihres Lebens an den Bettelstab bringen. Du mieser Dreckskerl!«, brüllte er und trat den Jungen zwischen die Beine. Der Bursche brach auf dem Boden zusammen. »Karfreitag!«, schrie Paulus noch einmal. Der Hauptmann kam die Treppe herunter und betrat den Flur. »Was ist hier los? Was haben Sie mit diesem Burschen gemacht?«

»Sie wollten die Frauen vergewaltigen«, knurrte Paulus. Dann ging er zurück in die Zelle und trat dem mittlerweile bewusstlosen Büttel noch einmal fest zwischen die Beine.

»Als Hauptmann der Garde stehen die Frauen unter Ihrem Schutz«, schrie Paulus Karfreitag an, als dieser die Zelle betrat. »Wenn Sie sie nicht beschützen können, werde ich Sie für das, was ihnen durch Ihre Männer zustößt, verantwortlich machen. Und ich werde Sie töten lassen, Hauptmann. Sie wissen, dass das in meiner Macht steht und dass ich es tun würde.«

»Jawohl, mein Herr«, sagte Karfreitag.

Als ich ein Junge war, bewunderte ich die Arbeiter, die auf dem Markt Wolle, Holz, Kohle und Fleisch entluden. Sie konnten allein mit der Muskelkraft ihrer Arme die Säcke auf die Schultern heben, die doppelt so schwer waren wie ein Mann. Mit gebeugten Knien umklammerten sie ihre Last mit roten Fäusten, auf denen die Adern hervortraten, und schleppten sie auf ihrem Rücken. Karfreitag hob den jungen Gerichtsbüttel und die Wache hoch wie ein Hafenarbeiter zwei fette Säcke mit Kohle oder Gemüse. Er packte sie am Kragen, warf sie über seine Schulter auf den Rücken, erst den einen, dann den anderen, beugte sich etwas vor und schleppte sie die Treppe hinauf.

»Ihr Bursche, Wilhelm, steht draußen«, rief Karfreitag zurück, als er die Stufen hinaufstapfte zu den Unterkünften der Wachen. »Er ist verletzt. Ich kann mich gerade nicht um ihn kümmern, wie Sie verstehen werden.«

»Was haben Sie mit ihm gemacht?«, fragte Paulus.

»Ich habe ihn gerettet, mein Herr«, antwortete Karfreitag.

Paulus trat zu den Frauen in der Zelle und lehnte den Kopf an die Gitterstäbe.

»Sie sind sicher«, versicherte er ihnen. »Ich muss jetzt fort und mich um meinen Schreiber kümmern.«

»Sie sollten der ganzen Stadt den Prozess machen«, sagte Frau Stumpf.

»Bringen Sie uns das Gift und das Messer, so wie Sie es versprochen haben«, sagte Divara.

Paulus spürte, wie sich in seiner Seele Leere ausbreitete. Das Gefühl von Hoffnung und der Glaube an das Gute verschwanden und wurden durch Angst ersetzt. Nichts als kalte Angst. Angst vor dem, was auf sie alle zukam, und Angst vor dem, was er womöglich nicht würde verhindern können.

Fünfundzwanzigstes Kapitel

Die Wiederaufnahme des Verfahrens gegen den Werwolf Stumpf unter der Zuständigkeit der Heiligen Römischen Kirche

Paulus flickte mich wieder zusammen. Wenigstens hatten die Schmerzen nachgelassen. Er wollte mir Bettruhe verordnen, doch ich ließ es nicht zu. Ich saß die ganze Nacht am Tisch, schrieb seine Notizen ins Reine und stellte Fragen zu letzten strittigen Punkten. Dann legten wir uns hin, um noch ein paar Stunden Schlaf zu finden. Wir machten uns früh auf den Weg zum Gericht.

Meine Notizen füllten mehrere Stöße Papier. Es betraf unterschiedliche Themen. Die Rechtsprechung in Sachen Komplizenschaft in Fällen von Mord, das Zurückhalten von Informationen bei Kapitalverbrechen, das Recht einer Ehefrau, ihren Mann nicht zu belasten, Nötigung von Zeugen, Nichthaftung von Erben in Strafsachen und so weiter und so fort. Wir hatten alle möglichen Verteidigungsstrategien in Betracht gezogen.

Stumpf wurde in Ketten und an Hundefangstöcken hereingebracht. Er hinkte. Man hatte ihn gefoltert, aber keine Knochen gebrochen. Er war offensichtlich nicht auf die Streckbank gelegt worden. Seine Frau und Töchter wurden hereingebracht, flankiert von Wachen. Ihre Hände waren in

Ketten. Sie schienen unverletzt. Stumpf wurde am linken Rand, die Frauen und das Kind am rechten Rand der Richterbank hingesetzt. Dazwischen stellten sich Gerichtsbüttel in einer Reihe auf. Sie sahen sich nicht an.

Bevor die Anklagen verlesen wurden, erklärte Fromme den Anwesenden, dass bei den »Frauen der Kreatur« – so seine Worte –, keine Folter angewandt worden war. »Es ist erwiesen, dass sie Gefährtinnen Satans sind und dass die Nachkommen die Frucht der Vereinigung eines Wolfs mit einer Frau sind. Daher sind sie nicht als Menschen zu betrachten, und es ist auch keine Folter anzuwenden, da sie bei teuflischen Wesen nichts bewirkt.«

Ich schob Paulus einen Zettel zu. *Wie kann er dann die Folter an Stumpf rechtfertigen, den er als Werwolf bezeichnet?*, stand darauf geschrieben.

Paulus drehte meinen Zettel um und schrieb auf die Rückseite. *Wenn du ihn herausforderst, wird er die Frauen foltern. Er stellt Fallen.*

Frau Stumpf und Divara blickten Fromme an, als er sprach. Rosa hatte den Kopf gesenkt und spielte mit ihren Fingern im Schoß.

»Es hat sich ebenfalls gezeigt, dass sie in der Tat die Hure Satans ist und ihre Töchter Wolfskinder sind. Eine Folter vor dem Prozess würde ihre Körper für die bevorstehende Hinrichtung nur schwächen, und das lasse ich nicht zu.«

Anschließend verlas Fromme die Anklage gegen Stumpf. Man legte ihm allgemein Hexerei zur Last, außerdem das Eingehen eines Pakts mit dem Teufel, um Macht und Reichtum in Bedburg zu erlangen. Dazu benötigte der Teufel Menschenopfer, und Satan hatte Stumpf zu diesem Zweck die Fähigkeit verliehen, sich in einen Werwolf zu verwandeln. Die Frau und die Kinder wurden der Komplizenschaft beschuldigt. Frau Stumpf wurde zusätzlich beschuldigt, unnatürliche Beziehungen zu einem Verbündeten Satans geführt zu haben.

»Haben Sie dazu etwas zu sagen?«, fragte Fromme und wandte sich Stumpf zu.

»Ich bin ein Werwolf und gebe sämtliche, mir zur Last gelegten Verbrechen zu. Ich weise jedoch jegliche Beteiligung meiner Familie oder einer anderen Person darin zurück«, antwortete Stumpf ohne den Blick zu heben.

»Sehr gut«, sagte Fromme. »Und Sie?« Die Frage war an die Frau und die Kinder gerichtet.

»Mein Herr, wir sind unschuldig und bitten um unser Leben«, rief Frau Stumpf.

»Ich bitte nicht um mein Leben«, verkündete Stumpf und sah zu seiner Frau. »Ich bin schuldig.«

»Mein Herr«, ergriff Divara das Wort. Sie sah Fromme an, doch schlug dann die Augen nieder. »Wir wussten von nichts. Wir bitten um Vergebung.«

»Meine Familie ist unschuldig«, bekräftigte Stumpf noch einmal mit fester Stimme, doch seine Augen waren schmerzverzerrt, als er seine Familie betrachtete.

Fromme schürzte die Lippen. »Die Einsprüche wurden gehört und werden protokolliert«, sagte er. »Eine weitergehende Untersuchung zum Fall des Werwolfs Stumpf ist nicht notwendig. Er wird hiermit zum Tode verurteilt und durch vollständige Vernichtung seines Körpers hingerichtet. Da der Rest der Familie sich als nicht schuldig bekennt und das Gericht dies nicht akzeptiert, wird der Prozess gegen sie weitergeführt. Ihre Körper wurden gestern Abend untersucht. Bei allen wurden Hexen- und Teufelsmale festgestellt, was Beweis genug ist, um mit dem Prozess fortzufahren. Ja, sogar Beweis genug für eine erdrückende Schuld. Solche Male weisen nur Menschen auf, die im Bund mit dem Teufel stehen.«

Stumpf erhob sich in seinen Ketten wie Samson und riss die beiden Wachen mit den Hundefangstöcken fast von den Füßen. »Sie elender Lügner!«, stieß er aus. »Sie haben mir versprochen, dass Sie meine Familie freilassen würden, wenn ich zugebe, was Sie mir vorwerfen.«

»Knebeln Sie diesen Hund!«, rief Fromme, und die Wachen schoben ihm ein eisernes Mundstück zwischen die Zähne, das sie an einem Haken befestigten. Stumpf ließ sich erschöpft auf den Stuhl zurückfallen, während die Wachen an ihm zerrten und ihn schlugen.

Frau Stumpfs Blick war auf ihre Kinder gerichtet. Sie zwang sich zu lächeln, um sie zu trösten. Das kleine Mädchen schien sich in sich selbst einzurollen und in ihrem Schoß zu verschwinden. Divara zitterte, als würde sie erkennen, dass das Tor zum Leben sich gerade hinter ihr schloss.

Die Menschen im Gerichtssaal reagierten mit Genugtuung, murmelten und lachten sogar.

Paulus stand auf. »Da das Urteil gegen Stumpf feststeht, dürfte ich dann mit der Verteidigung meiner Mandanten fortfahren?« Sein Ton war streng, sein Kopf leicht zur Seite gedreht, sodass seine Worte eher an die Menge als an Fromme gerichtet waren.

Fromme grinste, so wie man nur einen alten Freund angrinste. »Selbstverständlich«, antwortete er und breitete die Hände aus.

Eine Hand auf der Hüfte sah Paulus auf die Unterlagen

vor sich. Es waren meine Notizen, auf denen ich die Hauptpunkte der Verteidigung nummeriert hatte. Er zwinkerte mir zu und schob sie weg.

»Ich werde in diesem Fall nicht dort beginnen, wo ich beginnen sollte«, sagte er. »Das würde bedeuten, dass ich die vielen Gründe aufzähle, warum die Frauen, diese beiden guten, anständigen Frauen, und das Mädchen unschuldig sind.« Er deutete auf Rosa. »Dieses Mädchen, das noch ein Kind ist, das Sie aber verbrennen wollen. Diese drei haben niemanden umgebracht und wussten nichts von den Morden, außer Stumpf selbst. Selbst wenn sie davon gewusst haben sollten, von welchem Zeugen würde man schon erwarten, dass er sein Leben riskiert, um einen Mörder beziehungsweise einen Werwolf zu entlarven, für den das Gericht Stumpf hält. Wenn seine Familie von den Taten gewusst haben sollte, wären sie dann nicht regelmäßig von diesem Teufel geschlagen, missbraucht und eingeschüchtert worden, um ihr Stillschweigen zu gewährleisten? Wenn sie davon gewusst und ihm sogar dabei geholfen haben sollten, stellt das trotzdem noch kein Verbrechen dar. Es ist, als würde man jemandem eine Pistole an die Schläfe halten und ihn vor die Wahl stellen, entweder seinen Nachbarn umzubringen oder selbst erschossen zu werden. Ein Mord unter Zwang ist kein Mord. Das weiß selbst der unerfahrenste Jurastudent. Warum sollte ich also meine Zeit vergeuden, das dem Gericht heute darzulegen? Nein, davon werde ich nicht sprechen. Genauso wenig werde ich davon sprechen, dass die Menschen dieser Stadt den Tod dieser Frauen wollen, um sich an ihrem Hab und Gut zu bereichern.«

Die Menge schrie empört auf, manche pfiffen.

»Ruhe!«, rief Paulus. Er wandte sich Fromme zu und verbeugte sich. »Entschuldigung, das ist jetzt Ihre Aufgabe, Euer Ehren. Macht der Gewohnheit.«

»Seien Sie still!«, sagte Fromme, und die Menge gehorchte. Jodel saß als sein Schreiber neben ihm. Ein dummer Tölpel, der seinen Blick nicht von seinem Protokoll hob.

Paulus fuhr fort. »Genauso wenig werde ich darauf eingehen, dass das Ende dieser Frauen auch das Ende der Anklage bedeuten wird, die ich gegen diejenigen erheben wollte, die den Tod des zum Waisen gewordenen Jungen billigend in Kauf nahmen. Jenem Kind, dessen Eltern durch Stumpf ermordet wurden, wie wir alle wissen. Denn das wird nicht geschehen. Ich werde nicht zulassen, dass die Männer, die bei diesem Verbrechen unter einer Decke steckten, einer Untersuchung entgehen und ungestraft davonkommen. Würden Sie bei mir vor Gericht stehen, würde ich die Todesstrafe empfehlen, denn sie haben sich der Beihilfe zum Mord schuldig gemacht und sind, was die Tat an diesem Jungen betrifft, genauso niederträchtig wie Stumpf.«

Die Menge wollte sich gerade wieder ereifern, doch Paulus fuhr mit Stentorstimme fort. »Ich werde auch nicht erwähnen, dass diese Frauen Stumpf und all seine Verbrechen verurteilen. Oder dass sie das Böse, das er vor ihnen so gut versteckt hat, mittlerweile in ihm erkannt haben und es verachten. Wenngleich Ihnen diese Worte nicht gleichgültig sein dürften, Pater Carolus, denn Sie sind hier der Richter. Doch Sie sind offensichtlich an der Wahrheitsfindung nicht interessiert … Doch schweigen wir auch davon. *Was* ich sagen will, ist Folgendes: Ich soll glauben, dass es einen Werwolf gibt. So wie ich glauben soll, dass dieser Werwolf mit einer Frau zusammengelebt hat, die ihm zu Willen war und ihm widernatürliche Kinder gebar, in deren Adern Blut fließt, das nicht menschlich ist. Wollen Sie mich für dumm verkaufen? Ein Anwalt, der seine Mandanten vor dem Gericht verteidigt, spricht normalerweise von ›uns‹ und nicht von ›mir‹. Stimmen Sie mir da zu? Für gewöhnlich würde ich sagen: ›Sie verkaufen das Gericht für dumm‹ oder ›Wollen Sie etwa, dass das Gericht solchen Unsinn glaubt‹. Doch dieses Gericht kann man nicht für dumm verkaufen, denn es ist voller Dummköpfe. Dummköpfe zweierlei Sorte. Die einen sind diejenigen, die Ihre Phantastereien von Hexen, Teufel und Dämonen, Herr Richter, bereitwillig glauben, weil ihnen auf diesem Weg Reichtum winkt, wenn die Mitglieder der Familie Stumpf erst hingerichtet worden sind – die schuldigen wie die unschuldigen Mitglieder dieser Familie. Und glauben Sie mir, ich halte Stumpf für schuldig, so wie Sie. Für seine Verbrechen soll er in der Hölle schmoren. Doch diese Frauen und dieses Kind haben sich nichts zuschulden kommen lassen.« Paulus zeigte auf Frau Stumpf und ihre Töchter. »Wenn ich heute Abend in den Gasthof gehen würde und den erstbesten Mann umbrächte, der mir in die Hände fiel, würde dann meine Familie zusammen mit mir am Galgen enden? Hier in der Stadt gibt es Menschen, die sich den Tod dieser Frauen wünschen, weil es sich für ihren Geldbeutel lohnt. Das wissen Sie genauso gut wie ich.« Paulus hielt kurz inne. »Nun, und dann gibt es noch Dummköpfe wie Sie«, sagte er und zeigte auf Fromme. Ich konnte nicht fassen, was er da gerade tat. »Dummköpfe, die offensichtlich glauben, was sie sagen. Die anderen«, er deutete nach hinten zu den Zuschauern, »hören auf Sie, stellen sich dumm und glauben Ihnen, weil es ihnen nützt. Sie aber, mein werter Freund, glauben Ihre eigenen Dummheiten.«

Frommes Gesicht erstarrte, und seine Miene verzog sich zu einem eigenartigen, verkniffenen Lächeln. Paulus fuhr unverdrossen fort.

»Ihre Torheit ist ein Akt des Glaubens. Sie sind so belesen wie ich. Bevor Sie lebten, gab es Menschen, die Unschuldige töteten, weil sie glaubten, dass Zeus oder Jupiter Blutopfer verlangten. Davor gab es Menschen, die Steine, Flüsse und Bäume verehrten und meinten, ihnen Opfer darbringen zu müssen. Sie speisen uns mit Ammenmärchen ab, Herr Richter. Und dafür sollen diese Frau und ihre Kinder sterben? Wenn ja, dann fordere ich Sie auf, ihnen hier und jetzt die Kehle durchzuschneiden und mir zu sagen, dass Sie es für Ihren Gott getan haben.«

Paulus setzte sich wieder auf seinen Stuhl und blickte Fromme fest in die Augen.

Fromme räusperte sich. »Gut«, sagte er schließlich. »Sehr gut. Vielen Dank für Ihre Rede.« Er blickte mich und Paulus an. »Meine Herren, Sie dürfen sich zurückziehen.« Er nickte den Wachen zu, woraufhin die beiden auf uns zukamen.

»Ich bin noch nicht fertig«, wandte Paulus ein.

Ich sprang auf. »Hochwürden, bitte«, sagte ich. »Stumpf ist schuldig. Töten Sie ihn! Machen Sie mit ihm, was Sie wollen. Doch diese Frauen sind so unschuldig wie ich. Lassen Sie mich die rechtlichen Argumente vortragen, die ich zu Ihrer Verteidigung vorbereitet habe.«

»So unschuldig wie du?«, sagte Fromme höhnisch. »Du sitzt da, während dein Lehrmeister wie ein Schmetterling um die Blütenblätter der Ketzerei flattert? So unschuldig wie du? Ich will deine Argumente nicht hören. Du bist besser beraten, zusammen mit deinem Lehrmeister in euer Zimmer zurückzukehren und abzuwarten, bis wir wieder am Hof des Fürstbischofs sind, wo ihr euch für den vorgebrachten Standpunkt zu verantworten haben werdet.« Er erhob sich. »Ein Standpunkt, der Schmach und Schande bringt über die Heilige Bibel, Jesus Christus, die heilige Kirche und ihre Lehren. Ihr widert mich an.«

Die Wachen packten uns grob an den Schultern. »Bringt sie zurück zu ihren Zimmern!«, befahl ihnen Fromme. Sie marschierten mit uns zur Tür.

»Sind Sie völlig verrückt, Paulus?«, schrie ich ihn an. Ich hätte ihm auch einen Schlag verpasst, wäre der Griff der Wache nicht so fest gewesen.

»Wir hatten ohnehin keine Chance«, antwortete er. »Ich habe gesagt, was gesagt werden musste.«

Die Wachen führten uns weiter durch das Gericht zur Tür. Die Menge jubelte und applaudierte.

»Damit haben wir ihren Tod in Kauf genommen«, sagte ich.

»Der war ihnen sowieso sicher«, entgegnete Paulus. »Und das wusstest du.«

Ich versuchte einen Blick hinter mich zu werfen. Frau Stumpf, Divara und Rosa waren auf die Knie gesunken. Sie weinten, beteten, bekreuzigten sich und flehten den Richter an. Das Publikum lachte und zeigte auf sie. Die Büttel hielten sie zurück. Fromme saß in seinem Richterstuhl und trommelte mit den Fingern auf den Tisch. Ich sah, dass auch Stumpf weinte. Sein Gesicht war eine wutverzerrte Maske. Unter dieser Maske glaubte ich, den wahren Stumpf zu erkennen, der sich bis dahin tief in seinem Herzen verborgen hatte, unsichtbar für all die anderen Männer und Frauen. Es war ein schwacher Stumpf, der sich mir zeigte.

Fromme sprach laut, während wir den Saal verließen. »Die Frau und die Töchter des Werwolfs Peter Stumpf werden ebenfalls zum Tode verurteilt und hingerichtet. Jedoch nicht mit solcher Härte wie der Werwolf, ihr Mann und Vater.«

Mit schriller Stimme forderte jetzt Aesop Jodel die Menge auf, sich zu erheben.

»Das war der kürzeste Prozess meiner Laufbahn, Fromme«, rief Paulus, während die Wachen uns weiterschoben. »Ich gratuliere, dir. Dein Tempo hat dem Reich viel Geld gespart. Dein Gott muss stolz auf dich sein.«

Sechsundzwanzigstes Kapitel

Paulus spricht vom Untergang Münsters und wie die Evangelien Gottes die Ermordung von allen erlaubte

Es war eigenartig, an einem Nachmittag im Sommer Paulus zuzuhören, wie er die Methoden der Gewalt verteidigte, während durch das Fenster der Blütenduft hereinwehte. Seine Rede ließ meinen Ärger über ihn und sein Verhalten im Prozess langsam verrauchen.

An diesem Nachmittag wurden die noch offenen Stellen in Paulus Lebensgeschichte geschlossen. Mir war bisher noch nicht bewusst geworden, wie sehr ihn seine Kindheit geprägt hatte. Anders als bei mir hatte sie ihn zu dem werden lassen, der er war.

»Die Kultur ist dazu da, die Gewalt im Zaum zu halten«, erklärte er mir. Er saß am Tisch und reinigte seine Pistole, schliff eine Klinge, als müsse er seine Hände beschäftigen. Er wirkte unruhig. »Wenn die Kultur sich einem Gott unterwirft und die Gewalt Einzug hält, dann sollte jeder, egal ob Mann, Frau oder Kind, nach einer Waffe greifen und sich verteidigen. Das ist es, was der grausame Gott der Bibel uns lehrt, denn der Schöpfer tötet, wann immer ihm etwas missfällt. Warum sollen also wir, du und ich oder die armen Menschen von Münster nicht auch töten? Die reichen Herrschaften mit den Lehren ihres eigenen Buchs schlagen.«

Paulus stand auf, ging zu seinem Bett, ließ sich ermattet darauf niedersinken. Die Erinnerung an Münster übermannte ihn. Das geschah manchmal. Er sah mich nicht an. Er sprach wohl eher zu sich selbst als zu mir.

»Bevor Münster fiel, schleppte ich Schießpulver und Steine zu den Männern auf der Stadtmauer, die uns verteidigten.« Seine Augen glänzten tränenfeucht bei diesen Worten. »Das war die Aufgabe der Jungen. Ich sehe vor meinem inneren Auge noch immer Tausende von feindlichen Soldaten. Sie waren draußen auf den Feldern und zwischen den Kanälen jenseits der Stadtmauer. Überall waren Lager und Fahnen, Pferde und Kanonen. Abertausende von Männern in Rüstungen bewegten sich über das flache Land auf uns zu. Doch vor mir auf der Mauer waren nur zehn oder zwölf Soldaten, deren Laufbursche ich war. Sonst verteilten sich vielleicht noch fünfhundert Mann rings auf der Stadtmauer. Sie bildeten wie wir kleine Verteidigungstrupps mit einem Burschen, der für den Nachschub sorgte. Wir waren zahlenmäßig weit unterlegen.

Schon damals glaubte ich nicht an die Ansichten meines Vaters. Ich verabscheue Hinrichtungen und Strafen aller Art. Ich habe an Jesus und den heiligen Franziskus geglaubt und an ihre Liebe für die Armen und ihre Botschaft, dass die Letzten die Ersten sein werden und dass eher ein Kamel durchs Nadelöhr kommt als ein Reicher in den Himmel. Ich glaubte nicht an die Männer, die uns anführten. Männer wie van Leiden. Doch ich glaubte an die Idee, wegen der sie zu kämpfen begonnen hatten, an die Gerechtigkeit und daran, dass wir in den Augen Jesu alle gleich sind. Ich meine den Heiland, nicht Gott. Das sind für mich zwei unterschiedliche Geschöpfe. Es gibt keine Dreifaltigkeit, denn Jesus würde nicht mit einem rachsüchtigen Gott Seite an Seite sitzen. Und da diese zwei nicht vereint sind, ist auch der heilige Geist nicht unter ihnen.«

Seine Worte waren zutiefst blasphemisch, doch ich hörte gebannt zu. In Wahrheit wollte ich auf die Art und Weise glauben wie er. Der Gedanke an Rebellion versetzte mich in einen rauschhaften Zustand, als ob ich betrunken oder mit einer Frau zusammen wäre. Genauer gesagt, als ob ich von einem endlosen Strahl Wein betrunken wäre, der sich aus dem Mund einer Frau in meinen Mund ergießt. Ich mochte den Geschmack und verstand jetzt, warum Männer Blut vergossen.

»Als das Ende nahte, ging alles sehr schnell«, fuhr er fort. »Heute frage ich mich, warum die Belagerung so lange dauerte, denn unsere Verteidigungslinien hätten innerhalb weniger Stunden durch Kanonenfeuer durchbrochen werden können. Nun, sie werden wohl in den Geschichtsbüchern geblättert und herausgefunden haben, dass man Ketzer so lange hungern lassen muss, bis sie ihre Toten fressen, um sie dann aus der Welt hinwegzufegen. Es ging ihnen um die vollständige Vernichtung. Als sie gegen uns vordrangen, verloren sie einige Männer in den vordersten Reihen ihrer Musketiere und Kanonenschützen, aber nicht viele, soweit ich das beurteilen kann. Sie hätten genauso viele verloren, wenn sie uns am ersten Tag angegriffen hätten. Das Warten war der bessere Weg, um uns zu foltern, denke ich.

Die Stadt war am Ende. Die Kanonenkugeln und Mörsergranaten waren während der monatelangen Belagerung aufgebraucht worden, um die Täuschungsmanöver des Feinds abzuwehren. Wir mussten unsere Kanonen und Mörser mit Eisenbarren oder Blech bestücken. Dann schossen wir. Wenn die Geschütze nicht schon vorher explodierten und unsere Mannschaft umbrachten, stellten sich die Granatsplitter als völlig nutzlos heraus. Zudem waren sie danach nicht mehr einsetzbar, sodass wir uns mit Hakenbüchsen, Pistolen, Schwertern und wenigen Granaten begnügen mussten. Mein Abschnitt der Stadtmauer, der Trupp, den ich mit Nachschub versorgte, wurde mit nur einem Schuss aus einem Granatwerfer niedergerissen, der dicht vor die Mauer gebracht worden war, und zerfiel zu rotem Ziegelstaub. Ich kletterte gerade die Stufen hinauf zur Mauer, als die Männer vor meinen Augen verschwanden. Ich verlor das Bewusstsein. Als ich wieder erwachte, schwebte der Staub noch in der dunstigen Luft, die mit Blut vermischt war. Ein krachendes Geräusch erklang vom Stadttor, das ungefähr hundert Meter von mir entfernt war. Eine Belagerungsramme stieß wie ein riesiger Stachel durch das Holz. Soldaten strömten herein. Ich ging in Deckung, zog eine Pistole aus meinem Gürtel und machte sie schussbereit. Wir hatten viele kleine Waffen. Unsere besten Soldaten liefen ständig mit sechs Pistolen herum. Wir hatten bei der Einnahme von Münster die gesamte Waffenkammer der Stadt geplündert, sodass selbst ein Knabe wie ich eine Pistole besaß.

Die Soldaten verteilten sich in der Stadt. Weitere strömten in die Straßen, berauscht von ihrem Sieg, denn den hatten sie eindeutig errungen. Das Königreich der Täufer war Geschichte. Ich kann mich daran erinnern, dass ich mich in dem Moment fragte, wo Jan van Leiden war. Ich blickte suchend zum Himmel, ob er dort erscheinen würde, hinter sich das Heer, um die Eindringlinge mit Feuer und Schwefel zu vertreiben.

Doch nichts dergleichen geschah. Also kauerte ich mich unsichtbar in eine Ecke der Stadtmauer, während ich die Pistole zitternd in der Hand hielt. Ich weinte. Ein feindlicher Soldat kam mit gezücktem Schwert um die Ecke, hinter der ich mich versteckte. Er war höchstens fünf Jahre älter als ich. Als er ausholte, das Schwert fest in der Hand, schoss ich. Er stürzte auf mich. Er stöhnte. Er lebte noch. Ich schob ihn von mir weg, doch er umklammerte mein Hemd. Ein zerfranstes Loch klaffte an seinem Hals. Blut ergoss sich daraus, das so schwarz war wie Teer. Ich schlug ihn mit dem Kolben meiner Pistole, aber er wollte nicht sterben. Er griff nach mir und zog mich zu sich. Dann sah ich den Blick in seinen Augen. Hätte er mich in dem Moment umbringen können, hätte er es getan, denn er wollte mich mit in die Hölle nehmen. Ich versetzte ihm einen weiteren Schlag mit der Pistole. Trotzdem hielt er mich fest, auch wenn er schwach war. Ich verpasste ihm noch einen Hieb und ließ dann die Waffe fallen. Dann schob ich seine Hände weg, setzte mich rittlings auf ihn und biss ihn ins Gesicht. Ich ließ seinen Kopf los. Meine Finger bohrten sich in die Wunde am Hals, da er nicht aufhören wollte nach mir zu greifen und sich zu wehren. Schließlich schmetterte ich seinen Kopf auf den Boden.

Als er tot war, saß ich da, als wäre ich der einzige Mensch auf Erden. Die Welt, der Lärm, der Krieg und der tote Mann bedeuteten mir nichts. Alles um mich herum war hinter einem Schleier verborgen. Ich stand auf. Ich erinnere mich, dass ich die Pistole wieder lud und sie zum Schießen bereitmachte. Meine Hände zitterten nicht. Ich verließ mein Versteck. Jetzt erst hörte ich, wie auf dem Prinzipalmarkt herumgeschrien und gemordet wurde. Menschen eilten an mir vorbei. Feindliche Soldaten. Unsere Soldaten. Frauen und Kinder. In diesem Augenblick muss ich wie ein Geist auf sie gewirkt haben, denn keiner von ihnen berührte mich oder sprach mich an. Ich hielt mir die Waffe an den Kopf und betrachtete sie aus den Augenwinkeln, um mich zu vergewissern, ob ich gleichzeitig abdrücken und sie fest an die Schläfe pressen konnte. Ich konnte. Mein Blick wanderte wieder geradeaus, um, so dachte ich, ein letztes Mal das Treiben zu beobachten. Das Brennen und Morden. Ein Soldat mit einem glänzenden Brustpanzer trat in mein Sichtfeld. Ich richtete die Waffe auf ihn, doch er schlug mich mit dem Knauf seines Schwerts nieder.

Ich erwachte auf dem Platz mit Hunderten von Menschen um mich herum. Einige lagen auf dem Boden, so wie ich, andere standen in kleinen Gruppen zusammen und hielten sich fest. Wir waren umringt von Massen von Soldaten in Rüstungen, bewaffnet mit Schwertern und Hakenbüchsen. Die Menschen jammerten und klagten. Sie riefen suchend die Namen ihrer Angehörigen. Meine Eltern kamen auf mich zugelaufen, gefolgt vom Rest meiner Familie. Ich küsste meine Mutter und meine älteste Schwester. Als mein Vater sich zu mir kniete und mir erzählte, wie stolz er auf mich sei, dass ich ein Soldat Christi sei, kam ein Landsknecht vorbei und trat ihm ins Gesicht. Er war an dem roten Band am Arm und der violetten Schärpe über der Brust zu erkennen. Meine Mutter und meine Schwestern schrien auf. Der Landsknecht rief seinen Trupp von vier Mann herbei und sie führten uns weg von der Menge der Gefangenen auf dem Prinzipalmarkt.

›Seht euch seine Kleider und Ringe an‹, sagte der Anführer zu seinen Männern und deutete auf meinen Vater. Ich blickte ihn an, und mir kam der Gedanke, dass er mit all den Ringen an seinen Fingern nicht hatte kämpfen können, da es unmöglich war, damit ein Schwert zu halten. Auch war seine Kleidung gefüttert und zu prächtig und zu weich, um sich schnell fortzubewegen oder zu laufen oder ihn vor Verwundungen zu schützen.

›Wo ist dein Haus?‹, fragte der Söldner. Mein Vater verbeugte sich vor ihm. ›Ich bin ein Händler, der in dieser Stadt eingeschlossen war, und habe getan, was in meiner Macht stand. Ich bin nicht euer Feind‹, antwortete er.

›Ihr Sohn trägt aber eine gelbe Kokarde und ist gekleidet wie ein Soldat‹, wandte der Söldner ein und schnippte mit den Fingern durch die Federn meines Baretts.

Dann schlug er meinen Vater, so wie Larcius Macedo es einst mit seinen Sklaven gemacht hatte, bevor sie ihn angriffen. Kennst du die Geschichte von Plinius? Eine gute Geschichte. Mein Vater lag mit seinen prächtigen Kleidern im Dreck und bettelte um sein Leben. ›Mein Herr, wir haben die Ankunft der bischöflichen Truppen herbeigesehnt.‹

Der Söldner ließ von ihm ab und sah zu seinen Männern. Sie zuckten mit den Achseln.

Ich trat zu meinem Vater, kniete mich nieder und berührte sein Haar. Dann zog ich die Hand weg. Er blickte auf. ›Wir sind keine Händler‹, sagte ich zu dem Söldner. ›Mein Vater hat diese Stadt zusammen mit Jan van Leiden regiert. Meine Mutter war eine Königin des Täuferreichs. Und ich habe auf der Stadtmauer gegen die bischöflichen Truppen gekämpft.‹

Der Söldner lachte. Ich habe mir oft gedacht, dass wenn

eine Katze lachen könnte, während sie mit einer Ratte spielt, ihr Lachen so klingen würde. ›Dann los mit euch, Täuferpack.‹ Und ich musste ihn zu unserem Haus und unserer Druckerei führen.

Siebenundzwanzigstes Kapitel

Divara und ihre Mutter erzählen der kleinen Rosa in ihrer Zelle im Wehrturm von Bedburg zwei Geschichten vom Feenland

Ich ging nach dem Abendessen hinaus auf die Straße. Paulus und ich hatten einen Entschluss gefasst. Doch jetzt lag er schnarchend auf dem Bett, denn er hatte unterm Erzählen reichlich dem Wein zugesprochen.

Ich ging zum Wehrturm und verlangte mit Fromme zu sprechen. Eine der Wachen verschwand im Innern, kehrte nach einer Weile zurück und begleitete mich zu dem Geistlichen, der allein war in der großen Wachstube. Er saß bei Kerzenschein an dem einzigen Tisch und schrieb.

Da er nichts sagte, ergriff ich das Wort. »Hochwürden, ich würde gern mit der Ehefrau von Stumpf und seinen Töchtern sprechen, wenn ich darf.«

Fromm legte seine Feder beiseite und sah mich an. »Warum?«, fragte er.

»Um mich von ihnen zu verabschieden.«

»Du willst dich von einer Hexe und zwei Ungeheuern mit Wolfsblut in den Adern verabschieden?«

»Ja, Hochwürden. Ich möchte ihnen in die Augen sehen, mit ihnen sprechen und herausfinden, ob sie mich zum Narren gehalten haben.«

»Natürlich haben sie dich zum Narren gehalten. So wie auch Paulus dich zum Narren gehalten hat. Der Teufel spielt uns Streiche, weil er sich in der Hölle langweilt.«

»Das möchte ich sehr gern selbst herausbekommen, Hochwürden.«

»Du willst Beweise? Erkenntnisse?« Er zögerte. »Du darfst mit ihnen sprechen«, sagte er schließlich. Er stand auf, griff nach meinem Arm und führte mich zur Tür. Sollte er mich selbst begleiten und in der Zelle bleiben, würde ich nur ein paar Worte mit den Frauen wechseln und wieder gehen. An der Tür rief er nach einer der Wachen und wies sie an, mich zur Zelle der Frauen zu bringen.

»Vergiss nicht, dass du schon dafür gebüßt hast, ihre Partei ergriffen zu haben«, sagte er zu mir. Mein Gesicht war noch immer verschwollen von den Tritten und Schlägen.

»Ich war bei der Beerdigung einer unschuldigen, jungen Frau«, entgegnete ich.

»Aha«, erwiderte er. »Geht es Paulus …«, er wedelte geziert mit der Hand – wie der Höfling, der er im Grund war, »… geht es ihm gut?«

»Ich soll Ihnen ausrichten, dass er an Sie denkt«, sagte ich und lief die Treppe herunter, sodass die Wache mich einholen musste.

»Sei vorsichtig, junger Mann!«, rief Fromme mir hinterher. »Du und dein Lehrmeister, ihr steht beide vor dem Abgrund und solltet besser nicht weitergehen.«

Auf dem Weg zur Zelle von Divara, ihrer Mutter und ihrer Schwester, kam ich an der Zelle von Stumpf vorbei. Das vergitterte kleine Fenster in der Tür war verschlossen, sodass ich nicht hineinsehen konnte. Die Wache trieb mich vor sich her. Schließlich schloss sie die Zelle der Frauen auf.

»Ich werde vor der Zellentür warten«, sagte er und sah mich fast mitleidig an.

Als ich in der Zelle war, schloss er die Tür.

Divara und ihre Mutter waren aufgestanden, als ich eingetreten war. Rosa hatte auf dem Bett gelegen und geschlafen, doch das Öffnen der Tür hatte sie geweckt.

»Das Schlafmittel wirkte nicht mehr«, sagte Frau Stumpf. »Aber wir haben genug übrig, um in den großen Schlaf zu sinken, wenn die Zeit gekommen ist.«

Divara betrachtete ihre Mutter mit hochgezogener Augenbraue, sagte aber nichts.

Ich trat dicht an die Gitterstäbe heran.

»Leise!«, sagte ich. Was ich zu sagen hatte, durfte nicht an die Ohren der Wache dringen.

»Divara, gehen Sie zu Rosa und erzählen Sie ihr eine Geschichte oder spielen Sie etwas mir ihr. Sprechen Sie so laut, dass das, was ich jetzt zu Ihrer Mutter sage, nicht gehört werden kann.«

Das kleine Mädchen hatte aufmerksam zugehört und mich mit klugen Augen angesehen. »Ich mag Geschichten. Am liebsten mag ich aber Raten spielen.«

»Komm, Rosa«, sagte Divara aufmunternd und setzte sich zu dem Mädchen aufs Bett. Sie begannen auf der Tafel zu zeichnen und ein Ratespiel zu spielen, bei dem sie gegenseitig erraten mussten, was der andere malte, bevor die Zeichnung fertig war.

Rosa rief: »Eine Kuh.«

»Nein«, antwortete Divara.

»Ein Schaf.«

»Nein.«

»Ein Fuchs?«

»Nein.«

»Jetzt weiß ich. Ein Reh.«

»Ja, ein Reh«, sagte Divara. »Gut gemacht. Du bist dran«. Und Rosa begann zu malen.

Ich sprach mit Frau Stumpf, während die beiden spielten.

»Ich bin gekommen, um Ihnen dies hier zu geben«, sagte ich und öffnete mein Wams. In meinem Gürtel steckten zwei Rasiermesser. »Aber ich hoffe, Sie werden sie nicht brauchen müssen. Hören Sie mir zu!«

»Geben Sie mir die Messer!«, stieß Frau Stumpf hervor. Im nächsten Augenblick schnellten ihre Hände durch die Gitterstäbe. Sie zog die Messer aus meinen Gürtel und versteckte sie unter ihren Röcken.

»Wir werden Sie und Ihre Töchter hier herausbekommen«, sagte ich. »Sie müssen sich nichts antun.«

»Wie?«, fragte Frau Stumpf. »Man würde uns alle auf der Straße umbringen.«

»Nein« entgegnete ich.

Divara hatte Tafel und Kreide weggelegt und Rosa auf ihre Knie gehoben. Sie erzählte ihr eine Geschichte. Das kleine Mädchen lauschte und kaute an ihren Fingernägeln.

»Ich kenne eine Geschichte von deiner Großtante«, sagte sie. »Der Tante unserer Mutter. Als sie klein war, ungefähr so alt wie du, war sie sehr krank und traurig und wurde ins Feenland gebracht.«

»Stimmt das?«, fragte Rosa ihre Mutter, die nickte.

Dann erzählte ich Frau Stumpf von der Höhle, dem geheimen Versteck ihres Mannes oben in den Steipplinger Bergen. »Ihre Tochter kennt die Höhle besser als ich. Wir können Sie dort alle hinbringen.«

»Es ist schön, dass sie ihre Geheimnisse hatten«, erwiderte Frau Stumpf. Auf ihrem Gesicht lag weder Wut noch Enttäuschung, sondern ein zärtliches, entrücktes Lächeln.

Als ich mit ihr den weiteren Plan besprach, hörte ich mit halbem Ohr Divara zu. »Also, das kleine Mädchen betete abends zu den Feen, dass sie kommen und ihr helfen sollen. Die Feen sind nämlich gute Wesen und helfen Menschen, insbesondere Kindern, die lieb und artig sind.«

Frau Stumpf nickte. »Wenn Sie das für das Beste halten, in Ordnung. Entweder das oder hier das«, sagte sie und tätschelte ihren Rock, unter dem sich die Messer befanden. »Ich werde nicht vor den Bewohnern dieser Stadt gefoltert und zusammen mit meinen Kindern verbrannt werden.« Ihre Augen wanderten nervös hin und her, als sie sprach.

Ich erklärte ihr den Plan, doch ich bemerkte, dass sie mir nicht zuhörte, sondern ihrer Tochter.

»Divaras Geschichte ist eine Lüge«, sagte Frau Stumpf. Sie sprach zu mir, sah mich aber nicht an. Ihr Blick war über meine Schulter gerichtet, als konzentrierte sie sich auf etwas Unsichtbares hinter mir. Ich musste mich unwillkürlich umdrehen, da sie mich verunsicherte, doch da war nichts.

»Sollte es Feen geben, dann sind sie böse«, erklärte Frau Stumpf, setzte sich auf das Bett, lehnte sich gegen die Wand und schwieg. Divara und Rosa hatten ihre Worte nicht gehört.

»Die Feen erhörten das Gebet unserer Großtante«, fuhr Divara fort. »Der König und die Königin im Feenland schickten zwei ihrer wichtigsten Höflinge zu ihr. Es war spät in der Nacht. Sie lag in ihrem Bett und schlief, als sie wachgerüttelt wurde. Ein kleiner Mann, der nicht größer war als bis zu deinem Knie, und eine kleine Frau, die seine Hand hielt, standen mitten im Raum. Ihre Kleider waren aus Blättern, Stängeln, Stielen, Moos und Farn. Es waren fließende Gewänder, wunderschön geschneidert und gewoben. Die beiden trugen Schmuck aus Stechpalmenzweigen und Nachtschatten, und in ihrem Haar steckten überall Blumen, die in der Nacht blühen.«

Ich weiß nicht warum, aber ich griff durch die Stäbe nach Frau Stumpfs Hand. Sie schien sich mit ihrem Tod abgefunden zu haben. Sie ließ ihre Hand in meiner, doch sie war wie erstarrt.

»Die Feen nahmen das kleine Mädchen mit. Draußen vor ihrem Haus stand eine Kutsche mit zwei kleinen Rösslein, die nicht größer waren als Hasen. Sie leuchteten golden in der Nacht. Die Kutsche war gerade groß genug für unsere Großtante, um darin zu sitzen. Die beiden Feen kletterten in die Kutsche und ließen die Zügel schnellen. Dann ritten sie durch die Nacht tief in den Wald hinein, wo sich eine Tür öffnete, die unter die Erde führte zum Feenland. Der Weg war beleuchtet mit Fackeln, und an den Wänden schimmerte Silbererz und Diamanten so groß wie deine Faust.

Der Weg mündete schließlich in einen großen Raum, wo das gesamte Volk des Feenlands versammelt war. Sie trugen Kleider aus Blättern und Pflanzen, tanzten zu langsamen, lieblichen Klängen, aßen an langen Tischen, die gefüllt waren mit Kuchen und Wein, und spielten Fangen. Als die Kutsche mit unserer Großtante vorfuhr, unterbrachen sie ihre Tätigkeiten, verbeugten sich und klatschten. Der Feenkönig und die Feenkönigin erhoben sich von ihrem Thron aus Gold und Rubinen am Ende des Saals und schritten nach vorne. Die Menge teilte sich, so wie das Meer vor Mose. Das Königspaar war ebenfalls in Gewänder gekleidet aus Blättern, Stielen, Stängeln, Farnen und Moos, doch waren ihre Kleider golden, violett, dunkelblau und scharlachrot. Die Blumen in ihrem Haar, die Stechpalmenzweige und der Nachtschatten um Handgelenke und Hälse waren aus Gold, Saphiren, Smaragden und Karfunkeln. Die Kutsche hielt in der Mitte des Saals. Die beiden Höflinge sprangen herunter und verbeugten sich vor ihrem König und ihrer Königin.

›Das ist das Menschenkind, von dem wir Ihnen erzählt haben, Eure Majestäten‹, sagte die Feenfrau.

›Das Kind ist krank, aber es hat ein reines Herz. Sie hat zu uns gebetet‹, erklärte der Feenmann.

›Wir haben sie die beiden letzten Tage im Land der Menschen gesucht und sind ihren Gebeten gefolgt‹, fuhr die Frau fort. ›Wir haben sie gefunden und hierhergebracht, denn sie braucht Hilfe.‹

Unsere Großtante hatte keine Angst, obwohl sie sehr jung und sehr krank war. Sie kletterte von der Kutsche und knickste vor dem König und der Königin.

Die Königin trat zu unserer Großtante, wenngleich sie ihr nur bis zum Knie reichte. Unsere Großtante machte einen tiefen Knicks, und die Königin legte die Hand auf den Kopf des kleinen Mädchens.

›Du stirbst, mein Kind‹, sagte die Königin.

Unsere Großtante verspürte noch immer keine Angst.

Der König schritt zur Königin. ›Wir müssen sie heilen‹, erklärte er und klatschte in die Hände.

Im Saal setzte emsiges Treiben ein. Die männlichen Feen liefen los, um Wasser und Holz zu holen. Das Wasser wurde in Kessel geschüttet und das Holz darunter angezündet. Einhundert riesige Kessel oder noch mehr dampften und brodelten vor sich hin. Die weiblichen Feen hatten Blumen, Beeren, Kräuter und Baumrinde herbeigebracht und legten sie in die Behälter. Dann rührten die Feen das Wasser um und sangen dabei. Die Musik war so schön und eigenartig, dass unsere Großtante spürte, wie sie einschlief.

Als das Wasser in den Kesseln kochte, zogen zwanzig der stärksten Feen oder noch mehr eine goldene Badewanne in den Saal. Im Feenland sind viele weibliche Feen genauso stark wie die männlichen. Die Badewanne erschien so groß wie ein Mann und so lang wie ein Haus.

Die Feen bildeten kleine Gruppen und schleppten die großen Kessel mit dem kochenden Wasser zur Badewanne. Sie legten ein riesiges Sieb darüber, das mit einem Tuch aus Musselin ausgelegt war, und begannen, die Wanne langsam und vorsichtig bis zum Rand zu füllen. Die ganze Zeit über sangen sie.

Der König und die Königin standen neben unserer Großtante, während ihre Untertanen arbeiteten. Da das Füllen so lange dauerte, hatte das Wasser gerade die richtige Temperatur, als es den Rand erreicht hatte. Es war weder zu heiß noch zu kalt.

›Lasst uns gehen‹, rief der König und verließ mit den restlichen Feen den Saal. Nur unsere Großtante und die Königin des Feenlands blieben zurück.

Die Königin zog unserer Großtante die Kleider aus, die sich nicht fürchtete oder schämte, sondern das Gefühl hatte, als würde sie halb schlafen, halb träumen.

Anschließend führte die Königin unsere Tante zur Badewanne und stellte eine goldene Leiter auf, damit sie hineinklettern konnte.

»Du wirst nicht ertrinken, und du wirst auch nicht schwimmen müssen«, bemerkte die Königin.

Unsere Großtante stieg die Leiter hinauf und trat über den Rand. Obwohl die Wanne wirkte, als wäre sie groß wie ein Mann und so lang wie ein Haus, reichte ihr das süßlich duftende, warme Wasser nur bis zur Brust, als sie eingestiegen war und sich hinsetzte. Wenn sie sich zurücklehnte, berührten ihre Zehen gerade so das Ende der Wanne.

›Die Badewanne ist verzaubert, genauso wie das Wasser darin‹, sagte die Königin. Sie stand seitlich neben der Wanne, Auge in Auge mit unserer Großtante. ›Sie ist nicht größer als ich, aber so groß wie du, und auch so groß und lang und breit wie die größten und dicksten von euch Menschen. Würde ich jedoch eine Maus hineinlegen, ginge sie nicht unter, da sie ebenfalls ein perfektes Mäusebad wäre. Und übrigens auch ein perfektes Flohbad.‹

Unsere Tante badete, und die Königin sang ihr ein Feenlied, dessen Text sie nicht verstand, das sie aber einschlummern ließ.

Als sie wach wurde, war sie wieder zu Hause in ihrem Zimmer. Sie verspürte Hunger und stand auf. Die Krankheit war verflogen, sie fühlte sich stark und voller Leben. Sie rief nach ihrer Mutter, und die Familie freute sich, denn das kleine Mädchen war gerettet worden. Von da ab stellten sie jedes Jahr an dem Tag, an dem ihrer Tochter ins Feenland gereist war, den Feen aus Dankbarkeit Essen hin und Wein und Geld und Geschenke, weil sie ein Kind gerettet hatten, das alle so sehr liebten.«

»Das war eine schöne Geschichte«, sagte Rosa. »Ich wünschte, die Feen würden zu uns kommen.«

»Nein, das wünschst du dir nicht«, erklang es von ihrer Mutter, Frau Stumpf. Sie zog die Hand aus meiner und setzte sich gerade. »Nein, Rosa. Das wünscht du dir nicht«, sagte sie noch einmal.

»Warum nicht, Mutter?«, fragte das Mädchen. Sie wandte ihrer Mutter den Rücken zu. »Danke, Divara. Das war eine schöne Geschichte. Sie hat mich glücklich gemacht.«

»Ich möchte, dass du glücklich bist, aber ich werde dich nicht belügen«, sagte Frau Stumpf.

»Es ist eine Geschichte, Mutter«, wandte Divara ein.

»Zuerst einmal hat nicht eure Großtante diese Geschichte erlebt, sondern euer Großonkel. Außerdem ist sie nicht so geschehen, wie du sie erzählt hast, Divara.«

»Tja, sie ist mir aber so erzählt worden von meinem Großvater und meiner Großmutter. Deinen Eltern. Ich kenne diese Geschichte nur von ihnen, von sonst niemandem.«

»Ihr sollt nicht streiten!«, rief Rosa.

»Das tun wir nicht«, beruhigte sie Divara.

»Ich will nur, dass dir keine Lügen erzählt werden«, sagte Frau Stumpf, und ihr Blick war eiskalt, als sie ihre kleine Rosa betrachtete. »Du sollst nicht mit Lügen aufwachsen, selbst wenn sie dich glücklich machen.«

»Frau Stumpf…«, begann ich, doch sie schnitt mir das Wort ab, indem sie eine Hand hob. Sie zitterte.

»Mein Onkel war kein kleiner Junge, als er ins Feenland gebracht wurde, wenn es das war, wo man ihn hinbrachte. Er war noch ein Wickelkind, weniger als ein Jahr alt«, sagte sie. »Du weißt nicht einmal ihre Namen, Divara. Wie kannst du also die Geschichte erzählen?«

Divara schob ihrer Schwester vom Schoß. »Geh zu deiner Mutter! Hör dir ihre Geschichte an!«

Rosa trottete durch die Zelle und setzte sich neben ihre Mutter auf den Boden.

»Meine Tante Eleonore hat mir erzählt, dass die Feen eines Nachts kamen, um ihren kleinen Bruder Arno, meinen Onkel, zu holen, mit dem sie das Zimmer teilte. Sie war noch keine acht Jahre alt und ihre Schwester, meine Mutter, noch nicht geboren. Arno war ein stilles und friedliches Kind. Er hatte seit seiner Geburt kein einziges Mal geschrien.

Eleonore wachte tief in der Nacht auf und sah, wie Arno in der Mitte des Raums schwebte, vielleicht einen halben Meter über dem Boden. Das Kind schlief noch immer und bewegte sich durch die Luft in Richtung Tür. Die Türklinke bewegte sich von allein, und die Tür ging auf. Arno schwebte aus dem Schlafzimmer in den Flur. Meine Tante glaubte zu träumen und beschloss, Arno in ihrem Traum zu folgen. Er glitt durch das Haus, noch immer einen halben Meter über der Erde. Auch die Haustür öffnete sich von allein, und Arno schwebte hinaus in die Nacht.

Eleonore spähte aus der Tür und sah, wie plötzlich Wesen auftauchten und Arno hielten. Diese Kreaturen waren nicht bekleidet, doch auch nicht nackt. Eleonore meinte, dass sie wie zerrissene schwarze Lumpen und wabernde Rauchschaden ausgesehen hätten. Arme hier, Beine da, Füße, die sich bewegten und verschwanden, sobald sie den Boden berührten. Gesichter, die auftauchten und in dem schwarzen Rauch wieder verblassten. Hände, die sich erhoben und in Fetzen verwandelten, und Fetzen, die sich in Hände verwandelten. Es hätte eine Kreatur oder hundert Kreaturen sein können, die Arno über sich zum Tor hinaus in den Wald trugen.«

»Ich mag diese Geschichte nicht«, sagte Rosa und sah Divara an, die stumm blieb.

»Das musst du nicht», erwiderte Frau Stumpf. »Aber du solltest die Wahrheit über Feen wissen und nicht zu ihnen beten, wie deine Schwester meint.«

Ich mochte die Geschichte auch nicht. Genauso wenig wie Frau Stumpfs Art, sie zu erzählen. Teilnahmslos, mit leerem Blick, tonloser Stimme, ohne die kleine Rosa anzusehen oder sie tröstend in den Arm zu nehmen.

»Am Tor erzitterte der herumwirbelnde, schwarze Rauch mit den vielen Armen, Augen, Gesichtern und Händen und stob auseinander. Aus der Mitte der Fetzen und Schatten erschien ein Galgen, ein Galgen auf Rädern und mit Griffen, der herumgeschoben und durch die Straßen gekarrt werden konnte, während die Verurteilten daran baumelten. Eine letzte Demütigung des erhängten, strangulierten Opfers.

Rosa stand vom Bett auf und lief zu ihrer Schwester. »Deine Geschichte ist blöd, ich will sie nicht hören.«

»Sprich nicht so mit mir, Kind«, sagte Frau Stumpf, doch der Ton in ihrer Stimme war weder drohend noch wütend.

»Mutter ...«, rief Divara, doch Frau Stumpf fuhr fort.

»Der Rauch, die Schatten, die Fetzen und schwarzen Wolken hängten den kleinen Arno an dem Galgen auf. Als er an dem Strick baumelte, wurde er plötzlich wach und wand sich und zappelte. Die Hände, die aus dem Rauch hervordrangen, glitten über seinen Körper, und die Augen in den wabernden Schatten beobachteten ihn. Meine Tante Eleonore wollte zu ihrem Bruder laufen, obwohl sie Todesangst hatte, doch sie konnte sich nicht bewegen oder rufen.

Sie war wie zur Salzsäule erstarrt. Sie konnte nicht einmal den Blick von ihrem kleinen Bruder abwenden.

Gesichter tauchten aus dem Rauch auf. Ihre Erscheinung war einen Augenblick deutlich zu erkennen, dann lösten sie sich auf, und andere Gesichter traten an ihre Stelle. Sie hatten weiße Zähne, die aus der schwarzen Wolke hervorstachen, und gelbe, unerbittliche Augen. Sie lachten Eleonore an und winkten ihr aus dem Dunkel zu. Dann brachten sie ihren kleinen, am Galgen hängenden Bruder zu dem Weg, der in den Wald führte. Der Rauch umwirbelte die Griffe und Räder. Sie schoben das Gefährt, liefen nebenher, zogen an Arnos Beinen, würgten ihn, während er um sich trat und sein Körper hin- und herschwang. Sein Gesicht schwoll an im Todeskampf. Schatten hielten seine Hände auf dem Rücken fest. Sie lachten den ganzen Weg über. Das Kind verschwand zwischen den Bäumen zusammen mit dem Galgen und dem herumwirbelnden schwarzen Rauch. Im nächsten Moment waren sie weg, und der Schrei, der sich im Innern meiner erstarrten Tante aufgestaut hatte, brach sich Bahn und weckte das Haus.

Ihr Vater und ihre Mutter, meine Großeltern, Gott hab sie selig, eilten herbei, und sie erzählte stammelnd ihre Geschichte, immer wieder unterbrochen von bitterlichem Weinen. Sie zerrte sie zu ihrem Zimmer, um ihnen zu zeigen, dass der kleine Arno weg war.

Als sie den Raum betraten, war Arno da und noch am Leben. Doch seine Haut war bläulich verfärbt und das Gesicht starr vor Angst und Schmerz, der Körper stocksteif. Er lebte, aber seine Seele war aus ihm gewichen. Sein Blick war leer. So lag er da und starb innerhalb einer Woche.«

Frau Stumpf schwieg. In der Zelle war es still.

Ich wollte gerade etwas sagen, da ich die Stille nicht länger ertrug, als Frau Stumpf fortfuhr.

»Das ist es, was Feen machen. Sie stehlen die Seelen von Kindern. Weiß der Himmel zu welchem Zweck. Um sie zu essen, sie zu züchten oder sie als Zaubermittel zu verwenden, um ewig zu leben?«

»Das ist nicht die Geschichte, die mir meine Großeltern erzählt haben«, sagte Divara.

»Wer weiß, warum sie sie dir anders erzählt haben«, erwiderte Divaras Mutter. »Vielleicht wurden sie belogen, vielleicht haben sie dich belogen. Vielleicht haben sie die wahre Geschichte gekannt, sie aber nicht gemocht und sie so verändert, dass sie ihren Seelen besser passte. Ich weiß es nicht. Ich bin nicht für die Lügen anderer verantwortlich zu machen. Aber das ist die Geschichte, die mir die alten Leute erzählt haben, und sie waren dabei, als sie passierte.«

»Es gibt keine Feen«, erklärte ich.

»Vielleicht«, erwiderte Frau Stumpf. »Vielleicht war das Kind einfach nur krank. Das habe ich schon oft gedacht.«

Frau Stumpf begann zu lachen. Ein falsches Lachen, das mir Angst machte, denn es war voller Bitterkeit.

Rosa sprang auf. Sie stellte sich vor ihre Mutter, die noch immer vor dem Gitter hockte, und sah auf sie herab.

»Ich bin nicht krank!«, schrie sie. »Ich bin nicht krank!«

Besorgt stand Divara auf, nahm ihre kleine Schwester in den Arm, deren Schreie jetzt in ein lautes Weinen übergegangen war.

Die Zellentür ging auf und die Wache steckte den Kopf zum Zimmer hinein.

»Sie sollen still sein«, sagte der Mann.

Ich drehte mich um und bedeutete ihm mit Zeichen, dass

alles in Ordnung sei. Tatsächlich war Rosa beim Klang der barschen Männerstimme verstummt. Der Wächter schloss wieder die Tür.

Frau Stumpf schien aus einem bösen Traum aufgewacht und wandte sich tröstend ihrer kleinen Tochter zu. Schließlich führte sie sie zum Bett und legte sie darauf. Sie strich ihr über den Kopf, und Rosa schloss erschöpft die Augen.

Ich erzählte unterdessen Divara, was ich ihrer Mutter berichtet hatte, dass ich von ihrer Höhle wusste. Sie lauschte und begriff.

»Das ist Greets Geschenk«, sagte Divara, als ich die Zelle verließ.

Achtundzwanzigstes Kapitel

Bis heute klingen in meinem Innern die Worte nach: »Keiner soll zurückgelassen werden«

Ich bin kein Pfadfinder und auch kein Spion oder Soldat. Ich bin ein Büchernarr. Das war ich schon in Bedburg. Obwohl ich mich manchmal aufplustere, um tapferer und mutiger zu wirken als der bemitleidenswerte Junge, der ich damals war. Meine erste Frau behauptete stets, dass ich ununterbrochen niesen würde. Ich niese in der Tat mehrfach am Tag, mitunter sehr häufig, normalerweise mindestens siebzehnmal über den Tag verteilt. Es kann vorkommen, dass ich siebzehnmal hintereinander niese. Sie meinte, dass ich andauernd niesen würde, weil meine Nase ständig in einem Buch stecken würde. Das Lesen würde mich krank machen. Mittlerweile ist sie tot. Sie starb noch als junge Frau, da war ich vierzig.

Doch in den letzten Tagen von Bedburg wurde, glaube ich, ein Pfadfinder, ein Soldat und ein Spion aus mir.

Paulus weckte mich früh am nächsten Morgen, so wie er es angekündigt hatte. Er musterte mich beim Frühstück, löffelte mir Honig in den Haferbrei, ermahnte mich, die Finger vom Wein zu lassen und sprach mit mir den Tagesablauf und seinen Plan durch.

Die Büttel im Wehrturm winkten mich durch, als ich an diesem Morgen vorsprach. Ich hatte um Erlaubnis gebeten, den Letzten Willen von Frau Stumpf zu Papier zu bringen. Sie sollten am nächsten Tag hingerichtet werden, so wie Fromme es beschlossen hatte. Er fand es amüsant, dass Menschen, die nichts besaßen, ein Testament verfassen wollten. Denn das Vermögen und das Land der Familie sollte vom Staat und der Kirche aufgeteilt werden. »Wem werden Sie ihr Nichts vermachen?«, fragte er und lächelte. Ich antwortete, dass sie Verwandte hätte, denen sie ihre letzten Gedanken auf Erden mitteilen wollte. »Oh, sie haben Verwandte«, erwiderte Fromme daraufhin.

Ich wurde von derselben Wache zur Zelle gebracht wie beim letzten Mal. Der Mann blieb wieder vor der Zelle stehen. Die Frauen waren mittlerweile an den Boden gekettet, da sie auf dem Weg waren, ihren letzten Gang anzutreten. Ich sprach leise, sagte, was ich zu sagen hatte. Nachdem wir das weitere Vorgehen geklärt hatten, nickte ich Frau Stumpf zu. Sie zog das Messer unter ihrem Rock hervor und hielt es sich an die Kehle.

Ich sprang auf, lief zur Tür und schlug dagegen. »Wache, Wache«, rief ich. »Sie versucht, sich zu töten.« Rosa begann wie vereinbart zu jammern. »Mama, Mama, nein!«

Schlüssel klirrten, und die Tür öffnete sich scharrend. Die Wache lief an mir vorbei. Ich folgte dem Mann. Er blieb an der Zelle stehen und starrte Frau Stumpf an. Blut lief an ihrem Hals herunter auf den Kragen, der früher einmal weiß gewesen war. Die Wache starrte mich an.

»Sie müssen sie aufhalten!«, sagte ich.

Er wandte sich wieder den Gitterstäben zu. Ich zog den Dolch aus meinem Gürtel, stellte mich hinter ihn und stieß die Klinge in jene Stelle, die Paulus mir gezeigt hatte. Dort musste die dritte Rippe liegen und dahinter sein Herz. Das Messer drang nach oben ein, und er sah mich über seine Schulter hinweg an. Er sah mich überrascht an, als er zu Boden glitt. Die Klinge in meiner Hand war schwarz vor Blut.

»Ich hole jetzt Paulus«, sagte ich, hob den Schlüsselbund der Wache auf und warf ihn durch die Gitterstäbe Divara zu. »Befreien Sie sich unterdessen von den Ketten.«

»Nein!«, sagte Frau Stumpf. »Gehen Sie nicht!«

»Keine Angst, ich bin in zwei Minuten zurück, draußen schöpft so schnell keiner Verdacht. Befreien Sie sich von Ihren Ketten, damit Sie mit uns fliehen können, wenn wir zurückkehren.«

»Gehen Sie! Schnell!«, rief Rosa. Divara begann die Ketten an ihren Füßen aufzuschließen.

Paulus hatte mir den Weg eingebläut, ich hätte ihn im Schlaf gefunden. Ich öffnete die Zellentür, sah dass der Gang leer war und trat hinaus. Dann schloss ich die Zellentür erneut und machte mich auf den Weg. Als ich den Raum schließlich gefunden hatte, öffnete ich die Luke im Boden. Ich stieg hinab in den pechschwarzen Gang, streckte die Hände aus und tastete mich voran. Ich ging einhundert Schritte in die Dunkelheit hinein. Dann traf ich, wie erwartet, auf eine Wand, hob die Hände, fand den Haken und zog daran. Licht fiel herein, und Paulus kletterte herunter. Er schloss die Falltür hinter sich. Wir liefen zurück, so schnell es die Dunkelheit erlaubte.

Schließlich stiegen wir aus dem Tunnel zurück in den Gang des Wehrturms, in dem die Zellen lagen. Paulus war mit Pistolen bewaffnet. Er hielt zwei in der Hand, vier weitere steckten in einem breiten Ledergürtel. Er hatte außerdem einen Brustharnisch angelegt und trug eine lederne Schamkapsel.

Divara war gerade dabei, das Gitter der Zelle zu öffnen. Von der Treppe erklang ein Laut. »Junge«, hörte ich jemand wütend rufen. »Komm hoch, Junge!« Es war Fromme.

Ich erstarrte, als ich ihn rufen hörte. »Geh!«, sagte Paulus. »Sprich mit ihm! Halt ihn auf!«

Er schüttelte mich aus der Erstarrung und drückte mir eine Pistole in die Hand. Das Ende der Lunte glomm wie die Glut in der Pfeife eines alten Mannes.

»Bring ihn herunter, wenn du kannst. Dann werde ich ihn töten. Sollte er wollen, dass du nach oben kommst, musst du ihn umbringen. Du darfst nicht hinausgehen. Dadurch wären wir getrennt, und du würdest sterben, wenn wir fliehen.«

Er stieß mich hinaus auf den Flur und schloss die Zellentür vor meiner Nase.

»Komme«, rief ich die Treppe hinauf in Richtung der Unterkünfte. Ich kann heute noch nicht glauben, wie ruhig meine Stimme klang. Ich hielt die Pistole hinter mir, öffnete die Tür, steckte den Kopf um die Ecke der Treppe und sah nach oben. Fromme hatte die Tür zu seinem Zimmer offengelassen. Er saß noch immer an seinem kleinen Schreibtisch.

»Beeil dich!«, sagte er.

»Es dauert nicht mehr lange«, erwiderte ich.

»Was ist das für ein Rauch?«, fragte er. Er erhob sich und ging eine Stufe nach unten. Eine schwarze Gestalt tauchte hinter ihm auf. Vermutlich eine Wache. Fromme stieg die Treppe herunter, die Gestalt folgte ihm. Ich hätte den Priester in diesem Moment erschießen können, dessen bin ich mir bis zum heutigen Tag sicher. Doch ich entschied mich dafür, einen Mann zu erschießen, den ich nicht sehen konnte und dessen Gesicht mir unbekannt war. Ich zog meine Pistole hervor und schoss auf die schwarze Gestalt. Ein Knall ertönte, und die Treppe leuchtete auf. Die Gestalt fiel zu Boden. Ich trat zurück und schloss die Tür zum Zellenflur. Ein Tumult brach aus. Es hörte sich an, als würden hundert Füße die Treppen hinunterstürzen, angeführt von Fromme. Paulus stand mittlerweile hinter mir. Er schob den Riegel vor die Tür.

»Uns bleiben nur noch wenige Minuten«, sagte er.

Wir liefen zurück zur Zelle. Im nächsten Moment hörten wir ein krachendes Geräusch. Es stammte von der Tür. Die Wachen stießen mit den Schultern dagegen und traten gegen die Türangeln.

»Geben Sie mir eine Waffe!«, rief Divara, als wir die Zelle betraten. Paulus händigte ihr zwei Pistolen aus, zog einen der kleinen Lederbeutel aus seinem Gürtel und warf ihn ihr zu. Es war genug Werg, Schießpulver und Schießpflaster darin, um die Pistolen sechsmal zu laden. Er sagte zu Divara, dass sie die Waffen schussbereit machen sollte. Paulus zog die beiden Pistolen aus dem Gurt auf dem Rücken und schoss auf die Tür. Er zielte auf das kleine Gitterfenster und die Köpfe der Wachen, die versuchten, die Tür aufzubrechen.

Fromme und seine Männer hatten noch keine Zeit gehabt, ihre Waffen neu zu laden. Divara warf mir die Schlüssel zu, und ich wandte mich an Frau Stumpf.

»Nein, nein«, rief sie und deutete auf das Kind. Ich steckte einen Schlüssel in das Schloss von Rosas Handfesseln. Das Kind kniete, während ich mich bemühte, es zu befreien. Der

Schlüssel wollte nicht passen. Ich probierte einen anderen. Rosa betete leise zu Gott. Dann entschied ich, dass es besser war, das Mädchen zunächst von den Fußfesseln zu befreien, mit denen sie am Boden angekettet war. Meine Hände zitterten so sehr, dass mir die Schlüssel entglitten.

Paulus feuerte seine letzten beiden Schüsse ab. Ich war mir sicher, dass er sechsmal geschossen hatte. Hinter der Tür zum Zellengang ertönte Geschrei. Ein Mann war gestorben. Paulus steckte die Waffen in den Gurt. Er wandte sich zu Divara und klatschte in die Hände. Sie hatte die beiden anderen Waffen bereits geladen und gab sie ihm. Er hielt sie auf Schulterhöhe, bewegte sich auf die Tür zu und schoss noch einmal. Ich hörte nur den Tumult und das Geschrei von sterbenden Männern und konnte mir vor meinem geistigen Auge nicht vorstellen, was gerade passierte. Ich nestelte an den Fußfesseln des Mädchens herum, ließ die Schlüssel erneut fallen. Ich stieß einen wütenden Schrei aus.

Paulus lachte. »Dies wird ein würdiges Schlusskapitel meines Buches!«

Paulus und Divara luden jeweils zwei Waffen. Die Wachen kehrten wieder zur Tür zurück. Sie feuerten durch das kleine Gitterfenster. Ich konnte hören, dass sie erneut mit ihren Schultern gegen die Tür stießen und mit den Füßen gegen die Angeln traten. Wie Samson, der den Tempel niederreißt.

»Fromme, du feige Memme! Lauf!«, rief Paulus. »Und ihr anderen bleibt zurück, wenn euch euer Leben lieb ist!« Paulus schoss erneut und nahm zwei frische Waffen von Divara entgegen. Er richtete sie auf die Tür, hinter der es mucksmäuschenstill geworden war. Jetzt drang ein ersticker Laut aus Stumpfs Zelle, als würde ihn jemand würgen.

»Kommt endlich!«, schrie Paulus zu uns in die Zelle hinein. Er sah mich und Divara an. »Wir haben keine Zeit mehr. Wir müssen von hier weg!«

Divara entriss mir die Schlüssel und fiel auf die Knie, um die Fesseln ihrer Schwester aufzuschließen. Die entsetzlichen Würgelaute von Stumpf wollten nicht verstummen.

»Welcher Schlüssel?«, schrie Divara. »Welcher Schlüssel?«

Die Soldaten und Wachen hatten wieder begonnen, gegen die Tür zu stoßen und zu treten. Dann hörten wir das Splittern von Holz.

»Schießen Sie!«, rief ich.

»Noch nicht, Wilhelm!«, erwiderte Paulus. »Wir haben nur zwei Waffen, die schussbereit sind, und keine Zeit, neu zu laden.« In der Mitte der Tür bildete sich ein Riss, sie würde gleich auseinanderbrechen.

Frommes Stimme erklang. »Ihr stürmt durch die Tür, sobald ich den Befehl erteile«, sagte er zu seinen Männern.

Rosa betrachtete Divara, während diese versuchte, die Ketten ihrer Schwester aufzuschließen. Sie schob sie weg.

»Jetzt!«, rief Paulus und bewegte sich in die Mitte des Flurs, die Waffen vor sich. »Wir müssen jetzt gehen.«

Divara lief zu ihrer Mutter. »Ich liebe dich«, sagte sie mit lauter Stimme. Frau Stumpf wedelte mit dem Messer, das sie sich an die Kehle gehalten hatte. Sie deutete zuerst auf das kleine Mädchen und anschließend auf ihre eigene Brust. Danach richtete sie die Klinge auf die Männer hinter der Tür und ließ sie zackenförmig durch die Luft schnellen.

»Ich liebe dich, Rosa«, sagte Divara. Sie konnte ihrer Schwester nicht ins Gesicht blicken. Ich auch nicht. Ich konnte die Zelle nicht verlassen, aber auch nicht dortbleiben.

Wir konnten sie nicht befreien. Sie waren noch immer am Boden angekettet. Wären wir geblieben, wären wir alle gestorben. Ich wollte nicht sterben. Das ist beschämend. Ich wollte siegen, doch das war unmöglich, wenn ich in dem Keller des Wehrturms bliebe. Keiner von uns wollte sterben.

Ich griff nach Divara Hand, und wir liefen hinter Paulus aus der Zelle. Wir blickten nicht zurück. Sie zauderte nicht. Die Tür schien zu schreien, als sie auseinanderbrach und krachend auf dem Boden landete. Doch die Feiglinge hielten sich noch immer versteckt und warteten. Gott sei Dank! Wir liefen um unser Leben und ließen das kleine Mädchen und ihre Mutter zurück, um zu sterben.

»Lauft!«, hörten wir Rosa rufen. »Lauft und tötet sie!«

Dann stürmten Frommes Männer herein. Sie waren zu sechst, glaube ich. Paulus schoss und tötete zwei. Ich sah, wie er zwei Messer aus seinem Gürtel herauszog. Ich zog ebenfalls meinen Dolch. Wir bogen um eine Ecke, wo wir Stumpfs erstickte Schreie nicht mehr hören konnten. Ich blieb stehen. Regungslos wartete ich. Hinter der Ecke war ich nicht zu sehen. Paulus und Divara liefen ein Stück weiter. Dann drehten sie sich um und riefen nach mir. Ich stieß meinen Dolch in die Kehle des ersten Mannes, der um die Ecke geschossen kam. Im selben Moment war ich umringt von Wachen. Eine Pistole leuchtete auf, und ich verspürte messerscharfe Stiche in meinen Augen. Die Luft fühlte sich an wie eine Mischung aus Feuer und Blut. Wir bewegten uns, als würden wir alle gemeinsam von einem Berg hinunterstürzen und so lange kämpfen, bis wir am Fuß angekommen waren. Ein Mann saß rittlings auf mir. Paulus tauchte hinter ihm auf und schnitt ihm die Kehle durch.

Das Blut spritzte in meinen Mund. Paulus warf den Mann zur Seite.

»Hör mir zu!«, sagte er. »Keiner von den Männern ist mehr hier. Sie verstecken sich wie Weiber. Wir haben schon viele umgebracht.« Er lachte und jagte mir damit mehr Angst ein als Fromme oder die Wachen oder die Tatsache, dass wir für unsere Taten verbrannt werden würden.

Irgendwo hinter mir stöhnte Divara. Ich rappelte mich hoch und sah drei tote Männer auf dem Boden liegen. Divara saß rittlings auf einem weiteren Mann und stach ihm mit dem kleinen Messer, das ich ihr gegeben hatte, zwischen die Beine. Seine Kehle war durchgeschnitten, er gurgelte sein eigenes Blut und schien daran zu ersticken. Seine Hände schlugen kraftlos gegen Divaras Brust.

»Lasst uns verschwinden!«, rief ich panisch. »Was macht ihr da?«

Paulus stand neben Divara und beobachtete sie fasziniert. Ich zerrte Divara von dem Mann herunter. »Hört mir zu, verdammt noch mal«, sagte ich. Ich konnte hören, wie erneut Männer die Treppe hinunterliefen zu der offenen Tür. »Da kommen noch mehr.«

Fromme brüllte herum wie ein Stier.

»Satan!«, schrie Paulus.

»Entweder gehen wir jetzt, oder wir sterben«, rief ich verzweifelt und zog beide am Arm. Sie schienen für einen Moment vergessen zu haben, wo sie waren. Jetzt kamen sie wieder zur Besinnung. Wir stürmten davon.

Die Wachen folgten uns. Inzwischen glaube ich nicht mehr an jenen biblischen Gott, sondern an den menschgewordenen Christus, und ich schwöre bei Jesus, dass wir immer nur Sekunden vor ihnen um die Ecke bogen, sodass sie lediglich die Sohlen unserer Schuhe sahen. Schüsse wurden abgefeuert, die jedoch zurückprallten.

Paulus lief voran, gefolgt von Divara. Ich bildete das Schlusslicht. Als wir die Falltür erreichten, öffnete Paulus die Klappe, stieß Divara nach unten, schob mich hinterher und sprang dann selbst hinunter. Die Wachen bogen um die Ecke und erblickten nur noch Paulus' Kopf, der im Boden verschwand. Sie feuerten einen letzten Schuss ab. Paulus verriegelte die Tür, bevor ihre Füße auf die eiserne Klappe traten.

Vor uns lag nur eine kurze Wegstrecke von hundert Metern, um zu der Falltür am Fuß der Steipplinger Berge zu gelangen. Dort schlugen wir den Weg zu dem verborgenen Felsenpfad ein, der zur Höhle oberhalb des Wehrturms führte. Jener Höhle, von der niemand in der Stadt etwas wusste. Von dort aus konnten wir unsere Feinde beobachten, und das taten wir.

Unsere Verfolger hatten mittlerweile den Waldsaum erreicht. Sie mähten mit ihren Säbeln Farn um, stießen mit ihnen in die Büsche, auf der Suche nach unserem Versteck. Einige Soldaten hatten sich bei der Falltür versammelt und ließen eine Granate in den Eingang des Tunnels fallen. Sie explodierte, die Erde sackte ein wie ein schlecht zugeschaufeltes Grab. Wir entdeckten Fromme, der vor dem Wehrturm auf dem Boden saß, den Kopf in die Hände gestützt. Dann stand er auf und ging hinein.

»Hoffentlich hat meine Mutter die Kehle meiner Schwester und anschließend ihre eigene durchgeschnitten«, sagte Divara.

Paulus legte den Arm um sie. Ich auch. Wir saßen am Eingang der Höhle und blickten auf die Stadt. Divara tätschelte unsere Hände. Wir wussten, dass Frau Stumpf und die kleine Rosa noch lebten. Sonst wären ihre Leichen auf dem Marktplatz präsentiert worden. Das hätte sich Fromme nicht nehmen lassen.

Neunundzwanzigstes Kapitel

In der Höhle findet sich eine Familie, und es ist, als ob Affen Menschenherzen hätten

Die Luft in der Höhle war kühl und angenehm wie Regenwasser. Wir blieben zwei Tage und zwei Nächte, und es fühlte sich an wie mein Zuhause. Ich verspüre noch immer Zuneigung zu diesem Ort und würde gern die Räume beschreiben. Denn Gott oder die Natur hatten die Höhle eher wie ein Haus erschaffen. Als ich sie mit Greet besucht hatte, waren wir in der Nähe des Eingangs geblieben und nicht weiter ins Innere vorgedrungen. Jetzt wollte ich jeden Winkel meines neuen Heims kennenlernen. Die Höhle hatte die Gestalt eines auf dem Bauch liegenden Mannes, der die Arme und Beine ausstreckt. Man betrat sie über seinen linken Fuß. Die Sohle des Fußes war der Eingang. Diese Kammer war groß, so groß wie ein Zimmer. Von dort aus konnte man auf die Stadt blicken. Dann wanderte man über sein linkes Bein weiter ins Innere. Nach einem abschüssigen Stück, das neun Meter in die Tiefe führte, erreichte man den Bauch des Mannes, obwohl Paulus spöttelte, dass es wohl eher sein Arsch wäre. Dort befand sich die zentrale Kammer. Ein trockener Ort, der in völliger Dunkelheit lag. Zündete man dort ein Licht an, konnte es vom Eingang der

Höhle aus nicht gesehen werden. Von der zentralen Kammer ging das rechte Bein ab. Es war ein langer, niedriger Durchgang, der in ein Gewölbe mündete, das die Form einer Glocke hatte. Dem Bauch folgte der Rumpf des liegenden Mannes. Der Boden der Höhle erhob sich an dieser Stelle, und Licht drang von irgendwo oben herein. Leise plätscherndes Wasser war zu hören. Der Rumpf der Höhle gabelte sich, als würden sich zwei Arme ausbreiten. Links bahnte sich ein tiefer Wasserfall seinen Weg durch den Felsen, daneben verlief ein schmaler Weg. Rechts schlängelte sich das Wasser durch braunes Gestein zu einem großen Loch im Felsen, das zur Welt draußen führte. Dieser Hintereingang, der mich an eine ausgestreckte Hand erinnerte, war mannshoch und breit genug, dass wir drei nebeneinanderstehen und auf den Wald blicken konnten, der hinter dem Berg lag, den wir zu unserem Zuhause gemacht hatten. Divara und Paulus betrachteten weiter die Landschaft, Hand in Hand, wie ich bemerkte. Er sprach leise mit ihr, sodass ich nicht hören konnte, was er sagte. Ich ging ein kleines Stück zurück in die Höhle, zum »Hals« des Mannes und weiter zum »Kopf«. Ein Rinnsal ergoss sich hier und bildete eine Art Grotte. Man konnte darin sitzen, den Blick zum Hintereingang der Höhle wenden und die Sonne draußen betrachten, die auf die Erde herabschien. Es war ein Ort der Abgeschiedenheit, an den man sich zurückziehen konnte, wenn man Zeit für sich allein brauchte, um nachzudenken.

Wir machten ein Feuer am hinteren Eingang. Der Rauch zog durch das Loch in der Höhle ab und verschwand unbemerkt über dem Wald, denn die Stadt lag auf der anderen Seite des Bergs. Stumpf hatte stets einen Vorrat an Lebensmittel in der Höhle aufbewahrt. Trotzdem hatte Paulus Säcke mit Proviant und mit Waffen neben die Falltür draußen hinter dem Wehrturm gelegt, die wir mitgenommen hatten, als wir den Berg hinaufliefen. Wir hatten Fleisch dabei, das wir aßen. Aus dem Mehl backten wir Pfannkuchen auf heißen Steinen. Frisches Wasser hatten wir zur Genüge. In den Säcken waren auch ein paar Flaschen Wein und Schnaps. Stumpf hatte Äpfel und Honig dagelassen, von denen bereits Greet und ich einiges verzehrt hatten. Wir unterhielten uns. Ich war froh über unser Gespräch, obwohl das Thema düster war, denn ich wollte nicht allein sein mit meinen Gedanken.

Wenig später, als wir uns damit abgefunden hatten, dass eine Rückkehr und Rettung von Rosa und ihrer Mutter nicht in unserer Macht stand, saßen wir still da.

»Meine Mutter und ich wussten nichts«, sagte Divara schließlich und durchbrach die Stille.

Paulus und ich nickten.

»Diese Höhle ist jetzt mein neues Zuhause und mein Besitz«, erklärte sie. »Ich heiße euch herzlich willkommen. Ich stehe in eurer Schuld.«

»Danke«, antwortete Paulus. »Aber du schuldest uns nichts.«

»Ich werde leben, wie es mir gefällt«, sagte Divara. »Ich bin jetzt allein in der Welt. Es gibt niemanden mehr, der mir etwas zu sagen oder vorzuschreiben hat. Kann sein, dass ich schon bald sterben werde. Bis dahin aber soll mein Leben so sein, wie ich es mir vorstelle, ohne dass mir jemand etwas befiehlt.«

»Dein Leben gehört dir«, erwiderte Paulus. »Wir sollten alle leben, wie es uns gefällt.«

»Und was machen wir jetzt?«, fragte ich.

»Die Nacht bricht herein, und es wird langsam kalt«, antwortete er. »Lasst uns in die Höhle gehen und ein Feuer machen.«

Als wir in der zentralen Kammer angekommen waren, zündeten wir ein Feuer an und machten es uns bequem. Die Kammer sah aus wie der Einschlagkrater einer Kanonenkugel auf einem Schlachtfeld und war zirka zwanzig Meter breit und sechs Meter tief. Wir saßen eng zusammen, sodass sich unsere Körper berührten. Die Flammen des Feuers flackerten auf den Wänden. Es sah aus, als würden Teufel einen wilden Reigen tanzen. Irgendwann sprach Paulus von der Offenbarung.

»Es wird keine Offenbarung geben, wie sie Johannes beschrieben hat. Das ist das Gedicht eines Irren. Weder Gott noch Jesus werden vom Himmel herabsteigen, auch wenn ich mir wünschte, dass Christus käme. Ich glaube, die Offenbarung ist bereits da beziehungsweise war schon immer da. Die Tatsache, dass es uns gibt und wir zu Fleisch geworden sind, stellt die wahre Offenbarung dar. Es geht darum, dass Menschen sich gegenseitig aufrichten. Diejenigen, die sich dieser Aufgabe verweigern, sind keine Menschen.«

Dann sprach er von Büchern, die er gern lesen würde. Ich wurde müde. Divara schlief und hatte sich an mich gelehnt. Ich schlummerte ebenfalls langsam ein und hörte mit halbem Ohr, wie er davon sprach, dass er gern ein Seminar veranstalten würde, in dem er die »Canterbury Tales« aus England und das »Decamerone« des Italieners Boccaccio vergleichend behandeln wollte.

»Diese beiden Bücher stellen überaus charakteristische Zeugnisse ihres jeweiligen Herkunftslandes dar«, sagte er.

»Sprache und Tradition trennen sie voneinander, dennoch verbindet sie ein geheimnisvolles Band. Vielleicht waren sie blutsverwandt durch einen antiken Stamm? Dem würde ich gern nachgehen.«

Ich versuchte zuzuhören und überlegte mir eine kluge Entgegnung. Doch irgendwann schlief ich ein.

Als ich wieder erwachte, lagen Divara und ich eng umschlungen auf dem Boden. Paulus war nicht da. Unsere Körper vereinigten sich. Sie fühlte sich an wie Wein und Honig und zwischen den Beinen wie Seide. In der Dunkelheit war sie für mich Greet. Wir schliefen zusammen ein. In der Nacht erwachte ich erneut. Die Flammen waren erloschen, doch die Glut war noch heiß. Divara lag nicht mehr neben mir. Ich hörte ein Geräusch – es klang wie zwei Liebende. Ich krabbelte ein kleines Stück aus der Bauchkammer und horchte. Paulus war in einer der äußeren Kammern. Ich erkannte seine Stimme. Dann erstarben die Geräusche. Ich kehrte in die zentrale Kammer zurück und schlief weiter. Ich freute mich aufrichtig für die beiden und war erleichtert darüber, dass sie ein Paar waren. Schuld klebte an meinen Fingern, da ich Divara berührt hatte, und Verrat lag in meinem Atem. Nichts, weder körperliche Liebe noch Wein noch Schlaf, konnte den Schmerz in meinem Herzen und die Sehnsucht nach Greet vertreiben.

Später weckte mich Divara und legte sich zu mir. Wir berührten und küssten uns nicht. Ich konnte nicht, und sie deutete durch nichts an, dass sie mich auf diese Weise besitzen wollte. Wir breiteten die alten Umhänge und Decken über uns.

In jener Nacht, in der ich eng umschlungen mit Divara

auf dem Boden der Höhle lag, fühlte ich mich sicher. Wenig später kam Paulus in die Kammer. Er schlüpfte auf der anderen Seite von Divara unter die Decke, legte den Arm um sie und berührte meine Hand, die auf ihrem Bauch lag. Sie drehte sich zu ihm um, und sie küssten sich.

Die Finger von Paulus und mir berührten sich, und wir drückten sie erschöpft. Es fühlte sich an, als würde ein liebender Vater meine Hand streicheln. Wir ließen die Hände los, ohne dass ein Moment der Verlegenheit auftrat. Ich stand schnell auf und ging in die äußere Kammer, den rechten »Fuß« der schlafenden Höhle. Dort legte ich mich auf die Felle, auf denen vorher Paulus und Divara gelegen hatten. Sie mussten von Stumpf stammen. Ich schlief gut. Tief, fest und lang. Es war schön, dass die beiden zusammen waren. Das Geräusch ihrer Liebe tröstete mich.

Ich werde mich einer Erinnerung hingeben, denn der Traum, den ich in jener Nacht in der Höhle träumte, rief die Erinnerung wieder in mir wach. Dazu muss man wissen, dass Paulus ein Arbeitszimmer im Dachgiebel der Schule besaß, die er eigens gegründet hatte. Die Räumlichkeiten dort waren nicht so beeindruckend und gut ausgestattet wie seine Arbeitsräume in der Universität. Doch verfügte das Zimmer über ein Dachfenster, durch das er von seinem Arbeitsplatz den nächtlichen Himmel mit den Sternen sehen konnte. Auf einem kleinen Bücherregal hinter seinem Stuhl standen mehrere Kerzen nebeneinander. Auf der anderen Seite des Raums befanden sich ein Globus, eine Truhe und zwei weitere Regale. Ein türkischer Teppich lag auf dem Boden. Besucher mussten ihre Schuhe vor der Tür ausziehen, wenn sie zu ihm wollten. Weil der Teppich »ein guter Moslem« war, wie Paulus erklärte, und Moslems zogen die Schuhe aus, wenn sie ein Haus betraten. Ein Besucherstuhl, auf den Paulus keinen großen Wert legte, stand neben der Tür. Vor seinen Schreibtisch hatte er ein Sofa gestellt.

Paulus beschränkte die Religionsstunden in der Schule auf ein Minimum. Wenn es etwas gab, das den jungen Schülern auf der Seele brannte, wandten sie sich an einen der Lehrer, nicht an einen Priester. Als Paulus seinerzeit mit dem Fürstbischof darüber verhandelt hatte, eine Schule zu gründen, waren viele Kirchenvertreter darüber verärgert, dass eine Erziehungsanstalt errichtet werden sollte, die nicht der Kontrolle der Geistlichkeit unterlag. Paulus musste sich bereit erklären, selbst den Religionsunterricht zu bestreiten, wenn er schon keine Geistlichen an seiner Schule duldete.

Religiöse Wirren, die noch viel schlimmer waren als heute, steckten die Welt in Brand. Welche junge Seele plagen keine Zweifel über die Schöpfung und das Wesen der Welt, in der er lebt? Es gibt Fragen zu Gott, die gestellt werden müssen.

Nur wenige Monate nach meinem zwölften Geburtstag, der Tag, an dem ich in seine Schule aufgenommen wurde, sprach ich zum ersten Mal mit Paulus über meine Verwirrtheit. Er hörte mir zu. »Denk darüber nach, warum du Gott lieben willst und warum er dich lieben soll«, antwortete er. »Denk darüber nach, welche Art von Gott du lieben möchtest und welche Art von Gott dich lieben soll.«

Ich besuchte ihn oft in seinem Arbeitszimmer. Häufig war er in Angelegenheiten des fürstbischöflichen Hofs auf Reisen. Doch wann immer er konnte, ließ er mich zu sich kommen. Er unterrichtete auch meine Klasse in Rhetorik. Sie bestand aus zehn Schülern. Er ließ uns klassische Gedichte und berühmte politische Reden rezitieren. Er sprach von der Schönheit der Mathematik und von den Geheimnissen der Tonkunst und wies darauf hin, wie beide zusammenhängen.

Paulus zerstörte nicht mein Verhältnis zu Gott. Wir lasen einfach nur zusammen die Bibel, setzten uns mit ihren Lehren auseinander. Wir begannen ganz am Anfang. Wer waren die Engel in der Genesis, die sich mit den Menschentöchtern verbanden und dann Kinder gebaren? Wohin gingen diese Geschöpfe? Warum war Gott froh darüber, dass Lot seine Töchter anbot, genotzüchtigt zu werden? Warum spielte Gott mit Abraham ein grausames Spiel? Warum quälte Gott Hiob wie die Katze die Maus? Gott belohnte Feigheit und Betrug, wenn sie in seinem Namen geschehen waren, bestrafte aber beides, wenn sie nicht dazu dienten, ihn zu verherrlichen.

Jesus aber war anders, als hätte das Vermischen der Menschheit mit Gott, die Grausamkeit aus Gott gelöscht. Doch das verstieß gegen die Vernunft, denn die logische Schlussfolgerung hätte gelautet, dass die Menschheit besser war als Gott und dass Gott durch die Menschheit erlöst werden müsste. »Wir kommen um die kühle Logik nicht herum, Wilhelm«, sagte Paulus zu mir. »Sie ist unser einziger Kompass.«

An meinem dreizehnten Geburtstag war Paulus auf Reisen. Er musste wegen einer dienstlichen Angelegenheit in die Niederlande. Vielleicht war er Teil einer Handelsdelegation. Einige Tage später kehrte er jedoch zurück. Ich besuchte ihn abends in seinem Arbeitszimmer. Es war Juni, das Fenster stand offen. Er verbrannte gerade etwas in einer kleinen Schale, und ein durchdringender, fremdartiger Geruch erfüllte die Kammer. Ich wollte von ihm wissen, was das sei, und er antwortete mir, dass es sich um Patschuli handelte. Der Geruch war geradezu berauschend und machte mich müde. Ich liebe den Duft bis zum heutigen Tag. Allerdings ist es fast unmöglich, Patschuli in Schottland zu bekommen. Die Parfümeure kennen gerade nur Moschus und Ambra.

Ich saß auf dem Sofa vor seinem Arbeitstisch, ohne dass ich um Erlaubnis gefragt hatte. Er schlug die offenen Bücher zu und legte die Feder hin. Dann setzte er seine Brille ab, hinter der seine Augen riesig erschienen. Aus diesem Grund trug es sie auch nur, wenn er unbedingt musste und nie in der Öffentlichkeit.

»Ich habe den Weg zu Gott verloren«, erklärte ich.

»Dann solltest du dich am besten auf dem Sofa ausstrecken und etwas Wein trinken«, erwiderte er. Ich befolgte seinen Rat, lehnte mich zurück und hob einen Fuß auf das Sofa. Er goss zwei Becher Wein ein, kam um den Schreibtisch herum und gab mir meinen Becher.

»Weißt du, von welchem Gott du sprichst?«, fragte er und trank, während er sich wieder setzte.

Dann prostete er mir zu. »Auf deine Gesundheit!« Ich trank ebenfalls einen Schluck.

Ich wollte von ihm wissen, wie es sein könnte, dass es mehr als nur einen Gott gab. Er versicherte mir, dass es nicht mehr als einen Gott geben würde, doch wäre er nicht derjenige, der die Welt erschaffen hätte, in der wir lebten. Diese Welt wäre nicht das Werk eines allmächtigen, allliebenden Gotts, sondern das Werk eines geringeren Wesens.

»Wie soll diese Welt etwas anderes sein als das Werk irgendeines Teufels?«, fragte Paulus.

Ein Jahr zuvor wäre ich noch zum nächsten Priester gelaufen, hätte Paulus der Ketzerei bezichtigt und gejubelt, wenn er verbrannt worden wäre. Doch die Schule hatte ein offenes Ohr für freie Gedanken und Fragen.

»Ich werde dir etwas erzählen«, sagte Paulus. »Du wirst von ihnen gehört haben, aber du wirst ihre wahre Geschichte nicht kennen aufgrund der jahrhundertelangen Propaganda. Sind dir die Gnostiker ein Begriff. Die Katharer und dergleichen?«

Ich nickte. Natürlich.

»Sie waren keine Satanisten, so wie es erzählt wird. Sie beschäftigten sich auch nicht mit Hexerei oder der Herabsetzung von Gott. Das sind Lügen, die man ihnen andichtete, um ihre wahre Liebe zu Gott zu untergraben und ihre Klugheit, von der sie reichlich besaßen.«

Paulus bereitete sich auf einen Vortrag vor, das konnte ich erkennen. Ich freute mich, denn ich hörte ihm stets gern zu.

»Ich denke, ich kann offen mit dir reden, denn du bist alt genug dafür.« Er holte tief Luft, bevor er fortfuhr. »Glaubst du, dass diese aus Krankheit, Grausamkeit, Armut und Krieg bestehende Welt von Gott erschaffen wurde, vorausgesetzt wir verstehen unter Gott etwas Gutes und Freundliches? Wohl kaum. Das ist die Lüge, mit der wir leben. Wir glauben, dass Gott diese Welt erschaffen hat, wenngleich es nur ein Teufel gewesen sein kann. Die Wahrheit ist – unser Gott ist Satan, und Satan ist unser Gott.«

Ich schnappte nach Luft. Ich wollte etwas erwidern, doch er ließ mich nicht zu Wort kommen.

»Hör zu und denk erst nach, bevor du Fragen stellst.«

Paulus saß ganz still in seinem Stuhl, während er sprach.

»Satan ist nicht die richtige Bezeichnung für das Wesen, das die Welt erschaffen hat. Dieses Wesen ist nicht böse, doch es ist auch nicht gut. Es ist wie ein Mensch, es besitzt die Moral eines Menschen. Deshalb erzählt man uns, dass wir nach seinem Ebenbild erschaffen wurden. Es ist nicht besser als wir, in vielerlei Hinsicht vielleicht schlechter, doch es ist auf jeden Fall mächtiger als wir. Es ist also ein Gott, der Wesen wie uns schwächen will. Aber er ist nicht wie der Gott, der über diesem Ort aus Materie und Fleisch weilt. Dieser Gott ist jenseits unserer Erkenntnis und übt keinen Einfluss auf uns aus, doch wir können diesen Gott erreichen, wenn wir die Welt hinter uns lassen. Das hoffe ich. Das glaube ich. Nur im Tod wird sich mir das wahre Gesicht Gottes offenbaren, und es wird der Schöpfer dieser Welt sein.

Was immer diese Welt erschaffen hat, es muss ein himmlischer Baumeister gewesen sein. Etwas, das über der Menschheit stand und die Macht besaß, das Universum und sämtliche Kreaturen darin zu formen. Es schuf die Mathematik, die Kontinente, die Jahreszeiten. Es schuf Sonnen und Berge, aber auch Krankheiten, Alter, Blindheit, Hunger und Wahnsinn. Es fühlt wie die Menschheit, und so schuf es Glück, Liebe und Mitleid. Aber es war so wie wir auch voll von Hass, Eifersucht und Grausamkeit. Nur solch ein Wesen würde diese lebendige Welt formen. Die Gnostiker nannten dieses Wesen den Demiurgen, und da du dich in Fremdsprachen auskennst, ist dir die Bedeutung dieses Worts bekannt. Es heißt gottähnlicher Schöpfer, aber nicht Gott. Der Demiurg war es nicht wert, verehrt zu werden, weil er grausam und launisch war. Er hatte den Wesen, die er erschaffen hatte, nichts zu sagen. Einige der Gedanken dieser Gnostiker – und ich spreche hier nicht nur von den frühen Anhängern Jesu –, reichen bis in die Antike, zurück zu den Hebräern und noch weiter bis nach Babylon.

Die Kirche behauptete, dass die Gnostiker Gott für böse und damit Satan für gut hielten, da er Gottes Widerpart war. Deshalb töteten sie die Gnostiker. Doch was die Kirche sagte, entsprach nicht der Wahrheit. Die Gnostiker vertraten nur die Auffassung, dass der Schöpfer kein Wesen mit guten Absichten war. Der Schöpfer, Jahwe, Allah, Jehova, Elohim, war nicht der allliebende, allmächtige, allwissende Gott. Dieser Gott, der Gott der Liebe, befindet sich außerhalb der von Jahwe erschaffenen materiellen Welt. Deshalb müssen wir das Materielle und Fleischliche ablehnen. Der Tod stellt unsere einzige Hoffnung dar, zum wahren Gott außerhalb des Universums zurückzukehren, wo Jahwe nicht mehr mit uns herumspielen kann. Aber das ist nur eine Hoffnung, denn in Wahrheit wissen wir es nicht. Vielleicht gibt es kein Entrinnen. Vielleicht werden wir Gott nie schauen, und Jahwe lässt uns nur noch mehr leiden, wenn wir sterben. Ich glaube nicht, dass es die Hölle ist, die er für uns bereithält, wenngleich ich mich auch da irren könnte. Wenn Jahwe sich die Pest ausdenken kann, dann kann die Hölle auch eine Feuergrube sein. Doch irgendwie habe ich das Gefühl, dass es an diesem Ort eher kalt und einsam sein wird. Ist er erst einmal in dieser materiellen Welt mit uns fertig, vergisst er uns einfach in der geistigen Welt. Wo immer er uns hinschicken wird, werden Millionen grauer Geister in einem trüben, kühlen, herbstlichen Zwielicht für immer schweigend über ein Feld marschieren.«

»Und was ist mit Christus?«, fragte ich. Ich erinnere

mich, dass ich mich bemühte, meine Stimme fest klingen zu lassen.

»Ich denke, dass er ein Mensch ist, ein bedeutender Mensch. Einer der bedeutendsten Menschen überhaupt. Aber mehr auch nicht. Doch jemand wie Christus kann nicht vom Schöpfer, dem Baumeister der Welt, entsandt worden sein. Der wahre, liebende Gott würde die materielle Welt nicht betreten. Und ganz bestimmt nicht, um seinen Sohn umzubringen. Ich bin mir sicher, dass der wahre Gott über die materielle, fleischliche Welt den Kopf schüttelt. Ich folge Christus mit ganzem Herzen, so wie die Gnostiker, denn all die Worte, die er gepredigt hat, waren Worte gegen Jahwe und Allah und all die Schöpfergötter, vor denen die Menschen seit Beginn an das Knie gebeugt haben. Christus ist der rebellische Sohn und ein Mensch. Das jedenfalls ist meine Meinung.«

Ich weiß nicht, mit wie vielen Schülern Paulus so gesprochen hat. Das Thema eignete sich nicht zur öffentlichen Diskussion, außer ich wollte, dass Paulus vor ein Kirchengericht gezerrt wurde. Ich vermute, dass er während meiner Schulzeit nur mit drei anderen Jungen so gesprochen hat. Ich glaube, dass ich ihm am nächsten gestanden habe, wenngleich ich mich irren kann. Immerhin aber wählte er mich aus, um ihn nach Bedburg zu begleiten. Meine Laufbahn als Advokat nahm in Bedburg ihren Anfang.

Ich wachte vor Tagesanbruch auf, stand auf und ging zum Eingang der Höhle, von wo man aus die Stadt sah. Der Himmel war noch dunkel, doch in den Straßen brannten Fackeln und Lampen. Gegenüber von der Höhle, jenseits vom Fluss, ragten dicht bewaldete, schroffe Felsen auf.

Ich hörte hinter mir ein Geräusch und wandte mich um. Paulus kam zu mir und setzte sich neben mich. Wir lächelten uns an. Dann wanderte mein Blick zurück zu den Bäumen, wo das tänzelnde Licht der Feuer aus der Stadt verschiedene Gebilde schuf. Ein riesiger, zitternder, zuckender Kopf tauchte raschelnd zwischen den Zweigen auf. Der Mund stand offen, als würde er schreien. Neben dem Kopf erschien ein weiteres im Laub raschelndes Gesicht. Dann noch eins und noch eins, insgesamt sechs. Ein Gesicht sah aus wie das einer Ziege, das nächste erinnerte an einen Teufel mit Hörnern. Das dritte Gesicht ließ Wut und Hass erkennen, das vierte wirkte verloren und schrie vor Angst, und das letzte lachte grausam.

Plötzlich tauchte Divara neben mir auf. Ich hatte sie nicht kommen hören. Sie küsste mich auf die Wange. Danach küsste sie Paulus, setzte sich neben ihn und schmiegte sich an ihn.

»Mit den Bildern, die Bäume nachts erzeugen, kann man sich selbst Angst einjagen«, sagte ich. »Das Gleiche passiert, wenn man in ein Feuer starrt.«

Divara fragte mich, was ich sehen würde, und ich erklärte es ihr.

Die Nacht war warm.

»Ich konnte nicht schlafen«, sagte Divara.

»Ich auch nicht«, erwiderte Paulus.

»Ich auch nicht«, sagte ich. »Ich habe mit diesen Gebilden eine Geschichte erfunden.«

»Erzähl sie mir nicht!«, sagte Divara. »Ich glaube, sie könnte mir Angst einjagen, und das will ich nicht.«

Wir saßen eine Weile schweigsam zusammen. Die Luft roch nach Blumen, altem Gras und Rauch. Ich sah nicht zu

Divara hin, doch ich wusste, dass ihr Blick auf den Wehrturm gerichtet war. Sie hatten die Leichen ihrer Mutter und Schwester noch nicht herausgebracht, also mussten sie noch leben. Ich wusste, dass sie sich nichts sehnlicher wünschte als ihren Tod, denn dann könnte ihnen nichts mehr passieren. Also starrte sie auf den Wehrturm und wünschte sich, ihre Gedanken könnten einen Zauber bewirken und sie erlösen.

»Ich kenne eine Geschichte«, verkündete Paulus. »Meine Großmutter hat sie mir erzählt, als ich klein war.«

Ich kauerte mich gegen die Mauer und zog meine Beine an. Divara wandte sich Paulus zu.

»Ist sie grausam?«, fragte sie.

»Wie man es sieht«, antwortete Paulus. »Sie handelt von dem Mädchen Rosenrot.«

»Ach, die Geschichte kenne ich«, sagte Divara.

»Ich auch«, erklärte ich lachend. Ich kam mir vor wie ein kleiner Junge zur Bettgehzeit.

»Na ja, die Geschichte meiner Großmutter geht etwas anders als das bekannte Ammenmärchen«, sagte er und räusperte sich. »Rosenrot lebte mit ihren Großeltern am Rand des Waldes, denn ihre Eltern waren im Krieg gestorben. Das war ihr zumindest erzählt worden. Rosenrot war von schlanker Gestalt, sie hatte blondes Haar und blassblaue Augen. Sie trug ein rotes Kleid über einer weißen Bluse, mit weißen Strümpfen und Schuhen, die so blau waren wie ihre Augen. Ihre Großeltern waren vernarrt in sie und liebten sie mehr als eine Mutter oder ein Vater sie hätte lieben können. Sie ließen ihr alle Freiheit, doch sie ermahnten sie stets, nicht allein in den Wald zu gehen. Eines Tages jagte Rosenrot auf dem Feld hinter dem Haus ihrer Großeltern einem Schmetterling hinterher. Er flatterte von Pflanze zu Pflanze und von Baum zu Baum und drang dabei immer tiefer in den Wald hinein. Rosenrot folgte ihm. Schließlich verschwand der Schmetterling hinter einem Baum. Rosenrot lief zu dem Baum, und als es ihn erreichte, trat ein Mädchen dahinter hervor. Es sah aus wie Rosenrot, als wäre es ihr Zwilling – aber nur was ihre Gestalt und ihr Gesicht anging. Denn die andere hatte rabenschwarzes Haar und grüne Augen. Sie trug ein rotes Kleid über einer schwarzen Bluse, mit schwarzen Strümpfen und Schuhen, die so grün waren wie ihre Augen.

›Wer bist du?‹, fragte Rosenrot. ›Bist du ich?‹

›Ich bin Tausendschön‹, antwortete das Mädchen. ›Bist du ich?‹

Rosenrot blickte sich um. ›Ich habe mich verlaufen‹, sagte sie und begann zu weinen.

›Weine nicht!‹, erwiderte Tausendschön. ›Ich habe mich auch verirrt. Wir können uns gegenseitig helfen.‹

›Aber wir sind mitten im dunklen Wald‹, wandte Rosenrot ein.

›Nein‹, widersprach Tausendschön. ›Ich muss dorthin, wo der Wald am dichtesten ist, und ich suche den Weg.‹

Tausendschön sagte, wenn Rosenrot ihr helfen würde, den Ort zu finden – denn dort lebten ihre Eltern –, würde ihr Vater sie bestimmt aus dem Wald führen und zurück zu ihrer Familie bringen.

Rosenrot stimmte dem Vorschlag zu.

›Dann müssen wir in die entgegengesetzte Richtung gehen, aus der du gekommen bist‹, sagte Tausendschön.

So spazierten sie also dahin, wo der Wald am dichtesten war. Dort stießen sie auf eine armselige Hütte mit einem

Garten und einem rauchenden Schornstein. Seitlich, an einer weiß gestrichenen Mauer, lag ein hoher Holzstapel.

›Ich muss mich verstecken‹, sagte Tausendschön. ›Meine Eltern möchten mich nicht haben. Sie haben mich in den Wald geführt und dort zurückgelassen. Wenn es dir gelingt, dass sie dich zurück nach Hause bringen, kann ich ins Haus schleichen, die Tür verschließen und ohne sie dort leben. Dann werden sie im Wald herumirren und nicht mehr weiter wissen.‹

Rosenrot protestierte, doch Tausendschön erklärte ihr, dass wenn sie ihre Anweisungen nicht befolgte, ihre Eltern sie zusammen sehen und ihr nicht helfen würden, denn einer Freundin von Tausendschön würden sie nicht helfen.

Schließlich willigte Rosenrot ein, und Tausendschön lief, um sich hinter dem Holzstapel zu verstecken.

Rosenrot ging zur Hütte und klopfte gegen die Tür. Die Mutter erschien. Sie war hübsch, sanft und warmherzig. Rosenrot erklärte ihr, dass sie sich verlaufen habe und bitte, dass man sie aus dem Wald führe.

Die Mutter rief nach dem Vater, der daraufhin in der Tür erschien. Er war ein großer, freundlicher Mann und bot ihr an, sie nach Hause zu bringen. Doch Rosenrot erinnerte sich an das Versprechen, das sie ihrer Freundin gegeben hatte. ›Nein, Sie müssen beide mitkommen‹, wandte sie ein. ›Meine Familie würde mir nicht erlauben, allein mit einem Mann durch den Wald zu gehen. Außerdem möchten sie Sie belohnen. Wenn Sie zu zweit sind, wird die Belohnung doppelt so groß ausfallen.‹

Die Mutter und der Vater nickten, verließen die Hütte und nahmen beide Rosenrot an der Hand. Nach einer

Stunde hielten sie an, um sich auszuruhen. ›Lebst du bei deinen Großeltern?‹, fragte die Mutter Rosenrot.

›Ja‹, antwortete das Mädchen.

›Und sie leben in einer Hütte, am Rand des Waldes?‹

›Ja‹, erwiderte Rosenrot.

›Und sie lieben dich sehr, aber sprechen nie von deinen Eltern?‹

›Ja‹, sagte Rosenrot.

Der Schmetterling, dem Rosenrot nachgejagt war, tauchte plötzlich zwischen den Bäumen vor ihr auf. Sie streckte die Hand aus. Er erhob sich und schwebte in der Luft.

»Dann bist du unser Kind«, stellte die Mutter fest. Der Vater näherte sich Rosenrot mit einem Dolch in der Hand, den er aus seinem breiten Ledergürtel gezogen hatte.

Rosenrot lief los und duckte sich zwischen dem Gebüsch und den Bäumen. Sie war viel schneller als die Erwachsenen. Der Schmetterling hüpfte vor ihr her. Schon bald hatte sie die beiden abgeschüttelt, sich aber erneut verlaufen. Rosenrot konnte ihre Eltern in weiter Entfernung durch die Bäume rufen hören. Als sie sich schließlich hinsetzen wollte, um zu weinen, erblickte sie wieder den Schmetterling. Er flatterte um ihr Gesicht. Im nächsten Augenblick flog er wieder weg. Sie folgte ihm. Das Rufen der Erwachsenen wurde leiser und leiser. Kurz danach bog sie hinter dem Schmetterling um einen Baum und stand auf einer Schneise. Sie fand sich vor dem Haus der grausamen Eltern. Sie fiel auf die Knie und weinte, denn jetzt war sie sich sicher, dass sie gefunden und umgebracht werden würde. Der Schmetterling flog zur Tür der Hütte.

Tausendschön erschien in der Tür und lief zu ihrer Freundin.

›Weine nicht!‹, tröstete sie Rosenrot. ›Steh schnell auf und folge mir, bevor sie zurückkommen!‹

Die Mädchen jagten zum Haus und verriegelten die Tür hinter sich. Tausendschön holte einen Schlüssel aus der Kommode neben dem Herd und verschloss die Tür. In dem Zimmer war es warm und behaglich. Ein Feuer brannte, Kissen lagen herum, und schon bald würde der Wasserkessel pfeifen. Auf dem Tisch stand Kuchen, und das Wohnzimmer war hell und sauber. Spitzenvorhänge hingen vor den Fenstern, die mit gemusterten Schlaufen zusammengebunden waren.

Die Mädchen blickten durch die Scheiben. Die Mutter und der Vater liefen durch die Bäume auf sie zu. Das Messer blitzte in der Hand des Vaters.

›Hab keine Angst!‹, sagte Tausendschön.

Die Eltern gingen um das Haus herum. Sie brüllten und schrien und verlangten, hereingelassen zu werden. ›Ihr dürft nicht herein. Das Haus gehört jetzt mir, und die Tür bleibt für euch verschlossen‹, rief Tausendschön ihnen zu.

Die Eltern setzten sich vor die Tür, weinten und jammerten. Manchmal kratzten sie mit ihren Nägeln gegen das Holz.

Aus dem Hinterzimmer der Hütte drang das Wimmern eines Kindleins.

›Unser Bruder‹, sagte Tausendschön.

Sie stand auf und holte den kleinen Jungen aus seiner Wiege. ›Ihn wollten sie haben‹, sagte sie. Dann brachte sie ihn wieder in seine Kammer.

Am nächsten Morgen jammerten die Eltern, dass sie Hunger hätten und essen müssten.

›Für euch gibt es nichts zu essen‹, rief Tausendschön.

›Gar nichts‹, schrie Rosenrot.

Die Eltern verstummten. Rosenrot erklärte Tausendschön, dass, selbst wenn die Eltern weggehen oder sterben würden, sie diesen Ort nicht verlassen könnten, da Kinder unmöglich allein aus dem Wald finden würden.

›Du wirst unsere Großeltern nie wiedersehen‹, stellte Tausendschön fest.

Rosenrot weinte, und ihre Schwester tröstete sie.

Am Nachmittag verkündeten die Eltern, dass sie bald Hungers sterben würden.

Die Mädchen legten die Hände über die Ohren, um nichts zu hören. Am Abend erklärten die Eltern, dass wenn sie ihren kleinen Sohn mitnehmen dürften, sie gehen und niemals zurückkehren würden.

Tausendschön wies sie an, aufzustehen und hundert Schritt zu tun. Dann würde sie das Kindlein vor die Tür legen. Anschließend könnten sie es abholen und verschwinden. Und so geschah es.

Die Schwestern in der Hütte hörten, wie die Eltern zurück zur Tür liefen und das Kind aufhoben. Das Kindlein schrie. Dann erklang ein schreckliches Geräusch, das sich anhörte wie das Quieken eines Schweins.

Die Schwestern beobachteten ihre Eltern, die zum Wald rannten. Der Mond schien, und es sah so aus, als würden sie etwas zwischen sich tragen, das hin- und herschwang.

Die Schwestern schliefen gemeinsam auf dem Boden ein. Am nächsten Morgen wachten sie auf, und ihnen war, als wäre es der erste Tag der Schöpfung. Sie brauchten nichts und niemanden. Obwohl sie traurig darüber waren, dass sie ihre Großeltern niemals wiedersehen würden, wussten sie, dass sie sie eines Tages im Himmel treffen würden. Bis dahin aber würden sie ein glückliches Leben in ihrer Hütte im tiefsten Wald führen. Und wie mir meine Großmutter erzählt hat, leben sie bis zum heutigen Tag dort.«

Divara war aufgestanden. Die Gesichter des Teufels waren inzwischen aus den Bäumen verschwunden.

»Wir brauchen etwas Schlaf«, verkündete Divara. »Deine Geschichte hat mir Angst gemacht.«

»Ich mochte sie«, erklärte ich.

»Ich bin mir nicht sicher, was ich davon halten soll«, sagte Paulus, und wir kehrten in die innere Kammer zurück, wo wir alle bis zum Mittag schliefen.

Als ich wach wurde, las Paulus im Schein des Feuers, das wieder heller brannte. Er hatte sich natürlich ein Buch mitgebracht, irgendeinen Gedichtband.

Ich stand auf und deckte Divara zu. Dann setzte ich mich neben Paulus.

»Ich habe in den vergangenen Tagen mehr gelernt als in meinem gesamten Leben«, sagte ich zu ihm.

»Gut«, erwiderte er. »Aber ich will nicht, dass du dafür stirbst.«

»Wir können fliehen«, sagte ich und sah zu Divara.

»Weißt du, was ich in meinem Leben gelernt habe, Wilhelm?«, sagte er.

Er brach ab, denn in diesem Moment drehte sich Divara zu uns um.

»Freunde«, sagte sie, »ihr habt mich aufgeweckt. Macht nicht so einen Krach!«

Wir entschuldigten uns. Sie setzte sich auf. Ihre Kleider waren zerwühlt. »Ich habe euch sehr viel zugehört, aber ihr solltet den Frauen mehr zuhören. Und den Frauen, die ihr kennt, mehr Fragen stellen.«

Es gibt Menschen, darunter viele Frauen, die gereizt reagieren, wenn man sie zu früh aus dem Schlaf weckt.

»Wir werden versuchen, leiser zu sein, sodass du den Schlaf bekommst, den du als Frau brauchst«, sagte Paulus.

Sie musterte ihn. In ihrem Blick lag fast Mitleid.

»Divara, wir sind in einer Höhle«, erklärte ich. »Ich befürchte, dass es schwierig ist, hier etwas von den anderen unbemerkt zu tun.«

»Wir sind in der Tat in einer Höhle, Wilhelm«, erwiderte sie. »Wir dürfen hier tun und machen, was uns gefällt. Es gibt kein Gesetz, nur uns. Wir entscheiden, was passiert, und wie wir leben. Mir gefällt es nicht mehr, eine Frau zu sein, die euren Vorstellungen entspricht. Die kleine Welt, die ihr erschaffen habt, hat versagt. Ihr habt euren Vätern zugehört, und die haben ihren Großvätern, Urgroßvätern und Ururgroßvätern zugehört. Das reicht zurück bis zur Zeit von Mose, der seinem Vater im Himmel zugehört hat. Wo in eurer Welt ist der Platz für eine Frau? Sagt es mir! Wo hat eine Frau die Möglichkeit einer Wahl? Ich will eine Wahl haben, und wenn es nur in meiner Höhle ist.«

Sie kam sie zu uns herüber und setzte sich zwischen uns. »Ihr seid gute Männer, und ich bin mir sicher, dass meine Kritik auf euch nicht zutrifft. Aber Frauen leben, wie ihre Brüder und Väter es ihnen vorschreiben, und das habe ich satt. Keiner von euch beiden hat etwas dagegen unternommen oder darüber gesprochen. Keiner von euch Männern hat etwas gemacht, noch nicht einmal die guten. Vielleicht trifft meine Kritik doch auf euch zu, weil ihr es nicht bemerkt habt.« Sie tätschelte unsere Arme, als wären wir kleine Kinder. Ich sah Paulus an, doch sein Blick war auf Divara gerichtet. Er musterte sie.

»Starke Arme, ihr Jungs«, sagte sie. »Eure Arme sind kräftiger als meine. Euer Kopf kann mehr Schläge einstecken als meiner. Aber ihr kriecht vor anderen Männern und denkt nicht eigenständig. Ihr denkt das, was euch andere Männer vorsagen. Ihr geht und sterbt in einer Stadt wie Bedburg, weil irgendein anderer Mann euch das aufgetragen hat. Ich verstehe Männer nicht.«

»Ich bin nicht wie andere Männer«, verteidigte ich mich. »Ich respektiere und beschütze Frauen. Ich liebe Frauen.«

»Deshalb spreche ich mit dir über diese Dinge. Du könntest wenigstens zuhören«, sagte Divara. »Statt wütend zu werden. Ich will dich nicht verletzen. Du bist mein Freund, und ich hab dich liebgewonnen. Ich schulde dir mein Leben und würde alles tun, um mich zu revanchieren und dich zu beschützen. Doch die Aussage, dass manche Männer gut sind, ändert nichts. Und wenn du eine Frau wärst, würdest du nicht so denken. Wir kämpfen hier in Europa gegen Muslime, und ich bin mir sicher, dass sie nicht alle böse sind. Dennoch wissen wir, dass sie eine Gefahr für uns darstellen. Wir wissen, dass wir uns solange nicht sicher fühlen können, bis sie sich entweder geändert haben oder nicht mehr da sind. Genauso verhält es sich mit Männern und Frauen.«

»Divara«, sagte jetzt Paulus, und ich erkannte an seiner Stimme, dass ein akademischer Vortrag folgen würde. »Divara, die Art und Weise, wie einige ignorante Männer Frauen behandeln, kann nicht mit Kriegen verglichen werden, die Muslime in Europa gegen uns geführt haben. Das ist ein Fehlschluss. Wenngleich ich zustimme, dass viele

Männer sich gegenüber Frauen schlecht verhalten und sich wie Tiere aufführen.«

»Sprich mit mir nicht in diesem herablassenden Ton, mein Lieber«, sagte Divara und küsste Paulus auf die Wange. Er lächelte und schwieg. »Ich habe Flugblätter gelesen, in denen beschrieben wird, wie Muslime ihre männlichen christlichen Gefangenen vergewaltigten, sie auf dem Sklavenmarkt verkauft und gezwungen haben, zum Islam zu konvertieren.«

»So etwas gibt es«, sagte Paulus.

»Ja, genau«, sagte ich und lachte boshaft. »Männer können auch zu Männern grausam sein, nicht nur zu Frauen.«

»Habt ihr je erlebt, wie eine Frau von ihrem Vater oder Mann geohrfeigt wurde, weil sie den Mann ausgelacht hat, so wie ihr mich gerade ausgelacht habt?«

»Eine Ohrfeige bedeutet nicht das Gleiche, wie dazu gezwungen zu werden, Mohammed zu verehren«, sagte ich und schaute weg.

»Wenn die Muslime christliche Männer vergewaltigt und versklavt haben, was haben sie dann mit den Frauen gemacht? Davon stand nichts in den von Männern verfassten Flugblättern.«

»In Flugblättern stehen keine wahrhaftigen Berichte«, sagte Paulus.

»Was darf ich machen, ohne dass es mir ein Mann vorschreibt?«, fragte sie. »Sagt's mir! Ihr seid Männer und müsst es wissen.«

Paulus und ich schwiegen.

»Wenn der Mann zu seiner Frau sagt, Bett, dann bedeutet es Bett«, fuhr Divara fort. »Wenn der Vater zu ihr sagt, dass sie in die Kirche gehen soll, muss sie in die Kirche.

Wenn ich ein Buch lesen will oder mit jemandem sprechen möchte, muss ich fragen. Die Männer in meiner Familie verfügen über mein Geld. Ich kann nirgendwohin gehen ohne die Erlaubnis von Männern. Welche Frauen außer Huren dürfen arbeiten, so wie es ihnen gefällt? Und selbst die müssen den Männern, die sie besitzen, Rede und Antwort stehen. Selbst euch gegenüber bin ich machtlos.«

»Es tut mir leid«, sagte Paulus und küsste sie ungeschickt auf das Ohr. Die beiden saßen dicht nebeneinander.

»Von mir aus kann in dieser Höhle alles passieren«, verkündete ich. »Stell die Welt auf den Kopf! Ich freue mich, dabei zu sein. Aber darf ich mich trotzdem noch in die Töchter von Gastwirten verlieben und sie vernaschen?«, sagte ich lachend.

»Wenn sie vernascht werden möchten, dann vernasche sie«, erwiderte sie lachend.

Mittlerweile verspürten wir Hunger. Wir machten uns etwas zu essen. Die hintere Kammer diente als Küche. Ich wollte Pfannkuchen backen. Paulus schnitt getrocknetes Rindfleisch ab, um es mit Wein, Zwiebeln und Pilzen zu einem Eintopf zu verarbeiten.

Divara trank einen Becher Schnaps und sprach zu uns, während wir das Essen zubereiteten. »Meine Mutter hat mich auf diese Gedanken gebracht«, sagte sie. »Im Vergleich zu ihr sind diese Männer da unten gar nichts«, sagte sie und deutete mit dem Kopf nach Bedburg. »Während des Kriegs, meine Mutter war noch jung, wurde ihr Dorf sehr schnell evangelisch. Sie stand kurz vor der Heirat mit ihrem ersten Mann, einem Lehrer. Der Krieg wütete nicht so grausam in ihrer Gegend. Die Herren unterdrückten das Volk nicht so schlimm und behandelten die Armen nicht wie Tiere, so wie in vielen anderen Teilen des Landes. Doch die Menschen waren trotzdem nicht weniger wütend. Sie vertrieben ihren Gutsherrn, aber sie brachten ihn nicht um. Dann schickten sie eine Delegation zu dem Nonnenkloster in der Stadt und erklärten den Ordensschwestern, dass sie Land abtreten müssten, um so die Jahre der Ausbeutung wiedergutzumachen. Die Nonnen züchteten Bienen, pflanzten Blumen an und durften durch den Fürstbischof Handel treiben, ohne Steuern zahlen zu müssen. Sie hatten es über die Jahre hinweg durch Honig, Rosenöl, Sonnenblumenkerne und Kerzen zu einigem Wohlstand gebracht. Sie kauften Land von Menschen, die ihre Schulden nicht bezahlen konnten, und fungierten als Händler für die Kaufmänner im Dorf, denn so erzielten diese einen größeren Gewinn. Die Schwestern taten aber auch Gutes. Sie kümmerten sich um die Kranken und Armen und waren wohltätig, wenn es notwendig war. Einige der höher gestellten Schwestern führten sich mitunter schon einmal herrisch auf, doch das geschah nicht häufig. Die meisten Nonnen waren anständig. Auf jeden Fall gab es keine Ausschweifungen, und sie befolgten streng ihr Keuschheitsgelübde.

Der zukünftige Ehemann meiner Mutter, sein Vater und sein Großvater gehörten zu der Delegation, die zum Nonnenkloster geschickt worden war. Die Ordensschwestern willigten ein, Land zurückzugeben, denn ihr Besitz war groß. Das Dorf beruhigte sich. Meine Mutter heiratete innerhalb weniger Tage, denn ihr Mann musste für die lutherischen Herren in den Kampf ziehen. Krieg ist aber ein Spiel der Männer, und Männer mögen das Chaos, glaube ich. Im Land wurde gekämpft, und das katholische Heer brannte Dörfer nieder, die die Seiten gewechselt hatten. Alle wussten von diesen Gräueltaten, und im Dorf meiner Mutter keimte Wut auf. Ein paar Tage, bevor der erste Ehemann meiner Mutter, der Lehrer, zu den Soldaten musste, verkündeten er und noch ein paar Männer aus dem Dorf – Männer, deren Stimmen zählten –, dass die Nonnen vertrieben werden sollten. Ihr Land sollte beschlagnahmt und unter den Familien gleichmäßig verteilt werden. Denn die katholischen Armeen waren zu weit gegangen. Die Gerechtigkeit verlangte Rache. Die Männer beschlossen sogar, dass sie umgebracht werden sollten.

Die Männer marschierten in jener Nacht zu dem Kloster. Einige Frauen aus der Stadt, darunter meine Mutter, hatten die Nonnen jedoch gewarnt, sodass die Schwestern das große Tor verriegelt hatten. Das Kloster war groß und weitläufig, seine Ziegelmauern so dick wie drei Mann. Die Männer waren betrunken, beschimpften und bedrohten die Nonnen, als sie das Gemäuer erreichten. Sie umringten das Gebäude und riefen den Schwestern zu, dass sie warten würden, bis sie herauskämen. Würde das nicht bis zum Morgengrauen geschehen sein, würden sie das Kloster niederbrennen.

Dann kamen die Frauen aus der Stadt herbeigeeilt. Einige Männer versuchten, ihre Frauen, Töchter, Schwestern und sogar ihre Mütter wegzujagen, doch die Frauen ließen sich nicht verscheuchen. Meine Mutter lief zu ihrem Mann und sorgte dafür, dass er die Männer zur Ordnung rief. Er war ein kluger und tapferer Mann. Obwohl er noch jung war, betrachteten ihn die anderen Männer als ihren Anführer.

Meine Mutter war vielleicht sechzehn, doch sie sprach zu den Männern, wenngleich sie sich an ihren Ehemann wandte. ›Würdest du so handeln, wenn deine Mutter, deine

Schwester, deine Tochter oder ich, deine Frau, dort drinnen wäre?‹, sagte sie und deutete auf das Kloster.

Natürlich lachten viele Männer und erwiderten, dass diese vertrockneten Vetteln in Schwarz und Weiß nie Mütter oder Ehefrauen sein würden.

›Oder Töchter und Schwestern habe ich gesagt‹, rief meine Mutter zu der lachenden Menge von Männern.

Ihr Mann hob eine Hand und brachte die restlichen Männer zum Schweigen. ›Die Frauen haben ein Recht zu sprechen!‹

›Ich bitte euch nicht, gnädig zu sein, weil sie Frauen sind‹, fuhr meine Mutter fort. ›Aber würdet ihr so handeln, wenn eure Väter, eure Brüder, eure Söhne oder ihr selbst dort drinnen wärt? Unsere Stadt ist eine gute Stadt mit guten Menschen, und ihr bringt Schande über sie und über euch mit euren Handlungen. Eure Frauen werden euch in dieser Angelegenheit nicht beistehen. Unser Platz wird neben den Schwestern sein, wenn sie aus dem Kloster herauskommen.‹ Sie sprach jetzt wieder direkt zu ihrem Mann.

›Solltet ihr versuchen, das Kloster niederzubrennen, werden wir euch daran hindern. Wir werden euch die Fackeln aus den Händen reißen, und ihr werdet uns totschlagen müssen, um sie wieder zurückzubekommen. Wir werden das Tor zum Kloster öffnen, damit die Frauen vor dem Feuer fliehen können, und wir werden gegen euch kämpfen, solltet ihr euch uns in den Weg stellen. Ihr werdet diese Frauen nicht umbringen.‹

Ihr Blick war noch immer auf ihren Mann gerichtet. ›Ich bitte dich nicht, diese Frauen in Ruhe zu lassen, weil du mich liebst, oder ich dich liebe, oder weil ihr eure Frauen liebt, sondern weil ich es dir sage. So wie all die anderen

Frauen, Schwestern, Mütter und Töchter. Jetzt komm weg von diesen Frauen!‹, sagte sie und zog ihren Mann am Ärmel.

Die anderen Frauen hatten sich inzwischen zu ihren eigenen Männern gestellt, sprachen mit ihnen, schimpften sie aus, zogen sie zu sich und stampften mit den Füßen. Keine weinte oder bettelte.

›Wir werden die Schwestern nicht töten, oder?‹, rief der Mann meiner Mutter zu den anderen Männern.

Keiner widersprach. Die meisten schüttelten den Kopf und gaben den Frauen nach.

›Aber sie müssen die Stadt verlassen‹, rief er. ›Sie sind nicht mehr sicher, solange sie hierbleiben. Wir können nicht garantieren, dass sie am Leben bleiben. Der Krieg verwandelt Männer in Wahnsinnige.‹

Meine Mutter antwortete ihm laut, obwohl sie neben ihm stand, den Arm um seine Taille gelegt, er den Arm um ihre Taille gelegt, denn mittlerweile spielten sie ihre Rollen vor der Menge. Es war kein Gespräch mehr zwischen ihnen beiden. ›Die Nonnen werden die Stadt nicht verlassen, außer es ist ihr ausdrücklicher Wunsch. Wir werden ihnen ihre Sicherheit garantieren. Das hier war und ist eine gute Stadt. Was heute Nacht passiert ist, ist vergessen.‹

Die Frauen, die neben ihren Männern standen, bildeten einen Ring um das Kloster und sagten: ›Vergeben und vergessen‹, ›kein Wort mehr darüber‹ und ›kommt nach Hause.‹

Und die Männer gingen nach Hause.«

Divaras Miene hatte sich während ihrer Rede so häufig verändert, dass ich die Gesichtsausdrücke nicht zählen konnte. Wut, Freude, Gelassenheit. Auf ihrem Gesicht hatte ein Schauspiel stattgefunden.

Nachdem sie ihre Geschichte beendet hatte, ging sie zum Feuer, wo Paulus und ich kochten. Sie half uns bei unseren kläglichen Versuchen, denn meine Pfannkuchen zerbröckelten und Paulus Eintopf war zu wässrig. Sie rettete, was zu retten war, und wir setzten uns zum hinteren Eingang der Höhle und aßen. Die Essen schmeckte trotz des erbärmlichen Aussehens gut, worüber ich froh war. Genau wie Paulus und Divara.

Als wir gegessen hatten, setzten wir uns ans Feuer am hinteren Eingang der Höhle, blickten zur Sonne, die hoch am Himmel stand, und lauschten dem Gesang der Vögel. Wir schwiegen eine Weile. Schließlich ergriff Paulus das Wort, und er sprach zu Divara.

»Es gibt viele Männer, mit denen etwas nicht stimmt«, sagt er. »Das Gefühl begleitet mich schon mein ganzes Leben, aber ich habe noch nie darüber gesprochen, da mir erst jetzt dieser Gedanke recht bewusst geworden ist. Ich glaube, dass die Wollust viele Männer in Wahnsinnige verwandelt. Sie bringt sie um den Verstand. Vielleicht ist dies auch bei deinem Vater der Fall, wenngleich ich nicht glaube, dass er wahnsinnig ist. Durch die Adern dieser Männer fließt die Wollust und setzt ihren Verstand außer Kraft. Mein eigener Vater kam eines Tages mit einer jungen Frau nach Hause, nachdem er einer der Auserwählten von Münster geworden war. Ich glaube, sie war siebzehn. Ihr Mann war als Verräter enthauptet worden, weil er sich geweigert hatte, eine von den neuen Münzen anzunehmen, die auf der einen Seite Jan van Leiden zeigten, auf der anderen Seite die Stadt Jerusalem. Der Besitz des Ehemanns wurde unter den Auserwählten verteilt. Die Angehörigen eines Ketzers wurden nicht als Menschen erachtet. Sie standen der Wiederkunft des Herrn ablehnend gegenüber und mussten daher wie Fisch und Wein unter den Auserwählten verteilt werden.

Das Mädchen kam also zu uns nach Hause und diente als Magd, so wie in der Bibel Hagar als Magd diente für Abraham und Sara. Meine Mutter hätte sie am liebsten umgebracht. Doch das Mädchen gehörte zum Besitz meines Vaters. Trotzdem schlug meine Mutter sie jeden Tag halb tot. Sie hasste mehr die Ketzerin als den Eindringling in ihr. Doch sie betrachtete Ketzer ebenfalls als Besitz, womit mein Vater genauso gut mit einer Kuh hätte Unzucht treiben können.

Unsere Hagar versuchte wegzulaufen, doch sie wurde gefangen genommen, bevor sie die Stadt verlassen konnte. Sie hätte alle möglichen Strafen bekommen können, auch bei lebendigem Leib gehäutet zu werden. Meine Mutter bestimmte, dass sie über ihren Tod entscheiden dürfe. Sie ordnete an, dass das Mädchen erhängt werden sollte. Den Rest ihres Lebens prahlte sie damit, wie großzügig sie gegenüber der dreckigen Sklavin gewesen war, die sie unter ihrem Dach beherbergt hatte.«

Paulus lehnte sich zurück und schwieg.

Ich wollte mit ihnen im Schein des Feuers über meine Kindheit sprechen, auch wenn es keine großartigen Geschichten darüber zu erzählen gab. Mein bisheriges Leben stand ganz im Zeichen meiner Anstrengungen, zu Ansehen und Wohlstand zu gelangen. Und dies bedeutete, dass ich immer ein folgsamer Schüler sein musste und ein fleißiger Student. Ich erzählte ihnen also von diesen Gedanken, doch es waren Worte, die jeder Junge irgendwann einmal von sich gibt, und denen andere lauschen, ohne dass sie sie wirklich hören wollen. Im Gegensatz zu Paulus und Divara. Sie lauschten, hörten mir zu, dachten darüber nach.

»Diese Welt und alles, was du kennst, ist eine Lüge, mein lieber Wilhelm. Deine Eltern haben sich in allem geirrt, was sie dir erzählt haben, auch wenn es klingt, als wären sie gute Menschen. Auch ich liege falsch mit dem, was ich dir erzähle. Nicht ein Wort, das aus deinem Mund kommt, außer es betrifft deine Gefühle, ist wahr. Alles, was wir von uns geben, ist unrein und mit Lügen behaftet, von denen wir noch nicht einmal wissen, weil unsere Väter sie uns erzählt haben, und unseren Vätern wurden sie von ihren Vätern erzählt und so weiter und so weiter, bis hin zu ihrem Gott, der Adam im Garten Eden schuf, oder wer immer es war, der ihn erschuf.«

Divara hatte sich mittlerweile neben das Feuer gelegt. Sie sprach über die Flammen hinweg. »Vielleicht sind wir durch ihn entstanden, indem er pinkelte.«

Ich war empört. »Du lästerst Gott. Welche Frau wagt so etwas?«

»Ich«, antwortete sie.

Paulus stand auf und ging die wenigen Schritte zum hinteren Eingang der Höhle. Er blickte auf das Tal und auf die Hänge der Steipplinger Berge. Die Sonne stand tief am nachmittäglichen Himmel.

Divara erhob sich ebenfalls. »Lasst uns zusammen pinkeln«, sagte sie, als würde sie einen Spaziergang nach einer Mahlzeit vorschlagen.

Paulus zuckte mit den Achseln und deutete ihr mit einer Handbewegung an, sich neben ihn an den Rand der Höhle zu stellen. Sie wandte sich zu mir, blickte zurück in die

Höhle, raffte die Röcke und hockte sich hin. Ihre Unterhose raschelte, und ich empfand das Geräusch als unanständiger, als einem Schwein zuzusehen, das sich mit dem Mond paart.

»Komm!«, forderte sie mich auf und wandte den Kopf ruckartig zum Eingang der Höhle, während sie ihre Röcke raffte.

Ich ging zu ihnen und hatte das Gefühl, als wäre ich nicht in der Höhle, denn das Leben war wie auf den Kopf gestellt. Ich kam mir erniedrigt vor, dennoch war ich glücklich. Divara begann zu pinkeln, und das Geräusch klang gleichzeitig entsetzlich und aufregend für mich, da es der Klang eines Körpers war, der losließ. Ich knöpfte meine Hose auf, stellte mich links neben sie und pinkelte ebenfalls den Abhang hinunter. Das Wasser glänzte in dem goldenen Sonnenlicht, das auf die Bäume schien.

Paulus knöpfte ebenfalls seine Hose auf und stellte sich rechts neben sie. Er blickte mich an, und ich sah, dass er sich nicht schämte. Wir empfanden alle keine Scham mehr.

Dreissigstes Kapitel

Hinrichtung und der Zorn des allmächtigen Gottes auf der unter ihm liegenden Erde

Von unserem Aussichtspunkt am Höhleneingang aus sahen wir am Abend zu, wie mit den Vorbereitungen für die Hinrichtung begonnen wurde. Auf der Kreuzung wurde ein mannshoher dicker Pfosten in die Erde getrieben. Ein paar Männer trugen das Rad eines Heuwagens über die Straße. Mit einer Leiter kletterten sie hinauf und befestigten es flach auf dem Pfosten.

Eine Gruppe von Männern baute ein kleines Podest auf. Sie warfen Stroh und Binsen darauf und stampften es platt. Während sie arbeiteten, stellten zwei weitere Gruppen von Männern drei hohe Pfähle auf und legten Reisigbündel, Anzündholz und Scheiter um sie herum. Am Schluss errichteten die Männer einen Fahnenmast.

Die Sonne war mittlerweile untergegangen und ganz Bedburg war auf den Beinen. Schließlich kam Fromme in seinem Priestergewand aus dem Wehrturm heraus, in seinem Gefolge Bruder Bartholomäus. Der Hauptmann ermahnte die Menge zur Ruhe, und die Bürger verstummten.

Eine der Wachen bei der Tür des Wehrturms begann jetzt eine Trommel zu rühren. Alles reckte die Hälse. Im nächsten Moment wurde Stumpf durch die Tür des Wehrturms geschubst. Er landete auf dem Gesicht, die Hände auf den Rücken gefesselt, der Mund geknebelt mit einem Eisenring. Der Trommelwirbel erstarb, und die erstarrte Menge erwachte wieder zum Leben. Die Menschen brüllten, schrien und sprangen auf. Die beiden Wachen, die Stumpf auf die Straße geschleudert hatten, traten ihn und zogen ihn an den Füßen. Hinter ihnen tauchten zwei weitere Wachen auf mit Stumpfs Frau und dem kleinen Kind. Sie warfen sie auf den Boden vor ihn. Man hatte sie ebenfalls geknebelt und mit Seilen gefesselt. Die kleine Rosa war starr vor Angst, doch ihre Mutter krümmte sich, schrie hinter dem Knebel und trat um sich. Stumpf starrte auf den Boden.

Divara, die neben mir stand, senkte den Kopf und blickte ebenfalls nach unten. Dann atmete sie durch und hob wieder den Kopf. Paulus legte eine Hand auf ihren Arm und ließ sie dort liegen.

Mein Blick wanderte über die Menge. Sie waren alle da. Kroll, Richard, Schröder, Jens und Roderich mit ihren Familien.

Fromme wandte sich den Gefangenen zu. »Eure Todesurteile sind bereits verlesen worden, es gibt nichts mehr zu verkünden. Ihr habt eure letzten Worte gesprochen. Die Zeit der Hinrichtung ist nun gekommen.«

Die Wachen packten Stumpf, seine Frau und das Kind an den Haaren, sodass sie Fromme in die Augen sehen mussten. Die Mutter wehrte sich und trat noch heftiger um sich. Das Kind war leblos, während Stumpf Fromme anstarrte wie ein Hund, der gleich von seinem Herrn umgebracht wird.

»Es ist Zeit«, rief Fromme, hob die Arme und klatschte in

die Hände. Menschen drängten sich vor, um die drei Verurteilten zusammen mit den Wachen hochzuheben und über ihren Köpfen zu tragen. Sie schrien vor Lachen. Ihre Zähne und Zungen leuchteten hell und rosa im Schein der Fackeln. Es erklang Musik. Während die Menge zur Kreuzung ging, wo das Rad, die Scheiterhaufen und das Podest aufgebaut waren, reichten die Menschen die Familie weiter. Sie zogen sie an den Haaren, schlugen sie, sprangen herzu, um sie zu beißen, rissen an ihren Kleidern, bis sie nackt waren.

Als sie die Kreuzung erreicht hatten, warfen sie die drei Körper auf den Boden. Die Wachen und Büttel bildeten einen Kreis um die Familie und drängten die Menge zurück.

»Du solltest dir das nicht ansehen«, sagte Paulus zu Divara. »Lass uns zurück in die Höhle gehen und warten, bis es vorbei ist.«

Divara war wie erstarrt. »Ihr könnt euch gern zurückziehen«, erwiderte sie. »Aber ich werde hierbleiben, das bin ich ihnen schuldig.«

Sie rang weder die Hände, noch kniete sie nieder. Sie stand einfach da, stumm, beobachtete das Geschehen. Allein. Sie machte mir in dem Moment Angst. Paulus auch, vermute ich.

Stumpf wurde an den Flaggenmast gebunden. Man hob seine Frau und seine Tochter vom Boden auf und legte sie auf das Podest. Karfreitag und seine Soldaten marschierten zu Frau Stumpf und Rosa und knieten sich zwischen ihre Beine. Das Mädchen schrie jetzt zum ersten Mal und wehrte sich, doch sie wurde mit Faustschlägen und Hieben zum Schweigen gebracht. Frau Stumpf lag da und zuckte konvulsivisch. Karfreitag und seine Männer streiften ihre Hosen herunter. Als sie fertig waren, nahmen zwei weitere Soldaten ihre Plätze ein, gefolgt von sämtlichen Bütteln und Wachen. Dann ließ Karfreitag eine Reihe aus den männlichen Bewohnern der Stadt bilden. Stumpf starrte mit leerem Blick in die aufgeregte Menge, ohne sich zu rühren.

Ich wäre gern zurück in die Höhle gegangen, um mir diesen Anblick zu ersparen, doch ich befürchtete, dass ich vor Divara wie ein Schwächling erschienen wäre. Ich glaube, Paulus hätte sich am liebsten auch abgewendet. Doch Divaras Standhaftigkeit hielt ihn davon ab. Ich senkte meinen Blick zu Boden und sah, wie Paulus meinem Beispiel folgte. Als ich wieder aufsah, war das Kind von Kopf bis Fuß blutig. Ein Mann, der auf Frau Stumpf lag, schrie auf und sprang weg, als er ihre Beine nach hinten schob und ihr die Hüften brach. Die Gelenke waren ausgekugelt, sodass ihre Beine in einem eigenartigen Winkel vom Körper abstanden.

Fromme ging zu Stumpf und zerrte ihn an den Haaren, sodass er aufblickte. »Genug!«, sagte der Geistliche.

Die Wachen traten nach vorne und trugen Stumpfs Frau und das Kind von der Bühne. Frau Stumpfs Gestalt erinnerte an eine zerquetschte Spinne. Das Gesicht des Mädchens wirkte wie ein Stück angefressenes Fleisch. Sie banden die beiden an die Pfähle der Scheiterhaufen, um sie zu verbrennen. Doch es war kein Leben mehr in ihnen, auch wenn sie noch atmeten. Es waren zwei an Pfähle geheftete Blutklumpen. Die Reisigbündel wurden angezündet. Der Sommer war bislang heiß und trocken gewesen, sodass die Scheiterhaufen unverzüglich lichterloh brannten. Gottlob entstand reichlich Rauch, der das Sterben beschleunigte.

Rosa schrie, und das Geräusch hallt noch heute in meinem Innern nach. Schließlich war sie still, erstickt durch den Qualm, und ich wusste, dass sie es überstanden hatte. Frau Stumpf jedoch rang noch nach Luft, als das Feuer angezündet wurde, und schrie – nur ein einziges Mal, lang und laut. In dem Schrei lagen Schmerz und Tod. Sie rang noch einmal nach Luft, und es klang, als würde sie weinen, doch es waren sanfte, zarte Laute. Kurz danach war auch sie tot, erstickt durch den Qualm. Ihr Gesicht schien zu schmelzen, als die Flammen um ihren Körper schlugen.

Wie eine Frau sterben und dabei sanft klingen kann, ist mir bis heute ein Rätsel, denn ein Mann könnte so etwas nicht.

Divara beobachtete weiter ohne eine Regung das Geschehen und schüttelte mich ab, als ich ihren Arm berührte und sie bat, mit mir zurück in das Innere der Höhle zu gehen.

»Ich muss es mir ansehen, damit ich entsprechend handeln kann«, sagte sie. In ihrem Gesicht waren noch immer keine Tränen zu entdecken.

»Hätten sie geschrien und gebettelt, wäre die Menge glücklich gewesen und hätte gejubelt«, sagte Paulus zu Divara und mir.

»Ich werde die Leute dort unten allesamt umbringen«, verkündete Divara und wandte sich zu Paulus. Dann blickte sie zurück zur Stadt und verstummte.

»Sie sind Tiere. Es wäre keine Sünde, sie zu töten«, sagte ich. Weder Paulus noch Divara erwiderten etwas oder ließen erkennen, dass sie meine Worte gehört hatten.

Der Blick des an den Flaggenmast festgebundenen Stumpf war noch immer unverändert starr. Ich schwöre, dass Milde darin gelegen hatte. Fromme trat jetzt wieder nach vorne und stellte sich vor die brennenden Scheiterhaufen. »Wir haben uns bisher nur mit einer kleinen Angelegenheit befasst. Jetzt ist die Stunde der großen Gerechtigkeit gekommen. Wir werden den Wolf aufs Rad flechten.«

Die Menge erwachte zu neuem Leben. Die Menschen klatschten, sangen, lachten und zeigten jubelnd auf Stumpf.

»Wolf, Wolf, Wolf«, skandierten sie.

Ich hatte noch nie gesehen, wie ein Verurteilter aufs Rad geflochten wurde. Dies Marterinstrument demonstriert aufs Sinnfälligste, wie fragil der menschliche Körper ist und dass allein der Geist des Menschen den Menschen ausmacht. Stumpf wurde zu dem Pfosten mit dem Rad gezerrt. Die Menge brüllte vor Genugtuung. Er lag auf dem Rücken und starrte zu den Sternen und dem Mond, der aufgegangen war, während wir von der Höhle auf ihn hinabblickten. Ich hatte das Gefühl, als träfen sich unsere Blicke. »Glaubst du, dass er uns sehen kann?«, fragte ich Divara.

»Nein«, antwortete sie und ihre Stimme klang alt und wie ein Echo.

Dann wurde das Rad in Bewegung gesetzt. Die Menge lachte, und in der Tat war es ein aberwitziger Anblick. Ein Mann, festgebunden auf dem Rücken, der sich dreht und dabei zu den Sternen blickt, und wir alle konnten erkennen, wie lächerlich das aussieht, und wie lächerlich wir sind, die dabei zuschauen.

Als das Rad aufhörte sich zu drehen, traten zwei Wachen nach vorne. Sie hatten große Knüppel in der Hand. Mit diesen schlugen sie auf Arme und Beine ein. Die beiden Wachen schlugen abwechselnd in einem ruhigen Takt. Eins, zwei. Eins, zwei. Die Menge klatschte rhythmisch mit, pfiff und spornte sie an. Stumpfs Arme und Beine baumelten gebrochen vom Rand des Rads. Schließlich begann er zu schreien. Die Wachen schlugen weiter auf ihn ein, immer nur auf Arme und Beine. Sein Körper sackte allmählich durch die Speichen des Rades. Seine Füße hingen über den Rand. Ein Hieb traf ihn im Unterleib und riss seine Bauchdecke auf. Dampf stieg heraus, obwohl die Nacht warm war.

»Nimm mich, nimm mich, nimm mich!«, rief er dann doch noch laut.

Die Menge wiederholte seine Worte höhnisch. »Schlagt langsamer!«, schrien einige.

Stumpf bestand nur noch aus Blut und weißen, hervorstechenden Knochen.

Divara beobachte die Szene. Wir wussten, dass es keinen Zweck hatte, sie zu bewegen, den Blick abzuwenden. Wir wussten, dass sie uns nicht zuhören würde. Wir besaßen keine Macht über sie und sollten auch keine Macht über sie besitzen, denn sie war die Göttin der Rache und die Göttin der Rache hat nur eine Herrin, sich selbst.

Anschließend häuteten sie Stumpf, der noch immer lebte. Die Männer, die ihn häuteten, mussten unter das Rad kriechen. Immer wieder waren die Speichen im Weg, als sie an Stumpf herumschnitten. Mittlerweile schrie er laut und grell. Er hörte nicht auf. Die Haut an den Händen wurde ihm entfernt wie Handschuhe, danach wandten sie sich den Armen zu. Die Arbeit gestaltete sich schwierig, da überall Knochen herausragten. Sie streiften ihm die restliche Kleidung ab, Strümpfe, Hose, Wams. Dann häuteten sie sein Gesicht. Stumpf war noch immer bei Bewusstsein, doch er krächzte mittlerweile nur noch wie ein Vogel. Sie entfernten ihm Lippen, Nase und Zunge. Anschließend schnitten sie ihn los. Fromme legte eine Hand auf das Rad und drehte es wie ein Kinderkarussell. Das Rad drehte sich langsam, und Stumpf sackte auf den Boden. Stöhnend lag er da – ein Haufen rotes Fleisch und Knochen. Fromme winkte aus der Menge eine Gruppe von vier Frauen herbei. Sie standen neben Stumpf, nahmen die Hautfetzen und nähten sie wieder zusammen: die Handschuhe an die Ärmel, die Ärmel an das Wams, das Wams an die Beine. Schließlich fügten sie das Gesicht samt Haaren hinzu. Die Frauen schienen zu glauben, dass er sie beobachtete, denn sie sprachen mit ihm. Erzählten ihm, wie sich seine Haut anfühlte, während ihre Stopfnadeln durch sie hindurch stachen, die Hände blutig bis zu den Handgelenken.

Als sie mit ihrem Werk fertig waren, hängten die Wachen die rote Hülle an dem von ihnen errichteten Fahnenmast auf. Sie flatterte im Wind, die Beine sahen aus wie die Spitzen eines zerrissenen Kriegswimpels.

Es war mittlerweile spät geworden, und viele waren des blutigen Schauspiels überdrüssig. Die Ersten wollten nach Hause gehen, konnten aber nicht, denn Stumpf war noch nicht tot. Fromme klatschte in die Hände. Karfreitag rollte ein Fass auf den Platz.

»Lasst ihn uns pökeln!«, rief Fromme laut und aufgeregt in die Nacht hinein. Die Zuschauer klatschten gehorsam, einige jubelten.

»Stellt die Musik ein!«, rief Fromme, woraufhin das Spiel der Musiker verstummte.

Ein zischendes Geräusch ließ mich wieder zu Stumpf sehen. Der Anblick war unerträglich, und ich wandte mich ab. Ich schäme mich nicht, das zuzugeben. Welcher Mensch hätte nicht weggesehen? Divara blickte weiter auf ihren

Vater. Karfreitag schüttete Salz über sein rohes Fleisch. Er krümmte und wand sich unter den weißen, beißenden Körnern wie eine Nacktschnecke. Schaum bildete sich vor seinem Mund. Karfreitag schüttete weiter Salz auf den Leib, bis er vollständige von Salz bedeckt war. Dann ertönten schluchzende Laute. Es war Stumpf, er weinte. Ich wandte mich nicht zu Divara, doch ich konnte aus den Augenwinkeln erkennen, dass sie die Hand hob und sich die Wange abwischte, über die Tränen liefen.

Mich faszinieren seit jeher Menschenmengen. Sie bewegen sich stets wie ein Körper, und sie empfinden auch wie ein Körper, erleben gemeinsam Hass, Entsetzen, Mitleid und Bewunderung. Das jagt mir mehr Angst ein als die Verdammung, der ich entgegensehe, weil ich an den Gott Abrahams nicht glaube, wenngleich ich Jesus als meinen Heiland verehre.

»Genug!«, schrie jemand aus der Menge.

»Nein«, schrie ein anderer.

»Bringt ihn endlich um!«, schrie ein dritter.

»Bereitet dem Ganzen ein Ende!«, rief eine Frau.

»Wir sind müde und wollen schlafen gehen«, rief eine andere.

»Ich muss morgen arbeiten«, schrie ein Mann neben ihr.

Paulus sah mich an. »Er ist nicht in der Lage, eine Menge zu beherrschen«, flüsterte er.

»Wenn es einen Gott gibt, dann müsste er jetzt Feuer und Schwefel über ihnen ausschütten«, sagte Divara. Es waren ihre ersten Worte seit einer langen Zeit. Sie wartete einen Augenblick. »Aber er tut es nicht. Es gibt keinen Gott.«

Fromme hob die Hände, aber eher schützend, als dass er die Menge zur Ordnung rufen würde.

»Er muss noch verbrannt werden«, rief er, und in seiner Stimme schwang Sorge.

»Geben Sie ihm einfach den Gnadenstoß!«, schrie ein Mann.

»Genau!«, brüllte ein anderer Mann. Die Menge begann zu klatschen und skandierten »umbringen«, »umbringen«.

»Dann werden wir ihn jetzt verbrennen«, verkündete Fromme halbherzig.

Das entsprach nicht den Vorstellungen der Leute, und so äußerten sie lautstark ihren Unmut und murrten.

»Verbrennen dauert zu lange«, rief eine Frau.

»Wir möchten nach Hause in unsere Betten«, schrie die Frau neben ihr.

Fromme befahl den Wachen, die Menge zurückzudrängen. Karfreitag brüllte etwas zu den Menschen, was ich jedoch nicht verstehen konnte, da das allgemeine Geschrei mittlerweile so laut war. Die Wachen standen vor dem Publikum. Karfreitag ging zu Fromme, berührte ihn an der Schulter und sagte ihm etwas ins Ohr.

Fromme nickte schließlich, und der Hauptmann wandte sich um. Er zückte sein Schwert und stach damit in den blutigen Salzhaufen. Die Menge klatschte Beifall. Karfreitag zog sein Schwert wieder heraus und stach erneut hinein. Der Haufen sackte in sich zusammen.

»Fertig!«, rief Karfreitag.

Fromme wandte sich an die Bedburger. »Ihr braven Bürger von Bedburg«, rief er. Die Menge verstummte. »Einer von euch hat vorhin gesagt, dass ihr ins Bett gehen müsst, weil morgen die Arbeit auf euch wartet. Lasst mich euch sagen, ihr müsst nicht ins Bett. Ich erkläre den morgigen Tag zu einem Feiertag, ein Tag frei von Arbeit für alle.«

Die Leute nahmen die Botschaft mit Begeisterung auf, sie brüllten und jubelten.

»Hört mich an!«, rief Fromme. »Bitte, Freunde!«

Einige schrien: »Still, seid ruhig, der Herr möchte etwas sagen.«

»Heute Abend feiern wir den Sieg des Herrn über den Werwolf von Bedburg. Unsere Arbeit ist getan. Kaiser und Fürstbischof laden euch heute Abend auf Speis und Trank ein. Vergnügt euch! Ihr habt es euch redlich verdient.«

Die Musik setzte wieder ein, und die Menschen begannen zu tanzen. Sie jubelten Fromme zu wie einem Helden.

»Genug der Worte«, fuhr Fromme fort. »Heute Abend feiern wir die Wiedergeburt eurer Stadt unter der Gnade Gottes.«

Die Menschen marschierten los, um zu trinken und zu tanzen. Fromme blieb mit Karfreitag zurück auf der Straße. Ein paar der Zuschauer standen ebenfalls noch da und betrachteten die Überreste der Hingerichteten. Fromme sagte etwas zu Karfreitag, das wir nicht verstehen konnten. Karfreitag rief zwei Büttel herbei und zeigte auf die noch immer brennenden Pfähle, wo unter den Holscheiten irgendwo Stumpfs Frau und Kind waren, zu Kohle verbrannt. Die Büttel zogen Stumpfs Leiche aus dem Salzhaufen und zerrten ihn zum Feuer. Die zwei Pfähle fielen in sich zusammen und loderten funkensprühend auf. Der für Stumpf vorgesehene, nicht angezündete Scheiterhaufen stand daneben. Fromme hatte den Ablauf der Hinrichtung schlecht eingeteilt. Er hatte Stumpf zu schnell zu viele Schmerzen zugefügt und sich so des Anblicks eines bei lebendigem Leib verbrennenden Werwolfs vor einer jubelnden Menge und unter einem leuchtenden Mond beraubt.

Die Büttel schwangen Stumpfs Leiche dreimal und warfen sie dann auf den Haufen zu seiner Frau und dem Kind. Einen Augenblick zischte es. Dann hörte man nur noch das Prasseln des Feuers.

Wenig später brach das Feuer in sich zusammen. Noch einmal stoben die Funken.

Karfreitag klatschte in die Hände, sodass seine Männer und die noch verbliebenen Zuschauer zusammenzuckten. »Wir haben einen Befehl erhalten«, rief er mit einem Lachen in der Stimme. »Also, lasst uns feiern!«

Die Menge grölte und dann drängte alles zum Gasthof.

»Trinkt Männer und schlaft morgen euern Rausch aus!«, rief Karfreitag. »Übermorgen werden wir nach der Tochter des Wolfs und nach unseren verschwundenen Freunden suchen.«

Wenn ich mir ein Theaterstück ansehe, ziehen mich die Figuren mitunter so in den Bann, dass ich nicht mehr in meinem eigenen Körper stecke, sondern auf der Bühne stehe und Teil des Schauspiels bin. Ich zucke zusammen, wenn eine Figur hinfällt oder sich verletzt, und verspüre ihren Schmerz in meinem eigenen Körper. Ich fühle die Krallen des Teufels, wenn er Faustus in Stücke reißt. Hinrichtungen sind wie Schauspiele, und Schauspiele haben einen religiösen Ursprung. Scheitern, Tod, Verdammnis sind eins.

Paulus hatte während der Hinrichtung ständig Flüche ausgestoßen – gegen die Menschen von Bedburg, gegen Gott, die Kirche und die Menschheit im allgemeinen. »Wir sind Ungeheuer mit Armen und Beinen. Seht uns nur an! Wir haben Zähne und Klauen und die Körper von Affen. Wir werden beherrscht von Lüsternheit, Angst und Hass, aber vor allem von Dummheit und Gier. Dafür sollte die Welt in Flammen aufgehen.«

Endlich hatte sich auch Divara abgewandt und war mit uns zurück ins Höhleninnere gegangen. Wir setzten uns ans Lagerfeuer und berieten, wie wir weiter vorgehen wollten.

»Wir haben die hier«, sagte Divara und zog die Schlüssel zum Wehrturm aus einer Tasche ihres Rockes. Sie hatte sie einer der Wachen abgenommen, die ich getötet hatte.

»Wozu sollen die uns nützen?«, fragte ich. Ihre Familie war tot. Es gab niemanden mehr zu retten. Wir hatten in Bedburg nichts mehr verloren.

»Wir können heute Abend oder morgen oder übermorgen weglaufen, aber sie werden uns finden«, antwortete sie. »Das wisst ihr so gut wie ich. Wir können aber auch hierbleiben, bis unsere Vorräte aufgebraucht sind. Bis dahin vergehen noch viele Tage. Aber dann sind wir erledigt. Oder wir können zum Wehrturm gehen.«

»Im Wehrturm gibt es Waffen«, stellte Paulus fest. Ich erkannte an der Art, wie er sprach, dass die beiden etwas miteinander besprochen hatten, worüber ich nichts wusste.

»Ein Mann sollte kämpfen«, sagte Divara. »Aber genau das sollte auch eine Frau tun.«

»Schießpulver. Hakenbüchsen. Granaten«, fuhr Paulus fort. »Ein ganzes Arsenal.«

»Wir müssen fliehen«, entgegnete ich. »Kein Kampf. Lasst uns in die Niederlande gehen! Oder nach England! Wenn wir noch einmal einen Fuß in diese Stadt setzen, wird man uns totschlagen.«

Divara nickte.

»Ja, du hast recht. Wir müssen fliehen«, stimmte sie zu.

»Vielleicht ist das die beste Lösung. Ich kann nicht klar denken.«

»Ja, dann fliehen wir«, sagte auch Paulus. »Wir müssen nicht kämpfen, wenn wir einen sicheren Fluchtweg finden können.«

Die beiden wechselten einen Blick, den ich nicht deuten konnte.

»Lasst uns warten, bis Fromme und Karfreitag die Stadt verlassen haben«, sagte ich. »Sie werden uns hier nicht finden. Sie werden ein paar Tage nach uns suchen und dann abreisen. Danach können wir fliehen. Wir werden es schon schaffen.«

»Der Wehrturm ist heute Abend nicht besetzt«, sagte Divara halb versonnen. »Das habe ich mitbekommen. Keiner ist dorthin zurückgekehrt. Er ist verlassen. Die Leute betrinken sich entweder im Gasthof oder tanzen unten am Fluss.«

»Flucht ist wohl das Klügste«, stellte Paulus fest, doch er klang unaufrichtig.

»Ich weiß«, antwortete sie. »Dennoch schreit alles in mir nach Rache.«

Niemand antwortete darauf. Wir waren alle müde. Deswegen machten wir unser Nachtlager bereit und legten uns hin.

Mitten in der Nacht wachte ich auf. Divara und Paulus saßen auf der anderen Seite des schwach brennenden Feuers. Sie sprachen flüsternd miteinander. Ich rührte mich nicht und versuchte zu verstehen, was sie redeten.

»Ich war Soldat«, sagte Paulus gerade. »Soldat! Kannst du dir das vorstellen? Ich musste es werden. Nachdem

Münster gefallen war und die Apokalypse nicht gekommen war, fand meine Rettung statt. Ich wurde nicht erhängt wie einige der Kinder, die sich geweigert hatten, ihre Waffen niederzulegen. Man verkaufte mich auch nicht als Knecht, was darauf zurückzuführen war, dass ich Köpfchen hatte. Die Priester des fürstbischöflichen Hofs befragten die Kinder und gaben ihre Einschätzung über sie ab. Der Fürstbischof ordnete an, dass ich und einige andere Jungen, die intelligent waren und lesen und schreiben konnten, im Kloster erzogen werden sollten. Wir waren vielleicht insgesamt zwanzig Jungen. Die meisten Kinder der Rebellen konnten weder lesen und schreiben noch rechnen. Wir schworen unsere Unschuld vor dem Kreuz, und uns blieb als reumütige Christen der Tod erspart. Ich war in der Tat reumütig, denn wer wünschte sich schon die Apokalypse? Die reumütigen Mädchen wurden in ein Nonnenkloster geschickt. Ich habe nie wieder von ihnen gehört und bis zum heutigen Tag keine Fragen nach ihnen gestellt.

Ich blieb ein paar Jahre in der Schule im Kloster. Unsere Sünden wurden uns vergeben, und wir mussten nicht die Schuld unserer Eltern auf uns nehmen. Ich wusste aber, dass meine Zeit als Schuljunge schnell vorbei sein würde, und so lernte ich fleißig. Als ich Soldat werden sollte, konnten selbst die Mönche mir nichts mehr beibringen. Solange ich denken kann, habe ich die Bücher gelesen, die mein Vater in seiner Druckerei gedruckt hatte. So war ich meinen Klassenkameraden weit voraus, wenngleich sie nicht dumm waren und nicht dazu ermuntert werden mussten, ihre Nasen in die Bücher zu stecken. Sie waren genauso fleißig wie ich. Lernen bringt einem Vorteile. Ich musste als Entschädigung für meine Erziehung im Koster drei Jahre im Jägerregiment des Fürstbischofs dienen. Das war der Preis, den der Fürstbischof festgelegt hatte, als er mich und die anderen Jungen wie Blumen auf dem Schlachtfeld gepflückt hatte. Dank meiner schulischen Erziehung wurde ich kein gewöhnlicher Soldat. Man teilte mich während meiner militärischen Ausbildung einem Hauptmann als Leibwache zu. Da damals allgemeiner Frieden herrschte, befreite mich der Fürstbischof vom Dienst. Mir wurde Urlaub gewährt, sodass ich zur Universität gehen konnte. Ich schaffte meinen Abschluss innerhalb eines Jahres, Divara. Ein Jahr! Ich war der Klassenprimus.«

Divara unterbrach ihn. »Ich bin so stolz auf dich, mein Paulus!«, sagte sie in jenem Ton, in dem Liebende sich necken. Dann hörte ich, wie sie ihn küsste.

»Ich habe wohl gerade etwas geprahlt«, sagte er. »Das ist eine meiner schlechten Angewohnheiten. Doch darauf zielt meine Geschichte nicht ab. Sie handelt über meine Zeit beim Heer, worüber ich aber ungern spreche. Es ist für mich immer einfacher, von der Universität zu erzählen, denn da fühle ich mich Zuhause. Ich bin nicht für ein Leben in Feldlagern gemacht.«

»Das höre ich gern«, erwiderte sie. »Ich mag nämlich keine Soldaten.«

»Ich möchte, dass du etwas über mich erfährst und mich dadurch besser kennenlernst«, sagte er.

»Sehr gern«, antwortete sie. Erneut küssten sie sich.

»Wenn ich also gerade nicht bei den Soldaten war, steckte ich an der Universität und widmete mich den Gesetzbüchern. Das war mein Leben, das Studium und das Heer. Als ich meinen Magistertitel erreicht hatte, diente ich bald als Soldat und bald am Hof für den Fürstbischof, wenn er mich irgendwo brauchte. Ich fungierte als die rechte Hand für diesen oder jenen Richter oder verfasste juristische Schriften. Die übliche Schinderei eines jungen Advokaten. Doch schon bald wankte der Frieden erneut, sodass ich mein akademisches Leben zurückstellen musste. Ich wurde Adjutant.

Es war ein Rang, den normalerweise wohlhabende junge Männer bekleideten, dritte oder vierte Söhne. Als neu ernannter Adjutant hatte ich gegenüber den anderen jungen, frisch rekrutierten Soldaten einen Vorteil. Nur wenige hatten den Krieg auf die Weise erlebt wie ich. Einige hatten bereits kriegerische Handlungen erlebt, aber nur von einem Hügel aus im Beisein ihrer Mütter und Kindermädchen. Sie schauten zu, wie ihre Väter ihre Regimenter auf dem Schlachtfeld dirigierten. Dabei ließen sie sich den Wein schmecken und aßen aus ihren Picknickkörben. Die anderen Jungen aus Münster, die mit mir das Kloster besucht hatten, waren nicht zur Universität gegangen. Sie hatten schon lange vor mir eine militärische Laufbahn eingeschlagen, bekleideten aber keinen höheren Rang als ich. Ich habe keinen von ihnen noch einmal wiedergesehen und es mir auch nie gewünscht.

Ich stellte fest, dass ich kämpfen konnte. Nicht so gut wie die Männer an vorderster Front oder wie die Vorposten, doch wenn sich mir jemand näherte, der eine Gefahr für mich bedeutete, besaß ich keinen Skrupel, ihn zu töten. Wir wurden mit meinem Hauptmann losgeschickt, ein Nest von gesetzlosen Unruhestiftern an der flämischen Grenze zu räumen. Die alten Kämpfer aus dem Bauernkrieg hatten sich in ein Sumpfgebiet zurückgezogen und erpressten die dortigen Herren, junge Burschen, deren Väter umgebracht worden waren oder die den größten Teil ihres Lands verloren hatten.

Wir griffen die Besiedlung in der Nacht an. Sie war ein einziger stinkender Misthaufen. Ich tötete zwei Männer und einen Jungen. Es heißt, dass Soldaten für gewöhnlich nicht über ihre Taten sprechen. Ich halte es nicht so. Besser man spricht darüber, bevor es einen von Innen auffrisst. Im Grunde meines Herzens hatte ich nichts gegen die Ungesetzlichen an der flämischen Grenze. Ein wenig schlummerte der Geist von Münster wohl noch immer in mir. Dennoch stand ich auf der einen Seite und sie auf der anderen, und vor mir lag noch mein ganzes Leben. Ihr Anführer wurde nicht lebendig gefangen genommen, aber sein Bruder. Uns war gesagt worden, dass die Ungesetzlichen ein Mühlstein waren um den Hals der örtlichen Herren. Also hängten wir dem Bruder des Anführers einen Mühlstein um den Hals und zwangen ihn, in den Sumpf zu gehen. Nachdem er ertrunken war, wurden die anderen Männer und alle Jungen über zwölf Jahren erhängt. Einige Soldaten, nein, fast alle Soldaten missbrauchten die Frauen und Töchter. Der Anblick erinnerte an ein Gemälde von der Hölle. Sobald man Männer in Landsknechttrachten steckt und ihnen Macht verleiht, verwandeln sie sich in Abgesandte der Hölle. Im Heer gibt es keinen Gott, und selbst die Frommsten können sich als gemeiner herausstellen als der schlimmste Teufel. Am nächsten Morgen waren einige Frauen tot, und die kleinen Kinder schrien. Eine Frau, deren Tod ich mitangesehen hatte, lag in ihrer Hütte. Ihre Kinder hatten sich um sie herum versammelt. Ich gab ihnen ein paar Münzen, viele Münzen, mein ganzes Geld. Das älteste Kind, ein Junge von vielleicht zehn Jahren, stürzte sich auf mich und schlug mich. Ich verpasste ihm einen Hieb, woraufhin er nicht mehr aufstand. Mein Hauptmann kam herein und erklärte mir, dass ich die Hütte verlassen sollte, da wir das Dorf niederbrennen würden. Ich nahm die beiden Töchter, die vielleicht sechs und sieben waren. Sie schrien in meinen Armen wie kleine Füchse. Ich gab ihnen das Geld und schob sie weg. Ein Freund von mir, ein Junge namens Dieter, steckte die Hütte in Brand, und wir zogen ab.

Danach führte ich eine Räumungsaktion nach der anderen durch. Ich kämpfte in zwei Feldzügen im Osten, wo ich die Slawen zu hassen begann, und in einem Feldzug in Italien, als mein Regiment an den Kirchenstaat verkauft worden war. Während des Italienfeldzugs wurde ich zum Hauptmann befördert. Ich beherrschte mehrere Sprachen, sodass ich für das Regiment geheimdienstliche Aufgaben übernehmen konnte. Außerdem verfügte ich über solide Kenntnisse in der taktischen Kriegsführung aufgrund meiner Lektüre von Cäsars Kriegstagebüchern. Durch ihn hatte ich auch gelernt, wie man einen ordentlichen Bericht über eine Schlacht verfasst. Schließlich wurde ich an den Hof zurückbeordert. Ich war noch immer jung und äußerte den Wunsch, meine Ausbildung fortzusetzen. Mein Herr, der Fürstbischof, willigte ein und bezahlte mir sogar ein Stipendium – unter der Bedingung, dass ich mich nach meinem Studium seinem Hof anschloss. Dem Fürstbischof war es auf diese Weise gelungen, mich an sich zu binden, wie einen kleinen Sklavenjungen, seit er mich auf dem Feld vor Münster aufgegabelt hatte. Ich verdanke ihm mein Leben, ich verdanke ihm meine Ausbildung, ich bin sein Diener. Er sagt mir, was ich zu tun habe, egal worum es sich handelt. Töten, Botengänge erledigen, Lügen verbreiten, als Advokat arbeiten. Er hat mich erschaffen, ich bin seine Kreatur.

Bevor ich aber zurück zur Universität durfte, erteilte er mir noch einen letzten Auftrag. Ich sollte eine Frau finden. ›Mein Sohn, nimm dir Zeit! Ein, zwei, drei Monate. Solange es dauert, bis du verheiratet bist. Dann kehre zurück!‹ Mein zukünftiger Professor an der Universität erklärte dem Fürstbischof, dass ich nicht verheiratet sein und gleichzeitig die Hochschule besuchen könne. Das wäre mit den Gepflogenheiten des Studiums unvereinbar. Doch mein Herr änderte kurzentschlossen die Statuten der Universität. Nachdem er meine Zukunft konzipiert hatte, so wie Philipp seine Schlachtpläne einst in einer Sandgrube in einem Feldlager in Makedonien entworfen hatte, nahm er mich beiseite und erklärte mir, dass er stolz wäre, wenn er einen Sohn wie mich hätte. In dem Moment liebte ich den Fürstbischof für all das, was er für mich getan hatte. Ich spürte, dass ich mich ihm gegenüber stets dankbar zeigen wollte. Also zog ich los, um eine Frau zu finden.«

Ich lag da wie ein Hund und tat so, als würde ich schlafen. In Wahrheit hörte ich Paulus zu, wie er Divara von seinem Leben erzählte.

»Zurück in Münster machte ich mich auf die Suche nach meiner Familie und meinen Freunden, doch nur die wenigsten hatten überlebt. Der Mann meiner Tante lebte noch und seine Nichte ebenfalls. Die beiden waren zwar keine Blutsverwandten, aber über sie lernte ich Jahre später Wilhelm kennen. Der Onkel war der älteste Freund von Wilhelms Vater. Doch die Zeit, von der ich spreche, war lange vor Wilhelms Geburt, glaube ich, auch wenn ich mir nicht ganz sicher bin. Es ist auf jeden Fall schön, Verwandte zu haben, auch wenn es nur entfernte Verwandte sind. Mein Onkel und seine Nichte hatten die Belagerung von Münster nicht miterlebt, sodass ihre Seelen keine Wunden davongetragen hatten. Sie waren während des Aufstands geflohen, entsetzt von Männern wie Jan van Leiden. Im Gegensatz zu meiner Tante. Sie war geblieben und hatte in der Anfangszeit einen der Auserwählten geheiratet. Die Eltern der Nichte waren ebenfalls geblieben und hatten mit van Leiden gekämpft. Mein Onkel nahm seine Nichte und verließ die Stadt, als zum ersten Mal das Chaos ausbrach. Meine Tante und die Eltern der Nichte starben, als die Belagerung endete. So wurden viele Familien durch den Krieg getrennt. Mein Onkel und seine Nichte kehrten in ihr geliebtes Münster zurück, nachdem die Stadt gefallen war. Sie nahmen die Fäden ihres früheren Lebens wieder auf. Er zog sie groß, als wäre sie seine Tochter, und sie behandelte ihn wie einen Vater. Es waren gute Menschen.

Ich heiratete die Nichte, denn wir waren keine Blutsverwandten, lediglich Vetter und Base durch unsere Verbindung zum Onkel. Meine Frau war hübsch, sie hatte ein natürliches, frisches Aussehen. Sie konnte lesen und schreiben und war klug. Sie besaß einen scharfen Verstand und genoss es, wenn ich mit ihr über Bücher sprach und darüber, wie sich die Welt durch Bücher veränderte. Sie hieß Adelheid.

Münster befand sich noch immer im Wiederaufbau. Die Menschen waren still und arbeitsam, und die Obrigkeit war froh darum. Unsere Hochzeit fand in einem kleinen Rahmen statt. Man feierte in jenen Tagen keine rauschenden Feste. Doch wir waren gut gekleidet, denn ich konnte es mir leisten, und wir hatten Fleisch und Kuchen und genug zu trinken. Ich nahm die kleinste Mitgift. Das, was Brauch war. Ich wollte kein Geld. Ich hatte zwei Wochen in der Stadt verbracht. Mein Onkel hatte mich bei sich aufgenommen. Seine Nichte war nett und freundlich gewesen, und ich glaube, dass wir uns für den Rest unseres Lebens sehr geliebt hätten. Als wir heirateten, erklärten wir uns gegenseitig unsere Liebe, auch wenn ich das Wort in dem Moment für etwas übertrieben hielt. Dennoch tat ich es, da ich wollte, dass sie glücklich war. Außerdem wollte ich sie lieben. Wir lernten uns zu lieben, und das schneller als die meisten Paare. Wir waren gleich alt, meine Frau und ich. Wir sehnten uns nach Liebe und wussten, dass sie kommen würde. Genauso wie wir wussten, dass wir das Beste füreinander waren, was wir hatten finden können. Unsere Liebe musste nur noch gedeihen, sie war noch unausgereift und zart und brauchte Pflege.

Wir verbrachten drei Nächte als verheiratetes Paar in Münster und wuchsen mit jedem Augenblick mehr zusammen. Dann machten wir uns auf den Weg zurück zum Hof des Fürstbischofs. Ich hatte eine Unterkunft für uns organsiert, da ich noch keine Zustimmung erhalten hatte, mit meiner Frau zusammen an der Universität leben zu dürfen. Adelheid war für ein Leben am Hof nicht vorbereitet, auch wenn sie im Herzen eine Dame war, und ich sie ebenfalls als solche betrachtete. Wir würden in einem Haus in der Stadt leben. Ich würde studieren und meiner Arbeit am Hof nachgehen. Adelheid wäre die Hausherrin und die Mutter meiner Kinder. Ich war glücklich und fühlte mich frei wie ein Vogel am Himmel.

Sollte ich ein Bild von Adelheid malen, es würde kein

Madonnenbildnis werden. Sie war keine Schönheit, wie man sie zuweilen am Hof sieht. Sie hatte weibliche Rundungen, braunes fließendes Haar, klare, große Augen, ein Gesicht mit hohen Wangenknochen, einen Mund mit vollen Lippen. Sie besaß Anmut, ohne zimperlich, langweilig oder schüchtern zu sein. Im Gegenteil, sie war geistreich und lebendig. Auf unserem Weg von Münster zurück zum Hof des Fürstbischofs sang sie und erzählte Geschichten. Sie kannte die Namen der Sterne und ihre Geschichten. Wir konnten unsere Gedanken teilen über die ersten Menschen, die sich diese Mythen ausgedacht hatten, während wir zum Himmel blickten. Die Reise von Münster zum Hof des Fürstbischofs dauerte zwei Tage und zwei Nächte, doch es war Sommer, sodass der Ritt angenehm war. Ich hatte meine Ausrüstung aus Soldatentagen verkauft, uns anständige Reisekleidung sowie ein kleines Zelt mit neun Stangen und zwei Planen gekauft. Ich saß auf meinem Pferd und Adelheid auf einem kleinen Pony. Wir hatten Wein, Brot, Käse, Fleisch und Gurken dabei. In der ersten Nacht war es, als hätte sich der Himmel über uns gelegt. Wir saßen leicht betrunken am Feuer und unterhielten uns. Dann verstummten wir und küssten uns. Im Haus unseres Onkels in Münster hatten wir nach unserer Hochzeit leise sein müssen. Doch hier unter dem Mond verbrachten wir eine Liebesnacht, in der wir so laut sein konnten, wie wir wollten. Ich hatte nie zuvor eine solch verzehrende Liebe erlebt. Unsere Liebe erblühte vollends. Als wir in dieser Nacht zusammen waren, sprachen wir über das Kind, das wir zeugen wollten, und wie es heißen sollte.

Am Morgen ritten wir weiter. Nachts schlugen wir unser Zelt auf, kochten, aßen, tranken, küssten uns und sprachen über das Leben, das vor uns lag. Schließlich gingen wir schlafen.

Ich wachte vor Sonnenaufgang auf, weil ich das Gefühl hatte, einen Hund oder einen Wolf in dem Wald gehört zu haben, in dessen Nähe wir unser Zelt aufgeschlagen hatten. Unser Feuer war aus, die Sterne verblasst. Ich spähte aus unserem Zelt und glaubte, den Hund zwischen den Bäumen streunen zu sehen. Dann ertönte ein Schrei, wie ein Schlachtruf – wie der Schlachtruf meines alten Jägerregiments. Eine Gruppe von Männern kam aus dem Wald gelaufen. Kaiserliche Soldaten, meine alten Kameraden. Sie waren vielleicht hundert Meter entfernt.

Ich kroch aus dem Zelt. »Jungs, Brüder …«, rief ich, doch weiter kam ich nicht. Inzwischen standen sie vor mir. Sie waren alle bewaffnet. Der Soldat, der in meiner unmittelbaren Nähe stand, holte aus. Sein Schlag musste mich am Kinn getroffen haben, denn ich wachte später gefesselt und mit blutendem Mund in meinem Zelt auf. Die Zeltklappe stand offen, sodass ich hinaussehen konnte. Die Sonne war mittlerweile aufgegangen. Ich konnte sechs Männer ausmachen, die Adelheid hinter sich herzogen wie eine Puppe. Sie war nackt. Sie hatten einen Anführer namens Berthold. Er musste die anderen Männer nicht überreden. Sie freuten sich mitzumachen, wenngleich er die Anweisungen und Befehle erteilte und das Geschehen lenkte. Sie vergewaltigten sie. Als sie ihr erklärten, dass sie mich vor ihren Augen umbringen würden, zog sie ein Messer aus dem Gürtel des Mannes, der auf ihr lag, und stach sich damit in den Hals. Ich kann nicht sagen, was dann passierte, aber sie ließen nicht von ihr ab, selbst als sie tot war.

Als ihr Körper keinen Unterhaltungswert mehr für sie

bot, zerrten sie mich aus dem Zelt und führten mich an ihr vorbei. Sie wollten mich erhängen, zuvor aber noch frühstücken. Sie zogen mich aus und fesselten mich mit dem Gesicht zum Baum. Dann setzten sie sich an unser erloschenes Feuer, tranken unseren Wein und aßen unser Essen. Adelheid war nicht einmal mit einem Mantel bedeckt. Anschließend legten sie sich schlafen und erklärten mir, dass sie sich für mich noch einen besonderen Spaß ausdenken würden, wenn sie wieder aufwachten.

In der Nacht tauchte ein Spähtrupp auf, dessen Aufgabe es war, die zersplitterten Einheiten zusammenzuführen. Sie waren auf der Jagd nach Marodeuren. Ich kannte ihren Hauptmann. Wir hatten gemeinsam in den Feldzügen im Osten gekämpft. Er schnitt mir die Fesseln durch und trieb die Männer zusammen, die meine Frau umgebracht hatten.

Durch die Geschehnisse danach lernte ich eine Seite von mir kennen, von der ich vorher nichts gewusst hatte. Nicht einmal während meiner Zeit in Münster war sie zum Vorschein gekommen. Die Angreifer waren allesamt gewöhnliche Soldaten gewesen, sodass sie unmittelbar unter dem Befehl meines Freunds standen. Da ihm meine Zeugenaussage genügte, verurteilte er sie zum Tod und erteilte mir die Erlaubnis, das Urteil zu vollstrecken.

Ich erklärte den Mördern meiner Frau, dass ich sie auspeitschen werde, bis sie mich bitten würden, sie zu kastrieren. Ich begann mit Berthold und fesselte ihn an den Baum, an dem er mich festgebunden hatte, eine knorrige, alte Birke.

Der junge Hauptmann, ein anständiger, junger Mann namens Thomas, gab mir eine Peitsche. Ich peitschte Berthold aus. Ich peitschte ihn so lange, bis sich die Haut auf seinem Rücken löste. Dann bat er mich, ihn zu kastrieren. Ich schnitt ihn los. Er zog seine Kleider aus und hielt mir sein Gemächt entgegen. Ich kastrierte ihn, zeigte ihm seinen Schwanz und warf ihn in die Asche unseres alten Feuers. Dann erhängte ich ihn eigenhändig. Ich legte ihm ein Seil um den Hals, warf das lange Ende über einen Baum, zog ihn daran hoch und hielt ihn fest. Wir beide rangen nach Luft. Als er endlich starb, ließ ich ihn fallen.

Dann sah ich zu den fünf anderen Gefangenen. Ich scheute mich nicht davor, das Strafmaß an ihnen zu wiederholen, das ich Berthold erteilt hatte. Doch ich wusste, dass sie zu schnell darum bitten würden, kastriert zu werden, wenn ich mit dem Auspeitschen beginnen würde. Danach würden sie gehängt werden, und alles wäre vorbei. Also wandte ich mich an meinen alten Freund, Thomas. »Bitte ruf deine Wachen zusammen.«

Thomas ließ seine Männer in einer Parade aufmarschieren, insgesamt zwanzig. Es waren alles altgediente Soldaten, keine Grünschnäbel. Ich schob die fünf Gefangenen vor die Truppe und fragte ihn, ob ich mich als stellvertretender Hauptmann an seine Garde wenden dürfte, da wir gemeinsam gedient hatten. Er erteilte mir die Erlaubnis.

»In der Antike hatten die Römer eine besondere Strafe für Kameraden, die sie verraten hatten. Die Strafe nannte sich Dezimierung. Sie basiert auf dem Grundsatz, dass jeder zehnte Mann entfernt und zu Tode geprügelt wird. Wir haben keine zehn Männer hier, sondern nur fünf. Deshalb lautet der Grundsatz Eliminierung. Auf fünf von euch kommt einer von ihnen. Teilt euch in Gruppen von fünf Mann auf und richtet die Gefangenen hin. Allesamt. Setzt dabei nur eure Hände und Füße ein! Keine Waffen!«

Die Truppe zuckte fast gleichzeitig mit den Achseln. Anfangs hielten sie sich zurück, doch schon bald stürzten sie sich auf die Gefangenen wie Hunde. Es dauert lange, bis man durch Tritte und Schläge stirbt. Um einen anderen Mann wirklich mit den bloßen Händen und Füßen umzubringen, muss man auf ihn springen, auf ihm herumtrampeln oder seinen Kopf auf dem Boden zerschmettern. Ich wies die Männer an, sich nicht zu beeilen.

Als alles vorüber war, kehrte ich zum Hof des Fürstbischofs zurück und bat ihn, mich für eine Weile von meinen Aufgaben freizustellen. Ich erklärte ihm die Umstände. Er willigte ein und küsste mich sogar. So konnte ich mich noch mehr in mein Studium vertiefen und die Welt um mich herum eine Zeit lang vergessen«.

Divara sprach leise zu ihm über das Heiraten. Als Kind und als junge Frau hätte sie die Sehnsucht anderer Mädchen nie verstanden, heiraten zu wollen. »Jetzt bin ich mir da nicht mehr so sicher«, sagte sie. »Vielleicht wäre es schön, wenn ich den Rest meines Lebens mit jemandem teilen könnte. Wenn derjenige mich wollte.«

»Das wäre schön«, erwiderte Paulus. »Das glaube ich auch.«

Divara schwieg eine Weile, bevor sie fortfuhr. »Meine Mutter hat in der Zelle mit mir über meinen Vater gesprochen. Sie sagte: ›Unsere Ehe war vielleicht nicht vollkommen, welche Ehe ist das schon, aber dein Vater und ich haben uns all die Jahre als Mann und Frau geliebt. Ich habe geglaubt, dass unsere Ehe in jeglicher Hinsicht normal war, vielleicht mit einer Ausnahme. Er wollte weder über mich noch über dich oder deine Brüder oder deine Schwester bestimmen. Wie du weißt, hatte ich das Zepter in der Hand zu Hause. Er erteilte draußen die Befehle. Und so dachte ich, dass er froh war, sich in seinen eigenen vier Wänden zurückhalten zu können und nichts entscheiden zu müssen. Er war wie ein Bär oder sogar ein Wolf, der in seine Höhle zu seinen Jungen und seiner Gefährtin zurückkehrte, um zwischen den Mahlzeiten zu schlafen. Vielleicht macht ihn das zu einem Gestaltwandler. Zu Hause war er der Mann und draußen das Tier. Ich weiß, dass er selbst im Sägewerk brutal sein konnte und gefürchtet war. Möglicherweise war er tatsächlich da draußen im Wald bei seinem Rudel und biss den anderen in die Schwänze, um sie in die Schranken zu weisen, wenn er mir erzählte, dass er jagen war, ganz allein, über viele Tage hinweg. Ich glaube, dass er dann er selbst war.

Aber er war auch gern mit uns zusammen, und er liebte mich und euch. Dich vor allem, Divara. Da bin ich mir sicher. Dein Vater konnte allerdings auch eigenartig sein. Rückblickend tritt diese Eigenartigkeit für mich immer deutlicher zum Vorschein. Man konnte sie erkennen, man musste nur deutlich genug hinsehen. Jetzt sind wir hier, und ich schäme mich nicht, dir Dinge zu erzählen, die ich dir nie erzählt hätte, würden wir weiterhin ein sicheres Leben führen. Doch das tun wir nicht. Deshalb lass mich dir erzählen, dass dein Vater in der Liebe eigenartige Neigungen besaß. Er wollte, dass ich ihn beherrschte, wenn du verstehst, was ich meine. Dass ich ihm gegenüber stark war und mich verhielt wie ein Mann.

Als wir jung waren, genauer gesagt in der Zeit, als ich mit dir schwanger war, meinte er einmal zu mir, dass er sich wünschte, in mir zu ertrinken. ›In mir ertrinken‹?, fragte ich. Wir liebten uns damals sehr und hatten uns nicht nur als verheiratetes Paar aneinander gewöhnt, sondern waren wirklich Liebende und Freunde, was in einer Ehe selten vorkommt. Er sagte, dass er sich nur als Ganzes fühlen könnte, wenn er mit mir zusammen wäre, aber nicht nur zusammen in einem Raum, sondern wenn ich über seinen Geist, seinen Körper und seine Seele verfügte. Wenn er in mir drinnen und damit ein Teil von mir war.

›Wenn ich sterben könnte, würde ich gern von dir verschlungen werden und immer in dir bleiben‹, sagte er.

Ich erwiderte ihm, dass ich so etwas Großes wie ihn nicht verschlingen könnte, und wir lachten. Er sprach weiter. ›Ich meine nicht, dass du mich fressen sollst, sondern dass ich in dir verschwinde und ein Teil von dir werde. So wie der Himmel den Tau von Blütenblättern aufsaugt.‹

Er konnte so poetisch sein. Als du und deine Brüder geboren wurdet, o meine armen Jungen, und später dann deine Schwester, hatte ich weniger Zeit für ihn. Weder dein Vater noch ich nahmen euch das übel, aber er war traurig, und das machte mich traurig. Ich hatte kein Problem damit, als Paar zusammen mit Kindern alt zu werden, doch ich glaube, dass dein Vater im luftleeren Raum schwebte, weil es nicht mehr nur ihn und mich gab.

Dann schaffte er sich die Hunde an. Sie waren mir eigentlich gleichgültig, nur der Lärm war eine Plage. Außerdem, welcher Mann schlägt nicht seine Hunde, wenn er mit ihnen zur Jagd geht? Die Hunde wurden auf die Jagd abgerichtet, und wenn sie die Erwartungen nicht erfüllten, mussten sie gehen. Die anderen Hunde lernten, was mit ungehorsamen Tieren geschah, denn sie starben vor ihren Augen. Sie erkannten, dass sie folgsam sein mussten, und das ist eine gute Lektion, egal was andere dazu sagen. Denk bloß nicht, dass ein solches Verhalten unter Männern ungewöhnlich ist. Die meisten von ihnen waren Soldaten, und haben ganz andere Dinge getan, als Hunde zu schlagen.

Jeden Freitag aber aßen wir allein zusammen, egal was mit euch Kindern war. Erinnerst du dich? Noch vor zwei Wochen saßen dein Vater und ich an einem Freitagabend zusammen.

Das Essen nahmen wir in seinem dunklen Arbeitszimmer ein. Ich mochte das Zimmer, weil unser Haus sonst überall so hell war. Wir saßen an dem niedrigen Tisch auf den beiden dunkelroten Stühlen und aßen. Wir tranken Wein und sprachen miteinander. Er erzählte mir von seiner Arbeit, und ich formulierte Antworten, was geschäftliche Angelegenheiten betraf, die zu erledigen waren. Ein rascher Verkauf, eventuelle Entlassungen oder Neueinstellungen, das Einrichten von Konten und das Vergeben von Darlehen. Natürlich Darlehen für andere, nicht für uns. Darlehen sind dazu da, einen reicher zu machen, nicht ärmer. Man muss selbst die Bank sein. Anschließend sprachen wir dann über euch Kinder. Über dich, deine Brüder und deine Schwester, und was wir uns für euch erträumten. Dann tranken wir noch mehr, wir hatten Spaß daran, uns gemeinsam zu betrinken. Er war ein ungewöhnlicher Ehemann, und ich war froh, ihn zu haben. Ich wusste damals nichts von den Verbrechen, von seinem geheimen, aber wahren Ich. Deshalb spreche ich jetzt so, wie ich mich damals fühlte, nicht wie ich mich heute fühle. Inzwischen verspüre ich nämlich nur noch Verzweiflung, Verrat und manchmal Wahnsinn, was mir Angst einjagt, denn ich möchte nicht wahnsinnig sein, Divara.«

»Ich befürchte, dass sie tatsächlich wahnsinnig geworden war«, sagte Divara jetzt zu Paulus.

»Das kann ich nicht beurteilen«, erwiderte er. »Ich hatte nicht genügend Zeit, um sie richtig kennenzulernen.«

Divara schwieg einen Augenblick. Dann fuhr sie fort. »Meine Mutter sagte: ›Wenn dein Vater und ich dann betrunken waren, setzten wir uns ans Feuer und lachten über Dinge, an die ich mich nicht mehr erinnern kann. Sie waren völlig bedeutungslos und auch nicht lustig. Zumeist lachten wir über die Dummheiten der anderen Leute. Dabei küssten wir uns, und kurz danach lagen wir auf dem Boden. Wir machten uns keine Gedanken darüber, da die Tür verschlossen war. Wir hätten genauso gut auf dem Mond sein können, so weit waren wir von anderen Menschen entfernt.

Dann machte ich mir deinen Vater auf die Art und Weise gefügig, wie er es gern hatte. Es ist mir egal, ob dich das beschämt. Mach mit deinem Ehemann, was dir gefällt. Das gebe ich dir, als die junge Frau, die du bist, mit auf den Weg. Ich bete, dass du eines Tages heiraten und das machen wirst, was ich mit meinem Mann gemacht habe. Dass du in deinen Entscheidungen frei sein wirst. Männer bezeichnen uns als ihr Herzblatt oder ihre Rose, doch ein guter Mann ist genauso selten wie diese Blumen, nach denen kluge Frauen im Wald suchen und sie nie finden. Mein Mann war gut zu mir, zu dir, zu deinen Brüdern und zu deiner Schwester. Ich habe nie erlebt, dass er andere Menschen verletzt hat. Wie also soll ich über ihn urteilen, aufgrund von etwas, dass ich nie gesehen habe? Der Mann, den ich kannte, war immer nur gut zu mir. Deshalb habe ich ihn weder verurteilt noch mit dem Finger auf ihn gezeigt, ihn als Ungeheuer bezeichnet oder verlangt, dass sein Kopf aufgespießt wird. Aus diesem Grund sind wir beide hier.

So ist es nun einmal. Wenn wir in seinem Arbeitszimmer zusammen gewesen waren, setzten wir uns anschließend auf, tranken Wein und sprachen miteinander. Mitunter bis die Sonne aufging und die Hähne zu krähen begannen und die Hunde anfingen zu bellen. In diesen Stunden blätterten wir durch seine Bücher, lasen Textstellen, die uns interessierten, oder von denen wir glaubten, lernen zu können.

Doch es gab auch Bücher, die in seiner Bibliothek verboten waren. Bücher der Täuferbewegung, die Jan van Leiden geschrieben haben soll, als er in Münster war, viele ketzerische Texte. Ich weiß, dass es gefährlich ist, von diesen Büchern aus Münster zu sprechen. Doch was soll mir jetzt schon noch passieren.

Die Täufer sagen, dass ein Mensch erst dann ein Christ sein könne, wenn er Jesus wirklich akzeptiert. Daraus bestand ihre Lehre. Na ja, und aus dem Bekenntnis zu den heiligen Armen, wenngleich die nur Zierrat waren, um die zentrale Botschaft zu verkaufen. Man muss sich dafür entscheiden, Christ zu sein. Deshalb ist die Kindstaufe eine Sünde. Ein Kind, das sich nicht dazu bekennen kann, Gott zu lieben, wird gezwungen, ihn zu lieben. Eine Taufe ist ein Zeichen des Eintritts in das Erwachsenenalter und in die Gemeinschaft mit Jesus. Nur wenn ein Kind, ein Elternteil oder ein Großelternteil bereit ist, Gott anzunehmen, sollte ihnen erlaubt werden, die dafür entsprechenden Rituale zu vollziehen. Das Alter spielt keine Rolle, nur die Zustimmung ist von Bedeutung. Diese eine Lektion brachte für mich das Fundament der Kirche zum Einstürzen. Ich war begeistert und entflammt.

›Würdest du dich jetzt taufen lassen?‹, fragte mich dein Vater.

Ich hatte Angst, meine Gedanken zu Gott zu offenbaren, selbst gegenüber deinem Vater, aber ich sagte ihm die Wahrheit und antwortete: ›Ja.‹

Ich stellte ihm die gleiche Frage. ›Ich möchte allein von dir getauft werden‹, erwiderte er.

Daraufhin nahm ich seinen Kopf, legte ihn in meinen Schoß und ließ zu, dass er mich dort küsste. Dann taufte ich ihn und bezeichnete ihn als meinen Geliebten und sogar als meinen Gott. Denn er bezeichnete mich auch als seine Göttin. Wieso also sollte er nicht auch meine Gottheit sein?‹«

Es vergingen viele Minuten. Divara und Paulus schwiegen. Sie rührten sich auch sonst nicht. Ich drehte mich leise um, sodass ich sie sehen konnte. Sie saßen am Feuer und betrachteten den Schein der flackernden Flammen. In dem Moment verspürte ich auch die Angst vor dem Wahnsinn.

Es war noch immer Nacht, wenn auch nicht mehr ganz dunkel, als der Schuss mich weckte. Ich war allein, stand auf und verließ das behagliche, kleine Feuer in der zentralen Kammer. Der Höhlengang war lang und kalt, und als ich, gebückt wie ein alter Mann, zur vorderen Kammer ging, verschwand das Licht des Feuers hinter mir, und ich tastete mich weiter, blind wie ein Maulwurf, bis der blasse Schein der Sterne und des Monds durch den Eingang der Höhle drang.

Ein weiterer Schuss hallte durch die Nacht. Ich blickte

aus dem Eingang, der hinter einem grünen, schützenden Dickicht lag und schaute mich um. Zweihundert Meter unter mir spähten Paulus und Divara über die schwarzen Zinnen auf dem Dach des Wehrturms. Die Stadt war durch die Schüsse noch nicht zum Leben erwacht. Paulus und Divara liefen auf dem flachen, fünfzig Meter breiten Ziegeldach hin und her. Divara lud eine lange Hakenbüchse. Das Schwefelholz brannte über der Zündpfanne. Sie reichte Paulus die Waffe, der auf die Straße zielte und einen weiteren Schuss abfeuerte. Dieses Mal auf den Gasthof. Der Schuss landete im Türsturz. Ich warf einen Stein auf das Dach des Wehrturms. Sie drehten sich um und blicken nach oben. Beide lagen auf dem Rücken, sodass man sie von der Straße aus nicht sehen konnte. Divara und Paulus zogen etwas Weißes aus ihren Taschen heraus. Sie winkten mir mit Tüchern zu. Ich warf einen weiteren Stein. In der Stadt gingen inzwischen Lichter an. Divara robbte auf dem Bauch über das Dach, fand den Stein, den ich geworfen hatte, drehte sich wieder auf den Rücken und zielte in meine Richtung. Der Stein traf die Bäume am Höhleneingang. Paulus stand kurz auf, spähte erneut über die Zinnen und legte sich wieder hin. Dann zeigte er mit dem Finger zum Höhleneingang, wo er mich vermutete. »Bleib da!«, rief er.

Mir blieb nichts anderes übrig. Sobald ich aus der Höhle käme, würde man mich entdecken. Der Abstieg würde zwanzig Minuten und die Strecke bis zum Wehrturm noch eine weitere Minute dauern. Was dann? Sollten die beiden die Tür des Wehrturms verschlossen haben, und das hatten sie bestimmt, würde ich allein auf der Straße stehen. Die Stadt würde sich innerhalb von Minuten mit Menschen füllen, und Fromme würde seine Aufgabe noch heute Abend erledigen.

Genau in dem Moment, als Paulus mir zurief, zu bleiben, wo ich war, wurde die Tür des Gasthofs geöffnet. Eine Gestalt trat heraus und machte ruckartig einen Schritt zurück, als sie den Befehl hörte. Divara ging auf die Knie und hob die Hände betend zu mir. Ihre Lippen bewegten sich lautlos. In der Dunkelheit konnte ich jedoch nicht erkennen, was sie mir zu sagen versuchte. Eine Wolfsglocke ertönte neben dem Gasthof. Divara lud eine weitere Hakenbüchse. In den Türen tauchten Lichter auf, und Männer traten auf die Straße. Divara hob die Büchse in die Luft und schoss. Die Männer machten einen Satz wie Hunde an einer Kette, zogen die Köpfe ein und verschwanden wieder nach drinnen.

Schatten liefen auf der Rückseite der Häuser entlang, in Deckung vor den Schützen auf dem Dach des Wehrturms. Ich beobachtete das Geschehen gleichermaßen fasziniert und entsetzt. Ich konnte alles überblicken, im Gegensatz zu den Leuten unten. Selbst wenn Paulus über die Zinne spähte, würde er die Schatten nicht sehen können, die hinter dem Gasthof hereilten. Und die Bewohner der Stadt konnten nicht erkennen, wer auf dem Dach des Wehrturms war, oder welche Waffen die Schützen dort besaßen. Als der nächste donnernde Schuss erklang, wieder von Divara, die das Gewehr auf Schulterhöhe hielt, sah ich, wie die Leute zusammenzuckten und in Deckung gingen. Sie riefen sich gegenseitig Anweisungen zu, Gewehre zu holen. Paulus und Divara hockten derweil nebeneinander und unterhielten sich. Sie wirkten nicht im Geringsten besorgt. Divara schlug mit den Fingern gegen die Handinnenseite, vielleicht um etwas zu bemessen, ein Argument zu untermauern oder einen Befehl zu erteilen. Paulus machte eine beruhigende, besänftigende Geste in der Luft. Mittlerweile läuteten überall in der Stadt die Glocken, und Lichter tauchten weiter entfernt in der Siedlung der Häusler und im Wald auf.

Ein Schuss wurde aus der Deckung eines Hauses abgefeuert, der jedoch zu weit entfernt war, um den Wehrturm zu treffen. Die Kugel löste sich hundert Meter vor der Tür des Wehrturms in einer Staubwolke auf. Divara reichte Paulus eine geladene Büchse und lud ihre eigene Waffe. Beide bewegten sich zu den Zinnen. Paulus kriechend, Divara aufrecht gehend. Sie nahmen ihr Ziel ins Visier und schossen. Die Männer, die sich im Schatten der Häuser versteckten, zuckten zusammen. Es mochten vielleicht zwanzig Mann sein.

Dann donnerte Frommes Stimme durch die Nacht. »Wer ist da?«

»Paulus Melchior«, schrie Paulus.

»Und Divara Stumpf«, ertönte es.

Divara saß in der Hocke. Sie hatte die Pistolen fertig geladen, vier an der Zahl, wie ich sah, und schob sie Paulus zu. Die Hakenbüchsen waren zu heiß, um wieder geladen werden zu können. Ich untersuchte den Boden hinter mir am Höhleneingang, wo wir die Waffen gelagert hatten. Die beiden hatten mir zwei geladene Pistolen dagelassen. Ich steckte sie in meinen Gürtel. Paulus rückte hinüber zu Divara. Tief kauernd tätschelte er ihre Schulter. Sie hob die Hand und berührte sein Gesicht. Er beugte sich vor und küsste sie auf den Mund. Sie zog die Hand weg und kroch zu der Falltür in der Mitte des Daches.

»Warum bist du gekommen?«, rief Fromme aus dem Schatten heraus. Mittlerweile konnte ich sein Profil und sein Bein ausmachen, das hinter einer Ecke des Gasthofs hervorlugte. Die Umrisse seiner Hand bewegten sich, dirigierend. »Was gibt es hier für dich noch? Du weißt, wie das hier enden wird. Du giltst als Landesverräter und – du arbeitest für den Teufel. Die Hure des Teufels ist bei dir.«

Divara hob die Klappe der Falltür. Die Glocken läuteten weiter und ließen immer mehr Menschen herbeikommen. Sie traten aus dem Wald und liefen zu den Straßen, die zur Stadtmitte führten. Paulus blickte über seine Schulter hinweg zu Divara und schoss auf die Straße. »Die Hure des Teufels wünscht Ihnen viel Glück in der Hölle«, rief Divara. Dann glitt sie in die Öffnung der Falltür und schloss die Klappe hinter sich, während der Schuss und ihre Stimme noch immer hinauf zum Mond hallten.

Jetzt, wo ich mich an die Ereignisse jener Nacht erinnere, erkenne ich, dass ich mich in meiner Position am Eingang der Höhle wie Gott fühlte, der auf die Erde herabsah. Sie waren wie Figuren auf einem Schachbrett. Ich wünschte mir, sie bewegen zu können, so wie ein Kind, wenn es mit den Soldaten auf dem Boden seiner Kammer spielt. Ich wünschte mir, Gewalt über das Geschehen in der Stadt zu haben. Ich wünschte mir, sie alle zu erledigen und anschließend mit Paulus und Divara in Richtung Westen zu verschwinden.

»Hör auf zu schießen, damit ich herauskommen und mit dir sprechen kann«, rief Fromme. Zu seiner Ehrenrettung muss gesagt werden, dass er hinter der Mauer hervortrat und sich so in größte Gefahr brachte. Paulus lud erneut die Waffe, mit der er gerade geschossen hatte. »Stellt das

Geläut ein!«, befahl Fromme. Die Glocken beim Gasthof verstummten, doch auf dem Land läuteten sie noch lange weiter, bis die Glöckner merkten, dass aus der Stadt kein Gebimmel mehr erklang. Dann stellten auch sie das Läuten ein und eilten Richtung Bedburg, um zu sehen, was vor sich ging. Sie kamen alle ohne Ausnahme zum Wehrturm.

»Ich habe das Schießen eingestellt«, rief Paulus und prüfte seine Waffen.

»Worum geht es? Was willst du?«, schrie Fromme.

»Das ist eine Belagerung«, rief Paulus.

»Das sehe ich. In fünf Minuten werden hundert Männer hier sein.

»Nein, mein Freund. Da hast du mich falsch verstanden. Du wirst belagert, nicht ich.«

Fromme trat weiter auf die Straße. Überall in den Fenstern und Türen von Bedburg wurden Lichter entzündet. Menschen strömten mit Fackeln herbei. Sie kamen über Wiesen und Felder, zwängten sich durch die Hecken, liefen über die Wege.

»Beschwörst du den Satan herauf?«, schrie Fromme.

»Ich beschwöre alles Mögliche herauf«, rief Paulus zurück.

Paulus lag geduckt hinter den Zinnen. Dann wagte er einen Blick über den Rand. Anschließend drehte er sich um und schien nach Divara zu schauen. Sein Gesicht sah aus, als hätte gerade Thanatos seine Wange geküsst. Von meinem Standort aus war die Lage für ihn hoffnungslos, und ich konnte seine Handlungen nicht nachvollziehen. Von seinem Platz oben auf dem Dach musste sich ihm ein noch viel schlimmeres Bild bieten, denn inzwischen hatten sich Hunderte vor dem Wehrturm eingefunden. Einige hielten

Steine in den Händen. Fromme sprach zu Karfreitag und erteilte den Wachen und Bütteln Befehle. Die Männer bewegten sich in der Menge, zeigten zum Wehrturm und richteten ihre Waffen auf die Zinnen. Paulus musste sie hören können. Ich wagte es, noch einmal einen Stein auf das Dach zu werfen. Er blickte auf, als er auf den Boden fiel. Ich wollte nicht, dass er untätig dasaß und auf seinen Tod wartete. Er sollte handeln. Noch immer dicht vor der Wand kniend legte er die vier Pistolen neben seine Füße und vergewisserte sich, dass sie alle geladen waren. Er nahm zwei in die Hände und erhob sich halb auf die Knie, ohne seine Deckung hinter der Mauer aufzugeben. Das übte er ein paar Mal, um herauszufinden, wie schnell er aufstehen und schießen konnte. Bei seinem vierten Versuch warf er einen Blick zu mir hinüber und sah dann wieder nach vorne. Er stand auf und feuerte aus zwei Waffen gleichzeitig in die Menge hinein. Anschließend ließ er die Waffen fallen, duckte sich und nahm die beiden anderen Pistolen zur Hand. Er schnellte erneut hoch und feuerte wieder zweimal in die Menge. Die Menschen stoben auseinander und schrien voller Angst. Ein Mann war tot. Ich hatte beobachten können, wie die Kugel seine Haardecke heruntergerissen und eine blutige Tonsur hinterlassen hatte. Drei weitere Männer waren verwundet, zwei davon leicht. Einer am Bein, der andere am Arm. Der dritte Mann war schwer verletzt. Die Kugel hatte ihn ins Gesicht getroffen, und er wurde zum Gasthof getragen. Etwa hundert Männer liefen zum Sockel des Wehrturms. Fromme schrie sie an, sich nicht von der Stelle zu rühren, wenn sie nicht als Feiglinge vor ihnen Frauen dastehen wollten. Die Frauen jubelten von hinten. Ich konnte Schröder, Kroll, Roderich und Jens ausmachen. Sie hatten ihre Frauen und Kinder mitgebracht. Frieda und Ida waren mit ihren Ehemännern gekommen. Daneben stand Pastor Bartholomäus. Die ganze Stadt war da.

»Feind der Kirche«, schrie Fromme.

»Dir bleiben nur noch Minuten, dich zu ergeben«, rief Paulus von seiner Deckung hinter der Mauer. »Lauf los und berate dich mit deinem Gott, was du machen sollst. Ich bin gekommen, um dich zu holen, Sünder.«

Paulus kniete mittlerweile und versuchte, seine Pistolen neu zu laden. Ich konnte selbst aus der Entfernung sehen, dass seine Hände zitterten. Fromme lief hin und her zwischen den Wachen und Bütteln und schickte Karfreitag los, die Männer der Stadt kampfbereit zu machen.

»Feuer!«, rief Fromme den Wachen zu, und sie feuerten eine Salve auf den Wehrturm ab. Das Blei sprengte kleine Stücke und Klumpen aus den schwarzen Steinen der Zinnen. Zitternd drückte sich Paulus gegen die Mauer des Wehrturms. Eine Kugel hatte seine Hand getroffen und ihm die Finger weggerissen. Es dauerte einen Moment, bis er es selbst begriff. Er schrie und wälzte sich auf dem Boden.

»Fackeln«, rief Fromme, und etwa zwanzig Mann schleuderten brennende Fackeln auf das Dach. Manche trafen nicht und fielen wieder zurück auf die Menge. Das Wams eines Mannes fing Feuer. Seine Freunde eilten herbei, um ihn auf den Boden zu rollen und die Flammen zu ersticken. Die meisten Fackeln fanden jedoch ihr Ziel und landeten auf dem Dach. Funken sprühten und fielen hinab auf Paulus und die Ziegelsteine. Eine Fackel traf Paulus am Kopf, als er sich gegen die Zinnen des Wehrturms kauerte, doch es war nur der Holzgriff und nicht die glühende Spitze. Er klopfte sich die Asche von den Kleidern, verließ seine Deckung und schlich zur Falltür.

Das Dach des Wehrturms war inzwischen voll mit Fackeln. Ein weiterer Schwung von Fackeln, und er würde lichterloh brennen. Er stieg über die Fackeln zur Falltür. Der Eisengriff war heiß, das Holz der Falltür rauchte. Paulus zog einen Ärmel über die Hand und riss die Klappe auf.

»Steine!«, schrie Fromme. Sie prasselten auf das Dach, da Hunderte ausholten und faustgroße Kiesel, oder was immer sie in der Eile finden konnten, auf das Dach des Wehrturms schleuderten. Paulus verschwand in der Öffnung des Gangs und schloss die Klappe hinter sich, als die Geschosse herabhagelten. Hätte er noch einen Moment länger auf dem Dach gestanden, wäre er mit den Fackeln gesteinigt worden.

»Noch einmal«, schrie Fromme. Fackeln und Steine gingen erneut auf das Dach nieder, sodass sich auf dem Boden Haufen bildeten. Die Zinnen wurden beschossen und brachen weg, dass selbst ein kauernder Mensch keine Deckung mehr dahinter gefunden hätte.

Aus dem Wehrturm drangen die Stimmen von Paulus und Divara. Zuerst konnte niemand verstehen, was sie sagten. Doch dann brachte Karfreitag die Menge zum Schweigen, und ich konnte ihre Worte hören. »Ergebt euch! Ergebt euch!«, riefen sie hinter der schweren Holztür des Wehrturms.

Die Männer beim Turm begannen zu lachen. »Was sagen sie?«, riefen einige Frauen, die weiter weg standen, wo sie Deckung gefunden hatten.

»Ergebt euch! Sie wollen, dass wir uns ergeben«, riefen die Männer zurück.

Karfreitag schickte eine Gruppe von Männern los und zeigte zum Fluss auf der Rückseite des Gasthofs.

Die Männer zogen ab, und Fromme befahl den Wachen, auf die Tür des Wehrturms zu schießen. Sie schossen und luden ihre Gewehre mindestens sechsmal. Die Menge jubelte, und die Frauen und Kinder näherten sich dem Wehrturm. Leiernd sangen sie ein unmelodiöses, derbes Lied. Der Text lautete:

Fang den Frosch,
fang den Frosch,
steck ihn in den Sack!
Und wenn er wieder hüpfen will,
eins mit dem Knüppel – zack!

Die Wachen luden gerade ihre Waffen, um eine siebte Salve abzufeuern, als die Gruppe von Männern vom Fluss auf der Rückseite des Gasthofs zurückkehrte. Sie schleppten den abgesägten Stamm eines mächtigen Baums herbei. Karfreitag stellte einen Trupp zusammen, der die Ramme bedienen sollte. Er platzierte jeweils zwanzig Mann auf beiden Seiten des Baumstamms und zwei der größten und stärksten Männer an dessen Ende.

Sie liefen auf die Tür zu. Der Baumstamm donnerte dagegen, ließ sie in ihren Angeln erzittern. Zehnmal liefen die Männer mit ihrer Ramme gegen die Tür. Dann hörte ich aus dem Wehrturm Gesang. Auch Fromme vernahm ihn und ließ die Männer mit der Ramme kurz einhalten. Der beißende Geruch von Verbranntem wehte vom Dach des Wehrturms herunter. Fromme brachte die Menge zum Schweigen und befahl ihnen zu horchen. Inzwischen konnte ich die Worte des Lieds erkennen, das Divara und Paulus sangen. Es war das alte Rebellenlied der Bauern.

Sieh der mächt'gen Bauern Schar
erheben sich zum Streit.
Mit Spießen und mit Pflügen gar
sind wir zum Kampf bereit.
Wir schlagen die Herren wohl in die Flucht,
bis endlich ist unser das Land und die Frucht.

»Reißt diese Tür nieder!«, brüllte Fromme, und die Männer an der Ramme legten wieder los, als wären sie die Verdammten in der Hölle. Ich zählte dreißig Hiebe gegen die Tür. Dann barst das Holz und das Eisen knirschte. Die Männer, die die Ramme hielten, verloren fast den Halt, als die Tür endlich nachgab. Jubel brandete in der Menge auf, und die Menschen drängten näher an den Eingang heran. Ich konnte noch immer Paulus und Divara singen hören, wenngleich es inzwischen tief aus dem Innern des Wehrturms kam, weit weg von der Tür.

Fromme schrie zur Menge, dass sie zurückbleiben und zunächst seine Wachen hineinlassen sollten. Doch die Bürger drängten sich durch die zerborstene Tür in den Wehrturm. Der Gesang war noch immer zu hören, wenngleich die Worte nicht mehr zu verstehen waren. Ich vermutete, dass Paulus und Divara zu diesem Zeitpunkt unten im Keller waren.

Mittlerweile befanden sich fünfzig oder sechzig Männer in dem Wehrturm. Fromme folgte Karfreitag und schrie die Leute an, ihm aus dem Weg zu gehen. Schröder, Kroll, Jens, Roderich, alle waren im Innern. Frommes Stimme war für mich in der Menschenmenge nicht mehr zu unterscheiden, als er tiefer in den Wehrturm drang. Richard ging ebenfalls hinein. Bartholomäus stand in der zerborstenen Tür und betete. Selbst einige Frauen und Kinder hatten inzwischen den Wehrturm betreten, darunter die Kinder von Jens und Roderich. Der Rest der Stadt hatte sich vor der Tür und entlang der Mauern versammelt. Die Alten stützten sich auf Stöcken, und die Kranken und Lahmen saßen auf dem Boden. Sie beobachteten das Geschehen und wiegten ihre Enkel in den Armen. Währenddessen rannten die Eltern durch die Gänge des Wehrturms auf der Jagd nach Divara und Paulus.

Da bebte plötzlich die Erde. Der Wehrturm erzitterte und schien sich vom Boden zu erheben. Die Ziegel barsten. Blutrote Flammen stachen aus dem Innern hervor. Schwarzer Rauch drang aus dem Eingang wie aus dem Schlund einer Kanone, dann flog das ganze Gebäude in die Luft. Genau das geschah vor meinen Augen. Der Wehrturm flog in die Luft. Eine heiße Druckwelle erfasste mich und warf mich zurück in die Höhle. Eine Säule aus Flammen, Gestein und Rauch stieg in den Himmel auf. Ich rappelte mich hoch und rannte weiter, tief ins Innere der Höhle, da ich Angst hatte, das Feuer könnte mir folgen. Das Getöse hatte aufgehört, doch der dichte, schwere, schwarze Rauch drang selbst hierher bis zur mittleren Kammer. Ich lief zum hinteren Eingang, wo ich in Sicherheit war. Hinter mir glühte die Nacht rot und schwarz, während der Wehrturm niederbrannte. Eine Aschewolke zog über den Berg. Ich würde warten müssen, bis der Rauch aus der Höhle verschwunden war, um hinab auf die Stadt blicken zu können. Also wartete ich, ich hockte mich hin, schlang die Arme um die Knie und starrte vor mich. Ich weiß nicht, wie lange ich so dagesessen habe. Irgendwann bemerkte ich, dass keine Geräusche mehr von der Stadt zu mir herüberdrangen. Kein Stöhnen, kein Schreien, kein Rufen um Hilfe, kein Glockengeläut. Alles war ruhig. Stille hatte sich über Bedburg gelegt.

Als der Morgen dämmerte, waren die Gänge der Höhle wieder passierbar. Der Rauch war zum größten Teil verschwunden, nur hier und da hingen noch geisterhaft ein paar Schwaden an den Decken. Ich ging zum vorderen Eingang. Der beißende Geruch des Rauchs stach mir in die Nase.

Vor mir lag Bedburg. Die Stadt war dem Erdboden gleichgemacht. Ein aufgebrochenes Geschwür in der Landschaft. Da, wo der Wehrturm gewesen war, befand sich ein tiefer schwarzer Krater, an dessen zerklüfteten Rändern einmal die Straßen von Bedburg verliefen. In der Grube, entlang dem Flussufer und an den Stellen, wo früher das Gasthaus, die Metzgerei und das Rathaus gestanden hatten, brannten Feuer. Nur noch vereinzelte Pfähle schwelten, wo vorher stolze Bürgerhäuser gestanden hatten. Inmitten dieser Zerstörung waren einzelne Körperteile zu erkennen. Arme, Beine, Kiefer, Brustkörbe und Füße. Auf dem geschmolzenen Boden brodelte Blut.

Mein Blick wanderte zu der Straße, die aus Bedburg hinausführte. Das Feuer und die Trümmer endeten beim Dunklen Grund. Hier und da brannten noch Feuer. Außer dem knisternden Geräusch der Flammen war nichts zu hören.

Als alter Mann, der ich heute hier in Glasgow lebe, habe ich von holländischen Malern gehört und einige ihrer

Werke gesehen. Sie haben versucht, die Hölle darzustellen, mit Teufeln, die die Menschen quälen. Glauben Sie mir, die Hölle braucht keine Teufel. Die Hölle, das sind die Menschen auf Erden. Ein Teufel mit einer Mistgabel, der eine tote Seele quält, ist nichts im Vergleich zu einem zerschmetterten, zerfetzten, blutüberströmten Körper eines Kindes, das wie ein geschlachtetes Ferkel auf dem Boden liegt. Daneben der zerfetzte Körper einer Frau, dann der eines Mannes, und schließlich Blut, Knochen und Einzelteile von zweibeinigen Lebewesen, die jetzt nicht mehr sind als Unrat in der Gosse.

Ich stieg von dem Berg herunter und versuchte mir auszumalen, was Paulus und Divara in ihren letzten Minuten im Wehrturm gemacht haben mochten. Ich habe mir die Szene seit sechzig Jahren immer wieder vor Augen geführt und habe fast das Gefühl, dabeigewesen zu sein.

Divara verließ zuerst das Dach und ging in den Wehrturm. Die beiden werden ihn abgesichert haben, nachdem sie sich hineingeschlichen hatten. Die Stadt schlief währenddessen ihren Rausch aus. Sie verschlossen und versperrten den Haupteingang zweifach. Paulus blieb auf dem Dach. Er lockte die Menge zum Wehrturm. Divara wartete unten auf ihn hinter der schweren Holztür. Schon bald hörte sie Paulus die Treppe herunterkommen, da es für ihn zu gefährlich war, weiter auf dem Dach zu bleiben. Der Krach und das Geschrei draußen nahmen immer weiter zu und mündete schließlich in einem wahren Höllenlärm. Dann sangen sie ihr Lied für die Stadt. Anschließend stiegen sie die Treppe hinunter zur Waffenkammer und dem Vorratsraum mit dem Schießpulver. Sie schlossen die Tür hinter sich. Verriegelten sie. Die beiden gingen Hand in Hand zu dem Käfig, wo die Fässer mit dem Schwarzpulver standen. Das weiß ich. Fünf kleine Pyramiden, jeweils aus sechs Fässern bestehend. Drei unten, zwei in der Mitte, eins oben. Sie verschlossen den Käfig hinter sich. Beide werden eine Öllampe dabeigehabt haben.

Sie sprachen nicht miteinander, sondern küssten und umarmten sich. Dann ergriff Divara das Wort. »Wenn sie die Tür zu diesem Raum erreicht haben, wie viel Zeit bleibt uns dann, bevor sie hier eindringen?«

»Mindestens bis wir bis hundert gezählt haben«, antwortete Paulus.

Paulus maß eine entsprechend lange Lunte ab und gab sie Divara. Ein schreckliches, tiefes, hämmerndes Geräusch drang zu ihnen nach unten. Die Tür zum Wehrturm erbebte. Sie hoben von zweien der Pyramiden die obersten Fässer herunter und brachen die Deckel auf mit Messern, die sie aus ihren Gürteln zogen. Anschließend schütteten sie das Schwarzpulver um die anderen Fässer. Die Tür des Wehrturms war mittlerweile niedergerissen. Menschen schrien und stießen Drohungen aus. Sie liefen durch die Gänge und eilten die Treppe herunter. Divara und Paulus konnten Hacken und Schaufeln hören, die an den Ziegelwänden entlangschleiften.

Die beiden zitterten. Sie sahen sich an, und Divara zwängte die lange, dicke Lunte in eine Ritze von einem der offenen Fässer, das zu ihren und Paulus Füßen stand. Sie hatten einen wahren Berg von Schwarzpulver um sich her aufgehäuft.

Inzwischen waren die Wachen und Bewohner der Stadt bis zum Gang vorgedrungen. Wütendes Stimmengewirr war zu hören, und Paulus und Divara konnten durch das vergitterte Fenster in der Tür der Waffenkammer Gesichter, Zähne, Spucke und hasserfüllte Augen sehen.

Dann sangen Paulus und Divara wieder ihr Lied. Divara beugte sich vor, noch immer singend, und hob das Ende der Lunte hoch. Sie hielt es an die Öllampe in ihrer Hand und zündete die Lunte an. Dann sangen sie das Lied des Zusammenschlusses.

Mit Spießen und mit Pflügen gar
sind wir zum Kampf bereit …

In dem Moment brach die Tür zur Waffenkammer auf, und die Menschen stürzten schreiend zu dem Käfig und krallten sich an die Gitterstäbe. Sie kletterten an dem Käfig hoch und zückten ihre Schwerter. Der Wehrturm war brechend voll mit Menschen. In der Tür zur Waffenkammer, auf der Treppe und in den Gängen. Draußen vor dem Wehrturm drängten sich die Alten, die Gebrechlichen und die Jungen an der Mauer, um zu horchen.

Dann ergriffen Paulus und Divara die Hand des anderen, dessen bin ich mir sicher, während der Käfig unter dem Gewicht der Bewohner Bedburgs nachgab und die Schwerter ihnen nahekamen. Paulus warf seine Öllampe hinter sich, um sicherzustellen, dass die bereits brennende und zischende Lunte Feuer fing, die Divara in jenem Moment fallenließ. Die Lunte berührte den schwarzen Staub. Die Menschen und der Ort, wo sie sich befanden, wurden in die Luft gesprengt, alles vor dem ungerührten Auge Gottes. Eine Säule aus Feuer und Stein erhob sich in den Himmel und prasselte auf den Berg und die Stadt nieder.

Ich stieg den Berg hinab, ging durch das zerstörte Bedburg hinaus zu den Seen, im Rücken des Dunklen Grunds.

Mein Weg führte mich durch die Spalte in den Steipplinger Bergen, wo der Fluss sich durch das Gestein gebohrt hatte, entlang der Talstraße zum Wald, in den Stumpf gelaufen war. Als ich durch den Steipplinger Bogen schritt wie durch ein mächtiges natürliches Stadttor, blickte ich zurück. Die Luft über der Stadt flirrte von der Hitze der vielen Feuer. Dem Feuer des Wehrturms, der Häuser, der Straßen, der Wiesen und Felder und der Siedlung der Häusler. Der Schatten des Felsdaches über meinem Kopf schirmte meinen Blick, und ich wandte mich ab.

Der Steipplinger Bogen ist nicht mehr als fünfzig Schritte breit, und schon bald war ich auf der anderen Seite der Berge. Der beißende Gestank der verbrannten Stadt haftete an mir. Holz, Getreide, Tiere, Menschen. Ich ging zum Flussufer, um mich zu waschen. Ich ließ mich in das Wasser gleiten, tauchte hinein, wusch meine Kleider und das Haar. Ich kehrte zur Straße zurück und ließ mich von der Sonne trocknen, während ich weiterging. Vielleicht fünfzig Schritte vor mir erblickte ich ein Bündel Lumpen, das in der Brise wehte, wie flatternde Wäsche auf einer Leine. Die Lumpen waren verbrannt. Dann erhoben sie sich plötzlich und waren keine Lumpen mehr, sondern Kleider, in denen ein Körper steckte. Der Körper bewegte sich jedoch eigenartig auf den Knien. Ich hielt das Wesen für eine zum Leben erwachte Vogelscheuche, denn es bewegte sich nicht wie ein Mensch. Es gurgelte, als würde es seinen Mund nach dem Essen spülen. Ich blieb stehen. Dann sah ich die Straße, die mich von Bedburg wegführte, und ich nahm all meinen Mut zusammen. Ich schritt weiter auf das Etwas zu. Es war ein Mann oder ein groß gewachsenes Kind, kahlköpfig und verbrannt. Die Haut war aufgeplatzt wie heiße Wurst.

Als ich näherkam, fragte ich mich, ob ich das Wesen kannte. Ob es vielleicht Frommes Bursche war, Jodel. Was oder wer immer es war und wie immer es dort hingekommen war – ich stieß mein Messer in es hinein, während ich weiter dem Flusslauf in den Wald hinein folgte. Ich habe mein Land verlassen und bin nie wieder zurückgekehrt.

Ich habe einige Flugblätter gelesen, die sich mit den Geschehnissen im Sommer 1563 in Bedburg befasst haben. Ich bin hier, um Ihnen zu sagen, dass ich nicht zusammen mit meinem Lehrer Paulus Melchior gestorben bin, wie dort geschrieben steht. Der Teufel kam nicht, um die Stadt zu zerstören und sein Geschöpf auf Erden zu retten, den Werwolf Peter Stumpf, der floh und noch immer im Wald lebt. Wir zerstörten Bedburg, und ich lief lebend aus der Stadt hinaus, wenngleich ich für die Geschichte bis heute ein Verschollener bin.

Epilog

Für die zukünftigen Leser, sodass sie den Autor und die Zeit, in der er schrieb, etwas besser verstehen

Wie ich aus mehr als fünfzig Jahren Lehrtätigkeit gelernt habe, ist Geschichte ein äußerst merkwürdiges Unterrichtsfach. Viele Studenten glauben, Geschichte laufe nach strikten Regeln ab. Am Anfang war die Situation wie folgt, dann kam es zu diesem oder jenem Ereignis und führte zu diesem oder jenem Resultat. Doch so verläuft die Geschichte nicht. Geschichte ist wie feuchter Ton, der noch ganz ungeformt ist. Wir müssen sie erst in Form bringen, um etwas zu erkennen. Und so formen wir die Geschichte denn zu Geschichten. Doch Geschichten erzählen nie die Wahrheit. Die Wahrheit ist nur etwas für die Wissenschaft, und die ist für die menschliche Seele tot, und es ist erst die Seele, die Geschichte zu Geschichten formt. Die einzige Lehre, die Geschichte Ihnen erteilen kann, wenn Sie einer meiner Studenten sind, ist die, dass die Menschheit nie die volle Wahrheit erfahren wird. Nach fünfzig Jahren Lehrtätigkeit ist das die einzige Erkenntnis, auf die mein Unterricht hinausläuft.

Bevor ich meine Aufzeichnungen beende, muss ich noch ein Wort verlieren über den Geist, der zu der damaligen

Zeit herrschte, als ich ein Junge war. Es hat bis jetzt gedauert, dass ich ein passendes Gleichnis fand. Deshalb ist es ein Jammer, dass ich heute nicht mehr unterrichte. Nicht dass ich je über die Geschichte des Heiligen Römischen Reiches Deutscher Nation gelehrt hätte. Das wäre mir zu nahe gegangen, und ich hätte befürchtet, mich selbst zu verraten und Kenntnisse preiszugeben, die nicht mit meiner über Jahrzehnte hinweg erzählten Lebensgeschichte übereingestimmt hätten. Nein, mein Fachgebiet waren die Cäsaren.

Nun, das Gleichnis kam mir letzten Sonntag in den Sinn. Ich spazierte gerade den Hügel hinauf oberhalb der Kathedrale, nachdem ich die Abendmesse besucht hatte. Ich besuche die, weil ich die Musik und die Choräle liebe. Es war ein schöner, warmer Juniabend, was in Schottland beziehungsweise in Glasgow durchaus ungewöhnlich ist, und ich saß bis mindestens zehn Uhr oben auf dem Hügel. Das Wetter erinnerte mich an die Zeit in Bedburg. Der Himmel war violett, und die Wolken leuchteten in Ockertönen. Eine mächtige Wolke zog am Himmel vorüber. Wer weiß, woher sie kam? Vielleicht aus dem Königreich Norwegen oder weiter weg von Moskowien oder sogar vom Land der Tartaren. Sie schwamm am Himmel wie ein eigener Erdteil. Dann riss der Wind einzelne Teile ab. Die Wolkenfetzen lösten sich entweder auf oder wurden von der großen, kontinentalen Wolke wieder aufgenommen, deren Form sich dadurch aber veränderte. An manchen Stellen beulte sie aus, an anderen Stellen wurde sie dünner, und es spalteten sich erneut kleine Wolken ab, die sich entweder miteinander vereinigten oder auflösten oder jenseits der großen Landmasse dieses großen, leuchtenden Kontinents als Streifen verschwanden. Das war das Reich. Eine riesige, flächige

Ausdehnung, die hier und da ein Fürstentum verlor, aber genauso schnell wieder neue Gebiete hinzugewann, sodass sich die Grenzen ständig änderten. Das Reich war ein sich ständig wandelndes Gebilde, bestehend aus fürstlichen Allianzen, Ehen, Bistümern für zweitgeborene Söhne, gescheiterten Pakten und Rivalitäten. Doch es war beständig und bewegte sich weiter. Unerbittlich. Selbst ein Wind, so wie der auf dem Hügel oberhalb der Kathedrale, konnte es nicht auseinanderreißen. Der Wind besaß gegenüber dem Reich genauso wenig Kraft wie Krieg oder Revolution. Der Kontinent erzitterte nur kurz, erbebte, blieb aber zusammen und bildete schon bald erneut eine Wolkenwand, die rot, rosa, violett und weiß über meinem Kopf in Richtung Westen hinwegglitt, zu den Inseln, nach Irland und der Neuen Welt jenseits des Meers. Wind und Krieg und Revolution. Und so ist es, bis zum heutigen Tag, an dem ich hier sitze und schreibe. Vielleicht wird es sich nie ändern. Wenngleich Rom fiel. Genau wie Griechenland, Ägypten und Babylon.

Ich machte mich auf den Weg nach Hause, als die Nacht hereinbrach. An der Kathedrale vorbei ging ich zur Hauptstraße. Glasgow ist eine Stadt mit vielen Tausend Menschen, und die Straße war voll. Studenten tranken in ihren Lieblingskaschemmen und riefen mir zu. Ich schlenderte zu ihnen, und sie jubelten, als ich ihre Richtung einschlug. Ich freue mich noch immer über eine Einladung zum Bier und die Aufmerksamkeit der Jugend. Mir wurde bewusst, dass ich bereits ihre Väter und von einigen sogar die Großväter unterrichtet hatte. Es waren privilegierte junge Männer, die darauf brannten, mich mit ihrem Wissen zu beeindrucken. Einer fragte mich, wie man sich am besten dem

Fach Geschichte näherte. »Denk dir einfach was aus. Genau das haben die Menschen gemacht, die Geschichte geschrieben haben. Frag Cäsar, er wird mir zustimmen«, antwortete ich.

Sie lachten, denn sie hielten es für lustig, und glaubten, dass ich mich auf Cäsars Lügen bezog, die er über die Gallier verbreitet hatte. Ich stimmte in ihr Lachen ein, denn ich mochte Cäsar nicht, was sie nicht ahnten. Sie bezahlten meine Getränke, und ich setzte meinen Weg fort. Es waren nur noch wenige Minuten bis zu mir nach Hause, selbst für alte Beine wie die meinen. Zwanzig oder dreißig Meter von mir entfernt schubste ein gut gekleideter Mann auf der anderen Seite der Straße ein Mädchen eine Gasse hoch. Ich kannte sein Gesicht. Er war Leinenhändler und hatte in der Nähe ein Geschäft. Ich überquerte die Straße und beobachtete die Geschehnisse. Das Mädchen war zu Boden gestürzt. Der Mann trat mit dem Fuß nach ihr, um zu sehen, ob sie noch bei Bewusstsein war, nicht um ihr wehzutun, obwohl es kein harmloser Tritt gewesen war. Als sie sich nicht bewegte, kniete er sich hin, schob ihre Beine auseinander und zog ihre Röcke hoch. Ich ging zurück zu meinen studentischen Freunden, winkte sie herbei und rief, dass sie schnell kommen sollten.

»Ihr wollt doch, dass ich euch Lehren erteile, oder?«, sagte ich. »Also, hier ist eine. Und vielleicht habt ihr ja Lust, diesem Mann dort ebenfalls eine Lehre zu erteilen!«

Die Jungen jubelten, sprangen auf, klatschten in die Hände und klopften sich gegenseitig auf die Schultern. Hier war die Erlaubnis, eine Straftat zu begehen. Sie stürmten über die Straße. Ich ging in den Gasthof und gab dem Jungen hinter der Theke Geld, dass er den Nachtwächter aus seinem Häuschen holte, das sich in der Nähe meines Hauses befand. Ich verließ den Gasthof und kehrte zu der Gasse zurück. Das Mädchen lag zwar noch immer auf dem Boden, war aber in Sicherheit. Die Jungen traten auf den regungslosen Körper des Leinenhändlers ein.

»Genug!«, sagte ich und musste noch nicht einmal meine Stimme erheben.

Sie hörten auf und blickten mich an.

»Hebt das Mädchen auf und bringt sie in den Gasthof!«

Sie ordneten ihre Röcke und hoben sie auf. Zwei von ihnen trugen sie zurück zum Gasthof. Ich wies die Jungen an, noch mehr Getränke zu bestellen und dem Mädchen einen Branntwein zu holen. Sie war noch immer bewusstlos, aber sie atmete. Ich wies die Jungen an, sie auf einen Tisch zu legen, damit sie sich erholen könne.

»Warum sind Sie so besorgt um sie?«, fragte einer.

Ich drehte mich um und verpasste ihm eine ordentliche Ohrfeige.

»Sie ist ein Mensch, oder?«, fragte ich.

Der Junge, den ich geohrfeigt hatte, entschuldigte sich.

»Macht, was richtig ist!«, erklärte ich. »Euer Rang und eure Stellung macht euch blind gegenüber dem Leben, das ein Mädchen wie dieses führt. Dabei solltet ihr es besser wissen, vorausgesetzt in euch steckt eine menschliche Seele. Was würdet ihr euch an ihrer Stelle wünschen? Ich denke, dass eine guterzogene, anständige Seele euch beschützt. Um Geschichte zu verstehen, müsst ihr sie gestalten. Die Geschichte gerät aus den Fugen, wenn wir unsere Hände nicht dazu verwenden, sie zu formen. Sie kann entweder ein Ort sein, wo Tod und Teufel herrschen, oder unser bester Versuch, das Glück zu erlangen. Wir prägen Geschichte, nur wir. Wendet Gewalt nur für das Gute an, und stellt die Gewalt ein, wenn ihr das Gute herbeigeführt habt.«

Der Nachtwächter kam herein, und ich zahlte ihm genügend Geld, um zu gewährleisten, dass das Mädchen ein Bett für die Nacht hatte im Armenkrankenhaus. Dann fügte ich noch ein paar Münzen hinzu, um dafür zu sorgen, dass sie sicher bei ihm aufgehoben war und am nächsten Tag irgendwohin gehen konnte. Er sollte mir Bescheid geben, falls sie kein Zuhause hatte. Ich würde dann mit einem der Armenpfleger der Kirche sprechen und sie um Hilfe bitten. Das Geld, das ich ihm bezahlte, war weniger als die Summe, die die Studenten für meine Getränke ausgegeben hatten. So machte ich mich auf den Weg nach Hause und freute mich, dass ich an diesem Tag der Geschichte mit einem Plus abgeschnitten hatte.

Vor ein paar Monaten habe ich hier in meinen Räumlichkeiten in Glasgow mein letztes wissenschaftliches Buch fertiggestellt. Es nahm den größten Teil meines Lebens der letzten zehn Jahre in Anspruch. In dem Zeitraum hätte selbst ein Dummkopf zweimal seine Doktorwürde erhalten. Dabei umfasst das Buch nur exakt hundertzwei Seiten.

Das Werk befasst sich mit dem Thema des »Euhemerismus«, also der Frage, warum Mythen zu anerkannten Tatsachen, zu Geschichte und zu einem Teil der Realität werden. In den vergangenen drei Jahrzehnten war das Thema mindestens zweimal pro Jahr Gegenstand meiner Vorlesungen. Nur wenige Studenten interessierten sich dafür. Die meisten kamen lediglich, weil sie kommen mussten oder weil sie mir Honig um den Bart schmieren wollten in der Hoffnung, bessere Noten zu erhalten. Ich habe es nicht geschafft, dass das Thema Prüfungsfach wurde, denn ich war nie mehr als ein einfacher Professor und hatte in der Leitung der Universität so gut wie nichts zu sagen.

In meinen Vorlesungen ging ich Fragen nach wie: War Zeus ein König in der griechischen Antike, der zu einem Gott wurde, weil seine Legende weiterlebte? Dann zitierte ich für gewöhnlich aus dem Dialog des Sokrates mit Phaidros und sagte: Nehmen wir Oreithyia und Boreas, den Gott des Windes. Boreas soll die schöne Oreithyia von einem bestimmten Felsen in Agra davongetragen haben. Nach allem, was wir wissen, war Oreithyia so menschlich wie Sie und ich. Boreas entführte sie als seine Braut, während sie gerade mit anderen jungen Frauen auf einem Felsen spielte. Sokrates fragt sich nun, ob es nicht denkbar wäre, dass das schöne junge Mädchen an dieser Stelle des Flusses Ilisos mit ihren Freundinnen auf einem Felsen spielte, während plötzlich ein Wind aufkam und sie zu Tode stürzte? Der sinnlose Verlust eines schönen, vielversprechenden jungen Menschen musste erklärt werden, und so war der Mythos geboren, dass ein Gott sie als seine Braut gestohlen habe. Sokrates und Phaidros sprechen von einem Altar des Windgottes, dort, wo das Mädchen stürzte. Könnte es nicht ihr Steingrab sein?

Ich brachte dann auch die Zentauren zur Sprache, für die Sokrates keine plausible Erklärung liefern konnte. Ich habe eine Erklärung. Ich glaube, und so steht es auch in meinem Buch geschrieben, dass die Zentauren die ersten Männer waren, die auf einem Pferd ritten. Es dauert Jahre und bedarf der Kenntnisse mehrerer Generationen, um Pferde einzufangen und zu zähmen. Als das erste antike Volk dann mit Pferden in den Krieg zog, mussten da die Bauern und

Dorfbewohner, die einen solchen Angriff erlebten, nicht glauben, dass Mensch und Tier eins waren? Die Mythen sprechen immer von der Wollust der Zentauren, von ihren Entführungen und Vergewaltigungen. Eine Bande von Männern zu Pferd geht genau so um mit Frauen, wenn sie das Dorf niedergebrannt und die Männer und Jungen umgebracht hat.

In meinem Buch, das den Titel trägt »Betrachtungen zur euhemeristischen Deutung von Mythen«, habe ich mich nur auf die Welt von Homer und Vergil beschränkt. Vergil hat mir sogar eines meiner besten Kapitel beschert. Eine Untersuchung zu Aeneas Flucht aus Troja und der Gründung Roms. Streichen Sie die Götter und das Übernatürliche aus der Erzählung heraus, und Sie erhalten die einfache Geschichte eines Mannes, der nach dem Krieg um sein Leben rennt und das Schwert niederlegt, um an einem Ort, frei von Besatzern, ein Stück Land zu finden. Der Leser meiner Abhandlung muss nur meinen Gedanken aufnehmen und sich die gleichen Fragen zu Jesus Christus, zu Gott und der Bibel stellen. Deshalb liegt mein Buch noch immer beim wissenschaftlichen Rat und schmort vor sich hin.

Mein Buch kann nicht gelesen werden, ohne dass man sich die Frage stellt, ob Jesus nicht auch nur ein Mythos ist, ein falsche, umgebogene Erinnerung an die Vergangenheit. Wenn ja, was ist dann mit Gott?

Gut. Ich bin stolz auf mein Geschick, einen solchen ketzerischen Gedanken in den Köpfen von Menschen hervorzurufen, die des Lesens mächtig sind, ohne dass sie mir aus meinen Worten einen Strick drehen können. Denn wer kann mich schon dafür verfluchen, dass ich Zeus nicht für real und die Zentauren für ein Hirngespinst halte. Oder dafür, dass Aeneas vielleicht existiert hat, er aber ein einfacher Mann war, der den Stamm der Römer gründete, ohne in seinem ganzen, bewegten Leben je die Stimme eines Gottes gehört zu haben.

Wer kann wiederum an die Geschichte von Aeneas denken, ohne dass einem unwillkürlich Abraham einfällt? Stürzt dann aber nicht das gesamte wacklige Gebäude in sich zusammen?

Vielleicht war Jesus nur ein Prophet. Das ist das Argument, mit dem ich den menschlichen Verstand locke. Sollte das der Fall sein, sind die Muslime vielleicht tatsächlich ihrem Gott gegenüber wahrhaftiger als wir. Sie haben einen menschlichen Propheten. Sie haben Mohammed nicht zu einem Gott gemacht, der ebenbürtig neben Allah sitzt. Wenn sie die Lehre wählen und wir die Zauberei … das ist es, womit das Buch zum Nachdenken anregen will, ohne dass davon ein Wort auf den Seiten geschrieben steht.

Ewig ist nur die Natur. Deshalb zählt sie zu den wenigen Dingen, die wir verstehen können. Vor meinem Fenster steht ein Baum. Ich betrachte ihn gerade. An ihm sehe ich den Verlauf meines Lebens. Heute erstrahlt er in sattem Grün. Ich kann von dem Fenster im Dachgeschoss im dritten Stock meines Hauses die oberen Äste sehen. In ein paar Monaten wird der Baum müde sein und den Winter über schlafen. Dann wird er wieder erwachen. Ich werde ein Jahr älter sein, und er wird sich nicht im Geringsten verändert haben. Seit mindestens dreißig Jahren beobachte ich dieses wundersame Wesen, denn für mich ist der Baum ein lebendiges Wesen. Sollte irgendein Vandale ihn fällen oder er von einem Blitz getroffen werden, wäre ich am Boden zerstört. Ich glaube, dass ich um ihn trauern würde wie um eine der Frauen, die ich in meinem Leben geliebt habe und verlor.

Jetzt gibt es keine Frauen mehr. Mein bester Freund ist ein junger Mann, der mich regelmäßig besucht. Er ist Ire und war einmal ein Student von mir. Mittlerweile hat er sein Studium abgeschlossen und unterrichtet an der Universität. Er hat einige meiner Vorlesungen für Studienanfänger übernommen. Sein Name ist Niall MacAoidh. Ein irischer Junge mit einem schottischen Namen, was ich ziemlich amüsant finde, aber inzwischen leben auch viele Schotten in Irland. Er war einer der wenigen Studenten, die sich für meine Vorlesungen über Euhemerismus interessierten, und er half mir bei den Nachforschungen, ohne etwas dafür zu verlangen. Er kümmert sich um die Veröffentlichung des Werks und setzt sich mit der akademischen Gerichtsbarkeit auseinander, da ich zu müde bin, den ganzen Tag in einem zugigen Saal zu stehen und mit Männern darüber zu streiten, ob es mir erlaubt sein soll, zu sagen, was mir gefällt, denn meine Worte wollen niemanden angreifen. Ich will mir keine Gedanken um die Gedanken anderer Menschen machen. Ich habe mit mir selbst genug zu tun. Ich muss frühstücken, zu Mittag essen und zu Abend. Ich muss Getränke zu mir nehmen, kleine Spaziergänge machen und diese Geschichte zu Ende schreiben. Das langt mir fürs Erste.

Niall MacAoidh holt mich in einer Stunde ab zum Abendessen. Es wird dunkel im Zimmer und anstrengend zu schreiben. Er ist ein guter Junge, und ich weiß, dass meine Zeit hier auf der Erde langsam abläuft, aber ich habe nichts Wichtiges, was ich ihm vermachen kann. Ich erwähnte bereits, dass ich kinderlos geblieben bin. Das schmerzt mich. Er ist für mich nicht wie ein Sohn, obwohl ich ihn gern habe und ihm ein gutes Leben wünsche, denn die Welt braucht mehr gute, stille Jungen, so wie Niall MacAoidh. Also werde ich ihm dieses Manuskript vermachen. Wenn er möchte, kann er es drucken lassen und etwas Geld damit verdienen. Denn ich glaube, dass wenn Menschen Geschichten über Golems und Werwölfe mögen, dann wollen sie auch gerne wissen, wie sie wirklich sind, wenn man ihnen von Angesicht zu Angesicht gegenübersteht. Sollte Niall MacAoidh tatsächlich mein Buch nach meinem Tod veröffentlichen, würde es mich freuen, seinetwegen und meinetwegen. Denn die Welt soll auch einen Wilhelm Lessinger in Erinnerung behalten, der vor langer Zeit in Bedburg starb und an den seitdem niemand mehr gedacht hat. Ich möchte auch, dass die Welt sich an Paulus und an Divara erinnert, an ihre Mutter und die kleine Rosa, aber vor allem an Greet.

Nachbemerkung

Das ist der Text eines Manuskripts, das mir von meinem Freund und früheren Lehrer, William Loos, testamentarisch vermacht wurde, einem deutschen Lehrer an der Universität von Glasgow, der im Winter 1627 achtzigjährig starb.

Ich habe es – zusammen mit einer begleitenden Schrift von Meister Loos, denn unter diesem Namen kannte ich ihn – gelesen. Wenn dieser Text der Wahrheit entspricht, war das nicht sein Geburtsname, doch er war ein hervorragender und ehrenwerter Lehrer, an den ich mich bis heute gern erinnere, trotz des Inhalts dieses Werks.

Ich habe beschlossen und auch in meinem eigenen Testament verfügt, dass seine Aufzeichnungen nicht veröffentlicht werden, so wie er es mir in seiner Begleitschrift gestattet hat. Stattdessen soll dieses Manuskript im Archiv der Universität aufbewahrt werden, wo es eines Tages vielleicht einem Zweck dienen kann.

Niall MacAoidh
1665